Eule 2016

BASTEI LÜBBE TASCHENBUCH

LUCY ATKINS

DAS FLÜSTERN DES MEERES

Roman

Aus dem Englischen
von Angela Koonen

BASTEI
LÜBBE
TASCHENBUCH

BASTEI LÜBBE TASCHENBUCH
Band 17349

MIX
Papier aus verantwortungsvollen Quellen
FSC® C014496

Dieser Titel ist auch als Hörbuch und E-Book erschienen
Vollständige Taschenbuchausgabe
der bei Lübbe Hardcover erschienenen Hardcoverausgabe

Titel der englischen Originalausgabe: »The Missing One«
Originalverlag: Quercus Editions Ltd., London

Textredaktion: Andrea Kalbe, Berlin
Titelillustration: © Debbie Clement;
© Trevillion Images/Ilona Wellmann;
© arcangel/Ayal Ardon;
© shutterstock/Dmitry Petrakov
Umschlaggestaltung: Kirstin Osenau
Satz: Greiner & Reichel, Köln
Gesetzt aus der Adobe Caslon Pro
Druck und Verarbeitung: GGP Media GmbH, Pößneck
Printed in Germany
ISBN 978-3-404-17349-5

1 3 5 4 2

Sie finden uns im Internet unter www.luebbe.de
Bitte beachten Sie auch: www.lesejury.de

Für meine Mutter,
die Elena zum Glück in nichts gleicht.
Und für John

KALIFORNIEN – LONDON, JANUAR 1979

Ihre Beine trugen sie vorwärts. Das wusste sie, weil sie sich eindeutig senkrecht an einer Reihe sitzender Passagiere entlangbewegte. Das Kind an ihrer Schulter schrie. Sie hörte es kaum, aber es klang zornig, das war ihr instinktiv klar. Alles war verschwommen und gedämpft, als wäre sie tief unter Wasser und die Welt schimmerte über ihr hindurch. Es war nicht wichtig, dass die Leute sie anstarrten und das Kind sich heulend auf ihrem Arm wand. Nichts war wirklich wichtig.

Er sagte ihr, was sie tun sollte, und sie tat es. Er nannte seine Bedingungen, wählte die Flugverbindung, gab ihr die Tickets, und sie nahm sie an. Er würde drüben auf sie warten. Das war der Beginn eines neuen Jahres und eines neuen Lebens. Er würde sie in seinen Wagen setzen und in das Haus bringen, das er gekauft hatte, in einem englischen Dorf, mit einem Apfelbaum im Garten. »Du gehörst zu mir«, hatte er gesagt, ehe er ins Flugzeug stieg. »Hast du immer. Ich liebe dich. Ich habe dich immer geliebt. Und – wo solltest du sonst hin?« Er hatte recht. Darum tat sie das einzig Vernünftige: Sie folgte seinen Anweisungen.

Sie konnte den saugenden Mund nicht spüren, und als sie auf ihre Brust hinabsah, stellte sie erschrocken fest, dass er sich gelöst hatte und offenstand, rot und schreiend. Das arme Gesichtchen war verzerrt und dunkelrot vor Zorn. Da lief auch ein bisschen Blut von der Brustwarze über ihre weiße Haut, und das Kind hatte davon einen Schmierfleck am Kinn. Die Brustwarze war wund und knallrot, als brächte sie alles zum Ausdruck, was sie selbst nicht empfinden konnte. Behutsam wischte sie ihrem Kind mit dem Saum ihres T-Shirts das Blut von den vorgestülpten Lippen. In der Röte schimmerten zwei weiße Zähne.

Als das Flugzeug über das Rollfeld fuhr und Elena das Kind wieder an die Brust legte, war klar, dass sie nie mehr zurückkehren würde. Doch es gab keine Alternative. Es war nicht möglich zu entkommen, weil nichts und niemand an dem Geschehenen etwas ändern konnte – nicht Grahams Freundlichkeit, nicht das neue Leben in England, nicht einmal dieses bedürftige, aufgebrachte Kind, das sie schon vor Monaten hätte abstillen sollen.

Als das Flugzeug ruckelnd in den Himmel aufstieg, wurde ihr mit ganzer Härte bewusst, was sie hinter sich ließ. Das Verlustgefühl war so reell und aufdringlich und schreiend wie das zehn Monate alte Kind auf ihrem Schoß.

Dann machte sie die Augen zu, weil sie dringend ausblenden wollte, was da unten war, und als das Flugzeug durch die Wolken stieß, versetzte sie sich zurück in die Zeit ihrer ersten gemeinsamen Reise in den Norden. Sie machte die Fahrt noch einmal, denn vielleicht wäre sie dort in der Lage, das Ende umzuschreiben, sodass etwas anderes passierte.

Das Flugzeug neigte sich zur Seite, während das Kind sich wand und strampelte und weinte, doch sie saß im Wohnmobil bei heruntergekurbelten Fenstern. Sie sangen James-Taylor-Songs mit der warmen kalifornischen Luft auf der Haut. Vor ihnen lagen zwölfhundert Meilen Highway, und seine Hände lagen breit und stark auf dem Lenkrad.

Sie fuhren bei Nebel über die Golden Gate Bridge und unterhielten sich über Wale. Danach ging es an den wilden Stränden Nordkaliforniens entlang nach Oregon. Eine Nacht verbrachten sie im Schlafsack am Cannon Beach unter unglaublich hellen Sternen, wo er ihr den Seegrashalm um den Ringfinger wickelte. Am nächsten Tag überquerten sie die Staatsgrenze Washingtons, und dann sahen sie plötzlich die Hochhäuser von Seattle und im Westen den glitzernden Bogen des Puget Sound mit den Inseln Bainbridge und Whidbey. Während Regenwolken aufzogen, tuckerten sie weiter zwischen der Olympic-Halbinsel und dem Kaskadengebirge.

Sie kurbelten die Fenster hoch und kramten Pullover und Decken hervor; sie tranken Kaffee und rauchten Zigaretten am Straßenrand, während sie auf den Abschleppwagen warteten; sie teilten sich ein Abendessen im Regen, verbrachten eine

Nacht auf dem Parkplatz vor der Werkstatt und fuhren dann mit repariertem Anlasser weiter und bei einem Hagelsturm über die kanadische Grenze. Als sie im Hafen ankamen, klarte es gerade auf. Am Ufer, wo Möwen im Sturzflug ins Wasser tauchten und Frachtschiffe entladen wurden, reihten sie sich in die Schlange ein und schaukelten über die scheppernde Rampe hinauf auf die Fähre. Sie legten ab und schnellten wie eine Flipperkugel von Insel zu Insel, fuhren zwischen dicht bewaldeten Bergen hindurch, die wie Rückenflossen aus dem Meer ragten, und die Küste mit ihren Kiefern, Zedern und Hemlocktannen entlang. Zwischen den Bäumen entdeckten sie hin und wieder den weißen Spiegel eines Rehs oder einen Braunbären. Seeotter schauten aus dem Wasser, Seehunde sonnten sich auf grauen Felsen.

Dann war da Dean, und Jonas wurde plötzlich jungenhafter. Sie wechselten auf Deans großes Boot und fuhren stundenlang durch dichten Nebel, wobei sie über die Forschung und den bevorstehenden Sommer redeten. Das qualmende Boot kam zitternd zum Erliegen. Die Männer krempelten sich die Ärmel auf und verschwanden, um dann ölverschmiert und mit geschwellter Brust zurückzukommen. Als sie auf die Insel zutuckerten, lichtete sich der Nebel und enthüllte einen Totempfahl auf der Landzunge – vom Kwakwaka'wakw-Stamm, erklärten ihr die Männer – und auf ihm Max'inux, den Seewolf. Es passte, dass ein Schwertwal die Stelle markierte, wo ihr Leben begann – und endete.

Auf diesem Flug nach England, während ihre Brüste im Mund ihres Babys bluteten, spürte sie, wie sich das Totem des Kummers in ihrem Herzen einquartierte, wie es den Blutfluss stoppte und den Herzschlag durcheinanderbrachte. Sie konnte nicht ändern, was geschehen war, aber in Gedanken würde sie immer dort sein, draußen auf dem Wasser, und lauschen, beobachten, sich Notizen machen, bei Sturm und bei Sonnenuntergang, und sich den Tatsachen ihres Lebens widersetzen.

I

Es sieht so aus, als bliebe es an mir hängen, die Geburtsurkunde zu finden.

»Dad weiß nicht, wo sie ist«, sagt Alice, »und ich habe schon überall gesucht. Sie muss also im Atelier sein.«

Sie sieht mich über den Küchentisch hinweg an, und wir verstehen einander: Sie kann nicht da hoch, aber ich.

Es ist spät, fast Mitternacht. Finn schläft oben im Reisebettchen, und ich habe bleischwere Glieder. Aber sie ist auch erschöpft, und wir wissen beide, dass der Gang nach oben für sie schlimmer wäre als für mich.

Das Atelier unserer Mutter – eine grandiose Bezeichnung für eine alte Rumpelkammer – liegt unter dem Dach auf der Rückseite des Hauses. Ich schiebe den Stuhl zurück und steige die zwei Treppen zu dem schmalen Treppenabsatz hinauf. Zuerst spähe ich in mein altes Zimmer. Ich kann ihn durch das Netz des Reisebettchens sehen: den zerzausten Haarkranz und die Wangenrundung über dem Schlafsack. Auf Zehenspitzen schleiche ich hin und beuge mich lauschend über ihn. Mit achtzehn Monaten ist Finn noch immer mein Baby, klein genug, dass irgendwo in meinem Muttermechanismus die Frage lauert, ob er weiteratmet, wenn ich nicht bei ihm bin. Ich streiche ihm über die Stirn und den Handrücken. Trotz der Kälte im Zimmer ist er warm. Fröstelnd schlage ich die Vorderteile meiner Strickjacke übereinander und halte sie an mich gedrückt, während ich ihn betrachte. Ich finde ihn vollkommen. Er liegt gekrümmt auf der Seite, warm und sicher, und atmet gleichmäßig. Nach einem Augenblick gehe ich hinaus und über den Treppenabsatz.

Es ist empfindlich kalt hier oben. Ich greife nach der Klinke, zögere aber, dann reiße ich mich zusammen und drücke die Tür auf.

Es gibt einen Heizkörper und ein elektrisches Heizgerät, aber die sind offenbar seit Langem nicht eingeschaltet worden. Frierend gehe ich zum Fenster. Das Rollo ist hochgezogen, und mein Gesicht schwankt mir entgegen, augenlos und hohlwangig. Meine Haare sind zerzaust. Ich sehe aus wie eine Hexe oder eine Irre. Wahrscheinlich habe ich mich tagelang nicht gekämmt.

Ich beuge mich über den Schreibtisch und drücke das Gesicht an die Scheibe, bis mir die Nasenspitze zu kalt wird. Bei Tag blickt man wie aus einem Vogelnest über die Häuser auf der anderen Seite des Flusses und über die Feuchtwiesen. Unter dem sternklaren Himmel kann ich gerade noch die Straße ausmachen, die zwischen den Heckenreihen den Hügel hinaufflüstert wie ein Geheimnis.

Ich gehe vom Fenster weg und schaue mich um. Auf dem Kaminsims sehe ich eine Flasche Jasminöl, eine Duftlampe und zwei Steine vom Strand so groß wie eine Babyfaust. Überall befinden sich Strandfunde – Treibholz, Kiesel, Muscheln, eine Vase mit Seegras, ein verheddertes Seil. Die Nacht schleicht durch die Dinge, und der Duft meiner Mutter scheint sich dabei zu entfalten – Jasmin und Terpentin, Salzwind und Gartenerde.

Die Putzfrau hat alles auf Vordermann gebracht. Trotzdem liegen lauter Skizzen und fertige Bilder herum. Keine Ahnung, was wir mit all der Kunst tun sollen.

Einige Ölgemälde stapeln sich am Boden vor dem Bücherregal. Das oberste zeigt den zerstörten Westpier aus der Perspektive des Brightoner Strands. Das Gerippe ragt aus den Wellen. Es gibt keine Brücke mehr, auf der man hingelangen oder von dort weglaufen könnte, nur noch ein rostendes Skelett auf Insektenbeinen. Es hat etwas von Verwesung und geraubter Fröhlichkeit an sich. Mir kommen die verschwundenen Lichter und Musikpavillons in den Sinn und Geistermädchen in schwingenden Röcken. Selbst in dem düsteren Licht ist zu erkennen, wie wütend die See ist. Offenbar war meine Mutter eine wirklich gute Malerin.

Eine Erinnerung steigt auf, die ich jetzt nicht haben will. Es ist lange her. Wir standen am Strand von Brighton, nur wir beide, sahen einen Schwarm Stare durch den Himmel ziehen und mehrmals die Richtung wechseln, dann im Gerippe des Piers verschwinden wie eine Rauchwolke, die in einen Strudel gerät.

»Warum stoßen sie nicht zusammen?«, fragte ich.

Sie sah zu mir herunter. »Sie können es durch Intuition und Vertrauen.« Dann ging sie vor mir in die Hocke und fasste mich an den Oberarmen. »Kali, ich muss …« Sie atmete schnell, als wäre sie gerannt. Einen Moment lang kam es mir so vor, als sähe sie mich wirklich – nur mich –, und ich wuchs und fühlte mich wichtig. Doch dann zog der altbekannte Schatten über ihre Augen, und als sie meine Arme losließ, verschwand das gute Gefühl. »Nein. Es spielt keine Rolle.« Sie wandte sich ab und ging einfach den Strand entlang, rief mir streng über die Schulter zu, ich solle mich beeilen, sonst kämen wir zu spät zur Ballettschule, wo wir Alice abholen wollten. Ich rannte hinter ihr her die steile Böschung hinauf, aber die Steine rutschten unter meinen Stiefeln weg. Es war wie im Traum, wenn man nicht schneller laufen kann, obwohl das Leben davon abhängt.

Flüchtig schaue ich die übrigen Bilder durch, die sehr abstrakt sind – die Seven Sisters, Segelboote bei Seaford, Kieselsteine am Beachy Head. Sie hat immer nur das Meer gemalt, über dreißig Jahre Wellen, Boote, Kiesstrand und Möwen, obwohl unser Dorf fünfzehn Meilen von der Küste entfernt liegt, auf Wealder Lehm, umgeben von Eichen, Teppichen von Sternhyazinthen, Wiesenkerbel, Weißdornhecken und den Downs, die sich mit dem Licht und den Jahreszeiten ändern. Lauter bestens geeignete Motive für den Landschaftsmaler, von meiner Mutter jedoch stur ignoriert.

Ihre Staffelei steht in einer Ecke, und überall liegen Schachteln mit Kohle und Pinseln. Eine Holzkiste quillt über von Farbtuben. Ihre abgetragenen schwarzen Stiefel stehen in der anderen Ecke – die kann ich nicht ansehen –, und ihr grüner Seidenschal hängt an der Tür. Er hat denselben Ton wie ihre

Augen. Ich habe mir immer gewünscht, ich hätte ihre Augen geerbt. Meine haben ein eigentümliches Marineblau, das Doug großmütig violett nennt.

Aber ich kann nicht an Doug denken. Nicht jetzt. Es geht einfach nicht. Nicht, solange ich das hier tue. Seit mir sein Handy in die Finger fiel und alles zerstörte, bin ich nicht mehr imstande, an ihn zu denken. Auch wenn ich versuche, mir darüber klar zu werden, was das bedeutet, macht mein Verstand dicht, als würde sich der betroffene Teil meines Gehirns abschalten.

Als ich am Vormittag seine Stimme gehört habe, war meine Wut so groß, dass ich nur krächzen konnte. »Ich muss hierbleiben und bei der Beerdigung helfen.«

»Aber ich werde hinkommen – ich sollte da sein … du solltest das nicht allein tun. Das geht nicht.« Sein schlechtes Gewissen war ihm anzuhören.

»Nein!«, schnauzte ich. »Ich will nicht, dass du herkommst.«

Eine Sekunde lang herrschte Schweigen, dann legte ich auf.

Ich wollte nur noch wegrennen, weit weg, dahin, wo mich davon nichts mehr berührt. Er wird meine Unfähigkeit, mit ihm zu sprechen, erst einmal dem Schock der Trauer zugeschrieben haben. Vielleicht hat es ihn sogar erleichtert, dass ich mit Finn in Sussex bleibe. Wenn wir nicht zu Hause sind, kann er länger arbeiten, bei wichtigen Besprechungen, Konferenzen oder Vorlesungen, die er angesetzt hat, und muss sich nicht abhetzen, um rechtzeitig zur Badezeit nach Hause zu kommen, oder sich schuldig fühlen, weil ich es schon wieder allein gemacht habe. Vielleicht fährt er auch los, um mit ihr zusammen zu sein.

Aber solche Gedanken kann ich nicht weiterspinnen. Nicht jetzt. Dass das ausgerechnet jetzt kommen muss! Ich versuche zu atmen. Fliehen möchte ich, das ist das Einzige. In mir schreit es geradezu: Hau ab! Weit weg möchte ich sein, überall, nur nicht hier.

Ich muss mich konzentrieren und die Sache hinter mich bringen. Es gibt keinen Ort, wohin ich fliehen könnte. Es ist schon so spät, und mir tun die Augen weh, als ob sie schrumpften. Ich muss nur ihre Geburtsurkunde finden und kann hinausgehen.

Dann brummt plötzlich das Handy in meiner Hosentasche, als wären meine Gedanken bis nach Oxford durchgedrungen. Ich drücke auf »Ablehnen«. Er versucht schon den ganzen Abend, mich zu erreichen, aber ich will seine Stimme nicht hören, nicht seine Entschuldigungen oder, noch schlimmer, seine Geständnisse. Weder die Wahrheit noch Lügen könnte ich ertragen. Ich lege das Handy auf den Boden, knie mich vor den Aktenschrank und reiße ihn auf. Es klingelt schon wieder. Ich trete es unter den Schreibtisch. Es piept und verstummt.

Im Augenblick kommt es darauf an, die Geburtsurkunde meiner Mutter zu suchen. Wenn ich sie gefunden habe, werde ich gehen und bei Finn schlafen, und in kaum fünf Stunden werde ich aufwachen, weil mein Baby lacht und singt, mit den Fäusten an den Holm des Bettchens schlägt und »Mama! Mama? Mam-AAA!« ruft. Und ich werde weiter funktionieren; ich werde den nächsten Tag absolvieren und den übernächsten, weil ich trotz allem noch Finn habe.

Die Hängemappen sind überraschend gut geordnet. Es gibt eine mit ihrer Krankenkassenkarte, Informationen über Eisenmangel und dem Entwarnungsbescheid von einer Mammographie vor drei Jahren, der mich jetzt verhöhnt. Es muss auch einen Haufen Papierkram vom Krankenhaus geben. Hoffentlich fällt mir der nicht in die Hände.

Ich blättere durch die Ordner – Kontoauszüge, diverse Quittungen, aber keine Geburtsurkunde. Ich ziehe eine Mappe heraus, auf der »persönlich« steht, und kippe den Inhalt auf den Teppich. Eine Muttertagskarte mit einem Herz, das ich mit Klebeflitter gemacht habe, als ich klein war und vergeblich versuchte, sie für mich zu gewinnen – oder sie froh zu machen. Ein Bild mit einem Apfelbaum, das Alice mit zehn Jahren gemalt hat, viel gekonnter als meine Versuche, und noch ein paar Muttertagskarten, die meisten von Alice. Außerdem ein alter blauer Luftpostbrief mit dem Namen meiner Mutter darauf und einer Adresse in Kalifornien. Ich erkenne die Handschrift meines Vaters. Sie wirkt sorgfältig und beherrscht, jeder Buchstabe ist makellos.

Ich betrachte den Brief. Ich sollte nicht. Aber ich kann nicht anders. Ich falte den Umschlag zu einem verknitterten Briefbogen auseinander.

Das Datum fällt in die Zeit, zu der er uns von Kalifornien nach England gebracht hat. Da muss ich zehn Monate alt gewesen sein.

Geliebte Elena,
in nur zwei Wochen wirst Du hier sein – ich hoffe, Du hast noch den Zettel, auf dem ich Dir die Flugverbindung aufgeschrieben habe. Kris wird Dich zum Flughafen bringen – seine Nummer steht auch auf dem Zettel. Aber bevor Du kommst, möchte ich ein paar Dinge klarstellen, weil ich mir nicht sicher bin, wie viel Du neulich bei unserem Gespräch aufnehmen konntest.
Du sollst wissen, dass ich mein Bestes tun werde, um Dich hier in England glücklich zu machen. Ich werde mich um Dich kümmern, immer, und für Kali sorgen. Das Haus ist schon fast fertig für Euch vorbereitet. Aber ich weiß, Du wirst es nach Deinem Geschmack einrichten wollen, darum habe ich alles sehr schlicht gehalten – weiße Wände, neutraler Teppichboden in allen Räumen. Hoffentlich findest Du es nicht völlig reizlos, aber sobald Du hier bist, kannst Du es nach Belieben verändern – Gardinen, Möbel und so weiter. Es hat ein Zimmer mit Blick auf den Apfelbaum, das Kali mögen wird. Ich stelle mir gern vor, wie sie eines Tages den Baum hochklettert.
Bitte sei Dir bewusst, dass wir uns an unsere Abmachung am Strand halten müssen – wir müssen von jetzt an nach vorn schauen und nicht zurück. Das wird für Dich schwierig, ich weiß. Es verlangt von uns beiden Engagement. Aber so ist es am besten, weil die Zeit Wunden heilt – darauf müssen wir vertrauen. Die Zeit bringt Vergebung und Heilung. Wir werden zusammen ein schönes Leben haben, dafür werde ich sorgen.

Ich verstehe vollkommen, dass es lange dauern wird, bis Du darüber hinweg bist. Aber das ist möglich, daran glaube ich ganz fest. Und das musst Du auch. Wie vereinbart werden wir nicht mehr darüber sprechen – um unseretwillen.
Es wird Dir in Sussex gefallen. Es ist ganz so, wie Du Dir England immer vorgestellt hast – das Dorf ist hübsch, und es gibt eine kleine Schule für Kali, wenn sie in das entsprechende Alter kommt. Das Haus steht unten an der Gabelung der Hauptstraße. Von unserem Schlafzimmer aus blickt man auf den Wegweiser und den Kreisverkehr, weshalb ich es Signpost House genannt habe. Es ist ein stolzer viktorianischer Bau, mit roten Ziegeln und Feuerstein, originalen Schiebefenstern und gut geschnittenen Räumen, wenn auch kleiner und nicht so luftig, wie wir es aus Kalifornien gewohnt sind. Es hat einen schönen (wenn auch ziemlich kleinen) Garten, der Dir hoffentlich Freude machen wird. Ein schöner Platz, um ein neues Leben anzufangen.
Ich werde Dich am Flughafen abholen und Euch beide sofort hinbringen. Bis nach Sussex sind es etwa zwei Stunden. Ich nehme jeden Tag in Cooksbridge den Zug nach London – der Bahnhof ist ein paar Meilen vom Dorf entfernt. Das ist vollkommen verkraftbar, wenn es auch einen langen Tag bedeutet. Auf lange Sicht werde ich mir in London wahrscheinlich ein Zimmer nehmen müssen, wo ich während der Woche ein paarmal übernachten kann. Die Arbeit in der Firma ist aufregend, aber anstrengend. Derwent behandelt mich zwar wie einen Schuljungen, aber ich denke, er ist zufrieden mit dem, was ich bisher geleistet habe.
Du fehlst mir, und ich sehne mich danach, Dich wiederzusehen. Du musst wissen, dass ich Dich immer geliebt habe – und immer lieben werde.
Gray

Ich falte das knisternde Papier zusammen und stecke es zurück in die Mappe. Mir ist, als wäre ich in ein Zimmer geplatzt, das versehentlich nicht abgeschlossen wurde. Mein Vater wäre entsetzt, wenn er wüsste, dass ich das gelesen habe. Ich habe kein Recht zu erfahren, was sich all die Jahre zwischen ihnen abgespielt hat.

Doch es ist offensichtlich, was passiert ist – sein Schuldgefühl ist offensichtlich –, und das macht einiges begreiflich. Sie haben nie über Kalifornien gesprochen oder in Erinnerungen daran geschwelgt, wie sie sich kennengelernt haben. Es gibt keine Familiengeschichte über einen romantischen Heiratsantrag, und ich habe auch nie ein Hochzeitsalbum gesehen. Meine Mutter hat immer sofort abgeblockt, wenn ich sie nach Amerika fragte. Jetzt weiß ich, warum.

Es ist schwer vorstellbar, dass mein Vater eine Affäre gehabt hat, dass er etwas so Leidenschaftliches oder Unmoralisches getan haben soll. Aber so war Kalifornien in den Siebzigern, und vielleicht war er damals anders. Damals dachte man anders, setzte andere Prioritäten. Ich habe nie gehört, dass er sich Gray nannte. Er war immer Graham.

Ich hätte den Brief nicht lesen sollen. Das Letzte, was ich brauche, ist die Bestätigung, dass es in jeder Ehe Untreue gibt oder dass sogar mein rechtschaffener Vater betrügen konnte.

Ich frage mich, ob Alice von der Affäre weiß. Vielleicht, denn sie und unsere Mutter haben über alles gesprochen. Ich hörte immer, wie sie sich in der Küche unterhielten, mit Radio 4 im Hintergrund, während die Spaghettisauce auf dem Herd blubberte und Alice' Hausaufgaben auf dem Tisch ausgebreitet waren. Wenn ich hereinkam, verstummten sie und sahen mich an. Dann sprang Alice auf und machte Platz oder bat mich, ihr bei Mathe zu helfen, versuchte beinahe rührend, mich einzubeziehen – als wäre es ihre Aufgabe, dass ich mich willkommen fühle. Doch unausweichlich kam der Moment, in dem meine Mutter und ich uns über ihren Kopf hinweg anblickten. Es muss für meine Schwester anstrengend gewesen sein, ständig ratlos zwischen den Fronten zu stehen.

Aber das ist Schnee von gestern. Ich werde sie nicht fragen, nicht jetzt. Es ist viel zu spät.

In diesen Hängeordnern ist die Geburtsurkunde nicht. Sie ist überhaupt nicht hier. Ich schaufle alles wieder in den Schrank und stemme mich mithilfe der Schreibtischplatte vom Boden hoch. Ich fühle die Enge in meinem Herzen, rein körperlich, aber auch eine emotionale Taubheit. Irgendwo in meinen Eingeweiden wappnet sich der Schmerz für den nächsten Tag.

Der Schreibtisch ist klapprig und voller Holzwurmschnörkel. Er hat zwei Schubladen. Ich ziehe eine auf und schaue hinein, als ob das Dokument wie durch ein Wunder darin liegt und auf mich wartet. Aber sie ist vollgestopft mit Ansichtskarten. Ich krame darin.

Es gibt welche mit Keramikvasen und ein paar mit Bildern von amerikanischen Ureinwohnern, meist kubistisch aussehende Fische in Schwarz und Rot, eckige Gesichter, eckige Augen, dicke schwarze Umrisse und schnörkelige Körperbemalung. Das Porträt eines Mannes macht mich neugierig, und ich drehe die Karte um. Sie stammt aus einer Kapelle in Ecuador. Es steht nur ein Satz darauf:

Ich denke heute an dich.
Susannah

Auch die anderen drehe ich nacheinander um und habe einen Moment lang das Gefühl, ich hätte den Verstand verloren, mein Gehirn hätte einen Kurzschluss. Auf jeder Karte steht dasselbe in derselben verkrampften Handschrift:

Ich denke heute an dich.
Susannah

Die meisten sind in Kanada abgestempelt, eine in Taos in New Mexico, eine in Seattle und ein paar in noch entfernteren Gegenden: Quito, Moskau, Durban. Manche Poststempel sind unleserlich, aber die leserlichen tragen alle dasselbe Datum, den 6. Mai. Die früheste, die ich finde, wurde vor fünfunddreißig

Jahren abgeschickt. Meine Mutter hatte im Juni Geburtstag, es sind also keine Geburtstagsgrüße.

Mir fällt auf, dass die meisten der späteren Postkarten, ab den frühen Neunzigern, von der Susannah Gillespie Gallery kommen.

Ich denke heute an dich.
Susannah

Ich stopfe sie alle wieder in die Schublade und schiebe sie zu, dann öffne ich die andere. Sie enthält Stifte und Radiergummis, ein kleines Allzweckmesser, ein Päckchen Orbit-Kaugummi, eine Nagelfeile, Haftnotizen, einen Hefter, eine Schachtel Swan-Streichhölzer und einen alten Lippenstift mit silberner Hülle.

Ich bekomme Kopfschmerzen an der Schädelbasis, und in meiner Brust sammelt sich Wut: Wer ignoriert einen Knoten in der Brust? Wer sitzt da und sieht tatenlos zu, wie er unter der Haut wächst? Mir laufen die Tränen übers Gesicht, ich halte mich nicht mehr zurück. Schluchzend stütze ich mich auf den Schreibtisch und lasse sie in ihre Schublade tropfen.

Dann höre ich so plötzlich auf, wie ich angefangen habe. Ich knalle die Schublade zu, richte mich auf, wische mir die Nase am Ärmel, schlucke, atme ein und aus. Es gibt keinen Grund zu glauben, dass meine Mutter sterben wollte. Vielleicht dachte sie nur, sie sei unbesiegbar. Ich wische mir mit den Handgelenken über das feuchte Gesicht. Sie hielt nichts vom Kranksein. Wenn wir als Kinder über Kopfschmerzen, Schüttelfrost oder Fieber klagten, sagte sie: »Wenn ihr ans Kranksein denkt, werdet ihr auch krank.«

Ich denke an die Zeit vor ihrem Tod – an das letzte Mal, wo ich sie richtig gesehen habe. Es war August, kurz nach der Diagnose. Wir waren im Garten. Finn hockte neben meinem Stuhl, nahm Erde in den Mund und spuckte sie aus. Meine Mutter war dünn und knochenbleich, als ob ihr Skelett ihr das Fleisch wegzehrte. Sie hatte sich die alten Jeans hochgekrempelt und war wie üblich barfuß, aber ihre Haare waren stumpf, die Locken schlaffer, grauer, straff zurückgebunden. Sie wirkte sehr klein, während die blauen Blumen hinter ihr hoch aufragten.

Wir saßen bei einer Kanne Tee und Zitronenkuchen, den sie gebacken hatte, aber nicht aß. An meinem Bürotag in jener Woche hatte ich für die neue Rubrik »Leben mit Brustkrebs« drei Frauen interviewen müssen. Während sie mir ihre intimen, schrecklichen Geschichten erzählten, konnte ich nur an meine Mutter denken und daran, was sie durchmachen musste und dass sie nicht – niemals – so mit mir reden würde. Hinterher nahm eine der Frauen im Alter meiner Mutter meine Hand und sagte, die Website sei ein Lebensretter. Wenn sie sich einlogge und die Videos der anderen Frauen sehe, die über ihre ganz ähnliche Situation erzählten, dann werde ihr bewusst, dass sie nicht allein sei.

Meine Mutter dagegen, die aufrecht auf ihrem weißen Gartenstuhl saß, war so allein, dass es wehtat, sie anzusehen. Sie hätte es niemals tröstlich gefunden, andere Leute über diese Krankheit sprechen zu hören. Die neue Rubrik der Website brauchte ich bei ihr gar nicht erst zu erwähnen. Ich ertrug es nicht, sie anzusehen, und schaute darum Finn zu, wie er rotbäckig in seiner Latzhose die dicken Fäustchen in die Erde schob.

Doug spürte offenbar die Spannungen, denn er zeigte auf die hohen Blumen und fragte leicht verzweifelt: »Die haben eine sehr schöne Farbe. Welche Sorte ist das?«

»Eisenhut.« Sie lächelte ihn dankbar an. Sogar am Ende, wo sie so dünn war, die Wangenknochen stark hervorgetreten und die grünen Augen eingesunken waren, selbst da bekam sie beim Lächeln Grübchen. Dann erzählte sie ihm, dass man aus den Wurzeln dieser Pflanze in Nepal ein tödliches Gift, in der chinesischen Medizin aber ein Heiltonikum macht. »Tod und Heilung«, sagte sie, »beides zusammen in einer knolligen Wurzel.«

Finn krabbelte auf die blauen Blumen zu. Ich sprang auf und riss ihn zurück, aber meine Mutter blieb ungerührt sitzen und kehrte das Gesicht dem blauen Himmel zu.

»Grannys Blumen sind giftig«, sagte ich spitz. »Nicht anfassen. Igitt.« Aber ich hätte sie am liebsten gepackt und geschrien: *Du meine Güte! Dein Enkel ist bei dir! Interessiert dich das gar nicht? Siehst du ihn denn nicht? Willst du ihn nicht kennenlernen, bevor du stirbst?* Aber natürlich schluckte ich das hinunter und drehte mich von ihr weg, um Finn auf den Rasen zu setzen, weit weg vom Eisenhut.

Wir blieben zu lange im Garten, und in gewisser Weise war es, als hätte sich nichts geändert. Sie war wie immer um Doug bemüht, fragte, wie es an der Universität laufe, sprach ihn auf sein neuestes Buch an und schnitt ihm ein zweites, noch dickeres Stück Kuchen ab. Finn bot sie keinen an, und ich musste erst fragen: »Darf ich?« Darauf schaute sie überrascht und ein bisschen peinlich berührt.

»Ja, entschuldige, natürlich.«

Sie lächelte Finn auf ihre distanzierte Art an, als er auf meinem Schoß das Eckchen Kuchen aß, das ich ihm gegeben hatte, und uns beide vollkrümelte. Als er zu ihr aufsah und sie anstrahlte, sah ich sie weich werden. Sie beugte sich zu ihm und berührte mit den Fingerspitzen seine Zehen. »Schmeckt dir der Kuchen?«, fragte sie sanft. »Ja?« Dann trübte sich ihr Blick. Blinzelnd sah sie weg, obwohl er mit seinen großen braunen Augen weiter zu ihr aufschaute. Ich bekam einen Kloß im Hals und strich Finn über den Kopf. Doug war plötzlich angespannt, rechnete vielleicht mit Streit. Aber ich fing an, von Finn zu erzählen – davon, was er inzwischen aß, wie ich ihm zum ersten Mal feste Nahrung gegeben und dass er entgegen den Unkenrufen der Säuglingsratgeber nichts ausgespuckt, sondern sein Essen geradezu verschlungen habe. Während ich so plapperte, blickte sie bloß in den Himmel, nickte vage und packte, was immer sie davon aufnahm, an jenen unzugänglichen, dunklen Ort.

An diesem Nachmittag brachte ich es nicht über mich, sie zu fragen, warum sie die Behandlung ablehnte. Ich schaffte es nicht, ihre Hand zu nehmen und zu sagen, wie leid es mir tue, mehr als leid, und dass ich sie trotz all unserer Schwierigkeiten und Missverständnisse und Wut liebte; dass es nicht auszuhalten sei – dass sie nicht sterben dürfe. Ich konnte ihr nicht sagen, dass ich nicht nur ihr die Schuld daran gab, wie wir miteinander umgingen, sondern auch mir. Dass wir beide schuld waren. Ich konnte meiner Mutter nicht sagen, dass ich sie liebe.

Nur eines war diesmal anders zwischen uns. Nachdem ich Finn im Kindersitz angeschnallt, seinen verlorenen Teddy gefunden, seine Gummistiefel, Pappbücher, Fläschchen und Kleider in den Kofferraum gepackt und Doug angeschnauzt hatte, weil das Reisebett noch oben war, standen wir alle einen Moment lang beim Wagen. Und plötzlich zog sie mich in die Arme und küsste mir das Gesicht. »Pass auf dich auf, mein entzückender Liebling.«

So hatte sie mich seit vielen Jahren nicht mehr genannt. Die Worte schnürten sich um mein Herz, so fest, dass ich nur atmen und lächeln und zu Finn und Doug ins Auto steigen konnte. Ich kurbelte die Scheibe herunter, um Auf Wiedersehen zu sagen. »Bis bald.«

Aber ich besuchte sie nicht. Erst am letzten Tag sah ich sie wieder, vor einer Woche, als Alice um fünf Uhr morgens anrief und ich mich aus dem Ledersessel lösen und hinfahren musste.

Ich richte mich auf. Selbst ich halte es in dem Zimmer nicht aus. Es ist grässlich. Mir ist jetzt so kalt, dass mir buchstäblich die Zähne klappern. Ich wische mir mit beiden Händen die Tränen vom Gesicht. Kein Wunder, dass Alice nicht nach oben wollte.

Als ich aus dem Atelier komme, sehe ich am Fuß der Treppe eine stille Gestalt. Im Flur brennt kein Licht, und einen wirren Moment lang glaube ich, es sei ein Geist, der mich holen will. Dann begreife ich, dass es mein Vater ist.

»Oh!«, sage ich. »Gehst du zu Bett?« Aber sein Zimmer liegt am anderen Ende des Flurs. Er hat wohl ins Atelier gehen wollen, mich aber oben gehört und ist stehen geblieben, weil er sich nicht auch noch mit meiner Trauer befassen will. »Kommst du herauf?«

Er sagt nichts, rührt sich nicht. Einen Moment lang fürchte ich, er könnte zusammenbrechen.

Doch als ich unten vor ihm stehe, rieche ich den Whiskey. Mir fällt auf, dass er ein bisschen schwankt. Ich habe ihn noch nie betrunken gesehen und weiß, noch bevor er ein Wort sagt, dass es entsetzlich wird. Der Geruch passt überhaupt nicht zu ihm. Mit seinen zweiundsiebzig Jahren ist er noch immer groß und hält sich gerade. Er rührt sich nicht, aber seine milchig grauen Augen richten sich auf mein Gesicht.

»Sie hat dich sehr geliebt«, sagt er ohne einleitende Worte, als wären wir mitten in einem ernsten Gespräch, das wir noch nie geführt haben. Sein Edinburgher Akzent kommt durch.

Ich weiche dem Dunst aus. »Ja, nun, ich habe sie auch geliebt.«

»Du lieber Gott, Kali, du bist ihr so ähnlich. Das ist das eigentliche Problem: Ihr beide seid so stur und unbeugsam. Aber sie liebt – liebte – dich so sehr. Auch Finn, das musst du wissen …«

»Nein, schon gut. Ich weiß das, Dad. Schon gut.«

»Sie hatte nur … sie hatte … schreckliche … Sie hatte so viele komplizierte Erinnerungen – die kamen ihr bei euch beiden immer in die Quere – es war …«

»Dad, bitte –« Ich will nicht daran erinnert werden, wie schrecklich ich war und wie perfekt Alice immer gewesen ist. Doch er hebt die Hand, und ich halte den Mund.

»Sie hat nie …«, er artikuliert sehr sorgfältig, »es gibt so vieles, was du über deine Mutter nicht weißt, oh Gott, so vieles.« Er schluckt, schwankt ein bisschen. Er nennt mich selten Kali, meistens Kal. Meinen vollen Namen von ihm zu hören hat eine seltsame Wirkung auf mich: Ich werde weich und zugleich steif.

Vermutlich meint er die unglückliche Kindheit meiner Mutter. Sie hat ihre Mutter verloren, als sie noch klein war. Ihren Vater lehnte sie so sehr ab, dass sie nicht einmal über ihn reden konnte. Vielleicht meint er aber auch seine Affäre in Kalifornien. Wahrscheinlich will er mir Einzelheiten erzählen, als könnte das erklären, warum es ihr so schwerfiel, meine Mutter zu sein. Vielleicht fühlte sie sich durch mich an ihren verhassten Vater erinnert.

»Na gut«, sage ich. »Was weiß ich nicht über sie?«

Er atmet tief durch.

»Dad?«

»Ich war vermutlich nicht oft genug hier.« Er räuspert sich. »Als du noch klein warst. Ich habe mich nicht um euch gekümmert, und das tut mir leid. Ehrlich.« Er blickt mir in die Augen. Seine sind tief eingesunken und gerötet. Ich möchte dringend wegsehen, zwinge mich aber, es nicht zu tun.

»Aber gütiger Himmel! Ich konnte das ganze Drama einfach nicht ertragen. Du und deine Mutter, ihr wart«, jetzt wird er laut, ist plötzlich aufgebracht, »unmöglich!« Damit sind wir auf vertrautem Terrain.

Ich überlege, ihm zu sagen, dass er wirklich häufiger hätte hier sein sollen, aber ich bin mir nicht sicher, ob das tatsächlich von Bedeutung gewesen wäre. Was hätte es genützt, wenn er versucht hätte, sich mehr einzumischen? Er hielt sich fern, weil ihm all die chaotischen, weiblichen Gefühle fremd waren, und kein vernünftiger Mensch könnte ihm das vorwerfen. Es muss unerträglich gewesen sein, als ich ein Teenager war und meine Mutter und ich uns ständig stritten. Ich schrie und knallte Türen, sie machte dicht und schnitt mich. Das setzte uns beiden sehr zu, und jeder war in Gedanken mit dem anderen beschäftigt.

Dann kam die Reue – ich schluchzte, und sie strich mir übers Haar und sagte, sie habe mich lieb, werde mich immer lieb haben, egal was ich täte oder sagte. Ich erinnere mich, wie weich sie sich an meinem Ohr anfühlte, an das Rumpeln und Seufzen in ihrem Bauch, an ihren gleichmäßigen Herzschlag. So schlossen wir einen vorübergehenden Waffenstillstand. Und Stunden, Minuten, Augenblicke später ging es von vorne los. Eine Kleinigkeit änderte sich, ein Knopf wurde gedrückt, in ihr oder in mir, und wir gerieten uns wieder in die Haare. Kein Wunder, dass mein Vater so oft wie möglich in London blieb.

Plötzlich bin ich todmüde. »Hör zu, Daddy, es spielt wirklich keine Rolle.« Ich lehne mich mit der Schulter an die Treppenwand. »Du hast dein Bestes getan. Du brauchst dir wirklich keine Vorwürfe zu machen.«

»Ich habe dich und Alice immer gleich behandelt, nicht wahr? Immer. Immer genau gleich.«

»Ja.« Mir wird klar, dass das wahr ist. »Das hast du wirklich getan.« Es war nur meine Mutter, die meine Schwester viel entzückender und einfacher fand und das ganz offen zeigte.

Er nimmt meine Hand und drückt sie auf seinen Unterarm. Der Tweed fühlt sich rau an und seine Hand kalt und ledrig, aber verblüffend stark. »Ich hätte sie … wir hätten besser … Es wäre besser gewesen. Sie wollte …«

»Was, Dad? Was wollte sie?«

»Oh Gott.« Er schließt die Augen. »Das ist nicht richtig.«

»Dad, bitte, es ist in Ordnung.« Ich tätschle seine Hand. Er redet zusammenhanglos. Er weiß nicht, was er sagt. Dabei wird mir klar, dass ich eigentlich nicht wissen will, was er mir sagen möchte. Das ist mir zu viel. Ich möchte von der Treppe fliehen, irgendwo anders sein. »Hör zu, Dad, das sind doch lauter alte Geschichten, und überhaupt, es ging uns doch eigentlich gut, oder? Mum und ich sind im Grunde gut miteinander ausgekommen.«

Er schwankt wieder und wirkt plötzlich gequält. Seine Muskeln scheinen zu erschlaffen, lassen schon den Greis erkennen, der er bald sein wird. Es ist, als hätten Trauer und Whiskey eine Schicht von ihm abgeschält und er stünde entblößt vor mir.

Mein Leben lang war mein Vater dieses leuchtende Vorbild der Selbstbeherrschung, ein großer, würdevoller, priesterlicher Mann mit festen Gewohnheiten, der seiner Familie von Weitem als Anker diente. Doch nun sind seine Gesichtszüge eingefallen; er könnte sogar weinen.

Dann jedoch versteift er sich, strafft die Schultern und kneift den Mund zusammen. Er wird sich das nie wieder gestatten, nicht einmal in solch einem schrecklichen Zustand. Er hebt das Kinn und schaut die Treppe hinauf. Ich drehe mich um. Wir haben wohl beide halb erwartet, sie aus ihrem Atelier kommen zu sehen, mit medusenhaft abstehenden Haaren, und sie sagen zu hören, wir sollten sofort mit diesem Unsinn aufhören und schlafen gehen. Auf dem Treppenabsatz ist es dunkel, und die Tür ist geschlossen.

»Nun.« Er räuspert sich. »Es ist Schlafenszeit.«

Mit leicht gekrümmten Knien geht er langsam den Flur entlang.

Während ich an der Treppenwand stehe und horche, wie sich seine Schritte entfernen, breitet sich eine Leere in mir aus, als hätte ich auch ihn enttäuscht. Wie kann er in diesem Zimmer schlafen? In dem Bett, wo sie gerade gestorben ist? Er muss sich so einsam fühlen. Aber vielleicht gerade deshalb – vielleicht klammert man sich an den Ort, weil man nur den noch hat.

2

Erst als ich das Emily-Dickinson-Gedicht laut lese, bemerke ich, wie unpassend es ist.

Ich habe es ausgesucht, weil der Band unter dem Sofatisch lag und meine Mutter an der Stelle eine Karte hineingelegt hatte. Da war ich nicht ganz bei der Sache gewesen. Finn watschelte gerade umher und zog methodisch und konzentriert Bücher aus den Regalen. Ich las es nicht einmal richtig durch, sondern sah nur, dass es darin um Trauer ging. Ich dachte, sie müsse es gewollt haben, sonst hätte sie es nicht so draußen liegen lassen, als Zeichen – und wenn ich es vorläse, bräuchte ich nicht vor allen Leuten über sie zu sprechen.

Aber jetzt, zu spät, sehe ich, dass es um den Tod eines Geliebten geht. Das ist völlig daneben, und mein Gesicht wird beim Vorlesen immer heißer. Für meinen Vater ist das sicher demütigend, für Alice verwirrend. Als ich zu meinem Platz zurückgehe, kann ich sie beide nicht ansehen. Ich spüre, wie sich alle Gesichter, vertraute und fremde, zu mir drehen.

Alice gibt mir Finn zurück. Er streckt die Ärmchen nach mir aus, und ich fühle mich unsäglich erleichtert, als sein fester kleiner Körper mich wieder an die Bank fesselt. Ich drücke das Gesicht an seinen Nacken.

»Ba«, sagt er. »Blah, ba, ba.« Er tätschelt mir beruhigend den Kopf.

Ich küsse ihn über dem Ohr und rieche mit geschlossenen Augen an seinem Nacken, als könnte ich von seiner Unempfänglichkeit für diese schreckliche Veranstaltung etwas einsaugen. Bis auf das Geräusch von Finns Spielzeugkrankenwagen, der meinen Arm hinauf- und hinunterfährt, herrscht eine unheimliche Stille im Krematorium. Endlich steht Alice auf.

Die Trauer macht meine Schwester geisterhaft schön. Ihre Augen haben rote Ränder und sind heute noch grüner, weil sie so blass ist. Ihre Haare sind zu einem Pferdeschwanz gebunden. Sie hat den schlanken Körperbau unseres Vaters geerbt. Sie trägt lagenweise grauen Kaschmir, und ihre schmalen Füße stecken in Ballerinas. Sie ist ein paar Zentimeter größer als ich, und wir sind so sichtlich aus verschiedenem Holz geschnitzt, dass uns niemand für Geschwister halten würde. Es kam mir immer wie eine Ironie des Schicksals vor, dass gerade ich äußerlich nach unserer Mutter komme. Aber Alice hat die schönen grünen Augen geerbt.

Sie steht da und schildert bewegend und einfach, wie inspirierend unsere Mutter gewesen sei, Freundin, Vertraute und Beschützerin, und dass sie hofft, eines Tages als Mutter wenigstens halb so gut zu sein. Wäre ich aufgestanden und hätte so von Herzen gesprochen, statt ein sonderbares Gedicht vorzulesen, hätte es sich angehört, als wären wir jede von einer anderen Frau großgezogen worden: Alice' Mutter stabil, liebevoll, ausgeglichen; meine versunken in Traurigkeit, hitzig, emotional unzuverlässig, in einem Augenblick liebevoll, im nächsten abweisend.

Da Alice viel jünger ist als ich, hat sie gewisse Seiten unserer Mutter, an die ich mich klar erinnere, nicht kennengelernt. In dem Sommer ihrer Geburt, ich war damals sechs, lag unsere Mutter jeden Tag im Bett auf der Seite, einen Arm unter dem Kopf, und starrte die Wand an, während Alice an ihrer Brustwarze klebte. So ging es wochenlang. Wie lange genau, weiß ich nicht. Ich erinnere mich nur an ihren stumpfen Blick, daran, dass die Vorhänge immer zugezogen waren und sie mit heiserer Stimme sagte: »Geh spielen. Das Baby muss schlafen.« Ich weiß auch noch, dass Alice unaufhörlich wimmerte und meine Mutter einen furchtbar ekligen Geruch absonderte, als ob sie verdorbene Milch ausschwitzte.

Sie stand nicht auf, um für mich zu kochen oder mit mir zum Strand zu gehen. Daher verbrachte ich viel Zeit im Apfelbaum, beobachtete die Autos, die die Dorfstraße entlang auf den Wegweiser vor unserem Haus zufuhren. Ich dachte mir ein Spiel aus, bei dem ich riet, in welche Richtung sie abbiegen würden, und für jeden Irrtum schnitt ich mit einem Federmesser eine Kerbe in die Rinde. Manchmal schickte sie mich allein zum Laden Brot oder Milch kaufen, und ich weiß noch, dass ich einmal Toast machen wollte und nicht wusste, wie der Toaster zu bedienen war, und darum das Brot mit einer Gabel hineinhielt. Das war das einzige Mal, dass sie sich meinetwegen bewegte. Ich erinnere mich, wie sie angestapft kam.

Meinem Vater war das Problem vermutlich bewusst, denn am Wochenende fuhr er mit mir im Auto herum oder ging mit mir Eis essen. Davon abgesehen stand er der Situation wahrscheinlich ratlos gegenüber.

Ich hätte gegen Alice eine Abneigung entwickeln können. Das wäre eine gesunde Reaktion auf die neugeborene Rivalin gewesen, aber das tat ich nicht. Vielmehr fühlte ich mich als Beschützerin dieses sonderbaren Geschöpfs der Natur, das noch nicht so ganz in der Welt angekommen war.

Später, als wir größer waren, gab es ebenfalls Phasen, in denen meine Mutter den ganzen Tag mit dem Gesicht zur Wand im Bett lag und in denen ihre Haare auf dem Kissen eine feuchte Schicht bildeten wie moderndes Laub. Ich versuchte, die Situation zu verbessern, indem ich mit der kleinen Alice schaukeln ging, die Küche sauber machte, Blumen pflückte und in ein Marmeladenglas auf den Nachttisch unserer Mutter stellte. Irgendwann waren diese Phasen vorbei. Da war ich schon älter, fast ein Teenager. Aber bei mir hatte sich Groll angesammelt. Ich wusste, ich konnte mich nicht auf sie verlassen, und zu der Zeit fingen die heftigen Streitereien an. Alice und ich hatten wirklich sehr verschiedene Mütter.

Nach dem Gottesdienst kommen mehrere Leute zu mir, um zu kondolieren und leise über Finn zu plaudern, der umhersaust, Blüten mit den Fäusten greift, den Leuten um die Beine schwirrt, zärtlichen Klapsen ausweicht, an Sachen zerrt. Niemand spricht mich auf das Gedicht an, aber etliche sagen: »Du siehst wirklich aus wie deine Mutter.« Eine Frau mit hennaroten Haaren und peruanischen Ohrringen meint, die Bilder meiner Mutter sollten ausgestellt werden. »Sie war eine wundervolle Künstlerin und eine wundervolle Freundin.« Sie fasst mich am Arm und blickt mir freundlich in die Augen. »Ich weiß, ihr zwei hattet Probleme, aber sie hat immer sehr stolz von dir und ihrem schönen Enkel erzählt.«

Es schnürt mir die Kehle zu, und kurz befällt mich die Vorstellung, diese Frau könnte die magische Verbindung zu meiner Mutter sein – sie für mich finden und mir zurückbringen. Sie gibt mir ein Taschentuch und sagt: »Es tut mir so leid, Kal.«

Der Morgen ist trüb, und die Küchenfenster sind beschlagen. Ich kann die Umrisse des Apfelbaums erkennen, dessen nackte Klauen im Wind schwanken. Alice steht mit dem Rücken zu mir an der Spüle und telefoniert. Ihre Haare sind im Nacken hochgesteckt. Finn hat die Arme um mich gelegt. Er ist noch müde und will kuscheln. Die Bodenfliesen sind kalt, und ich wünschte, ich hätte dicke Socken eingepackt. Die Heizung ist noch nicht angesprungen, aber ich habe mir einen alten warmen Pullover von Doug übergezogen und die Ärmel umgekrempelt. Ich habe ihn mir ohne zu überlegen genommen. Er riecht nach Doug.

Es ist noch nicht einmal halb sieben, aber Alice ist offenbar schon die Papiere unserer Mutter durchgegangen, denn Dokumente und Ordner liegen auf dem Küchentisch verstreut. Ich frage mich, ob sie überhaupt geschlafen hat. Sie ist so fleißig und darauf erpicht, ständig das Richtige zu tun – so war sie schon immer.

Sie muss heute wieder ins Büro, aber soweit ich weiß, wird zu Hause niemand auf sie warten. Niemand wird ihr Essen machen und sie im Arm halten, wenn sie um unsere Mutter weint. Tapfer steht sie in Leggings und einem weiten Pulli an der Spüle und nickt mit dem Handy am Ohr. Ihr Kopf wirkt schwer und ihr Hals zerbrechlich.

Ich werde auch gehen müssen. Nur kann ich nicht nach Hause. Im Augenblick ist es unvorstellbar, im selben Zimmer zu sein wie Doug. Ich muss mir eine andere Bleibe suchen. Alice würde uns aufnehmen. Ich versuche mir Finn und mich in ihrer sauberen weißen Wohnung vorzustellen.

»Das ist einfach unrealistisch«, sagt Alice barsch.

»Runter.« Finn krümmt sich, und ich drücke ihn am Oberschenkel gegen mich. »Runter!«

»Wie wär's, wenn du dich in deinen Stuhl setzt und wir erst mal etwas frühstücken, hm?« Ich setze ihn rasch in seinen Hochstuhl.

»Das geht nicht«, sagt Alice abweisend. Sie dreht sich um, sieht mich über die Schulter an und verdreht die Augen zur Decke. Mit wem telefoniert sie so früh am Morgen? Anscheinend schläft überhaupt niemand mehr.

»Runter!« Finn patscht auf die Ablage des Hochstuhls, dann schaut er sich seine gespreizten Hände an – zwei pummelige Seesterne. Er patscht erneut und freut sich über das Geräusch.

»Warte eine Minute, Schatz, ich gebe dir gleich Milch.« Auf dem Weg zum Kühlschrank binde ich mir mit dem Gummiband, das ich ums Handgelenk trage, die Haare zusammen. Finn sieht mir ungeduldig zu, wie ich seine Trinklerntasse fülle, dann greift er sie mit beiden Händen und saugt an dem Schnabel, wobei er unter seinen Ponyfransen zu mir hochschaut. Ich gebe ihm einen Kuss auf den Kopf und beginne, Brot zu schneiden.

»Schläft Dad noch?«, forme ich mit den Lippen, als Alice sich herumdreht.

Sie deutet auf das Arbeitszimmer.

Wo sollte er sonst sein? Selbst so früh am Morgen, am Tag nach der Beerdigung, ist er schon auf und arbeitet.

Das sollte mich nicht überraschen, denn so hat mein Vater auf fast jede schwierige Situation reagiert: sich zurückziehen und arbeiten. Nach London fahren. Noch mehr arbeiten.

Doch ich bin ungerecht. Er ist ins Wanken geraten. Der gestrige Abend war schrecklich. Warum sollte er nicht nach etwas greifen, das ihn aufrecht hält? Als sie starb, ist ein Grauschleier über sein Gesicht gefallen, und jetzt ist er zögerlich und wacklig, als ob das Blut nicht mehr richtig durch seinen Körper fließen würde. Er hat getan, was er in seinem Brief versprochen hat: Er liebte und sorgte für sie bis zuletzt.

Natürlich werden wir unsere Begegnung an der Treppe mit keinem Wort erwähnen. Soweit ich zurückdenken kann, haben mein Vater und ich es immer vermieden, über etwas auch nur annähernd Persönliches zu sprechen. Vermutlich schämt er sich. Wie wird er sein Leben nun einrichten? Er kann nicht an den Wochenenden in ein leeres, kaltes Haus kommen. Ich stelle mir vor, wie er freitagabends die Dorfstraße hinunterfährt und den hallenden Flur betritt. Das geht nicht. Bestimmt wird er es verkaufen. Ohne sie ist unser Zuhause nur unerträgliche, angeschwollene, mit Ziegelsteinen umbaute Abwesenheit.

Ich streiche Butter und Marmite auf Finns Toast und schneide ihn in Streifen. Er nimmt einen und untersucht ihn wie einen faszinierenden Gegenstand. Dann zerdrückt er ihn in der Faust. Seine Haare stehen wüst ab, sind im Nacken zausig und in der Stirn zu lang. Seine Augen sind groß und haben dunkle Wimpern und Dougs Schokoladenbraun. Er schiebt sich ein bisschen Toast in den Mund. Ich neige mich zu ihm und streiche ihm die Haare aus den Augen.

Unvermittelt sehe ich mich an unserem Bett mit Dougs Telefon in der Hand, wie ich die zwei SMS lese, die alles verändert haben. Wie konnte er das tun?

Auf dem Tisch steht die Cafetière mit Alice' Kaffee. Ich gieße mir ein und setze mich neben Finn. Alice trinkt den ganzen Tag Kaffee. Dieser hier ist dick wie Sirup und lauwarm. Das kann nicht gut für sie sein. Kein Wunder, dass sie nicht schläft. Ich sollte etwas essen, aber seit ich Dougs Handy gefunden habe, ist mir ständig ein bisschen übel. Ich bin so müde. Am liebsten würde ich wieder ins Bett gehen. Ich reibe mir mit beiden Händen übers Gesicht. Ich muss unter die Dusche. Dringend. Aber erst mal einen Schluck Kaffee.

Alice kommt an den Tisch. Sie sieht mich an und hebt den Zeigefinger. »Ich halte das nicht für realistisch«, sagt sie in ihr Handy. Es ist seltsam, sie so bestimmend und barsch zu erleben. Wie ich sehe, ist meine kleine Schwester in ihrem beruflichen Umfeld wohl recht einschüchternd.

Mir ist unbegreiflich, wie sie sich jetzt mit ihrer Arbeit befassen kann. Während sie zuhört und nickt, deutet sie mit dem Ellbogen auf eine alte Schmuckschatulle auf dem Tisch.

Sie wird alles aufteilen wollen. Alice hat einen Gerechtigkeitsfimmel. Vielleicht hat das etwas damit zu tun, dass sie Anwältin ist – oder aber mit dem alten Schuldgefühl, weil sie die bevorzugte Tochter war.

»Ja, vierteljährlich.« Sie deutet wieder auf die Schatulle. Dann hält sie die Hand auf die Sprechmuschel. »Hab ich gefunden«, zischt sie, »hinten in ihrem Kleiderschrank. Ich glaube, das ist bloß Krimskrams aus ihrer Studentenzeit in Kalifornien. Aber möchtest du was davon?« Sie nimmt die Hand weg. »Wie hoch sind die Kosten?«

Die Schatulle ist so groß wie ein Schuhkarton, aber flacher und mit blauem Samt bezogen. Die Ecken sind durchgescheuert, der Stoff verschossen. Der gepolsterte Deckel ist eingedrückt, als wäre er jahrelang eingeklemmt gewesen.

Finn kaut seinen Toast. Seine Wangen sind vollgestopft wie bei einem Hamster. Er sieht mich erwartungsvoll an.

»So lecker ist der Toast?«, frage ich. Er grinst.

Dann hebe ich langsam den Deckel an.

Auf einem gefalteten Notizbuch liegt eine streichholzschachtelgroße Elfenbeinfigur. Ich nehme sie heraus und halte sie ins Licht. Es ist eine fischähnliche Kreatur mit ausgehöhltem Bauch und verschnörkelten Linien. Etwas steckt darin. Ich schaue aus einem anderen Winkel und erkenne, dass mir ein menschliches oder fast menschliches Gesicht entgegenblickt, eine höhnische Fratze mit winzigen, quadratischen Zähnen. Einen Moment lang kommt es mir so vor, als wäre sie lebendig und könnte mich beißen. Ich lege das Ding hin.

Dann nehme ich das Notizbuch in die Hand. Der Einband lässt sich nicht glätten. Das Papier ist vergilbt, aber ihre saubere Highschool-Schrift ist unverkennbar. Sie ist das Einzige aus ihrer Zeit in den Staaten, was sie nicht abstreifen konnte.

Ich blicke auf aneinandergereihte Vokale: eeeeoooup. Ich blättere um und sehe eine Kolonne von Uhrzeiten, beginnend mit 6.00 und endend mit 18.18. Neben den Zeiten stehen noch mehr vokallastige Silben zusammen mit Stichworten wie »Flipperschlag«, »gleichzeitiges Tauchen«, »B Sprung«. Ich blättere ein paar Seiten weiter – wissenschaftlicher Jargon, noch mehr unzusammenhängende Bemerkungen: »Schwanzschlag«, »Fluke gehoben«, »still«.

Seit Jahren habe ich nicht mehr daran gedacht. Ich vergesse leicht, dass meine Mutter früher Wissenschaftlerin gewesen ist. Ich weiß nicht, ob ich sie je gefragt habe, worum es in ihrer abgebrochenen Doktorarbeit ging. Um Meeresbiologie, das weiß ich. Um Delfine, so glaube ich. Nach Einzelheiten habe ich nie gefragt, weil sie immer so empfindlich reagierte, was ihre Vergangenheit anging. Als ich älter wurde, begriff ich, dass sie es zutiefst bedauerte, ihre Forschung aufgegeben zu haben, und sich möglicherweise auch schämte. Das hat wahrscheinlich die ersten Depressionen ausgelöst. Solche Geschichten kennt man: Eine intelligente, tatkräftige Frau ist gezwungen, ihren Beruf, den sie mit Leidenschaft ausübt, aufzugeben und ein langweiliges häusliches Leben zu führen. Kein Wunder, dass sie depressiv war. Als Teenager war ich davon überzeugt, der Ursprung ihres Unglücks zu sein, da sie ihre Promotion ja ganz offensichtlich meinetwegen abgebrochen hatte. Da wollte ich das Thema ganz bestimmt nicht anschneiden.

Inzwischen verstehe ich natürlich, dass es viel komplizierter gewesen sein muss. Unter anderem hatte sie diese Wochenbettdepression, die nicht als solche erkannt wurde. Doch jetzt ist es zu spät. Ich werde nicht mehr genau erfahren, warum sie so traurig war und was sie insbesondere an Delfinen interessiert hat oder warum sie die Promotion abgebrochen und nie wieder gearbeitet hat. Auch diesseits des Atlantiks gibt es den Fachbereich Meeresbiologie. Doch sie wollte nicht einmal mit uns ins Aquarium gehen. Ebenso wenig werde ich etwas über ihre Kindheit oder meine Großeltern erfahren oder darüber, warum sie ihren Vater so sehr ablehnte.

Und warum hat sie dieses alte Notizbuch aufgehoben? Warum sollte sie ausgerechnet von jenem Abschnitt ihres Lebens ein Andenken behalten, den sie unbedingt vergessen wollte? Ich blättere darin herum für den Fall, dass etwas Persönliches darin steht, aber es sind tatsächlich nur wissenschaftliche Notizen.

Es ist seltsam, dieses Beweisstück ihrer Vergangenheit in den Händen zu halten. Es ist mir immer so vorgekommen, als hätte es die Zeit vor ihrer Heirat, als sie noch Amerikanerin und jung und frei war, nie gegeben. Mein Vater benahm sich immer, als wäre meine Mutter erst danach entstanden. Und sie wirkte nie besonders amerikanisch – abgesehen von dem leichten Akzent und den Erdnussbutter-Gelee-Sandwiches, die sie nur EGSs nannte und uns jeden Tag zur Schule mitgab.

Sie wickelte sie in elend lange Lagen Frischhaltefolie. Bis wir sie ausgewickelt hatten, war die Pause halb vorbei. So machte sie das auch mit Päckchen und Umschlägen. Sie wickelte meterweise Klebeband darum, als schickte sie den Brief in ein Kriegsgebiet. Man brauchte tatsächlich Werkzeuge, um zum Inhalt vorzudringen, Teppichmesser, scharfe Scheren.

Einen Moment lang sitze ich schwankend da. Es ist, als ob mich jemand aufgeschnitten, die Eingeweide herausgenommen und ein pulsierendes Loch zurückgelassen hätte. Ich will meine Mum. Ich will sie wiederhaben. Sie kann nicht tot sein. Das ist unmöglich.

Ich lege das Notizbuch neben das geschnitzte Fischwesen. Die Wände sausen auf mich zu und von mir weg. Ich fühle mich krank. Um mich von meinem Körper abzulenken, schaue ich auf ihr Gemälde, das über dem Tisch hängt. Es hängt dort seit eh und je, weshalb ich es kaum wahrnehme. Es ist ein Bild des

Piers in Brighton, als er noch lebendig war, ein wunderbar strahlendes Bild, wo dem Betrachter Wellen entgegenschlagen und weiße Gischt aufspritzt, die in der Sonne gleißt. Ich muss bewusst ein- und ausatmen.

»Geht es dir gut?«

Alice hat das Telefonat beendet.

»Ich dachte nur gerade«, noch ein tiefer Atemzug, »an die EGSs und die Frischhaltefolie. Und an das Klebeband, die irrsinnigen Mengen, die sie verbrauchte, wenn sie etwas mit der Post verschickte.«

Alice lässt sich auf den Stuhl neben mir plumpsen. Wir sehen uns an, dann fangen wir beide an zu weinen. Wir fassen einander am Unterarm und sacken zusammen.

»Mamamama!«, singt Finn. Er schlägt mit der Tasse auf den Hochstuhl. »Maaaaamaaa. Mammam!« Ich schiebe mir die Haare hinters Ohr und wische mir mit dem Handrücken über das Gesicht. Alice tut dasselbe, dann lächeln wir ihn mit fleckigen Gesichtern an.

»Alisch?« Er schenkt ihr sein schönstes Grinsen. Praktisch vom ersten Augenblick an hat er sie als persönliche Herausforderung betrachtet. Er spürt ihre Liebe, aber auch ihr Unbehagen, weshalb er sich besonders unwiderstehlich zeigt.

Alice wischt sich die Augen, steht auf und streicht ihm sanft übers Haar.

Er stopft sich Toast in den Mund.

Sie bückt sich bis auf Augenhöhe und lächelte ihn an. Er streckt ihr zerkauten Marmite-Toast in der Faust entgegen. »Oh, lecker«, sagt sie und tut so, als ob sie einen Happen nähme. Er führt die Faust noch näher an sie heran und hinterlässt einen Schmierfleck auf ihrer geröteten Nase.

Am Boden der Schmuckschatulle liegt ein weißes gestricktes Rechteck. Ich hebe es hoch, sodass das Licht durch die feinen Maschen scheint, und drehe es um. In Blau ist ein geschwungenes K darauf gestickt.

Mir geht ein Stich durchs Herz. Also hat sie doch einen Schatz aus meiner Babyzeit aufbewahrt. Auf dem Dachboden steht ein Karton mit Babysachen von Alice, aber dass sie etwas von mir aus Kalifornien mitgenommen hat, habe ich nicht gewusst. Behutsam lege ich das Deckenfragment neben den Kasten.

Nur eines liegt noch darin: ein flacher grauer, daumengroßer, herzförmiger Stein. Er ist glatt und sehr leicht. Ich versuche mir vorzustellen, wie mein Vater ihn ihr an einem kalifornischen Strand bei Sonnenuntergang geschenkt hat, vor vielen Jahren, als sie sich kennenlernten und verliebten. Bevor er sie betrog.

Doch diese Szene kommt mir merkwürdig vor. Ich kann mir wirklich nicht vorstellen, dass mein Vater am Strand herzförmige Steine aufhebt. Er passt überhaupt nicht an einen Strand oder in die kalifornische Sonne. Er gehört in kalte Städte im Norden, wo er in gut geschnittenen Hosen durch Amtsgebäude eilt und mit seinem Architektenauge Winkel und Linien registriert.

Alice beugt sich über den Tisch und dreht mit dem Zeigefinger die Schnitzfigur um. »Was ist das denn?« Sie hat noch den Marmite-Fleck an der Nase, und es drängt mich, meine kleine Schwester in den Arm zu nehmen. Ich möchte ihr übers Haar streichen und sagen, dass alles gut wird und die Trauer mit der Zeit nachlässt. Vielleicht wird es zwischen uns nun einfacher, da wir nicht mehr mit unserer Mutter fertigwerden müssen. Doch so funktioniert das bei uns nicht. Es läuft nämlich so: Alice ist vernünftig und hält alles zusammen. Sie darf sich meinetwegen Sorgen machen, aber ich nicht ihretwegen. Ich darf sie nicht trösten, obwohl ich diejenige war, zu der sie als Kind gerannt kam, wenn sie sich wehgetan hatte. Das änderte sich, als wir älter wurden und sich mein Verhältnis zu unserer Mutter verschlechterte, da war dann Alice die Friedenshüterin, die beschwichtigte und organisierte.

Sie dreht sich weg und gießt sich einen Kaffee ein.

»Alice?«

»Was?«

»Es tut mir leid, dass ich nicht gekommen bin und du ihre Krankheit und alles allein bewältigen musstest. Es tut mir ehrlich leid, dass ich nicht hier gewesen bin.«

»Oh, gut. Nein. Das ist in Ordnung.«

»Die Sache ist die, ich wusste einfach nicht, ob sie mich hier haben will.« Aber das ist nicht alles. Die Wahrheit ist, dass ich nicht wusste, wie ich hier klarkommen würde. Ich hatte Angst, sie könnte mich wegstoßen, da sie nur noch Wochen zu leben hatte, und ich wusste, es würde keine Aussöhnung am Totenbett geben. Oder es ist noch verkorkster: Vielleicht konnte ich den Gedanken nicht ertragen, dass es eine Aussöhnung geben könnte und sie dann sterben würde. Ich war ein schrecklicher Feigling.

Alice trinkt ihren Kaffee aus und stellt die Tasse behutsam auf den Tisch. Es ist eine Emma-Bridgewater-Tasse mit einem Gockel darauf. Wir starren ihn beide an, als könnte er lebendig werden und uns sagen, was wir tun sollen.

»Hast du dadurch keine Schlafprobleme?«, frage ich.

»Wodurch?«

»Durch den vielen Kaffee.«

»Er beeinträchtigt mich überhaupt nicht.« Sie holt scharf und effizient Luft. »Ich schlafe wie ein Baby. Du solltest mehr Kaffee trinken, Kal. Du wärst vielleicht mehr von Nutzen, wenn du weniger abwesend wärst.«

Ich sehe sie an. Mir liegt die Bemerkung auf der Zunge, dass Babys überhaupt nicht schlafen, meins jedenfalls. Seit achtzehn Monaten habe ich nicht mehr durchgeschlafen. Das erklärt vielleicht, warum mein Mann … Plötzlich rauscht mir das Blut in den Ohren.

»Tut mir leid«, sagt sie. »Wirklich, es tut mir leid. Oh Gott, ich bin bloß … ich bin auch müde. Ganz schrecklich müde.« Sie legt den Kopf auf den Handballen. Ihre Finger sind lang, laufen schmal zu und haben eine weiche Nagelhaut, zierliche Ballen und perfekt gefeilte Nägel. »Es ist so furchtbar.«

»Ich weiß.« Wir sitzen ein Weilchen schweigend da. Finn mampft seinen Toast und tritt mit den Hacken gegen den Hochstuhl.

Unsere Leben sind völlig verschieden. Alice verbringt ihre Zeit in schwierigen Sitzungen und Verhandlungen, fliegt in der Business-Class nach New York, Dubai, Singapur und Hongkong, während ich meine Zeit aufteile zwischen Mutter-Kind-Musizieren, Sonnenblumen-Spielgruppe, Sainsbury's, den Spielplatzschaukeln und dem Büro, wo ich immer überflüssiger werde.

»Wann fährst du zurück nach Oxford?«

»Ich weiß nicht. Was ist mit dir?«

»Tja, ich muss heute wieder nach London. Ich hab da eine wichtige Sache auf dem Schreibtisch … du weißt ja, wie das ist.«

Eigentlich nicht, zumindest nicht mehr, aber ich nicke. »Ist in Ordnung. Du solltest fahren. Du hast schon so viel getan.« Finn hält seine Tasse jetzt verkehrt herum und gießt die Milch auf die Ablage, dann patscht er mit der flachen Hand in die Pfütze und den durchweichten Toast, dass es auf den Boden spritzt.

»Darf er das?«, fragt Alice besorgt.

Ich stehe auf und nehme ihm die Tasse weg. Jammernd streckt er die Hände danach aus, worauf ich sie ihm zurückgebe. Er spritzt mir damit ins Gesicht. Während ich mir Milch aus dem Auge wische, fällt mir ein, dass ich drei aufgenommene Interviews im Auto habe. Ich hätte sie im Büro jemandem zum Bearbeiten geben sollen. Aber bei mir ist plötzlich alles drunter und drüber gegangen.

Früher war ich bei Patientenerfahrungen immer um Qualitätsrecherche bemüht. Ich habe viel Arbeit und Zeit investiert, um von jedem Interviewten eine möglichst wahrheitsgetreue, erhellende Geschichte zu bekommen. Doch meine Arbeit ist mittlerweile in anderthalb Tage pro Woche gequetscht und daher beinahe sinnlos. Die Bezahlung reicht kaum für den Babysitter. Ich lasse Dinge liegen, erledige sie halb oder schlecht, sodass andere nachbessern müssen. Wenn ich die Stelle sausen ließe – den Job, den ich liebe und für den ich so hart gearbeitet habe –, was dann? Ich kann mir nicht vorstellen, den ganzen Tag zu Hause zu bleiben – ich habe gesehen, was das bei meiner Mutter angerichtet hat. Die Lösung heißt also mehr arbeiten, nicht weniger. Doch das geht nicht, weil ich Finn dann noch länger dem Babysitter überlassen müsste, und das kommt mir falsch vor. Er ist noch so klein und braucht mich. Er braucht die Gewissheit, dass seine Mutter immer für ihn da ist, ihn immer an die erste Stelle setzt.

Es wäre einfacher, wenn Dougs Arbeit flexibler wäre. Doch während meine auf immer weniger Stunden zusammenschrumpft, ist seine seit der Professur angewachsen. Das Buch und die weltweiten Vorträge tun ein Übriges. Sein Terminkalender wird jeden Monat voller, durch mehr Reisen, mehr Treffen, mehr Gespräche, Vorlesungen, Konferenzen, während sich mein Leben nur noch um Finn und unser Zuhause dreht. Mir ist nicht klar, wie ich mit meinen Ambitionen und der jahrelangen Ausbildung beim Mutter-Kind-Musizieren landen konnte, aber eines weiß ich: Von dort führt eine klare rote Linie zu dem, was gerade mit Doug geschieht.

Kaum zu glauben, aber es ist erst eine Woche her, dass ich um fünf Uhr früh in Windeseile gepackt habe und er hinter mir herrief: »Warte, warte doch mal, ich sollte mitfahren.«

Ich konnte ihn nicht einmal ansehen.

Ich war die ganze Nacht auf gewesen, unten im Ledersessel, während er schlief. Gerade hatte ich beschlossen, ihn wach zu machen und mit meiner Entdeckung zu konfrontieren, als mein Handy klingelte. Eigentlich war ich nicht überrascht, dass Alice dran war und in panischem Ton sagte, ich müsse nach Sussex kommen. Ich hatte schon die ganze Woche mit dem Anruf gerechnet.

Ich stopfte Babykleider und Windeln, den Plüschhasen, die Trinklerntasse und Spielzeugautos in eine Tasche. Dann ging ich in unser Schlafzimmer, um für mich zu packen, weckte schließlich Finn, wickelte ihn in Decken und trug ihn unter zärtlichem Zureden hinaus in den nebligen Januarmorgen zum Auto.

Doug wird mein Verhalten zunächst dem Schock zugeschrieben haben. Aber irgendwann, nachdem ich weg war, muss er bemerkt haben, dass sein Handy unten auf dem Ledersessel lag. Dann wird er begriffen haben, dass ich ihre andere SMS ebenfalls gesehen habe. Vielleicht dachte er, durch den Tod meiner Mutter würde ich das alles vergessen.

Natürlich habe ich sein schlechtes Gewissen in jedem Gespräch gehört, das wir seit jenem Morgen geführt haben. Und die ganze Zeit über nagt es an mir. Sein Schuldbewusstsein zeigt mir, dass es wahr ist und nicht bloß ein erfundenes Drama, ein dummes Missverständnis.

Alice tippt auf ihrem iPad, und Finn knallt seine Tasse gegen die Tischkante, singt ein Unsinnslied und trommelt mit den Hacken.

»Das ist ein schönes Lied.« Ich setze mich wieder.

»Geht es dir gut?«, fragt Alice. »Kommst du wirklich zurecht?«

»Ich bin mir nicht sicher. Und du?«

»Eigentlich nicht.«

Wir blicken uns an. Finn wird still und beobachtet uns, vielleicht hat er Sorge, wir könnten gleich wieder heulen.

Dann holt Alice tief Luft. »Kal – du brauchst mir nicht zu antworten, aber warum wolltest du Doug nicht hier haben? Du sagst, es gäbe einen guten Grund, aber offensichtlich … er würde doch nicht … Es muss etwas Ernstes sein. Was ist los bei euch?«

Ich werfe einen Blick zu Finn. Ich kann ihr das unmöglich erklären, wenn er, mit Milch und Marmite bekleckert, dabeisitzt und seine braunen Augen auf unsere Gesichter heftet.

»Schon gut«, sagt sie. »Wenn du nicht darüber reden willst, ist das okay.«

Nach einem großen Schluck Kaffee beuge ich mich hinüber und streiche Finn die Haare aus dem Gesicht. »Ich kann es gerade nicht.« Der Pony muss dringend geschnitten werden. »Eigentlich kann ich nicht mal daran denken.« Ich schiebe aufgeweichte Toaststückchen auf seiner Ablage zusammen.

»Nein. Schon gut. Mach dir keine Gedanken.« Alice schiebt ihren Stuhl zurück, um ihre Unterlagen zusammenzuraffen. Ich hebe Finn aus dem Hochstuhl und stelle ihn auf den Boden. Berauscht von der Freiheit tapst er in seinem Astronautenschlafanzug auf die offene Spülmaschine zu. »Das ist in Ordnung«, sagt sie. »Ich kann verstehen, warum du im Moment lieber alles beiseiteschiebst. So. Weißt du was? Ich habe die verdammte Geburtsurkunde immer noch nicht gefunden.«

»Aber wir brauchen sie jetzt doch gar nicht, oder?«

»Ich weiß. Aber ich will sie in der Hand haben. Sonst ist das für mich seltsam. Unabgeschlossen.«

Darum ist Alice die gut verdienende Anwältin und nicht ich. »Vielleicht hat sie sie aus den Staaten gar nicht mitgebracht«, gebe ich zu bedenken. Finn räumt schmutziges Besteck aus der Spülmaschine und legt es langsam und ordentlich auf den Fliesenboden.

»Ohne die hätte sie keine britische Staatsbürgerin werden können.«

»War sie denn eine? Wissen wir das überhaupt?«

Alice runzelt die Stirn. »Im Grunde nicht. Aber ich habe ihre Heiratsurkunde gefunden. Hast du gewusst, dass sie erst geheiratet haben, als du zehn Monate alt warst?«

Ich nicke. Es überrascht mich, dass ich etwas über meine Mutter weiß, das Alice neu ist. »Kurz bevor Dad uns nach England brachte.«

»Eigentlich war das ziemlich cool von ihnen«, meint sie. »Der Druck zu heiraten muss ganz schön groß gewesen sein.«

»Oder auch nicht. Das war in den Siebzigern in Kalifornien.«

»Aber von Dads Eltern?«

»Ja, das ist wahr …«

In meiner Jeanstasche summt das Handy.

»Kal!«, schreit Alice.

Ich folge ihrem Blick zu Finn. Breitbeinig wie ein Krieger schwenkt er ein großes Kochmesser. Die Klinge funkelt. Ich mache einen Satz durch die Küche und winde es ihm aus der Faust. Erschrocken sieht er mich an.

»Gefährlich!«, sage ich mit Schreckensstimme und halte das Messer hoch in die Luft. »Gefährlich! Messer sind sehr, sehr gefährlich!« Ich lege es in die Spüle. Mir zittert die Hand.

»Meine!« Aufgebracht streckt er die Arme danach aus. »Meinemeinemeine!«

»Nein. Gefährlich. Du schneidest dich damit. Messer schneiden. Au!«

»Nein. Meine. Meine!«

Wir streiten ein bisschen, aber schließlich gibt er sich mit der seifigen Spülbürste zufrieden. Ich sammle das Besteck auf und schließe die Spülmaschine in dem Bewusstsein, dass Alice zugesehen hat.

»Die halten einen ganz schön auf Trab, die Kleinen, hm?«, sagt sie.

Ich setze mich wieder und sehe zu, wie Finn den Küchenschrank schrubbt. »Also bist du nicht in Versuchung?«

»Er ist hinreißend.« Sie lächelt. »Aber ich bin ganz froh, dass es deiner ist.«

Ich weiß nicht, warum Alice Single ist. Sie ist so liebenswert und intelligent und unheimlich schön. Vielleicht ist sie zu beschäftigt, um einen Freund zu haben. Oder sie hat einen und verrät es mir nicht. Doch sie wirkt so selbstgenügsam. Ich kann sie mir in einer Paarbeziehung gar nicht vorstellen, obwohl sie früher ab und zu einen Freund hatte. Jetzt scheint mir nicht der rechte Moment zu sein, sie nach ihrem Liebesleben zu fragen. Ich sehe auf mein Handy. Es sind mehrere Nachrichten eingegangen, wahrscheinlich alle von Doug.

Plötzlich möchte ich allein sein.

»Hör zu.« Alice schaut erst mein Handy, dann mich an. »Wenn du dir von ihrem Schmuck etwas aussuchen möchtest, bevor ich gehe …«

»Nein, lass nur. Ich will nichts. Wirklich nicht. Du kannst ihn haben.«

»Was? Warum? Du solltest dir etwas nehmen. Ich will nicht alles.«

»Nein, wirklich, Alice, du hast ihn verdient. Ich will ihren Schmuck nicht.«

»Na, du kannst es später tun, wenn du dazu bereit bist.«

»Wie wär's, wenn du den Schmuck nimmst und ich diesen Kasten behalte.« Ich ziehe die blaue Schatulle zu mir heran. »Darin ist ihr Amerika-Kram. Ich stamme aus Amerika, also bekomme ich den. Einverstanden? Du bekommst den Schmuck.«

Seufzend verdreht sie die Augen zur Decke. Dann rafft sie die restlichen Papiere zusammen.

»Gegen Mittag muss ich in London sein, also gehe ich jetzt packen und …« Sie geht zur Tür, zögert, dreht sich zu mir um. »Kal, egal, was mit Doug los ist, ihr beide werdet das Problem lösen, ja? Ihr müsst.«

Ich nicke und kann nicht sprechen. Ich kippe den Rest Kaffee mit geschlossenen Augen hinunter, dann hole ich einen Lappen und wische Finn das Marmite aus dem Gesicht. Er quäkt. Ich gebe ihm einen Kuss, streiche mir die zerzausten Haare zurück und betrachte das Schlachtfeld – Milch und Toast und Geschmier am Boden vor der Spülmaschine und an den weißen Schranktüren. Ich höre die Tür hinter mir zufallen und Alice' leichtfüßigen Schritt auf der Treppe. Dann schließe ich Finn in die Arme. Er riecht nach Marmite und Milch und ein bisschen nach Bett. Ich kneife die Augen fest zu, bis ich Sterne sehe. Dies ist das Einzige, was wirklich wichtig ist. Wie konnte Doug es wegwerfen? Finn schlingt die Arme um meinen Hals und drückt das klebrige Gesicht an meine Haare. »Mama«, kräht er. »Mamamamamamamama.«

Irgendwann werde ich Doug darauf ansprechen müssen. Ich kann nicht einfach davor weglaufen. Und plötzlich, als ich mich von Alice' starkem Kaffee hellwach fühle, denke ich, dass ich es einfach tun sollte. Sofort. Ihm sagen, dass ich die SMS gelesen habe und von seiner Affäre weiß. Ich setze Finn mit einem Kuss ab und nehme verschiedene Pfannen und einen Holzlöffel aus dem Schrank. Er nimmt den Holzlöffel und beginnt damit zu schlagen.

Und ehe ich es mir anders überlegen kann, wähle ich »Doug«. Die Küche dreht sich. Es klingelt einmal, zweimal, er nimmt ab.

»Gott sei Dank, Kal. Ich versuche ständig, dich zu erreichen! Warum gehst du nicht ran? Oh Liebling, wie geht es dir? Was ist bei euch los? Es hat mich verrückt gemacht – ich kann nicht glauben, dass du mich nicht dabeihaben wolltest, warum …« Ich halte das Handy vom Ohr weg und atme tief durch.

Sein schlechtes Gewissen springt mich geradezu an; mein Körper vibriert davon. Ich kann nicht hören, was er gerade sagt, weil alles andere zu laut ist. Er hat unsere kleine Familie zerstört. Die vergangenen acht Jahre kommen mir plötzlich vor wie eine Geschichte, die ich mir ausgedacht habe, weil ich glauben wollte, dass Liebe einfach und konstant sein kann. Und jetzt hat er sie geschreddert. Das kann doch nicht sein.

»Stopp«, sage ich.

»Was?«

»Ich hab dein Handy gesehen. Ich hab es gesehen, Doug. Hör auf, mich anzulügen.«

Schweigen. »Was hast du gesehen?«

»Das weißt du.«

»Du meinst …? Okay. Okay. Also, okay – hör zu … es ist nicht …«

»Ich kann jetzt nicht mit dir darüber reden!«, schreie ich. »Herrgott noch mal!«

»Nein, hör mir zu, Kal … ich …«

Aber ich kann nicht zuhören. Ich lege auf.

Einen Augenblick später klingelt es erneut. Ich werfe das Handy quer durch die Küche. Es prallt gegen die Wand und hinterlässt eine Delle im Putz.

Finn schaut auf – mit großen Augen und zusammengezogenen Brauen.

»Schon gut, Schätzchen, ist schon gut.«

Eine Zeit lang, ich weiß nicht, wie lange, sitze ich da und starre auf den Pier über dem Tisch, unfähig, mich zu bewegen oder zu denken, während Finn mit dem Holzlöffel auf die überflüssige Le-Creuset-Pfanne meiner Mutter einschlägt.

Dann kommt mein Vater herein. Gegen das weiße Hemd und den dunkelblauen Pullover wirkt sein Gesicht grau. Die Cordhose schlackert um die langen Beine. Er fragt ein wenig formell, ob Finn mit ihm einen Spaziergang durch den Garten machen möchte. Hastig suche ich Finns Jacke, Mütze und Gummistiefel zusammen. Dabei überlege ich, was mein Vater gehört haben könnte. Es ist mir peinlich, aber es berührt mich auch, dass er auf diese Weise einspringt. Andererseits kennt er sich mit Untreue wohl aus.

Die beiden gehen zusammen durch die Vordertür, mein Vater neigt sich zur Seite wie ein Baum im Sturm, um Finn bei der Hand zu nehmen.

Ich setze mich an den Küchentisch. So viel ist klar: Ich kann heute nicht nach Hause fahren. Bei dem Gedanken, Doug gegenüberzutreten, überkommen mich ungeheure Wut und Angst, sodass ich mich an der Tischkante festhalten muss. Irgendwie muss ich es schaffen, wieder klar zu denken. Im Moment will ich nur eins: möglichst weit weg. Weder an Doug denken, noch mit ihm sprechen. Nach Hause kann ich also nicht. Aber ich kann auch nicht hierbleiben, umgeben von den Sachen meiner Mutter, den Erinnerungen an meine schwierige Kindheit und den Geistern so vieler verpasster Gelegenheiten. Ich muss davon weg, um nicht ständig damit konfrontiert zu werden. Im Grunde möchte ich verschwinden.

Ich habe immer geglaubt, es bliebe noch Zeit. Nie habe ich mir vorgestellt, sie könnte auf diese Weise sterben und nur sechzig Jahre alt werden. Sie wirkte immer jünger und unerschütterlicher als andere Mütter, war fit und stark. Sie hatte ungewöhnliche, abenteuerliche Fähigkeiten, die nicht zu einem Leben mit Supermarkteinkäufen, Gassigehen und Malen passten. Sie konnte zum Beispiel eine Harpune anfertigen und damit im seichten Wasser des Ouse Karpfen fangen. Einmal hat sie mir beigebracht, wie ein Pfadfinder Feuer zu machen, nur mit zwei Stöcken und einem Spiegel. Sie hatte ein hexenhaftes Verhältnis zur Natur, sammelte Pilze und Kräuter für Heiltees, kannte Sternbilder und wusste einiges über den Mond und die Gezeiten. Sie beherrschte auch Seemannsknoten. Das war mir entfallen. Eine versunkene Erinnerung kommt an die Oberfläche: Sommer an einem Strand bei Birling Gap, böiger Wind, ich sitze in einen Frotteebademantel gehüllt, und sie zeigt mir die Knoten: das Belegen einer Klampe, den Webeleinenstek, den Palstek, den Schotstek und den Reffknoten. Ihre Hände waren vom Wetter gegerbt und steif – mehr die einer Bäuerin als einer Künstlerin. Sie hatte immer Erde oder Ölfarbe unter den Fingernägeln.

Sie war körperlich so robust. Sie wurde nie krank, machte kein Aufhebens um Schnittwunden oder blaue Flecke, weder bei uns noch bei sich. Einmal hatte sie sich abends in die Hand geschnitten, als sie das Wachs aus einem Leuchter pulen wollte. Ich kam in die Küche, als sie gerade einhändig aus einer Unterhose einen Druckverband drehte. Überall war Blut wie in einem Horrorfilm. Sie hatte keinen Gedanken daran verschwendet, sich helfen zu lassen, obwohl ich nebenan vor dem Fernseher saß und Alice oben Hausaufgaben machte. Ich rief den Notarzt an, und sie wurde mit zehn Stichen genäht.

Unbesiegbar war sie mir erschienen, und dann ging alles so schnell – zumindest für uns: Diagnose, Verfall, Tod. Ich hätte nie gedacht, mir könnte einmal so wenig Zeit bleiben, um die Dinge geradezurücken.

Genau davor hat mich Doug vor einem Jahr bei unserem Besuch am zweiten Weihnachtstag gewarnt. Das war ein paar Monate vor ihrer Diagnose. Als wir aus dem Dorf wegfuhren, sagte er zu mir, er glaube, dass sie vor mir Angst habe.

»Das soll wohl ein Witz sein«, erwiderte ich trocken lachend.

»Nein. Ehrlich. Manchmal, wenn du nicht hinsiehst, beobachtet sie dich und hat so einen ängstlichen Gesichtsausdruck, als ob sie verzweifelt zu dir durchdringen möchte, aber zu viel Angst hat, dass du sie abweist.«

»Sie ist es, die mich auf Distanz hält, nicht umgekehrt.« Sofort stieg Ärger in mir hoch. Es überraschte mich, wie dicht er unter der Oberfläche saß. Jahrelang hatte ich mich erfolgreich gegen meine Mutter verschlossen, aber jetzt, wo ich Finn hatte, fühlte ich mich wieder offen und ungeschützt. Das hatte ich mir während der Schwangerschaft nicht so vorgestellt. Mir war nicht klar gewesen, dass ein Baby die Generationen an sich bindet und nah zusammenbringt. Durch Finn wurde ich wieder zu meiner Mutter gedrängt und konnte nichts dagegen tun.

»Sie hat keine Angst vor mir, Doug.« Ich versuchte, vernünftig zu klingen. »Was sie von mir fernhält, ist nicht Angst, sondern absolutes Desinteresse. Hast du nicht gesehen, wie sie zu Finn ist? Sie sieht ihn ja kaum an. Es ist, als wäre er gar nicht da.«

»Ach komm, das ist doch nicht wahr.«

»Warum verteidigst du sie? Ich glaube nicht, dass sie ihn auch nur ein Mal auf den Arm genommen hat. Sogar mein Vater hat ihn mal ein bisschen auf dem Schoß gehabt. Dabei hatte er für Babys noch nie etwas übrig. Und sie sind kein einziges Mal nach Oxford gekommen, um ihn zu sehen, oder? Ich sag dir was, Doug, nächstes Mal sollen sie zu uns kommen. Ich werde nicht mehr ständig zu ihnen fahren.«

»Kal …«

»Vermutlich hat sie sich mir gegenüber als Baby genauso verhalten – völlig desinteressiert. Das erklärt manches.«

»Das glaube ich nun wirklich nicht, Kal. Ich meine, schau doch, wie du mit Finn umgehst – sie muss bei dir etwas richtig gemacht haben, denn all die Liebe und Geduld, die du aufbringst, und deine Güte und Freundlichkeit – das kommt ja nicht von ungefähr.«

»Muss das jetzt sein?«

»Warum nicht? Wir haben seit Jahren nicht über dich und deine Mutter gesprochen«, entgegnete er. »Und jetzt ist Finn da, und das hat die Dinge verändert. Sie hat den Hochstuhl gekauft, Menschenskind. Sie ist wahrhaftig nicht desinteressiert.«

Seine Hände am Lenkrad waren breit, stark und sauber – Hände, die festhalten, die Halt geben, die für Sicherheit sorgen. Ich schluckte schwer. Mir war nicht im Geringsten danach, das alles aufzuwärmen. Darum drehte ich mich nach hinten zu Finn, der in seinem Sitz auf dem Beißring kaute. Sowie er mich sah, ließ er ihn fallen und grinste mich breit an. Ein paar Sekunden lang strahlten wir uns an, mein schönes Baby und ich, und das Leben war einfach.

»Ich glaube, sie ist traurig, dass ihr beide nicht näher bei ihr wohnt. Mehr will ich damit ja gar nicht sagen.« Er wollte das Thema wirklich nicht ruhen lassen. »Ich glaube sogar, sie wünscht sich, dass es besser zwischen euch läuft, weiß aber nicht, wie sie es anstellen soll. Mag sein, dass sie Finn nicht auf den Arm nehmen möchte, aber sie beachtet ihn sehr. Sie hat dich heute beobachtet, wie du ihn gefüttert und dich mit deinem Vater unterhalten hast, und ich glaube, sie war den Tränen nahe. Sie ist wirklich nicht desinteressiert, Kal. Was immer da in ihr vorgeht, mangelndes Interesse ist es eindeutig nicht. Kannst du nicht einfach mit ihr reden?«

»Doug, hör auf. Lass es einfach. Meine Mutter und ich kommen bestens klar.«

»Auf jeden Fall wäre das eine Chance für dich, die Dinge hinter dir zu lassen und …«

Ich schaute aus dem Fenster und wartete nur darauf, dass er sagte: Mach einen Neuanfang. Doch er kannte mich zu gut. »Ihr seid beide kompliziert. Das habe ich verstanden.«

Ich schaute über die umgepflügten Lehmäcker, die kahlen Eichen, die vorbeiflitzten. Dann ragte der Kalkbruch vor uns auf wie der Zahn eines Riesen. Wir bogen auf die Straße nach London ab.

»Aber warte nicht, bis es zu spät ist. Sonst könntest du es eines Tages bereuen.«

Ich sollte den Frühstückstisch abräumen, Cafetière, Marmite und Milch wegstellen. Ich will nicht hier sitzen und über meine Mutter und Doug nachdenken. Das will ich einfach nicht. Bei dem Weihnachtsessen damals war der Tumor schon da und wuchs in ihrer Brust, ein tödliches Geheimnis, das sie vor uns allen verbarg.

Möglich, dass auch Doug sein schreckliches Geheimnis hatte, schon damals. Vielleicht hat er mich schon belogen, als er am Tisch meiner Eltern den glasierten Schinken aß. Ein plastisches Bild steigt vor mir auf: ein Vorhang rotblonder Haare und Dougs breite Hände an blassen Hüften. Ich möchte diesem Albtraum entfliehen, restlos.

Plötzliche Übelkeit treibt mir den Speichel in den Mund. Ich muss mich entscheiden, was ich jetzt tun will. Darüber nachzudenken fällt mir schwer. Diese Bilder legen meinen Verstand lahm. Auf jeden Fall will ich weg.

Ich frage mich, was mein Vater draußen mit Finn tut, und stelle mir vor, wie er sich zu seinem Enkel hinunterbeugt und ihm die viktorianische Architektur des Hauses erklärt. Ich nehme das Notizbuch meiner Mutter. Es in den Händen zu halten spendet plötzlich unerwarteten Trost. Ihre Schrift ist runder, mädchenhafter, aber unverkennbar ihre. Und sie ist noch da, greifbar vorhanden. Dieser kleine Teil von ihr ist hier, und das kann nur bedeuten, dass sie nicht wirklich fort ist.

Alice reist ab, aber ich nicht. Nachdem ich Finn gebadet und drei Geschichten vorgelesen, ihn in den Schlafsack ins Reisebett gesteckt, dann »Baa, Baa, Black Sheep« gesungen habe, bis er endlich fest eingeschlafen ist, schleiche ich die Treppe hinunter.

Mein Vater ist im Arbeitszimmer. Das Licht scheint unter der Tür hindurch. Ich gehe daran vorbei in die Küche und schalte den Wasserkocher ein. Ihr Notizbuch liegt noch da, wo ich es liegen gelassen habe, neben der Schmuckschatulle. Ich nehme es, gieße mir eine Tasse Pfefferminztee auf und gehe ins Wohnzimmer, um mich auf das alte Habitat-Sofa zu kauern.

Es ist kühl. Die Stehlampe verbreitet ein gelbes Licht, das die hohen Bücherregale im Dunkeln lässt. Ich ziehe mir eine kratzige karierte Wolldecke um die Schultern. Es ist schaurig still im Haus, nur die Heizung knackt ab und zu, und draußen stöhnt der Wind. Mir ist, als könnte sie jeden Moment den Kopf zur Tür hereinstrecken und fragen, warum ich ganz allein da säße. *Stimmt etwas nicht? Ist etwas passiert?*

Ich schlage das Notizbuch auf. Vielleicht erhalte ich dadurch einen Hinweis, wer sie wirklich war. Vielleicht werde ich dadurch begreifen, warum wir beide so verdreht und schwierig gewesen sind.

Doch da stehen nur Auflistungen und wissenschaftliche Ausdrücke, seitenweise rätselhafte Notizen, Tabellen mit Zahlen und Vokalen. Dann entdecke ich sehr klein gekritzelte Kommentare hier und da, häufig senkrecht am Rand oder ganz unten auf der Seite, Andeutungen eines Lebens jenseits der Forschung. Ich blättere jede Seite einzeln um.

morgen 16 h – S
wegen KatPr nachfragen
S Geb
Wo ist Bs Familie? Puget Sound/Salish Sea?

Die Initiale S taucht häufig auf, aber nur ein einziger Eintrag könnte sich auf meinen Vater beziehen:

G Freitag nach NY?

Das hintere Fünftel des Notizbuches ist frei geblieben, altes, liniertes Papier, das beschrieben werden wollte. Ich frage mich, ob sie nichts mehr hineingeschrieben hat, weil sie schwanger geworden war. Vielleicht steht das Notizbuch für ihre letzten Tage als Wissenschaftlerin. Hat sie es deshalb behalten?

Dann kommt mir ein Gedanke. Das S könnte für Susannah stehen, die Ansichtskartenschreiberin. Es gab fünfunddreißig Karten, jedes Jahr eine, das heißt, Susannah schickte die erste in jenem Jahr, als meine Mutter nach England zog.

Wenn es noch alte Freunde gibt wie diese Susannah, dann vielleicht auch irgendwo Verwandte. Meine Mutter war ein Einzelkind, ihre Eltern sind lange tot, aber vielleicht gibt es Cousins und Cousinen oder wenigstens Freunde der Familie. Es muss Leute geben, die sie als junge Frau gekannt haben, oder als Kind. Vielleicht kann ich eines Tages an die Nordwestküste reisen und jemanden ausfindig machen. Vielleicht ist es doch nicht zu spät, um meine Mutter zu verstehen – und wenn mir das gelingt, kann ich sie vielleicht gehen lassen. Dann kommt mir eine Idee: Ich könnte jetzt reisen. Ich könnte mit Finn ins Flugzeug steigen und abhauen.

Sofort lockert sich die Eisenzwinge um mein Herz, die ich seit Tagen spüre. Schon der Gedanke, fortzukommen, ist eine Riesenerleichterung.

Ich kann es tun. Ich kann es tatsächlich tun. Warum nicht?

Dann bräuchte ich mir von dem Mann, den ich liebe, keine Erklärungen anzuhören, warum er sich wieder in seine Exfreundin verknallt hat – oder schlimmer: dass er sich seit dem College nach ihr gesehnt hat. Ich will mir auch nicht anhören, wie sehr mich die Mutterschaft verändert habe oder wie sehr die Risse in unserer Beziehung durch Finn deutlich geworden seien. Risse, die ich nicht bemerkt hätte, obwohl sie schon immer da gewesen seien. Und ich will mir auch nicht anhören, dass er sie gar nicht hätte verlassen sollen und dass die Heirat mit mir ein Fehler war, was ihm jetzt klar geworden sei. Er liebe mich eigentlich nicht. Er liebe sie. Es tue ihm so leid.

Ich lege das Notizbuch auf den Sofatisch. Mir zittern die Hände. Ein Fluchtplan ist vom Himmel gefallen, und ich muss ihn aufheben und umsetzen, ehe er sich in Luft auflöst.

Mein Laptop liegt in der Küche. Ich gehe hin, gieße mir ein großes Glas Rotwein ein und nehme beides mit zum Sofa.

Meine Mutter hat ihren Mädchennamen dem Namen meines Vaters vorangestellt: Elena Halmstrom-MacKenzie. Ich habe keine Ahnung, wie man vorgeht, wenn man im Ausland nach Angehörigen sucht. Wahrscheinlich gibt es Tausende Websites, die sich dafür anbieten. Da ich nicht weiß, wo ich sonst anfangen soll, gebe ich »Halmstrom Seattle« in die Suchmaschine ein.

Die Einreisebehörde auf Ellis Island muss seinerzeit einen Vokal vertauscht haben, denn es gibt fünfundneunzig Holmstroms in Seattle, aber keinen einzigen Halmstrom. Enttäuschung macht sich in mir breit. Vielleicht gibt es doch niemanden mehr.

Ich scrolle an den Halmstrom-Links entlang, und dabei fällt mir etwas ins Auge: Harry Halmstrom, Ida May Seniorenresidenz, Vancouver, British Columbia.

Seattle und Vancouver liegen nicht so weit auseinander. Ich klicke den Link an. Die Einrichtung listet die Namen ihrer Bewohner auf, darunter einen Harry Halmstrom und die Telefonnummer von Jenny Zimmerman, seiner Pflegerin.

Der Vater meiner Mutter ist tot, und ich bin mir ziemlich sicher, dass er Theodore hieß. Sie hat nie über ihn gesprochen. Trotzdem habe ich von klein auf gewusst, dass sie ihn hasste und dass er tot ist. Tatsächlich erinnere ich mich an kein Gespräch über meine Großeltern. Wenn ich überhaupt je nach ihnen gefragt habe, hat sie mich wahrscheinlich abgewiesen. Das ist nicht normal, wird mir jetzt klar. Es ist nicht nur mein genetisches Erbe, sondern jetzt auch Finns. Doug kann seine Herkunft bis ins 17. Jahrhundert zurückverfolgen. Der MacKenzie-Clan meines Vaters blickt zurück auf Generationen von Geistlichen und Dudelsackspielern. Aber die andere Hälfte meiner Familie ist offenbar mit dem Tod meiner Mutter verschwunden.

Ich überlege, zum Arbeitszimmer zu gehen und meinen Vater nach all dem zu fragen. Aber dann müsste ich ihm erklären, was ich vorhabe, und das könnte ich überhaupt nicht, weil es nämlich kein normales Verhalten ist. Darum rufe ich Alice auf dem Handy an.

Sie meldet sich nicht. Mit leicht gepresster Stimme spreche ich ihr auf die Mailbox: Ich hätte nur hören wollen, ob sie gut in London angekommen sei.

Bei uns ist es neun Uhr abends, in Vancouver erst ein Uhr mittags.

Ich trinke das halbe Glas in drei Schlucken, dann wähle ich die Nummer von Harry Halmstroms Pflegerin.

Eigentlich erwarte ich nicht, dass jemand abnimmt, doch genau das passiert nach nur zweimal Läuten.

»Oh. Hallo.« Zuerst fällt mir nicht das Geringste ein, was ich sagen könnte. Dann hole ich Luft. »Ich rufe wegen eines Ihrer Bewohner an, Harry Halmstrom. Ich rufe aus England an, weil ich mich frage – ich glaube – obwohl ich nicht sicher bin – dass er möglicherweise ein Verwandter von mir ist.«

»Wirklich?«, sagt sie. Sie scheint zu überlegen, aber dann schweigt sie.

»Nun ja, ich weiß es nicht. Wir haben denselben Familiennamen – also, meine Mutter jedenfalls, und, tja, ich fliege in Kürze nach Vancouver, und da dachte ich, ich könnte vielleicht herausfinden, ob wir verwandt sind.« Während ich rede, wird mir bewusst, wie dürftig das alles ist – völlig bescheuert. Ich überlege, einfach aufzulegen.

»Na, dann müssen Sie wohl herkommen und ihn besuchen, nicht wahr?«, sagt sie fröhlich. »Wenn er ein Verwandter von Ihnen sein kann!«

»Ja. Das stimmt wohl.« Ihre Begeisterung bestärkt mich. »Das dachte ich auch.«

»Ich mag Ihren Akzent«, sagt sie. »Wie war noch gleich Ihr Name?«

Spontan nenne ich den Mädchennamen meiner Mutter. »Kali Halmstrom.«

»Nun, Halmstrom ist kein häufiger Name«, räumt sie ein.

»Wissen Sie, ob er zufällig aus der Gegend von Seattle stammt? Oder Familie dort hat?«

Ihr Ton wird wärmer. »Ach wissen Sie, Liebes, Mr. Halmstrom hat schon überall gelebt, Seattle kann gut dabei gewesen sein. Ja. Bestimmt. Fest steht, dass er in Schweden geboren wurde. Stammt Ihre Familie aus Schweden? Mr. Halmstrom kam mit dem Schiff an, als er ein Teenager war.«

Mir schwirrt der Kopf. Vor langer Zeit hat meine Mutter mir einmal erzählt, ich hätte schwedisches Blut und darum seien meine Augen blau, obwohl ich dunkle Haare habe.

»Ich glaube ja«, sage ich. »Ja. Soweit ich weiß, habe ich schwedische Vorfahren.«

»Nun, Mr. Halmstrom hat meines Wissens keine Familie und bekommt nie Besuch. Wenn Sie also herkommen möchten, Liebes, dann sind Sie herzlich willkommen.«

»Glauben Sie, ich könnte mit ihm sprechen? Am Telefon?«

»Na ja, eher nicht«, sagt sie. »Telefonieren kann er gar nicht gut. Er ist hoch betagt. Es verwirrt ihn schrecklich. Und er hört nicht sehr gut. Aber schauen Sie ruhig vorbei, wenn Sie in der Gegend sind. Es würde mich freuen, wenn er Besuch bekäme! Wann fliegen Sie?«

Ich trinke einen großen Schluck. »Diese Woche noch«, sage ich. Mir wird flau im Magen.

»Oh, wie wunderbar! Und an welchem Tag möchten Sie ihn besuchen? Ich trage es gleich in den Kalender ein.«

Ich lege das Handy hin. Mir ist, als ob das Blut schneller durch mein Gehirn strömt und in dem bleiernen Grau Farbblüten hervorbringt. Es ist verrückt, aber ich kann es tun. Ich kann hinfliegen. Es spielt keine Rolle, ob er mit mir verwandt ist. Ich kann einfach abreisen – nach Kanada. Vancouver ist so gut wie jedes andere Ziel. Ich muss von hier weg. Das ist klar. Ich muss verreisen.

Plötzlich fallen mir die Ansichtskarten ein. Viele kamen von einer Galerie in Kanada. Ich versuche, mich auf den Namen zu besinnen – Susannah-Sowieso-Galerie

Ich google »Susannah Kunstgalerie Kanada«.

Susannah Gillespie Galerie

Ich erkenne den Namen sofort. Die Galerie befindet sich auf Spring Tide Island, vor der Küste von British Columbia – von Vancouver aus bestimmt erreichbar.

Ich schaue mir die Homepage genauer an. Es gibt einen Werbetext zu den Künstlern und diverse Links zu anderen Seiten. Ich klicke auf »Interviews mit Susannah Gillespie«. Dort findet sich ein Zeitungsartikel, der ein Jahr alt ist. Ich ziehe mir die Wolldecke vor der Brust zusammen, und mit dem Weinglas in der Hand fange ich an zu lesen.

Unser Inselschatz

Von Zadie Hagan, Kunstjournalistin

Als ich Susannah Gillespie in ihrem Haus besuche, springt mir als Erstes die Verschiedenartigkeit der Kunstgegenstände ins Auge: Gemälde, Keramiken, Holzplastiken verschiedenster Stile, eine Sammlung, die von einem Leben voller Reisen, Neugier und Kreativität zeugt. Das kann nicht überraschen, da sie durch ganz Europa, Südamerika und Nordamerika gefahren ist, um nach neuen Talenten zu suchen und Vorträge zu halten. Sie ist eine echte Spring-Tider-Kosmopolitin!

Die 62 Jahre alte, gebürtige Nanaimoerin kam zum ersten Mal in den späten Siebzigerjahren nach Spring Tide Island, nach einem Lehraufenthalt in Kalifornien, wie sie erzählt. »Ich war auf der Flucht«, gesteht sie, »hatte ein gebrochenes Herz und suchte nach einem Zufluchtsort.

Sowie ich vom Schiff an Land ging, wusste ich, hier ist mein neues Zuhause«, fährt sie fort. Ihr Haus auf dem Isabella-Felsen wurde Ende der Sechziger von Ian Lao entworfen, der heute Vancouvers bekanntester Architekt ist. Es steht an einem Steilhang mit Blick aufs Meer, am äußersten Westzipfel, wo es den Elementen schutzlos ausgesetzt und zu einem markanten Teil der Landschaft ge-

worden ist. Hinter dem Haus befindet sich eine nach ihren Wünschen angelegte Keramikwerkstatt, die Gillespie in den späten Achtzigern bauen ließ, mit einem Raum eigens für Yoga. Aber sie will mich nicht darin herumführen. »In mein Atelier lasse ich niemanden«, sagt sie. »Das betrete nur ich.« Sie besitzt auch eine kleine Hütte auf einer der Nachbarinseln, will die genaue Lage aber nicht verraten. »Jeder braucht einen Schlupfwinkel«, erklärt sie.
Ihre Galerie, die sie vor zwölf Jahren eröffnete, hat sich zu einem Mekka für Kunstliebhaber entwickelt, die im Sommer Vancouver überschwemmen. Die Ausstellungen sind geprägt von der Liebe zur Kunst British Columbias. Gillespie zeigt aber auch Werke aus anderen Teilen der Welt. Berühmte Künstler wie Dale Chihuly aus Seattle zählt sie zu ihren Freunden. Und was sie anfasst, wird zu Gold. Künstler, die das Glück haben, bei ihr auszustellen, werden von bedeutenden Sammlern aufgekauft.
Gillespie, die vor zwei Jahren ihren Mann verloren hat, sitzt in Gesellschaft ihrer beiden Golden Retriever im Schneidersitz auf dem Sofa und bietet ein Bild heiterer Gelassenheit. Wie kommt eine beruflich eingespannte Frau zu dieser inneren Ruhe? Ihre Antwort überrascht. »Zum Beispiel durch Yoga«, sagt sie. »Aber wir alle haben unsere Dämonen. Die meisten Leute verbringen ihr Leben damit, sich von ihnen abzulenken. Wir gründen ein Geschäft, bauen ein Haus, heiraten, um die Dämonen unter dem Deckel zu halten. Doch die Ablenkung ist bloß äußerlich. Blickt man bei jemandem hinter die Fassade, findet man Chaos.«
Da muss ich widersprechen! Gillespie wirkt alles andere als chaotisch, mit ihrem schönen Haus, dem florierenden Geschäft, ihrer künstlerischen Begabung und ihrem beruflichen Ansehen. Im Gegenteil, sie hat alles im Griff – sie ist der Schatz von Spring Tide Island.

Ich betrachte das körnige Foto. Eine gut aussehende Frau sitzt auf einem Sofa, zu ihren Füßen liegen zwei Golden Retriever. Ihre welligen Haare sind hochgesteckt, ihre Haltung ist gerade, der Blick direkt. Sie schmeichelt sich nicht mit einem Lächeln ein. Auf keinen Fall sieht sie aus, als hätte sie Dämonen in sich. Sie sieht aus wie eine Frau, die alles unter Kontrolle hat. Wie jemand, der über alles bestimmt.

Ich gehe zurück auf die Homepage und klicke auf »Künstler«. Eine Liste von Töpfern, Malern und Goldschmieden erscheint. Dann klicke ich auf »Über Susannah Gillespie«. Da ist sie wieder, diesmal in Farbe. Ihr Haar ist halb ergraut, baumelnde Türkisohrringe betonen das ungewöhnlich helle Blau der Augen, die Haut ist runzlig von zu viel Sonne. Sie hat hohe Wangenknochen, tiefe Augenhöhlen, einen ernsten Mund und schaut seitlich in die Kamera. Ihr Körper ist muskulös, und sie hält sich wie ein großer Mensch, der hart daran gearbeitet hat, sich nicht zu beugen. Man würde sich nicht mit ihr anlegen wollen.

Ich gehe auf Google Maps. Spring Tide Island ist nicht weit von Vancouver entfernt. Ein Stück nach Norden und eine Fahrt mit der Fähre.

Der Plan nimmt wie von selbst Gestalt an. Ich stelle mir vor, mit Finn in ein Flugzeug zu steigen. Wir könnten diesen Harry Halmstrom besuchen und ein paar Tage in Vancouver bleiben. Dann könnten wir uns zu Susannah begeben, der Ansichtskartenschreiberin. Ich könnte sie nach meiner Mutter fragen und wäre von allem weg, von Doug und vom Tod. Mir wird klar, wie egal es mir ist, ob mein Plan realistisch erscheint. Ich will nur von hier weg. Kanada klingt perfekt. Ich trinke den Wein aus.

Erregung macht sich in mir breit, während ich eine kurze Mail an Susannah verfasse, in der ich mich vorstelle, ihr mitteile, dass ich in ihre Gegend reisen werde, und frage, ob ich sie besuchen dürfe – diese Woche noch. Statt sie abzuschicken, wähle ich die Nummer der Galerie. Plötzlich werde ich nervös und lege beinahe auf – aber der Anrufbeantworter springt an. Die tiefe Stimme einer Kanadierin weist mich an, eine Nachricht zu hinterlassen. Sie klingt tatsächlich, als hätte sie alles im Griff. Ich nenne meinen Namen und meine Handynummer. »Ich hatte gehofft, mich mit Ihnen auf einen kurzen Besuch zu verabreden, da Sie wohl eine Freundin meiner Mutter sind.«

Muss sie eigentlich sein. Sonst hätte sie nicht jedes Jahr eine Ansichtskarte geschrieben. Sie müssen gute Freundinnen gewesen sein. Da wird sie auch etwas über meine Mutter wissen. Vielleicht, wer ihr beigebracht hat, Fische mit Harpunen zu erlegen, ein Tipi zu bauen, Seemannsknoten zu knüpfen oder einen richtig guten Schneeunterschlupf zu errichten. Hat sie diese Fähigkeiten von meinen Großeltern vermittelt bekommen? Susannah weiß vielleicht auch etwas über die Familie – weshalb meine Mutter über ihre Kindheit so verbittert war. Es ist zu spät, um etwas geradezurücken, aber nicht, um zu entdecken, wer sie war und von wem sie abstammte – von wem ich abstamme. Und Finn.

Plötzlich scheint nichts wichtiger, als nach Kanada zu reisen. Es kommt mir vor wie ein Akt des Überlebens.

Ich google die Fährverbindungen nach Spring Tide Island. Die Fähren legen in einem Hafen außerhalb von Vancouver ab, wenngleich die Verbindungen im Januar dünn gesät sind.

Ich suche nach einer Frühstückspension auf der Insel. Die ersten beiden, die ich finde, nehmen im Winter keine Gäste. Dann entdecke ich eine, die geöffnet hat und die direkt im Hafen liegt. Sie macht einen netten Eindruck – Blumenkästen, Federbetten, hausgemachtes Brot, Kinderbeistellbetten. Ich rufe dort an. Niemand geht ans Telefon, aber ich hinterlasse eine Nachricht mit meiner Handynummer und sage, dass ich übers Internet buche.

Mein Plan wird schnell konkret. Gleich morgen früh will ich nach Oxford zurückfahren, um unsere Reisepässe zu holen. Ich werde warme Sachen für Finn einpacken – wahrscheinlich ist es in Kanada im Januar bitterkalt – und dann den Abendflug nach Vancouver nehmen, bevor Doug von der Arbeit nach Hause kommt. Mein Vorhaben scheint mir zugleich hirnverbrannt und völlig vernünftig.

Ehe ich mir zu viele Gedanken machen kann, nehme ich meine Kreditkarte und klicke auf ein Reiseportal. Als ich sehe, was der Flug mit British Airways kostet, stocke ich. Meine Finger schweben über der Tastatur. Das kann ich unmöglich tun. Der Betrag entspricht einem Drittel unserer Ersparnisse. Ich starre auf den Bildschirm. Hinter meinen Augen pocht es. Das ist eine astronomische Summe. Aber wenn ich nicht reise – was dann? Dann ist da ein klaffendes Loch.

Und als wäre ich in einem Traum und nicht wirklich an diesem Irrsinn beteiligt, tippe ich meine Kreditkartendaten ein. Ich blinzle ein paarmal und klicke dann mit kribbelnden Armen auf »Tickets kaufen«.

Finn und ich haben einen Platz im letzten BA-Flug, der morgen nach Vancouver geht.

Mir wird schlecht. Was habe ich da getan? Ich starre auf die Flugdaten. Eine Dialogbox fragt, ob ich meinen Boardingpass ausdrucken möchte.

Mein Handy klingelt. Es ist Alice.

»Hast du versucht, mich anzurufen?« Sie spricht leise und klingt besorgt. »Tut mir leid, dass es schon so spät ist – Abendessen mit Mandanten.« Ich höre Stimmen und gedämpfte Musik im Hintergrund. Meine vernünftige, rationale Schwester zu hören verstärkt mein Empfinden, etwas völlig Verrücktes zu tun. Die Tickets können nicht zurückgegeben werden.

»Geht es dir gut, Alice?« Ich höre mich selbst wie aus weiter Ferne, als hätte das alles nichts mit mir zu tun.

»Ich musste zu diesem Essen, bin nicht drum herumgekommen«, sagt sie. Sie hört sich müde an. »Was ist los? Du klingst so … ist alles in Ordnung? Ich muss gleich wieder reingehen.«

»Klar. Alles bestens. Ich wollte dir nur sagen, dass ich mit Finn für kurze Zeit weg bin. Nur um … einen klaren Kopf zu bekommen. Ich brauche eine Auszeit.«

»Ach Kal, ist diese Geschichte mit Doug so schlimm?«

»Nein, nein, darum geht's nicht. Ich brauche mal ein bisschen Abstand, damit ich nachdenken kann.«

»Du könntest zu mir kommen. Ich müsste zwar arbeiten, aber –«

»Nein, lass nur. Ich habe schon gebucht.«

»Was sagst du?« Im Hintergrund wird es laut. Offenbar geht sie zurück ins Restaurant.

»Ich bin quasi schon im Aufbruch.«

»Hast du Aufbruch gesagt?«

»Ja!«

»Wohin denn?«

»Nach Vancouver.«

»Wie bitte?«, schreit sie. »Ich kann dich überhaupt nicht verstehen! Hier ist es so –«

»Macht nichts«, schreie ich zurück. »Mach dir keine Gedanken. Ich rufe dich morgen an, okay?«

»Sie winken mich herein. Wir sprechen uns morgen.«

»Okay. Und pass auf dich auf, ja? Ruh dich aus.« Nachdem ich aufgelegt habe, weiß ich schon, dass ich sie nicht anrufen werde. Denn wenn ich das tue, wird sie sich verpflichtet fühlen, mich aufzuhalten, und ich werde erkennen, dass ich die Reise unmöglich antreten kann. Aber es ist zu spät. Die Tickets können nicht zurückgegeben werden. Und ich kann nicht nach Hause. Noch nicht.

SÜDKALIFORNIEN 1975

Die Wale absolvierten ihre Vorführung zweimal am Tag in einem Becken mit dicken Glaswänden und einer überdachten Tribüne ringsherum. Das Männchen Orpheus war mit fünf oder sechs Jahren im Nordatlantik von isländischen Fischern gefangen worden. Inzwischen hatte er eine Brust so breit wie ein Tankwagen und eine mannsgroße Rückenflosse. Das Weibchen Bella war drei Jahre älter. Sie war in den Sechzigern im Nordostpazifik gefangen worden, als Schwertwale zu einem großen Geschäft wurden. Die beiden Wale waren zusammen dressiert worden, und laut den Sea-Park-Angestellten waren sie sanftmütig, zeigten kein bedrohliches Verhalten und verrichteten ihre Aufgaben friedlich. Das Publikum liebte sie. Seit die Schwertwale da waren, fielen die Einnahmen um ein Drittel höher aus. Ganz Amerika wollte Killerwale sehen.

Elena hatte sich nur eine Vorführung angesehen, gleich zu Anfang, als sie zum ersten Mal zu den Delfinen gelassen wurde. Sie stand auf der Seitenbühne mit dem Rucksack auf dem Rücken und einer Mütze tief ins Gesicht gezogen wegen des grellen Lichts. Bei einer Nummer musste Bella das Maul aufreißen, damit der Dompteur ihr mit einer riesigen Zahnbürste die Zähne putzen konnte. Die Zuschauer jubelten und schrien. Schulkinder warfen mit Popcorn. Das Männchen musste zum Schein einen großen Benzinkanister austrinken und dann im Kreis schwimmen und Geräusche wie ein Außenbordmotor machen. Danach blieb Elena weg, wenn die Wale ihren Auftritt hatten.

Zwischen den Vorführungen schwammen sie in dem engen Becken langsam im Kreis. Manchmal, wenn Elena vorbeiging, schwebten sie nur reglos im Wasser und starrten auf die Glaswand. Dan, der Chefdompteur, sagte, sie schliefen, aber vielleicht wollte er sich damit nur beruhigen, denn sie beide wussten, dass Schwertwale auch im Schlaf viele Meilen zurücklegten.

Dabei schalteten sie das halbe Gehirn ab. Sie schwebten nicht auf der Stelle.

Elena hatte einmal schlafende Schwertwale in freier Wildbahn gesehen, vor ein paar Jahren im Sommer im Puget Sound, als sie mit Kommilitonen auf Exkursion war, um Königslachse zu beobachten. Über zwanzig Wale waren in Schlafformation aufgereiht und bewegten sich gespenstisch am Horizont entlang, tauchten ganz kurz zum Atmen auf und für lange Zeit wieder ab.

In freier Wildbahn schwamm ein Schwertwal bis zu hundertfünfzig Kilometer am Tag; im Aquarium konnte er nur enge Kreise ziehen. Draußen im Ozean tauchten sie mehrere Hundert Meter tief; im Aquarium stießen sie nach zehn Metern an den Boden. Da lebten sie praktisch in einer Badewanne.

Eines Tages bemerkte Elena, dass die Rückenflosse des Männchens ein wenig eingefallen war. Dan sagte, darüber müsse man sich keine Sorgen machen; das sei bei Männchen in Gefangenschaft ganz normal, eindeutig kein Zeichen für einen schlechten Gesundheitszustand.

Bei der Tümmlerfamilie hatte sie das alles beiseiteschieben können. Die Tümmler wirkten aktiv und gesund, und sie konnte auch nicht ihre gesamte Zeit damit zubringen, sich um sie zu sorgen. Sie musste sich solche Gedanken aus dem Kopf schlagen, denn sie hatte zu arbeiten. Außerdem konnte sie sich glücklich schätzen, unbeschränkten Zugang zu den Tieren zu haben. Während sie ihre Spiele und die Verständigung beobachtete, gewöhnte sie sich daran, sie in dieser Umgebung zu sehen – zumindest gelang es ihr, nicht mehr daran zu denken, welches Leben sie in der freien Natur haben könnten. Die Delfine schienen sich an die Gefangenschaft gewöhnt zu haben. Es war gut möglich, dass sie sich an ihr freies Leben nicht erinnerten und vergessen hatten, wie es war, durch die Wellen zu springen. Elena sah manchmal Tümmler vom Strand aus. Sie fühlte sich dieser Familie verbunden, hatte aber auch eine gewisse Distanz zu ihnen. Die Tiere waren Forschungsobjekte, die sie ins Herz geschlossen hatte.

Mit den Schwertwalen war es etwas anderes. Es kam ihr so vor, als hätte sie es schwarz auf weiß in Großbuchstaben vor sich, wie es ihnen ging.

Vielleicht konnte sie nicht distanziert bleiben, weil sie sie nicht erforschte. Ihnen aus dem Weg gehen konnte sie auch nicht, denn sie musste jeden Abend nach der Arbeit an dem Becken vorbei. Manchmal fing sie den Blick des Weibchens auf und hatte das unangenehme Gefühl, es wüsste alles über sie. Sie tat das als Übermüdungserscheinung ab, sagte sich, dass sie am Ende eines langen Tages, allein an einem Veranstaltungsort eben dieses Gefühl von Leere überkommen würde.

Eines Tages fielen ihr an dem Männchen Schorfkrusten am Rücken auf, und wo die Haut eigentlich glänzend schwarz sein sollte, war sie fleckig und schälte sich ab. Außerdem hing die Rückenflosse nun völlig schlaff zur Seite.

Jeden Abend, wenn sie an dem Becken vorbeiging, um den üppigen tropischen Park zu verlassen, fühlte sie die stille Sehnsucht der Tiere auf sich lasten. Es war, als flehten sie sie an. Elena konnte das Schuldgefühl nicht mehr abschütteln.

3

Ich kann nicht schlafen. Im ganzen Körper spüre ich eine kribblige Unruhe, und ich habe Kopfschmerzen, weil es anstrengend ist, ständig unerwünschte Gedanken zu unterdrücken. Das Flugzeug ist fast leer, sodass wir eine Sitzreihe für uns allein haben. Finn ist endlich eingeschlafen, nachdem er eine Stunde lang durch den Gang getobt ist, ich ständig hinter ihm, damit er die Leute nicht belästigt und nach ihren Sachen greift. Er liegt quer über meinem Schoß, Händchen und Mund schlaff, aber die Haare stehen wild vom Kopf ab, als ob sie noch nicht kapitulieren wollen.

Ich trinke einen Schluck Wasser und schiebe meinen Rücken in eine bequemere Position, aber äußerst behutsam, denn ich weiß genau, dass Finn imstande ist, die ganzen neun Flugstunden wach zu bleiben und sich von aufgedreht über hyperaktiv zu komplett hysterisch zu steigern.

Mein Gesicht spiegelt sich im Fenster, und im ersten Moment weiß ich nicht, wen ich da ansehe. Eigentlich mochte ich meine Haare immer, aber dass sie nicht mehr da sind, ist ungemein befreiend. Ich betaste meinen Kopf. Er fühlt sich glatt an. Meine Finger spüren noch die langen, schweren Locken, sind es noch gewohnt, sie im Nacken zusammenzudrehen. Genauso spüre ich noch den Mund meines Neugeborenen an der Brustwarze oder Dougs Hand an meinem Kinn. Der Körper erinnert sich an längst Vergangenes.

Der Haarschnitt war eine spontane Entscheidung. Als wir im Nieselregen vor dem Busbahnhof auf den Heathrow-Express warteten, blickte ich immer wieder auf das Schild eines Friseurs auf der anderen Straßenseite: *Kurzentschlossene willkommen.* Wir hatten ohnehin noch viel Zeit. Die mussten wir irgendwie herumbringen.

Friseurinnen, die nichts zu tun hatten, beschäftigten sich mit

Finn, gaben ihm Lutscher und ließen ihn mit den Bürsten spielen, während ich meine Locken verlor. Die junge Frau fragte immer wieder, ob ich mir wirklich sicher sei, schnitt die langen, dicken Strähnen jedoch begeistert ab und hielt sie hoch wie braune Lockensträuße. Hinterher sah Finn mich gewissermaßen anerkennend an und befühlte zaghaft meinen Kopf mit beiden Händen. »Alle weg!«

Ich könnte mir einen Film anschauen. Oder lesen. Ich blättere im Bordmagazin. Es enthält einen Artikel über Totempfähle im Pazifischen Nordwesten. Ich überfliege die Abschnitte über die Bedeutung von Totems – Stolz, Gedenken, schmerzlicher Verlust –, lese, wie die Pfähle aus Regenwaldhölzern sich im Lauf der Jahre zersetzen und wie der Gedanke, dass sie eines Tages wieder zu Erde werden, in ihre Erschaffung einfließt. Nichts ist ewig. Wir gehören alle zu dem großen Kreislauf von Geburt und Verwesung. Eine Zwischenüberschrift fällt mir ins Auge: Schandpfähle – von den Stämmen aufgestellt, um Leute wegen unbezahlter Schulden oder Verbrechen anzuprangern. Aber ich kann mich auf den Text nicht konzentrieren. Ich bin zu müde. Die Zeilen tanzen vor meinen Augen. Stattdessen sehe ich mir die Bilder an – Gesichter, Symbole, schwarze Schnäbel. Ich klappe die Zeitschrift zu und schließe die Augen.

Ich darf nicht darüber nachdenken, was ich gerade tue, denn ich sitze bereits im Flugzeug.

Mir kommt eine Erinnerung. Mit neun oder zehn sagte ich zu meiner Lehrerin, sie solle den Mund halten, und stob dann zur Tür hinaus und die Treppe hinunter. Als ich über den Schulhof stampfte, drehte ich den Kopf und sah die Gesichter meiner Klassenkameraden am großen Fenster, dreißig offene Münder. Genau so geht es mir jetzt: Ich laufe aufgebracht davon, habe aber auch das untrügliche Gefühl, dass das nicht gut ausgehen wird.

Als ich am Vormittag in Oxford ankam – es ist tatsächlich erst einen halben Tag her –, rief ich Doug an.

»Du bist wieder zu Hause.«

»Nein, ich werde für eine Weile weg sein. Ich muss nachdenken.«

»Was? Wieso – Wohin fährst du? Zurück nach Sussex?«

»Ich will mit Finn Verwandte besuchen. In Vancouver.«

»Du willst was? Du willst nach Vancouver? Kanada? Was für Verwandte? Du hast keine Verwandten in Vancouver. Kal … meine Güte … das ist doch –«

»Ich muss mal raus, Doug.«

»Geht es um die SMS, die du auf meinem Handy gesehen hast? Schau mal – hör zu – ich weiß, du stehst gerade unter Schock. Du hast deine Mutter verloren. Es ist nicht –«

»Herrgott noch mal!«, fiel ich ihm ins Wort. »Willst du tatsächlich sagen: Es ist nicht, wie du denkst?«

»Okay. Wir müssen darüber reden. Warte. Ich komme nach Hause. Warte einfach. Ich komme sofort.«

Aber ich wartete nicht. Ich wollte mir nicht erklären lassen, dass er sie gefickt hat, weil ich zu viel mit unserem Baby beschäftigt war. Oder dass er sie liebt und mich nie wirklich geliebt hat. Und dass er sich jetzt von mir trennt.

Ich legte auf, dann steckte ich Finn in die Babytrage, hievte ihn mir auf den Rücken, hängte mir die Handtasche vor den Bauch und lief, den rumpelnden Koffer hinter mir herziehend, die Haustreppe hinunter.

Wahrscheinlich ist Doug kurz darauf angekommen. Ich frage mich, was in ihm vorging, als er sah, dass ich weg war. War er wütend? Aufgewühlt? Durcheinander? Voller Schuldgefühle? Und da wusste er noch gar nicht, wie viel ich von unserem Ersparten ausgegeben habe.

Danach ließ ich mein Handy ausgeschaltet. Das alles funktioniert nur, wenn ich nicht darüber nachdenke und unter keinen Umständen seine SMS lese oder die Mailbox abhöre.

Ich greife über Finn hinweg und taste in meiner Tasche nach dem Buch. Ich wünschte, ich hätte mir Yogahosen statt Jeans angezogen. Mir ist, als ob mein ganzer Körper anschwellen würde. Statt des Buches bekomme ich das Notizbuch meiner

Mutter zwischen die Finger. Als ich es herausziehe, fällt mir das Hochzeitsfoto entgegen. Ich hatte ganz vergessen, dass ich es in Sussex beim Packen hineingelegt habe. Ich fange es auf, bevor es zu Boden gleiten kann. Dann halte ich es in das gelbliche Licht der Leselampe.

Meine Mutter trägt ein langes Siebzigerjahre-Kleid mit Trompetenärmeln. Sie lacht meinen Vater an. Ihre dicken welligen Haare hängen nach vorn über die Schultern. Sie hat einen Mittelscheitel und in der Hand einen Strauß Wiesenblumen.

Der Gesichtsausdruck meines Vaters ist nicht zu erkennen, weil ein Gebäudeschatten auf ihn fällt und das Foto an der Stelle geknickt ist. Man sieht nur seine Schlaghosen und das enge geblümte Hemd. Er wirkt sportlicher, verblüffend lässig. Sie stehen vor einem roten Ziegelbau. Es frustriert mich, dass ich nichts von seinem Gesicht ablesen kann, aber aus seinen gestrafften Schultern schließe ich, dass er sie angrinst.

Ich bin nicht auf dem Bild, muss aber dabei gewesen sein, bei jemandem auf dem Arm. Ich überlege, wer mich bei der Trauung auf dem Schoß gehabt haben könnte. Seltsam, dass meine Mutter nie Freunde aus der Schule oder Studentenzeit erwähnt hat. Nicht einmal von der Frau mit den fünfunddreißig Ansichtskarten hat sie gesprochen. Sie hat – wie lange? Sechs Jahre? – in Kalifornien studiert. Erstaunlich, wie leicht sie ihr amerikanisches Leben abgestreift hat. Andererseits konnte sie immer alles gut abstreifen.

Das Licht wird gedämpft. Ringsherum machen es sich die Leute bequem und flüstern nur noch. Ein anderes Kleinkind beschwert sich wimmernd, und Finns Arme zucken, aber er wacht nicht auf. Seine Lider flattern. Was er wohl träumt? Er ist so schön mit seinen Ponyfransen, dem Puttenmund und dem Kinngrübchen. Behutsam streiche ich ihm die Haare aus den Augen und denke daran, wie er zur Welt kam und ich ihn jeden Tag gestillt habe.

Meine Uhr zeigt noch Greenwich-Zeit. Es ist 21.45 Uhr. Normalerweise würde ich jetzt mit Doug auf der Couch sitzen. Alles Spielzeug wäre weggeräumt, die Spülmaschine würde laufen und Finn oben unter seinem Auto-Mobile schlafen. Doug und ich würden ein Glas Wein trinken und fernsehen. Ich habe kein Spülmaschinenpulver mehr gekauft. Und keine Butter. Ich habe vergessen, ihm zu sagen, dass er die Elektroheizung im Keller abschalten soll. In der Redaktion habe ich mich auch nicht abgemeldet.

Ich sollte meinem Vater noch sagen, was ich vorhabe. Als ich am Morgen aufgestanden bin, war er schon nach London unterwegs und hatte mir eine Nachricht in seiner eleganten Handschrift hinterlassen:

Ich fahre jetzt ins Büro. Bitte bleib, solange Du möchtest (aber schließ ab, wenn Du wegfährst). Am Freitag komme ich zurück.

Ich schrieb ihm ebenfalls einen Zettel:

Danke, Dad. Ich muss weg, aber wir sehen uns bald. Pass auf Dich auf.

Er dürfte jetzt allein in seiner Londoner Wohnung sitzen, niedergeschlagen, aber mit Arbeit beschäftigt. Ich frage mich, ob er Freunde hat. Meine Mutter kannte ich gut, auch wenn ich von ihrer Vergangenheit vor unserer Zeit nichts weiß; aber meinen Vater kenne ich eigentlich kaum. Sein Büro und seine Wohnung habe ich mal gesehen, doch von seinem übrigen Leben in London weiß ich gar nichts. Ich habe nicht einmal seine Handynummer. Nur seine E-Mail-Adresse und eine Büronummer. Für gewöhnlich kommunizieren wir per E-Mail. Alle paar Wochen schreibe ich ihm, in letzter Zeit meistens über Finn, und er antwortet häufig sofort mit ein oder zwei Sätzen. Er unterschreibt mit G. Nicht mit Dad oder Dein Vater, sondern nur mit G. Das ist eine Form der Kommunikation, die echten Kontakt vermeidet. Trotzdem ist er mein Vater, und er sollte wissen, was ich tue. Und vielleicht kann er mir etwas über Susannah oder Harry

Halmstrom sagen. Ihn in einer E-Mail nach ihnen zu fragen fällt mir leichter als von Angesicht zu Angesicht.

Ich hole mein Handy hervor und verfasse eine E-Mail, ohne in den Posteingang geschaut zu haben. Nach der Landung werde ich sie abschicken.

An: Dad <G. K. MacKenzie>
Von: Kali
Betreff: Urlaub

Lieber Dad,
ich habe beschlossen, für eine Weile zu verreisen – sitze gerade im Flugzeug und tippe ins iPhone, sende die Mail gleich nach der Landung. Ich hoffe, Du machst Dir meinetwegen keine Sorgen. Stell Dir vor, ich fliege nach Kanada. Habe spontan beschlossen, eine alte Freundin von Mum zu besuchen, Susannah Gillespie. Sie hat eine Galerie auf einer Insel in der Nähe von Vancouver. Du kennst sie doch sicher? Wenn Du jetzt gerade keinen klaren Kopf dafür hast, kümmere Dich nicht weiter darum. Ich möchte Dir nur mitteilen, was ich vorhabe. Ich musste einfach mal raus und dachte mir: Warum nicht Kanada?
Gerade habe ich mir Euer Hochzeitsfoto angesehen. Mum ist so schön darauf. Dabei ist mir aufgefallen, dass Ihr nie etwas von Eurer Hochzeit erzählt habt. Vielleicht hat es mit meiner Trauer zu tun, aber ich muss immerzu daran denken, wie wenig ich über Mums Vergangenheit weiß.
Auf jeden Fall hoffe ich, dass Du zurechtkommst. Bist Du schon wieder im Büro? Wirst Du nun in London leben, oder hast Du überhaupt schon Pläne gemacht? Ich melde mich bald wieder.
Liebe Grüße
Kali

P. S: Wollte Dich anrufen, aber ich habe Deine Handynummer gar nicht, nur die vom Büro.

Ein paar Minuten schaue ich mir die E-Mail an. Harry Halmstrom zu erwähnen scheint mir noch nicht angebracht. Da ich meinen Plan nun schwarz auf weiß vor mir habe, sehe ich mich kurz mit anderen Augen: Was ich da an den Tag lege, ist labiles Verhalten.

Die E-Mail liegt im Postausgang. Ich schalte mein Handy aus, und dann kommt mir ein zermürbender Gedanke: Doug könnte gerade mit ihr telefonieren und ihr erzählen, dass ich Bescheid weiß und verreist bin und Finn mitgenommen habe. Vielleicht überlegen sie, was sie jetzt tun sollen. Sie sagt vielleicht gerade: »Nun, früher oder später musste sie es erfahren.«

Während ich das Hochzeitsfoto ins Notizbuch schiebe und es zusammen mit dem Handy in die Tasche werfe, möchte ich am liebsten losheulen. Dann steigt plötzlich Wut in mir auf. Eine unsägliche Wut auf meine Mutter. Wie konnte sie einfach so sterben? Ohne dass wir uns noch ein paar wesentliche Dinge sagen konnten? Ich fühle mich im Stich gelassen oder als hätte sie ein Versprechen gebrochen. Es scheint mal wieder typisch zu sein, dass sie ausgerechnet dann stirbt, wenn alles andere den Bach runtergeht.

Doch das ist albern. Ich muss mich zusammenreißen. Was Doug angeht, hätte ich mich ja doch nicht an sie gewandt. Ich würde mich jetzt ganz bestimmt nicht an ihrer Brust ausweinen. Trotzdem, sie fehlt mir schrecklich. Ich fühle mich orientierungslos, panisch. Als wäre ich noch klein und hätte sie im Gedränge verloren. Plötzlich fällt mir ein, dass ich mich mal mit vier Jahren an einem Steilhang verirrt habe – eine meiner frühesten Erinnerungen. Ich glaube, das war bei einem Picknickplatz in Frankreich. Die Granitfelsen blendeten in der Sonne, und ich konnte meine Mutter nicht mehr sehen. Ich habe mich an einen Felsbrocken geklammert und weinend nach ihr geschrien. Ich fühlte mich allein auf der Welt. Dann hörte ich sie rufen, und als sie um die Ecke bog, durchströmte mich eine Riesenerleichterung.

Ich schließe die Augen. Das Flugzeug ruckelt durch Turbulenzen, die Anschnallsymbole leuchten auf. Ich lege einen Arm über Finn.

Ich bin unglaublich blind gewesen. Das ist es eigentlich, was mich so wütend macht. Ich habe mir etwas vorgemacht. Ich bin gar nicht auf meine Mutter wütend, natürlich nicht. Ich bin wütend auf Doug. Und auf mich selbst, weil ich so unbedarft, so vertrauensselig war. Und so abgelenkt.

Ich hätte klüger sein sollen. Durch meine Mutter wusste ich schließlich schon, dass auf Liebe kein Verlass ist. Sie ist ein ungewisser Zustand. Doch während der vergangenen acht Jahre hat Doug mir eingeredet – oder ich mir selbst –, mit unserer Liebe sei das anders, die sei zuverlässig. Zuverlässig und gleichermaßen groß und vor allem dauerhaft. Auf dieses Fundament habe ich gebaut. Und dabei nicht begriffen, dass Doug es von unten stützte. Und jetzt tut er das offenbar nicht mehr. Offenbar war seine Liebe weder dauerhaft noch zuverlässig, sondern auch nur etwas, was man bekommen und wieder verlieren kann.

Ich hab's versaut. Doug hat's versaut. Wir beide haben es versaut, und der Einzige, den es voll treffen wird, ist Finn, den wir eigentlich schützen und lieben sollten. Zuverlässig und dauerhaft. Ich schaue auf Finn, der quer über meinem Schoß liegt.

Was haben wir getan?

Als ich im Mietwagen mit dem schlaftrunkenen Finn im Kindersitz den Flughafen verlasse, brauche ich dringend einen Kaffee. Vom Flug bin ich ausgedörrt und benommen und nehme alles distanziert wahr. Außerdem bin ich geschockt über den hohen Mietwagenpreis. Mit der Versicherungsprämie und dem überzogenen Aufpreis für den Kindersitz kam eine Summe zusammen, bei der mir die Spucke wegblieb. Aber an Geld kann ich jetzt nicht denken. Die Kosten sind abenteuerlich, genau wie mein Plan.

Auf dem stark befahrenen Highway fängt es an zu schütten. Ich fummle an den Hebeln herum, um die Scheibenwischer in

Gang zu setzen, und ein paar Sekunden lang fahre ich blind durch den dichten Verkehr.

Nach einer Drehung am rechten Hebel wird die Windschutzscheibe klar. Doch ich sehe bloß verschwommene Rücklichter und prasselnden Regen. Die Markierungen zwischen den Fahrspuren sind kaum zu erkennen. Die Wischer schieben den Regen zur Seite, trotzdem sehe ich alles wie durch eine Wasserwand.

Ich hätte mich nicht gleich für den ersten Tag nach einem Transatlantikflug mit Harry Halmstrom verabreden sollen. Was habe ich mir dabei gedacht? Eigentlich hätte ich überhaupt keine Verabredung treffen sollen. Doch jetzt muss ich sie einhalten. Ich kann unmöglich einen einsamen alten Mann hängen lassen, der seit Jahren keinen Besuch mehr bekommen hat. Davon abgesehen brauche ich ein Ziel vielleicht mehr als Schlaf.

Die Reise ist eine gute Entscheidung, sage ich mir. Ich habe schon immer reisen wollen. Und jetzt tue ich es. So höre ich mich denken und muss tatsächlich laut lachen. Bei dem schroffen Klang verstumme ich erschrocken. Dann denke ich an die schrumpfenden Ersparnisse und an Doug, der jetzt zu Hause empört über mich redet – mit ihr –, und muss mir den Mund zuhalten.

Ein Wagen überholt und schert dicht vor mir ein. Ich umklammere das Lenkrad mit beiden Händen und widerstehe dem Drang, auf die Bremse zu treten, um nicht ins Schleudern zu geraten. Mit klopft das Herz bis zum Hals. Ich muss aufmerksam sein. An meinen Backenzähnen schmeckt es metallisch. Ich schaue in den Rückspiegel. Finn sitzt still da. Ihm fallen die Augen zu. Er vertraut darauf, dass ich uns beide sicher ans Ziel bringe. Es interessiert ihn nicht, wo wir sind, was wir hier vorhaben und ob es regnet oder dichter Verkehr herrscht. Er vertraut darauf, dass er bei mir sicher ist.

Räder rauschen über nassen Asphalt, der Regen trommelt aufs Wagendach, die Wischer bewegen sich rhythmisch über die Scheibe. Die Straßenschilder sind zu klein, und die Schrift ist ungewohnt. Die Straßenmarkierung hat die falsche Farbe. Es gibt zu viele Fahrspuren, zu viel Verkehr, keine erkennbare Überhol- oder Kriechspur, die Autos wirken alle überdimensioniert und hoch, die Nummernschilder winzig. Buchstaben und Zahlen verlieren sich im roten Schein der Bremslichter. Große leuchtende Lkws heben sich im Zwielicht ab. Ich sage mir, dass ich nur geradeaus zu fahren brauche und die Ausfahrt ausgeschildert sein wird. Das ist nicht weiter schwierig. Einfach geradeaus fahren. In einer Frühstückspension, nicht weit von der Seniorenresidenz entfernt, wartet ein Zimmer auf uns.

Aber vorher brauche ich einen Kaffee, denn ich erfasse nur verzögert, was ich sehe.

Aus dem Regen schält sich das Hinweisschild eines Einkaufszentrums. Irgendwie gelingt es mir, drei Spuren zu wechseln. Das löst wütendes Gehupe aus, und die Rücklichter kommen mir viel zu nahe, doch ich gelange auf die Ausfahrt. Finn bleibt entspannt im Halbschlaf. Ich fühle mich wie in einem Geschwindigkeitstraum, in dem ich über nichts Kontrolle habe. Viel zu schnell biege ich in die Zufahrt des Parkhauses ein. Die Scheibenwischer bewegen sich wie wütende Fäuste.

Bei Starbucks dämmert mir nach einem dreifachen Espresso – Finn hat einen Becher warme Milch bekommen –, dass ich für dieses Klima eigentlich nicht gerüstet bin. Schon beim Gang durch das Parkhaus habe ich in meinem dünnen Mantel gefroren. Ich habe nur Dougs dicken Pullover dabei, ansonsten nichts wirklich Warmes. Für Finn habe ich die wärmsten Sachen eingepackt, seine Fleecepullis und langärmligen Shirts, außerdem den Schlafsack, die Gummistiefel, Windeln, Feuchttücher, die Babytasse, auch an seinen Hasen habe ich gedacht und vorsichtshalber Capol eingesteckt. Für mich selbst habe ich einfach irgendetwas aus dem Schrank gegriffen. Nicht einmal die Fleecejacke, die ich zum Spazierengehen anziehe, habe ich mitgenommen, auch keine wasserdichten Stiefel. Mein alter Mantel und Finns wattierter Anorak sind für den Januar in British Columbia völlig ungeeignet.

Finn fegt mit einem Strohhalm einen Pappbecher vom Tisch. Aus den Lautsprechern tönt eine muntere Version von *Don't you want me, baby?*, und die Beleuchtung überzieht alles mit einem kränklichen Gelb. Ich schaue aufs Handy. Ich muss Alice anrufen, kann mich aber nicht überwinden, ihrer Skepsis zu begegnen und zu erklären, was ich hier tue. Ich schicke ihr eine kurze SMS:

Hi, bin gut in Vancouver angekommen. Finn ist gut gelaunt. Alles bestens. Musste mal Abstand gewinnen. Mach Dir keine Sorgen. Kann jetzt nicht telefonieren, melde mich aber bald.
LG K

Ich rufe meine E-Mails ab.

Meine eigene an meinen Vater ist gesendet worden, als ich das Handy nach der Zollkontrolle wieder eingeschaltet habe. Er hat tatsächlich geantwortet.

Es gibt drei Mails von Doug mit den Betreffzeilen: *Warum tust du das?*, *Ruf mich sofort an, wenn du gelandet bist!* und *Wir müssen reden.* Ich ignoriere sie. Mit ihm werde ich mich später befassen. Da ist die prompte Antwort meines Vaters, zwei Zeilen, die er kurz nach Mitternacht geschrieben hat.

An: Kali
Von: G. K. MacKenzie
Betreff: Re: Urlaub

Kali,
Susannah Gillespie war keine Freundin Deiner Mutter – schlage vor, Du lässt von dem Plan sofort ab.
G

Finn haut den Becher vom Tisch, lacht, kniet sich hin, hebt ihn auf und stellt ihn zurück. Haut, lacht, kniet sich hin, sieht mich an. »Das?« Er zeigt auf den Becher.

»Das ist ein Becher.« Ich ringe mir ein Lächeln ab. »Becher. Kannst du Becher sagen? Machst du bumm?«

Zwei Zeilen. Für meinen Vater ist das beeindruckend.

»Bumm!« Finn schlägt auf den Becher. »Bumm« war sein erstes Wort. Ich sollte das aufschreiben, denn eines Tages, wenn er erwachsen ist, könnte es mir entfallen sein. Er neigt sich heran und streckt die Hände nach meinem Gesicht aus, dann zieht er mich zu sich und gibt mir einen Kuss auf den Mund. Schlagen, dann küssen, die männliche Schablone.

»Du«, ich drücke ihn, »bist albern.« Er windet sich frei und greift den Becher.

Summend verkündet mein Handy den Eingang einer SMS.

> Vancouver??????? KANADA? Bin bis heute Abend in einer Sitzung. Ruf dich danach an. Verdammt, Kal! Was hast du denn in Vancouver zu suchen????

Ich antworte sofort.

> Spontane Aktion. Alles in Ordnung – keine Sorge! Melde mich bei Dir. LG

Trotz der Kälte draußen ist es im Einkaufszentrum warm und stickig. Finn saust jetzt um die Tische herum. Da wir die einzigen Gäste sind, lasse ich ihn gewähren – er muss sich mal die Beine vertreten und kreischen und sich austoben. Mir fällt auf, dass ich nicht mehr weiß, welchen Rückflug ich gebucht habe. Über uns brummen die Neonröhren, und außer der Starbucks-Barista ist nur eine Putzkraft da, die mit einem breiten Wischmopp herumgeht. Ich fühle mich, als wäre ich in diese Reise irgendwie hineingeraten und hätte sie gar nicht bewusst angetreten. Mir dämmert, dass Weglaufen nicht gerade ein Akt der Souveränität ist.

Der selbstherrliche Ton meines Vaters wurmt mich. Er ist so distanziert und bestimmend, bis hin zur Vermeidung des Possessivpronomens. Mit einem Auge auf Finn tippe ich die Antwort:

An: G. K. MacKenzie
Von: Kali
Betreff: Re: Urlaub

OK, danke, Dad – bin mir aber nicht sicher, was Du meinst: ob Mum Susannah Gillespie nicht kannte oder ob sie verfeindet waren. Weiß auch nicht, wieso Du mir sagst, ich solle meine Pläne ändern. Es wäre gut, wenn Du hier mal ein paar Worte mehr verlieren könntest. Ich weiß, der Zeitpunkt ist ungünstig. Ich habe in meiner vorigen E-Mail nicht erwähnt, dass ich heute auch einen alten Mann namens Harry Halmstrom besuchen werde, der vielleicht mit uns verwandt ist. Er ist über neunzig und lebt in einem Altersheim in Vancouver. Könnte er ein Verwandter sein?
Liebe Grüße
K

Ich tippe auf »Senden« und fühle mich, als hätte ich ihm den Fehdehandschuh hingeworfen. Dann schließe ich das Mail-Programm.

Mein Vater hat eigentlich recht. Das Vernünftigste wäre, den ganzen Unsinn sofort abzublasen. Ich sollte Finn ins Auto setzen und zum Flughafen fahren. Aber schon während mir diese Gedanken durch den Kopf gehen, sagt eine trotzige Stimme in mir, ich solle weitermachen. Renn weiter über den Schulhof und schau dich nicht um. Die Alternative – die Rückkehr zu Doug – ist viel schlimmer.

Und außerdem laufe ich nicht blindlings davon. Ich habe ein Ziel. Ich bin hier, um etwas über meine Mutter zu erfahren. Um herauszufinden, was früher passiert ist, damit ich frei werde und nicht mehr wegzurennen brauche. Eine brillante Rechtfertigung. Aber nicht mal ich glaube sie.

Die Barista starrt mich an. Darum nehme ich meine Tasche und lenke Finn die hallenden, glänzenden Flure entlang. Die Hälfte der Läden steht leer. Wir kommen am Eingang eines Kaufhauses vorbei. Nach kurzem Zögern schiebe ich Finn hinein. Ich lasse ihn zwischen den Kleiderständern herumlaufen, während ich Wanderstiefel und Socken, Unterwäsche und, im letzten Moment, einen langen grauen Daunenparka aussuche, der heruntergesetzt ist. Er reicht mir bis zu den Waden. Für Finn finde ich einen hellroten, wasserdichten Schneeanzug, ebenfalls heruntergesetzt, und wasserdichte Fäustlinge sowie eine wollene Bommelmütze mit Ohrenklappen.

Ich unterschreibe den Kreditkartenbeleg, ohne auf die Summe zu sehen. Angesichts des Riesenbatzens, den ich schon für Flug und Mietwagen ausgegeben habe, kommt es auf ein paar Hundert Dollar auch nicht mehr an. Und die warmen Sachen tragen entscheidend dazu bei, sich gerüstet und nicht ungeschützt zu fühlen. Das erscheint mir mit einem Mal lebenswichtig.

Auf dem Rückweg zum Wagen mache ich mit Finn einen kurzen Abstecher in die Toiletten und wechsle ihm die Windel. Danach ziehe ich Mantel und Stiefel aus, stopfe sie in den Abfalleimer und ziehe Dougs dicken Pullover über. Bei einem Blick in den Spiegel fahre ich mir durch die kurzen Haare und bin erneut baff. Meine silbernen Kreolen sehen glänzender und größer aus, da sie nicht mehr halb von Haaren verdeckt sind, und mein Gesicht hat eine andere Form. Es sieht eckiger aus. Ich erkenne mich selbst kaum wieder in dieser Fremden mit den großen Augen. Aber ich bin froh. So fühlt es sich sauberer und einfacher an. Ich hätte mir schon vor Jahren die Haare abschneiden sollen.

Finn ist stehen geblieben und schaut zu mir hoch.

»Ich weiß, meine Haare sind wirklich sehr kurz, hm?« Lächelnd gehe ich in die Hocke. Er legt beide Hände auf meinen

Kopf, hebt sie hoch und haut. »Au!« Ich lache, obwohl es wehtut. Er patscht ein wenig sanfter und drückt die Nase an meine.

»Du bist mein Hübscher.«

Er denkt darüber nach, dann läuft er zum Handtuchspender und zieht Papiertücher heraus.

Ich ziehe mir den Parka an. Die Kapuze mit dem Webpelzrand macht den Eindruck, als könnte sie den schlimmsten Sturm abhalten. Ich setze sie auf, schließe den Reißverschluss bis übers Kinn und ziehe die Kapuze mit den Knebelknöpfen zu, sodass ich aussehe wie ein Eskimo. Die Verkäuferin hat gesagt, dass er mich bis zu minus dreißig Grad warmhalten wird. Ich setze die Kapuze wieder ab. Bevor ich das Handy in die Manteltasche stecke, schaue ich kurz nach meinen E-Mails. Keine von meinem Vater.

Als ich aufblicke, ist Finn weg. Ich drehe mich suchend um. Da hockt er in einer Toilettenkabine. Gerade nimmt er das Klopapier vom Halter und wirft die Rolle in die Luft, sodass sich das Papier im hohen Bogen abrollt.

»He! Nicht. Hör auf! Das ist eine Riesenunordnung.« Ich stecke das Handy weg und sammle das Papier auf, überlege dabei, ob ich es ins Klo spülen oder zusammenknüllen und in den Eimer werfen soll. Finn hält das für ein Spiel und rennt in die Nachbarkabine. Ich fange ihn ab und reiße ihn hoch, worauf er sich kichernd hängen lässt und die Unterwäsche aus der Hose rutscht. »Okay, du.« Ich blicke ihn streng an. »Es reicht.«

Ich verzichte auf den Versuch, ihm den Schneeanzug anzuziehen – im Wagen ist es sowieso zu warm dafür. Er zappelt und tritt, während ich ihm die Hände wasche, und schreit »Nein!«. Darum stelle ich ihn hin, und wie der Blitz saust er in die Kabine und reißt vergnügt das Klopapier heraus.

»Nein. Hör auf!« Ich nehme ihn hoch und muss ihm jeden Finger einzeln vom Papierstreifen lösen. »Wir gehen jetzt, mein Schatz. Schluss mit dem Papier. Wir gehen. Okay?«

Er denkt über einen Trotzanfall nach. Ich sehe den Gedanken förmlich über seine Stirn laufen, als ich ihn aus der Kabine trage. »Guck!« Ich zeige theatralisch auf die Lampen. »Lichter! So viele Lichter!« Ich werde die Unordnung wohl so hinterlassen müssen. Als ich Finn noch nicht hatte, hielt ich Leute wie mich für Asoziale, wenn sie ihre Kinder öffentliches Eigentum zerstören ließen. Jetzt weiß ich, dass man als Mutter hauptsächlich Schadensbegrenzung betreibt und Überlebenstaktiken entwickelt. Mir kommt die Frage, ob wir von einer Sicherheitskamera gefilmt werden. Vandalen.

»Jetzt gehen wir, Schatz.« Ich halte ihn fest, obwohl er zappelt und kreischt. »Hiergeblieben.« Ich drücke den Mund an seinen Nacken und mache damit Pupsgeräusche. Er quietscht vor Vergnügen.

»Noch mal! Noch mal!«

Trotzanfall abgewendet. Pustend besabbere ich seinen Nacken. Sein Gelächter ist nur einen Hauch vom Weinen entfernt, was ich ihm nicht verdenken kann, denn eigentlich geht es mir genauso.

Mit der freien Hand stopfe ich die übrigen Einkäufe in meine Tasche, dabei halte ich den schweren kleinen Körper an meine Hüfte gedrückt. Finn klammert sich an mich wie ein Schimpansenbaby. »Noch mal! Noch mal!« Ich puste ihm in den Nacken. Er brüllt.

Dann gehen wir. Ich sehe nicht aufs Handy. Versuche, auch das in eine positive Entscheidung umzumünzen. Ich werde Doug eine SMS schicken, wenn wir in der Pension sind, und Alice anrufen und meinem Vater noch eine E-Mail schreiben. Geografische Entfernung bedeutet nichts. Bei der modernen Technik ist Flucht sinnlos. Man kann praktisch nicht mehr entkommen.

Als Finn und ich in dem mehrstöckigen Parkhaus aus dem Aufzug steigen, wird mir klar, dass ich gar nicht weiß, wie der Mietwagen aussieht und auf welcher Etage ich geparkt habe.

An der Autobahnauffahrt denke ich rechtzeitig an den Rechtsverkehr. Die Automatikschaltung ist überraschend einfach zu bedienen, und inzwischen herrscht weniger Verkehr, da wir so lange gebraucht haben, um den Wagen wiederzufinden. Mit dem Daumen auf dem Knopf der Fernbedienung bin ich durch das ganze Parkhaus gelaufen und habe auf das Schnappgeräusch eines Türschlosses gehorcht. Finn fand das Auto-Such-Spiel klasse. Ich dagegen kam einer Panik immer näher. Wenn ich es nun nicht wiederfände, was dann?

Von den Bergen um Vancouver oder den Wolkenkratzern, die vermutlich hinter uns aufragen, oder dem Meer, das rechter Hand liegt, ist nichts zu sehen, stattdessen Scheinwerferlicht, Regenschleier und mausgrauer Himmel. Zum Glück scheint Finn hundemüde zu sein. Seine Wangen sind gerötet, sein blaues Häschen hat er sich ans Ohr geklemmt wie ein Reisekissen.

Ich schalte das Radio ein und versuche, mich zu entspannen. Bis zur Abfahrt ist es nicht mehr weit. Auf dem Handy habe ich Google Maps. Das ist gut. Ich halte mich an die vorgeschriebene Höchstgeschwindigkeit von hundert Stundenkilometern und bleibe auf der Mittelspur. Im Augenblick weiß niemand, dass ich auf einer Autobahn durch Kanada fahre.

Ich sollte Doug anrufen. Ihm wenigstens mitteilen, dass wir gut angekommen sind. Aber er ist der Letzte, dem ich mich stellen will. Unwillkürlich greife ich fester ums Lenkrad. Es kommt mir so vor, als ob ich durch ein rundes Labyrinth liefe, wo jeder Gedankengang in dieselbe Sackgasse führt: zu Doug und zu dem, was er getan hat.

Ich habe meine ganze Kraft aufgewendet, um ihre Worte aus meinen Gedanken zu verbannen, und nun dröhnen sie mir plötzlich durch den Kopf: *Ich vermisse dich, geistig, emotional und körperlich.*

Was mich daran umhaut, ist die Intimität der Formulierung. Das sind nicht die Worte einer Exfreundin, die dem Verflossenen nachtrauert. Das hier ist aktuell – die Sehnsucht einer Geliebten, lächerlich, aufgebläht und aufdringlich.

Ich weiß nicht, was mich dazu getrieben hat, sein Handy in die Hand zu nehmen. Für gewöhnlich habe ich es ignoriert, wenn es summte. Es summt nämlich ständig, meldet SMS oder E-Mails von paranoiden Studenten, faulen Studenten, verwirrten Studenten; SMS zu Mitarbeiterbesprechungen, Professorenkonferenzen, Hochschulgremientreffen, Verwaltungskonferenzen; es erinnert an Besprechungen, Unterlagen, Aufsichtspflichten, Ausschusstermine; meldet Rückfragen des Lektors und des Verlegers. Sein Handy summt in einem fort.

Vielleicht habe ich sie gespürt, wie man einen Einbrecher im Haus wahrnimmt, ohne dass man einen Schritt gehört hat. Und Doug muss gespürt haben, wie sich die Atmosphäre im Haus änderte, als ich es in die Hand nahm, denn er rief aus dem Bad: »He, Kal, war das mein Telefon?« Oder hatte er ihre Nachricht erwartet?

Ich stand am Bett, und ihre Worte trampelten mit genagelten Sohlen auf meinen Gefühlen herum.

»Kal?« Hörte er sich da im Bad besorgt an? Schuldbewusst? Ängstlich?

Ich schaute auf das Display und hatte Mühe zu begreifen, was ich las. Einen Moment lang dachte ich, diese SMS wäre vielleicht von mir. Die Worte sprachen mir aus der Seele. Aber dann begriff ich. Und die Worte ergaben auf furchtbare Weise Sinn.

Das ist das Schlimmste: Sie ergeben einen Sinn.

Ihre Worte bilden eine winzige Tür, hinter der ich auf schlechte, abschüssige Bahnen gerate. Es gibt alle möglichen Einzelheiten, die ich nicht wissen will, mir aber wahrscheinlich irgendwann anhören muss. Hat sie ihn mürbe gemacht oder hat sie es leicht gehabt? Hat er die Gelegenheit ergriffen, um vom ermüdenden Alltag mit mir und Finn wegzukommen? Von Schlaflosigkeit, Ärger, Windeln, Füttern, Zahnen, Vereinnahmung? Waren sie beim ersten Mal in einer anderen Stadt, wo es beinahe nicht zählte? Wie oft hat Doug mich gezielt belogen?

Ich hörte das Tapsen von Füßen auf Emaille, das Wasserplatschen, als er in der Wanne aufstand, und legte das Handy auf den Nachttisch. Ich ging nach unten und stand in unserer Küche, eingepfercht von IKEA-Schränken, die wir zusammen ausgesucht hatten. Und während sie auf mich zu und von mir weg schwankten, machte ich mir eine Tasse Pfefferminztee. Als ich über eine Stunde später wieder hinaufging, schlief Doug schon – oder tat zumindest so. Ich nahm sein Handy.

Er hatte ihre SMS gelöscht.

Er muss auch andere von ihr gelöscht haben, denn ich nahm das Telefon mit ins Wohnzimmer und durchsuchte den Speicher. Da war nur eine von ihr zu finden, aber die bestätigte alles.

Sie stammte vom Dienstag eine Woche zuvor, wo er auf einer Konferenz in London gewesen war. Sie hatte sie um acht Uhr abgeschickt, weil sie vermutlich gewusst hatte, dass er in den Paddington-Zug stieg.

Mach dir einen schönen Tag, Prachtkerl.

Solche Beiläufigkeit kann nur aus etwas Bedeutendem resultieren.

Ich saß im Ledersessel im Wohnzimmer, das wir nach dem Kauf des Hauses gemeinsam gestrichen hatten – milchkaffeebeige. Jetzt haben die Wände Schmutzstreifen, die Finns Entwicklung vom Krabbeln zum Laufen widerspiegeln, eine Spur von Fingern, Malstiften, Bällen, und darüber wartet noch viel reines Milchkaffeebeige auf den nächsten Wachstumsschub. Ich saß die ganze Nacht in dem Sessel, umgeben von Spuren unseres Familienlebens – Spielzeugen, Büchern, Socken, Kekskrümeln, einem Stoß unbezahlter Rechnungen, dem Teppich, den wir im vorigen Jahr ausgesucht hatten, der viel zu teuer gewesen war und schon Flecke hatte. Und dabei pflückte ich mir Einzelheiten aus den Erinnerungen wie giftige Beeren.

Wie sich herausstellte, hatte ich mir lauter überraschenden Kram über sie gemerkt. Sie führt Regie bei Dokumentarfilmen, hauptsächlich über antike und archäologische Themen. Ihre Wohnung liegt in der Nähe der Goldhawk Road. Sie kann fantastisch Klavier spielen. Sie hat auf Stilettos einen hinreißenden Gang. Sie hat Politik, Philosophie und Wirtschaftswissenschaften mit Auszeichnung abgeschlossen. Sie benutzt Parfüm von Issey Miyake. Sie war auf einer Mädchenschule in Berkshire. Sie war am Boden zerstört, als Doug mit ihr Schluss gemacht hat. Sie sagte darauf, ihr Leben sei zu Ende, und da war sie erst einundzwanzig. Sie drohte, eine Überdosis Tabletten zu nehmen. Dann ging sie für ein ganzes Jahr ins Ausland, nach Florenz oder Paris, um über ihn hinwegzukommen. Tja, das hat eindeutig nicht geklappt, denn sechzehn Jahre später will sie ihn noch immer zurückhaben.

Um Weihnachten herum gingen sie in London zusammen etwas trinken – vor gut einem Jahr. Ich weiß es noch. Finn war knapp sechs Monate alt. Lernte gerade sitzen, griff patschend nach Dingen, begann feste Nahrung zu essen, strahlte und zeigte und kicherte, bekam Zähne. Läuft das seitdem? Vor einem Jahr habe ich unser Kind noch gestillt. Das Ganze ist ein furchtbar abgedroschenes Klischee.

Ich erinnere mich, wie Doug mir erzählte, sie habe nach Seans Hochzeit Kontakt zu ihm aufgenommen. Dabei wirkte er verlegen. Das fällt mir jetzt auf. Er wollte mir nicht in die Augen sehen. Er sagte, sie wolle mit ihm über Cantor oder Pythagoras sprechen, für einen Dokumentarfilm, den sie gerade über Mathematiker machte. Er fuhr sich durch die Haare, sagte, er werde den späten Zug nehmen müssen. Ich weiß noch, dass ich auf ihn wütend wurde: Schon wieder würde ich Finn allein ins Bett bringen müssen. Dann bekam ich ein schlechtes Gewissen, weil auch Doug übernächtigt aussah. Und er verdiente mit seiner Arbeit die Raten fürs Haus.

Ich fragte nicht einmal, wie das Treffen gewesen sei. Sie war Vergangenheit, und mir ging zu viel anderes im Kopf herum: Darf Finn schon Erdnüsse essen? War die vom Kind gesteuerte Beikosteinführung wirklich in Ordnung? Sollte ich es mit den Methoden von Gina Ford versuchen, weil mich der Schlafmangel umbrachte? Bekam er gerade wieder einen Zahn? Oder war das echtes Fieber? Wenn ja, konnte das ein Symptom für Hirnhautentzündung sein?

Ich ging nie richtig auf Doug ein, weil meine Antennen alle auf Finn gerichtet waren. Vielleicht fühlte er sich darum so stark zu ihr hingezogen. Ich war zu sehr mit der gewaltigen Aufgabe beschäftigt, unser Kind zu füttern, zu wickeln und gesund zu erhalten, als dass ich groß von ihm Notiz nehmen konnte. Sie dagegen bemerkte jedes Detail, gab ihm Bestätigung von vorne bis hinten.

Einmal im vorigen Herbst hatten wir zum ersten Mal eine Babysitterin und gingen ins White Hart essen. Doug war gestresst wegen irgendeines Ausschusses oder Gremiums, einer neuen Einrichtung der Universitätsbürokratie, doch ich hörte ihm nicht zu – ich war ganz woanders, kreiste hoch über dem Pub, schwebte über die rostbraune Landschaft mit der glitzernden Themse vor Augen, während Dougs Stimme sich mit dem Wind mischte. Die Erleichterung, aus dem Haus gekommen zu sein, war schier überwältigend, und dennoch stellte ich mir lauter ängstliche Fragen. Würde die Babysitterin daran denken, ihm das Häschen ins Bett zu legen? Weinte er vielleicht gerade? Würde sie die Milch in der Mikrowelle erhitzen, sodass sie ungleichmäßig heiß würde und er sich den Mund verbrannte? Kein Wunder, dass Doug sich in sie verliebte: eine glamouröse Rothaarige, die ihn seit über sechzehn Jahren bewunderte und darauf versessen war, ihn zurückzubekommen.

Trotzdem. Wie konnte er nur?

Wenn ich diese Gedanken weiterverfolge, das wird mir jetzt klar, werde ich die Konferenztermine eines ganzen Jahres durchgehen müssen, um herauszufinden, wie oft er mit ihr zusammen gewesen sein und mich belogen haben kann. Und das kann ich nicht.

Aber wie oft hat er mich belogen? Ab und zu hat er sie beiläufig erwähnt, und jetzt meine ich, Erregung bei ihm gehört zu haben. Um Ostern herum hat jemand seinen Vierzigsten im Shepherd's Bush gefeiert. Ihr Name fiel zusammen mit fünf oder sechs seiner alten College-Freunde. Ich ging nicht mit. Finn schlief noch nicht durch. Er wachte vier-, fünfmal auf und wollte herumgetragen, in den Schlaf gelullt und ganz behutsam ins Bettchen zurückgelegt werden. Der Schlafmangel machte mich fast verrückt. Ich vergaß, mir das Shampoo auszuwaschen, fuhr vom Supermarkt weg und ließ den vollen Einkaufswagen stehen, verlor die Schlüssel. Da fragte ich nicht danach, wo Doug sich aufhielt oder wer bei ihm war.

Aber was mir am wenigsten in den Kopf will, ist, dass es sich hier um Doug handelt. Nicht um einen anderen Mann. Es ist, als ob ich es mit zwei verschiedenen Personen zu tun hätte. Es gibt meinen Doug, den treuen Ehemann, den guten Vater, der das nie und nimmer tun würde, weil er mich liebt und immer lieben wird. Und es gibt diesen anderen Doug, den unerreichbaren Fremden, der mich betrogen, belogen und unsere Beziehung zerstört hat.

Wahrscheinlich hat es auf Seans Hochzeit angefangen. Sie trug ein sehr kurzes Kleid, das weiß ich noch, hatte wunderbares volles Haar, eine Pilates-Figur und Wahnsinnsbeine. Doug hat sie mir sogar vorgestellt. Ich fühlte mich schäbig mit meinem in eine Miederhose gezwängten Bauch, meiner sickernden Milchbrust, die in einem großen Still-BH steckte, und Babykotze auf der Schulter meines kleinen Schwarzen. Mit jeder Sekunde, die sie mich ansah, wurde ich plumper und schlampiger. Und sie sah mich an. Ich erinnere mich genau an ihre Augen. Wie sie mich musterten.

Dann dachte ich nicht mehr an sie. Ich war vielleicht ein bisschen neugierig, aber mehr nicht. Nach der Hochzeitsfeier reihte ich sie unter seine piekfeinen Oxbridge-Freunde ein, mit denen ich mich nie so richtig wohlgefühlt habe. Ich blendete sie aus, als ich sie eigentlich hätte kommen sehen müssen wie einen grell beleuchteten Schwerlaster.

Ich könnte seine Einträge auf Facebook lesen. Ich kenne sein Passwort. Das taten verschmähte Ehefrauen in solchen Situationen. Sie suchten nach Beweisen. Aber ich will das nicht. Was gibt es noch groß herauszufinden? Die Sache ist doch eindeutig. Oder nicht?

Wäre ich anders damit umgegangen, wenn es nicht gerade jetzt passiert wäre? Der Zeitpunkt ist zweifellos unglaublich. Ich hätte ihn einfach darauf angesprochen. Das hatte ich sogar vor. Ich wartete in unserem Ledersessel auf den Morgen, weil ich ihn wecken wollte. Ich wollte ihm zeigen, was ich auf seinem Handy gefunden hatte, und ihn zur Rede stellen.

Lautes Hupen reißt mich aus meinen Gedanken, ein langgezogenes, wütendes Bläken, gelbe Scheinwerfer drohend groß vor mir. Ich reiße das Steuer herum, schwenke von der Gegenfahrbahn – haarscharf am Kotflügel des Sattelschleppers vorbei. Das Hupen schallt noch weiter, als er hinter mir verschwindet. Finn stößt einen hohen Ton aus, halb erschrocken, halb fragend.

»Schon gut, Schatz, ist schon gut.« Mir zittern die Arme, und ich habe wieder diesen metallischen Geschmack im Mund. Die Scheibenwischer sausen klopfend hin und her. Ich versuche, das Steuer gerade zu halten, aber meine Arme sind wie Gummi. »Es ist okay, alles ist okay. Du bist bloß im Auto. Ich bin bei dir.« Sein Wimmern wird lauter. Ich muss auf einen Parkplatz fahren, sonst bringe ich uns beide noch um.

An der nächsten Ausfahrt fahre ich runter und zu einer Tankstelle. Mir klopft das Herz bis zum Hals. Ich steige aus und öffne Finns Tür, um ihn auf den Arm zu nehmen. Er ist zu recht außer sich. Mit hochrotem Gesicht heult er Rotz und Verwirrung und Empörung hinaus. Ich rede beruhigend auf ihn ein. Als ich sein nasses Gesicht küssen will, wehrt er sich und weint noch lauter. Darum drücke ich ihn an mich und laufe durch den Regen zum Kiosk.

Die Frau hinter der Verkaufstheke sieht mich an, als wäre ich eine Kindsmörderin. Ohne anzuhalten, laufe ich zu den Toiletten und schließe die Tür ab. Ich lege ihn auf den gepolsterten Wickeltisch, doch er schreit und tritt und trifft mich am Jochbein. Plötzlich steigt Wut in mir auf. »Nein!«, brülle ich. »Schluss!« Augenblicklich verstummt er und sieht mich erschrocken an. Dann holt er Luft und schreit weiter, noch lauter. Die Tränen laufen ihm übers Gesicht.

»Nicht doch, es tut mir leid, es tut mir leid, ist schon gut. Mami ist auch müde, das ist alles. Armes Baby. Mein armer kleiner Junge.« Ich wische seine Tränen weg, schließe die Druckknöpfe an seiner Hose und nehme ihn auf den Arm. Jetzt weint er jämmerlich, nicht mehr wütend, sondern wirklich kummervoll. Er klammert sich an mich.

»Wie wär's mit etwas Süßem?« Das wirkt hilflos, ich weiß. Er stockt und sieht mich mit großen, nassen Augen an. »Etwas ganz Leckeres! Wie wär's mit Schokolade?« Er bekommt einen Schluckauf. Ich wische ihm mit dem Ärmel die Rotze ab. »Schokolade wäre schön, nicht wahr, Schatz?« Er nickt. »Da hast du recht. Schokolade wird uns aufmuntern.« Das ist genau das, wovon die Babybücher abraten.

Ich gehe mit ihm zur Verkaufstheke und greife zum kleinsten Schokoriegel, den ich sehe. Da wir in Nordamerika sind, ist er natürlich überhaupt nicht klein. Ich reiße das Papier auf und gebe ihm ein Stück in die Hand. Nach einem Schluchzer stopft er es sich in den Mund und drückt mit den Handflächen nach. Ich schaue zur Kassiererin.

Sie sieht mich noch immer ablehnend an. Vermutlich hat sie gehört, dass ich ihn in der Toilette angeschrien habe. Ich habe das Bedürfnis zu erklären, dass ich nicht so schlimm bin, wie es scheint, dass ich ihm Obst und Gemüse zu essen gebe, ihn acht Monate lang gestillt habe, trotz drei scheußlicher Entzündungen der Brust – dass ich ihn über alles liebe, diesen kleinen Jungen. Doch stattdessen kaufe ich einen schrecklichen Kaffee mit Haselnussaroma und stelle mich an den Zeitungsständer, wo Finn uns beide mit geschmolzener Schokolade beschmiert.

Eigentlich möchte ich sofort durch den kalten Regen laufen, den Motor anlassen und wegfahren, aber ich weiß, ich darf nicht. Ich muss warten, bis ich keine weichen Knie mehr habe. Dann erst darf ich mein Kind bei diesem Wetter über die Autobahn kutschieren.

Der Regen läuft die Scheiben hinunter. Das Wasserstoffblond der Kassiererin leuchtet im Neonlicht. Ihre Ablehnung weht mir über die Theke entgegen, die mit Schokolade und Weingummizeug vollgepackt ist.

Ich räuspere mich und frage, wie weit es noch bis zu meiner Ausfahrt ist.

»Die kommt nach dreißig Kilometern in nördlicher Richtung.«

»Nördlich?«

Also bin ich zwanzig Kilometer weit an der Seniorenresidenz vorbeigefahren.

Plötzlich kommen mir die Tränen. Ich wende mich ab und gehe mit Finn zurück zur Toilette. Ich muss mich unbedingt zusammenreißen. Ich darf nicht derart die Nerven verlieren. Finn steht leicht wacklig an meinem Bein und kaut das letzte Stück Schokoriegel, während ich mich mit beiden Händen auf den Waschbeckenrand stütze. Kurz scheint es mir, als hätte ich mich vom Leben abgekoppelt und pendelte völlig verloren am Rand der Existenz. Das wäre okay, wenn ich Finn nicht hätte. Ich muss mich zusammennehmen, darf mich nicht gehen lassen.

Ich starre auf meine Hände an dem schmutzigen Becken. Dann klatsche ich mir Wasser ins Gesicht. Die Emaille ist fleckig und der Abfluss mit einem Nest schwarzer Haare verstopft. Ich sehe in den Spiegel. Die Kreolen glänzen in dem harten Licht. Über dem Spiegel hat jemand an die Wand gekritzelt: Lächle! Es könnte dein letzter Tag sein!

SÜDKALIFORNIEN 1975

Sie schloss die Wohnung auf und stellte die Taschen ab. Es roch nach zerlassener Butter. In der Küche war wohl jemand zugange. Sie sollte Hallo sagen. Durch das Wohnzimmer war der Durchgang zur Küche zu sehen. Die zwei Männer unter den Mitbewohnern hatte sie schon kennengelernt, die Frau, Susannah, noch nicht. Vielleicht könnte sie einfach unbemerkt in ihr Zimmer schlüpfen.

»Hallo?« Das war eine Aufforderung.

Sie überwand sich und ging hin.

Die Küche glich einem Gewächshaus. Ringsherum hingen Pflanzen von hohen Regalböden herab. Die Frau stand am Herd, barfuß und in ausgebleichten Jeans. Sie war groß, aber nicht gertenschlank und hatte lange blonde Haare. Sie drehte den Kopf. Das Beeindruckendste waren die ungewöhnlich hellen blauen Augen mit den engen Pupillen.

»Hey.« Der nüchterne Ton drückte ostentatives Desinteresse aus, das aber nicht zur Intensität des Blickes passte.

»Hi. Ich bin Elena, die neue Mitbewohnerin. Ich komme gerade mit meinen restlichen Sachen an.«

»Hmhm?« Die Frau sah sie nur einen Moment lang an, dann wandte sie sich wieder den Eiern zu.

Es war nicht wichtig. Elena hatte kein Verlangen, zu einer Pseudofamilie zu gehören – sie wollte keine neuen Freunde oder Zimmerkumpel. Sie wollte nur ihre Forschungsarbeit abschließen. Zu diesem Zeitpunkt vom Campus wegziehen zu müssen war schon übel genug. Sie hatte sich dort wohlgefühlt, ihren Alltag gut eingerichtet, an dem winzigen Arbeitsplatz, um den sich Bandaufnahmen und Notizen türmten, eine komplexe Ordnung geschaffen, die funktioniert hatte. Jetzt war sie gezwungen gewesen, das alles auseinanderzupflücken und in Kartons zu packen. Es würde ewig dauern, wieder System darein zu bringen. Allein das hatte sie um Wochen zurückgeworfen. In diese Wohnung zu ziehen reichte ihr völlig, da wollte sie sich nicht auch noch gegen eine kratzbürstige Blondine behaupten müssen. Durch den Umzug war ihr klar geworden, wie sehr sich ihre Abläufe in den vergangenen paar Jahren verfestigt hatten – eigentlich, seit sie Graham kannte. Ihr Zusammensein war geregelt und leicht zu handhaben. Sie brauchte wirklich niemand anderen. Graham plante Erholungspausen im Wochenablauf ein, in denen sie zusammen essen gingen oder sich einen Film ansahen. Manchmal zwängten sie sich für eine Nacht in ein Bett, seins oder ihres, aber nicht ständig. Keiner rückte dem anderen auf die Pelle. Es war eine freundliche, unterstützende Beziehung. Obwohl sie aus verschiedenen Kreisen stammten und anders geprägt waren, gab es zwischen ihnen eine stille Verbundenheit und Harmonie, wie bei zwei Pflanzenarten im selben Ökosystem. Ihre übrige Zeit und Kraft steckte sie in die Delfinforschung.

»Also, ich werde wahrscheinlich nicht viel hier sein«, sagte sie recht laut zu Susannahs Hinterkopf. »Ich komme hauptsächlich zum Schlafen her. Meine Forschung ist – ich will bald fertig sein.«

»Du bist Meeresbiologin, nicht wahr?«

»Ja, das stimmt.« Es überraschte sie, dass Susannah das wusste. »Und du?«

»Oh.« Susannah drehte sich um, und diesmal lächelte sie. Ihr Gesicht war bemerkenswert – starke Wangenknochen, lange Haare mit Mittelscheitel und diese unnatürliche Augenfarbe. Unter der weißen Mulltunika trug sie keinen BH, sodass Elena die Brustwarzen sehen konnte. Sie wendete den Blick ab und sah auf die Pflanzen hinter Susannah. »Tja, ich befinde mich wohl am anderen Ende des Spektrums«, antwortete Susannah gerade. »Ich mache eine Jahresvertretung im Kunstseminar. Keramik.« Sie wandte sich ab und griff hinter einen Ficus, um zwei Teller hervorzuholen. Darauf verteilte sie das Rührei und legte eine Scheibe Sauerteigbrot dazu. Elena sah sich um, ob noch jemand in der Küche war, den sie nicht bemerkt hatte.

»Hier.« Susannah streckte ihr den Teller über die Frühstücksbar entgegen. »Du siehst halb verhungert aus.«

Nach kurzem Zögern setzte sich Elena auf einen Hocker. Susannah goss aus der Espressokanne auf dem Herd zwei Tassen Kaffee ein, setzte sich Elena gegenüber und begann ohne ein Wort zu essen. Sie aß mit gesenktem Kopf, schob sich die Gabel in rascher Folge in den Mund, kaute schnell und kippte große Schlucke Kaffee hinterher. Sie isst, als stammte sie aus einer Großfamilie, dachte Elena, wie jemand am Ende der Nahrungskette. Jedes Mal, wenn sie sich zum nächsten Happen vorbeugte, klapperte ihre indianische Halskette zwischen den freien Brüsten. Elena biss in das Brot. Es stimmte: Sie hatte einen Riesenhunger.

Susannah schluckte den letzten Happen hinunter, wischte mit dem Daumen über den Tellerrand und lutschte ihn ab. Sie trug einen breiten Silberring am Daumen, und unter dem Nagel klebte Ton.

»So«, sagte sie. »Ich bin ein bisschen mit Greg zusammen, mit dem Gutaussehenden. Du hast ihn schon gesehen, glaube ich, als du neulich mal hier warst. Er war ziemlich angetan von dir. Du kannst ihn also haben, wenn du ...«

»Nein, oh Gott. Nein.« Elena schluckte. »Ist das dein Ernst? Nein. Ich meine, ich bin wirklich nicht ... ich bin selbst mit jemandem zusammen, und das Letzte, was ich im Augenblick will, ist –«

»Ja?« Susannah schob sich die Haare nach hinten und beugte sich vor. »Er trägt absichtlich ungleiche Socken. Er denkt, die Leute achten darauf, was man für Socken anhat. Er meinte zu mir, mit ungleichen Socken wirkt ein Typ faszinierend. Ungleiche Socken und Birkenstocks.«

Ihre Blicke trafen sich, und sie sah etwas in Susannahs Augen – eine Spur Wildheit oder Unbarmherzigkeit. Dieses sonderbare, zusammenhanglose Gespräch kam ihr vor wie eine Herausforderung.

»Ich hatte mal einen Freund, der gefaltetes Papier in den

Sohlen trug«, erzählte Elena beim Kauen, »um größer zu erscheinen.«

Eine Sekunde lang war es still, dann hob Susannah das Kinn. Ihr Lachen war laut, alarmierend, fast ein Aufheulen. Es füllte die kleine Küche und prallte von den holzverkleideten Wänden und den Pflanzen ab, schallte hinaus auf die Veranda, scheuchte die Vögel aus dem Baum und stieg in den Himmel auf.

Bis Elena ihre Taschen ins Zimmer trug, hatte sie sich bereit erklärt, mit Susannah schwimmen zu gehen. Die kannte die beste Stelle dafür, nur ein Stückchen den Weg hinunter und um die Ecke in einer einsamen Bucht, wo das Baden verboten war. Die Gezeiten waren gefährlich, aber das ging in Ordnung, wenn man sich auskannte.

Von Anfang an hatte Elena die Freundschaft nicht unter Kontrolle.

4

Harry Halmstrom hat es im Leben offenbar zu etwas gebracht. Die Seniorenresidenz befindet sich in einem schicken Neubau mit Kalksteintreppe. Auf dem Schild davor steht: Wir bringen Freude und Sinn in das Seniorenleben.

Drinnen ist alles in Gelbtönen gehalten, bis hin zu dem Strauß Rosen, der auf dem runden Tisch am Flurfenster steht. In der Luft hängt ein künstlicher Zitrusduft. Ich habe keine Ahnung, was ich hier eigentlich tue.

Finn sitzt in der Babytrage, und darüber bin ich froh, denn ich habe keine Lust, auf diesen Korridoren hinter ihm herzusausen und gegen Pfleger und Tabletts mit Cranberrysaft zu prallen. Aber ich überlege, was ich bei dem alten Mann mit ihm tun soll. Ich komme mir vor wie eine Betrügerin. Schlimmer. Wie eine unberechenbare Irre.

Die Dame an der Rezeption ruft Jenny an, Halmstroms Pflegerin. Während ich in der überheizten Eingangshalle auf sie warte, klingelt mein Handy. Ich hole es hervor. Doug. Ich kann ihn nicht einfach ignorieren. Das wäre unfair. Er wird sich Sorgen machen. Also gehe ich ran.

»Mann, Kal! Was soll denn der Mist? Wo bist du?«

»In Vancouver.«

»Das weiß ich. Aber warum? Was tust du da? Ist Finn bei dir? Geht es ihm gut?«

»Natürlich, Doug.«

»Gut, aber um Himmels willen, Liebling – hör zu, es tut mir leid, aber – was denkst du dir dabei? Du kannst nicht einfach so abhauen. Ich kam gestern nach Hause, damit wir reden können, und du warst nicht da. Du verhältst dich absolut merkwürdig. Ich weiß, du stehst unter Schock, aber … Hast du meine SMS und die E-Mails nicht bekommen? Ich habe andauernd angerufen.«

»Ich konnte nicht mehr geradeaus denken.«

»Okay, du steckst in einer Krise. Ich mache dir keinen Vorwurf. Wirklich nicht.« Ihm ist anzuhören, dass er sich um einen gemäßigten Ton bemüht, dass er verständnisvoll reagieren möchte. »Deine Mutter ist gerade gestorben. Das ist schrecklich für dich. Du hast die SMS auf meinem Handy gesehen. Es ist – sie ist –«

»Doug!«, blaffe ich. »Hör auf!«

»Kannst du nicht einfach …«

Die Dame an der Rezeption schaut mich halb missbilligend, halb misstrauisch an.

»Doug«, zische ich. »Ich kann das jetzt nicht. Ich stehe an der Rezeption eines Altenheims.«

»Du – Was?«

»Ich besuche einen Verwandten meiner Mutter.«

»Wie bitte? Welchen Verwandten?«

»Hör zu. Finn geht es gut. Es geht ihm gut. Er ist bei mir sicher und glücklich. Du brauchst dir seinetwegen keine Sorgen zu machen. Und ich bin nicht verrückt geworden. Ich bin vollkommen normal, will nur eine Zeit lang vor allem Ruhe haben. Im Augenblick kann ich nicht darüber sprechen. Ich will nur in Ruhe gelassen werden – bitte – bitte. Kannst du das tun?«

»Kal – okay – hör zu. Ich komme zu dir. Okay?«

»Meine Güte. Hast du nicht gehört, was ich gesagt habe?«

»Aber –«

»Doug!«, fahre ich ihn an. »Die Frau, auf die ich gewartet habe, ist jetzt da. Ich muss Schluss machen. Melde mich später.« Ich lege auf. Dann schalte ich das Handy aus.

Eine kleine, pummelige Frau mittleren Alters mit grauem Bob, weiten Hosen, bequemen Schuhen und geblümter Bluse kommt auf mich zu und strahlt, als wäre ich ihre lang vermisste Tochter. Die Dame an der Rezeption wendet sich ihrer Tipparbeit zu.

»Sie müssen Kali sein.« Sie macht ein Getue um Finn. »Ach, was für ein Süßer!« Während wir den Hauptflur entlanggehen, fragt sie mich nach meiner Reise und meinem Quartier. Schilder verweisen auf eine Turnhalle, ein Schwimmbecken und Krankengymnastik. Der typische Kohlgeruch fehlt, es riecht nur nach Zitrone. Es sind keine Fernsehräume und keine alten Leuten zu sehen. Eigentlich sieht alles mehr nach einem Vier-Sterne-Hotel aus, nicht nach einem Pflegeheim.

Finn strampelt mit den Beinen. Jenny strahlt ihn an.

»Er ist so ein Süßer«, sagt sie wieder. »Wie alt ist er?«

»Achtzehn Monate.«

Sie winkt ihm zu: »He, Süßer«, und er kichert charmant. »Es ist bestimmt aufregend für Sie, Mr. Halmstrom zu besuchen.«

»Na ja. Gewissermaßen.« Ich kann ihr schlecht erklären, dass das eine spontane Entscheidung in einer seelischen Stresssituation war und der alte Mann höchstwahrscheinlich nichts mit mir zu tun hat. Wenn es nicht absolut unhöflich wäre, würde ich jetzt auf dem Absatz kehrt machen.

»Also, Mr. Halmstrom kann ein bisschen ...« Sie zögert. »Er wird vielleicht nicht verstehen, wer Sie sind. Behalten Sie Ihren Kleinen im Auge, okay?«

Ich bleibe stehen. »Was meinen Sie damit?«

»Mr. Halmstrom gerät leicht in Verwirrung«, erklärt sie munter. »Er ist sehr alt.«

»Ich hoffe, das war keine dumme Idee von mir. Wahrscheinlich hätte ich vorher klären sollen, ob wir verwandt sind oder nicht.«

»Ach nein! Schätzchen, es ist wunderbar, dass Sie gekommen sind. Seit drei Jahren bin ich nun hier, und er hat kein einziges Mal Besuch gehabt. Ist das nicht traurig? Da hat man ein ganzes Leben hinter sich und hat am Ende niemanden?«

Ich nicke.

»Aber wissen Sie was? Halmstrom ist kein häufiger Name, und Sie haben hier doch Familie, nicht wahr? Ich bin sicher, Sie sind verwandt.«

Finn ist schwer, und in dem Parka wird mir allmählich heiß. Mir läuft ein Tropfen Schweiß zwischen die Brüste. Finn patscht mir auf den Kopf. Eine Pflegerin schiebt einen Rollator aus Stahl an uns vorbei. Sie grüßt freundlich und lächelt Finn an. Ihre Sohlen quietschen auf dem gebohnerten Boden.

Mir ist, als hätte mir jemand ein fruchtig-blumiges Parfüm in die Nase gesprüht. Ich verspüre eine leichte Übelkeit. Finn wird in seinem neuen Anzug auch schwitzen, und wenn er schwitzt, wird er unleidlich. Aber ich kann ihn auf dem Korridor nicht absetzen und ausziehen.

Jenny bleibt an einer Tür stehen. »So. Das Apartment hat einen schönen Blick auf den Park und eine kleine Terrasse, auf der man um diese Jahreszeit natürlich nicht sitzen kann.«

Mir juckt die Kopfhaut vom Schweiß. Finn tritt und drängt mich damit, weiterzugehen, wie ein Kavallerist.

Jenny legt mir eine Hand auf den Arm. »Vielleicht wird er nicht verstehen, warum Sie gekommen sind, aber versuchen Sie, den Besuch nicht zu einer Enttäuschung werden zu lassen.«

Das Zimmer hat pfirsichfarbene Wände und einen dicken Teppichboden. Neben der Tür steht eine Nussbaumkommode. Vor den französischen Fenstern liegt ein Läufer, darauf stehen zwei Lehnsessel, von denen einer dem Balkon zugekehrt ist. Die Luft ist feucht und riecht nach Medizin, Desinfektionsmittel, Buttertoffee, Urin und dem verstörenden Geruch, den ich nur zu gut vom Sterbebett meiner Mutter kenne. Harry Halmstrom ist nicht da.

»Mr. Halmstrom? Ich bringe Ihnen einen ganz besonderen Besucher. Das ist Carly. Sie ist mit ihrem kleinen Jungen extra von Großbritannien hergekommen.« Jenny geht an mir vorbei zu dem abgewandten Sessel. Da erst sehe ich, dass ein paar Haare wie ein weißes Rauchwölkchen hinter der Rückenlehne hervorlugen.

»Mr. Halmstrom? Hallo?«, ruft Jenny. Vermutlich ist sie es gewohnt, Bewohner tot anzutreffen.

Ich öffne den Gurt der Babytrage und setze sie ab. Finn streckt mir die Arme entgegen, damit ich ihn heraushebe. Ich werfe einen Blick zu Jenny und dem Sessel. Sie schaut mich erwartungsvoll an. Ich hebe Finn heraus, gebe ihm einen raschen Kuss und setze ihn auf die linke Hüfte.

»Fein. Ich lasse Sie und Mr. Halmstrom jetzt allein. Wenn Sie etwas brauchen, melden Sie sich. Da drüben auf der Kommode steht das Telefon. Bei der Null meldet sich die Rezeption. In der Küchenzeile gibt es Kaffee und Tee.« Sie deutet hinter sich, dann verdrückt sie sich so hastig, als hätte sie den Stift aus der Handgranate gezogen. Finn sitzt bequem. Erstaunlicherweise tritt und zappelt er nicht, um heruntergelassen zu werden.

Der Kopf in dem Sessel bewegt sich nicht. Darum trete ich näher. Die Knie kommen ins Blickfeld, die von einer Decke warmgehalten werden, dann ein Pantoffel, eine ädrige Hand auf dem Oberschenkel, reglos wie eine Pflanze. Mein Herz schlägt gegen die Rippen.

»Hallo?«

Da Finn meine Nervosität spürt, klammert er sich an mich.

Die eingefallene Gestalt hat eine violette Nase und einen Rücken wie ein Fragezeichen. Das Kinn berührt fast den Nabel. Die Brauen hängen wächsern über die Augenhöhlen. Mr. Halmstrom rührt sich nicht, aber seine Brauen zucken. Vielleicht versucht er aufzublicken.

»Hallo?« Ich bücke mich ein Stück zu ihm hinab. Finn zieht die Knie bis an meine Rippen hoch. »Hoch«, sagt er. »Hoch, hoch.«

Die Brauen schießen in die Höhe, und zwei verblüffend dunkelblaue Augen, die in gestocktem Eiweiß sitzen, richten sich auf mich. Weiße Hörgeräte stecken an den Ohren. Mr. Halmstrom starrt mich an, dann senkt er langsam die Unterlippe und schiebt die Zungenspitze hervor. Sie ist grau.

»Ich hoffe, ich komme nicht ungelegen«, sage ich munter, »aber es besteht die Möglichkeit, dass wir miteinander verwandt sind. Zumindest haben Sie denselben Nachnamen wie mein Großvater und meine Mutter – Halmstrom. Ich denke, wir haben schwedische Vorfahren, darum … ich hoffe wirklich, es stört Sie nicht, dass ich einfach so reinschneie. Jenny meinte, ich sollte nicht vorher anrufen. Aber ich … ich frage mich, ob Sie meine Mutter kannten, Elena Halmstrom.« Beim Reden merke ich, dass es sinnlos ist. Was tue ich hier? »Verzeihen Sie. Wahrscheinlich sind wir doch nicht miteinander verwandt, aber ich –«

»Du! Du?« Sein Ton ist durchdringend und gehässig. Er starrt mich an. »Du? Hier?«

»Ich? Ja. Ich heiße Kal. Und das ist Finn, mein Sohn. Meine Mutter hieß –«

»Was tust du hier, in Gottes Namen?«

»Also, na ja, ich bin wegen Ihres Namens hier. Ich fand Sie bei …« Er ist sicher zu alt für Google. »Meine Mutter hieß Halmstrom, und darum … habe ich mich gefragt … ob wir vielleicht miteinander verwandt sind …?«

»Du glaubst, ich weiß nicht, wer du bist?«, faucht er. »Ich bin zwar alt, aber noch lange nicht verrückt, weißt du. Ich kenne dich, Herrgott noch mal! Ich kenne dich ganz genau. Hast die Frisur gewechselt, wie? Was soll das sein – eine Verkleidung? Ich hab immer gesagt, dass du eines Tages aufkreuzt. Hast dir ganz schön Zeit gelassen, wie? Hast verdammt lange gebraucht, um den Mut aufzubringen.«

Ich weiche zurück und halte Finn fest. Mir ist klar, was los ist. Die Zeit hat ihre lineare Gestalt für ihn verloren. Aber er hat mein Gesicht eindeutig erkannt.

»Mr. Halmstrom, Sie verwechseln mich vielleicht mit meiner Mutter – Elena.«

»Was?«, fragt er mit zittriger Stimme. »Sprich lauter, verdammt.«

Ich suche bei ihm nach vertrauten Zügen, aber die vielen Runzeln und schlaffen Hautpartien lassen den jungen Mann, der er mal war, nicht mehr erkennen.

»Ich komme extra aus England, um Sie zu besuchen.«

»England? Warum? Wieso?« Kurz sieht er verwirrt aus. »Dahin bist du gegangen?«

»Ich lebe in England.«

»England, so, so.« Er nickt, als bestätigte sich eine lang vertretene Meinung. »Dahin bist du also gegangen. Geflohen.« Dann murmelt er etwas von einem Säugling, das kaum zu verstehen ist.

Auf den Wangen hat er Besenreiser. Seine Haare sind so schütter, dass die Altersflecke auf der Kopfhaut durchscheinen. Mir tun vom Tragen die Arme weh. Ich sehe mich um und ziehe den zweiten Sessel heran.

»Mach es dir bequem«, zischt er. »Dann kannst du …« Wieder verstehe ich sein Gemurmel nicht.

»Dann kann ich was?« Finn sitzt jetzt auf meinem Schoß und birgt das Gesicht in meiner Halsbeuge. Nur mit einem Auge riskiert er einen Blick auf den Greis. Ich rücke ihn auf das andere Bein, weiter weg von Harry Halmstrom, und neige mich vor. »Verzeihung, ich habe nicht ganz verstanden, was Sie sagten.«

»Mir erzählen!« Er schleudert mir die Worte entgegen, sodass mir sein Speichel ins Gesicht spritzt. »Dann kannst du mir erzählen! Darum bist du doch hier, nicht wahr?«

Finn jault. Ich lege beide Arme um ihn. »Schsch. Alles in Ordnung, Schatz, alles gut.« Ich muss mir vor Augen halten, dass uns der alte Mann nichts tun kann. Er kann tatsächlich überhaupt nichts tun. Einen Moment lang keucht er nur. Seine Brauen sinken herab. Seine Hand zuckt. Ich bemerke einen Notfallknopf neben seinem Arm und überlege, ob ich den drücken soll.

Mr. Halmstrom starrt jetzt auf seine Knie, als wäre ihm das Aufschauen zu anstrengend. Mir scheint, er hat sich vor mir zurückgezogen. Ich frage mich, ob er gerade stirbt. Es ist so stickig im Zimmer. Bei der Hitze und dem Gestank von Medizin und Verfall wird mir allmählich übel. Die Idee, dieser alte Mann und ich könnten über meine Mutter plaudern, war unsinnig. Der Besuch ist ein kolossaler Fehler.

»Ich bin Elena Halmstroms Tochter«, sage ich wieder, aber es nützt nichts.

»Hör auf«, schnauzt er plötzlich ganz lebendig. »Hör auf, Blödsinn zu reden.«

»Okay. Verzeihung.«

Seine eingefallene Brust hebt und senkt sich viel zu schnell. Dann hebt er den Kopf, nur ein bisschen, und schaut aus dem Fenster. Dabei kaut er etwas. Draußen gibt es eine Terrasse mit zwei Stühlen und einem toten Farn. Dahinter kauern Büsche auf dem Rasen. Ein Spatz landet auf dem Tisch, blickt uns scharf an und fliegt weg.

»Mr. Halmstrom? Erinnern Sie sich an eine Elena?«

»Elena – richtig. Hab den Namen dieses Miststücks vergessen!«

Erschrocken fasse ich Finn schützend um den Kopf.

Die Hände des Alten, wie sie um die Armlehnen greifen, erinnern an Vogelklauen – nur Haut und Knorpel. Ich sollte gehen.

Aber es ist, als wäre er wieder abgetaucht. Sein Körper ist hier angeleint durch den sturen Schlag seines alten Herzens, aber sein Geist bewegt sich eindeutig zwischen zwei Welten.

Ich frage mich, ob er noch weiß, wer er ist. Ich probiere es anders. »Mr. Halmstrom, haben Sie Kinder?«

»Ich? Alle weg. Alle weg. Hab mein ganzes Leben gearbeitet, hart gearbeitet, für meine Jungen …«

»Sie hatten Jungen?«

»Ach, sie sind …« Er hebt die Hand, dann lässt er sie sinken. »Sie gehen … alle … Sie lassen einen am Ende allein …« Er zieht die Brauen zusammen und lässt den Unterkiefer hängen. »Ja.«

»Sie hatten also Söhne?«

»Der erste, noch ein grüner Junge – man kommt nicht drüber weg, man denkt, es kann nichts Schlimmeres mehr kommen, aber das tut es, lieber Gott, das tut es, und ihre Mutter auch, schlägt eben noch Eier in die Pfanne, und dann – weg. Aber er. Er! Mein armer Junge. Verloren. Ach, lieber Gott. Alles im Leben. Alles. Eben noch da, dann wird es einem genommen. Das bringen sie einem nicht bei, nicht wahr? Niemand bringt einem bei, allein zu sein.«

Dazu nicke ich. »Nein. Nein, das tun sie wirklich nicht.«

Einen Moment lang sitzen wir schweigend da, hören seinem rauen Atem zu. Sogar Finn ist still.

»Das ist alles Schall und Rauch«, schnauzt er, und ich fahre zusammen. »Einschließlich dir. Du! Wieder hier! Schall und Rauch …« Seine Finger zucken krampfhaft auf der Armlehne.

»Ich bin nicht Schall und Rauch«, sage ich. »Ich bin wirklich. Finn und ich sind wirklich hier.«

»Du hast das falsch verstanden, Fräulein.«

»Hoch«, sagt Finn. »Hoch.« Er zieht an meinem Shirt.

»Ist gut, Schatz. Wir gehen gleich. Einen Augenblick noch.«

»Warum bist du überhaupt hier?« Es ist fast ein Wimmern, und ich sehe, dass es ihn schmerzt. Sein Mund ist verzerrt. Ich bringe ihn durcheinander und rege ihn auf. Das ist wirklich nicht richtig.

»Es tut mir so leid«, sage ich sanft. »Ich will Sie nicht aufregen. Es tut mir leid. Es ist okay.«

Aber es kommt mir brutal vor, einfach zu gehen. Ich tätschle Finn den Rücken und schaukle ihn auf den Knien. »Wo haben Sie gearbeitet, Mr. Halmstrom? In welcher Branche waren Sie tätig?«

»Was? Nicht mal das hat er dir gesagt, wie?«

»Verzeihung – wer hat mir was nicht gesagt?«

Nichts.

Ich tätschle Finn weiter den Rücken, wie damals, als er noch ein Neugeborenes war, und nach und nach entspannt er sich. Er umklammert mit der Faust mein Shirt und lutscht am Stoff.

»Baufirma«, sagt Harry Halmstrom plötzlich. »Verkauft für viel Geld … ach … Er wollte es von mir für … ich hab's vergessen. Ich hab's vergessen! Um die Welt zu retten, um die … Du weißt schon … Geld, um seine … diese schwarz-weißen …«

»Wale? Killerwale?«

»Ein Träumer!«, schreit er. »Hab es ihm auch gegeben. Vielleicht ist es mit ihm untergegangen. Oder du hast es genommen. Hm? Hast du es genommen?«

»Was genommen?«

Nichts.

»Mr. Halmstrom, sprechen Sie von Ihrem Sohn?«

Er dreht den Kopf. »Ja! Mein Sohn!« Wieder spritzen mir Speicheltröpfchen ins Gesicht. »Mein SOHN … Dingsda … mein SOHN, gottverdammt!«

Finn jault auf. Ich stehe auf und setze ihn mir auf die Hüfte. Ich rieche die süße Medizin im Atem des Alten und muss mir mit dem Ärmel seine Spucke vom Mund wischen.

Die Übelkeit schwillt an, steigt in den Rachen. »Es tut mir wirklich leid.« Ich schaue auf Harry Halmstrom hinunter. »Ich rege Sie auf, darum sollte ich jetzt gehen. Sie sollten sich jetzt ausruhen.«

Eine Hand schießt hervor und packt mein Bein. Seine knochigen Finger kneifen mich über dem Knie. »Hör auf, mich einzulullen, Mädchen, und sag mir, was du ihm angetan hast. Was hast du ihm angetan?« Ich schiebe seine Hand weg – sie fühlt sich an wie Papier – und weiche zurück. »Er konnte schwimmen wie ein Fisch!«, kreischt er. »Was hast du mit ihm gemacht? Wolltest du das Geld? War es das? Was hast du mit meinem Jungen gemacht?«

Finn stößt einen schrillen Schrei aus und schlingt die Arme um meinen Hals, versucht an mir hochzusteigen, um von dem alten Mann wegzukommen.

»Gut«, rufe ich. »Ich muss jetzt gehen … mein Kind … es tut mir leid!« Ich schlingere zur Tür, greife mir das Tragegestell und habe Mühe, mit voller Hand den Türknauf zu drehen. Über Finns Gejaule hinweg höre ich Halmstroms hohe zitternde Stimme.

»Was hast du ihm angetan, du Miststück? Er konnte schwimmen wie ein FISCH. Du Mörderin! Mordendes Miststück. ICH WEISS, DASS DU ES WARST!«

Eine Zeit lang fahren wir durch die Gegend, vorbei an Vorstadthäusern mit Strauchgärten und Basketballkörben und Doppelgaragen. Langsam beruhige ich mich. Ich kann nicht glauben, dass ich mir das angetan habe – von dem alten Mann ganz zu schweigen. Geschieht mir recht, wenn ich auf so absurde Ideen verfalle.

Hier gibt es keine Bürgersteige, keine Geschäfte, keine Leute. Ich bin nicht weit von der Pension entfernt, kann Finn aber nicht hinbringen, nicht jetzt. Es ist noch viel zu früh. Was können wir tun? Ich muss ihn noch viel länger wach halten. Wir brauchen beide frische Luft. Ich habe noch immer den Zitrusgeruch aus dem Altersheim in der Nase. Finn war eingepfercht. Er muss mal rennen, spielen, schreien. Wir müssen frische Luft in die Lunge bekommen und vergessen, was eben passiert ist. Der Anruf bei Alice ist fällig. Sie macht sich sicher schon Sorgen. Und ich muss wegen Doug etwas tun, obwohl ich keine blasse Ahnung habe, was. Einen Moment lang scheint es mir, als hätte ich komplett danebengelegen. Natürlich hat Doug nicht mit seiner Exfreundin geschlafen. Das ist einfach verrückt. Dann ist die Klarheit weg. In meinem Kopf zieht Nebel auf, hüllt alles ein, und ich kann nicht mehr klar denken. Plötzlich bin ich hundemüde. Es strengt mich schon an, die Hände am Steuer zu lassen.

Mir springt eine Schaukel und eine blaue Rutschbahn ins Auge – ein Spielplatz. Ich fahre an den Straßenrand und steige aus. Die eisige Luft schlägt mir ins Gesicht. Ich gehe nach hinten und schnalle Finn los. »Schau!« Ich zeige zum Spielplatz. »Schaukeln!«

Entzückt windet er sich aus dem Sitz. Dann läuft er über den Rasen. Durch die dicke Wattierung des Anzugs stehen seine Arme ab. Ich renne hinter ihm her in die Sandgrube, ziehe mir den Reißverschluss zu und verriegle per Knopfdruck den Wagen. Es ist feuchtkalt und riecht nach Meer. An der Schaukel streckt er die Arme hoch und schaut ungeduldig zu mir zurück, als wäre ich eine alte Dame, die unendlich langsam geht.

»Hoch! Hoch!«, ruft er. »Hoch!«

Ich hebe ihn hoch und schiebe seine knubbeligen Beine in den Sitz, dann gebe ich ihm einen sanften Schubs. »Hui.«

»Höher!«, schreit er. Die Aufregung bei Harry Halmstrom ist schon vergessen. Ich schmecke Salz auf den Lippen. Plötzlich bin ich wie ausgehungert. »Höher!« schreit Finn. »Höher!«

Ich stoße ihn fester an. Kreischend streckt er die einwärts gedrehten Füße nach vorn.

»Hui! Da fliegst du!« Nach ein paar Minuten fühle ich mich wacher. Ich nehme das Handy heraus. Drei verpasste Anrufe von Alice.

»Hoch!«

»Flieg zum Mond.« In England ist Schlafenszeit. Das Freizeichen ertönt ein paarmal, dann nimmt sie ab.

»Ich bin's. Tut mir leid, dass es so spät ist.«

»Wo bist du? Geht es dir gut? Ich hab mir den ganzen Tag Sorgen um euch gemacht.«

»Uns geht es gut!«

»Okay. Hör zu. Du musst Doug anrufen. Er hat sich vorhin bei mir gemeldet und ist in heller Aufregung. Was machst du denn? Wieso bist du in Vancouver?«

»Es geht mir gut, ehrlich. Ich hatte die bescheuerte Idee, einen Verwandten von Mum ausfindig zu machen. Hier lebt ein alter Mann namens Harry Halmstrom, und den habe ich gerade besucht. In einem Altersheim. Ich dachte, er könnte mit uns verwandt sein.«

Es folgt eine Pause, in der meine Schwester das verarbeitet. »Du erforschst unseren Familienstammbaum? Jetzt?«

»Nein, ich will nur … ich mache Urlaub. Ich bin über seinen Namen gestolpert. Ich …«

»Hast du eine Ahnung, wie bescheuert das klingt, Kal? Weißt du, wie sonderbar du dich verhältst?«

»Wieso will mir keiner erlauben, mal wegzukommen?«

»Ist es wegen Doug?« Ich stelle mir vor, wie sie sich in ihrem weißen Bett aufsetzt, neben sich den aufgeklappten Laptop und umgeben von juristischem Papierkram. »Es geht um

Doug, stimmt's? Kannst du mir nicht einfach sagen, was passiert ist?«

»Na gut. Die Sache ist … kompliziert. Ich habe auf seinem Handy zwei SMS gefunden. Aber darüber will ich jetzt nicht reden. Finn ist bei mir. Wir sind auf einem Spielplatz schaukeln. Es ist saukalt.«

»So? Du hast zwei SMS gefunden? Was für welche? Du meinst, von einer Frau?«

»Ja, von einer Frau. Seiner Exfreundin. Aber ich kann jetzt nicht darüber reden.«

»Scheiße.« Sie klingt betroffen, aber auch zufrieden. Denn nun habe ich ihr endlich einen verständlichen Grund für mein Verhalten genannt. »Ach, Kal. Du liebe Zeit.«

»Ja, du liebe Zeit.«

»Okay. Gut. Du Ärmste. Okay. Also, was ist mit diesem alten Mann?«

»Ach das. Es war eigentlich schrecklich. Er ist senil und verwirrt und hat angefangen, mich zu beschimpfen, und schließlich bin ich geflüchtet.«

Jetzt muss sie lachen. »Hör zu. Ich denke, du musst wirklich nach Hause kommen. Du musst das mit Doug klären, was immer es ist. Du musst mit ihm darüber reden. Du solltest dich nicht allein in Altersheimen herumtreiben. Komm nach Hause, Kal. Ich hole dich am Flughafen ab, und ihr könnt zu mir kommen und bei mir schlafen, wenn du Doug noch nicht begegnen willst. Aber da drüben …«

Ich denke an ihren dicken, cremefarbenen Teppichboden, den Glastisch und die makellose Küche. Sie hat nicht einmal ein Gästezimmer. Es ist süß, dass sie sogar jetzt meint, sie müsse sich um mich kümmern. »Nein, wirklich, es ist okay. Danke. Aber ich möchte hierbleiben. In ein paar Tagen komme ich nach Hause, und mir geht es ehrlich gut. Wirklich. Ich wollte nur wissen, ob Harry Halmstrom mit Mum verwandt ist. Er ist der einzige Halmstrom im Pazifischen Nordwesten, soweit ich das beurteilen kann.«

»Okay. Sieh mal, unser Großvater ist eindeutig schon lange tot, falls du an den gedacht hast. Er starb, bevor Mum zum College ging. Und er hieß nicht Harry, sondern Theodore. Der alte Mann, den du besucht hast, ist auf keinen Fall unser Großvater, Kal.«

»Hat Mum dir denn mal von unseren Großeltern erzählt?«

»Kaum!« Schon höre ich Behutsamkeit mir gegenüber. Sie hat sich nie abgewöhnt, mir das Gefühl des Ausgeschlossenseins nehmen zu wollen. »Sie hat nicht halb so viel mit mir gesprochen, wie du immer denkst, überhaupt nicht. Sie sagte nur immer, dass die Vergangenheit sie traurig macht und sie lieber nicht daran denken möchte.«

»Zu mir auch.«

»Na, da hast du's.«

»Aber weißt du, was das Seltsame daran war? Der alte Mann hat mich erkannt. Einmal nannte er mich Elena.« Ich verschweige, was er sonst noch gesagt hat, das mit Walen und Diebstahl und Mord. Und die Schimpfworte, die er mir an den Kopf warf, als ich flüchtete.

Es folgt eine Pause. »Weißt du, was ich denke?«, sagt sie. »Ich denke, du bist überreizt, voller Trauer und sehr aufgebracht. Das sind wir alle. Ich bin sicher, dass es eine einfache Erklärung dafür gibt, was du auf Dougs Handy gesehen hast. Du musst wirklich mit ihm darüber reden. Und was den alten Mann betrifft – er ist dement. Er hat den Namen Elena aufgeschnappt. Du hast ihn bestimmt vorher erwähnt. Ich denke, das ist für dich jetzt keine nutzbringende Situation, Kal.«

»Ich weiß. Du hast recht.« Der Wind fegt mir um die Ohren, und ich spüre die fehlenden Haare. Ich brauche dringend eine Mütze. »He, ich habe mir vor dem Flug die Haare abschneiden lassen. Ganz kurz.«

»Willst du Doug verlassen?« Sie fragt das behutsam. »Geht es darum?«

»Nein.« Ich stoße die Schaukel höher. Finns Haare fliegen. »Ich weiß nicht.« Die Mütze liegt im Auto. Seine Ohren sind rot. Seine Hände an der Metallstange auch. Die Fäustlinge liegen auch im Auto.

»Komm nach Hause und zeig mir deine Frisur«, sagt sie. »Bitte.«

»Mach ich. In ein paar Tagen.«

»Soll ich zu dir kommen und dich holen? Bei der Arbeit ist es zurzeit ein ziemlicher Albtraum, und es würde schwierig werden, aber wenn du im Moment wirklich am Rad drehst, komme ich, das weißt du, oder?«

»Meine Güte! Niemand muss mich nach Hause holen. Wieso denkt jeder, ich drehe am Rad? Ich wollte nur mal für eine Weile weg. Ich bin völlig normal. Finn und ich fahren morgen mit einer Fähre und verbringen ein paar Tage in einer netten Frühstückspension auf einer Insel, und dann fliegen wir nach Hause. Der Flug ist längst gebucht, Alice.«

»Das ist die Trauer«, seufzt sie. »Das weißt du, oder? Du trauerst. Du stehst unter Schock, leugnest, was passiert ist. Ich auch. Und Dad auch. Das ist die erste Phase der Trauer: Leugnen. Wir sind alle in dieser Phase.«

»Ja, bestimmt, aber …« Das ist typisch für meine Schwester, dass sie unsere Gefühle bereits in Phasen einteilt. Es wäre liebenswert, wenn es nicht so ärgerlich wäre.

Ich stoße Finn an, und er lacht hemmungslos. »Huiiii!«, schreit er. »Huiiii!« Ich gebe ihm erneut einen Stoß. Er schlenkert mit den Beinen und Armen, erschüttert die Schaukel, sein ganzer Körper ist voller Freude und Freiheit, und ich sehe, dass Alice recht hat. »Bis zum Mond!«

»Was hast du gesagt?«

»Ich habe nur die Schaukel angestoßen. Hör zu, du hast recht. Ich trauere. Aber ich tue es in einem schönen, wenn auch eiskalten Vorort von Vancouver. Wir haben eine hübsche Frühstückspension gebucht, und gleich gehen wir Pizza essen. Morgen fahren wir mit der Fähre auf eine kleine Insel. Ich werde bei einer alten Freundin von Mum hereinschneien, die eine Kunstgalerie hat. Und danach kommen wir nach Hause.«

»Okay. Schön.« Sie klingt tatsächlich beruhigt. »Aber du redest mit Doug?«

»Ich habe gerade erst mit ihm gesprochen. Aber hör zu, meinst du, du könntest Dad anrufen und ihm sagen, dass es mir gut geht? Wir haben ein paarmal hin und her gemailt. Er weiß also, dass ich hier bin. Aber er macht sich vielleicht Sorgen.«

»Na gut.« Sie seufzt wieder. »Aber könntest du jetzt aufhören, alte Männer zu besuchen. Geh lieber mit Finn ins Aquarium. Das in Vancouver ist großartig. Ich bin schon da gewesen. Und ruf mich morgen an, wenn du wach bist. Ich bin dir acht Stunden voraus.«

»Das weiß ich.«

»Ich muss morgen früh um halb acht vor dreißig total gelangweilten Angestellten eine Präsentation halten.«

»Das tut mir leid. Okay. Geh jetzt schlafen. Du musst aufhören, dir um mich Sorgen zu machen, Alice. Du musst dich auch um dich selbst kümmern, weißt du. Arbeite nicht zu hart. Sei zu dir selbst auch mal freundlich.«

Nachdem ich aufgelegt habe, halte ich die Schaukel an. »Frierst du?« Finn hebt die Arme, damit ich ihn hochnehme, und drückt mich dann. Dabei entdeckt er den Sandkasten. »Runter!«, ruft er. Seine Nase ist rot, aber die Augen strahlen. Er tritt, damit ich ihn absetze, und saust zum Sand. Während ich ihm hinterhersehe, fühle ich mich wie eine Schauspielerin, die eine Frau mit kurzen Haaren und Winterparka spielt, die behauptet, sie sei ich und es gehe ihr gut.

Es ist drei Uhr nachts. Finn ist endlich eingeschlafen, liegt mit ausgestreckten Gliedern diagonal im Doppelbett. Das Kinderbeistellbett ist aufgebaut, aber ich wage nicht, ihn zu bewegen, damit er nicht wieder wach wird und erneut fünf Stunden um sich schlägt, vorgelesen haben will und immer hysterischer wird. Ich hatte mir keine Gedanken darüber gemacht, wie sich die Zeitverschiebung auf ein Kleinkind auswirkt. Gut jedenfalls nicht. Ich hätte nie geglaubt, Finn könnte physisch imstande sein, zweiundzwanzig Stunden am Stück wach zu bleiben, aber offenbar kann er das.

Ich bin aufgedreht, überreizt und ruhelos. Für eine Weile lege ich mich hin, an die Bettkante, aber an Schlaf ist nicht zu denken. Ich hole das Handy heraus. Zwei verpasste Anrufe von Doug und eine SMS: *Ruf mich an.* Ich öffne die E-Mails. Zwei von Doug mit dem Betreff: *Wo übernachtest du?* Und: *Das ist verrückt.* Er ist überall, drängt sich mir über jede Kontaktmöglichkeit auf. Mich erfasst eine jähe Wut, und ich wähle seine Nummer.

»Du musst mich in Ruhe lassen«, sage ich, sowie er abnimmt. »Finn geht es gut. Mir geht es gut. Ich weiß nicht, warum du nicht begreifst, dass ich einfach mal allein sein muss.«

»Okay.« Er sagt es gedehnt, als müsse er eine Verrückte beruhigen. Ich höre ihm an, dass er gekränkt und verwirrt ist.

»Bitte.«

»Okay. Aber wir müssen miteinander reden. Also, bevor ich dich in Ruhe lasse – kann ich dir nicht einfach sagen, was da gelaufen ist? Was diese SMS –«

»Mein Gott, nein! Ich kann das nicht. Nicht jetzt. Du musst damit aufhören!«

»Nein Kal, tue ich nicht! Du musst mir zuhören! Dass du Finn einfach so mitnimmst – das ist nicht akzeptabel.«

»Nicht AKZEPTABEL?«

»Nein! Hör zu. Mir ist egal, ob du das jetzt hören willst oder nicht. Es ist meine Schuld. Ich war nicht ehrlich zu dir, ich habe das vor dir verheimlicht und fühle mich deswegen abscheulich – sie … sie … sie hat Kontakt aufgenommen wegen dieser Sache, die sie für Discovery über Mathematiker machte. Erinnerst du dich? Als ich sie damals in London traf. Danach haben wir uns ein paarmal gemailt – nur Zeug für die Dokumentation – und dann schickte sie mir plötzlich –«

Ich lege auf. Ich zittere am ganzen Leib. Ich gehe ins Bad und erbreche Pepperonipizza in die nach Fichtennadeln riechende Toilette.

Wieder auf dem Bett, starre ich lange Zeit an die Decke. Irgendwann setze ich mich auf. Finn schläft wie ein Murmeltier. Er hat nicht mal gezuckt. Ich hole mir ein Glas Wasser und setze mich damit aufs Bett. Das Handy summt. Eine SMS von Doug:

Es tut mir leid. Es tut mir leid. Ich liebe dich. Ich werde dich jetzt in Ruhe lassen. Ruf mich einfach an, wenn du bereit bist, denn wir müssen reden. Offensichtlich.

Ich lösche die SMS. Dann öffne ich den Posteingang.

Keine Antwort von Susannah Gillespie, aber eine E-Mail von meinem Vater. Nach Doug fühle ich mich völlig betäubt. Nichts, was mein Vater sagen könnte, würde mich jetzt kümmern.

An: Kali
Von: G. K. MacKenzie
Betreff: Re: Urlaub

Du bist über diese Gillespie vollkommen im Irrtum. Deine Mutter hat vor Jahrzehnten den Kontakt abgebrochen. Denk nicht mal daran, sie aufzusuchen. Ich kann auch gar nicht glauben, dass Du Leute namens Halmstrom suchst und wahllos besuchen gehst. Hast Du den Verstand verloren? Dein Großvater mütterlicherseits hieß Theodore, und er ist verstorben. Er starb vor Deiner Geburt. Ich kann mir nicht vorstellen, was Du damit bezweckst. Legst Du es darauf an, diese schreckliche Zeit für uns alle nur noch schlimmer zu machen? Ich rate Dir dringend, diese sinnlose Unternehmung sein zu lassen und nach Hause zu kommen. Dann werde ich Dir alles erzählen, was Du über die Familie Deiner Mutter wissen willst – das, was ich weiß. Ich verstehe, dass Du eine schwere Zeit durchmachst, wie wir alle. Hast Du mit Deiner Schwester gesprochen? Ich schlage vor, Du rufst sie sofort an. Vielleicht kann sie Dich überzeugen, wenn ich es nicht kann.
G

Bei seinem Ton komme ich mir vor wie ein Teenager. Wenigstens schreibt er jetzt mal mehr als zwei Zeilen. Er bewirkt damit aber nur, dass ich Susannah umso dringender kennenlernen möchte. Was weiß diese Frau über meine Mutter, das ich, wenn es nach ihm ginge, nicht erfahren soll?

Wie flüchten andere in solch einer Situation? Mir ist, als müsste ich mich geschlagen geben. E-Mails, SMS und Anrufe machen eine Flucht scheinbar unmöglich, da sie mich permanent mit den Leuten verbinden, vor denen ich weglaufe. Ich könnte mein iPhone wegwerfen, aber ich habe ein kleines Kind und muss einen Notarzt rufen können. Ich könnte es abschalten. Vielleicht schalte ich es bloß ab. Aber dann wird Alice sich Sorgen machen, wenn ich nicht zurückrufe. Und vor ihr laufe ich nicht weg – zumindest glaube ich das.

Ich blicke auf das G am Ende der Mail. Es ist wie ein kleiner Stoß vor die Brust. Ich tippe auf »Antworten«.

An: G. K. MacKenzie
Von: Kali
Betreff: Re: Urlaub

Dad, es tut mir wirklich leid, dass ich Dich verärgere, ich weiß, Du kannst das jetzt nicht gebrauchen. Aber es geht mir bestens und Finn auch. Ich habe Harry Halmstrom bereits besucht, und Du hast recht – es war eine sinnlose Aktion. Er war senil und hat mich angeschrien und etwas von Fischen und Mord geredet. Er nannte mich allerdings Elena, was unheimlich war. Alice (ja, ich hab sie angerufen) meint, er hätte den Namen wahrscheinlich aufgeschnappt, weil ich ihn vorher genannt habe – und ich glaube, so ist es gewesen. Gut zu wissen, dass wir über Mum reden können, wenn ich zurück bin, denn ich habe massenhaft Fragen. Mir ist klar geworden, dass ich gar nichts über ihre Kindheit, meine Großeltern und ihr Studium weiß – oder darüber, warum sie es hingeschmissen hat. War es meinetwegen? Mum zu verlieren hat mir das wohl alles be-

wusst gemacht. Aber Du hast recht, wir können uns darüber mal persönlich unterhalten.
Morgen fahre ich mit dem Schiff zu der Insel, wo Susannah Gillespies Galerie ist. Da ich schon mal hier bin, werde ich hingehen. Wenn ich sie antreffe und sie nichts zu sagen hat, macht das schließlich nichts, nicht wahr? Ich wohne in einer Frühstückspension und werde einfach mal in der Galerie vorbeischauen – vielleicht ist sie ja auch gar nicht da. Du sagst, sie und Mum hatten keinen Kontakt, aber sieh mal in Mums Schreibtischschublade.
Fragen zu Eurer Hochzeit hast Du mir übrigens auch nie beantwortet.
Liebe Grüße
K

P. S. Es wäre gut, mal Deine Handynummer zu bekommen.

Ich tippe auf »Senden« und gehe ins Bad. Ich dusche, rubble mir die Haare mit dem Handtuch trocken – ein Vorteil dieses Schnitts – und putze mir die Zähne. Einen Pyjama habe ich nicht dabei, darum ziehe ich mir das schmutzige Shirt über. Als ich zum Bett zurückkomme, ist seine Antwort eingegangen.

An: Kali
Von: G. K. MacKenzie
Betreff: Re: Urlaub

Du musst das lassen – Susannah Gillespie war keine Freundin Deiner Mutter, und sie ist keine verlässliche Informationsquelle. Ich verstehe nicht, warum Du das tust, außer Du willst mich quälen. Ich bin mir aber sicher, dass es für Dich nicht hilfreich sein kann. Für mich ist es gewiss nicht hilfreich zu wissen, dass Du mit einem sehr kleinen Kind im Januar eine Fähre in British Columbia besteigst, um diese Frau zu besuchen. Wenn Du nach Hause kommst, werden wir in aller Ruhe über all das reden.

Vorerst kann ich Dir ein paar Deiner Fragen beantworten: Deine Mutter hatte eine unglückliche Kindheit. Ihr Vater war in der Forstwirtschaft tätig. Sie mochte ihn nicht, und er war viel verreist. Er starb, ehe sie aufs College kam. Ihre Mutter starb unglücklicherweise, als sie noch ein Kind war. Geschwister hatte sie nicht. Nach dem Highschool-Abschluss zog sie mit einem Stipendium nach Kalifornien – Deine Mutter war sehr intelligent. Sie begann mit der Promotion (wir lernten uns an der Graduiertenschule kennen), brach sie aber ab, um Dich zu bekommen, mich zu heiraten und nach England zu ziehen. Sie wollte nicht zurück und ich ebenfalls nicht – es gab einige sehr, sehr schwierige Zeiten. Wir fanden es beide einfacher, uns mit der Vergangenheit nicht mehr zu befassen. Geheiratet haben wir im Rathaus neben der Universität. Es hat geregnet, was für Südkalifornien ungewöhnlich war. Deine Mutter sah wirklich schön aus. Mein Freund Dan Josipovici, der jetzt ein Architekturbüro in Manhattan hat, hielt Dich auf dem Arm. Gott sei Dank war die Zeremonie kurz, denn Du hast die ganze Zeit geschrien.
Es kommt mir merkwürdig vor, dass Du das jetzt, nach so langer Zeit, tun willst, Kal, wo wir alle so viel zu verkraften haben.
G

Ich starre auf die Mail. So viele Informationen habe ich von meinem Vater in meinem ganzen Leben noch nicht bekommen.

Ich antworte ihm sofort:

Siehst Du, Dad – das meine ich! Ich wusste nicht, wann meine Großeltern gestorben sind. Ich wusste nicht, dass mein Großvater in der Forstwirtschaft tätig war. Ich wusste nicht, dass es bei Eurer Hochzeit geregnet hat. Ich wusste nicht mal, dass Ihr in einem Rathaus geheiratet habt. Warum weiß ich diese Dinge nicht? Vielleicht bin ich deshalb hier. Es tut mir ehrlich leid, dass das für Dich schmerzlich ist; ich will Dir gar nicht wehtun. Ich nehme an, das sind die Trauer und der Schock – meinetwegen auch Leugnen –, aber es ist mir wichtig, sehr wichtig. Es

ist nicht normal, so wenig über die eigene Mutter zu wissen. Ich verstehe, dass Du schmerzliche Erinnerungen nicht hervorholen willst – ich weiß, dass Du eine Affäre hattest. Und sicher gibt es noch etliche andere Gründe, weshalb Mum so geworden ist. Ich möchte nur wissen, wer sie war.
Bitte mach Dir keine Sorgen. Ich will bei der Galerie nur kurz vorbeischauen und Hallo sagen. Mitten im Winter wird Susannah wahrscheinlich sowieso nicht da sein. Und wenn doch, werde ich mir mit Vorsicht anhören, was sie sagt. Finn gefällt dieses Abenteuer, und wir werden in ein paar Tagen wieder zu Hause sein.
Liebe Grüße
Kal

Sowie ich auf »Senden« tippe, bereue ich es. Auf keinen Fall hätte ich die Affäre erwähnen dürfen. Er ist verletzlich und trauert, und so reden wir einfach nicht miteinander – nie. Ich kann nicht wissen, was ich gerade aufgerührt habe und was das mit ihm macht. Vielleicht hat er etwas getan, das er bedauert, aber im Augenblick leidet er, und ich habe es gerade verschlimmert.

Ich fange eine neue Mail an.

An: G. K. MacKenzie
Von: Kali
Betreff: Entschuldigung

Dad, es tut mir leid, ich hätte die Affäre nicht ansprechen dürfen – es geht mich nichts an. Finn und ich werden morgen in der Pension übernachten, ein paar schöne Spaziergänge machen, dann nach Vancouver zurückkehren und nach Hause fliegen. Wir sehen uns bald, Kal.

Ich schließe das Mail-Programm und stecke das Handy in die Handtasche, da die Situation jedes Mal, wenn ich in meine E-Mails schaue, noch übler wird.

Ich sehe zu Finn. Er schläft tief und fest auf dem Rücken, die Hände über dem Kopf. Solange er mich hat, ist ihm egal, wo er ist. Aber ich werde ihn nicht mehr zu irgendwelchen Altersheimen mitnehmen. Das kommt mir inzwischen ziemlich daneben vor. Ich bin sicher, ich habe etwas ausgelassen, als ich Alice von Harry Halmstrom erzählte, aber ich kann mich nicht erinnern, was.

Falls ich Susannah Gillespie antreffe und etwas über die Jugend meiner Mutter erfahre, dann ist es den Jetlag vielleicht wert. Allmählich werde ich schläfrig. Ich fühle mich, als könnte ich morgen früh in meinem Bett in Oxford aufwachen, neben Doug, und alles wäre nur ein irrer Traum gewesen.

Beim Einschlafen fällt mir plötzlich ein, was ich Alice nicht erzählt habe, und ich reiße die Augen auf. *Hast die Frisur gewechselt, wie?,* hat Harry Halmstrom gesagt. *Hast die Frisur gewechselt …*

SÜDKALIFORNIEN 1976

Neuerdings blieb Elena nach der Arbeit immer am Becken stehen, um ein paar Minuten bei den Walen zu verbringen. Es kam ihr nicht richtig vor, jeden Abend einfach daran vorbeizugehen. Um diese Uhrzeit hatte dort keiner zu tun, darum setzte sie sich ein bisschen zu ihnen. Das Männchen hielt immer Abstand, aber Bella, das Weibchen, erkannte sie und kam langsam angeschwommen. Einmal, als sie auf dem Beckenrand saß, beugte sie den Kopf hinunter, sodass ihre Haare ins Wasser hingen. Der Wal tauchte auf und stieß die Strähnen neugierig und sehr behutsam mit der Schnauze an. Sie wusste, dass die Zähne darin daumengroß waren, aber eine Bedrohung war nicht zu spüren, nur die Neugier des Wals, und die hatte sogar etwas Zärtliches.

Heute dagegen beachtete Bella niemanden. Elena konnte sich das große Herz vorstellen, das in der Brust pumpte, während der Wal seine Kreise zog. Sie dachte, das Herzgeräusch müsste durch die Kopfhörer zu hören sein, doch sie hörte nur das Rauschen, das die Bewegungen des Kolosses im Wasser erzeugten. Dann kamen die Kontraktionen, und der Wal sank wieder, offensichtlich erschöpft.

Elena riss sich den Kopfhörer von einem Ohr und sprach die Hinterköpfe der Männer an. »Glaubt ihr, es ist bald so weit?«

Keiner drehte sich um oder gab Antwort.

Sie beugte sich zwischen sie und stieß Dan an. »Dan? Es scheint bald loszugehen, oder?«

Der Chefdompteur drehte sich zu ihr um. Er war blass. Wie sie hatte er fast die ganze letzte Nacht durchgearbeitet, und nun hatte er einen langen Tag hinter sich. Von dem Nachwuchs war noch immer nichts zu sehen. Achselzuckend vergrub er die Hände in den Taschen seiner Shorts und wandte sich wieder ab.

Die Wahrheit war, dass keiner von ihnen eine Ahnung hatte, wie das klappen könnte, nicht einmal der Tierarzt. Der zog seine Yankees-Kappe immer tief ins Gesicht und drehte ständig einen Zahnstocher im Mundwinkel. Trotz der Wärme trug er eine zerschlissene Jacke. Keiner von denen wusste, wie sich die Geburt eines Schwertwals abspielte. Sie standen alle hilflos dabei wie Zuschauer bei einer Aufführung, die irgendwie schiefging.

Elena setzte den Kopfhörer wieder richtig auf. Sie schaute erst auf das Aufnahmegerät und dann durch die Glaswand zum Hydrophon hinter der Leiter. Die Wale hatten den schwarzen Draht zunächst nicht beachtet, als sie ihn ins Wasser gesenkt hatte. Schließlich war Orpheus hingeschwommen, um ihn zu untersuchen. Zwanzig Minuten lang betrachtete er ihn sorgfältig. Dann schwamm er weg. Seitdem hatte keiner der beiden Orcas den Draht noch einmal angesehen.

Während der Kontraktionen war das Weibchen still, aber dazwischen redete es mit Orpheus in tiefen Schnalzlauten. Er gab während der Kontraktionen auch keine Laute von sich, antwortete aber, wenn Bella zu ihm sprach, und schwamm zu ihr. Elena fragte sich, was der Austausch bedeutete. Die Töne waren viel tiefer und langsamer als die der Delfine. Sie hatten eine fast spirituelle Wirkung auf Elena, als ob sie einen verborgenen Pulsschlag in ihrem Unterbewusstsein ansprächen. Sobald sie aufhörten, empfand sie Trennungsschmerz.

Orpheus erschien ruhig, kam näher, aber nicht zu nah, und selbst wenn er nicht in Bellas Nähe war, behielt er sie pausenlos im Auge. Vielleicht wusste er durch Echoortung, dass sie ein Junges in sich trug. Andererseits, wie könnten sie die Bedeutung kennen? Sie dürften sich beide nicht an Geburten erinnern, die sie in freier Wildbahn gesehen hatten. Elena fragte sich auch, ob die Wale Angst hatten. Dienten diese Töne gegenseitiger Beruhigung? Sie musste vorsichtig sein. Tiere wurden allzu schnell vermenschlicht. Doch sie schienen miteinander zu sprechen.

Neue Kontraktionen setzten ein, im Abstand von wenigen Minuten. Elena musste sich vor Augen halten, dass das Kalb wahrscheinlich ohne Komplikationen herauskäme. Schließlich waren Orcas für Geburten besser gebaut als Menschen. Ihre

Jungen brauchten sich nicht durch ein enges Becken zu zwängen und kamen durch weiches Gewebe, nicht durch Knochen zur Welt. Trotzdem schien das ein schrecklich langer, zäher Vorgang zu sein. Das Junge könnte festsitzen oder falsch liegen – oder tot sein –, und keiner von ihnen würde das wissen oder helfen können. Dazustehen und zuzusehen kam ihr vor wie ein brutales Experiment. Sie schaute auf die Rücken der Männer und hatte plötzlich den Drang, sie zwischen die Schulterblätter zu boxen und zu schreien: »Tut was!«

Eine weitere Stunde verging.

Dann zog die Walkuh von dem Bullen weg. Sie schwamm schnell und trudelte dann dicht unter der Wasseroberfläche, bewegte sich dabei am Rand entlang, als übte sie ein neues Kunststück ein. Sie drehte sich in engen Spiralen und verblüffend schnell.

Die Männer traten näher an die Glaswand.

Elena verschob den Kopfhörer und hörte sie reden – »Was?«, »Das ist es!«, »Was macht sie da?«, »Los weiter!« – wie bei einem sportlichen Wettkampf. Sie drückte die Kopfhörer an die Ohren, um die Stimmen auszuschließen, und hörte das Wasser beim Trudeln des Wales rauschen – keine Kommunikation. Sie schaute wieder auf das Tonbandgerät und verstellte geringfügig die Regler.

Plötzlich gemeinschaftliches schweres Atmen. Eine zusammengeklappte Fluke erschien an Bellas Bauch.

Ein kleiner Schwanz schlug hin und her wie ein Hautlappen. Bella schraubte sich durchs Wasser, drehte sich noch schneller, bog sich vor Schmerzen oder Anstrengung oder beidem. Sie blieb stumm, gab keine Schreie oder Pfiffe von sich, und kurz darauf wurde das Kalb in einem Schwall Blut und anderer Flüssigkeiten ausgetrieben – eine makellose Miniaturkopie der Mutter. Nur die Fluke war noch zusammengeklappt und die Finne angelegt.

Es schwamm reglos auf der Stelle. Und dann sank es.

»Oh Scheiße!«, rief Dan. »Heilige Scheiße.«

Das Kalb bewegte sich nicht. Es war tot.

Die Männer standen fassungslos da, die Nasen an die Scheibe gedrückt. Durch die Kopfhörer drang eine schreckliche, nasse Stille in Elenas Ohren. Sie hörte nur ihr eigenes Herz klopfen.

Und dann drehte Bella sich herum und stieß das schlaffe Junge mit der Schnauze an. Und auf ihre Berührung hin kam Leben in den kleinen Leib. Es schnellte ein paarmal hin und her, wie um sich zu orientieren, dann schwamm es zu ihr. Sie drängte es sanft mit den Flossen an die Oberfläche, vierhundert Pfund glitschige Perfektion.

Die Männer jubelten, als wäre es ihr Sieg. Dan stieß sogar die Faust in die Luft.

Das Walkalb tat seinen ersten Atemzug und blies im selben Augenblick wie Bella. Danach bewegten sie sich synchron, holten gleichzeitig Luft und schwammen langsam nebeneinander durchs Becken. Bella holte viel häufiger Luft als sonst. Sie wusste instinktiv, dass sie es mit dem Kalb tun musste.

Dan lief am Becken entlang und folgte ihnen breit grinsend, die blonden Haare an seinen Oberschenkeln glänzten in der Abendsonne. Einer der neuen Kollegen hatte eine Filmkamera und lief ebenfalls am Becken entlang. Der Tierarztassistent, ein hagerer Junge mit Akne, machte Schnappschüsse mit dem Zoomobjektiv. Der Tierarzt kaute auf seinem Zahnstocher und sah zu.

Das rosa Walkalb – zum Geschlecht konnten sie noch nichts sagen – hatte genau die gleichen Bauch- und Rückenflecke wie die Mutter. Es bewegte sich stetig neben ihr. Später gesellte sich Orpheus zu ihnen. Sie gaben keine Töne von sich, aber zogen ihre Runden durchs Becken, das Junge zwischen den Alten.

Die Männer klopften sich auf den Rücken, als hätten sie den Wal zur Welt gebracht. Sogar der Tierarzt grinste einmal unter dem Schirm der Yankees-Kappe und zeigte seine schlechten Zähne.

Elena hob kurz den Kopfhörer an, um sich ihre Kommentare anzuhören, dann schaute sie wieder zu der Walfamilie.

Die Geburt war glatt verlaufen.

Sie bückte sich und schaltete das Tonbandgerät ab. Ihr war klar, dass das unvernünftig war. Sie sollte die Aufnahme laufen lassen und weiter Daten sammeln. Das waren bahnbrechende, einzigartige, einmalige Töne. Doch sie wollte nicht mehr zuhören, wie die Familie in ihrem engen Glasgefängnis kreiste.

Sie hatte Ohrensausen, und ihr war schlecht. Sie konnte den Anblick der Männer und der neuen Familie nicht mehr ertragen. Ohne ein Wort verließ sie den Sea Park und ging durch Palmenalleen zum Strand.

Nicht lange nach der Geburt sah Elena die Dokumentation über die Gefangenschaft von Walen.

Im Audimax auf dem Campus gab es eine Filmvorführung, und eigentlich hätte sie die verpasst, weil sie nie die Unizeitung las. Heute jedoch fand wieder eine Antikriegsdemo vor der Mensa statt, sodass sie auf dem Weg zu Grahams Zimmer einen Umweg nahm und genau auf das Anschlagbrett zulief.

Es sollte gleich losgehen. Ihr blieb keine Zeit mehr, um quer über das Unigelände zu Gray zu laufen, ihm Bescheid zu sagen und dann rechtzeitig zum Film wieder da zu sein. Darum ging sie hinein.

Die Dokumentation behandelte den Fang von Schwertwalen und ihre Haltung in Meeresaquarien. Den ersten Fang hatte es 1961 gegeben – ein Weibchen namens Wanda, das sich die ganze Nacht gegen die Beckenwand geworfen hatte und am Morgen gestorben war. Dann war da Moby Doll, der 1964 für ein Kunstprojekt mit der Harpune beschossen worden war, dies überlebt hatte und verwundet im Aquarium von Vancouver gehalten wurde. Er verweigerte fünfundfünfzig Tage lang das Fressen. Es folgten noch mehr solcher Berichte, grausige, bedrückende Beispiele menschlicher Gier und Ignoranz. Aber der Gipfel des Films war der Fang in der Bucht Penn Cove.

Von dem hatte Elena schon einmal gehört. Sie erinnerte sich an den öffentlichen Aufschrei, als die drei Kadaver der ertrunkenen Schwertwale bei Seattle angespült wurden. Ihre Bäuche waren aufgeschnitten und mit Steinen gefüllt, weil die Jäger gedacht hatten, die Kadaver würden an den Meeresgrund sinken und niemand würde davon erfahren. Mindestens sechs Wale waren an jenem Tag in Vergnügungsparks in Nordamerika gebracht worden.

Eine Szene war beinahe unerträglich. Nachdem die Jäger die Walschule mit Planen, Schnellbooten und Sprengstoff gestoppt hatten, warfen sie Netze aus und trieben die verängstigten Tiere im Puget Sound an die Küste. Das versetzte die Wale in Panik. Man konnte deutlich hören, wie die Walkühe ihre Kälber riefen und die Kälber schrien. Die Jäger sonderten ein Kalb aus, dann versuchte ein Sporttaucher es in ein Netz zu wickeln. Er und zehn andere Taucher trieben das Junge von der Mutter weg. Die schlug verzweifelt um sich und stieß schaurige schrille Töne aus. Die ganze Walschule stieß den Kopf aus dem Wasser, vielleicht um zu hören, was vor sich ging oder um nach einem Ausweg zu suchen. Unterdessen fesselten die Jäger das Kalb an Schnauze und Schwanz. Es lag bewegungsunfähig da, aber die Familie hörte nicht auf, es zu rufen. Die Männer hievten es in ein Gestell und zogen es mit einem Kran in die Luft.

Die Schreckensschreie des Kalbs, das über seiner Familie baumelte, hörten sich menschlich an. Und aus dem Wasser unter ihm schallten die Schreie seiner Mutter lauter als die der anderen.

Die Kamera schwenkte zu einem Taucher, der aus dem Wasser stieg. Er setzte die Taucherbrille ab, beugte sich vornüber, die Hände auf die Knie gestützt, und als er den Kopf hob, um einen letzten Blick auf das gefangene Walkalb zu werfen, war sein Gesicht tränenüberströmt.

Nach dem Film saß Elena in der feuchtwarmen Dunkelheit und war aufgewühlt von Wut und Schuldgefühlen und Scham. Die Vorführung war nicht besonders gut besucht, aber niemand sagte etwas oder stand auf. Der Abspann surrte flimmernd bis zum Ende. Vorne weinte jemand. Das Licht ging an.

Hinterher gab es eine Diskussion. Elena wollte nach draußen. Sie brauchte dringend frische Luft. Aber sie traute ihren Beinen nicht.

Ein bärtiger Wissenschaftler, der an der Dokumentation mitgewirkt hatte, stellte sich vor der leeren Leinwand auf die Bühne und sagte, dass im Staat Washington Gesetze verabschiedet worden seien, die das Einfangen von Schwertwalen verbieten. Das sei eine direkte Folge dieses Films. Endlich würden die Leute darauf aufmerksam, was an ihren Küsten passiert, und würden dagegen protestieren. Nach über zehn Jahren verstünden die Leute nun, dass es keine gute Idee sei, Kälber von den Walkühen zu trennen und in Betonbecken zu setzen, wo sie dann sterben würden.

Und das war es. Schon vorher, wenn sie am Orca-Becken vorbeigegangen war, hatte sie die Gefangenschaft als falsch empfunden. Die Geburt hatte das bestätigt. Sie wusste noch nicht, was sie jetzt tun sollte – wie sie da hineinpasste. Nur eines war klar: Es gab kein Zurück. Alles, wofür sie gearbeitet hatte, war soeben in sich zusammengefallen. Ihre Zeit im Sea Park war vorbei.

Sie vergaß, dass sie sich eigentlich mit Graham treffen wollte. Anstatt über den Campus zu seinem Zimmer zu laufen, ging sie nach Hause. Auf dem Unigelände zirpten die Grillen, und der antiseptische Geruch der Eukalyptusbäume legte sich auf ihre Nasenschleimhäute. Den ganzen Heimweg über hatte sie die Schreie der Walkuh im Ohr. Bella musste das auch durchgemacht haben – ob nun in der Bucht Penn Cove oder woanders im Puget Sound. Sie hatte ein ähnliches Blutbad hinter sich, bei dem sie ihrer verzweifelten Mutter und der schreienden Familie entrissen worden war. Und die musste noch da oben sein. Irgendwo da draußen im Pazifik war Bellas Mutter.

Als Elena in der Wohnung ankam, fand sie einen Zettel auf der Küchentheke. Graham hatte viermal angerufen. Sie nahm den Zettel und ging in ihr Zimmer, rief ihn aber nicht zurück. Er würde das nicht verstehen. Für ihn waren es nur Tiere. Es spielte keine Rolle, ob sie im Meer oder in einem Bassin schwammen.

Sie wollte den Orca-Typen finden und mehr erfahren – er hatte über ein Forschungsprojekt gesprochen, das oben im Pazifischen Nordwesten lief. Alle Schwertwale der Region sollten fotografiert und katalogisiert werden. Die Wissenschaftler wollten feststellen, wie viel Schaden die Fänge in der Population schon angerichtet hatten. Sie wollten Mittel und Wege finden, um die Tiere zu schützen, damit sich die dezimierten Herden erneuern konnten. Er sagte, den derzeitigen Schätzungen zufolge belaufe sich der Schaden durch die Jäger der Meeresaquarien auf dreißig Prozent der Population dieser Region. Sie hätte die Veranstaltung nicht so schnell verlassen sollen. Sie hätte warten und ihn ansprechen sollen, denn sie hatte viele Fragen.

In dieser Nacht hörte sie die Stimme des Wissenschaftlers noch lange in ihrem Kopf. Bis in den Schlaf hinein vernahm sie den Klang, seinen brummenden Bass. Er begleitete sie die ganze Nacht. Darum war sie beim Aufwachen, als die Sonne durch die offenen Jalousien auf ihr Bett schien, ganz verblüfft, allein zu sein.

5

Als ich von der Fähre auf die Insel fahre, herrscht so dichter Nebel, dass man kaum einen Meter weit sehen und erst recht keine Straßenschilder lesen kann. Die Schiffsrampe scheppert, und das Gesicht eines Fährarbeiters taucht auf, gelblich angestrahlt von Scheinwerfern, dann verschwindet es wieder im Nebel.

Finn und ich sind erst am späten Vormittag wach geworden, sodass wir die Frühfähre verpasst haben. Die Mittagsfähre lief eine Dreiviertelstunde zu früh aus. Wir sahen sie vom Hafencafé aus ablegen, ohne zu ahnen, dass es unsere war. Als ich mit Finn und unserem Gepäck zur planmäßigen Abfahrtszeit die Treppe hinunterging, stand es auf der Anzeigetafel.

Niemand konnte mir erklären, was los war. Die letzte Fähre sollte um fünf gehen. Ich wagte nicht, den Hafen zu verlassen, für den Fall, dass die ebenfalls zu früh fuhr. So verbrachten Finn und ich den Nachmittag im Café, wo er herumflitzte, auf Stühle kletterte und durchs Fenster Möwen zählte. Ab und zu rannte er in die Eiseskälte hinaus, um zu beobachten, wie die Frachtschiffe einliefen und vierschrötige Kerle die Ladung löschten. Er war begeistert. Und die Pommes frites mit Ketchup, die er im Café aß, machten den Tag für ihn perfekt. Ich versuchte, in der Pension anzurufen, um Bescheid zu sagen, dass wir später ankämen, aber es nahm niemand ab, und so sprach ich auf den Anrufbeantworter. Nur ein Mal gestattete ich mir, in meine E-Mails zu schauen. Eine von Doug: *Bereit?* Eine von meinem Vater. Keine von Susannah. Dougs wollte ich nicht lesen, also öffnete ich die meines Vaters.

An: Kali
Von: G.K. MacKenzie
Betreff: Re: Entschuldigung

Wenn Du mich nicht weiter quälen willst, dann lass von der Sache ab. Wegen der Affäre bist Du im Irrtum. Deine Mutter war die Liebe meines Lebens. Such nicht nach dieser Frau – Du musst an Finns Wohlergehen denken. Ich werde Dir mehr über unsere Hochzeit und alles andere erzählen, aber seriöse Antworten wirst Du nicht bekommen, indem Du unseriösen Fremden nachläufst.
G

Ich schrieb sofort zurück.

An: G. K. MacKenzie
Von: Kali
Betreff: Entschuldigung

Dad, ich bin froh, dass wir reden können – freue mich schon darauf. Es tut mir wirklich leid, dass ich das mit der Affäre gesagt habe, aber ich wünschte, Du wärst ein bisschen mitteilsamer, was Susannah Gillespie angeht. Ich laufe ihr nicht nach, und obwohl sie für mich eine Fremde ist, muss Mum sie einmal gut gekannt haben. Inwiefern ist sie unseriös? Ich warte gerade auf die Fähre. Wenn es also etwas Bestimmtes gibt, das ich wissen sollte, wäre ich Dir wirklich dankbar für Aufklärung. Mach Dir doch bitte keine Sorgen. Ich bin nicht verantwortungslos. Die Pension sah auf der Website hübsch aus. Sie wird von einem britischen Rentnerpaar aus Barnstaple geführt – wo könnten wir sicherer sein? Sie backen ihr Brot selbst. Es war ein anstrengender Tag (wir haben dummerweise zwei Fähren verpasst!), und Finn ist aufgedreht. Aber sei beruhigt, die Sicherheit meines Sohnes hat für mich immer oberste Priorität. Ich hoffe, Dir geht es gut.
Kal

Als ich auf »Senden« tippte, erkannte ich, dass die Beziehung zu meinem Vater eigentlich nicht viel besser ist als die zu meiner

Mutter. Wir haben nur eine andere Art der Nicht-Kommunikation: zivilisierter, aber nicht weniger gestört. Es erscheint außergewöhnlich, dass wir diese Art Kontakt per E-Mail haben. Selbst wenn ich seine Handynummer hätte, wäre es unvorstellbar, ihn einfach anzurufen und mit ihm frei heraus über seine Beziehung mit meiner Mutter zu sprechen. Das wäre, als wollte ich ihn nackt sehen. Ich hätte ihm gar nicht sagen sollen, wo ich bin – weil ihn das doch bloß aufregt.

Schließlich legte die letzte Fähre nach Spring Tide Island mit einer Stunde Verspätung ab. Da war es schon dunkel gewesen.

Und jetzt ist es ein bitterkalter, nebliger Abend – eine blöde Zeit, um an einem entlegenen Ort anzukommen, an dem man sich nicht auskennt. Zum Glück liegt die Pension nur ein paar Straßen vom Fährhafen entfernt. Alles wird gut. Wir sind fernab von allem, aber immer noch in der Zivilisation.

Ich denke an warme Biberbettwäsche, einen freundlichen Empfang, eine Tasse Tee für mich, ein kleines Abendbrot und warme Milch für Finn, an ein heißes Bad für uns beide, eine Gutenachtgeschichte und Schlafen. Er ist jetzt sichtlich müde von der vielen frischen Luft und dem Herumlaufen. Heute wird er sicher gut einschlafen. Ich stelle mir ein geblümtes Zimmer vor, mit Blick auf den Hafen, über dem morgen früh die Sonne aufgeht.

Langsam fahre ich von der Fähre und eine düstere Hauptstraße entlang. Der Nebel ist so dicht, dass ich glaube, unter Wasser zu fahren.

Finn schreit, dass er aussteigen will.

Durch das Seitenfenster sehe ich ihn wütend gegen den Sitz treten. Augen und Mund sind weit aufgerissen, sein Geschrei ist stark gedämpft.

Mit einem hohlen Gefühl in der Magengrube klopfe ich erneut an die Haustür. Es brennt kein einziges Licht im Haus. Das »Magnolia«, ein niedriges, hübsches Schindelhaus, hat ganz offensichtlich geschlossen.

Gegenüber ist der verschwommene Lichtschein einer Verandalampe zu sehen, aber von den weiteren Häusern entlang der Straße ist nichts zu erkennen. Um die Scheinwerfer des Wagens wabert der Nebel. Er legt sich eiskalt auf mein Gesicht, und mein Atem weht weiß. Ich muss ruhig bleiben. Es wird noch andere Unterkünfte geben.

Ich schlage an die Haustür. »Hallooo?« Dann hole ich das Handy heraus – vielleicht sind die Wirtsleute irgendwo hinten und können mich nicht hören. Vielleicht dachten sie, ich käme gar nicht, und sind zu Bett gegangen. Aber es ist erst halb acht. Finn schreit jetzt aus Leibeskräften. Er ist krebsrot im Gesicht.

Die letzte Fähre zum Festland war die, mit der wir gekommen sind.

Mit dem Handy am Ohr gehe ich zum Wagen und öffne die Tür. Mir schlägt lautes Weinen entgegen. »Ist gut, Schatz. Gleich. Ich muss nur … nur ganz kurz, Schätzchen.« Große Tränen rollen ihm über die Wangen.

»Arm! Arm!«, heult er und streckt die Arme zu mir hoch.

»Nur eine Minute, Schatz, nur noch eine Minute. Mummy ist ja da, okay? Ich lass dich nicht allein.« In der Pension klingelt das Telefon. Es ist durch die Fenster zu hören. Ich gehe und schlage noch einmal an die Haustür. Dann höre ich etwas auf der anderen Straßenseite. Die ruppige Stimme eines Mannes. »He!«

Ich zögere. Lasse ich Finn im Wagen weinen oder hole ich ihn heraus und nehme ihn mit zur Tür eines Fremden, während der Nebel alles einhüllt?

Ich rufe hinüber. »Hallo?«

»Brauchen Sie etwas?«

»Ich habe in der Pension ein Zimmer gebucht, aber es scheint niemand da zu sein.« Ich schaue angestrengt hinüber, aber mehr als ein Schatten ist von dem Mann nicht zu erkennen.

»Die machen Urlaub.«

»Nein. Das kann nicht sein. Ich habe reserviert!«

»Für zwei Wochen.«

»Sind Sie sicher?«
Ich höre seine Tür zuschlagen.
Beklommen lasse ich das Handy sinken. Finn weint weiter.

Es ist bitterkalt auf der Straße, trotz Parka. Ich steige wieder in den Wagen. Finn schluchzt und hat Schluckauf. »Arm«, schluchzt er. »Arm, Arm, Arm, Arm.« Ich könnte hinüberlaufen und bei dem Mann klopfen. Aber wer weiß, was für ein Typ das ist.

Mir fällt ein, dass niemand weiß, wo ich bin.

Mein Herz galoppiert. Mir ist mulmig. Wenigstens hat Finn aufgehört zu weinen, seit ich im Wagen sitze.

Es wird noch andere Pensionen geben. Ganz sicher. Aber mein Handy-Akku ist fast leer. Wenn ich ins Internet gehe, kostet das den letzten Saft.

»Okay, Schatz.« Ich drehe mich um und lächle meinen tränenüberströmten Jungen an. »Alles in Ordnung. Ich nehme dich gleich auf den Arm. Gleich, Schatz. Okay?«

Er ist erschöpft. Seine Augen sind rot und verquollen. Er hat keinen Mittagsschlaf gemacht. Es ist ein Wunder, dass es nicht längst zu so einem Ausbruch gekommen ist, nach dem aufregenden Tag im Hafen und der Fährfahrt. Ich wühle in meiner Tasche und finde ganz unten drin ein zerdrücktes Saftpäckchen. »Wie wär's mit Saft?«

Ich fummle den Verschluss ab, stecke den Strohhalm hinein und reiche es ihm. Er hört auf zu weinen und drückt das Päckchen, sodass Apfelsaft auf den Schneeanzug und das graue Polster des Leihwagens spritzt. Er fängt wieder an zu weinen. Ich schalte auf Durchzug – ich kann ihn jetzt unmöglich aus dem Wagen holen. Ich lasse den Motor an.

Susannahs Haus liegt etwa acht Kilometer weiter westlich an der Küste. Vielleicht sollte ich das jetzt suchen. Der Weg dahin wäre ohne den Nebel wahrscheinlich ganz einfach. Mit Sicherheit gibt es aber nur einen Isabella Point auf der Insel. Ich habe eine Nummer von der Website der Galerie. Der Akku müsste noch für einen Anruf reichen.

In der Galerie meldet sich der Anrufbeantworter. Ich lege auf. Klar, dass sie um diese Uhrzeit nicht mehr dort ist. Eigentlich habe ich nie so ganz damit gerechnet, sie anzutreffen. Sie kann sonst wo in der Welt unterwegs sein.

Ich möchte Doug anrufen.

Aber nein. Das geht definitiv nicht. Doug ist der Letzte, den ich jetzt anrufen kann.

Ich könnte Alice anrufen, aber das würde sie nur beunruhigen. Ich muss aufhören, Leute anrufen zu wollen. Ich muss selbst nachdenken und eine Lösung finden. Irgendwo wird ein Pub sein. Oder ein Restaurant. Dort wird mir jemand sagen können, wo es die nächste Übernachtungsmöglichkeit gibt. Wenn alle Stricke reißen, kann ich mich an die Polizei wenden. Allerdings weiß ich nicht, wie ich einem Polizisten erklären soll, durch welche Umstände ich hier mit einem kleinen Kind und ohne Bleibe stranden konnte. Wahrscheinlich würde der mich einsperren, weil meine Inkompetenz schon kriminell ist.

Ich beschließe, durch den Ort zu fahren. Wenn es sein muss, kreise ich eben die ganze Nacht auf dieser verdammten Insel, bis es hell wird und wir die Fähre zum Festland nehmen können. Ich sehe auf die Tankanzeige. Halb voll. Keine Ahnung, wie viel Benzin man verbraucht, wenn man die Nacht durchfährt.

Ich lege den Gang ein und setze langsam zurück auf die Straße.

Ich fahre im Kriechtempo und spähe durch die Windschutzscheibe. Es gibt ein paar Geschäfte – Bäcker, Drugstore, Reformhaus, Bekleidungsgeschäft –, außerdem eine Bar namens The Fisherman's Catch. Aber darin brennt kein Licht. Kein Lebenszeichen. Die Läden sind geschlossen. Vermutlich ist sie nur im Sommer geöffnet. Dies ist eine Geisterstadt.

Kurz darauf erkenne ich durch den Nebel das Schild: Susannah Gillespie Gallery. Ich stehe genau davor. Die Fenster sind dunkel. Aber ich verspüre eine kurze Erregung. Es ist wahr. Es gibt sie wirklich.

Ich habe oft genug auf den Inselplan geschaut, um zu wissen, dass ich nur der Küstenstraße nach Westen zu folgen brauche. Dann kommt man zum Isabella Point. Also fahre ich weiter.

»Arm?«, fragt Finn, aber nur halbherzig. Er hört sich an, als ob er schon halb schläft.

»Gleich, Schatz, ganz bald. Wir müssen nur …« Meine Stimme zittert. Ich muss mich räuspern. »Wir sind bald da, und dann kann ich dich rausnehmen, okay?«

Eigentlich muss ich jemandem sagen, wo wir sind. Es ist verrückt, in die Wildnis zu fahren, ohne jemandem Bescheid zu geben. Ich halte an und hole das Handy heraus, bete, dass der Akku noch was hergibt. Dann wähle ich Alice' Nummer. Sofort meldet sich die Automatenstimme: »Dies ist die Mailbox von Alice MacKenzie …« Natürlich schläft sie. Ich muss ihr eine SMS schreiben.

Das Handy verabschiedet sich mit einem Piepen.

Langsam fahre ich weiter. Wir sind am Ende der Dorfstraße, und die Straßenlampen hören auf. Die Welt schrumpft auf den Flecken Asphalt vor dem Wagen zusammen.

Wenn ich Glück habe, finde ich gleich eine Pension. Wenn nicht, gelange ich vielleicht zum Isabella Point und Susannah ist zu Hause. Ich sehe schon vor mir, wie Finn und ich an Haustüren klopfen und die Leute fragen, ob sie uns aufnehmen können. Doug wäre zu Recht wütend, wenn er wüsste, was ich gerade tue.

»Mama, Arm?«

»Ist gut, Schatz, alles in Ordnung.« Mein Ton hat diese künstliche Geschmeidigkeit der wahren Irren. »Es ist nicht mehr weit.«

Den Blick auf den Straßenrand geheftet rolle ich im Kriechtempo voran, das Abblendlicht scheint mir ins Gesicht. Außer mir ist niemand unterwegs. Die Einheimischen sind natürlich nicht so verrückt, bei Nacht in dieser Waschküche durch die Gegend zu fahren. Rechts und links sind keine Häuser, nur hohe Kiefern. Es ist wie in einem U-Boot auf Schleichfahrt durch graues Wasser.

Irgendwie muss ich die Abzweigung zum Isabella Point finden. Ich halte am Straßenrand an und versuche mich an die Karte von Google Maps zu erinnern. Es war wirklich nicht weit bis dahin. Vielleicht noch knapp fünf Kilometer? Ich zwinge mich durchzuatmen. Ich muss ruhig bleiben.

Vorsichtig lenke ich den Wagen wieder auf die Straße.

Beim Fahren fange ich an zu singen.

»Von den blauen Bergen kommen wir, von den Bergen, ach so weit von hier …« Ich weiß nicht, wo der Drang zu singen jetzt herkommt, und wie aus heiterem Himmel kommt mir die Erinnerung, wie meine Mutter mir übers Haar streicht und singt: »Mag die Welt im Schlaf sich wiegen, wir sind nicht vom Pferd zu kriegen …« Ich hatte vergessen, dass sie mir oft vorgesungen hat. Jetzt steigt ihre Stimme so klar aus meinem Gedächtnis auf, als säße sie auf dem Rücksitz neben Finn.

Ich habe so viele gute Erinnerungen an sie ausgeblendet. Die Streitereien und Verletzungen sind zählebiger. Das Gute muss in meinem Unterbewusstsein versunken sein. Ich krame nach mehr Schönem.

Einmal haben wir Honigkuchen gebacken, Weizenvollkornmehl, Butter und löffelweise Honig verrührt, und als wir ihn aus dem Ofen zogen, ist er zusammengefallen. Wir haben ihn trotzdem gegessen, direkt von der Küchenzeile weg, in warmen klebrigen Stücken.

Und sie hat mir vorgelesen. Märchen über Hunde mit tellergroßen Augen, über des Teufels Großmutter, über Nadeln, die in blasse Finger stechen, über das unheimliche, Kinder stehlende Rumpelstilzchen, dessen Namen erraten werden musste. Ich lag mit dem Kopf auf ihrem Bauch, und ihre Stimme vibrierte an meinem Ohr. Aber ich weiß auch noch, dass ich ständig Angst hatte, sie könnte gleich aufstehen und gehen. Einmal fasste ich nach oben an ihre Haare, und als sie mir daraufhin ins Gesicht sah, brach sie in Tränen aus.

Wenn sie wollte, konnte sie eine tiefe Zufriedenheit in mir erzeugen. Ich durfte nur nicht an ihre Traurigkeit rühren. Die spürte ich ständig, wie sie zwischen uns hockte und die tellergroßen Augen auf mein Gesicht heftete. Allein mich anzusehen schien für meine Mutter manchmal schmerzvoll zu sein.

»Noch mal, noch mal!«, ruft Finn. Ich merke, dass ich zu singen aufgehört habe.

»Singen jaja jippi jippi jeh …« Ich spähe durch die Windschutzscheibe und versuche, mich an die anderen Strophen zu erinnern. »Wenn des Nachts der Mond am Himmel steht … und der Wind über die Prärien weht …«

Ich singe weiter. Wenn ich aufhöre, sagt Finn: »Noch mal, noch mal!«, und ich tue ihm den Gefallen. »Reisen, das ist uns're Wonne, scheint auch noch so heiß die Sonne …« Und sonderbarerweise habe ich durch das Singen weniger Angst. Es funktioniert.

Bei einem Blick auf den Kilometerstand trete ich auf die Bremse und schaue angestrengt nach draußen.

»Mamamamama.«

»Warte mal, Finn, warte, ich muss nachdenken.«

Nebel wabert über die Motorhaube. Die Abzweigung muss ganz in der Nähe sein, denn wir sind jetzt gut viereinhalb Kilometer gefahren.

Im Schritttempo rolle ich weiter, immer bremsbereit, sollte ein Wagen aus einer Seitenstraße kommen.

»Wenn der Blizzard tobt mit wildem Braus …«

Im Geiste höre ich ein Fahrzeug in die Beifahrerseite krachen, sehe eingedrücktes Stahlblech.

Zehn Minuten lang krieche ich so weiter. Ich habe sie verpasst. Ich habe die Abzweigung verpasst. Gerade will ich anhalten und wenden, als das Scheinwerferlicht einen Wegweiser – eingeritzt in einen Baumstamm – erfasst: Isabella Point.

Der Pfeil zeigt nach links. Ich biege auf eine einspurige Straße mit großen Schlaglöchern und rissigem Asphalt ab. Wenn

Susannah da ist, kann ich ihr meine Lage erklären und sie nach einer Pension in der Nähe fragen.

Das ist besser, als im Januar im Auto zu erfrieren, im Nebel von einer Klippe zu stürzen oder bei einem Psychopathen an die Tür zu klopfen.

Die Scheinwerfer erfassen etwas Weißes – einen Briefkasten mit rotem Fähnchen. Daneben schält sich ein Holzschild aus dem Nebel: Isabella House.

Finn ist still geworden. Ich drehe den Kopf nach ihm. Sein herzförmiges Gesicht ist ausdruckslos, aber die Augen sind noch offen.

Von dem Haus ist bei dem Nebel nichts zu erkennen, aber ich glaube Licht zu sehen, und mein Herz macht einen Sprung. Bitte, lass sie zu Hause sein. Bitte. Es ist erst acht. Eigentlich nicht spät. Bitte, lass sie da sein.

Beim Aussteigen atme ich tief die kalte, salzige Luft ein. Ich höre die Wellen gegen die Felsen schlagen, während mir ein eisiger Wind um die Ohren pfeift. Ich ziehe den Reißverschluss zu, setze die Kapuze auf und gehe um den Wagen herum, um Finn herauszuholen. Er steckt noch in dem dicken Schneeanzug, aber der ist jetzt genau das Richtige. Einen Moment lang schiebe ich die Nase in seinen Nacken und atme den süßen, verschlafenen Apfelsaftgeruch ein. »Was für ein Abenteuer«, flüstere ich. »Was für ein Abenteuer.« Er sieht mich mit großen Augen an. Er ist eindeutig nicht überzeugt.

Ich verriegle den Wagen, während ich mit Finn auf dem Arm die eisglatten Stufen hinaufsteige. Im Haus fangen Hunde an zu bellen. Es brennt Licht. Da brennt tatsächlich Licht. Ich gelange auf eine Veranda, kann aber nur ein, zwei Schritte weit sehen. Die Brandung ist hier oben lauter, und der Wind heult in den Bäumen. Ich spüre den Nebel im Gesicht und schmecke das Meer.

Vor der Tür lausche ich auf das Gebell. Mir ist, als wäre ich eine Steilklippe hinaufgestiegen und im Begriff hinunterzuspringen, ohne zu wissen, ob unten Wasser ist.

Dann öffnet sich die Tür.

Zwei Golden Retriever springen heraus. Ich hebe Finn höher. Die Hunde laufen mir knurrend und schnüffelnd um die Beine.

»Zurück, Platz.«

Die Stimme klingt tief und herrisch. Die Sprecherin tritt ins Licht, und wir sehen einander schweigend an.

Sie ist groß, ein paar Zoll größer als ich, trägt einen dicken Wollpullover und alte Jeans. Ich erkenne sie von dem Foto auf ihrer Website. Sie wirkt aber kantiger und sieht müde aus. Ihre Schultern sind breit und gerade, die Haare hochgesteckt, und zwischen den Brauen hat sie eine tiefe Steilfalte. Was aber wirklich heraussticht, sind ihre Augen. Sie haben ein außergewöhnlich helles Blau.

Sie hält mit einer Hand die Tür auf, und ich bemerke breite Silberringe, einen am Daumen, und zwei Armreifen. An einer Perlenkette um den Hals hängt eine Lesebrille. Ich begreife, dass sie auf eine Erklärung wartet.

»Hallo«, sage ich. »Es tut mir leid, dass ich einfach so bei Ihnen aufkreuze. Ich – ich – ich habe Ihnen eine E-Mail geschickt und auch schon versucht, Sie telefonisch zu erreichen. Ich bin Kal MacKenzie. Ich glaube, Sie haben meine Mutter gekannt. Elena Halmstrom. Ich bin Elenas Tochter, aus England.«

Sie reißt die Augen auf, sieht Finn an, blinzelt, dann sieht sie wieder mich an. »Sie sind was?«

»Elena Halmstrom – ich denke, sie war mal mit Ihnen befreundet, bevor sie nach England zog. Sie schickten ihr … Elena … ich bin ihre Tochter, Kal, Kali.«

Sie weicht einen Schritt zurück, als hätte ich sie bedroht, und wird kreidebleich. Sie mustert Finns Gesicht. Dann strafft sie die Schultern und scheint noch größer zu werden.

»Kali?«

Ein Hund umkreist mich, stupst mich von hinten an, sodass ich in den Knien einknicke. Ich halte Finn mit beiden Armen fest. Der andere Hund gesellt sich dazu, und sie rempeln mich gemeinsam an, als wollten sie mich von der Veranda treiben. Sie nimmt es nicht zur Kenntnis und pfeift sie auch nicht zurück, sondern starrt mich nur an.

»Hören Sie, es tut mir wirklich leid, Sie zu stören.«

»Kali?« Sie klingt heiser. »Sie sind Kali? Elenas Kali?«

»Ja, ja, also Kal. Ich weiß, das ist –«

»Und das ist – er.« Sie schluckt mühsam. »Dieser kleine Junge …«

»Ist mein Sohn Finn.«

»Scheiße.« Sie schlägt sich die Hände vor den Mund. »Heilige Scheiße.« Sie weicht zurück und starrt Finn an, als wäre er eine grausige Erscheinung.

»Es tut mir leid. Normalerweise hätte ich vorher angerufen, aber ich sitze hier fest. Die Pension, bei der ich gebucht hatte, ist geschlossen, und eine andere konnte ich nicht finden. Ich wusste nicht, an wen ich mich sonst wenden sollte.«

Sie nimmt die Hände vom Mund, ist noch immer blass, zieht die Tür aber weiter auf. Die Hunde traben ins Haus. Sie tritt zur Seite, und ich sehe sie tief Luft holen.

»Nun, Kali, dann kommen Sie wohl besser herein.«

Drinnen ist es warm und schön – heller Holzboden, weiße Wände. Es riecht angenehm nach ätherischen Ölen, gebratenen Zwiebeln und Kaminrauch. Ich kann mich ein kleines bisschen entspannen. Ein anständiges Haus. Es ist okay.

Die Lampen verbreiten ein weiches Licht, und am Ende des Korridors sehe ich ein Kaminfeuer brennen. Da muss ihr Wohnzimmer sein.

Susannah sagt nichts.

»Ich wollte nicht …«, setze ich an, aber sie schließt die Haustür, geht ohne einen Blick an mir vorbei und mit langen Schritten den Korridor hinunter, ohne sich umzusehen. Offenbar erwartet sie, dass ich mitkomme. Das tue ich.

Die Haarnadel, mit der die eingerollten Haare am Hinterkopf festgesteckt sind, besteht aus einer großen silbernen Wespe. Die Nadel stellt den überdimensionierten Stachel dar. Sie wippt bei jedem Schritt. Finn greift mit einer Faust meinen Pulloverkragen und schlingt den anderen Arm um meinen Hals. Ich drücke ihn an mich.

Der Kamin hat mittelalterliche Größe. Davor liegt ein dicker weißer Teppich. Zwei große braune Sofas mit vielen Kissen stehen einander gegenüber; auf einem liegt eine zerwühlte Decke und eine aufgeschlagene Biografie über Barack Obama.

Finn klammert sich still an mich. Ich halte ihn von den Hundeschnauzen fern und bete, dass er nicht wieder zu schreien anfängt.

Überall sind Bücher und Pflanzen und Gemälde, über dem Kamin hängt ein großes abstraktes mit blauen und grünen Strudeln. Susannah dreht sich zu mir um und kehrt dem Kamin den Rücken zu. Sie hat wirklich eine besondere Augenfarbe, ein helles Blaugrau, als wäre das Pigment ausgebleicht. Huskyaugen. Die Hunde bleiben neben ihr stehen, einer rechts, einer links, und blicken zu mir hoch.

»Nun.« Sie holt tief Luft. »Sie sehen genauso aus wie sie, und Ihr Sohn …« Sie stockt. »Ihr Sohn erinnert sehr an …« Sie stockt endgültig. Wieder wirkt sie erschüttert.

Ich habe nie darüber nachgedacht, ob Finn meiner Mutter ähnlich sieht, aber vermutlich tut er's. Er hat die halbmondförmigen Augen und das herzförmige Gesicht. Aber er hat auch Ähnlichkeit mit Doug. Er hat Dougs schokoladenbraune Augen und sein Kinngrübchen, nicht die Wangengrübchen wie meine Mutter und ich.

Ich schaue auf meine Füße. Vermutlich hätte ich die Stiefel an der Tür ausziehen sollen, denn sie hinterlassen dunkle nasse Flecke auf dem Teppich. Ich trete ein paar Schritte zurück, weg von Susannah und auf den Holzboden. Finn ist schwer. Ich bekomme schon müde Arme, weil ich ihn so fest halte.

»Es tut mir leid, dass ich so hereinschneie«, sage ich wieder. »Ich wusste nur nicht, wohin.«

»Ja, nun ja. Ich staune, dass Sie in diesem Nebel um diese Uhrzeit hergefunden haben. Das ist eine ziemliche Leistung.«

»Ich bin sehr langsam gefahren.«

Sie sieht mich einen langen Augenblick an, dann streckt sie die Arme aus. »Gut. Legen Sie doch ab und geben Sie mir Ihre Jacken. Ich hänge sie an die Garderobe.«

Ich schaue auf die Hunde und zögere, Finn abzusetzen. Sie versteht und befiehlt ihnen, Platz zu machen. Sie gehorchen. Ich drehe mich um, löse Finns Hände von meinem Hals und setze ihn auf das Sofa, wo ich ihm den Reißverschluss aufziehe. Ausnahmsweise will er nicht gleich losstürmen. Er blickt mich an, und ich sehe seine Zweifel. Ich gebe ihm einen Kuss auf den Scheitel. »Ist gut, Schätzchen, ich bin hier. Mummy ist hier. Bist du müde? Es war ein anstrengender Tag, hm?«

Dann ziehe ich mir Stiefel und Mantel aus.

Unter den Wintersachen sind wir warm und trocken geblieben, aber Finns Hände sind kalt, nur von der kurzen Zeit im Freien.

Er hat nichts dagegen, als ich ihn wieder auf den Arm nehme. Mit der freien Hand klaube ich unsere Sachen zusammen. Sie rührt keinen Finger, sondern beobachtet uns nur.

Als ich ihr das Bündel reiche, bewegt sie sich noch immer nicht, und ich komme mir vor wie ein Ausstellungsstück. Sie mustert uns, nimmt alle Einzelheiten in sich auf, Finns Gesicht, seine Haare, seine Hände, dann betrachtet sie mich von den Füßen bis zum Kopf. Schließlich begegnen sich unsere Blicke, und ich sehe in ihren Augen nicht den Ärger über einen unangemeldeten Besuch, sondern Misstrauen. Dann sieht sie weg, und ich frage mich, ob sie Angst hat.

Aber das kann nicht sein. Dies ist ihr Haus. Ich bin ohne Einladung hereingeschneit. Wenn einer Angst haben sollte, dann ich. Ich überlege, was meine Mutter ihr im Lauf der Jahre über mich erzählt hat. Wenn sie wirklich Kontakt hatten, weiß Susannah vermutlich über meine schwierige Pubertät Bescheid, zum Beispiel, dass ich mal nach Frankreich abgehauen bin, nach Indien wollte, ein nutzloses Jahr lang in Brighton gekellnert habe.

Mich überkommt das irrationale Bedürfnis, mein früheres Ich zu verteidigen – ihr zu entgegnen, dass ich Abitur gemacht und sogar promoviert habe. Ich habe einen Beruf und einen Ehemann. Einen Moment lang frage ich mich, was Susannah über mich denkt, welches Bild sie von mir hat.

»Was tun Sie hier, Kali?«, fragt sie eisig. Ich fahre zusammen. »Warum haben Sie dieses … Kind … diesen kleinen Jungen in mein Haus gebracht?«

Natürlich hat sie völlig recht. Es ist ungeheuer unhöflich und sonderbar, einfach so aufzukreuzen. Am liebsten möchte ich ihr unsere Sachen abnehmen und – davonlaufen.

»Sie hat Sie geschickt, nicht wahr? Sie hat Ihnen gesagt, nicht vorher anzurufen.«

»Was? Meine Mutter? Oh. Nein. Nein. Meine Güte. Ganz bestimmt nicht.«

Ihr Blick huscht an mir vorbei. Ich drehe mich um, aber da ist niemand, nur der leere Flur zur Haustür.

»Ich habe in der Galerie angerufen. Ihre private Nummer habe ich gar nicht. Es gab ein kleines Durcheinander. Ich hatte ein Zimmer in einer Pension gebucht, aber da hat man meine Reservierung wohl nicht zur Kenntnis genommen, und die erste Fähre haben wir verpasst, die nächste fuhr zu früh ab … ich wusste einfach nicht, an wen ich mich sonst wenden sollte. Es tut mir leid. Ich habe Ihnen eine E-Mail geschrieben. Haben Sie die bekommen? Und ich habe auf dem Anrufbeantworter der Galerie eine Nachricht hinterlassen. Ich muss nur … Wenn Sie mir ein paar Pensionen nennen könnten …«

Durch den Durchgang hinter ihr ist die Küche zu sehen. Im Kamin knackt es, ein Scheit fällt polternd in die Glut, aber Susannah verzieht keine Miene. Die Hunde drehen sich gleichzeitig nach dem Holzscheit um, dann sehen sie mich wieder an, ein wenig vorwurfsvoll, als hätte ich es verursacht.

»Elena hat Sie nicht hergeschickt?«

»Nein.« Ich schüttele den Kopf. »Nein.«

Ich will nicht gleich sagen, dass meine Mutter tot ist. Schließlich weiß ich nicht, wie sie darauf reagiert. Es erscheint mir taktlos, das in den ersten Minuten meines Besuchs zu verkünden. Vielleicht versetze ich dieser Frau damit ja einen schrecklichen Schlag.

Sie hebt das Kinn. »Wie haben Sie mich dann gefunden?«

»Ich bin auf Ihren Namen gestoßen und, na ja, ich war auf einer Kurzreise nach Vancouver, und da dachte ich, ich könnte … es war ganz spontan. Natürlich wollte ich zuerst telefonisch mit Ihnen sprechen.«

»Ganz spontan?«

»Es tut mir wirklich leid. Und Sie haben völlig recht. Ich bin jetzt bloß hier, weil ich festsitze. Wenn Sie mich nur kurz telefonieren lassen könnten … mein Akku ist leer.«

Sie hebt die Hände. »Schon gut, Kali.« Eigentlich möchte ich nicht Kali genannt werden, niemand nennt mich so, aber das jetzt zu sagen erscheint mir unklug.

Sie dreht sich um und geht in den Flur, öffnet einen Schrank, hängt meinen Parka auf einen Bügel und Finns Anzug an einen Haken. Kurz verweilen ihre Hände auf dem flaumigen Stoff der Kapuze. Dann geht sie kerzengerade in die Hocke, um meine Stiefel auf ein Schuhgitter zu stellen. Als sie sich wieder aufgerichtet hat, stößt sie mit einem Bein die Schranktür zu.

Nachdem das erledigt ist, wirkt sie nicht mehr so frostig, sondern gelöster, als hätte sie beschlossen, nett zu sein. »Na, das ist ja eine Überraschung, Kali, ich muss schon sagen.« Sie zögert. »Ihre Mutter ist eine ganz alte Freundin von mir.«

Ich versuche zu lächeln.

»Gut, nun sind Sie hier. Hier bei mir. Und natürlich sind Sie erschöpft. Was kann ich Ihnen anbieten? Ist der kleine Bursche hungrig?« Sie sieht Finn ins Gesicht und lächelt, aber nur mit dem Mund. Dann streckt sie langsam eine Hand zu ihm hin. Er sieht sie auf sich zukommen und macht sich an mir klein, birgt das Gesicht an meiner Brust.

»Er ist ein bisschen schüchtern«, sage ich, »und sehr, sehr müde.«

»Möchte er vielleicht einen Keks? Ein Glas Milch?«

»Milch möchte er bestimmt, nicht wahr, Schatz?«

Aber wieder steht sie nur da und starrt Finn an. Sie ist groß, aufrecht und breitschultrig. Ihre Augen sind wirklich irritierend hell.

»Was hat Ihre Mutter Ihnen über mich erzählt, Kali?« Wieder der härtere Ton.

»Eigentlich nichts.«

»Wirklich?«

»Ja, überhaupt nichts.«

»Aber Sie hat Ihnen gesagt, wo ich zu finden bin.«

»Ich habe Sie einfach gegoogelt.«

Das scheint sie zu verwirren. Sie zieht die Brauen zusammen, als dächte sie angestrengt nach. Ich streiche Finn die Haare aus den Augen. Vielleicht sollte ich es einfach sagen, da sie offenbar nicht locker lässt.

»Im Januar bekomme ich nicht viel Besuch. Um diese Jahreszeit kommt niemand auf die Insel. Sogar die Bewohner verbringen den Winter meist woanders. Hier herrscht manchmal eine Woche lang so dichter Nebel, dass man kaum die Hand vor Augen sieht. Aber nun sind Sie hier. Hier bei mir. Also, Kali, setzen Sie sich doch. Setzen Sie sich. Machen Sie sich keine Sorgen wegen der Hunde. Die werden dem Kleinen nichts tun. Setzen Sie sich. Gleich da auf das Sofa. Ich hole Kekse und Milch und ein Glas Wein. Ich denke, wir können beide eins gebrauchen, hm?« Sie sieht mich durchdringend an. »Das ist wirklich ein Schock.«

Die Hunde stehen auf und sehen ihr nach, als sie in die Küche geht. Sie riechen nach Meerwasser, ein bisschen fischig sogar, und sie hecheln, als wären sie gerannt. Sie sind nicht zu unterscheiden, Zwillinge mit gelbbraunen Augen und dem gleichen blonden Fell. Mir wird klar, dass sie mich bewachen wie zwei Gefängniswärter, halten mich auf dem Sofa fest, während sie den Durchgang zur Küche beobachten, wo Susannah hin und her läuft.

Ich sehe aufgehängte Pfannen und einen weißen Herd, aber nicht Susannah. Eine Schranktür geht auf und wieder zu. Finn rückt sich auf meinem Schoß zurecht. Ich küsse ihn auf den Scheitel. »Ja, Schatz, du bist jetzt müde. Das ist okay.« Ich brauche die Nummer einer Pension, bevor es zu spät ist, um anzurufen. Und ich muss mein Handy aufladen. Aber das Ladekabel ist in der Reisetasche im Wagen.

Ein Windstoß fegt durch den Schornstein, lässt das Feuer flackern und treibt Rauch ins Zimmer. Ich streiche Finn übers Haar. Seit sie hinausgegangen ist, ist er entspannter. Die Wärme vom Feuer wirkt beruhigend auf ihn. An seiner Kopfhaltung merke ich, dass er kurz vorm Einschlafen ist. Es scheint, als könnten die Nackenmuskeln den Kopf nicht mehr halten. Behutsam lege ich ihn an meine Schulter, was Finn widerstandslos geschehen lässt.

Ich denke an das Meer, das unter dem Nebel wogt und sich Tausende von Kilometern erstreckt. Mir fällt der Zeitungsartikel ein, in dem es hieß, das Haus stehe an einem Steilhang und sei Wind und Wetter ausgesetzt. Ich lege die Hand um Finns Wange und beschließe, mich lieber im Zimmer umzusehen, anstatt an draußen zu denken.

Kunstbände, Zeitungen und Zeitschriften liegen auf dem niedrigen Tisch – die *New York Times*, der *New Yorker*, die *Vancouver Sun*, die *Time*, ein *National Geographic*, ein Bildband über Dale Chihuly, einen Glasmaler aus Seattle, und einer über Wale.

In der Tate Modern habe ich mir mal eine Chihuly-Ausstellung angesehen, absurde Machwerke in grauenhaften psychedelischen Farben. Hinter dem Sofa uns gegenüber steht eine kugelförmige Skulptur – eine beeindruckende dunkelrote Glaskugel wie aus einem Traum voller Blut. Ich frage mich, ob sie von Chihuly ist. Sie kommt mir bekannt vor, als wäre sie aus meinem Unterbewusstsein aufgestiegen.

Dann schlägt hinter mir etwas an das Fenster. Ich drehe mich erschrocken um. Finn fährt hoch und stößt einen Schrei aus. Das Zimmer spiegelt sich in der Scheibe, und es dauert einen Moment, bis ich begreife, dass uns zwei hungrige gelbe Augen anblicken. Mit Finn in den Armen stehe ich langsam auf. Die Hunde sind aufgesprungen.

»Alles in Ordnung?« Sie kommt mit einem Glas Rotwein und einem Teller Kekse herein. »Platz!«, befiehlt sie den Hunden. Sie legen sich hin.

»Ich … da war …« Ich zeige zum Fenster, und ein Zischlaut kommt aus meinem Mund. Finn fängt an zu weinen. Ich suche nach den Augen, aber sie sind verschwunden. Und dann wird mir klar, dass sich – natürlich – einer der Hunde in der Scheibe gespiegelt haben muss. Das Geräusch war nur ein Windstoß. Ich wiege Finn im Arm. Ich sollte wirklich ruhiger werden. »Schsch, ist gut. Mummy war dumm. Schon gut. Es war nur der Wind. Alles in Ordnung.« Das Weinen hört schnell auf.

Susannah reicht ihm einen Keks. Zögernd streckt er die Hand aus und nimmt ihn. Er hat rote Flecke im Gesicht und rot umränderte Augen. Sein Fleecepulli hat im Hafencafé Ketchupflecke bekommen. Am Hinterkopf sind die Haare verfilzt. Seine Fingernägel sind schmutzig. Ich sehe, dass Susannah all das auffällt, als er den Keks nimmt. Während sie ihm beim Knabbern zusieht, erscheint auf ihrem Gesicht ein Ausdruck tiefer Traurigkeit, vielleicht auch Sehnsucht.

Ich sehe zu den Hunden, worauf beide den Blick auf mich richten, ohne den Kopf zu bewegen.

»Ein Mistwetter, was?« Sie gibt mir das Glas Rotwein. Ich stelle es auf den Sofatisch und setze mich wieder, rücke Finn auf dem Schoß zurecht. »Hier oben gibt es irre Stürme.«

Sie geht zurück in die Küche und kommt mit einem Henkelbecher und einem zweiten Glas Wein zurück. Den Henkelbecher gibt sie mir. »Ich habe die Milch ein bisschen angewärmt.«

»Danke.« Ich zögere. »Besser, ich fülle die Milch in die Trinklerntasse um.« Ich wühle in meiner Handtasche. »Ich hab sie dabei – sonst gibt es eine furchtbare Kleckerei.« Allerdings weiß ich nicht, wie ich das mit einer Hand bewerkstelligen soll. Außerdem muss die Tasse dringend ausgewaschen werden. Sie hat den ganzen Tag am Grund der Tasche gelegen und klebt von Milch- und Saftresten.

»Oh. Sicher. Natürlich«, sagt sie. »Es ist eine Weile her, seit ich ein kleines Kind im Haus hatte. Geben Sie her, die muss gespült werden. Ich mache das.« Sie nimmt mir beide Tassen ab und geht zurück in die Küche. Ich höre sie die Tasse spülen. Das hätte ich lieber selbst getan – sie wird mich für nachlässig halten, weil ich die schmutzige Tasse mit mir herumtrage. Vielleicht sollte ich ihr zur Hand gehen, anstatt hier zu sitzen. Aber Finn wird immer schläfriger, und wenn ich aufstehe, wird er anfangen zu jammern.

»Danke!«, rufe ich hinter ihr her. »Vielen Dank.«

Kurz darauf kommt sie zurück und gibt Finn die saubere Tasse mit Milch.

»Also, willkommen auf Spring Tide Island.« Sie hebt ihr Glas. »Zum Wohl.«

Ich nehme meins vom Tisch. Der Wein riecht sauer.

»Leben Sie schon lange hier?«, frage ich.

»Über dreißig Jahre.« Endlich setzt sie sich auf das Sofa gegenüber mit der roten Kugel dahinter. »So lange, wie Sie auf der Welt sind, schätze ich. Wie alt sind Sie? Warten Sie … im Februar werden Sie sechsunddreißig, stimmt's?«

»Ja, stimmt, wow.« Unglaublich, dass sie meinen Geburtstag im Kopf hat.

»Unglaublich, dass es schon sechsunddreißig Jahre her ist.« Sie macht große Augen. »Es kommt mir vor wie gestern.«

Ich würde gern mehr erfahren, aber natürlich ist es noch zu früh für tiefer gehende Fragen. Ich möchte wissen, warum meine Mutter an meinem Geburtstag immer so unberechenbar war – war meine Geburt so traumatisch? Sie war immer so traurig und in sich gekehrt, selbst wenn sie versuchte, fröhlich zu sein. Dagegen waren Alice' Geburtstage immer unkompliziert und erfreulich. Susannah beobachtet mich. Es ist zu früh, um mein seelisches Drama auszubreiten.

Ich greife zu meinem Weinglas. Mein Körper fühlt sich merkwürdig an, als ob in meinen Zellen etwas falsch liefe. Mir kriecht ein Schauder über den Rücken wie eine Geisterhand. Ich bin todmüde, merke ich, und stelle das Glas wieder ab.

Susannah hat ein Bein untergeschlagen, sitzt aber kerzengerade, die Hand mit dem Weinglas ruht auf der Armlehne. Auf meinem Schoß saugt Finn hörbar an seiner Milchtasse.

Sie sieht jünger aus als sechzig, falls das ihr Alter ist, wirkt kräftig und straff. Meine Mutter, die jeden Tag im Garten arbeitete und spazieren ging, war fit, bis der Krebs kam, und immer stark. Aber Susannah wirkt härter.

»Ich muss sagen, Kali, es ist ein Schock, Sie plötzlich hier zu haben – mit diesem … diesem Kind.« Sie sieht mir in die Augen. »Warum haben Sie nicht angerufen? Dachten Sie, ich würde Sie nicht sehen wollen?«

»Ich habe angerufen«, sage ich wieder. »Sie haben wohl den Anrufbeantworter nicht abgehört. Und dann war die Pension geschlossen und –«

»Ja, das sagten Sie schon.«

Sie sieht mich an, und ich bin sicher, sie denkt, dass ich lüge.

Über die Pension – obwohl ich mir nicht denken kann, wieso. Der Wind schlägt wieder gegen die Fenster, und ich zucke zusammen. Finn reckt den Kopf. »Schon gut«, murmle ich. »Schschsch. Nur der Wind.« Ich will nicht weiter von ihr angestarrt werden.

»Das ist eine weite Reise mit einem so kleinen Kind.«

»Ich weiß. Wissen Sie, ich hatte wirklich nicht vor, bei Ihnen reinzuschneien. Wenn Sie mir die Nummer einiger Pensionen geben könnten, werde ich –«

»Kali, warum sagen Sie mir nicht einfach, warum Sie … das … ihn hergebracht haben.«

»Kal. Ich werde Kal genannt. Eigentlich hieß ich noch nie Kali. Jedenfalls, also, ich … ich sagte das wohl schon – ich bin hergekommen, weil ich in Vancouver war. Ich wollte Sie kennenlernen und dachte, es wäre schön, die Insel zu besuchen. Ich bin … ich bin neugierig. Ich hoffte, mehr über meine Mutter zu erfahren und wer sie gewesen ist, bevor sie mich bekam, und ich dachte, Sie beide wären mal gute Freundinnen gewesen.«

»Oh.« Sie nickt. »Das waren wir ganz sicher.«

»Na großartig.« Das freut mich. »Großartig. Sie hat nie viel über ihre Zeit in Amerika erzählt. Und ich würde gern ein bisschen darüber erfahren, auch über ihre Kindheit und wie es war, als sie mich bekam.«

Sie macht die Augen schmal. »Sie sind gekommen, um etwas über Ihre Geburt zu erfahren?«

»Meine Geburt? Nun ja, unter anderem, denke ich.«

»Und Sie können Ihre Mutter nicht danach fragen?«

Wir sehen einander an, und mir schießt die Hitze ins Gesicht. Ruckartig dreht sie den Kopf zur Seite und nickt zweimal knapp. Als sie ihr Weinglas hebt, zieht sie die Mundwinkel nach unten.

»Elena ist gestorben«, sagt sie leise. »Ja?«

Ich nicke. Plötzlich ist mir zum Weinen zumute. Ich straffe mich und schaue auf Finns Kopf hinunter. Ich darf jetzt nicht in Tränen ausbrechen. Nicht hier. Nicht bei dieser Frau.

Sie hält sich sehr aufrecht, ihre Miene ist starr. Ihr ist nicht anzusehen, ob sie sich genauso sehr zusammenreißen muss wie ich oder ob das die übliche Traurigkeit über den Verlust eines Menschen ist, dem man vor langer Zeit nahegestanden hat.

Schließlich sieht sie mich an. Ihre hellen Augen glänzen. »Es tut mir leid für Sie, Kali. Und auch für Graham …« Sie vergisst Alice.

Die Hunde stehen auf und gehen zu ihr. Sie lassen sich bei ihr nieder, einer auf ihrem Fuß, der andere längs des Sofas.

»Es tut mir wirklich leid – ich hatte wirklich nicht vor, damit herauszuplatzen. Ich wollte nicht …«

Ihre Nasenflügel blähen sich. »Sie sind also gekommen, weil Sie die Nachricht persönlich überbringen wollten?«

Ich frage mich, weshalb sie denkt, ich würde mit meinem Kind über den Atlantik fliegen, um ihr, einer völlig Fremden, mitzuteilen, dass eine Freundin, die sie fünfunddreißig Jahre nicht gesehen hat, gestorben ist. »Nein. Ich dachte nur, es wäre interessant, Sie kennenzulernen.«

»Interessant?« Sie schaut mich an, als wäre meine Wortwahl absurd. »Wie ist sie gestorben?«, fragt sie barsch.

»Sie hatte Brustkrebs.«

»Oh.« Sie streichelt einen Hund mit dem Fuß. »Drei meiner Freundinnen haben Brustkrebs. Wie geht es Gray?«

»Meinem Vater? Ach, ganz gut. Er ist sehr traurig, klar, und ziemlich abwesend, aber er spricht sowieso kaum über seine Gefühle, also …« Ich zögere. »Kannten Sie meinen Vater gut?« Ich habe nie gehört, dass ihn jemand Gray nannte. Nicht einmal meine Mutter. Sie sagte immer Graham. Allerdings hat er den Brief an sie mit Gray unterschrieben, fällt mir ein.

»Ich kannte Gray vor langer Zeit, in Kalifornien, habe aber seit Jahren nicht mehr mit ihm gesprochen. Aber das wissen Sie alles, oder? Darum sind Sie ja hier.« Da ist wieder dieser eisige Ton. Sie trinkt einen Schluck Wein. »Scheiße. Sie war so jung.«

Ich nicke.

Sie schwingt sich vom Sofa und geht zum Kamin, um einen Scheit ins Feuer zu werfen. Funken fliegen ihr entgegen, aber sie klopft sie nicht ab. Sie stützt sich mit einer Hand am Kaminsims ab und atmet tief durch.

»Mein Mann ist an Lungenkrebs gestorben.« Kurz sieht sie fassungslos aus, ihre Augäpfel sind riesig, als drängten sie aus den Höhlen.

»Das tut mir sehr leid.«

Ein Weilchen schweigen wir. Nur das Geräusch des prasselnden Feuers ist zu hören. Ab und zu schlagen Windböen gegen die Fenster und die Hauswand wie große, wütende Fäuste.

Hinter meinen Augen melden sich Kopfschmerzen. Ich kann hier nicht einfach herumsitzen. Ich muss eine Bleibe finden. Bei dem Nebel wird es eine Dreiviertelstunde dauern, bis wir wieder in dem Ort sind.

Die Hunde zu ihren Füßen sehen mich an, als drängten sie mich zum Aufbruch. Ich bin wahnsinnig müde. Finn muss dringend ins Bett. Sie starrt ihn an, wie hypnotisiert von seiner Nuckelei.

»Es tut mir wirklich leid«, sage ich. »Ich sollte jetzt mal versuchen, eine andere Pension zu finden.«

»Was?« Sie schüttelt den Kopf genau ein Mal und sieht mich an.

»Ich muss eine Pension finden. Meinen Sie, Sie könnten mir ein paar nennen, die in der Nähe sind? Wäre es okay, wenn ich mal Ihr Handy benutze?«

»Im Ernst? Sie haben kein Zimmer für die Nacht?« Ich höre den Vorwurf heraus. Hat sie mir die ganze Zeit überhaupt nicht zugehört? Sie starrt mich an, und plötzlich scheint die Luft im Raum verpestet zu sein. Mein ganzer Körper verlangt von mir, aufzustehen und zu gehen – mein Instinkt sagt: Raus hier! Aber ich bin so erschöpft. Ich schlucke und blinzle. Das liegt am Flüssigkeitsmangel und der Zeitverschiebung. Finn hört auf zu nuckeln. Ich streiche ihm übers Haar und küsse ihn auf den Scheitel.

»Kali. Sie sind ganz blass«, sagt sie langsam. »Sind Sie immer so blass? Sie sehen aus, als sollten sie sich dringend hinlegen.«

»Können Sie einfach … darf ich in einer Pension anrufen? Ich muss wirklich los.«

»Ach Kali. Es gibt hier keine Pensionen. Das sagte ich doch schon. Das ist kein Winterferienort. Die nächsten Pensionen sind in der Stadt. Es gibt nur eine, die das ganze Jahr über Gäste nimmt, und die Besitzer sind gestern auf die Turks- und Caicosinseln geflogen. Außerdem kann ich Sie bei diesem Wetter nicht ins Auto steigen lassen. Die Straße verläuft stellenweise direkt am Kliff entlang. Es grenzt an ein Wunder, dass Sie lebend hier angekommen sind.«

Mir wird schlagartig mulmig. »Aber …«

»Sie sind Elenas Tochter. Sie werden natürlich hierbleiben. Darum sind Sie schließlich gekommen, nicht wahr? Ein Kinderbett habe ich nicht, aber wir werden eine Lösung finden. Ehrlich, ich käme gar nicht auf die Idee, Sie wieder da hinaus zu schicken, und Sie sollten genauso wenig daran denken – schließlich haben Sie ein kleines Kind.«

Ich versteife mich. »Es war nicht meine Absicht … so hatte ich mir das nicht gedacht. Ich muss wirklich nach Vancouver zurück.« Ich schaue auf Finn hinunter. Seine Augen sind halb geschlossen.

»Tja, nun, das ist heute aber nicht mehr möglich, nicht wahr?« Sie steht vor mir und senkt wieder die Stimme. »Sie sehen ein bisschen kränklich aus, Kali.«

»Kal«, sage ich leise. Fast vier Jahrzehnte lang hat sie mich in Gedanken offenbar Kali genannt und wird das jetzt wohl nicht ändern. Ich spüre ein fernes Pochen in den Ohren, höre die brennenden Scheite knacken, den Wind und ihre gedämpfte Stimme. Mir dämmert, dass ich kurz vor einer Ohnmacht stehe.

»Wir sprechen morgen früh weiter. Sie müssen schlafen – sehen Sie, der kleine Bursche schläft schon halb. Keine vernünftige Mutter ließe sich einfallen, mit ihrem Kleinen in dieses Wetter hinauszugehen.«

Natürlich hat sie recht. Aber eine vernünftige Mutter würde ihr Kind auch nicht in eine verlassene Gegend mitnehmen und es bei fremden Leuten ins Bett packen. Was mein Vater wohl sagen würde, wenn er wüsste, dass ich jetzt bei Susannah Gillespie übernachte.

Sie greift sich an die Stirn und schließt die Augen. Dabei atmet sie tief ein und aus. In dem Moment wird mir klar, dass ich ihr einen Gefallen täte, wenn ich jetzt schlafen ginge. Sie will, dass ich Finn nehme und mich verziehe, damit sie verarbeiten kann, was ich ihr über meine Mutter erzählt habe. Sie sieht ebenfalls blass aus.

Als ich aufstehe, kippt der Raum nach links. Sie macht einen Schritt auf mich zu und stützt mich mit fester Hand am Ellbogen.

»Habt ihr überhaupt etwas gegessen?«, fragt sie.

»Doch, doch. Wir haben im Fährhafen gegessen. In einem fort. Den ganzen Tag. Wir haben Stunden dort zugebracht. Es gab nicht viel mehr zu tun, als zu essen. Ich bin nur ein bisschen aus dem Gleichgewicht. Sehr müde. Hatte nicht viel Schlaf in den letzten Tagen. Durch den Jetlag.«

Finn liegt schwer an meiner Brust. Er ist eingeschlafen, das spüre ich. Sie lenkt mich vom Sofa weg und am Kamin vorbei durch eine Tür in einen anderen Flur. Sie geht vor uns her. Finn fällt die Trinklerntasse aus der Hand. Ich bleibe stehen, um behutsam in die Hocke zu gehen und sie aufzuheben. Aber die Hunde sind unmittelbar hinter mir, und ich will ihn nicht mit dem Kopf in ihre Nähe lassen. Darum beschließe ich, die Tasse erst einmal liegen zu lassen.

Das Haus hat kein Obergeschoss, wie ich jetzt sehe. Die Krallen der Hunde klicken auf dem Holzboden. Susannah hält eine Tür auf. Sie lächelt nicht. Sie sieht mich nur an. Einen Moment lang kommt es mir so vor, als würde ich in eine Zelle gebracht. Erneut wird mir mulmig. Ich atme dagegen an. Alles in Ordnung. Sie ist eine alte Freundin der Familie.

»Okay, also, das Bett ist frisch bezogen«, sagt sie. »Aber kann er bei Ihnen im Bett schlafen?«

»Ja, klar, das geht. Natürlich. Danke.«

»Dann brauchen Sie nur hineinzukriechen und zu schlafen.«

Das Zimmer hat einen großen weißen Flokati und ein niedriges Doppelbett an der Wand unter dem Fenster. »Badezimmer.« Sie zeigt auf die zweite Tür. »Da sind Shampoo, Seife, Duschgel, Zahnpasta – sagen Sie Bescheid, falls Sie etwas brauchen, für sich oder … den kleinen Kerl.« Ich frage mich, ob sie Finns Namen vergessen hat. Sie starrt ihn kurz an, dann sieht sie zum Fenster, dessen Vorhänge aufgezogen sind.

Ihr Profil ist bemerkenswert – markantes Kinn, hohe Wangenknochen, scharfe Nase, und dann diese tadellose Haltung, als wäre sie am Scheitel aufgehängt. »Ich werde ihr Gepäck holen. Ihr Wagen steht draußen? Ist er abgeschlossen?«

Ich nicke.

»Typisch Städter, hm?« Sie hält die Hand hin. »Geben Sie mir die Schlüssel?«

Ich lege Finn sacht aufs Bett und schaue mich um. Ein großer Farntopf steht in einer Ecke, und es gibt eine ganze Bücherwand. Am Fußende des Bettes liegt eine bunte zusammengelegte mexikanische Decke und ein Haufen rosa und rote Kissen. Über dem Kopfende hängt ein Poster vom Seattle Film Festival. Neben dem Bücherregal steht eine weiße Bodenvase, die so groß ist wie Finn. Das Zimmer macht einen kultivierten, normalen, geschmackvollen Eindruck. Ich drehe mich um, um mich zu bedanken, aber sie ist schon gegangen.

Als ich mich vor das Bett knie, wird mir schwindlig. Behutsam ziehe ich Finn aus und breite den Quilt über ihn. Seine Windel ist klitschnass. Ich habe sie seit Stunden nicht gewechselt, und ich sollte ihm die Zähne putzen. Aber wenn ich das tue, wird er aufwachen und dann vielleicht Gott weiß wie lange wach bleiben. Nach der vorigen Nacht kann ich das nicht riskieren.

Ich lege mich neben ihn auf den Rücken und mache die Augen zu. Ich höre den Wind, aber nicht das Meer, und kurz spüre ich das Schlingern der Fähre, die vom Festland wegfährt, um dieses wilde Meer zu überqueren.

Nur ich, Finn und zwei andere Passagiere waren an Bord – zwei kräftige Männer mittleren Alters, die die Crew offensichtlich kannten. Ich las Finn immer wieder »Der Kater mit Hut« vor, bis mir zu übel wurde. Den Rest der Fahrt torkelten wir über das Passagierdeck. Finn, der vollkommen außer Rand und Band war, blieb nur stehen, um mit beiden Händen an Dinge zu patschen.

Die Männer tranken derweil unter den Neonröhren ihr Bier und sprachen nicht mit uns, blickten nur ab und zu über die Schulter zu uns herüber. Ich versuchte, nicht daran zu denken, was sie hier, mitten auf dem Meer und ohne Zeugen, tun könnten, wenn sie wollten.

Und dann sehe ich mich wieder vor dem »Magnolia«, wie ich an die Tür schlage und der mürrische Mann von einer nebligen Veranda aus ruft. Doug wäre entsetzt, wenn er das alles wüsste. Von jetzt an muss ich klarer denken, besser planen. Morgen fahren wir zurück nach Vancouver. Ich werde mit Finn das Aquarium besuchen und das Kindermuseum und andere gefahrlose Touristenattraktionen. Dann fliegen wir nach Hause. Diese Suche nach meiner Mutter ist verrückt. Hier, in diesem Haus der Stürme, werde ich sie nicht finden. Sie ist fort. Für immer.

Dann höre ich es knarren. Erschrocken reiße ich die Augen auf – ich hatte nicht bemerkt, dass sie mir zugefallen waren. Susannah steht mit meiner Reisetasche und dem Koffer in der Tür, reglos, halb im Dunkeln, und beobachtet mich. Ihre Augen scheinen zu leuchten. Mein Herz schlägt zu schnell.

Mit nackten Füßen kommt sie lautlos über den Teppich auf uns zu. Sie stellt das Gepäck ans Bett.

»Es tut mir wirklich leid.« Ich setze mich auf. »Dass ich Ihnen solche Umstände mache.«

In dem Zimmer ist es kälter als im Wohnzimmer. Ich stehe auf – möchte tatkräftig erscheinen –, knie mich hin, öffne die Reisetasche und krame Finns Schlafanzug und eine saubere Windel hervor, obwohl mir klar ist, dass ich im Moment beides nicht benutzen werde.

Sie sieht mir zu. Normalerweise bade ich ihn vor dem Schlafen, lese drei Geschichten vor, singe mindestens zehnmal »Baa, Baa, Black Sheep« und lasse sein Auto-Mobile Musik spielen. Aber er ist völlig hinüber, erschöpft von dem Durcheinander, dem Junkfood, den neuen Erfahrungen und Aufregungen der Reise.

Susannah geht zur Tür. Ich wühle nach meinem Waschbeutel. Als ich aufblicke, ist sie noch da, schaut von der Tür aus zu uns herüber. Dann erkenne ich, dass sie nicht mich beobachtet, sondern Finn. Sie bemerkt meinen Blick und hebt das Kinn.

»Ein schönes Kind«, sagt sie. »Er hat vollkommen ebenmäßige Züge, klassische Züge wie ein Botticelli-Christus. Er hat eine starke Ähnlichkeit mit –« Sie stockt, holt tief Luft. Ich warte, aber sie beendet den Satz nicht. Wir schauen beide in Finns schlafendes Gesicht.

Ich friere und bin so müde, aber sie steht immer noch da. Mir ist nicht klar, was sie will. Ich nehme die mexikanische Decke vom Fußende des Bettes und lege sie mir um die Schultern. Sie dreht an einem Skalenknopf an der Wand neben der Tür. Vielleicht möchte sie über meine Mutter reden.

»Es wird gleich warm werden«, sagt sie. Sie klingt wieder hart.

»Es genügt so. Machen Sie sich keine Gedanken. Und vielen Dank für alles.« Meine Beine sind bleiern und ziehen mich zu Boden. Mein Kopf wummert.

Sie stützt eine Hand an den Türrahmen. »Ich kann nicht glauben, dass sie tot ist«, sagt sie leise.

»Ich auch nicht.«

Unsere Blicke begegnen sich.

»Ich wollte Ihnen wirklich keine Umstände machen.«

»Ach Kali. Ich wusste immer, dass Sie eines Tages hierherkommen.«

6

Beim Aufwachen höre ich die Brandung und irgendwo hoch über dem Haus das Kreischen von Möwen. Ich liege verschwitzt auf der Seite dicht neben Finn, der auf dem Rücken schläft, die Arme neben den Ohren ausgestreckt, die Wangen rosig. Ich möchte ihn an mich drücken und seinen süßen Schlafgeruch einatmen, aber ich sollte ihn nicht wecken. Ich drehe den Kopf und schaue zur Tür. Sie ist geschlossen.

Ich bin noch in Jeans und Pullover, liege auf der Bettdecke, genau wie Finn, die mexikanische Decke über mir ausgebreitet. Durch die Vorhänge dringt blasses Licht, die Luft im Zimmer ist verbraucht. Meine Zunge fühlt sich pelzig an. Gestern Abend habe ich mir weder die Zähne geputzt, noch das Gesicht gewaschen, bin einfach ins Bett gesunken, sowie Susannah gegangen war, und sofort tief und fest eingeschlafen.

Ich greife auf den Nachttisch, aber mein Handy liegt nicht da. Dann fällt mir ein, dass es in der Jacke im Garderobenschrank steckt, mit leerem Akku. Unmöglich zu sagen, wie spät es ist. Langsam, um Finn nicht zu wecken, beuge ich mich zum Fenster und hebe die Gardine an, um hinauszuspähen. Nachdem ich das Kondenswasser beseitegewischt habe, sehe ich, dass der Nebel sich gelichtet hat. Der Ozean erstreckt sich schmutzig grau unter einem bleichen Himmel, an dem ein paar Wolken ziehen.

Direkt vor dem Fenster gibt es eine Veranda, dahinter ein paar schwarze Felsblöcke und massenhaft Fichten und Unterholz. Ein graues Eichhörnchen flitzt vorbei, springt auf das Geländer und verschwindet mit einer schnellen Schwanzbewegung auf der anderen Seite.

Leise stehe ich auf. Finn rührt sich nicht. Ich lausche an der Tür. Es ist nichts zu hören, keinerlei Bewegung. Ich öffne sie einen Spaltbreit. Nichts.

Ich mache sie wieder zu und schäle mich aus den feuchten Klamotten – sie riechen muffig. In der Dusche unter dem trommelnden heißen Wasserstrahl werde ich richtig wach. Susannahs Duschgel heißt »Kiss My Face« und duftet stark nach Minze.

Zurück im Zimmer ziehe ich frische Socken und Unterwäsche, ein sauberes Shirt und die alte Jeans an. Ich betrachte mich im Spiegel. Es ist befreiend, nicht mit Fön und Festiger hantieren zu müssen. Aber ich sehe nicht mehr wie ich aus. Ich frage mich, was Doug von der neuen Frisur halten wird. Dann denke ich, dass seine Meinung im Moment unwichtig ist. Ich sollte ihm eine SMS schicken und schreiben, dass es Finn gut geht.

Ich habe dunkle Schatten unter den Augen, die durch die kurzen Haare größer wirken. Ich bin auch noch blass, aber wenigstens ist mir nicht mehr schwindlig. Es wäre furchtbar, hier krank zu werden. Eigentlich fühle ich mich gesund, erfrischt von der Minzdusche und habe Hunger, einen Bärenhunger sogar.

Es war unverantwortlich, so hier anzukommen, aber es ist, wie es ist, und es hat keinen Zweck, sich permanent zu entschuldigen. Ich muss aufhören, vor Susannah zu kriechen. Sie ist eindeutig kein Mensch, der einem aus reiner Höflichkeit sein Gästezimmer anbietet.

Ein Weilchen stehe ich vor dem Bett. Finn schläft noch ganz fest. Seine Wimpern sind dunkel und dicht wie Dougs, und mit den aschblonden Haaren und dem Pixie-Schnitt sieht er wie ein Engelchen aus. Doug würde jetzt ein Foto machen. Er macht ständig Fotos von Finn. Er vermisst ihn sicher, seinen Jungen. Egal, was sonst noch in ihm vorgeht, Finn wird ihm schrecklich fehlen. Und Finn vermisst ihn ganz sicher genauso, auch wenn er das noch nicht sagen kann.

Mir fällt auf, dass ich gestern Abend zum ersten Mal, seit ich auf Dougs Handy die SMS gefunden habe, die Gedanken daran nicht mühsam beiseiteschieben musste. Die Reise ist also zumindest eine gute Ablenkung. Inzwischen kommen mir diese SMS sogar ein wenig unwirklich vor, und darum denke ich an Doug, wie er versuchte, am Telefon mit mir zu reden und ich ihm immer wieder das Wort abschnitt. Ist es möglich, dass ich die SMS falsch verstanden habe? Das Ganze ist vielleicht ein riesiges Missverständnis.

Andererseits hatte seine Stimme diesen schuldbewussten Klang. Ich kenne Doug. Ich kenne seine Stimme in- und auswendig, jeden Unterton. Und ich habe Schuldbewusstsein gehört.

Das muss aufhören. Bei der Reise geht es nicht um Doug, sondern um meine Mutter. Ich möchte möglichst viel über ihre Vergangenheit erfahren. Das ist eine einmalige Chance für mich zu erkennen, wie sie gewesen ist, bevor sie mich hatte. Wenn ich die Vergangenheit besser verstehe, dann vielleicht auch unsere Beziehung. Es ist zu spät, um etwas wiedergutzumachen, aber nicht zu spät, um zu begreifen. Ich brauche dringend einen Kaffee und muss etwas essen. Finn wird sicher noch ein, zwei Stunden schlafen, wenn ich ihn lasse. Ich beschließe, das zu tun. Bei offener Tür werde ich ihn hören, wenn er aufwacht – er liegt immer eine Weile da und singt »Mamamama«. Ich werde ihn hören. Vorsichtshalber stelle ich den Koffer in die Tür. Auf Socken gehe ich den Flur entlang ins Wohnzimmer.

Meine Schritte sind lautlos. Von den Hunden ist nichts zu sehen. Im Allgemeinen mag ich Hunde, aber diese beiden wirken anders als die Retriever, die ich kenne. Sie sind keine Schoßhunde. Sie wirken ausdruckslos und haben einen starren Blick, sind wachsam.

In dem nach Süden liegenden Wohnzimmer ist es heller. Ich schaue durch die großen Scheiben aufs Meer, das sich bis zum Horizont erstreckt, und denke an das Leben unter der Wasseroberfläche – Fischschwärme, Haie, Oktopoden. Wenn man sich vorstellt, mit ihnen zu tauchen, denkt man, es sei warm dort unten – vielleicht wie im Mutterleib. In Wirklichkeit ist das Wasser jedoch bitterkalt. Da gibt es kalte Strömungen von Alaska her. Dieses Meer ist der sichere Tod.

Mich überläuft ein Schauder. Es ist kalt im Zimmer und mein Pullover ist zu dünn. Der Raum kommt mir größer und kälter vor als gestern Abend. Im Kamin liegt ein Aschehaufen. Die Sofas sehen bei Tageslicht heller aus. Sie sind mehr beige als braun. Die Glasskulptur ist bei diesem Licht nicht mehr blutrot, sondern mehr orangerot. Trotzdem weckt sie Unbehagen in mir. Sie erinnert mich an eine Blase kurz vor dem Platzen. Sie ist außerdem in Reichweite von Finn. Er könnte sie mühelos herunterreißen. Von dieser Zimmerecke muss ich ihn um jeden Preis fernhalten.

Im Grunde kann ich ihn hier überhaupt nicht frei herumlaufen lassen. Überall stehen schöne Keramiken auf niedrigen Regalen und einem Sideboard, eine graue Schale auf dem Sofatisch, in einer Ecke eine hohe Vase, die so groß ist wie er. In diesem Haus werde ich permanent auf ihn aufpassen müssen.

Ich schaue zu dem abstrakten Gemälde über dem Kamin. Bei Tageslicht wirkt es unheimlich, rätselhaft und vage bedrohlich – eine Unterwasseransicht betrachtet durch halb geschlossene Lider.

Ich gehe durch den Bogengang in die Küche. Neben dem Herd steht Kaffee in der Kaffeemaschine. Es gibt Wandborde voll Keramikteller und Schüsseln, zum Glück zu hoch für Finn, und eine Frühstücksbar mit einer großen Schale Satsumas und zwei weißen Hockern. Rechts von der Küchenzeile steht ein runder Kieferntisch mit vier Stühlen und darauf eine Glasschüssel mit glänzenden roten Äpfeln. Auf dem Kachelboden liegt ein blau-weiß gestreifter Teppich. Auf den Regalen hinter dem Tisch stehen Fotos. Von Susannah ist nichts zu hören, aber sie muss auf sein, weil Kaffee gekocht ist. Ich gehe zu den Fotos.

Ein Mann steht mit Shorts und Rucksack auf einem Felsen. Er hat einen Bart und eine Brille und sieht ein bisschen genervt aus, als ob ihm jemand sagen würde, er solle gerade stehen, nach rechts gehen, kein finsteres Gesicht machen, lächeln. Ich greife nach dem Foto daneben: Ein Junge von sechs oder sieben blinzelt in die Kamera. Er hat ein pausbäckiges, trotziges Gesicht und zerzauste Haare und sieht genauso aus wie Susannah, nur weicher.

Daneben steht eine schöne Nahaufnahme von einem Killerwal in einem Silberrahmen. Das große schwarz-weiße Tier hat sich halb aus dem Wasser geworfen. Tropfen spritzen nach allen Seiten wie leuchtende Perlen. Dann gibt es eine schwarz-weiße Landschaft mit Kiefern und Meer, vermutlich in der Nähe aufgenommen. Dahinter, ungerahmt, ein Gruppenbild, Frauen, die die Arme umeinander gelegt haben. Zwischen ihnen entdecke ich Susannah. Sie sieht jünger aus, lächelt breiter. Ihre Haare sind blonder und nach hinten gebunden. Sie ist größer als die anderen und zieht den Blick auf sich, obwohl sie nicht im Bildzentrum steht.

Da steht eine Schale mit glatten Steinen. Ich stelle das Foto zurück und streiche über die Kiesel, dann über die Treibholzskulptur eines Wals, die daneben lehnt. Aus den Augenwinkeln nehme ich eine Bewegung wahr und blinzle durch das bodentiefe Fenster ins Helle. Nach ein, zwei Augenblicken kann ich sie erkennen.

Sie steht mit dem Rücken ans Geländer gelehnt, nur zwei Schritte von mir entfernt. Die Hunde sind bei ihr. Ihre hellen Augen betrachten mich durch die Scheibe.

Ich winke halb lachend. »Hallo!«

Nach einem Augenblick nickt sie, nur ein Mal.

Sie hält einen weißen Kaffeebecher in den Händen. Ihre Haare stehen unordentlich ab – ein Mix aus Stahlgrau und ausgebleichtem Blond mit Ringellocken, die wie Schlangen an ihren Wangenknochen schweben. Es wundert mich, dass ich sie nicht bemerkt habe, als ich in die Küche kam. Die niedrig stehende Sonne macht es schwer, etwas zu erkennen, aber in Wahrheit war ich einfach zu neugierig, zu sehr auf ihre Sachen konzentriert, um sie draußen stehen zu sehen. Mir ist nicht klar, warum sie nicht gerufen hat. Oder hereingekommen ist.

Hastig laufe ich durch die Küche und horche im Durchgang zum Wohnzimmer, ob Finn sich regt – es ist still. Die Verandatüren gehen nach draußen auf. Als ich hinaustrete, schlägt mir der eisige Wind ins Gesicht. Unten tost das Meer. Ich hole keuchend Luft. Es ist so kalt, dass es beim Einatmen brennt. Die Hunde sehen mich mit gespitzten Ohren an, bewegen sich aber nicht und wackeln nicht mit dem Schwanz. Der Boden ist so glitschig wie er aussieht. Zögernd trete ich auf Susannah zu, die Arme um mich geschlungen. Möwen kreischen, Wellen klatschen. Sie dreht den Kopf weg, um aufs Meer zu schauen.

»Da.« Sie deutet vage hinaus. »Der Nebel lichtet sich für Sie.«

Sie klingt nicht verärgert.

»Wow. Das ist eine tolle Aussicht.«

Sie dreht sich zu mir um. Ihre Augen sind eingefallen, haben dunkle Ringe, als hätte sie gar nicht geschlafen. Aber vielleicht sieht sie morgens immer so aus.

»Der Kleine schläft noch?«

»Tief und fest.«

Das Meer ist mehr grün als grau und recht rau mit weißen Schaumkronen. In der Ferne liegen einige bewaldete Inseln und weit draußen ein, zwei Schiffe. An der Veranda geht es zwanzig Meter in die Tiefe. Unten glänzen schwarze Felsen, auf die die Wellen schlagen.

Ich schaue hinter mich ins Haus und erwarte einen Moment lang, jemanden zu sehen, der uns beobachtet. Aber natürlich kann kein anderer da sein, höchstens Finn. Auf keinen Fall darf ich Finn auf diese Veranda lassen.

Die Küche ist deutlich zu erkennen. Susannah dürfte genau gesehen haben, wie ich da herumschnüffelte. Ich sollte etwas über die Fotos sagen, um die Situation zu entschärfen – aber alles, was mir dazu einfällt, würde noch zudringlicher wirken. Also sage ich nichts.

Das Haus ist aus Holz und nicht gestrichen. Es wirkt biotisch, als hätte es sich selbst aus dem umgebenden Kiefernwald gebildet. Es steht auf einer dreieckigen felsigen Landspitze, sodass man von zwei Seiten einen Blick aufs Meer haben müsste. Der Wind ist scheußlich. Zitternd lecke ich mir Salz von den

Lippen und drücke meinen unzureichenden Pullover an mich. In meinen Ohren fängt es an zu pochen.

Sie trägt einen dicken braunen Fleecepulli, Yogahosen und einen riesigen grauen Schal, aber ihre Füße sind nackt – rot und knochig und stark. Ihr macht die Kälte offensichtlich nichts aus.

»Wer war diese Isabella?«, frage ich und trample auf der Stelle. Mir ist die eiskalte Feuchtigkeit in die Socken gedrungen. »Das heißt doch hier Isabella Rock, nicht wahr?«

»Isabella Point. Das ist eigentlich eine traurige Geschichte. Sie war die schöne junge Frau eines frühen Siedlers. Sie starb kurz nach ihrer ersten Geburt und hinterließ einen Säugling. Der starb wenige Wochen später.«

»Wie schrecklich.«

»Nun ja, es gibt auch eine Version, wonach der Mann die beiden im Vollrausch umgebracht hat.«

»Wirklich?« Plötzlich klinge ich sehr britisch und steif.

»Die Ortsnamen hier klingen alle sehr dramatisch.« Sie sieht mich von der Seite an. »Die britischen Seeleute waren mit den Nerven ziemlich am Ende, als sie endlich an Land kamen. Ihre Angst ist in den Namen verewigt: Elendssund, Gefahrenbucht, Kap der Vorsicht, Straße der Fremden, Kanal der Hoffnung, Blinder Kanal …« Sie stockt, sieht mich an. »Alarmbai.«

»Nun, es ist ziemlich abgelegen hier, muss ich sagen.« Ich wippe auf meinen eiskalten Fußballen, rubble mir die Oberarme und versuche, nicht mit den Zähnen zu klappern. »Und alles ist so unglaublich groß.«

»Okay. Sie frieren. Kaffee.« Sie geht voraus.

Sie gießt Kaffee in einen gedrungenen Keramikbecher.

»Haben Sie den gemacht?« Ich halte ihn hoch. »Er ist wirklich hübsch.«

»Ich mache keine Tassen.« Sie dreht sich weg.

»Oh.«

»Meine Freundin Annie hat sie gemacht. Sie wohnt unten an der Straße. Sie ist auch Töpferin. Rechts neben mir auf dem

Foto, das Sie sich eben angesehen haben, das ist sie. Kurze Haare, lachendes Gesicht, Overall.«

Ich spüre, wie ich rot werde, und trinke von meinem Kaffee. Er ist stark, aber nicht bitter. Offenbar haben die Gourmetbohnen den Weg auf die Insel gefunden. Das beruhigt mich. Ebenso, dass Susannah eine Künstlerfreundin namens Annie hat, die hübsche Becher töpfert und unten an der Straße wohnt.

»Setzen Sie sich.« Sie zeigt auf einen Hocker. Ich sehe zu, wie sie Schranktüren öffnet.

»Bagel? Obst?« Sie wartet nicht ab, ob ich etwas möchte oder nicht, sondern nimmt ein Küchenmesser und schneidet einen Sesambagel auf. Die kleinen Körner rieseln auf die Küchenablage. Ihr Handgelenk ist glatt und unbehaart, leicht gebräunt, obwohl Winter ist. Jetzt sieht sie überhaupt nicht blass aus. Sie hat sogar einen goldenen Teint, als wäre sie kürzlich in sonnigen Breiten gewesen. Also muss sie gestern Abend ziemlich geschockt gewesen sein. Ich frage mich, was meine Mutter ihr bedeutet hat.

Sie schiebt sich die Fleeceärmel hoch. An den Unterarmen verlaufen dicke Adern. Sie steckt die Bagelhälften in einen knackenden Toaster, der sie auf einem Laufband weiterschiebt und am Ende perfekt gebräunt auswirft.

Währenddessen schneidet sie Bananen. Über ihr an der Wand hängt ein Kalender mit einer Rodin-Skulptur. Was eingetragen ist, kann ich zwar nicht lesen, aber es ist klar, dass sie auch im Winter viel vorhat. Mein Blick fällt auf die Wanduhr. Es ist 6.45 Uhr.

»Mein Gott, es ist noch so früh.«

»Im Allgemeinen stehe ich gegen fünf Uhr auf«, sagt sie. »Für mich ist es jetzt nicht mehr früh.« Sie schiebt mir einen Teller hin. »Butter steht da, und Blaubeergelee – auch von Annie.« Sie zeigt auf die Tongefäße vor mir.

Ich beiße in den Bagel. Er ist so köstlich – frisch und innen weich, außen zart knusprig mit nussigen Samen, die mir zwischen den Zähnen stecken bleiben. Das buttrige Gelee läuft mir über die Finger, und ich lecke es ab. Ich könnte immer weiteressen. Ich muss mich zwingen, nicht so zu schlingen, auch mal Luft zu holen und gut zu kauen.

Mir kommt in den Sinn, was Finn und ich gestern gegessen haben – Pommes frites mit Ketchup und fettigen Grillkäse, der wie Plastik schmeckte. Kein Wunder, dass ich mich krank gefühlt habe. Ich stelle mir vor, was die Mütter in Finns Spielgruppe zu dem Chemiecocktail sagen würden. Dabei wird mir klar, dass ich sie nicht ausstehen kann. Überhaupt nicht. Warum tue ich mir das an? Diese ganzen Snackboxen mit Reiscrackern und die Wickeltaschen mit tausend Fächern stehen mir bis oben. Diese Mütter und ich haben nichts gemeinsam, außer dass wir kleine Kinder haben. Nie wieder, das steht jetzt fest, werde ich einen Fuß in diesen Gemeindesaal setzen. Erstaunlich, wie einem manches klar wird, wenn man mal seine Grenzen überschreitet.

»Werden wir den Kleinen hören?«, fragt Susannah. »Wenn er aufwacht?«

»Finn?« Ich nenne seinen Namen mit voller Absicht. »Wir werden Finn hören. Er ist nicht so zahm, wie er gestern Abend erschien. Meistens ist er sogar sehr lebhaft und extrem laut.«

Sie legt mir eine weitere Bagelhälfte auf den Teller. »Dann essen Sie, solange Sie noch können. Als mein Sohn in diesem Alter war, empfand ich es als Luxus, mich nur mal hinsetzen zu können.«

Allmählich entspanne ich mich. Freundinnen, die Marmelade einkochen. Ein Schwätzchen übers Muttersein. Das ist alles nicht bedrohlich.

»Wie alt ist Ihr Sohn jetzt?«

Sie wendet sich ab, als hätte sie mich nicht gehört, was natürlich nicht sein kann. Ich nehme einen Bissen. Meine Jeans kneifen mir in den Bauch. Da sie mir gerade den Rücken zukehrt, öffne ich den Knopf und ziehe den Pullover darüber. Mir ist schon ein bisschen wärmer, nur meine Hände sind noch steif vom kalten Wind. Sie schenkt sich Kaffee nach, setzt sich aber nicht, sondern wickelt sich den Schal ab und kommt um die Frühstücksbar herum. Als sie ihn mir hinstreckt, zucke ich zurück.

»Ich beiße nicht. Nehmen Sie ihn – Sie frieren ja noch.« Sie drückt ihn mir nicht in die Hand, sondern schlingt ihn mir um den Hals, ein Mal, dann noch einmal enger.

Der Schal ist sehr weich, und ich kenne den Geruch. Es ist derselbe wie im Wohnzimmer: Jasmin, der Lieblingsduft meiner Mutter. Außerdem riecht er nach etwas Säuerlichem, feuchtem Hund und Ton. Ich bedanke mich mit vollem Mund. Mir liegt auf der Zunge, dass der Jasminduft mich an meine Mutter erinnert. Aber sie auf ihren Geruch anzusprechen erscheint mir zu intim, darum verkneife ich es mir. Und ich will das Gespräch noch nicht auf meine Mutter bringen. Zumindest nicht, bevor ich richtig satt bin. Ich trinke ein paar Schlucke Kaffee.

»Also, ich gehe jetzt mit den Hunden raus.« An den Herd gelehnt, die Tasse mit beiden Händen umfasst, sieht sie mir beim Essen zu. »Danach werde ich arbeiten. Ihr beide könnt es euch hier bequem machen, später gibt es Mittagessen.«

Offenbar geht sie davon aus, dass wir bleiben.

»Einen Spaziergang fände ich auch schön.«

»Ja, na ja, ich muss mich beeilen«, sagt sie. »Ich möchte um halb acht im Atelier sein.«

»Klar. Okay. Aber ich sollte mich aufmachen, wenn Finn wach ist. Das war sehr freundlich von Ihnen, aber …«

»Seit Sie hier sind, reden Sie davon zu gehen, Kali. Sind Sie immer so rastlos, oder mache ich Sie nervös?«

»Nein, Gott, nein, überhaupt nicht. Ich will mich nur nicht aufdrängen, das ist alles. Sie müssen arbeiten.«

»Wenn Sie gehen wollen, gehen Sie.« Sie sieht mich unverwandt an. Sie weiß, ich will nicht gehen. Wir beide wissen, dass sie etwas für mich hat.

»Vielleicht sollte ich zuerst mein Handy aufladen, damit ich ein paar Anrufe tätigen kann.«

»Hier gibt es keinen Empfang«, sagt sie in ruhigem Ton. »Internet auch nicht.«

»Wirklich?«

»Ich halte das Haus gern frei davon.«

»Oh, aha.«

»Sie können den Festnetzapparat benutzen. Und im Büro in der Galerie können Sie ins Internet.«

»Nein, nein, nicht nötig.« Ich trinke einen Schluck. »Ich komme zurecht.«

Nach dem letzten Bissen Bagel wische ich mir die Hände an der Hose ab. »Das war absolut köstlich. Wunderbar. Vielen Dank.«

»Meine Freundin Maggie hat die Bäckerei in der Stadt.«

Ich erinnere mich dunkel, während der Fahrt durch den Nebel ein Schild in Form eines großen Cupcakes gesehen zu haben. Ich wünschte, Susannah würde mich endlich nicht mehr anstarren. Ihre hellen Augen sind verstörend. Ihr Blick ist schwer auszuhalten. Ich ermahne mich, dass sie Freundinnen hat, die backen und Marmelade kochen. Freundinnen namens Maggie und Annie. Daran ist überhaupt nichts alarmierend. Sie hat recht: Ich bin nervös. Aber sie starrt mich noch immer an.

»Ich mache Sie verlegen«, sagt sie. »Aber Sie sehen eben wie …« Sie holt tief Luft. »Fast genauso aus, wie ich Ihre Mutter in Erinnerung habe. Abgesehen von der Frisur.« Sie fasst sich an die Wangen.

»Nun ja, das höre ich immer wieder.«

»Sie war so schön.« Es klingt niedergeschlagen. »Wie Sie. Dasselbe herzförmige Gesicht, aber die Haare waren …« Sie macht vage Gesten.

Unwillkürlich greife ich mir an den Kopf. »Ich hab sie mir gerade abschneiden lassen. Ganz spontan. Es ist auch für mich noch ungewohnt. Ich vergesse ständig, dass sie nicht mehr da sind.«

»Sie sind der spontane Typ, hm?«

»Nein, eigentlich nicht, höchst selten. Ich plane eher alles durch.«

»Der Audrey-Hepburn-Schnitt passt zu Ihrer Gesichtsform.« Sie sagt das, ohne mir zu schmeicheln – ein professionelles Urteil, das mich ein bisschen größer macht. Ich kann mir gut vorstellen, dass sie diese Wirkung auch auf ihre Künstler hat, wenn sie Anerkennung äußert.

»Ich war damals sehr neidisch auf die Haare Ihrer Mutter. Ich wollte ihre Haare haben und sie wollte meine. Damals war ich noch blond und habe sie mir bis zur Hüfte wachsen lassen. Wenn die Haare grau werden, verändern sie sich insgesamt, aber das sagt einem keiner. Früher waren sie wie Seide und heute – egal. Wir waren ein tolles Gespann damals, sie und ich.«

Meine Mutter und mädchenhafte Haarwünsche, das kann ich mir gar nicht vorstellen. Aber bei Susannah genauso wenig. Einen Moment lang sieht sie jünger aus, weil sie kurz in die Vergangenheit eingetaucht ist. Ihre Wangen sind auf einmal rosig, und ihre Augen leuchten wie Kiesel im Wasser.

»Ja, stimmt, sie hatte tolle Haare.« Mir ist unklar, wieso wir uns mit ihren Haaren aufhalten, obwohl es so viel anderes zu erörtern gäbe. Aber offenbar kann ich auch nicht damit aufhören. »Sie ist nicht sehr grau geworden.«

»Sind ihr …?« Sie stockt. »Bei der Behandlung …?«

»Die Haare ausgefallen?« Ich schüttle den Kopf. »Sie wollte keine Chemo.«

Susannah nickt, als hätte sie von meiner störrischen Mutter nichts anderes erwartet. Ihr Blick verdunkelt sich, und zwischen den Brauen zeigt sich eine Steilfalte. »Ich hätte wissen müssen, dass sie krank war.«

»Hatten Sie regelmäßig Kontakt?«

Sie wirft mir einen Blick zu, als wollte ich ihr etwas vormachen. »Hat sie … sie hat Ihnen nicht …«

»Verzeihung – sie hat was nicht?«

»Ach, nichts. Spielt keine Rolle. Wie ist sie … hat sie … Ging es sehr lange?«

»Die Krankheit?«

»Hat es lang gedauert?«

»Als der Krebs festgestellt wurde, war er schon weit fortgeschritten. Sie ist sehr lange nicht zum Arzt gegangen, nachdem sie den Knoten gespürt hatte. Und als sie sich endlich untersuchen ließ, ging alles sehr schnell. Es dauerte nur ein paar Monate.« Es kostet mich Mühe, ruhig weiterzusprechen, aber irgendwie kriege ich es hin. »Sie wollte keine Chemotherapie, vermutlich, um die Sache nicht hinauszuziehen. Sie wollte wohl nicht länger leiden als nötig.«

»Waren Sie bei ihr, als sie starb?«

Das Frühstück liegt mir schwer im Magen. »Ja. Ich bin kurz vorher angekommen. Aber ob sie begriffen hat, dass ich da war, oder ...« Ich starre auf meine Tasse. Es ist erleichternd, darüber zu sprechen, sogar vor dieser leicht feindseligen Fremden. Ich sehe meine Mutter vor mir, eingefallen in ihrem Bett. Als ich ankam, liefen alle, um Handtücher zu holen. Ich weiß nicht, wozu die in dem Moment gebraucht wurden, in den letzten Augenblicken ihres Lebens. Wozu Handtücher? Ich war noch im Mantel und hatte Finn auf dem Arm. Ich stellte die Tasche ab, und der Geruch schlug mir entgegen – ein alter Geruch, den ich nicht kennen konnte und trotzdem erkannte. Als ich mich dem Bett näherte, hellte sich ihr Gesicht auf, und zuerst dachte ich, es wäre meinetwegen.

Aber sie sah nicht mich an. Finn hielt ich an die Schulter gedrückt. Ob sie ihn wahrnahm, ist auch fraglich. Sie war schon woanders, und dann holte sie Luft, als ob sie untertauchen würde, und riss die Augen auf, als sähe sie etwas Überraschendes, lang Ersehntes. Sie starb, als Alice mit einem Armvoll Handtücher hereinstürzte.

»He – Sie müssen nicht darüber reden«, sagt Susannah. »Wenn es zu schmerzhaft ist.«

»Nein, schon gut. Sie starb zu Hause, und es war, na ja ... in ihrem letzten Augenblick sah sie erfreut aus, als sähe sie etwas Vertrautes. Ich weiß, das klingt sonderbar.«

»Sie hat Sie gesehen.«

»Nein. Das war es nicht. Vielleicht Finn – aber eigentlich bezweifle ich, dass sie uns wahrgenommen hat. Und wir haben uns … ich war keine … meine Schwester hat sich viel um sie gekümmert, sie haben sich sehr nahegestanden. Für Alice ist das alles viel schwerer.«

»Ihre Schwester?« Ihr Blick schnellt herüber, als hätte ich wieder etwas Verwirrendes gesagt.

»Ja, Alice. Sie hat sich die letzten Wochen freigenommen. Die beiden haben sich sehr nahegestanden, während ich – wir – meine Mutter und ich eine schwierige Beziehung hatten. Vielleicht hat sie Ihnen das erzählt? Ich habe Besuche immer sehr hinausgezögert. Aber ich will Sie damit nicht belasten. Das sind unschöne Familiengeschichten.«

»Tod und Schuld …« Sie setzt sich, dreht mit dem Zeigefinger den Ring am Daumen. Ich warte, dass sie das weiter ausführt, aber vergeblich. Dann sieht sie mich wieder an. »Mein Gott, Kali. Sie sind ihr so ähnlich. Ihre Stimme – sogar die Gesten beim Sprechen. Es ist, als wäre sie hier in meiner Küche.«

»Na ja, ihre Augen habe ich nicht. Alice hat die schönen grünen Augen.«

»Ja. Sie haben die gleichen wie Ihr Vater.«

»Meinen Sie? Nein. Eigentlich nicht. Dads sind eher graublau.«

Ihr ganzes Gesicht wird rot. Sie dreht sich weg und stellt ihre Tasse in die Spüle.

Dann ertönt ein lauter Schlag aus dem hinteren Bereich des Hauses, ein dumpfer Aufprall und darauf ein langer Klagelaut.

»Oh Scheiße!« Ich springe vom Hocker und sprinte durch das Wohnzimmer, den Flur entlang zum Gästezimmer. Die Tür ist zu. Dahinter weint Finn. Er muss den Koffer verschoben haben, sonst wäre sie nicht zugefallen. »Finn?« Ich versuche, sie aufzudrücken, aber sie bewegt sich nicht. »Finn? Schätzchen? Ich bin hier. Alles ist gut.«

»Mama!«, heult er.

Jetzt stemme ich mich mit der Schulter gegen die Tür, woraufhin sich das, was sie blockiert, verschiebt. Finn steht mit hängenden Armen da und sieht mich mit großen, nassen Augen an. Neben ihm liegt die weiße Bodenvase, von deren Rand ein großes Stück abgebrochen ist. Die Scherbe liegt neben Finns Fuß. Hastig nehme ich ihn hoch und sehe nach, ob er sich geschnitten hat. Nein. Aber die Vase ist hin. Der Koffer hat die Tür blockiert.

»Upsie.« Finn schaut auf die Vase hinunter. Er hat aufgehört zu weinen, sowie er auf meinem Arm war. Er sieht nur betroffen aus.

»Nur ein Versehen.« Ich streiche ihm über die Stirn, als könnte ich ihm den Schreck damit nehmen. »Alles gut, Schatz, alles ist gut.«

Er muss aufgewacht sein und aus Versehen den Koffer umgestoßen haben, sodass die Tür zugefallen ist. Dann kam er nicht an die Klinke heran. Es sieht so aus, als ob er versucht hätte, auf die Vase zu steigen. Er ist ziemlich findig.

»Mein armer kleiner Schatz. Du warst hier eingesperrt, hm? Die Tür zu und eingesperrt. Aber jetzt ist alles gut.« Mir zittern die Hände, obwohl ihm nichts passiert ist. Das ist albern.

»Mummy ist hier, und alles ist gut.«

Sein Gesicht hellt sich auf. Er zappelt, um runtergelassen zu werden. Er würde jetzt gern losstürmen und die Vase noch ein paarmal umhauen, damit es noch mehr scharfe Scherben gäbe, nur um zu sehen, was dann passiert.

»Hier, schau! Komm mit, damit wir dich anziehen können. Es gibt Frühstück!« Ich dirigiere ihn zum Bett. Susannah erscheint in der Tür.

»Hat er sich wehgetan?«

»Ach, Susannah, es tut mir so leid. Ich werde den Schaden bezahlen. Es tut mir wirklich leid. Finn hat sich irgendwie eingesperrt und muss auf die Vase gestiegen sein, um an die Klinke zu kommen. Es tut mir so leid.«

Ihre Miene ist abweisend, ihr Mund schmal. »Sie haben das Kind hier eingeschlossen?«

»Was? Nein! Wieso? Natürlich nicht. Ich habe … die Tür muss zugefallen sein.«

Aber sie hört nicht zu, das sehe ich. Sie geht und beugt sich über die Vase, mit geradem Rücken wie immer, und hebt die Scherbe auf.

»Susannah, bitte lassen Sie mich das bezahlen.« Mir fällt der Chihuly im Wohnzimmer ein – was, wenn die Vase von einem weltberühmten Künstler stammt? »Ich möchte sie Ihnen ersetzen, bitte.«

»Das ist unwichtig«, erwidert sie schroff mit dem Rücken zu mir.

»Ernsthaft, ich möchte sie ersetzen.«

»Die Vase ist mir völlig egal, Kali.« Sie dreht den Kopf zu mir. Zu meiner Überraschung sieht sie nicht verärgert aus, nur kalt. »Kleine Kinder zerbrechen mal etwas. Die Hauptsache ist, der Kleine hat sich nicht verletzt. Meinen Sie nicht auch?«

Ich wünschte, sie würde ihn nicht immer den Kleinen, den kleinen Burschen, das Kind nennen. »Er hat sich nichts getan!«, sage ich. »Überhaupt nichts. Stimmt's, Finn?«

Er windet sich aus meinem Arm und rennt mit nur einem Bein in der Hose zum Badezimmer, sodass das andere hinter ihm her schleift. »Baden!«, ruft er.

»Nein, nicht jetzt.« Ich eile hinterher.

Susannah trägt die Vase weg. Unter Gerangel packe ich Finn wieder aufs Bett, lege ihm eine frische Windel an und ziehe ihm seinen wärmsten Fleece und die Latzhose mit dem Saurier auf der Tasche über, während er zappelt und sich beschwert und brabbelt. Der Vorfall ist vergessen. Er ist mit den Gedanken längst woanders.

Als ich mit ihm an der Hand zur Küche laufe, merke ich, dass ich zu viel zu schnell gegessen habe. Vielleicht war es der Schreck, als ich ihn schreien hörte, oder meine Angst wegen der zerbrochenen Vase, jedenfalls liegen mir die Bagel wie Blei im Magen.

»Also, wenn Sie mitwollen, ich gehe jetzt los.« Susannah räumt gerade die Küche auf. »Aber Sie werden ihm wohl jetzt Frühstück geben müssen, oder?«

Angesichts des weiten strahlenden Himmels möchte ich dringend an die frische Luft. »Eigentlich würden wir gern mitgehen, wenn Sie nichts dagegen haben. Finn kann unterwegs einen Bagel futtern – ich setze ihn nur schnell in das Tragegestell. Es ist draußen im Wagen.«

»Oh. Klar.«

Sie pfeift, und die Hunde springen an die Verandatür und drehen sich schwanzwedelnd im Kreis.

»Ich hole schnell Mantel und Stiefel und das Tragegestell. Macht es Ihnen was aus, kurz auf Finn aufzupassen?«

»Nein, natürlich nicht«, sagt sie. Ich zögere. Sie sieht Finn an, der sich an meinem Bein festhält. Dann setzt sie ein breites Lächeln auf und geht in die Hocke, sodass sie auf Augenhöhe sind. »Möchtest du eine Banane? Du siehst mir aus, als würdest du Bananen mögen.«

Überraschenderweise lächelt er sie an. Sie nickt. »Okay. Also. Dann komm mal mit. Setz dich auf meinen besten Stuhl und such dir die größte Banane aus, ja?« Ihr mütterlicher Ton kommt völlig unerwartet. Aber er wirkt. Finn nimmt vertrauensvoll ihre Hand. Ehe er es merkt, husche ich hinaus.

Ich gehe in den eiskalten Morgen und hole die Trage aus dem Kofferraum. In dem Schrank im Flur finde ich Finns Schneeanzug und seine Gummistiefel, meinen Parka und die Wanderstiefel. Ich ziehe den Parka an und den Reißverschluss zu. Es dauert, bis ich meine Mütze gefunden habe – sie liegt zusammengefaltet auf einem Bord über den Garderobenhaken. Mit Susannahs dickem Schal und dem geschlossenen Reißverschluss ist es mir zwar eng am Hals, aber ich lasse es so. Ich steige in die Stiefel und poltere darin zur Veranda, mit der leisen Frage im Hinterkopf, ob ich das nicht besser auf Socken täte.

In der Küche sind sie nicht mehr. Auf dem Schrank liegt eine halb gegessene Banane. Susannah und Finn sind wohl schon draußen.

Ich reiße die Verandatür auf und laufe von der Sonne geblendet hinaus. Auf dem vereisten Holzboden rutscht mir ein Bein weg. Fast falle ich auf den Rücken, bekomme aber das Geländer zu fassen und hangle mich wieder hoch. Ich halte mich mit beiden Händen daran fest und schaue nach unten. Mein Herz klopft heftig, der Wind braust mir um die Ohren. Da ist sie. Ich sehe sie tief unten auf den Felsen. Hinter ihr tosen die Wellen. Finn steht an ihrem Bein und hält ihre Hand. Beide schauen zu mir hoch. Er hat nicht einmal eine Jacke an. Er steht auf Socken auf dem eiskalten Stein. Hohe Wellen branden ans Ufer nicht weit von ihnen entfernt.

»He!«, rufe ich. »Wartet! Ich komme. Ich habe Finns Anzug! Und die Trage. Wartet einen Moment!« Er wird frieren. Er muss sofort in den Schneeanzug. Auf dem großen Felsen sieht er winzig aus, und die Wellen sind zu nah und zu groß.

Es ist bitterkalt.

Ich setze mir die Trage auf und entdecke ein Stück weiter eine Lücke im Geländer. Um nicht wieder auszurutschen, gehe ich vorsichtiger. An den Fels sind Stufen geschraubt und mit einem dünnen Handlauf versehen, an dem man sich festhalten kann, wenn man hinunterschwankt. Ich darf gar nicht daran denken, wie Susannah die mit Finn bewältigt hat. Hat sie ihn getragen?

Mit beiden Händen am Geländer steige ich nach unten. Ich darf mir nicht vorstellen, wie der Abgrund sich vor ihnen öffnete. Wenigstens ist sie stark. Wahrscheinlich steigt sie die Treppe schon ihr Leben lang tagtäglich rauf und runter. Sie kennt jeden Zentimeter. Allerdings sind die Stufen vereist und knarren bei jedem Schritt. Ich bete, dass der Erbauer sein Handwerk verstanden hat.

Die schwarz-grauen Felsen glänzen unter einer weißen Sonne, und die Gischt der Brandung spritzt hinter ihnen hoch. Schlitternd springe ich die Felsen entlang. Susannahs Mund bildet eine schmale Linie, und sie beobachtet mich mit zusammengekniffenen Augen. Finns Haare wehen ihm leuchtend um den Kopf. Er strahlt mich an, reißt sich von ihrer Hand los und rennt stolpernd über den schlüpfrigen Boden auf mich zu.

Ich springe ihm entgegen und reiße ihn hoch, gerade als ihm ein Bein weggleitet und er kopfüber auf die Felskante zutorkelt. »Wow! Hupsie! Hallo!« Ich schwenke ihn durch die Luft. Er lacht.

»Es ist furchtbar kalt hier! Sieh mal, das Meer, Finn. Schau, die hohen Wellen.« Trotz seiner Proteste stopfe ich ihn in den dicken Schneeanzug und ziehe den Reißverschluss zu. Dann schiebe ich seine Füße in die Stiefel. »So. Jetzt bist du warm eingepackt.« Mir fällt ein, dass ich die Fäustlinge und die Mütze vergessen habe. Sie liegen im Koffer. Ich ziehe ihm die Kapuze auf. Jetzt sieht er aus wie ein kleiner roter Astronaut.

»Da!«, ruft er und zeigt in den Himmel hinter mir. »Da!«

Über der Landspitze und dem Haus schwebt ein Raubvogel mit prächtigen Schwingen reglos im Wind. Er hat einen weißen Kopf, und ich kann die Spitzen der Federn flattern sehen. Er hält den Kopf vollkommen still.

»Vogel«, sage ich. »Das ist ein großer Vogel.«

Ich drehe mich nach Susannah um. Sie schaut in die andere Richtung, zum Meer. Als ich wieder nach dem Vogel schaue, ist er weg.

Finn lässt sich überreden, in die Trage zu steigen, und ich schnalle ihn fest. Seine Hände sind bereits rot und kalt. Ich setze ihm noch einmal die Kapuze auf und ziehe ihm die Ärmel über die Hände. Schwankend hieve ich ihn mir auf den Rücken. Die Riemen schneiden mir in die Schultern trotz Parka. Ich schließe den Taillengurt. Finn wird allmählich zu schwer für mich.

Ich klettere die Felsen entlang zu Susannah hinüber. »Wir haben gerade einen großen schwarzen Raubvogel über dem Haus gesehen.« Ich bin schon außer Atem. »Mit dunklen Flügeln und weißem Kopf.«

Aber sie scheint weitergehen zu wollen. »Ich gehe immer über die Felsen«, sagt sie. »Dahinter kommt ein langer Strand. Trauen Sie sich das zu, Elle?«

»Was?« Habe ich richtig gehört? Der Wind und die Brandung sind so laut. »Ja, auf jeden Fall.« Die Bagel machen sich wieder bemerkbar. Ich schlucke Speichel hinunter, und mir summt es in den Ohren. Die Sonne scheint grell, aber mein Gesicht ist schon starr vom eisigen Wind.

»Ist er warm genug angezogen?« Sie schaut zu Finn.

»Keine Sorge, er wird sich schon melden, wenn ihm kalt ist.« Ich versuche zu lächeln. »Er hält nichts vom stillen Leiden.«

»Er braucht Handschuhe«, bemerkt sie tadelnd und geht los.

Es drängt mich, darauf hinzuweisen, dass sie es war, die ihn ohne Jacke und auf Socken – auf Socken! – nach draußen mitgenommen hat. Aber ich verkneife es mir. Mir kommt der Gedanke, dass das mangelnde Engagement meiner Mutter hinsichtlich ihres Enkels vielleicht auch ein Segen gewesen sein könnte.

Ich folge Susannah über die glatten Felsen. Sie hat kräftige, trainierte Oberschenkel und springt von einem zum anderen. Ich habe Mühe, mit ihr Schritt zu halten. Denn Finn ist schwer und macht das Balancehalten schwierig. Ich springe und gleite mit rudernden Armen voran.

Wir umrunden die Landspitze und gelangen an einen langen steinigen Strand. Die Hunde tollen und jagen vor uns her. Die ganze Küste ist bewaldet – ein Meer von verschieden grünen Nadelbäumen, manche mit Schnee bestäubt. Zwischen den Baumstämmen leuchtet etwas Weißes auf. Ein großes Tier verschwindet mit einem Satz im Wald, ein Hirsch oder vielleicht sogar ein Elch. Über uns kreisen Raben, und an einer Stelle zwischen den Bäumen steigt Rauch in den Himmel, ein Stück weiter ebenfalls.

Susannah marschiert schnell, ich immer ein paar Schritte hinter ihr. Ihre Füße kennen jeden Winkel und Hohlraum. Beim Laufen schaut sie aufs Meer hinaus, als erwarte sie ein

Boot, das aufs Ufer zuhält. Mir schmerzen die Oberschenkel und Schultern, und ich frage mich, wie weit sie in dem Tempo noch gehen will.

»Sehen Sie die Seehunde da drüben auf dem Felsen?«, ruft sie mir zu und bleibt stehen, um zu einer Halbinsel dicht vor uns zu zeigen. Schwer atmend hole ich sie ein. Links von der Bucht gibt es einen enormen schwarzen Felsbrocken. Er scheint sich zu wellen. Ich strenge die Augen an. Dann erkenne ich, dass sich Lebewesen darauf tummeln – Robben.

»Manchmal kommen Transiente und jagen sie.«

»Transiente?« Ein Bild von ärmlichen Menschen mit Speeren steigt vor mir auf.

»Schwertwale.«

»Oh. Ach. Sie meinen Killerwale?«

»Ja. Aber damit kennen Sie sich sicher aus, nicht wahr?«

»Äh, nein.« Ich zucke die Achseln. »Ich weiß eigentlich gar nichts über Killerwale.« Ich habe eine vage Vorstellung von schwarz-weißen Tieren in Vergnügungsparks in Florida. Mir fällt ein Zeitungsbericht über einen Unglücksfall ein, der ein paar Jahre zurückliegt: Ein Wal hatte seine Dompteurin am Pferdeschwanz unter Wasser gezogen und festgehalten, bis sie ertrunken war, vor den Augen der entsetzten Zuschauer, die dann von Angestellten hinausgeführt werden mussten.

Sie sieht mich an. »Nichts? Im Ernst?«

Mir ist unklar, was sie damit andeuten will. Sie schaut verständnislos, sieht weg, sieht mich wieder an. »Wirklich nicht?«

»Ich fürchte, ich bin sehr unwissend.«

Es gab noch einen weiteren Zwischenfall, über den die Nachrichten berichteten: Während einer Vorstellung in einem Aquarium wurde ein Mann von einem Wal am Fußgelenk ins Becken gerissen. Es war ein Weibchen. Es hat ihn stundenlang immer wieder untergetaucht. In dem Fall stellte sich heraus, dass das Weibchen kurz vor Beginn der Vorstellung sein zwei Jahre altes Kalb hatte schreien hören und aufgewühlt war. »Wenn Sie fünfundzwanzig Jahre lang in einer Badewanne leben müssten, würden Sie dann nicht auch psychotisch werden?«, hatte der Nachrichtensprecher gefragt.

»Sieht man hier oben viele Killerwale?«, frage ich.

Sie starrt mich an, und wieder beschleicht mich das Gefühl, dass sie glaubt, ich würde sie belügen. Wir sind auf einem Felsen stehen geblieben. Direkt vor uns brechen sich die Wellen und schleudern Gischt auf, die ich im Gesicht spüre. Aber wir haben den richtigen Abstand, um nicht zu nass zu werden.

»Sie wollen ernsthaft behaupten, dass Sie nichts über Schwertwale wissen?«

»Tut mir leid.« Ich zucke die Achseln und versuche, mir meinen Ärger nicht anmerken zu lassen. »Ich kenne sie aus Fernsehsendungen über Themenparks, aber ansonsten nicht. Im Ärmelkanal gibt es nicht allzu viele.«

Sie starrt mich an, scheint das aber nicht witzig zu finden. Dann atmet sie tief durch. »Im Frühjahr kommen die transienten Wale – die Fleischfresser – hierher, wenn die Seehunde ihre Jungen aufziehen. Die Einheimischen haben schon erlebt, wie die Wale einen Hund vom Strand schnappen wollten oder versuchten, einen Elch von einem Felsen zu schwemmen, der sich den Huf eingeklemmt hatte. Ich habe einmal selbst gesehen, wie ein Wal einen Seehund von der Landspitze fegte.«

»Wale fressen Hunde?«

»Das passiert selten, aber die transienten Schwertwale tun es. Eine Freundin von mir hat ihren Terrier auf diese Weise verloren, ein Stück weiter die Küste hinauf. Der Schwertwal steht an der Spitze der Nahrungskette.« Sie strafft die Schultern. »Ihm kann kein anderes Tier etwas anhaben. Sie wissen das wirklich nicht?«

»Nein!«

»Sie haben keine Fressfeinde – wenn man die Menschen nicht mitzählt.«

»Ich dachte immer, Wale fressen Plankton oder allenfalls Fische.«

»Bartenwale tun das, Schwertwale nicht. Residente Schwertwale fressen Fische – und die machen den Großteil der Population hier aus. Residente fressen Seetang, Lachse und Heringe. Sie haben es jetzt schwer, weil die Lachsbestände durch die Seeläuse in den Fischfarmen so verseucht sind. Es gibt auch alle möglichen Giftstoffe hier draußen, die die Futterbestände beeinträchtigen. Dazu kommt noch die Lärmverschmutzung durch die Schiffe. Die stören die Echoortung der Wale, sodass sie kein Futter finden und nicht kommunizieren können. Es ist kriminell, was wir den Tieren antun. Aber wie auch immer. Ja. Residente sind friedliche Fischfresser. Der ›Killer‹ im Namen ist mehr ein Ergebnis menschlicher Ängste und entspricht nicht ganz der Wirklichkeit.«

»Wie die Ortsnamen hier. Menschliche Ängste auf die Landschaft projiziert – oder auf Wale.«

»Ja, scheint so. Das ist typisch für uns, oder? Dem Schrecken einen Namen geben, um ihn zu besiegen. Das Problem ist nur«, sie sieht mir direkt in die Augen, »wir selbst sind der Schrecken.«

»Kommen sie wirklich bis ans Ufer und fressen Hunde?« Ich schaue zu ihren Retrievern. Die schnüffeln weiter oben am Strand um die Gezeitentümpel herum. Susannah scheint um die beiden nicht besorgt zu sein.

»Nun, meistens bleiben sie bei Meeresgeschöpfen. Voriges Jahr habe ich beobachtet, wie sie zu dritt einen Seehundbullen von seiner Familie isolierten, die da drüben lag.« Sie zeigt zu einem flachen, breiten Felsen seitlich der Bucht. »Es war wie ein Mafiamord. Faszinierend. Sie haben ihn betäubt und ins Wasser gezogen. Der ganze Seehundclan sah vom Felsen aus zu, wie sie ihn langsam totschlugen. Für die Schwertwale ist das ein Spiel. Sie hätten ihn sofort töten können, zogen es aber vor, sich damit Zeit zu lassen und zuerst ihren Spaß zu haben.« Sie sieht mich an. Ihre Augen schimmern, ihre Haut ist gerötet.

»Das klingt grausam.«

»Jep. Tja. Die Natur ist grausam, Kali. Sie haben ihn hin und her geworfen wie einen Wasserball, bis er tot war.«

Ich habe den Eindruck, dass sie mich testet, dass sie sehen will, wann es dem ahnungslosen Stadtkind zu fies wird. Ich spüre ihren Blick und schaue entschlossen auf die Wellen, um ihr nicht die Befriedigung zu verschaffen, mich angewidert zu sehen. Finn trommelt auf meinen Kopf und schlenkert mit den Beinen.

»Danach haben sie ihn zur Leitkuh gebracht«, fährt sie fort und stellt einen Fuß auf den Felsen neben sich. »Schwertwale sind matriarchalisch organisiert.«

»Tatsächlich?«

»Oh ja. In einer Walschule leben Mütter, Söhne, Schwestern, Brüder, Tanten und Onkel, aber keine Väter. Die Bullen paaren sich mit Weibchen anderer Schulen und kehren dann zu Mami zurück. Die Großfamilie kreist um das älteste Weibchen, das achtzig Jahre und älter werden kann. Es trifft die Entscheidungen, wohin sie ziehen und wann. Es gibt Anweisungen, und alle gehorchen. Vielleicht ist die Bindung an die Familie deshalb so stark: Sie kennen Treue, Liebe, Hingabe, Vertrauen. Sie sind hochzivilisiert – sie feiern und spielen, pflegen Umgang miteinander, haben Traditionen, und sie trauern sogar, wenn ein Familienmitglied stirbt.«

»Das klingt sehr menschlich.«

»Nun ja, gewissermaßen. Aber offen gesagt sind sie den Menschen einen Schritt voraus, wegen des Matriarchats und ihrer friedlichen Lebensweise.« Sie sieht zu mir herunter. Ich lächle, aber sie erwidert mein Lächeln nicht. Ihr Gesicht ist sogar wie versteinert. Sie wischt sich Haarsträhnen vom Mund. »In der Anfangszeit der Schwertwalforschung glaubten die Wissenschaftler, die großen Bullen seien die Bosse, diese riesigen Tiere mit den furchterregenden mannshohen Rückenflossen. Es dauerte eine Weile, bis sie begriffen, dass die Mütter das Sagen haben. Sogar diese großen Bullen bleiben ihr ganzes Leben lang bei der Mutter und tun, was die sagt. Aber Sie haben recht, Kali. In gewisser Hinsicht sind sie gar nicht so verschieden von uns: Bei ihnen dreht sich auch alles um Mama.«

Sie schaut aufs Meer. Für mich ist nicht zu erkennen, ob sie mich reizen will oder nur eine Tatsache des Lebens benennt.

Finn tritt gegen die Seiten des Tragegestells wie ein Reiter, als wollte er mich antreiben, in die Wellen zu springen. Ich stelle mir vor, wie vor uns eine Schwertwalkuh aus dem Wasser springt und das Maul aufreißt, um uns ins Wasser zu ziehen.

»Also sieht man hier oben viele Killerwale?«

»Ja klar. Die Region ist dafür bekannt. Zwei Schulen haben diesen Küstenstreifen in Besitz genommen. Aber hier gibt es auch zweihundert Nördlich-Residente, und die Forscher kennen jeden einzelnen Wal buchstäblich mit Namen – dank Ihrer Mutter und den anderen. Es ist erstaunlich, was sie zuwege gebracht haben.«

Ihre Augen haben denselben Farbton wie die hellen vereisten Steine hinter ihr, und sie sieht mich damit unverwandt an.

»Verzeihung, sagten Sie gerade meine Mutter?«

Jetzt sieht sie wieder aufs Meer. »Jeder Schwertwal hat einen Namen und einen ausführlichen Eintrag in einer Datenbank. Die Forscher kennen inzwischen alle Familienmitglieder, ihre Beziehungen, das Alter, Charaktermerkmale, Krankengeschichte, alles. Sie können die Wale an den Flecken und der Finne erkennen. Die Finnen sind individuell geformt und haben Narben, Kratzer, Risse oder Male. Und die Forscher haben Aufnahmen von allen. Die Tiere haben auch alle einen anders geformten Sattel – das ist der graue Fleck am Rücken. Die Sättel sind so verschieden wie Fingerabdrücke. Aber ja, es ist wirklich unglaublich, was diese Forschergruppe geleistet hat.«

Ich schüttle den Kopf. »Moment mal – Sie haben eben meine Mutter erwähnt. Ich verstehe nicht ganz. Was heißt geleistet? War sie etwa hier? Wovon reden Sie?«

Aber sie geht weiter, springt mühelos von Stein zu Stein. Es ist, als hätte ich in den Wind geredet.

»Los!«, schreit Finn und schlenkert mit den Beinen. Er ist es gewohnt, meine Haare um die Finger zu wickeln, aber das geht nicht mehr, und so schlägt er mir auf den Kopf. »Los, los.«

»Susannah? Was meinten Sie damit?« Ich rufe hinter ihr her. Das Aufholen ist mühsam. Meine Stiefel rutschen auf der Eisschicht. Ich muss langsamer gehen. Mit Finn auf dem Rücken darf ich nicht fallen.

Ich ziehe die Kapuze ab, um sie besser zu verstehen, höre aber nur den Wind und die Brandung. »Bitte, Susannah. Bitte warten Sie. Was hat meine Mutter damit zu tun? Ich weiß nicht, wovon Sie reden!«

Sie schaut über die Schulter, und ich bilde mir ein, sie schmunzeln zu sehen. Sie lässt mich aufholen.

»Nein? Vom Orca-Katalogisierungsprojekt. Eine ganz große Sache. Elena war doch bestimmt äußerst zufrieden damit, oder?« Sie greift zu Finn hinauf, nimmt vermutlich seine Finger. »Sie wird doch in England wenigstens die weitere Entwicklung verfolgt haben. Ist sie mit jemandem von damals in Kontakt geblieben?«

Ich schüttle den Kopf. »Ich habe wirklich keine Ahnung, was Sie meinen. Soll das heißen, dass sie hier war? Auf Spring Tide Island? Dass sie Killerwale erforscht hat?«

Sie lässt Finn los. »Seine Hände sind sehr kalt«, sagt sie und hüpft auf den nächsten Stein.

Mein Völlegefühl ist weg, dafür habe ich jetzt Magenschmerzen. Als ich auf den Stein hinter ihr steigen will, rutsche ich mit einem Fuß weg und tauche mit dem ganzen Stiefel in einen Felstümpel. Das Wasser ist so kalt, dass mir Schockwellen durch den Körper jagen, und ich muss mich mit beiden Händen auf dem vereisten Gestein abfangen, um nicht mit Finn zu stürzen. Nur mit Mühe kann ich das Gleichgewicht halten. Susannah beugt sich herab und zieht an der Rückentrage, um uns aufzurichten.

»Alles in Ordnung mit Ihnen? Mit einem Kleinkind auf dem Rücken müssen Sie vorsichtig sein. Es ist glatt hier.«

»Sie war hier oben?«, rufe ich. »Meine Mutter war hier?«

»Ihr Fuß ist nass, Kali. Übernehmen Sie sich nicht.«

»Alles in Ordnung. Es geht mir gut.« Der Drang, sie anzuschreien, wird übermächtig. Aber ich beherrsche mich. Stattdessen halte ich mir ein wenig vornübergebeugt den Bauch. »Hören Sie, ich weiß nicht, was meine Mutter mit den Walen zu tun hatte.«

Sie dreht sich um und geht weiter. Kurz dringt die Sonne durch die Wolken, und Susannah steht in einem weißen Lichtfleck. Ihre welligen Haare werden von hinten angestrahlt.

»Warten Sie!«, schreie ich. »Verdammt noch mal, Susannah! Bleiben Sie doch mal stehen!«

Sie tut es, und jetzt weiß ich, dass sie das genießt. Sie spielt mit mir.

»So? Ach. Sie hat Ihnen wirklich nichts erzählt, ja? Sie hat nicht mal ihre Arbeit hier oben erwähnt? Das Katalogisierungsprojekt?«

Ich steige, diesmal vorsichtiger, auf den Stein zu ihr. Mein Magen kommt in Bewegung, und mir läuft Speichel in den Mund.

Susannah lächelt auf mich herab. »So.« Sie zieht eine Braue hoch. »Sie hat wirklich alles hinter sich gelassen, als sie nach England zog? Das ist wohl verständlich. Aber erstaunlich. Wie auch immer, Kali, eines wenigstens sollten Sie über Elena wissen. Sie können stolz darauf sein, was sie hier oben geleistet hat. Was immer da drüben in England aus ihr geworden ist, in eurem gemütlichen Landhaus, sie hat einmal etwas Bedeutendes für die Welt geleistet.«

»Was hat sie getan?« Der salzige Wind peitscht mir ins Gesicht. Mein energischer Ton ist vergeudet. »Sagen Sie es mir!«

Susannah greift nach oben, vermutlich zieht sie Finn die Kapuze hoch. »Ihre Mutter war an einem Forschungsprojekt der kanadischen Regierung beteiligt, das die Schwertwalpopulation erfassen sollte. Hauptsächlich im Puget Sound. Sie und … Sie ist mit anderen Forschern rausgefahren, um die Wale per Fotos zu katalogisieren. Die Tiere wurden damals für die Meeresaquarien der Vergnügungsparks gefangen – das Forschungsprojekt hier oben war ein Wendepunkt im Naturschutz. Die Forscher entdeckten, dass die Südlich-Residenten durch die Gefangennahmen praktisch ausgelöscht worden waren, und konnten ein Verbot dieser Praxis erreichen. Danach versuchten sie den angerichteten Schaden zu beziffern. Inzwischen gibt es ein ganzes Forschungsinstitut, das sich mit den Walen befasst. Die Forschungen sind erstaunlich und die Naturschutzgesetze …«

Ich will fragen, ob die abgebrochene Doktorarbeit meiner Mutter davon handelte, aber Susannah redet immer weiter und sieht fortwährend aufs Meer hinaus. Sie weiß jetzt, sie hat mich in der Hand. Finn schlägt auf die Seitenwände des Tragegestells ein und macht in einem fort »oooobaba«. Ich beschwöre ihn im Geiste, noch durchzuhalten.

»Killerwale einzufangen war in den Siebzigern ein großes Geschäft«, erzählt sie. »Die Vergnügungsparks wollten nur einjährige Kälber. Daran hat sich bis heute nichts geändert – sie bekommen sie jetzt in Island, soweit ich weiß. Jedenfalls glich die Jagd auf Wale einer Militäroperation. Sie setzten Sprengstoff und Harpunen ein, um die Jungen von den Müttern zu trennen. Die meisten starben in der Gefangenschaft innerhalb weniger Wochen. Ein Fang im Puget Sound ist vor einigen Jahren groß durch die Presse gegangen. Da wurden fünf oder sechs Kälber auf einmal gefangen. Nur eins hat überlebt, ein Weibchen namens Lolita. Das ist vielleicht auch bis zu Ihnen nach England gedrungen. Es lebt irgendwo in Kalifornien, und es gibt jetzt eine Bewegung, die es wieder auswildern will. Die Aktivisten wissen, aus welcher Walschule es stammt. Sie kennen die Geschwister und die Mutter. Sie haben dem Weibchen Klangaufnahmen von seiner Familie vorgespielt, die entwickeln nämlich ihre eigenen Dialekte. Die anderen Wale in ihrem Becken reagierten kaum auf die Laute, aber Lolita wurde sehr aufgeregt. Sie schien die Stimmen zu erkennen. Es ist furchtbar, was wir diesen Tieren angetan haben. Aber immerhin sind die Schwertwale hier oben jetzt geschützt. Sie stehen auf der Liste der gefährdeten Arten.«

»Moment mal. Moment mal.« Ich kann das alles nicht so ganz begreifen. »Was hat meine Mutter damit zu tun? Sie hat Delfine erforscht.«

Sie sieht mich an. »Schwertwale gehören zu den Delfinen.«

»Und das heißt – Sie meinen, sie hat ihre Doktorarbeit hier oben geschrieben, nicht in Kalifornien?«

Susannah antwortet nicht. Sie schaut über die Wellen, besorgt, aber konzentriert, als ob sie nach etwas Ausschau hielte. Dabei fasst sie sich an die Schläfen und bläht die Nasenflügel.

»Hat sie hier geforscht?«, frage ich. Mir schwirrt der Kopf. Ich fühle mich, als hätte mir jemand Eiswasser in die Ohren gegossen.

»Sie sind bei jedem Wetter rausgefahren, das ganze Jahr über. Sie hatte so einen leuchtend gelben Overall an, der bestimmt drei Zentimeter dick war – sie ging darin wie ein Astronaut. Sie hatte das Fernglas und die Kamera um den Hals hängen. Die Haare flogen ihr um den Kopf. Sie hatte ein Hydrophon, das sie ins Wasser ließ, um die Wale zu hören und ihre Kommunikation aufzuzeichnen. Sie war furchtlos. Es gibt hier Orkanböen und fünf Meter hohe Wellen. Aber sie sagte immer: ohne Foto kein Beweis. Sie war besessen von ihrer Arbeit – total leidenschaftlich und zielstrebig. In jenem Winter habe ich mir oft Sorgen gemacht.«

»Ich kann nicht …« Unmöglich, dass sie über meine Mutter spricht. »Ich kann einfach nicht …« Finn schlägt mir auf den Kopf und stößt ein lautes, gedehntes »Maaaaa« aus. Ich ignoriere ihn.

»Also, Kali«, Susannah sieht mir in die Augen. »Wie immer sie in England gewesen ist, ihr Leben war nicht banal. Sie hat etwas Gutes getan.«

Ich blinzle sie gegen die Sonne an. Einen Moment lang überlege ich, ob sie das alles erfunden hat. Meine Magenschmerzen werden schlimmer, meine Beine sind zittrig. Finn schlägt mich mit beiden Händen. »Los, los, los, los, los.« Dann schlingert mein Magen. Gleich werde ich mich übergeben müssen. Ich sehe mich hektisch um – ich muss ein Schreckensgeräusch von mir gegeben haben, denn Susannah tritt mit ausgestreckter Hand auf mich zu.

»Geht es Ihnen nicht gut?«

»Muss brechen.« Ich halte mir den Mund zu und springe von ihr weg über den Stein. Da breche ich einen Schwall Bagel und Kaffee in einen Gezeitentümpel. Zu weit darf ich mich nicht vorbeugen, weil ich Finn auf dem Rücken habe, und ich muss breitbeinig dastehen, um mich nicht vollzuspritzen.

Sie ist hinter mir. Ich möchte ihr sagen, dass sie mich allein lassen soll, aber mir kommt die Kotze aus Mund und Nase, und ich schäme mich wegen der Geräusche und des Gestanks. Beim nächsten Schwall merke ich, dass sie zu mir kommt. Sie sagt nichts und fasst mich nicht an. Sie steht nur da und wartet. Vielleicht lenkt sie Finn mit irgendetwas ab.

Hinterher reicht sie mir ein Papiertaschentuch. Sie schaut aufs Meer, während ich mir den Mund abwische und die Nase putze.

Ich fange an, mich zu entschuldigen.

»Die Hände des kleinen Burschen sind Eisblöcke«, sagt sie. »Wir sollten zurück zum Haus gehen. Geben Sie ihn mir. Ich werde ihn tragen.« Ohne auf meine Zustimmung zu warten, löst sie den Taillengurt, zieht das Gestell samt Finn von meinen Schultern und setzt es sich auf den Rücken. Dann zieht sie davon.

In der Küche angekommen, setzt sie das Tragegestell ab, als wöge Finn gar nichts. Mit dem Rücken zu mir, sodass ich nicht an ihn herankann, schnallt sie ihn los und hebt ihn heraus.

Seine Wangen sind rot, die Augen glänzen. Er zappelt, weil er herunter will. Sowie sie ihn hingestellt hat, läuft er zu dem Hocker, ich hinter ihm her.

»Kali, wie wär's, wenn Sie sich ein bisschen hinlegen? Sie sehen aus, als würde Ihnen das guttun. Er wird mit mir klarkommen. Wir werden uns kennenlernen. Ich mache ihm Frühstück, dann beschäftigen wir uns eine Weile. Hm, kleiner Kerl? Magst du Pfannkuchen?« Finn sieht sie an, dann läuft er zu den Hunden. Sie liegen an der Tür.

»Finn!«, rufe ich.

»Die tun ihm nichts«, sagt Susannah wegwerfend. »Sie verhalten sich bei Kindern großartig.« Tatsächlich wedeln sie mit dem Schwanz. Finn kniet sich hin und schiebt die Finger in ihr nasses Fell. Sie wedeln weiter mit dem Schwanz. Einer leckt ihm das Gesicht. Ich bin beruhigt. Vielleicht bin nur ich es, den die Hunde nicht mögen.

»Im Ernst, Kali, er ist bei mir vollkommen sicher.«

»Aber Sie müssen doch arbeiten.«

»Ach, das kann warten.«

»Er kann ziemlich anstrengend sein.«

»Kali, ich mache das nicht zum ersten Mal, wissen Sie. Wir werden uns ein bisschen miteinander beschäftigen. Sie brauchen Ruhe. Sie sehen ehrlich gesagt krank aus – und Sie wollen doch nicht, dass es schlimmer wird, oder? Wir wollen nicht, dass Sie tagelang hier festsitzen, nicht wahr?«

Mir wird klar, dass das Angebot weniger zu meinem als zu ihrem Nutzen sein soll. Auf keinen Fall soll ich bei ihr krank herumgammeln. Und sie hat recht. Ich fühle mich ausgelaugt und ungeheuer müde und flau. Die Vorstellung, dass jemand eine Weile auf Finn aufpasst, ist verlockend.

Susannah ist selbst Mutter – sie wird auf ihn achten. Eine halbe Stunde werde ich ihn wohl bei ihr lassen können. Schließlich sind wir im selben Haus.

Ich putze mir die Zähne und krieche ins Bett. Obwohl ich so lange geschlafen habe, fallen mir die Augen zu. Mein Rachen ist rau, als hätte ihn jemand mit Stahlwolle geputzt. Das Gästezimmer ist warm, die Matratze weich. Bettzeug und Kissen riechen nach Waschpulver. Die vergangenen zehn Tage haben mich wirklich geschlaucht. Als ich liege, entspanne ich mich ein wenig. Das hohle Gefühl im Magen kommt allerdings nicht nur vom Brechen.

Ich höre Finn lachen, helle Laute reinen Vergnügens. Ihm ist nicht einmal aufgefallen, dass ich gegangen bin.

Meine Gedanken verschwimmen, und Bilder steigen vor mir auf: meine Mutter in einem schwankenden Motorboot, ohne Angst vor Wind und Wellen; mannshohe Finnen von Killerwalen, die neben ihr durchs Wasser schneiden; ihre fliegenden Haare und ihre Augen, die so grün sind wie das Meer. Und ich weiß, dass Susannah nicht lügt. Diese wilde, abgelegene Gegend passt zu meiner Mutter. Ja, das ist typisch für sie.

Ganz schwach rieche ich den Jasminduft. Mir ist, als wäre sie bei mir, stünde in einer dunklen Ecke des Zimmers, wo ich sie nicht sehen kann, und betrachtete mich. Ich denke an Susannahs Schilderung ihrer Arbeit. Das ist, als hätte ich etwas Kostbares geschenkt bekommen: einen winzigen Zugang zu der Frau, die meine Mutter früher gewesen war.

Langsam sinke ich in Schlaf, tauche noch mal ins Wachsein auf, versinke wieder und fühle dabei ihre Hand auf meinem Haar. Sie ist hier bei mir, so nah, dass ich ihre Wärme spüre und sie jetzt richtig riechen kann: Jasmin und Erde und salzige Luft. Und dann höre ich ihre Stimme klar an meinem Ohr. »*Kali.*« Sie nannte mich nur beim vollen Namen, wenn sie meine Aufmerksamkeit brauchte. »*Pass auf.*«

Ich reiße die Augen auf. Mein Herz klopft heftig.

Das Zimmer ist kalt und wird von scharfen Linien beherrscht: Regalböden, Poster, Türrahmen, Fensterrahmen. Ich atme bewusst und warte, dass mein Puls sich beruhigt.

Mir ist bekannt, dass Leuten, die einen wichtigen Menschen verloren haben, so etwas passiert: Sie hören seine Stimme, spüren seine Anwesenheit. Aber ich will keine Stimme, kein Gefühl – ich will sie. Ich will meine Mutter. Ich will sie wiederhaben, leibhaftig, in ihrer ganzen komplizierten, ärgerlichen Art. Das ist der Grund für das leere Gefühl im Bauch, für meine Übelkeit. Meine Mutter ist tot. Sie ist für immer fort, und ich habe ihr nicht gesagt, dass es mir leidtut. Ich habe ihr nicht gesagt, dass ich sie liebe. Ich hätte alles wieder in Ordnung bringen können und habe es nicht getan.

Als ich das Gesicht ins Kissen drücke, merke ich, dass ich auch Doug will. Ich will seine Stimme hören, seine Arme um mich spüren und ihm erzählen, was ich gerade über meine Mutter, die Wale und die Fotodatenbank erfahren habe. Ich will seine Haut riechen, seinen breiten Leib spüren und mich beim Erzählen an ihm festhalten.

Ich setze mich auf und krieche übers Bett, um seinen Pullover aus der Tasche zu ziehen. Dann rolle ich mich zusammen und vergrabe das Gesicht darin. Ich kann ihn riechen, ganz schwach, in der kratzigen Wolle, und die Einfachheit seines Geruchs ist tröstlich.

Für eine Weile male ich mir aus, wie es wäre, hier mit Doug zu liegen. Die Geräusche wären dann anders. Der heulende Wind würde nicht so dumpf und leer klingen, die Windspiele auf der Veranda nicht so unheimlich, sondern melodisch.

Ich wische mir Augen und Nase an Dougs Pullover. Das ständige Raunen des Windes erinnert mich an etwas, was ich komplett vergessen hatte. Einmal an Weihnachten, vor Jahren, als ich noch ein Teenager war, wünschte sich meine Mutter eine Kassette mit Windgeräuschen, und mein Vater trieb tatsächlich eine für sie auf. Monatelang hörte sie die Kassette, und wir lachten darüber – als gäbe es in Sussex auf dem Land nicht genug Wind. Aber sie meinte, dass sie das entspannend finde. Ich konnte die Kassette nicht ausstehen. Die Geräusche klangen gruselig und leer, und ich schaltete sie ab, sobald ich in die Küche kam. Wenn ich sie hörte, fühlte ich mich einsam und dachte an den Tod. Aber meine Mutter hat die Windgeräusche wirklich gemocht. Ihr Lieblingsstück war ein Blizzard auf Cape Cod. Ich weiß noch, dass man zwischen dem heiseren Rauschen und Stöhnen ab und zu eine Scheunentür klappern hörte.

Der Wind auf dieser Landspitze hier ist definitiv nicht tröstlich. Die Böen sind so stark, dass sie die Hauswände erschüttern, als könnten sie das Haus – mit uns allen – vom Felsen fegen und ins Meer schleudern.

Schluss damit. Das sind nur Wettererscheinungen. Weiter nichts. Der Wind kommt mir nur bedrohlich vor, weil ich erschöpft bin und allein und fern von zu Hause und weil ich unter Schock stehe. Das ist nur die Trauer. Eine von Alice' Phrasen. Hier wirkt alles gigantisch und unwirtlich. Als gälten andere Maßstäbe. Die Bäume sind viel höher, die Vögel und Felsen viel größer. Aber von all dem bedroht uns nichts. Ich muss mich zusammenreißen und aufhören, mich so jämmerlich anzustellen. Eigentlich bin ich nicht so. Ich bin stark.

Will ich Doug jetzt wirklich bei mir in diesem Bett haben? Will ich das? Ich führe mir vor Augen, wie angespannt es in letzter Zeit im Bett gewesen ist. Während seiner ersten sechzehn Monate wachte Finn jede Nacht mehrmals auf. Weil Doug morgens zur Arbeit musste, stand ich für Finn auf. Dann sogar an den Wochenenden, weil Finn mich gewohnt war und nicht Doug. Und das tat ich Nacht für Nacht bis an die Grenze zum Wahnsinn. Oft, wenn ich wieder ins Bett kroch, nachdem Finn endlich eingeschlafen war, lag Doug auf dem Rücken und schnarchte.

Dann wälzte ich mich eine Weile mit einem Kissen auf den Ohren und konnte nur daran denken, wie bis zum nächsten Wecken die Minuten verstrichen. Schließlich rüttelte ich Doug wach, und er zog ins Gästebett in der Mansarde, damit wir beide noch eine Mütze voll Schlaf bekamen. Meistens erwachte ich am Morgen in einem kalten Bett ohne Doug, und Finn brabbelte nebenan.

So gehen Ehen langsam in die Brüche. Es ist ein schleichender Prozess. Jede Nacht legten Doug und ich einen weiteren Stein auf die unsichtbare Mauer zwischen uns, und ahnten es nicht einmal. Wir waren ständig müde. Wollten nichts weiter als Schlaf.

Aber ich frage mich jetzt, ob Doug in diesen Nächten in der Mansarde lag und an sie dachte. Überlegte er da, wie er mich verlassen und mit ihr zusammen sein könnte? Oder habe ich das alles falsch verstanden? Er hat versucht, mir zu sagen, was passiert ist, und ich ließ ihn nicht. Das kommt mir alles verwirrend vor, wie ein Traum, in dem man komplizierte Informationen bekommt, die aber keinen Sinn ergeben. Ich brauche bloß Zeit. Ich werde mich der Sache schon noch stellen können, mir anhören können, was er mir sagen will. Aber nicht jetzt.

An Schlaf ist nicht mehr zu denken. Ich setze mich auf und schlinge die Arme um die Knie. Es ist eine Qual. Wenn Doug eine Affäre hat, dann hat nichts, was gewesen ist, keine Erinnerung und kein Eindruck, noch dieselbe Bedeutung. Doug war gut, zuverlässig, treu, und jetzt ist er es nicht mehr. Vielleicht weiß ich überhaupt nicht, was für ein Mensch er ist. Aber natürlich weiß ich, wer er ist. Er ist Doug. Er würde mir das niemals antun.

Ich stoße seinen Pullover vom Bett und krame das Handy hervor. Das Display ist schwarz. Ich hole das Ladekabel aus der Tasche und stecke es ein. Ich muss mit ihm reden. Das ist unvernünftig. Einen Moment lang sehe ich mich selbst völlig klar: Ich habe mich wie ein verzogenes Kind aufgeführt, habe mir die Ohren zugehalten und bin weggerannt – »Lalala, ich kann dich nicht hören«.

Das Display leuchtet auf, aber es hat kein Signal – und mir fällt ein, dass es hier draußen keinen Empfang gibt. Ich lasse mich zurücksinken und schließe die Augen.

Als ich wach werde, habe ich einen ganz trockenen Mund. Ich starre an die Decke und höre zu, wie die Wellen an die Felsen schlagen. Der Wind drückt wie mit flachen Händen gegen die Scheiben. Das Windspiel klimpert schaurig. Dann schrecke ich hoch: *Finn!*

Im Gehen ziehe ich mir den Pullover an und eile durch das kalte Wohnzimmer in die Küche. Die ist aufgeräumt und sauber, von den beiden ist nichts zu hören. Susannahs Stiefel stehen nicht an der Verandatür, und die Hundekörbe sind leer. Die Veranda auch. Graue Wolken jagen über den Himmel.

Sie wird ihn doch wohl nicht wieder über diese Treppe zu den Felsen mitgenommen haben? Nein, sicher nicht. Ich reiße die Tür auf. Wind und Brandung übertönen einen Moment lang alles – ein überwältigendes Tosen. Ich renne die Veranda entlang, rutsche aus, fange mich am Geländer ab, wie vorhin. Ich schaue hinüber. Es herrscht Flut. Das aufgewühlte Meer schlägt an den Fuß des schwarzen Isabella-Felsens.

Suchend blicke ich umher. Die Kälte dringt mir schon in die Knochen. Hinter dem Haus verläuft ein Pfad, der in den Wald führt. Ich habe noch nie so kolossale Nadelbäume gesehen. Es scheint, als strebten sie dem Himmel entgegen, als wollten sie nach den Wolken stechen. »Susannah?« Ich laufe ans Ende der Veranda. »Susannah!« Der Wind pfeift in den Baumkronen und fegt meine Rufe weg.

Hoch über dem Haus kreischt eine Möwe. Ich muss aufhören, ständig panisch zu werden. Sie werden irgendwo im Haus sein. Ich habe ja gar nicht in die Zimmer gesehen. Und wenn sie nicht drinnen sind, dann wahrscheinlich vor dem Haus. Sie ist eine Mutter. Sie weiß, wie man auf ein kleines Kind aufpasst. Sie wird ihn an der Hand halten und nicht die rutschige Veranda entlangrennen oder ihn in die Nähe der Treppe lassen. Sie wird ihn keine Sekunde aus den Augen lassen. Ihm keinen Moment den Rücken zukehren.

Ich laufe zurück ins Haus und den Flur entlang zu ihrem Schlafzimmer. Ich klopfe. »Susannah?« Nichts. Ich drehe den Knauf. »Susannah? Finn?« Ich spähe hinein. Ein großes weißes Bett. Riesige Fenster. Ich ziehe die Tür wieder zu.

Ich weiß nicht, wie lange ich geschlafen habe. Aber das ist okay. Bestimmt sind sie ganz in der Nähe. Ich öffne den Garderobenschrank gegenüber ihrer Schlafzimmertür. Finns Anzug ist nicht drin. Aha. Also sind sie draußen. Ich öffne die Haustür und trete auf die oberste Steinstufe. In der Auffahrt steht ein alter Subaru vor dem Mietwagen.

»Susannah?«, brülle ich. Meine Socken sind nass, meine Füße Eisklumpen. Die Möwen schreien, und die Kiefern biegen sich im Wind. Die Brandung ist schwach zu hören. Das Haus ist ringsherum von Bäumen eingeschlossen. »Susannah! Finn?«

Mit den nassen Socken laufe ich die Veranda entlang. Sie geht offenbar ums ganze Haus.

Und da sehe ich sie.

Finn steht mit dem Rücken zu mir vor den großen Fenstern, eingepackt in seinen Schneeanzug, und hat diesmal Stiefel, Handschuhe und Mütze an. Er steht vollkommen still und schaut gespannt auf etwas hinunter. Susannah kniet neben ihm, den Arm schützend um ihn gelegt. Sie schaut ebenfalls gespannt. Ich habe meinen Sohn noch nie so still stehen sehen. Dann entdecke ich, was die beiden fesselt: ein großes, graues Eichhörnchen. Es ist riesig, so groß wie eine Katze. Es hält eine Nuss zwischen den Pfoten und knabbert daran. Die Schwanzspitze zuckt dabei in einem fort.

Zu Hause hat Finn ein Pappbuch über Squirrel Nutkin, eine schreckliche Billigausgabe, bei der sich Beatrix Potter im Grab umdrehen würde. Aber er liebt die Bilder und zeigt gern darauf, damit ich die Dinge benenne. Es muss ihm vorkommen, als wäre sein Bilderbuch lebendig geworden.

Es zieht mich zu ihm, aber ich will den Augenblick nicht verderben. Dann bemerkt Susannah mich. Sie dreht den Kopf, ohne zu lächeln, ihre Augen sehen aus wie Meerglas. Die Bewegung verscheucht das Eichhörnchen. Finn stößt einen Schrei aus, halb aufgeregt, halb empört.

Susannah steht auf und nimmt ihn an die Hand. Dabei sieht er mich.

»Mama!« Er rennt mir in die Arme. Als ich ihn hochhebe und sein Gewicht spüre, durchströmt mich Erleichterung. Meine Füße sind taub, und der Wind kneift mich im Rücken, aber Finn ist warm wie eine Decke. Er drückt die Wange an mein Gesicht.

»Eichhörnchen«, sagt er. Seine braunen Augen leuchten. »Eichhörnchen!«

Er bekommt einen Kuss von mir. »Ich weiß. Das war ein sehr großes Eichhörnchen. Und es hat an einer Nuss genagt, nicht wahr? Wie in deinem Bilderbuch.«

Susannah kommt zu uns. Sie hält sich steif. Die Art, wie sie das Kinn neigt, wirkt feindselig, als hätte sie über mich nachgedacht, während ich schlief, und mich für unzureichend befunden.

»Danke fürs Aufpassen«, sage ich. »Er hat offenbar einen Riesenspaß gehabt.«

»Ja. Geht's besser?«

»Viel besser. Danke, Susannah. Das war sehr nett von Ihnen. Ich weiß gar nicht, wie spät es ist. Habe ich lange geschlafen?«

»Fast zwei Stunden.«

»Du meine Güte – zwei Stunden!« Kein Wunder, dass sie verärgert ist. »Sie hätten mich wecken können. Sie wollten doch arbeiten!«

Den Kopf leicht zur Seite geneigt, blickt sie mich an, dann streckt sie die Hand aus, als wollte sie mein Gesicht berühren. Unwillkürlich weiche ich zurück. Sie lässt die Hand sinken.

Finn zappelt, bis ich ihn herunterlasse, und rennt zu der Stelle, wo das Eichhörnchen gesessen hat. »Huhu, Eichhörnchen!«, ruft er. »Eichhörnchen?« Mit beiden Händen an den Geländerstäben geht er in die Hocke und späht zwischen die Bäume. Seine Haare sind windzerzaust.

Sie beobachtet ihn. Ein Windstoß weht ihr ein paar graue Strähnen über die Wange. Das ist der Gesichtsausdruck einer Großmutter – zärtlich, stolz, ein bisschen sehnsüchtig. Dann richtet sie ihren Blick auf mich, und die Wärme verschwindet aus ihren Augen. »Gehen Sie hinein, Kali. Wir kommen gleich nach. Setzen Sie den Kessel auf. Los, Sie frieren – gehen Sie.«

Ich schaue zu Finn. Er hockt noch genauso da und ruft das Eichhörnchen. Er würde ausrasten, wenn ich ihn jetzt da wegholen wollte. Dabei sollte er genau das tun: Seeluft atmen, Tiere beobachten. Frierend schlinge ich die Arme um mich, zögere aber noch und trete von einem Bein aufs andere.

»Gehen Sie rein, Kali«, sagt sie barsch, und ich spüre, sie meint es ernst, sie will mich weghaben.

Es gibt keinen elektrischen Wasserkocher, nur einen grünen Emaillekessel für den Herd. Als ich ihn aufsetze, fällt mir eine Haftnotiz ins Auge. Sie klebt auf dem Küchentresen. *Sind draußen – S*

Ein paar Augenblicke lang starre ich den Zettel an. Jetzt komme ich mir blöd vor, weil ich panisch besorgt herumgelaufen bin. Was habe ich denn geglaubt, was sie Finn antun würde?

Ihre verkrampfte Handschrift kenne ich von den Postkarten an meine Mutter, die ich in ihrer Schreibtischschublade gefunden habe. *Ich denke heute an dich. Susannah*

Warum? Warum dachte Susannah jedes Jahr am selben Maitag an meine Mutter? Ich habe sie nicht gefragt. Es fällt schwer, sie etwas zu fragen. Aber natürlich muss ich das tun. Bevor ich abreise, will ich hören, was sie sonst noch über meine Mutter weiß.

Durch den Küchendurchgang kann ich die Fenster an der Rückseite des Wohnzimmers und ein Stück der Veranda sehen, wo Finn im roten Schneeanzug steht und Susannah sich zu ihm herabbeugt.

Sie kann bemerkenswert gut mit ihm umgehen. Das würde man bei ihr nicht erwarten. Sie wirkt wie eine Frau, die bei kleinen Kindern ungeduldig und herablassend wird, aber sie konzentriert sich voll auf Finn, als hätte sie ein biologisches Anrecht auf ihn.

Vielleicht wäre sie gern Großmutter und die Aussicht darauf ist gering. Wie auch immer, sie hat recht, wenn sie nichts von mir hält. Was für eine Mutter leistet sich so eine Verrücktheit und steigt aus einer Laune heraus in ein Flugzeug nach Kanada? Was für eine Mutter kreuzt mit ihrem Kleinkind unangemeldet an einem Winterabend bei einer fremden Frau auf? Was für eine Mutter macht einen zweistündigen Mittagsschlaf und lässt ihr Kind bei einer Fremden am Rand einer Steilküste? Kein Wunder, dass Susannah ablehnend ist. Andererseits, wenn es sie so verärgert, zwei Stunden auf Finn aufzupassen, warum schickt sie mich dann ins Haus? Warum übergibt sie ihn mir nicht einfach? Vielleicht findet sie, dass er vor mir beschützt werden muss.

Mir fällt auf, dass ich mich schon wieder herabsetze – das ist die alte Angst, nicht gut genug zu sein. Von dem Moment an, in dem Doug und ich beschlossen, ein Kind zu bekommen, fürchtete ich, die sprunghafte Mütterlichkeit geerbt zu haben. Und hier war ich zweifellos nicht bei der Sache – zumindest was die Vase und die zugefallene Tür angeht. Ich habe nicht auf seine Bedürfnisse geachtet, nicht so, wie es sich gehört hätte. So fängt es vielleicht an: mit kleinen Momenten der Vernachlässigung, die dann anwachsen und sich summieren, und auf einmal ist man eine schlechte Mutter.

Das ist ja lächerlich. Ich bin vielleicht keine perfekte Mutter, aber ich würde Finn niemals so behandeln wie sie mich – zuerst liebevoll, dann abweisend, eben noch da, dann nicht mehr. Zurzeit bin ich sein Fixpunkt. Ich gehöre ihm, voll und ganz. Und während dieser wenigen Jahre, solange er so klein ist, gehört er auch mir. Das Bild eines Yin-Yang-Kreises kommt mir in den Sinn; wir beide bilden, umeinander gekrümmt, eine glatte Kugel. Ich werde ihn niemals so allein lassen, wie sie mich allein gelassen hat.

Auf einmal kommt mir der Gedanke – tatsächlich zum ersten Mal –, Doug könnte sich ausgeschlossen gefühlt haben. Ich habe mich so sehr bemüht, für Finn da zu sein, eine bessere Mutter zu sein, dass ich Doug aus unserem kleinen Kreis ausgeschlossen habe. Für Finn brachte ich meine ganze Ausdauer auf, während Doug im Regen stand. Dabei habe ich Doug noch mehr geliebt, nachdem wir Finn hatten – und habe jeden Tag versäumt, es ihm zu zeigen. Stattdessen habe ich gegrollt, weil er arbeiten ging, weil er schlief, weil er noch eine Karriere hatte. Was immer aus unserer Beziehung geworden ist, ich habe eindeutig dazu beigetragen.

Ich muss mit ihm reden. Wenn die beiden ins Haus kommen, werde ich fragen, ob ich mal telefonieren darf.

Während das Wasser heiß wird, schlendere ich ins Wohnzimmer und sehe mir das Regal hinter der Chihuly-Skulptur an. Große weiße quadratische Fächer voller Bücher und anderer Dinge. Vom obersten Bord wächst eine Kletterfeige herab. Die meisten Fächer sind vollgepackt mit Büchern, aber in einem stehen ein Holzbuddha und das gerahmte Bild eines betenden Buddhisten. Ein anderes enthält drei große, glatte weiße Steine, eine Duftlampe und ein geschnitztes Holzkästchen mit Duftölen: Bergamotte, Lavendel, Jasmin. Und in einem dritten steht ein schöner Keramikteller, der mit blauen Fischen verziert ist.

Ich schaue über die Buchrücken. Sie hat viele Romane, hauptsächlich gebundene, von Pulitzer-Preisträgern. Es sind allgemein bekannte Namen, die meisten Frauen: Nadine Gordimer, Margaret Forster, Toni Morrison, Maya Angelou, E. Annie Proulx. Es gibt einen großen Bereich Kunstgeschichte, der zwei Fächer umfasst. In einem anderen Fach steht ein ganzer Schwung Lyrik, von Milton bis Sylvia Plath. Ein dünnes Bändchen springt mir ins Auge, weil ich es kürzlich erst gesehen habe. Es ist der schmale blaue Buchrücken, der mir auffällt.

Ich ziehe das Bändchen heraus. Und dann muss ich mich hinsetzen. Ich starre es an. Es ist dieselbe Ausgabe. Ich drehe es um. Eine Postkarte steckt als Lesezeichen darin. Ehe ich es aufschlage, weiß ich, welche Seite es sein wird.

Du gabst mir, Liebster, zwei Vermächtnisse –
Ein Vermächtnis der Liebe,
Das einem himmlischen Vater genügte,
Würde es ihm dargebracht;
Du gabst mir Grenzen für den Schmerz,
Weit wie die See,
Zwischen Ewigkeit und Zeit,
Deinem Bewusstsein und mir.

Keine Trauerrede einer Tochter und eindeutig kein Hochzeitsgedicht.

Ich schaue aufs Vorsatzblatt. *Susannah Gillespie.* Ohne Datum.

Noch einmal lese ich das Gedicht und frage mich, ob Susannah meiner Mutter das Buch geschickt hat oder umgekehrt. Ich sehe hinten nach. Es ist dieselbe Ausgabe, die wir zu Hause in Sussex stehen haben, und es ist eine kanadische. Also muss Susannah sie meiner Mutter geschickt haben. Und dann komme ich darauf – natürlich. Wieso ist mir das nicht gleich eingefallen. Sie waren an einer kalifornischen Uni in den Siebzigern, umgeben von Protesten, feministischen Selbsterfahrungsgruppen, Love-Ins, Flitzern, psychedelischen Drogen. Sie waren ein Liebespaar.

Es ist wie der Blick in ein Kaleidoskop: Man dreht das Ende und wartet, bis die Splitter rasselnd verrutschen und ein neues Bild gebildet haben. Und auch dieses Bild macht keinen ganz stimmigen Eindruck. Oder? Ich bin mir nicht schlüssig.

Ich werde Susannah geradeheraus fragen müssen.

Vor der Haustür sind Geräusche zu hören, dann tapsende Hundepfoten, aus der Küche ein heller Schrei, der lauter wird. Für eine Sekunde denke ich an einen Vogel, der sich ins Haus verirrt hat, und begreife im nächsten Moment, dass der Wasserkessel pfeift. Die Haustür geht auf, die Hunde stürmen an mir vorbei zu den Fressnäpfen. Susannah redet mit Finn über Eichhörnchen. Ein Hund schlappt Wasser aus der Schale in der Küche.

»Hi!« Ich stecke die Postkarte an ihren Platz und das Buch in seine Lücke und springe auf. »Das Wasser kocht!« Ich renne hin und nehme es vom Herd. Finn plappert Unsinn, während Susannah den Garderobenschrank aufmacht, um seinen Schneeanzug und die Handschuhe wegzuhängen.

SÜDKALIFORNIEN, FRÜHJAHR 1976

Oberflächlich betrachtet hatte sich nur ihr Tagesablauf geändert, weil sie natürlich nicht mehr zum Sea Park ging. Sie erfuhr, dass das Kalb nach fünf Tagen verendet war. Es hatte das Fressen nicht lernen können. Die Pfleger hatten es in ein anderes Becken gesetzt und versucht, es durch einen Schlauch mit einem Brei aus Fisch und Sahne zu füttern. Es verhungerte aber in Hörweite der verzweifelten Eltern.

Sie konnte nicht darüber reden. Gray war weg, was es leichter machte, und Susannah sagte sie nur, sie brauche nicht noch mehr Daten über die Delfine. Damit erklärte sie, warum sie jetzt ständig in der Wohnung war, und Susannah schien ihr das abzunehmen.

Sich selbst sagte sie, dass sie die Sache rational durchdenken müsse, ehe sie sich endgültig entschied oder es jemandem mitteilte. Aber eigentlich stand die Entscheidung schon seit dem Abspann des Films fest. In knapp zwei Wochen würde sie nach British Columbia aufbrechen. Jonas, der Wissenschaftler, hatte angeboten, sie im Wagen mitzunehmen und den Sommer über im Hausboot eines Freundes unterzubringen. Die anderen würde sie dort oben kennenlernen. Sie wäre an dem Orca-Katalogisierungsprojekt beteiligt. Eigentlich gab es keinen Zwiespalt – sie hatte noch ihre kleine Erbschaft, sie würde mitgehen.

Die meiste Zeit blieb sie in ihrem Zimmer und las alles über Schwertwale, was es gab. Sie erfuhr, dass die schwarz-weiße Färbung die Beutetiere täuschte – in der dunklen Unterwasserwelt waren nur die weißen Flecken sichtbar, sodass sie viel kleiner und nicht so bedrohlich erschienen. Nach der Lektüre einer Abhandlung über den Aufbau der Finne begriff sie, dass die von Orpheus wahrscheinlich nicht aufgrund von Krankheit zusammengefallen war, sondern durch mangelnden Gebrauch. In freier Wildbahn, wo die Schwertwale häufig und tief tauchten, wurde das Knorpelgewebe gestärkt. Wenn sie dagegen in einem engen Becken im Kreis schwammen, wurde es immer schwächer. Da lag die Vermutung nahe, dass Orpheus' anderthalb Meter hohe Finne aufgrund der Gefangenschaft verkümmert war.

Die Forscher, die den Walbestand erhoben, hatten bereits bewiesen, dass die Schwertwale im Pazifischen Nordwesten sich in zwei Arten unterteilten – Residente und Transiente. Transiente hatten spitzere Finnen, wanderten in kleineren Gruppen und fraßen Meeressäuger, wogegen Residente hauptsächlich Fisch fraßen und in größeren Gruppen lebten. Nach den Bildern zu urteilen war Bella wohl ein residenter Schwertwal. Deren Bestand im Nordostpazifik wurde auf 280 geschätzt. Orpheus war in den Gewässern östlich von Island, Bella im Puget Sound gefangen worden. Das hieß, ihre Familie lebte unter den gezählten Walen – irgendwo in der Salish Sea.

Elena las alles, was es bisher über die Katalogisierung der Bestände gab, und dabei wurde ihr klar, was Jonas ihr hatte deutlich machen wollen: Dieses Projekt war viel mehr als eine Populationsstudie. Die Wale einzeln zu identifizieren ermöglichte Längsschnittstudien zu sozialen Beziehungen, Wanderrouten, Gewohnheiten und Kommunikation. Das war der Einstieg in eine bislang verborgene Welt. Das wissenschaftliche Potenzial war immens. Sie könnte eine der ersten Wissenschaftlerinnen – wenn nicht sogar die erste Wissenschaftlerin – werden, die die Kommunikation der Schwertwale in freier Wildbahn untersuchte.

Wenn ihr Kopf randvoll mit Informationen war, ging sie zum Strand hinunter und setzte sich in den Sand, sah die Pelikane ihre Kreise ziehen oder die Weißstreifendelfine an der Küste entlangschwimmen. Sie lief den Strand entlang, bohrte die Fersen in den Sand, um Pismo-Muscheln zu finden, oder fischte Miesmuscheln aus den Gezeitentümpeln und brachte sie Susannah, die sie in Butter und Knoblauch zubereitete. Ihre Liste mit Fragen an Jonas wurde immer länger. Sie füllte schon ein halbes Notizbuch. Er hatte gesagt, er werde eine Woche vor der Abreise zur Uni zurückkommen. Gedanken an Graham, der noch in Europa war und nichts wusste, drängte sie beiseite und stellte fest, dass sie sich nicht daran erinnern konnte, wo genau er jetzt war und warum. Vielleicht würde er es verstehen – sie konnte es zumindest erklären, die rationalen Gründe jedenfalls, und er würde sie ziehen lassen, weil ihm nichts anderes übrig bliebe. Aber es würde ihn kränken.

Seltsam war, dass sie sich nicht überwinden konnte, mit Susannah darüber zu sprechen. Ein paarmal, wenn sie zusammen schwimmen waren, stand sie kurz davor, wusste aber nicht, wie sie anfangen sollte. Nach einer Weile begriff sie, was sie davon abhielt. Ihr war instinktiv klar, dass Susannah ihr Vorhaben nicht nur missbilligen, sondern wütend werden würde. Sie würde es als persönlichen Affront, als Zurückweisung auffassen. In letzter Zeit hatte ihre Freundschaft eine verwirrende Entwicklung genommen – es war, als ob sie deren Regeln und Parameter nicht ganz verstanden hätte. Ein heftiger Streit mit Susannah war das Letzte, was sie jetzt wollte.

Da sie bisher nicht viel Zeit in der Wohnung verbracht hatte, überraschte es sie, dass Susannah kaum zur Uni ging. Die Jungs wälzten sich morgens um neun aus dem Bett, schnappten sich verschlafen einen Bagel, tranken gierig Saft aus dem Karton und hinterließen Krümel und verkleckerten Kaffee, wenn sie zum Labor abhauten. Aber Susannah war immer da. Ihre Lehrverpflichtung war offenbar minimal – sie verbrachte immer nur zwei Stunden im Atelier. Angeblich weil ihre Kreativität versiegt sei, seit sie in Kalifornien war. Das Licht sei verkehrt, sie brauche Feuchtigkeit, Wolken und Nieselregen. Die trockne Hitze und die Helligkeit machten es unmöglich zu arbeiten. Aber sie tat auch nichts anderes.

Andere Freunde schien sie nicht zu haben und sie ging auch nirgendwohin. Sie schien sich fortwährend in der Küche aufzuhalten, wo sie eine neue Kanne Kaffee kochte und Cobb Salad fürs Mittagessen machte. Ansonsten saß sie auf dem Balkon mit einem Skizzenblock auf den Knien oder gegen Abend mit einem kalten Bier in der Hand. Manchmal sah Elena sie übernatürlich still an der Frühstücksbar sitzen und ins Leere starren. Ihr kam der Gedanke, Susannah könnte ihretwegen ständig da sein. Neuerdings hatte sie den Eindruck, als wartete Susannah auf sie. Wenn sie ihr Zimmer verließ, rechnete sie halb damit, dass Susannah sich aus einer dunklen Ecke löste.

Oberflächlich betrachtet war alles wie immer. Am Abend gingen sie zusammen die Straße entlang und die Steintreppe zum Strand hinunter. Sie kletterten über die Steine zu ihrer Bucht und schwammen eine Weile, legten sich dann in den Sand und schwatzten, während die Sonne unterging. Hinterher kochte Susannah das Abendessen.

Aber eines Tages war Elena allein am Strand gewesen. Als sie in die Wohnung zurückkam, eilte Susannah gerade durch den Flur zur Küche. Sie blieb stehen und blickte Elena scharf an.

»Hi.« Elena warf ihre Sonnenbrille auf den Tisch.

Susannah rührte sich nicht und sagte kein Wort.

»Alles in Ordnung?«

Susannah antwortete nicht. Dann drehte sie sich um und ging langsam in die Küche.

Elena ging in ihr Zimmer und warf die Bücher aufs Bett. Dabei sah sie, dass ihr Tagebuch aufgeschlagen auf der Tagesdecke lag. Sie hatte es wie immer in einer Kiste mit Tonbändern versteckt, ehe sie zum Strand gegangen war. Entschlossen, Susannah zur Rede zu stellen, lief sie in die Küche, aber Susannah hatte die Wohnung verlassen. An jenem Tag kam sie erst spät abends zurück. Am nächsten Tag fiel über die Sache kein Wort. Wie gewohnt gingen sie am Abend zum Strand, schwammen viel und redeten wenig.

Das Problem war, dass Elena es nicht gewohnt war, so viel mit jemandem zusammen zu sein. Während der Unizeit hatte sie immer allein gewohnt – sogar im Grundstudium hatte sie ein Einzelzimmer gehabt. Ihre ganze Kindheit war vom Alleinsein bestimmt gewesen. Diese Situation in der WG wäre komplett einengend für sie, wenn sie nicht wüsste, dass sie in knapp zwei Wochen weg war.

Wahrscheinlich würden sie Kontakt halten, sich vielleicht sogar besuchen, zweifellos Briefe schreiben. Sie würden immer auf die gemeinsame Zeit in der WG und die Abende am Strand zurückblicken können, und sie hatten wirklich einen Draht zueinander. Wegen der Parallelen in ihrer Kindheit hatten sie beim jeweils anderen wohl etwas wiedererkannt, was sonst verborgen geblieben wäre. Aber mit den Jahren würde das alles an Bedeutung verlieren. Sowohl die unangenehmen Begebenheiten als auch die Momente, in denen sie einander wortlos verstanden hatten, würden in Vergessenheit geraten. Elena war sich nicht sicher, wie tragfähig eine Freundschaft wie die ihre im wirklichen Leben sein konnte.

Es war später Nachmittag und der Tag vor ihrer Abreise, als es schließlich zum Knall kam. Susannah klopfte an Elenas Tür. »He, ich hab Eistee gemacht. Willst du welchen?«

»Also … eigentlich … ich bin gerade …« Sie rang sich durch und ging zur Tür, aber Susannah war schon gegangen. Sie rechnete wohl damit, dass sie hinterherkäme.

Auf dem Balkon war es noch sehr heiß. Susannah saß mit geschlossenen Augen da, den Kopf leicht in den Nacken gelegt. Sie trug abgeschnittene Jeans, hatte ihre athletischen braunen Beine überkreuz ausgestreckt und war wie immer barfuß. Die Fußsohlen waren staubig. Hinter ihr blühte der Apfelbaum.

Sie rührte sich weder, noch machte sie die Augen auf, als Elena auf den Balkon kam, aber sie lächelte. Auf dem Eisentisch standen zwei Gläser mit Eistee und Minzstängeln. Elena hatte das Gefühl, der Garten käme ihr entgegen.

Sie setzte sich nicht. Sie hatte vorgehabt, sich am nächsten Morgen bei Sonnenaufgang hinauszuschleichen und eine kurze Nachricht zu hinterlassen. Aber dieses Lächeln hatte etwas zu bedeuten.

»Hör zu«, sagte sie. »Ich hab Neuigkeiten. Ich breche die Doktorarbeit ab und fahre weg.«

Susannah machte die Augen auf.

Die Geräusche des Gartens – das Insektensummen, Vogelzwitschern, Blätterrauschen – schienen zu verstummen, während Susannah langsam die Beine anzog.

»Ich fahre nach British Columbia. Morgen.«

»Du fährst *morgen*?«

»Na ja.« Elena schob sich die Haare aus der Stirn, fasste sie am Hinterkopf zusammen und zog ein Gummiband vom Handgelenk, das sie zu straff herumschlang. »So ist es wohl.«

»Oh. Für wie lange?«

»Eine ganze Weile. Ich weiß es noch nicht.«

»Du weißt es noch nicht?«

»Nein.«

»Was soll das heißen, Elena?«

»Das heißt, dass das hier nicht das Richtige für mich ist – die ganze Sache, mein Leben hier, meine Arbeit im Sea Park, das ist alles völlig daneben. Ich hätte mich da gar nicht erst reinhängen sollen.«

»Dein Leben hier ist völlig daneben?« Susannahs Gesicht war wie versteinert.

»Die Arbeit im Sea Park. Ich kann da nicht mehr mitmachen.«

»Du machst ja gar nicht mit – du machst da nur deine Beobachtungen.«

»Diese Forschung ist bereits Mitmachen.«

»Ach ja?« Susannah schmunzelte. »Wer hat dir das erzählt?«

»Wie bitte? Niemand hat mir das erzählt.«

»Na ja.« Susannah holte tief Luft. »Das ist ziemlich theatralisch, Elle, muss ich sagen.«

Die Atmosphäre wurde einen Tick gespannter. Susannah hatte sich schon immer unausgesprochen als die Überlegene eingestuft, was vielleicht daran lag, dass sie schon länger in der WG wohnte. Jetzt wurde Elena bewusst, dass sie sich seit der ersten Begegnung in der Küche, als Susannah Eier aufschlug, in ihrer Gegenwart nur auf Zehenspitzen bewegt hatte, vielleicht weil sie nichts versehentlich aufrühren wollte. Sie hatte sich immer bewusst ruhig verhalten. Tja, damit war es jetzt vorbei. Elena sah ihr direkt in die wütenden hellen Augen. »Dir mag es theatralisch vorkommen, Susannah. Für mich ist das jedoch vollkommen vernünftig.«

Vom Apfelbaum wehte ein süßer Duft herüber. In den Zweigen surrten Grasmücken. Der Wind strich durch die Blätter und hob eine Strähne von Susannahs Haaren hoch. Blütenblätter rieselten wie Konfetti auf den Balkon.

Dann sagte Susannah: »Morgen? Du fährst schon morgen?«

»Mir wurde eine Mitfahrgelegenheit angeboten … von einem der Wissenschaftler.«

»Und wann wolltest du mir das mitteilen?«

»Ich teile es dir jetzt mit. Die Entscheidung ist gerade erst gefallen. Den Rest der Miete werde ich schon zahlen, keine Sorge.«

»Den Rest der Miete?« Kurz schaute sie verwirrt, dann straffte sie sich. »Die Entscheidung ist gerade erst gefallen? Ach wirklich?«

Elena fiel der Vorfall mit dem Tagebuch ein. Sie setzte zu einer Entgegnung an, schwieg aber. Susannahs Schnüffelei machte ihr die Sache gewissermaßen leichter.

»Und was hast du da oben in British Columbia vor?«

»Feldforschung an Schwertwalen. Da läuft ein Katalogisierungsprojekt. Die Schwertwale dieser Region sollen erfasst werden, und ich mache dabei mit.« Sie begann an einer Schorfstelle am Daumen zu knibbeln. Susannah saß regungslos da und starrte sie an. »Und im Idealfall werde ich ihre Kommunikation aufzeichnen. Vielleicht werde ich mich um eine Förderung bemühen.« Der Schorf löste sich. »Aber wie das durchzuführen ist, weiß ich noch nicht genau.«

»Das klingt wirklich fantastisch, Elle. Aber warum so überstürzt? Warum beendest du nicht vorher deine Doktorarbeit? Du kannst nicht einfach hinschmeißen. Du hast … du hast hier Verpflichtungen.«

»Ich möchte sie nicht zu Ende bringen. Das ist es ja. Davon rede ich doch die ganze Zeit. Das Thema ist total künstlich. Ich will nicht das Spielverhalten der Delfine verstehen, wenn sie es nur als Reaktion auf ihre Gefangenschaft entwickeln. Es ist nicht einmal klar, was Spielen unter diesen Umständen heißt. Das ist einfach nur …« Sie blickte zum Himmel und in den blühenden Apfelbaum über Susannahs Kopf. »Das kommt mir wie eine riesengroße Lüge vor.«

»Eine Lüge?« Susannah neigte den Kopf zur Seite. Ihr Mund war verkniffen, ihre Iris nur ein bisschen dunkler als die Blütenblätter. Elena begriff, dass sie aneinander vorbeiredeten. »Weißt du, was hier gelogen ist, Elle? Diese Unterhaltung. Da hast du die Lüge. Es geht gar nicht um Wale oder deine Doktorarbeit, hm?«

»Was meinst du?«

»Das weißt du genau.«

»Nein, überhaupt nicht. Ich hab wirklich keine Ahnung.«

Unter dem Schorf quoll ein Tropfen Blut hervor, dem rasch weitere folgten – viel zu viele für einen so winzigen Hautriss. Sie lutschte es ab.

»Was ist mit Gray?«

»Der wird damit klarkommen. Er hat selbst zu tun – er ist gerade in Europa. Bewirbt sich um eine … um irgendetwas … er will …«

»Du hast es ihm also auch nicht gesagt.« Dann setzte Susannah sich urplötzlich auf. Ihre Augen leuchteten. »Okay. Warte mal. Jetzt kapier ich's!« Ihre Miene entspannte sich. »Jetzt weiß ich, was los ist. Du hast Angst. Du drehst durch wegen seines Heiratsantrags –«

»Quatsch. Nein, gar nicht. Ich drehe überhaupt nicht durch. Und es geht hier nicht um Angst. Ich laufe nicht vor ihm weg oder vor etwas anderem. Ich war noch nie so furchtlos wie jetzt.«

»Dann bist du völlig verblendet.«

Elena beschmutzte sich die Jeans mit Blut. »Verblendet – wieso?«

»Warte – du blutest.« Susannah zeigte auf ihre Hand. »Schau, du blutest alles voll.«

»Nur ein kleiner Hautriss.«

»Aber es läuft dir die Hand runter, sieh doch.« Sie langte über den Tisch. Dabei reflektierte ihr Daumenring einen Sonnenstrahl, hing in der Luft wie eine blinkende Waffe.

Elena fegte die Hand beiseite. »Es ist nichts. Lass das! Okay? Hör auf damit.« Das T-Shirt klebte ihr am Rücken. Der Himmel war ihr zu blau, und das Sonnenlicht tat in den Augen weh. Der Blütenduft war ihr plötzlich zuwider.

Susannah stand auf und streckte ihre muskulösen braunen Arme aus. »Du kannst nicht einfach weggehen. Du kannst nicht einfach so einer verrückten Eingebung folgen.« Elena roch den Schweiß in Susannahs Achselhöhlen. Sie wich zurück.

»Das ist keine verrückte Eingebung. Das ist vollkommen richtig. Das ist meine Überzeugung.«

»Deine ÜBERZEUGUNG?«

»Mann! JA.«

Susannah ließ die Arme sinken und lehnte sich mit gesenktem Kopf an den Tisch. »Warum kannst du nicht einfach ehrlich sein?«

»Ich bin ehrlich!«, schrie Elena, selbst überrascht. »Und ... diese Entscheidung – und alles andere in meinem Leben – hat absolut nichts mit dir zu tun, Susannah! Absolut nichts!«

Susannah fuhr auf, als hätte sie einen Schlag bekommen. »Meinetwegen«, brummte sie. »Aber was ist mit Graham?«

»Was soll mit ihm sein?« Sie hätte tun sollen, wozu sie sich instinktiv entschlossen hatte: im Morgengrauen abhauen. Dieser Streit war genau das, was sie hatte vermeiden wollen.

»Hast du es Gray gesagt?«

»Ich sagte doch, er ist weg. Hör zu, ich erwarte nicht, dass du das verstehst, okay? Ich sehe durchaus, dass dir das impulsiv vorkommt – aber für mich ist das die richtige Entscheidung.«

»Die Doktorarbeit zu Ende bringen wäre die richtige Entscheidung.«

»Du bist nicht meine Mutter«, brummte Elena böse.

Bevor das Ganze noch weiter eskalierte, drehte sie sich um und ging in ihr Zimmer, wo sie die Tür hinter sich schloss.

Halb rechnete sie damit, Susannah käme hinterhergestampft, und wünschte, das Zimmer wäre abschließbar. Sie setzte sich aufs Bett. Draußen surrten die Grasmücken, und am Strand rauschte die Brandung. In der Wohnung war es unheimlich still. Susannah musste auf dem Balkon geblieben sein. Elena riss sich das Gummiband aus den Haaren und kratzte sich die Kopfhaut mit den Fingernägeln. Ihr zitterten tatsächlich die Hände. Draußen klingelte das Telefon. Es war ihr schleierhaft, wieso Susannah sich so aufregte. Warum sie so besitzergreifend war. Das war verrückt. Sie waren erst seit ein paar Monaten befreundet.

Sie sah zu den geschlossenen Kartons mit den Tonbändern und Notizen, die um sie herumstanden. In ihrem Büro in der Uni stand der Rest, stapelweise Delfinforschung. Vielleicht hatte Susannah recht. Wenn sie bliebe, wäre sie in sechs, höchstens neun Monaten fertig und hätte ihren Doktor. Dann könnte sie eine Stelle suchen und Mittel beantragen, um zu forschen, woran sie wollte. Sie sah durchaus, wieso das jemand anderem verrückt vorkam.

Aber ihr Leben hier war vorbei. Sie wollte keinen Doktor. Auf keinen Fall würde sie noch eine Nacht in dieser Wohnung verbringen. Sie wollte nach Norden und den wilden Orcas zuhören.

Sie stand auf, nahm den Stuhl und zerrte ihren Rucksack vom Schrank herunter. Er roch muffig. Sie stopfte ihre Sachen hinein: die zwei warmen Winterpullover, die sie sechs Jahre lang nicht mehr getragen hatte, alle vier Jeans, dazu die abgeschnittenen, die Turnschuhe, das einzige Paar Wollsocken, Wanderstiefel, sämtliche T-Shirts und Unterwäsche. Es war ein Riesenfehler gewesen, Susannah von ihrem Vorhaben zu erzählen. Sie konnte von ihr kein Verständnis erwarten. Von niemandem. Außer vielleicht von Jonas und den anderen da oben, deren Namen sie noch nicht kannte.

Irgendwann, als sie gerade die herumliegenden Notizen in einen Karton stopfte, hörte sie Susannah anklopfen und durch die Tür rufen.

»Elle?« Sie klang nervös und weich.

»Ja?«

»Es tut mir leid.«

»Schon gut. Alles in Ordnung. Mir tut es auch leid.«

»Darf ich reinkommen?«

»Vielleicht später, ja? Ich packe gerade. Ich komme gleich zu dir, okay?«

Es kam keine Antwort, dann hörte sie sie weggehen.

Sie würde alles in der Garage lassen und sich später darum kümmern, wenn der Mietvertrag auslief. Sie holte die Rolle Müllsäcke hervor, riss sich welche ab und stopfte ihre Ordner und Tonbänder hinein. Danach fühlte sie sich leichter.

Graham würde gut klarkommen. Bestens sogar. Ohne sie würde er ein erfolgreiches, geregeltes Leben führen. Sie stellte ihn sich mit einer hübschen Engländerin und mehreren sprachgewandten Kindern vor. Er würde in London oder Edinburgh Karriere machen. Ohne sie würde sein Leben so sauber verlaufen wie seine Architektenzeichnungen.

Als er ihr den Antrag machte, lagen sie zusammen in seinem Bett. Er hatte die Arme um sie geschlungen, und sein Atem strich warm über ihren Scheitel. »Wir sollten heiraten, weil ich nächstes Jahr in London sein werde, und ich will nicht ohne dich sein.« Das sagte er.

Es klang wie ein Arrangement, aber als sie aufblickte, sah sie die Hoffnung in seinen schönen grauen Augen, und sie sagte behutsam: »Ich glaube nicht, dass ich schon so weit bin, Gray. So wenig wie du. Wir sind noch zu jung.«

»Dann warte ich – so lange du willst.«

Zuerst dachte sie, er würde weinen, aber natürlich weinte Graham nicht. Er sah sie nur entschlossen an. Sie machte die Augen zu und küsste ihn.

Wenn sie es ihm ins Gesicht sagte, wäre es für ihn nur noch schwerer. Und sie konnte nicht auf seine Rückkehr warten – sie war auf die Mitfahrgelegenheit angewiesen. Sie musste hier weg. Sie verfasste den Brief kurz und sachlich.

Am Abend auf dem Weg übers Unigelände würde sie ihn einwerfen. Jetzt war alles andere unwichtig – Graham, Susannah, die Kartons mit den Forschungsergebnissen, die vergeudete Miete, das aufgegebene Büro. Der kritische Punkt war überschritten; sie war eigentlich schon weg.

7

Susannah wäscht sich die Hände, bindet sich eine Schürze um und krempelt sich die Ärmel hoch. Die Armreifen klirren. An ihrem Unterarm klebt etwas Ton. Ihr Gesicht ist rot von der Kälte draußen.

Finn sitzt an einem Stück Brot kauend auf meinem Schoß und sticht mit einem Stift auf ein Blatt Papier ein, sodass Löcher entstehen. Susannah schneidet Schnittlauch mit einem großen Kochmesser.

»Soll ich nicht doch ein bisschen helfen?«

Kurz schaut sie auf, antwortet aber nicht. Es ist, als wäre sie woanders und nähme mich gar nicht wahr.

Bei Tageslicht wirkt sie maskuliner. Sie hat eine gerade Nase und ein sehr markantes Kinn. Als sie wieder nach unten schaut, geben ihr die Falten um die Mundwinkel ein todtrauriges Aussehen.

Die Hunde liegen in ihren Körben am Fenster. Einer schläft, der andere passt mit halb aufgerichteten Ohren auf, ob etwas Fressbares vom Tisch fällt. Bei seinem hoffnungsvollen Ausdruck muss ich plötzlich an Max denken. Er war immer bei meiner Mutter in der Küche und verfolgte mit tellergroßen Augen, wie sie kochte.

Und dann fällt mir ein, wie wir an jenem schrecklichen Abend im Frühling das Loch ausgehoben haben. Alice war im Haus – vielleicht zu klein, um mit der grausigen Aufgabe fertigzuwerden. Ich war ungefähr zwölf. Es kam selten vor, dass meine Mutter und ich etwas ohne Alice taten, und ich weiß noch, wie froh ich war, dass sie trotz der grausigen Pflicht meine und nicht Alice' Hilfe wollte.

Meine Eltern schafften sich Max an, sowie wir in England angekommen waren. Er war also immer bei uns, solange ich zurückdenken kann. Auf dem frühesten Foto von mir sitze ich auf dem Boden neben dem Welpen, und wir beide blicken begeistert in die Linse.

Meine Mutter und ich weinten beim Schaufeln und warfen die Erde achtlos auf sprießende Frühlingsblüher, stachen mit dem Spaten in Osterglocken und Krokusse. Aber dann, als wir immer mehr Erde herausschaufelten, weinte sie heftiger. Sie sank auf die Knie. Das Weinen klang wütend. Schluchzer brachen aus ihr hervor, immer schneller. Ich hörte auf zu weinen und legte eine Hand auf ihren Rücken. Aber sie schluchzte weiter, als wäre ich nicht da. Es brach bedrohlich aus ihr hervor, mit sich steigernden Lauten, die ich noch nie gehört hatte, und da wusste ich, dass es nicht mehr um Max ging.

Ich überlegte, ins Haus zu laufen und Alice zu holen, die sechs Jahre alte Alice, oder Dad auf der Arbeit anzurufen oder bei den Nachbarn an die Tür zu schlagen. Doch plötzlich hörte sie auf zu weinen. Sie richtete sich kerzengerade auf, erhob sich und ging, ohne mich anzusehen, ins Haus.

Den Spaten ließ sie in der Erde stecken, und unser toter Hund lag noch in ein Handtuch gewickelt neben dem halb ausgehobenen Grab. Ich schaufelte weiter und schob ihn hinein. Es machte ein dumpfes Geräusch, als er unten aufschlug, und das Handtuch öffnete sich ein bisschen, sodass die Schwanzspitze hervorlugte. Ich verspürte den Drang, hineinzuspringen und nachzusehen, ob er wirklich tot war und ob das nicht ein schrecklicher Irrtum war. Aber ich tat es nicht. Ich schob mit dem Spaten die Erde in das Loch. Die Schwanzspitze verschwand als Letztes darunter. Dann ging ich ins Haus, zog die Gummistiefel aus und wusch mir an dem Waschbecken im Parterre die Erde von den Händen. Meine Tränen waren versiegt. Meine Gedanken waren zäh und schwer wie Lehm.

Sie war nicht in der Küche. Es gab eine quergeteilte Tür zum Wohnzimmer, und die untere Hälfte war geschlossen. Ich näherte mich auf Zehenspitzen und spähte über die Kante. Sie saß auf dem Sofa mit dem Rücken zu mir, hatte Alice auf dem Schoß und strich ihr über die Haare. Alice blickte auf. Sie hielt einen Schokoladenkeks in der Hand. Unsere Mutter barg das Gesicht an Alice' Hals. Meine Schwester hatte einen schokoladeverschmierten Mund.

Susannahs Hund hat die Hoffnung aufgegeben und die Schnauze auf die Pfoten gelegt. Ich verstehe nicht, warum ich bei dieser Frau in der Küche sitzen bleibe, wenn diese schmerzlichen Erinnerungen in mir hochkommen. Ich sollte etwas sagen. Es ist unhöflich, nur dazusitzen und sie kochen zu lassen, aber mir fällt nichts ein, und überhaupt scheint sie Schweigen nicht zu stören.

Wieder überlege ich, was sie über meine Mutter wissen könnte – und vielleicht auch über mich. Kannte sie mich als Baby? Ich habe nie Fotos von mir als Neugeborenem gesehen. Habe immer angenommen, die seien beim Umzug nach England verloren gegangen. Vielleicht hat Susannah eins. Ich sollte sie mal fragen. Ich sollte sie natürlich auch nach ihrer Beziehung zueinander fragen. Warum schließlich nicht?

Als professioneller Interviewer sollte ich die richtigen Fragen stellen können. Ich sollte fähig sein, Susannah unbefangen zu machen, damit sie sich öffnet, mir mehr über die Vergangenheit erzählt, über ihre Beziehung in Kalifornien. Aber ich finde überhaupt keinen Einstieg. Susannah hat etwas zutiefst Abweisendes an sich, einen unsichtbaren Panzer. Den sollte ich eigentlich aufbrechen können. Schließlich verdiene ich mein Geld damit, Leute zu interviewen. Allerdings lassen sich diese Leute bereitwillig befragen. Sie wollen sich mir öffnen – sie brauchen es sogar. Mein Instinkt sagt mir, dass ich von Susannah gar nichts erfahre, wenn ich sie direkt auf ihr Verhältnis zu meiner Mutter anspreche.

Finn hat sein Brot gegessen und kaut jetzt an dem Stift. Er windet sich von meinem Schoß.

»Na gut.« Ich lasse ihn auf den Boden und nehme ihm den Stift ab.

»Meiner!«, ruft er. »Meiner!«

»He! Schau mal, die Hunde.« Ich zeige hinüber. »Die haben bestimmt Hunger.«

»Hund.« Er tappt zu den schlafenden Retrievern.

Ich stehe auf und folge ihm vorsichtshalber um die Kücheninsel herum. Er läuft an Susannahs Beinen vorbei zu den Hunden, wirft sich auf sie und drückt das Gesicht in ihr Fell. Zufällig stehe ich neben Susannah und bleibe da.

»Er mag Ihre Hunde wirklich.«

Sie sagt nichts.

Der Himmel ist dunkel geworden. Die Kiefern biegen sich, als wollten sie der mörderischen Hand eines Riesen ausweichen.

Plötzlich sieht sie mich an. »Sie essen doch Eier, oder? Wie geht es Ihrem Magen?«

»Gut. Danke. Wieder gut. Ich habe sogar einen ziemlichen Hunger.« Mir ist klar, dass sie verärgert ist, wenn ich noch einmal anbiete ihr zu helfen. Aber ich möchte nicht länger neben ihr herumstehen. Das ist mir unangenehm.

»Soll ich uns einen Tee kochen?«

»Ihr Engländer mit eurem Tee.«

Vermutlich hat sie recht – es ist offensichtlich, dass ich eine unbehagliche Situation mit Teetrinken überspielen möchte. Sie deutet mit der Messerspitze auf einen Schrank über der Spüle. Ich öffne ihn und verschiebe Schachteln mit Yogi- und Tazotee, Pfefferminz-, Zen-, Kamillen- und Beruhigungstee sowie Chai und grünen Tee mit Jasmin. »Möchten Sie welchen, Susannah?«

»Nein.«

Also keinen Tee. Ich setze mich auf den Hocker neben der Kücheninsel, nicht bereit, mich von ihr einschüchtern zu lassen. Vielleicht sollte ich fragen, ob ich ihr Telefon benutzen darf, um Doug anzurufen. Ich sehe es vor mir: Sie zuckt die Achseln – *Nur zu!* – und deutet zu dem Wandapparat neben dem Kühlschrank. Es wäre unmöglich mit ihm zu reden, wenn sie dabei ist und Finn herumsaust. Selbst wenn ich im Wohnzimmer telefonierte, könnte sie jedes Wort hören – und ich müsste Finn dabei von den Keramiken fernhalten. Sie steht mit dem Rücken zu mir und greift mit ihrem starken Arm in einen Oberschrank.

Finn wälzt sich kichernd im Hundekorb.

Auf dem Tresen steht eine Schale mit Mandeln. Sie ist flach und weiß und mit kreisenden, moosgrünen Vögeln verziert. Ich nehme mir ein paar Mandeln und knabbere daran.

»Die habe ich gemacht.« Sie deutet mit dem Kinn auf die Schale.

»Sie ist schön.«

Sie geht an den Kühlschrank, wobei sie sich bewegt, als wate sie mit einem Krug auf dem Kopf durch Wasser. Seltsam, dass jemand mit so harten Zügen eine so schöne Schale herstellt und sich so anmutig bewegt. Ihre Wespenspange hat sich gelockert und schaukelt in den grauen Wellen.

»Susannah.« Ich hole Luft. »Ich habe mir Gedanken über Sie und meine Mutter gemacht. Waren Sie eng befreundet?«

Ich sehe sie die Zähne aufeinanderbeißen. Sie nimmt Eier und Käse aus dem Kühlschrank.

Es erfordert meine ganze Willenskraft, das Schweigen nicht zu unterbrechen.

Sie stellt die Lebensmittel auf die Küchenablage und kommt an die Frühstücksbar. Dort legt sie die Hände auf die Kante. Ihr Rücken ist Finn zugekehrt, was gut ist, denn er panscht jetzt im Wassernapf der Hunde. Ich lasse ihn gewähren, um Susannah nicht vom Reden abzubringen. Ich darf sie jetzt auch nicht ansehen, weil ich mich dann kleiner fühle und sich das Kräfteverhältnis ändert, sodass sie nicht auf die gewünschte Weise mit mir reden würde. Darum blicke ich an ihr vorbei zu meinem Sohn, der den Napf langsam umkippt und zusieht, wie sich auf den Fliesen eine Pfütze ausbreitet.

Ich spüre, dass sie mich anstarrt.

Statt aufzuschauen, nehme ich eine Mandel und beiße sie mit den Schneidezähnen durch, ganz langsam, dann betrachte ich die verbliebene Hälfte.

»Ja. Ihre Mutter und ich waren sehr eng befreundet, Kali«, sagt sie endlich. Ihre Stimme ist tief und ein bisschen unheimlich.

»Aha?« Ich nicke kauend. Hinter ihr öffnet Finn eine Schranktür.

»Sie ist meine innigste Freundin.«

Ich beschließe, auf ihr Präsens nicht einzugehen. »Waren Sie …?«

»Was?«

Was kann ich tun? Ich kann sie nicht unverblümt fragen, ob sie ein Liebespaar waren. »Es ist nur sonderbar, dass sie nie über Sie gesprochen hat. Ist zwischen Ihnen etwas vorgefallen? Haben Sie sich zerstritten?«

»Sie hat Ihnen überhaupt nichts über mich erzählt, oder?« Sie klingt zufrieden und mehr, als spräche sie mit sich selbst als mit mir.

»Nein. Jedenfalls nicht dass ich wüsste.«

»Ha. Ja, nun, dann kann Elena wohl besser etwas hinter sich lassen als ich«, sagt sie, plötzlich laut mit zitternder Stimme, und greift schrill lachend in die Mandelschale. Dass sie von meiner Mutter weiter im Präsens spricht, ist befremdlich. Ihr silberner Daumenring reflektiert das Licht. Ich zwinge mich, nichts dazu zu sagen. Oberste Regel beim Interviewen: Mund halten. Aber sie führt das nicht weiter aus. Finn klappt die Schranktüren ein paarmal auf und zu.

»Ich frage mich nur, warum«, sage ich nach einer Weile. »Warum hat sie das alles hinter sich gelassen?«

Sie dreht die Mandel zwischen Daumen und Zeigefinger und scheint zu überlegen, wie viel sie preisgeben soll. »Ich nehme an«, beginnt sie langsam, »sie musste sich von allem trennen – von mir, den Freunden, der Forschung, von allem. Sie musste sich einen neuen Platz in der Welt schaffen. Und so war es leichter. In England hatte sie ein neues Leben. Mag sein, dass sie sonst nicht klargekommen wäre.«

Das ist drastisch, selbst für meine Mutter.

»Aber Sie haben sich geschrieben? Sie standen in Kontakt?«

Sie setzt zu einer Antwort an, dann sinkt ihr Gesicht in sich zusammen, als hätte jemand die Strippen losgelassen. Sie blickt auf ihre Hände. »Regelmäßig.«

Ich denke an die Schublade voll Postkarten, die sie Jahr für Jahr geschickt hat. Darauf sollte ich sie ansprechen. Aber mein Instinkt sagt mir, dass das Gespräch dann zu Ende wäre. Zumindest in dieser Hinsicht ist Susannah meiner Mutter sehr ähnlich, fällt mir jetzt auf.

Sie steckt sich die Mandel in den Mund. »Ich hatte immer eine bestimmte Vorstellung von eurem Haus in Sussex. Ein kleines Reetdachhaus mit Rosen, einer Hecke, Apfelbäumen und Spatzen. Ist es so?«

»Einen Apfelbaum gibt es.« Mir schießt ein Bild durch den Kopf: meine Mutter mit der Kettensäge. Sie beschnitt ihn immer selbst, jedes Frühjahr nach der Blüte. Meine Mutter besaß eine Kettensäge. Sie konnte sie auseinandernehmen, die Teile reinigen und wieder zusammensetzen.

»Und es ist ein Reetdachhaus, ja?«

»Nein, leider nicht. Es ist ein viktorianisches Haus aus rotem Backstein und Feuerstein am unteren Ende der Hauptstraße, mit einem Kreisverkehr und einem Wegweiser davor, wo an beiden Seiten Straßen abzweigen. Ich habe immer erwartet, dass mal ein Wagen die Straße heruntergerast kommt und durch die Gartenmauer in unser Wohnzimmer kracht. Eigentlich erstaunlich, dass das nie passiert ist.«

Aber sie hört nicht mehr zu. Sie starrt auf ihre Hände. »Sie fehlt mir. Jeden Tag.«

»Haben Sie mal überlegt, sie zu besuchen?«

Sie lacht, als wäre das absurd.

»Sie sind wohl sehr beschäftigt.« Ich bemühe mich um meinen neutralen Interviewertonfall. Er wirkt nicht. Sie wirft mir einen abschätzigen Blick zu und schweigt. Finn fängt an, Plastikschüsseln aus dem Schrank zu räumen. Er sieht sehr ernst aus, hockt da mit den Haaren über den Augen. Wenn ich ihn jetzt davon abhalte, wird er sich beschweren, und wir werden alle abgelenkt.

»So. Sie hat also immer am selben Ort gewohnt, nachdem sie mit Ihnen nach England gezogen ist?«

Ich nicke. »In dem Haus, das mein Vater kurz vorher gekauft hat.«

»Ja. Tja. Sie wollte wohl Stabilität. Sie hatte eine Menge … eine Menge … Brüche in ihrem Leben. Da konnte sie eine weitere Veränderung nicht gebrauchen.«

Ich setze mich aufrecht hin. »Wirklich? Was für Brüche?«

Aber das war's – sie macht dicht. »Wir sollten essen«, sagt sie und nimmt einen Schneebesen. Es tut einen lauten Schlag, Glas zerspringt. Ich fahre auf. Finn steht erschrocken da und sieht seine Hände an, ein bisschen schwankend. Er blutet. An den Händen. Glassplitter liegen ringsherum, vor seinen Füßen ein Silberrahmen. Er macht den Mund auf und weint los. Ich stürze quer durch die Küche.

Susannah schlägt Eier auf, schnell hintereinander, in eine große Keramikschüssel. Sie tut es einhändig, und wenn das Ei aufgebrochen ist, hebt sie schwungvoll die Hand und lässt das Dotter in seinem Schleim herausfallen und in die Schüssel klatschen. Es ist kurz vor zwei Uhr.

Finn schläft auf dem Sofa, mit Kissen davor, falls er herunterpurzelt. Die Schnittwunde an der Handfläche ist nicht tief. Er schrie ein Weilchen, während ich ihm die Hände wusch und trocken tupfte, ein Antiseptikum draufschmierte und aus Susannahs Verbandkasten ein Pflaster aufklebte. Er hörte auf zu weinen, als sie ihm einen Keks mit Schokostückchen gab.

Die Scherben lagen in der Küche verteilt. Der Rahmen war hinüber. Während ich Finn verarztete, kehrte Susannah mit Handfeger und Schaufel die Splitter zusammen. Das Schwarz-Weiß-Foto – von einem Wal – lag vorwurfsvoll auf dem Tresen.

Finn jammerte und quengelte und wollte sich nicht absetzen lassen, aber auch nicht auf dem Arm sein. Seine Augen wurden röter, seine Bewegungen eckiger. Ich schritt in der Küche auf und ab und begriff schließlich, dass es nicht um die Schnittwunde ging, sondern dass er ein Schläfchen brauchte.

Es dauerte eine halbe Stunde. So lange saß ich beim Sofa, tätschelte ihm den Rücken und sang »Baa, Baa, Black Sheep«, bis er einschlief, mit dem Häschen an der Wange und hochgerecktem Po.

Ich sehe zu, wie sie das letzte Ei aufschlägt und die Schale in den Mülleimer wirft.

»Es tut mir sehr leid«, sage ich. »Wegen des Bilderrahmens. Ist das Foto auch beschädigt?« Es liegt nicht mehr auf dem Tresen. Sie hält inne, sieht mich aber nicht an, sondern starrt in die Pfanne. Dann kippt sie die Eier hinein.

»Ich habe ein schlechtes Gewissen, weil wieder etwas zu Bruch gegangen ist. Ich möchte den Rahmen gern ersetzen.«

»Haben Sie nicht auf ihn achtgegeben?« Sie klingt trocken. »Haben Sie nicht gesehen, was er tat?«

»Ja, doch. Das heißt, ich hatte ihn im Blick. Ich dachte, da wäre nur Tupperware in dem Schrank. Ich dachte, er spielt bloß mit Plastikzeug, während wir uns unterhielten. Ich dachte nicht, dass ein Bilderrahmen da drin –«

»Nein«, fällt sie mir ins Wort und blickt noch immer so sonderbar in die Pfanne. »Nun, ich schätze, Sie haben wohl nicht gut genug aufgepasst.«

Meine Schultern versteifen sich unwillkürlich. Wer ist diese Frau, dass sie mich belehrt, wie ich auf mein Kind aufzupassen habe? Aber natürlich bin ich in ihrem Haus, und Finn hat zum zweiten Mal etwas von ihren Sachen kaputt gemacht. Ich ringe mir einen respektvollen Ton ab. »Es tut mir wirklich leid, Susannah. Sie haben vollkommen recht. Ich hätte besser auf ihn aufpassen sollen. Es war dumm von mir. Ich habe nicht gesehen, dass er den Fotorahmen in die Hand genommen hat.« Dann wird mir klar, dass es das Bild ist, das ich diesen Morgen betrachtet habe – das Foto von dem springenden Schwertwal. Es stand bei den anderen auf der Anrichte. Sie muss es weggeräumt haben, damit nichts drankommt. Die anderen Bilder hat sie allerdings stehen lassen. Nur den Killerwal hat sie weggeräumt.

»Nein, haben Sie wohl nicht, oder, Kali?« Sie steht noch immer starr da. Sie hält den Pfannenwender in der Hand, ihre Fingerknöchel sind weiß. »Er hätte sich an dem Glas schwer verletzen können. Sich eine tiefe Schnittwunde einhandeln können. Sie wissen, wie weit das nächste Krankenhaus entfernt ist?«

»Bitte.« Ich schlage einen versöhnlichen Ton an. »Bitte, lassen Sie mich einen neuen Rahmen bezahlen.« Sie reagiert nicht – steht nur da und hält den Pfannenwender gepackt. Wahrscheinlich hat sie das Foto in den Schrank gestellt, weil es ihr viel bedeutet und sie verhindern wollte, dass er es herunterreißt. Kein Wunder, dass sie wütend ist. »Bitte.« Ich versuche es noch einmal. »Mir wäre viel wohler, wenn ich ihn ersetzen dürfte.«

»Oh Kali.« Ganz langsam dreht sie den Kopf und blickt mich mit ihren ausgebleichten Augen an. »Ich will Ihr Geld nicht.«

8

Aus dem Omelett quellen Cheddar und fleischige Tomatenstücke, es ist gesprenkelt mit Schnittlauch und schwarzem Pfeffer. Diesmal zwinge ich mich, langsamer zu essen und zwischendurch einen Schluck Wasser zu trinken. Keiner von uns sagt ein Wort. Ich versuche, das alles einmal von ihrer Warte aus zu betrachten. Sie hat recht. Ich war eindeutig abgelenkt, nicht so wachsam, wie ich es hätte sein müssen. Dies ist ein Haus voll zerbrechlicher Gegenstände, und ich bringe ein Kleinkind hierher und passe dann nicht richtig auf. Ich muss aufmerksamer sein, darf ihn keine Sekunde aus den Augen lassen. Bei dem Gedanken, Finn könnte in die Nähe des Chihuly geraten, wird mir ganz anders.

Das Walfoto hat sie bereits wieder weggeräumt. Ich wüsste zwar nicht, wie es durch die zerbrochene Glasscheibe Schaden hätte nehmen können – und der Rahmen dürfte ersetzbar sein –, aber ich verstehe, dass es nicht nur darum geht.

Sie hat von uns die Nase voll. Darum geht es. Ich kann es ihr nicht verdenken. Wir sollten abreisen. Aber ich will auch hören, was sie über meine Mutter weiß. Sie verschweigt mir etwas, das ist ganz offensichtlich. Wenn ich jetzt gehe, werde ich es vielleicht nie erfahren.

Ich denke daran, wie sie den Pfannenwender gepackt hielt. Wahrscheinlich will sie mir die Wahrheit nicht sagen. Vielleicht ist das alles vergeblich. Sobald Finn wach ist, sollte ich packen. Wir könnten die letzte Fähre noch erwischen.

Ich schiebe mir eine Gabel voll Omelett in den Mund. Wenigstens weiß ich jetzt, wo meine Mutter gelernt hat, Seemannsknoten zu knüpfen.

Ich höre Susannah kauen und spüre ihren Blick, kann mich aber nicht überwinden aufzusehen.

»So.« Ich zwinge mich, den Kopf zu heben. Sie starrt mich tatsächlich an. »Susannah, ich würde gern mehr über meine

Mutter hören, bevor wir aufbrechen. Ich sollte die Nachmittagsfähre nach Vancouver nehmen. Aber ich möchte wirklich gern erfahren, wie sie damals war.«

»Oh, Sie brauchen nicht abzureisen«, sagt sie. Plötzlich klingt sie freundlich, als wäre der Vorfall mit dem Bilderrahmen belanglos. »Ich war eben ungehalten wegen des Kindes, aber Sie brauchen nicht wegzulaufen. Sie hatten eine so weite Reise hierher. Bleiben Sie wenigstens noch eine Nacht.«

»Oh. Gut. Das ist freundlich. Danke.«

Sie kaut langsam weiter, sitzt sehr gerade, in der einen Hand die Gabel, die andere flach neben dem Teller.

Plötzlich habe ich wieder den Eindruck, dass sie mit mir spielt – mich abwechselnd zurückweist und anlockt. Aber warum? Ich bin hier die ganze Zeit verkrampft und angespannt. Blinzelnd reibe ich mir die Augen. Obwohl ich lange geschlafen habe, bin ich müde. Draußen wird der Himmel verhangener und dunkler. Vielleicht hat sie recht. Ich könnte noch eine Nacht bleiben, den Jetlag überwinden, vielleicht noch ein paar interessante Dinge über meine Mutter erfahren und am nächsten Morgen mit der ersten Fähre ablegen. Ich ringe mir ein Lächeln ab.

»Susannah. Wie lange hat meine Mutter hier oben gelebt?«

»Hier?« Sie legt die Gabel hin, wischt sich den Mund mit der Serviette. »Oh, hier hat sie nicht gelebt.«

»Aber Sie sagten doch …«

»Sie hat meistens weiter oben im Norden gelebt. Hier auf Spring Tide war sie nie. Ich habe damals auch noch nicht hier gewohnt, sondern in Vancouver.«

»Ach so? Oh. Sie waren gar nicht zusammen hier?«

»Wir waren in Kalifornien in derselben WG. So haben wir uns kennengelernt. Da unten. Nicht hier. Sie wussten wirklich gar nichts über das Leben Ihrer Mutter, nicht wahr, Kali?«

»Nein.« Es ist mir ein Rätsel, warum ich ihr das immer wieder beteuern muss. Glaubt sie etwa, ich tue nur so, als wüsste ich nichts?

»Unglaublich, dass sie nie etwas erwähnt haben soll.« Sie sieht mich an, klingt aber, als führte sie ein Selbstgespräch.

»Ich wusste nicht mal, dass sie Killerwale erforscht hat.«

»Hat sie sich auf diesem Gebiet nicht auf dem Laufenden gehalten?«

»Keine Ahnung. Ich glaube nicht. Aber vielleicht hat sie's getan und nur nicht darüber gesprochen.«

»Tja dann, Kali.« Sie lehnt sich zurück. »Wie wär's, wenn Sie mir erst mal erzählen, was Sie wissen?«

»Was ich weiß?« Ich schiebe meinen fast leeren Teller weg. »Sehr wenig. Darum bin ich ja hergekommen. Sie war absolut nicht bereit, über die Vergangenheit zu reden. Sie wollte mir nichts erzählen, wirklich. Ich weiß nur ganz wenig. Sie war ein Einzelkind, und noch klein, als meine Großmutter starb.« Mir fällt auf, dass wir die Rollen getauscht haben – sie ist die Interviewerin und ich diejenige, die sich öffnet. »Ich hatte gehofft, Sie könnten mir helfen, das Bild ein wenig zu vervollständigen. Hat sie mit Ihnen mal über ihre Kindheit gesprochen?«

Sie schaut auf ihre Gabel, nimmt sie wieder in die Hand und sticht in ein Stück Tomate.

»Sie wollte sich nicht mal meine Fragen anhören, sondern schnauzte mich nur an: ›Ich weiß es nicht, ich kann mich nicht erinnern.‹ Bestenfalls sagte sie, dass es sie traurig mache, daran zurückzudenken. Da habe ich das ziemlich bald aufgegeben. Später als Erwachsene, wo ich beharrlicher hätte sein können, kam es nicht mehr dazu, weil wir solche Unterhaltungen nicht mehr führten. Es erschien zu … riskant. Wir hatten Waffenstillstand geschlossen, waren vernünftig und höflich zueinander. Das wollte ich vermutlich nicht aufs Spiel setzen.«

Susannah schluckt ihren Bissen plötzlich hastig hinunter. »Sie haben eine Schwester, Alice, richtig? Hat sie mit Ihrer Schwester darüber geredet?«

»Sie kamen viel besser miteinander aus.« Ich trinke einen Schluck Wasser und schweige erst einmal.

»Oh.«

»Aber Alice sagt, sie habe ihr auch nichts erzählt.«

Das erleichtert sie sichtlich, aber warum, verstehe ich nicht.

»Aha.« Fast klingt sie wieder freundlich. »Möchten Sie etwas über ihre Großeltern hören? Interessiert Sie das? Soll ich Sie ein bisschen über die Familiengeschichte aufklären?«

»Ja, klar – unbedingt. Wissen Sie denn etwas? Wenn ja, würde ich es gern hören.«

»Es ist keine nette Geschichte, Kali.«

Kurz überlege ich, ihr von meinem Besuch bei Harry Halmstrom zu erzählen. Dann entscheide ich mich dagegen. Sie würde mich nur für gestört halten. Ich neige mich vor. »Das macht nichts. Bitte, ich möchte wirklich alles hören.«

»Sicher. Na gut. Also. Ihr Großvater war gewalttätig. Er schlug Ihre Großmutter, aber Ihre Mutter nicht. Er war Alkoholiker.«

Das ist wie ein Faustschlag ins Gesicht. Ich weiß nicht, was ich erwartet habe, das jedenfalls nicht. »Oh Gott. Das ist … das ist … entsetzlich.«

»Er saß betrunken am Steuer, als der Unfall passierte.«

»Was für ein Unfall?«

»Bei dem Ihre Großmutter starb.«

»Meine Großmutter starb bei einem Autounfall?« Ich hatte mir immer vorgestellt, sie sei auf tragische Weise an einer altmodischen Krankheit gestorben, wie Tuberkulose. Offenbar habe ich als Ersatz für die fehlenden Fakten eine Familiengeschichte erfunden.

»Wow. Sie hat Ihnen wirklich gar nichts erzählt, wie? Ihre Großeltern waren auf der Heimfahrt von Seattle. Sie waren aus gewesen, und er hatte getrunken. Er kreuzte vier Fahrspuren und prallte gegen einen Baum. Ihre Großmutter wurde hinausgeschleudert und war sofort tot. Er taumelte mit ein paar Kratzern aus dem Wagen. Ihre Mutter war damals acht Jahre alt.«

»Großer Gott.« Ich lehne mich zurück. »Das ist entsetzlich.« Ich scheue vor der nächsten Frage zurück, zwinge mich aber dazu. »Hat meine Mutter auch in dem Wagen gesessen?«

»Nein. Natürlich nicht. Sie war allein zu Hause. Sie hat mir erzählt, sie sei lange aufgeblieben, weil ihre Eltern nicht nach Hause kamen, und dann sei die Polizei gekommen. Sie versteckte sich im Schrank ihrer Mutter, weil sie Angst hatte, sie hätte etwas angestellt.«

Das verschlägt mir die Sprache. Ich sehe sie als verängstigtes, allein gelassenes Mädchen vor mir, das in der Todesnacht der Mutter im Schrank kauert. Es ist unerträglich. Das ist es vermutlich, was mein Vater mir erzählen wollte, als er mir an der Treppe den Weg verstellte. Das sollte mir sicherlich erklären, warum meine Mutter so unberechenbar war, warum die Vergangenheit sie traurig machte, warum sie darüber nicht sprechen wollte. Sie war durch dieses Kindheitserlebnis wohl schwer traumatisiert.

Ich frage mich, ob ich damit endlich den Ursprung unseres Problems gefunden habe. Vielleicht ging in ihr etwas Dunkles, Unbewusstes vor. Vielleicht sah sie in mir sich selbst als Kind – wir sahen einander sehr ähnlich. War es das vielleicht? Das würde in gewissem Maße erklären, warum sie mit mir nicht klarkam, für Alice dagegen immer eine unkomplizierte Mutter war. Für die große, blonde, ruhige Alice. Mich überkommt das Bedürfnis, meine Schwester anzurufen. Weiß sie etwas davon? Das ist grausam.

Das Schlimmste daran ist, dass meine Mutter tot ist und ich sie nie mehr danach fragen, ihr mein Verständnis und Bedauern nicht mitteilen kann. Darum also hat sie meinen Vater geheiratet und ist Engländerin geworden, hat in einem Dorf in Sussex gelebt, gemalt und Aufläufe gebacken und ist nie wieder in die Staaten zurückgekehrt. Ich blicke auf. Susannah beobachtet mich. Sie schlägt die Zähne in ein Stück Vollkornbrot.

»Danke, dass Sie mir das erzählt haben. Das erklärt tatsächliche eine Menge.«

Sie zuckt die Achseln und kaut. Dann kommt mir ein Gedanke. Wenn meine Mutter nun bloß vorgegeben hat, ihr Vater sei tot? Wenn er nun in Wirklichkeit noch lebt? Könnte Harry

Halmstrom der Mann sein, den Susannah soeben beschrieben hat? Vielleicht hat er den Vornamen geändert? Aber das ist albern – wie soll er in Vancouver gelandet sein? Natürlich hat Alice recht. Ich muss aufhören, die Lücken mit Fantasie zu füllen.

»Was ist?«, fragt sie. »Was denken Sie?«

»Nichts. Es ist nur so, dass ich in einem Altenheim in Vancouver war, bevor ich hierherkam. Sie finden das wahrscheinlich verrückt, aber ich habe einen alten Mann besucht, weil ich dachte, er könnte mit uns verwandt sein. Er ist dreiundneunzig und heißt Harry Halmstrom. Halmstrom ist ein seltener Name, darum habe ich überlegt … Aber natürlich konnte er es nicht sein, da mein Großvater tot ist, nicht wahr? Und er hieß nicht Harry, sondern Theodore. Darum war es unsinnig zu glauben …«

Sie legt das Stück Brot hin. »Sie haben *was* getan?« Sie ist weiß wie die Wand.

»Ich weiß. Es war dumm zu glauben, nur wegen des Namens … Keine Ahnung, warum ich hingefahren bin, vermutlich aus Neugier, weil Halmstrom ein seltener Name ist und … nein, eigentlich brauchte ich nur einen Vorwand zum Verreisen.«

»Der Vater Ihrer Mutter ist tot.« Sie sieht mir fest in die Augen. »Er ist tot.«

»Oh. Richtig. Klar. Ja, das dachte ich auch. Es war allerdings ein bisschen sonderbar, dass der alte Mann mich erkannte – vielleicht aber auch nicht. Er nannte mich Elena. Er sagte auch verrückte Dinge von wegen Ertrinken und Mord. Meine Schwester meint, er muss den Namen von mir aufgeschnappt haben. Er wirkte ziemlich senil und sehr alt.«

Susannah sieht aus, als hätte ich sie geohrfeigt.

»Na ja, es war wohl reichlich verrückt von mir, da aufzukreuzen.«

Sie schließt die Augen. Ihre Nasenflügel beben. Sie atmet tief und langsam. Ihr Bauch hebt und senkt sich. Yoga-Atmung. Die Falten neben den Mundwinkeln wirken tiefer, die Stirn ist gefurcht. Ihr Hals ist gestreckt, die Miene streng, sogar im Ruhezustand, als ob ihre Züge in Defensivhaltung eingefroren sind.

Dann macht sie die Augen wieder auf. »Der Vater Ihrer Mutter starb, kurz bevor sie zum College ging, Kali.«

»Ich weiß. Sei's drum. Können Sie mir mehr über meine Großmutter erzählen? Was für ein Mensch war Katherine?«

Sie beugt sich vor und stützt die Ellbogen auf. »Eingeschüchtert von Ihrem Großvater, würde ich meinen. Er kam betrunken nach Hause und schlug sie – aber nie ins Gesicht, damit man es ihr nicht ansah. Die Leute wussten es natürlich trotzdem, die Nachbarn, die Freunde, aber keiner unternahm etwas. Sie akzeptierten, dass manche Männer so etwas tun. Nach allem, was Elena erzählt hat, war sie eingeschüchtert, aber trotzdem freundlich und liebevoll. Aber wissen Sie was, Kali? Als ich Elena kennenlernte, war sie vollkommen in Ordnung, trotz der ganzen Scheiße. Sie hatte das zwar durchgemacht, war aber eine unglaublich widerstandsfähige Person. Sie war so stark. Manche Menschen können das – sie können der Vergangenheit trotzen. Ihre Mutter war so jemand. Sie war entschlossen, das Leben auszukosten und ihrem Herzen zu folgen und vor nichts Angst zu haben. Das mochte ich an ihr. Dadurch war sie zwar stur, aber eben furchtlos.«

Das klingt überhaupt nicht nach meiner Mutter. Ich denke an ihren Alltag – uns zur Schule fahren, Gassi gehen, das Meer malen. Ihre Tage waren alle gleich. So wollte sie es. Mich hat das als Teenager rasend gemacht. Ich wollte ihre langweiligen Regeln brechen und ihre Grenzen austesten – die ganz normale Rebellion einer Heranwachsenden. Jetzt weiß ich, dass sie hierherkam und auf tosendem Meer Killerwalen nachjagte, enorme Gefahren auf sich nahm, als sie selbst gerade aus dem Teenageralter heraus war. Warum hat sie danach ein so beengtes, häusliches Leben geführt?

Ich denke an mein eigenes Leben in Oxford, an meinen ständig schrumpfenden Job, die Spielgruppe, Sainsbury's, Mutter-Kind-Musizieren, Fischstäbchen. Ich bin nicht nach Indien gegangen. Mein Leben ist trotz allem genauso häuslich wie das meiner Mutter.

Andererseits – wo bin ich jetzt? Am Rande eines anderen Kontinents.

Wieder fällt mir das Gespräch mit meinem Vater an der Treppe ein – er sprach von komplizierten Erinnerungen. Und ich zwinge mich, danach zu fragen, weil das die einzige Gelegenheit ist, die Wahrheit zu erfahren.

»Hat mein Großvater meine Mutter missbraucht, Susannah?«

»Oh nein.« Sie schaut auf ihre Hände. »Nicht körperlich jedenfalls. Er hat sie vernachlässigt. Er war altmodisch, streng und viel unterwegs. Er verkaufte Forstgeräte, das wissen Sie, oder? Er ließ Elena bei Nachbarn und anderen Leuten, die auf sie aufpassten. Als sie vierzehn wurde, musste sie dann für sich selbst sorgen. Seit dem Unfall trank er nicht mehr so viel, aber leiden konnte sie ihn trotzdem nicht. Er wusste nicht, was er mit einem traurigen kleinen Mädchen tun sollte. Sie hat mir erzählt, dass sie erleichtert war, als er starb. Man kann wohl einem Menschen nicht verzeihen, wenn er einem die Mutter genommen hat.« Ihr Blick huscht zu meinem Gesicht. Sie wirkt bestürzt, schuldbewusst, als hätte sie etwas Entsetzliches gesagt, und in ihren Augen sehe ich kurz dieselbe Angst wie bei unserer ersten Begegnung, als ich ihr Haus betrat.

Ich frage mich, was in Susannahs Leben passiert ist, dass sie so geworden ist. Vielleicht stellt all das – das schöne Haus, die Kunst, die erfolgreiche Galerie – ihren Trotz gegen eine ähnlich hässliche Vergangenheit dar. Was für eine Mutter hat sie gehabt? Und was für eine Mutter ist sie selbst geworden?

Sie steckt sich die Haare mit ihrer Wespenspange neu hoch und schaut über die Schulter nach draußen. »Da kommt ein Sturm auf.« Sie schließt die Augen und atmet tief ein, als wollte sie den Sturm anziehen. Als sie sie öffnet, tut sie es so langsam, dass ihre Augen unter den sich hebenden Lidern aufsteigen.

»Kali«, sagt sie träge. »Warum haben Sie sich mit Ihrer Mutter so schlecht verstanden?«

»Hm? Ich weiß nicht. Keine Ahnung. Ist schwer zu erklären.« So ist es immer, wenn ich versuche, das Verhältnis zwischen uns beiden zu beschreiben – ich finde keine Worte, die das wirklich könnten, vermutlich weil ich es selbst nie begriffen habe.

»Nun, dann nennen Sie mir doch ein paar Beispiele.«

»Ach. Ich weiß nicht … Na gut. Die Sache ist die: Sie konnte großartig sein, wirklich, eine großartige Mutter. Wenn sie auf meiner Seite stand, fühlte sich das erstaunlich an. Als ich vierzehn war, wurde ich vom Unterricht ausgeschlossen, weil ich unanständige Dinge über meine Erdkundelehrerin geschrieben hatte. Meine Mutter und ich saßen beim Schulleiter, und sie musste lesen, was ich geschrieben hatte. Ich hatte Angst und dachte, sie würde wütend werden. Der Schulleiter sagte ein paar scheinheilige Sätze, aber meine Mutter saß nur da. Schließlich sah sie ihn an und meinte: ›Wenn die Kinder bei Ihnen diese Sprache lernen, sollten Sie ihnen wenigstens beibringen, sie fehlerfrei zu schreiben.‹.«

Susannahs Gesicht hellt sich auf. »Ja, genau. Mit Autoritäten hatte sie immer ihre Probleme.«

»Na ja, ich will damit sagen: Sie war kompliziert. Wir waren beide kompliziert. Sie konnte auf meiner Seite stehen, eine richtige Verbündete sein. Aber das hielt nicht an. Ich wusste einfach nie, woran ich bei ihr war. In einem Moment verstanden wir uns gut, und dann senkte sich diese Wolke herab, und sie zog sich zurück, als hätte ich ein furchtbares Verbrechen begangen und sie könnte meinen Anblick oder meine Nähe nicht mehr ertragen. Das war zermürbend, nahm mir den Halt. Vermutlich war es für mich noch härter, wenn ich sah, wie gut sie und Alice sich verstanden. Zwischen ihnen lief es völlig harmonisch. Aber vermutlich passten wir einfach nicht zueinander. Bei manchen Leuten ist das so, nicht wahr? Wir weckten jeder im anderen die schlechtesten Seiten.«

»Ha.« Sie nickt. »Darum sind Sie also so von ihr besessen? Sie dachten, sie hätte Sie nicht genug geliebt?«

»Was? Nein. Ich bin nicht besessen, und ich glaube auch nicht, dass sie mich nicht genug liebte. Sie hat mich geliebt, das weiß ich. Es ist nur … es ist viel komplizierter.« Aber der alte Groll kommt wieder hoch. Jetzt, da ich selbst Mutter bin, erscheint alles noch schlimmer. Selbst wenn ich zehn Kinder hätte, würde ich Finn bestimmt nicht das Gefühl geben, dass ich eins seiner Geschwister vorziehe.

Susannah sieht mich noch immer mit hochgezogenen Brauen an. Mir scheint, sie genießt es sehr, dass ich an ihrem Küchentisch sitze und mit all dem zu kämpfen habe.

Ich schlage einen unbeschwerteren Ton an. »Ich war als Teenager wirklich abscheulich, Alice dagegen engelhaft, klug, hübsch, talentiert, hilfsbereit – viel, viel netter eben. Ich kann ihr nicht verdenken, dass sie meine Schwester vorgezogen hat. Offen gestanden ziehe ich meine Schwester auch vor.«

»Oh. Schwestern.« Susannah wischt sich die Hände ab und steht auf, um den Tisch abzuräumen. »Ziemlich giftige Wesen. Ich habe selbst eine. Hab sie seit neunzehn Jahren nicht gesehen.« Ihr Ton ist grausam. Entsetzt sehe ich sie an. Sie erwidert den Blick mit erhobenem Kinn. Sofort habe ich das Bedürfnis, Alice zu verteidigen.

»Meine Schwester kann gar nichts dafür. Sie hat sich nicht um die Rolle des guten Mädchens gerissen. Sie hat immer versucht, mich einzubeziehen und die Dinge zu glätten. In gewisser Weise hat sie mich geschützt, obwohl ich die große Schwester bin und es andersherum hätte sein sollen. Es muss für sie ein Albtraum gewesen sein, ständig zwischen den Fronten zu stehen.« Meine Stimme zittert. Draußen ist es fast dunkel.

»Na ja, es gibt wohl Schlimmeres im Leben, als nicht die Lieblingstochter zu sein.« Sie geht zur Spüle. Offensichtlich hat sie gar nichts verstanden, was ich auch nicht von ihr erwarten kann. Wieder frage ich mich, was für eine Kindheit sie gehabt hat.

Sie hat völlig recht. Ich klinge wie eine verzogene Mittelklassemimose. Ich muss aufhören, meiner Mutter nachzujagen. Es ist zu spät, ganz offenkundig zu spät.

Susannah lässt Spülwasser ein. Erneut hat sie die Oberhand. Sie erfährt etwas über mich und nicht umgekehrt.

»Sie wären in meinem Beruf richtig gut.« Ich stehe auf und stelle unsere Teller zusammen, wobei ich an mich halten muss, um sie nicht aufeinanderzuknallen. Und dann fragt sie natürlich, womit ich mein Geld verdiene. Ich folge ihr zur Spüle. Nachdem ich von der Website erzählt habe, fragt sie mich nach meiner sozialpsychologischen Ausbildung, Interviewmethoden, der Forschung hinter der Website, der Finanzierung. Als sie hört, dass sie teils durch den staatlichen Gesundheitsdienst, teils durch die Oxforder Uni finanziert wird, wirkt sie beeindruckt. »Ich nehme an, die Leute sind neugierig auf die Krankheiten anderer«, sagt sie.

»Im Grunde genommen will jeder bloß seine Geschichte loswerden, egal wie schrecklich die ist.«

»Tja, ich nicht«, sagt sie. Unsere Blicke treffen sich. Diesmal ist sie es, die als Erste wegschaut. Sie spritzt Spülmittel ins Wasser und taucht die Hände ein. »Sie mögen Ihre Arbeit.«

»Eigentlich ist der Job frustrierend geworden, seit ich Finn habe. Es ist unmöglich, die Arbeit angemessen zu erledigen. Ich arbeite nur noch ein, zwei Tage pro Woche, darum bekomme ich die Aufgaben, die kein anderer will. Und mir kommt es so vor, als ob ich nicht mal denen gerecht werde.«

»Na, dann arbeiten Sie mehr.«

»So einfach ist das nicht. Ich möchte ja auch für Finn da sein. Ich will ihm eine gute Mutter sein.« Sie sagt dazu nichts. Höchstwahrscheinlich denkt sie, dass ich die niemals sein werde.

»Wie sieht's mit dem Vater des Kindes aus?«

»Oh.« Ich schaue auf meinen Ehering. »Also, ich … ich will wirklich nicht über Doug reden …«

Sie dreht sich zu mir um und wischt sich die Hände ab. Dabei sieht sie mich forschend an. Ich sehe, wie sie meine Züge mustert, hier und dort verweilt. Ihr Blick ist weich, und plötzlich wird mir klar, dass sie in das Gesicht meiner Mutter schaut, nicht in meines, oder zumindest ihre Spuren darin betrachtet. Mich überläuft ein Schauder, als hätte mich ein Geist berührt.

»Wenn Sie mich so ansehen, fühle ich mich ein bisschen wie eins Ihrer Exponate.« Lachend wende ich mich ab und hänge einen Stieltopf auf.

»Wahrscheinlich ist es bloß seltsam, Sie jetzt erwachsen zu sehen.«

»Sie kannten mich als Baby?«, platzt es aus mir heraus. Sie antwortet nicht.

In der Ferne ertönt ein dumpfes Donnergrollen. Ein Windstoß schlägt gegen die Fenster. Einer der Hunde hebt in seinem Korb am Herd den Kopf und spitzt die Ohren. »Leider kenne ich keinen Menschen außer meinen Eltern, der mich als Säugling kannte, bevor sie nach England zogen. Ich habe nicht mal ein Babyfoto von mir.«

»Ach? Ist das wahr?«

»Also, wie war ich damals?«

»Als Säugling? Oh, Sie haben ständig geschrien. Angeblich wegen Bauchkrämpfen, aber ich dachte immer, Sie beschwerten sich einfach, weil Sie auf der Welt sein mussten. Ich bin häufig mit Ihnen spazieren gegangen, um Ihrer Mutter mal eine Pause zu gönnen. Sie hatten eine ganz schön kräftige Lunge.«

Das sagt sie so beiläufig. Ich muss sie wohl völlig entgeistert anstarren, denn sie stößt ein schrilles Lachen aus. »Was soll ich sagen? Sie waren ein Schreikind.« Ihre Augen sind frostig, die Pupillen stechend schwarz.

»Ich möchte nur … Ich bin noch nie jemandem begegnet, der mich damals kannte. Das ist total schräg.«

»Nun ja, Ihre Mutter kannte Sie damals.«

»Und mein Vater.«

Sie zuckt die Achseln und wendet sich ab.

»Haben Sie ein Babyfoto von mir?«

»Nein.« Sie wäscht ein Glas ab.

Ich nehme es behutsam von ihr entgegen. »Schade. Ich dachte, vielleicht hätten Sie …«

»Hab ich aber nicht.«

»Wissen Sie, ich habe mich immer gefragt, ob meine Mutter mir etwas übelnahm. Immerhin musste sie wegen der Schwangerschaft ihre Promotion abbrechen. Vielleicht war das der Ursprung unserer Probleme. Im Grunde habe ich ihr Leben zerstört, nicht wahr?«

»Das ist ein bisschen simpel gedacht, meinen Sie nicht?« Es donnert lauter und nicht mehr so dumpf, aber es blitzt nicht. Ich spähe durch die Küchentür zum Sofa. Finn rührt sich nicht. »Auch in den Siebzigern hatten Frauen Kinder und eine Karriere. Ich weiß zufällig, dass Ihre Mutter *Der weibliche Eunuch* gelesen hat, schon bevor ich es ihr schenkte.«

»Ja, aber von diesen Frauen haben nur wenige im Nordostpazifik Fotojagden auf Killerwale gemacht. In diesem Beruf sieht es mit einer Tagesbetreuung schlecht aus, nicht wahr?«

Sie geht den Tisch abwischen.

»Also bin ich der Grund, warum sie alles aufgegeben hat?«

Sie wischt weiter mit eckigen Bewegungen. Ich frage mich, ob sie verärgert ist.

»Susannah?«

Sie geht an mir vorbei, wirft das Tuch ins Spülwasser und zieht sich die Stiefel an.

»Wohin wollen Sie?«

»Ich muss etwas reinholen, bevor es regnet.«

Ich schaue zum Sofa. Finn liegt unverändert da, mit hochgerecktem Po. So schläft er am liebsten. Er liegt in einem Berg von Kissen und wird noch mindestens eine Stunde schlafen. Susannah schlingt sich den grauen Schal um den Hals. Hier entwickelt sich ein Konflikt, und ich habe keine Ahnung, wieso. Auf jeden Fall will ich das Gespräch noch nicht enden lassen. Zum ersten Mal scheint etwas dabei herauszukommen. Sie geht durch die Verandatür nach draußen, die Hunde folgen ihr.

Energisch steige ich in die Stiefel und gehe ihnen hinterher. Es ist eiskalt. Am Himmel herrscht Bewegung. Ein Donnerschlag lässt mich zusammenfahren. Unten kracht die Brandung gegen die Felsen. Drei Krähen kreisen über den Bäumen hinterm Haus, heben sich sattschwarz gegen den Gewitterhimmel ab. Susannah läuft bereits den Pfad neben dem Haus entlang, der zum Waldrand führt. Ich eile über die Veranda.

Es ist noch immer nicht klar, warum sie sich so sträubt, mir etwas zu erzählen. Warum kann sie nicht einfach erzählen, was sie weiß? Warum tut sie so geheimnisvoll?

Ich springe von der Veranda auf den Pfad, laufe schneller, hole sie ein. Die Wespenspange ist fast herausgerutscht, die Adern am Hals sind angeschwollen. Sie atmet schnaufend. Der Pfad führt uns tiefer in den Wald. Ein paar Regentropfen fallen durch die Zweige. Es donnert – tiefer, näher, lauter. Ich darf Finn nicht allein lassen, nicht wenn das Gewitter so nah ist. Nicht in dem Zimmer mit dem Chihuly. Ich muss umkehren – sofort.

»Als ich klein war, war mein Vater viel weg«, rufe ich, bin mir aber nicht sicher, ob sie mich hören kann oder hören will. »Er gründete damals in London ein Architekturbüro. Er ist ein totaler Workaholic. Meine Mutter war quasi alleinerziehend. Selbst an den Wochenenden, wenn er zu Hause war, hat er gearbeitet. Sie führte den Haushalt, machte alles. Sie war sehr praktisch. Sie hat sogar die Klempnerarbeiten erledigt. Und sie hatte ihre Malerei. Aber man hätte nie gedacht, dass sie Meeresbiologie studiert oder hier oben das Leben von Walen erforscht hat. Ich verstehe nicht, warum sie mir nie etwas davon erzählt hat. Was ich wissen will, Susannah – hören Sie mir überhaupt zu?« Doch, tut sie, ich weiß es. »Das ist es, was ich nicht verstehe: dass sie es mit keinem Wort erwähnt hat. Warum hat sie so ein großes Geheimnis daraus gemacht?«

Vor uns liegt eine Lichtung. Es regnet jetzt. Dicke Tropfen dringen mir durch die Haare und stechen auf der Kopfhaut, so eisig sind sie. Die Kälte ist schneidend. Ich schlinge die Arme um mich und stolpere hinter ihr her. Gleich muss ich zum Haus zurück wegen Finn. Ich darf ihn da nicht allein lassen.

Susannah in ihrem braunen Fleece und dem dicken Schal bleibt unberührt von der Kälte, dem Gewitter oder meiner

Stimme. Über uns ertönt ein scharfes Knacken, bei dem ich wie ein Kaninchen den Kopf einziehe. Ein Blitz erhellt die Lichtung und die kahlen Bäume ringsherum.

Susannah zuckt nicht mal zusammen. Sie läuft mit großen Schritten auf eine Holzhütte zu, ein skandinavisches Ding aus heller Kiefer mit großen Fenstern und Solarplatten auf dem Dach. Ihr Atelier. Davor liegen auf dem Boden ausgebreitet drei farbbespritzte Laken, die offenbar zum Trocknen da hingelegt wurden. Sie hebt das erste auf und faltet es zusammen. Ich laufe zu ihr. Der Regen fällt stärker und läuft mir in den Nacken.

»Wollen Sie das Kind bei dem Gewitter noch lange allein lassen?«, schreit sie.

»Ich gehe gleich zurück! Verraten Sie mir eins. Nur eins. Ich will es einmal ausdrücklich hören. Sie hat die Promotion meinetwegen abgebrochen, ja? Weil sie mit mir schwanger war.«

Susannah wirft das zusammengefaltete Laken auf die kleine Veranda, wo die Hunde sich zusammengekauert haben, und hebt das nächste auf. Vom Innern des Ateliers ist nichts zu erkennen. Die Tür ist geschlossen, die Lamellenjalousien sind heruntergelassen. Susannah schert sich nicht um das Wetter, obwohl sich die Bäume im Sturm biegen. Sie faltet weiter Laken zusammen. Ich muss zurück zum Haus.

»Susannah?«, brülle ich. »Können Sie mir einfach antworten?«

»Heilige Scheiße. Sie geben einfach nicht auf, was, Kali? Obwohl das Kind allein in einem …« Den Rest verstehe ich nicht, vermutlich sagt sie »in einem fremdem Haus« oder etwas in der Art.

»Er schläft!«, schreie ich durch den prasselnden Regen. Aber natürlich hat sie recht. »Das sind gerade mal fünf Minuten! Ich gehe ja gleich! Sobald Sie mir geantwortet haben –«

»Sie hat die Promotion nicht Ihretwegen abgebrochen«, blafft sie. »Sondern weil sie hierher wollte.«

Ich wische mir Regenwasser von den Augen. »Sie meinen, das Katalogisierungsprojekt war gar nicht die Doktorarbeit?«

»Ihre Doktorarbeit behandelte die Spiellaute der Delfine im Sea Park in Kalifornien.«

Es donnert direkt über uns. Mir kleben die Jeans an den Oberschenkeln, und der Regen dringt schon durch meinen Pullover. Ich zittere heftig. Susannah wirft das Laken zu den anderen. Aber anstatt ins Atelier zu gehen, dreht sie sich um und läuft zurück.

»Warten Sie!« Ich renne. Die Hunde springen hinter ihr her, die Schwänze kreisen wie Propeller. Blitze zucken und drücken über mir die Luft beiseite. Vor Schreck erstarre ich. Susannah verschwindet zwischen den Kiefern.

Als wir in der Küche die Stiefel abstreifen, schiebe ich das Fenster zu. Ich kann Finn auf dem Sofa sehen, er hat sich seit vorhin nicht bewegt.

»Sehen Sie?« Noch außer Atem deute ich mit dem Kopf auf ihn. »Er schläft wie ein Murmeltier. Als er neun Monate alt war, hat er ein ganzes Feuerwerk verschlafen, obwohl die Zimmerwände wackelten. Er hat nicht mal gezuckt.«

Es regnet stärker. Draußen ist nichts mehr zu erkennen, nur Regenschleier. Ich bin durchnässt und durchgefroren, gebe aber nicht auf. »Susannah, das hat mich verwirrt. Der zeitliche Ablauf ist mir nicht klar – was sie wann gemacht hat, ganz abgesehen von den Gründen.«

Sie streift sich mit beiden Händen die Haare nach hinten und sieht auf mich herab. Sie steht dicht vor mir, kommt mir größer vor, die Züge schärfer, die Falten in ihrem nassen Gesicht wie gemeißelt, die Stirn höher. Sie sieht aus wie eine archaische Priesterin. »Na schön«, blafft sie. »Ihre Forschung hat sie in Südkalifornien betrieben, in der Nähe der Uni.« Sie greift zu einem Geschirrtuch und wirft es mir zu, dann nimmt sie eins für sich und trocknet sich das Gesicht ab. »Das war, bevor Sie geboren wurden. Lange vorher. Sie wollen wissen, warum sie die Promotion abgebrochen hat? Okay. Klar. Ich werde es Ihnen sagen. Setzen Sie sich.« Sie zeigt auf einen Hocker. »Da.«

Ich setze mich.

»Sie begann sich für die zwei gefangenen Schwertwale im Sea Park zu interessieren, wo sie auch ihre Delfinforschung betrieb.« Sie drückt die nassen Haare im Handtuch aus. »Das Weibchen war trächtig, und Elena rang der Parkleitung die Erlaubnis ab, die Laute aufzuzeichnen, die es bei den Wehen von sich geben würde. Das war eine der ersten Walgeburten in Gefangenschaft in den Staaten. Ihre Mutter hängte ein Hydrophon ins Wasser und saß während der Wehen am Becken, zwei ganze Tage lang. Sie sah die Geburt, nahm die Geräusche auf, und dann ging alles schief.

Ein neugeborenes Orca-Kalb schwimmt sofort. Die Mutter lenkt es mit der Schnauze an die Wasseroberfläche, damit es das erste Mal Luft holt, dann schwimmen sie nebeneinander. Sie tauchen zusammen auf und wieder ab und holen immer gemeinsam Luft. Die Mutter passt sich an das Atembedürfnis des Jungen an, damit es von ihr lernt. Und sie säugt es beim Schwimmen. Dieses Neugeborene jedoch hatte nicht die motorische Kontrolle, um in dem kleinen Becken ständig im Kreis zu schwimmen, und stieß andauernd gegen die Beckenwand. Die Walkuh war so sehr damit beschäftigt, eine Verletzung zu verhindern, dass sie es nicht säugen konnte. In freier Wildbahn helfen die anderen Weibchen einer frischgebackenen Mutter, wie Hebammen sozusagen. Sie lenken das Kalb zur Brust, bis es die von allein findet, und unterstützen die Mutter in allem. Dieses Weibchen war durch die Gefangenschaft auf sich allein gestellt. Ich nehme an, der Instinkt, das Kalb zu schützen, war stärker, als der Instinkt, es zu nähren.«

Mir ist nicht klar, warum Susannah mir das so ausführlich schildert, aber ich nicke ab und zu und hoffe, dass sie zum Punkt kommt.

»Die Pfleger haben das Kalb schließlich von der Mutter getrennt und in ein anderes Becken gesetzt, um es aufzupäppeln. Da ist die Mutter natürlich durchgedreht. Stellen Sie sich einen Schwertwal vor, der sich stundenlang heulend gegen die Beckenwand wirft. Die Tierpfleger waren völlig hilflos. Sie versuchten das Kalb mit einem Schlauch zu füttern, aber nach ein paar Tagen ist es verendet. Die Mutter ist nicht darüber hinweggekommen. Zwei Tage lang schrie sie ununterbrochen und warf sich gegen die Beckenwand, dann gab sie auf. Sie blieb still liegen, fraß nicht mehr und schwamm nur ganz langsam an die Oberfläche zum Luftholen. Sie hat nicht mehr lange gelebt.«

»Eine schreckliche Geschichte.«

»Ja. Ich erzähle Ihnen das, weil das für Ihre Mutter alles änderte. Es veränderte ihre Einstellung. Und zur selben Zeit lernte sie ... die anderen kennen, die Naturschützer, die an der Katalogisierung der Schwertwale arbeiteten. Sie weckten ihr Interesse an den frei lebenden Orcas. Elena brach die Doktorarbeit ab, stieg von heute auf morgen aus und kam hierher, um mitzuarbeiten.«

»Es hatte also wirklich nichts mit mir zu tun?«

»Sie waren da nicht einmal geboren, Kali.«

Mir ist kalt. Meine feuchten Klamotten kleben mir am Leib, und ich schaudere. Ob von der Kälte oder von Susannahs Worten, ist schwer zu sagen.

Ich sehe sie an und frage mich, ob sie auch nur erahnt, was sie gerade für mich getan hat. Dieses rastlose, hungrige Wesen, das ich schon mein Leben lang in mir habe, ist auf einmal fort – jemand hat das Tor geöffnet, und es ist davongaloppiert. Ich halte es mir noch einmal vor Augen: Meine Mutter hat hingeschmissen aus Wut auf den Sea Park, war aufgebracht, aber bei klarem Verstand und ihrer Zukunftsentscheidung sicher.

»Und was war mit meinem Vater? Sie waren doch zusammen, oder? Was hielt er davon?«

Sie lacht kalt. »Oh, Gray hatte eigentlich nichts zu sagen. Keiner von uns. Das war typisch Elena. Völlig unbeirrbar.«

»Sie hat ihn in Kalifornien zurückgelassen?«

»Sein Stipendium lief gerade aus, und er suchte nach einer Stelle. Er war in London, glaube ich, um sich zu bewerben – er hat es nicht kommen sehen. Keiner von uns.«

Jetzt ist sie aufgeregt, schreitet zwischen Herd und Fenster auf und ab. Ein Blitz erhellt die Räume und lässt die Lampen kurz flackern. Ich schaue zu Finn hinüber, aber er schläft tief und fest. Einen Moment später donnert es, dass die Scheiben wackeln. Susannah nimmt davon keine Notiz.

Dann kommt mir ein Gedanke. »Wie war mein Vater damals?« Ich beobachte ihre Mimik.

»Gray?« Es klingt schrill. Sie hält inne. Dann zuckt sie die Achseln. »Oh, er war nett. Seriös, sehr anständig, sehr klug, schöner schottischer Akzent. Aber, na ja, ich … kannte ihn kaum. Ihre Mutter konnte sich sehr gut abschotten.« Sie sieht mich ausdruckslos an, dann dreht sie sich um und verlässt mit großen Schritten die Küche.

Jetzt habe ich sie. Es ist, als hätte ich ein gebrochenes Körperglied nach der Bruchstelle abgetastet und sie gefunden. Das muss es sein. Ich lehne mich gegen den Herd. Die Wärme dringt in meinen Rücken. Es ist offensichtlich: Susannah hatte keine Affäre mit meiner Mutter, sondern mit meinem Vater.

Sie ist in dem Brief gemeint, den er meiner Mutter geschrieben hat, bevor er sie nach England brachte – sie ist die Quelle des Schuldgefühls, das in jedem Wort zu spüren war. Wegen Susannah wollte meine Mutter von Amerika nichts mehr wissen und nicht einmal über das Vergangene reden. Kein Wunder, dass sie sich von ihr losgesagt hat.

Das Szenario ist leicht vorstellbar: Meine Mutter zieht mit einem Haufen besessener Walforscher davon, mein Vater und Susannah bleiben am Uniort zurück, fühlen sich verlassen, allein und gekränkt.

Ich muss sie nur dazu bringen, das zuzugeben. Dann bin ich hier fertig.

Der Wind peitscht den Regen gegen die Scheiben, aber das Gewitter scheint sich aufs Meer verzogen zu haben. Die Hunde liegen in ihren Körben mit der Schnauze zwischen den Pfoten. Finn regt sich noch immer nicht. Hinter ihm steht Susannah mit dem Rücken zu mir am Fenster und starrt auf die Wasserwand.

Langsam gehe ich ins Wohnzimmer. Der Regen trommelt aufs Dach. In der Ferne donnert es. An der Armlehne des Sofas bleibe ich stehen. Wo sie steht, ist der Teppich fleckig, weil das Regenwasser an ihr heruntergetropft ist. Ihr Gesicht spiegelt sich in der Scheibe. Ich bemerke, dass sie mich ansieht.

»Susannah. War meine Mutter sehr verliebt?«

Sie wird steif. »In wen?«

»Wie bitte? In meinen Vater natürlich.«

Lachend wirft sie den Kopf in den Nacken. Es ist ein unheimliches, bellendes Lachen. »Scheiße!« Sie fährt herum. »Heilige Scheiße, Kali! Hat sie denn über gar nichts mit Ihnen gesprochen? Wirklich über gar nichts? Im Ernst?« Sie streicht sich die Haare aus dem Gesicht. »Das ist nicht meine Aufgabe.«

Finn schreckt aus dem Schlaf hoch und setzt sich auf. Er macht den Mund auf und beginnt mit einem lang gezogenen, allmählich in die Höhe strebenden Ton zu weinen. Ich hocke mich neben ihn. Er schaut mich an, verdutzt und verschwitzt. Ich drücke ihn und rede über seinen Kopf hinweg. »Sie ist abgehauen und hat Sie und meinen Vater zusammen sitzen lassen, stimmt's? Warum können Sie mir nicht einfach sagen, was wirklich passiert ist? Es ist Jahre her, es spielt keine Rolle mehr. Ich will sie nicht verurteilen. Ich will es nur wissen.«

Ich hebe Finn hoch. Er legt die Arme um meinen Hals und schluchzt mir ins Ohr.

»Schon gut, Schatz.« Ich klopfe ihm den Rücken. »Schon gut. Nur ein dummer Streit. Alles in Ordnung.« Aber ich behalte Susannah im Auge.

»Ich dachte, ihn weckt nichts auf«, bemerkt sie gehässig.

Ich gehe nicht darauf ein. »Meine Mutter ist tot, Susannah! Ich möchte nur wissen, was in ihrem Leben passiert ist, warum sie so geworden ist. Können Sie mir den Gefallen nicht tun? Hatten Sie eine Affäre mit meinem Vater? Oder etwa mit meiner Mutter?«

Im Fenster spiegelt sich der ganze Raum, und ich sehe die Hunde aus der Küche kommen. Für einen Moment vermute ich, sie kommen wegen meines aggressiven Tons und wollen mich angreifen. Ich wappne mich, klammere mich an mein schluchzendes Kind und erwarte, dass sie die Zähne in meine Waden schlagen. Doch sie laufen an mir vorbei zu Susannah.

Und die geht wortlos mit ihnen den Flur hinunter zu ihrem Zimmer, mit erhobenem Kopf wie eine Kaiserin.

Zitternd versuche ich Finn zu beruhigen. Der arme kleine Junge. Zuerst schreckt er aus dem Schlaf hoch, weil wir uns anschreien, und dann streiten wir über seinen Kopf hinweg weiter. Der Arme ist übermüdet und durcheinander. Dieses Haus ist kein Platz für ihn. Das hier hat alles keinen Sinn. Es ist vergeblich. Susannah will so wenig wie möglich preisgeben. Ich muss um jedes bisschen mit ihr ringen.

Ich drücke ihn und küsse sein nasses Gesicht. »Schsch, schsch, ist schon gut, Schatz, alles ist gut.« Allmählich hört er auf zu schluchzen. Kurz nach dem Aufwachen riecht er immer wie ein Baby, milchig und süß. Seine Haare sind statisch aufgeladen. Ich streiche sie ihm aus der Stirn. Dann kommt Susannah zurück. Im Eingang zum Wohnzimmer bleibt sie stehen.

»Das geht Sie überhaupt nichts an.« Sie legt eine Hand an den Türrahmen. »Ich werde es Ihnen trotzdem sagen, damit die Sache geklärt ist. Ich hatte weder mit Gray noch mit Elena ein Verhältnis. Gray liebte Ihre Mutter sehr. Er war«, sie sieht an die Decke, als suchte sie nach dem richtigen Ausdruck, »ein verdammter Heiliger.« Damit dreht sie sich um und geht.

Also hat sie gewonnen. Wenn das ein Zweikampf war, dann steht sie jetzt über meiner Leiche mit einer bluttriefenden Machete. Ich sehe auf Finn hinunter. Er hat Schluckauf. Wir sollten einfach gehen. Wir könnten die letzte Fähre noch erwischen – wenn sie fahrplanmäßig ausläuft. Zugegeben, das ist ein ziemlich bedeutsames Wenn.

Doch da kommt sie schon wieder durch den Flur heran. Allmählich entwickelt sich das zur Farce. Ich mache mich auf die nächste Offenbarung gefasst, aber sie geht an uns vorbei in die Küche und auf die Veranda. Ein Schwall kalter Luft schlägt mir entgegen. Die Hunde folgen ihr in den Regen. Sie knallt die Tür zu. In den Regalen scheppern die handgemachten Teller.

Mir wummert der Kopf. Finn macht noch einen Schluckser, den letzten. Ich streiche ihm von Neuem die Haare aus der Stirn. »Gehen wir, Schatz.«

Er sieht mit Dougs schokoladenbraunen Augen zu mir auf und bekommt dafür einen Kuss auf die Nase. Ich muss ihm eine frische Windel anziehen. Unser Zeug zusammenpacken. Ihm Milch geben. In letzter Zeit packe ich wohl ziemlich häufig.

Dann zwinge ich mich innezuhalten. Diesmal muss ich mit Verstand vorgehen. Ich habe schon zu oft sprunghaft gehandelt, bin mal eben über den Atlantik geflogen und auf eisglatten Türschwellen angekommen. Diesmal muss ich mir gut überlegen, was ich tue. Soll ich wirklich mit Finn durch ein Gewitter fahren, über diese Scheißinsel, nur um die Fähre zu verpassen oder festzustellen, dass sie sechs Stunden zu früh ausgelaufen ist – oder gar nicht fahren wird? Dann hätten wir keinen Platz zum Übernachten, und auf keinen Fall will ich zurückgekrochen kommen und Susannah anbetteln, uns ihr Gästezimmer zu überlassen. Es wäre viel vernünftiger, die Nacht noch zu bleiben, sich wie ein Erwachsener zu entschuldigen und am Morgen in aller Ruhe abzureisen. Dazu würde mir Alice zweifellos raten.

Ich setze mir Finn auf die Hüfte. Mir ist immer noch kalt, meine Klamotten sind feucht. Ich muss mich umziehen gehen – aber beim ersten Schritt wird mir schwarz vor Augen, und mir rauscht es in den Ohren. Um nicht umzukippen, setze ich mich aufs Sofa.

Mit mir stimmt etwas nicht. In mir ist etwas ziemlich durcheinander. Ich schließe die Augen, und alles dreht sich. Nur Finn auf meinem Schoß ist fest und zuverlässig, warm und eindeutig.

Aber natürlich ist da etwas durcheinander: Ich habe Jetlag. Das ist stressig. Ich bin verwirrt. Meine Mutter ist gerade gestorben. Mein Mann hat vielleicht eine Affäre mit seiner glamourösen Exfreundin. Ich habe unsere Ersparnisse für einen

Flug zum Arsch der Welt ausgegeben. Da wäre es eigentlich anormal, sich jetzt normal zu fühlen.

Finn patscht mir ins Gesicht. »Mama?«

Ich drücke ihn an mich. Jetzt würde ich gerne mit Alice reden. Ich muss ihr erzählen, was ich über die Kindheit unserer Mutter und ihre Forschung erfahren habe. Vielleicht weiß sie doch etwas davon. Aber ich glaube es eigentlich nicht. Bestimmt hätte sie es mir erzählt. Was die Vergangenheit unserer Mutter angeht, tappt sie genauso im Dunkeln wie ich. Zwischen den beiden verlief es zwar immer harmonisch, aber zu den Geheimnissen meiner Mutter konnte auch Alice nicht vordringen.

Finn rutscht von meinem Schoß und läuft plappernd ein paar Schritte. »Bah, bah, das?« Dann fällt mir auf, dass er sich für den Chihuly interessiert. Mit einem Satz bin ich bei ihm, reiße ihn in die Luft, dass seine Beine hochfliegen, und flitze mit ihm in die Küche, wo ich ihn absetze. Mir ist schwindlig.

»Noch mal! Noch mal!« Er läuft los – stolpernd, hüpfend, mit schwerer Windel geht es auf die Verandatür zu.

»Komm her, du freches Äffchen.« Ich greife ihn von hinten und schwenke ihn durch die Luft. Mir schwindelt, als würde ich durch die Luft sausen, nicht er. Ich drücke ihn an mich. Lachend streckt er die Arme aus. Er fasst mir ans Kinn. »Bah.« Er lächelt. »Noch mal!«

Meine Beine kommen mir kraftlos vor. Wir blicken uns an.

»Wie wär's mit einer schönen, warmen Milch?«

»Noch mal! Noch mal! Hoch! Hoch!«

»Zuerst die Milch, okay?«

Finn nimmt die Tasse und schiebt sich die Tülle in den Mund.

Beim Nuckeln gleitet sein Blick ein bisschen ins Leere. Es braucht so wenig, um ihn zufriedenzustellen. Es kümmert ihn nicht, ob wir in British Columbia oder in Oxford sind. Der weite Himmel und die Brandung sind ihm egal. Ihm ist nur wichtig, dass ich jeden Morgen da bin, wenn er aufwacht, dass ich ihn hochnehme, wenn er sich wehgetan hat, ihn durch die Luft schwenke, um ihn zum Lachen zu bringen, und ihm Milch und

Essen gebe, zum Einschlafen etwas vorsinge. Ich denke an die Schwarz-Weiß-Bilder, die ich ihm zeigte, als er noch ein Säugling war, an die endlosen Krabbelgruppengespräche – darüber, dass wir unsere Babys anregen, ihren Musikgeschmack ausbilden, ihre sprachlichen Fähigkeiten entwickeln sollten. Wie kommt es, dass Mutterschaft so verkrampft und überspannt geworden ist? Dabei kommt es nur auf eines an: da zu sein. Das ist es, was er wirklich von mir braucht.

Ich trage ihn ins Wohnzimmer und setze mich mit ihm aufs Sofa. Seine pummeligen Beine stehen ab. Er hält die Tasse an beiden Henkeln. Ich muss die Abreise planen. Aber die Wahrheit ist: Ich weiß nicht, wohin. Auf das Aquarium in Vancouver habe ich jedenfalls keine Lust.

Auf dem Sofatisch liegt ein Buch mit dem Titel *Die Könige der Meere*, ein schwerer Hochglanz-Bildband. Ich beuge mich vor und schlage ihn auf.

Er enthält Aufnahmen von schwarz-weißen Walen, die vor verschneiter Bergkulisse aus den Wellen springen. Die Finne des Männchens, lese ich, kann fast zwei Meter hoch werden. Größer als Doug.

Nein. Ich kann jetzt nicht an Doug denken. Welchen Zweck hätte das auch?

Das erste Kapitel handelt von »Legenden über Schwertwale«. Ich lese über Finns Kopf hinweg. »Der Name Orca kommt vom Lateinischen Orcinus = zum Reich der Toten gehörend und von Orcus, dem römischen Gott der Unterwelt.« Ich überfliege die Namen, die den Walen im Laufe der Zeit schon gegeben wurden – Mörderdämon, Gefürchteter, Schwarzfisch, Seewolf. Es ist wie mit den geografischen Namen dieser Gegend: jeder spiegelt die Angst der Menschen wider.

Ich überfliege die Legenden der Ureinwohner im Pazifischen Nordwesten. In einem Stamm wurde erzählt, die Wale lebten in Städten am Meeresgrund. Andere glaubten, die Schwertwale seien die Herrscher der Unterwasserwelt oder ihre großen Häuptlinge würden in den Walen wiedergeboren oder Wale seien die Geister der Männer, die auf See geblieben waren, und wenn ein Schwertwal vor der Küste gesichtet wurde, sei er der Tote, der nach seinen Angehörigen sehen oder seine Feinde zur Rechenschaft ziehen will.

Ein Stamm in Alaska betrachtete die Schwertwale als sanfte Wohltäter, die über den Stamm wachten und ihn schützten. Laut dem Autor des Buches kommt dieser Mythos der Realität am nächsten. Die einzigen Vorfälle, bei denen Schwertwale Menschen verletzten, hätten sich in Aquarien ereignet. Er schildert, wie die Tiere ihren Dompteur ins Wasser rissen und zum Beckenboden zogen oder an der Beckenwand erdrückten. Einer dieser Wale packte seinen Dompteur am Bein und schleuderte ihn im Wasser wie eine Puppe hin und her, nur um den halb Bewusstlosen kurz vor dem Ertrinken an die Luft zu stoßen. Eine Walkuh tötete ihren Dompteur, nachdem dieser sie zu einer Vorstellung gezwungen hatte, während im Nachbarbecken das Kalb nach ihr schrie.

Angesichts der Quälerei, die diese Tiere jahrzehntelang in solchen Aquarien zu erleiden hatten, ist es erstaunlich, wie freundlich und duldsam sie sind. Der Autor meint, dass sie Menschen nur angriffen, wenn sie bis an den Rand des Wahnsinns getrieben würden. Vielleicht fühlten sich Killerwale den Menschen verpflichtet oder sogar verwandt. Es gebe glaubwürdige Berichte, wonach Schwertwalschulen Schiffe aus Nebelbänken herausgeführt, ertrinkende Hunde gerettet und sich mit Seglern angefreundet haben, die in ihrem Gebiet kreuzten. Wenn das alles wahr ist, dann haben wir sie bitter enttäuscht.

Finn hat seine Milch ausgetrunken und sitzt zufrieden da, während er an der leeren Tasse nuckelt. Es kommt nicht häufig vor, dass wir so ruhig beisammensitzen. Normalerweise hetze ich mich mit Putzen und Kochen ab oder schleppe ihn irgendwohin mit. Muße haben wir zusammen kaum.

Ich betrachte das schöne Foto auf dem Einband, den schönen schwarz-weißen Walleib. Holt man einen Killerwal aus dem Wasser, wird er vom eigenen Körpergewicht erdrückt. Mir fällt auf, dass man über Killerwale nicht die Wahrheit erfährt, sondern nur lauter Geschichten, Erinnerungen und Meinungen, in denen Ängste, Hoffnungen und Anschauungen zum Ausdruck kommen. Die Wale sind die Hüter unserer Geschichten. Sie existieren in einer anderen Welt außerhalb unserer Reichweite, in einer Welt, die zusammenbricht, wenn wir ihr zu nahe kommen. Die Wale sind Fiktion.

Es sei denn, man ist Wissenschaftler. Dann bestehen die Killerwale aus nackten Tatsachen – sind nur schwarz-weiße Hülsen, deren Laute, Verhalten und äußere Merkmale dokumentiert und entschlüsselt werden können. Für den Wissenschaftler bedeuten die Geschichten nichts. Bedeutung haben nur die Tatsachen. Was hatte Susannah noch gleich gesagt? Ohne Foto kein Beweis.

9

Ich beschließe zu bleiben.

Die Fähren sind zu unzuverlässig, und ich sollte ohnehin nicht einfach so abhauen, sondern die Dinge wieder ins Lot bringen. Wahrscheinlich ist Susannah ins Atelier gegangen. Ich werde Finn warm einpacken und ein bisschen mit ihm rausgehen. Der Regen hat fast aufgehört. Es ist bestimmt saukalt, aber Finn wird glücklich sein und heute Nacht besser schlafen, wenn er an der frischen Luft gewesen ist.

Als wir ins Haus zurückkehren, nachdem wir eine Zeit lang an nassen Steinen gestochert und Stöcke gegen Baumstämme geschleudert haben, ist es fast dunkel. Wir gehen den Flur entlang ins Wohnzimmer. Die Hunde sitzen beim Sofa. Sie beobachten uns, rühren sich aber nicht. Ihre gelbbraunen Augen sind auf mein Gesicht gerichtet. Plötzlich kribbelt mir die Haut. Ich nehme Finn auf den Arm.

»Brave Hündchen«, sage ich.

Mit glänzenden starren Stofftieraugen blicken sie mich durchs Halbdunkel an. »Verdammte Scheiße. Brave Jungs.« Ihre Schwänze zucken nicht mal.

Von Susannah ist nichts zu hören und zu sehen. Langsam schiebe ich mich an ihnen vorbei. Ihr Blick folgt mir, ihre Schnauzen zeigen auf mich, während ich den hinteren Flur hinunterschleiche. Finn spürt die Bedrohung. Statt sich aus meinem Arm zu winden und mit ihnen zu spielen, hält er sich mit allen vieren an mir fest wie ein Schimpansenbaby.

Im Gästezimmer angelangt, drücke ich die Tür fest zu. Susannah hat gesagt, die Hunde seien harmlos. Nicht einmal sie wäre so verrückt, gefährliche Hunde in die Nähe eines Kleinkinds zu lassen, oder? Wahrscheinlich waren sie nur müde. Oder hungrig. Ich weiß immer noch nicht, wo Susannah ist. Ich frage mich, ob es ihr gut geht. Vielleicht sollte ich nach ihr sehen.

Ich gehe zur Toilette, drehe die Dusche auf und schäle mich aus den Klamotten, dann ziehe ich Finn aus und nehme ihm die Windel ab. In der Dusche planscht er, als wären wir am Strand. Ich kehre das Gesicht in den Wasserstrahl und wärme mich auf. Durch den heißen Wasserschleier blicke ich nach oben. In der Ecke an den Kalksteinfugen wächst schwarzer Schimmel.

Wir betreten von entgegengesetzten Seiten im selben Augenblick das Wohnzimmer. Die Hunde umkreisen sie schwanzwedelnd, sie betteln um Futter. Sie erscheinen wie gewöhnliche, hübsche Schoßhunde, vollkommen harmlos.

Mir fällt auf, dass ich seit fast vierundzwanzig Stunden hier bin und ihre Namen nicht kenne. Susannah geht wortlos mit ihnen um, macht kein Getue um sie, spricht nicht über sie. Die drei bilden ein kleines Rudel, und Susannah ist das Alphatier.

Mit Finn an der Hand folge ich ihr in die Küche. Sie schaltet das Licht ein und schüttet Trockenfutter in die Fressnäpfe, dann wäscht sie sich die Hände. Die Hunde fressen und sabbern, als machten sie sich über frisch gerissene Beute her. Finn will zu ihnen laufen. Ich gehe in die Hocke und halte ihn fest. »Nein, man darf Hunde nicht anfassen, wenn sie fressen, weil sie dann vielleicht beißen.«

Er sieht mich an.

»Gefährlich«, sage ich mit Schreckensstimme. »Gefährlich! Nicht die Hunde anfassen, wenn sie fressen. Nein, Hunde beißen, wenn sie beim Fressen gestört werden.«

Er sieht zu ihnen hinüber und überlegt sichtlich, ob er es trotzdem wagen soll, um meine Theorie zu überprüfen.

Ich lehne mich an den warmen Herd und halte ihn zwischen den Knien fest. Er beobachtet sie.

»Susannah. Ich möchte mich wegen vorhin entschuldigen. Wenn Sie möchten, dass ich abreise …«

»Nein!«, sagt sie scharf. »Nein.« Dann gibt sie ein trocknes Lachen von sich. »Ich meine, wohin denn? Wohin wollen Sie? Die letzte Fähre hat um fünf abgelegt.«

»Okay, aber es tut mir leid. Ich war vorhin völlig daneben. Wir werden morgen abreisen. Es war sehr freundlich von Ihnen, uns aufzunehmen.«

Finn stellt sich auf die Zehenspitzen, um nach der Mandelschale zu greifen. Ich stehe auf und schiebe sie weg.

»Ich hatte kein Recht, Sie das alles zu fragen«, sage ich. »Es geht mich nichts an.« Er geht zu dem Stuhl am Esstisch und schlägt mit beiden Händen auf die Sitzfläche.

»Finn«, ermahne ich ihn vergebens. »Sei behutsam.« Ich muss ihm etwas zu essen geben, sonst wird er sehr schnell sehr quengelig. Er hat seit Stunden nichts gegessen. Seine gewohnten Abläufe sind vollkommen durcheinander. Dabei wird in den Erziehungsratgebern betont, dass man sich daran halten soll.

Susannah öffnet über sich eine Schranktür, holt eine Flasche Vitaminpillen heraus und nimmt zwei ohne einen Schluck Wasser, indem sie den Kopf in den Nacken wirft und die Augen schließt. Ich sehe ihren Kehlkopf hüpfen.

»Haben Sie etwas dagegen, wenn ich Finn etwas zu essen mache? Vielleicht ein Ei koche?«

»Er muss Hunger haben«, sagt sie mit geschlossenen Augen. »Bedienen Sie sich.«

Ohne Spielzeug oder Fernseher wird es fast unmöglich sein, ihn zu beschäftigen, und sei es nur die fünf Minuten, die das Ei kocht. Ich sehe mich um. »Darf ich ihm etwas zum Spielen geben? Er schlägt gern auf Töpfe und Pfannen.«

»Ich habe Kopfschmerzen.« Ihre Augen sind immer noch geschlossen. Mir scheint, sie praktiziert wieder Yoga-Atmung.

»Ach so. Entschuldigung. Nein, dann natürlich nicht.«

Finn läuft zur Anrichte, auf der die Fotos stehen. Ich fange ihn ab. Er kreischt. »Komm, Schatz, komm mit mir hierhin.« Susannah sieht uns zu. Sie scheint nur darauf zu warten, dass ich wieder Mist baue.

»Haben Sie zufällig Tiefkühlerbsen?«

Sie dreht sich um, öffnet die Gefrierschublade unter dem Kühlschrank und holt eine Packung Bioerbsen heraus. Die hält sie mir hin, ohne sich einen Schritt vom Kühlschrank wegzubewegen. Als ich hingehe und sie nehme, dreht sie den Kopf weg und sieht aus dem Fenster.

Mir ist nicht ganz klar, ob sie noch sauer ist oder ob es an den Kopfschmerzen liegt. Ich nehme eine Plastikschüssel aus dem Unterschrank und kippe eine Handvoll Erbsen hinein. Damit lässt sich Finn am besten ablenken. Er kann ewig im Hochstuhl sitzen und die Erbsen einzeln herausgreifen und lutschen wie Bonbons, während ich koche. Ich zeige ihm die Schüssel. Er nimmt sie mit beiden Händen. Erbsen fliegen durch die Luft und prasseln auf die Fliesen. Ich bücke mich danach, um sie aufzuklauben. Er steckt sich bereits welche zusammen mit Hundehaaren in den Mund. Ich spüre Susannahs abschätzigen Blick.

»Nein!«, fahre ich ihn an und greife seine Hand. »Schmutzig.«

Er erschrickt.

»Na gut. Warte. Ich gebe dir saubere Erbsen. Diese sind schmutzig. Schmutzig. Igitt.« Als ich sie aus seiner Faust pule, verdüstert sich sein Gesicht. Hastig schütte ich neue Erbsen in die Schüssel und gebe sie ihm. Er schaut mich unentwegt durch seinen Pony an, dann kippt er sie auf den Boden. Er fährt mit den Händen hindurch, sodass sie in alle Richtungen kullern.

»FINN! NEIN!«

Susannah steht nur da und starrt, als hätte sie die inkompetenteste Mutter der Welt vor sich. Ich bekomme einen Kloß im Hals, spüre Tränen hochsteigen. Aber ich will auf keinen Fall die Fassung verlieren.

»Okay, dann eben keine Erbsen. Nicht auf dem Fußboden.«

Finn fegt schwungvoll Erbsen weg und schreit: »Nein!«

Als ich ihn hochnehme, fängt er an zu kreischen.

»Hör auf«, brülle ich. »Hör auf zu schreien!«

Susannah strafft sich. »Geben Sie mir das Kind.«

»Was?«

»Geben Sie ihn mir.«

»Schon gut, es geht schon, danke.«

»Geben Sie ihn mir einfach, Kali.« Sie nimmt mir Finn aus den Armen. Er ist krebsrot im Gesicht und schreit heftiger, sowie sie ihn an sich drückt. Als sie mit ihm weggeht, streckt er über ihren Schultern die Arme nach mir aus. »Maaammmaaa!« Es klingt panisch.

Unwillkürlich will ich hinterherlaufen und ihn zurückholen. Was glaubt sie denn, wer sie ist, dass sie mir mein Kind entreißt? Aber die Vernunft sagt mir, dass sie recht hat. Die Situation würde nur eskalieren. Wenn ich ihn zurückhole, werde ich das Ei nicht kochen können, er wird schreien und wieder etwas von ihren Sachen kaputtmachen. Ohne Hochstuhl ist es zwecklos. Aber ich sehe seine gespreizten Händchen und sein angstvolles Gesicht, den schreienden Mund, die großen Kulleraugen – »Maamaa!«

»Alles ist gut, Schatz«, rufe ich ihm hinterher, sklavisch und schuldbewusst. »Ich werde dir ein leckeres Ei kochen. Schau. Ich bin schon dabei. Ein leckeres gekochtes Ei! Susannah erzählt dir eine Geschichte, während ich Essen koche. Einverstanden? Ich bin hier in der Küche.«

»Maaaamaaa!«

Ich zwinge mich dazu, mich von ihm abzuwenden, und gehe zum Herd. Mir zittern die Hände. Ich lege sie auf den Rand der Spüle. Es wird ihn nicht umbringen, wenn er eine Minute lang weint. Und kurz darauf weint er schon leiser. Er ist nur hungrig, das ist alles. Hungrig und müde. Je eher ich ihn füttere, desto besser. Ich äuge zum Wohnzimmer. Sie steht mit ihm auf der Hüfte vor dem Bücherregal und zeigt ihm eine Schale mit glatten Holzkugeln.

Ich setze einen Topf Wasser auf und sehe mich nach dem Brotmesser um, um eine Toastscheibe in Streifen zu schneiden. Es war wirklich eine haarsträubende Idee hierherzukommen. Einen Menschen kennt man nie ganz, nicht einmal die eigene

Mutter – vielleicht gerade nicht die eigene Mutter. Susannah wird mir dabei nicht helfen. Das kann vielleicht niemand. Was ich eigentlich wollte, als ich mich spontan in ein Flugzeug setzte, war meine lebendige Mutter.

Mir fällt ein, dass ich noch herausfinden muss, welchen Rückflug ich gebucht habe. Die Tage um das Begräbnis herum sind in meiner Erinnerung ein bisschen verschwommen. Ich muss im Internet nachsehen, aber natürlich hat Susannah hier keine Verbindung. Und ich muss Doug anrufen. Er wird sich Sorgen wegen Finn machen und ihn vermissen. Inzwischen dürfte er auch wütend sein über die Kreditkartenabrechnung. Mit Alice muss ich auch sprechen. Aber in England ist jetzt Nacht. Ich kann sie jetzt nicht anrufen, auch sonst niemanden.

Mit einem Schlag werden mir die geografischen Tatsachen bewusst. Zwischen mir und meinem Zuhause liegen Tausende Kilometer Erdoberfläche. Und niemand – kein Mensch auf der ganzen Welt – weiß, dass ich in Susannahs Haus bin.

Susannah hockt vor dem Kamin und stellt Holzscheite zu einem Kegel auf. Dicke Adern überziehen ihre nackten Füße. Die Fußgelenkknöchel unterhalb der aufgekrempelten Jeans sind glatt und weiß wie Strandkiesel. Ich höre ihre Knie knacken, als sie nach den Streichhölzern greift. Wie meine Mutter meidet Susannah Schuhe, wo es nur geht, sogar im Januar.

Finn ist endlich gebadet, gefüttert, gewickelt und im Bett. Diesmal habe ich die schwere Reisetasche vor die offene Zimmertür gestellt, die Finn nicht vom Fleck bewegen kann. Es ist jetzt halb neun – in England schon halb fünf. Ich fühle mich leicht benommen und ausgelaugt.

»Okay.« Susannah richtet sich auf, als das Feuer brennt, und wendet sich mir zu. Hinter ihr lecken die Flammen über die Scheite. »Nehmen Sie sich etwas zu trinken und setzen Sie Spaghetti auf. Ich gehe derweil duschen. Dann essen wir.«

Gehorsam gehe ich in die Küche und wühle in den Schränken, finde Weingläser und die offene Flasche Rotwein vom gestrigen Abend. Ich schenke zwei Gläser ein. Es ist ein Washington State Merlot, aber vielleicht ist er schon längere Zeit offen, denn er riecht sehr nach Essig. Ich lasse den Wein stehen, nehme einen Topf vom Haken und stelle ihn mit Wasser gefüllt auf den Herd.

Susannahs Schlafzimmer muss einen fantastischen Blick aufs Meer haben. Ich höre Leitungsgeräusche und Wasser rauschen. Es riecht nach Kaminrauch. Im Schrank gibt es Vollkornspaghetti, Glasbehälter mit braunen Nudeln, Erbsen, Macadamianüssen, getrockneten Heidelbeeren, Leinsamen, Linsen, Limabohnen und Mungobohnen, Nachtkerzenöl, Multivitaminpillen, Leinöl, Lebertran, Sonnenblumenkerne, Eisentabletten und Glucosamin. Darum ist sie also so robust. Ich nehme eine Handvoll Spaghetti und lasse sie ins kochende Wasser gleiten. Es spritzt mir ins Gesicht.

Es ist mir ein Rätsel, wie meine Mutter all das aufgeben konnte – das tosende Meer, die schneebedeckten Berge und die Schwertwale, die Schutz brauchten. Dieser Wechsel – von der Wildnis zu Gartenhecken, von Killerwalen zu Schulfahrten, von Hydrophonen zu Ölfarben – ist unfassbar. Ich nehme an, sie war durch ihre Kindheit geschädigt, auch wenn Susannah das Gegenteil behauptet. Vielleicht wusste sie, was sie wirklich brauchte, nämlich die Stabilität und Ordnung, die mein Vater ihr bot. Aber sie muss sich eingesperrt gefühlt haben, in Sussex auf dem Land mit seinen dichten Hecken – das hatte überhaupt nichts mit dieser ungeheuren Wildnis gemein. Andererseits verbrachte sie viel Zeit am Meer.

Mir kommt ein schrecklicher Streit in den Sinn, tatsächlich unser letzter. Ich war siebzehn. Wir waren in der Küche, ich am Wasserkessel, sie neben mir an der Spüle. Sie schälte Kartoffeln für den Hackfleischauflauf. Ich hatte ihr gerade mitgeteilt, dass ich das Abitur nicht machen würde. Ich wollte die Schule verlassen und mit meinem neuen Freund, der dreiundzwanzig war und ein Motorrad hatte, bei einem Fischzüchter in Frankreich arbeiten. Wir wollten Geld verdienen und damit nach Indien ziehen.

Ganz langsam legte sie das Schälmesser beiseite. »Dann sag mir mal eins.« Ihre grünen Augen richteten sich auf mein Gesicht. »Was willst du ohne Ausbildung mit deinem Leben anfangen?«

»Was ist denn so toll an einer Ausbildung?«, blaffte ich. »Du hast eine, und sie hat dir nichts genützt, oder? Oder meinst du, ich soll an der Uni büffeln, damit ich Hausfrau werden kann und jeden Tag Aufläufe backe? Ist das nicht ein bisschen verlogen? Du hast schließlich hingeschmissen, oder? Ich erspare mir nur ein paar Jahre Mühe, indem ich es jetzt tue.«

Ihre Lippen wurden weiß, ihr Gesicht hart, und sie ballte die Fäuste. Einen Moment lang glaubte ich, sie würde mich – zum ersten Mal – schlagen. Aber sie tat es nicht, und ihr verächtlicher Ton, den sie dann anschlug, tat mir mehr weh als Prügel. »Du hast keine Ahnung, wovon du sprichst, Kali. Du hast nicht die geringste Ahnung.« Sie drehte sich um und ging hinaus.

Ich wollte, dass sie mir verbietet, zu dem Fischzüchter zu fahren. Ich wollte, dass sie mir befiehlt, das Abitur zu machen, und mir verbietet, den Freund wiederzusehen. Ich wollte von ihr in den Arm genommen werden und hören, dass sie mich liebt und mich das unter keinen Umständen tun lässt. Doch das tat sie nicht. Sie ließ das Schälmesser auf der Spüle liegen und ging.

Den Auflauf habe ich fertig gemacht. Sie ließ sich erst spät am Abend wieder blicken, und da hatte ich meine Tasche schon gepackt.

Danach habe ich nie wieder bei ihr gewohnt. Ich ging auch nicht nach Indien. Ein paar Monate später, nachdem das mit dem Freund und der Fischfarm nicht geklappt hatte, kehrte ich nach England zurück. Sie sagte, ich dürfe nach Hause kommen, aber ich war zu stolz. Ich zog in Brighton in eine miese Studentenbude und wurde Kellnerin. Doug hat recht: Es gehören immer zwei dazu. Und ich habe ihr nicht gesagt, dass es mir leidtut.

Ich blicke erschrocken auf. »Oh! Hallo.«

Susannah steht im Halbdunkel des Durchgangs. Sie beobachtet mich mit ausdrucksloser Miene, die ich beunruhigend finde. Ich weiß nicht, wie lange sie schon da steht.

Sie rührt sich nicht und sagt kein Wort. Ihre Haare sind nass und nach hinten gekämmt. Sie hat eine hohe Stirn, die abgesehen von der Steilfalte zwischen den Brauen glatt ist. Ihr Mund ist zusammengekniffen, die farblosen Augen sind auf mein Gesicht gerichtet.

Dann fällt mir ein, dass die Spaghetti vor sich hin kochen. Das Wasser ist trüb und schleimig. Ich habe kaum etwas getan, nicht den Tisch gedeckt, nicht einmal Teller aus dem Schrank geholt.

»Ach je, Entschuldigung, ich habe wohl getrödelt …«

Sie holt mit geblähten Nasenflügeln Luft, nickt knapp und geht an mir vorbei zum Kühlschrank.

Einen Augenblick später lässt sie mich Zwiebeln schneiden. »Wir machen Muschelsoße«, sagt sie. »Die schmeckt gut.« Sie klingt nicht sauer. Nur neutral, ruhig, als hätte sie eine Entscheidung gefällt, mit der sie zufrieden ist.

Von den Zwiebeln laufen mir die Tränen über die Wangen. Sie steht neben mir mit einem Berg Tomaten, die scharfen Zwiebeldämpfe machen ihr nichts aus. Mit dem Kochmesser schneidet sie in das Tomatenfleisch, schnell und effizient.

»So. Eins hat mich neugierig gemacht«, sagt sie. »Was läuft da mit Ihrem Mann?«

Ich halte im Schneiden inne.

»Sie können es mir ruhig erzählen, Kali, reden Sie es sich von der Seele.« Sie zuckt die Achseln. »Es frisst an Ihnen, das sehe ich doch. Und wir werden uns wahrscheinlich nicht wiedersehen – warum also nicht?«

Ich will auch nicht mit ihr in Kontakt bleiben, aber ich fände es gemein, das geradeheraus zu sagen.

»Also? Erzählen Sie.«

Auf keinen Fall, ist mein erster Impuls. Auf keinen Fall erzähle ich dieser Frau von Doug.

Aber eigentlich hat sie recht – es kann nicht schaden. Ich werde ihr nie wieder begegnen, und wenn ich mich ein bisschen öffne, dann vielleicht auch sie. Ich hole Luft. »Na gut, ich vermute, dass er eine Affäre hat.« Ich nehme die nächste Zwiebel und wische mir mit dem Handrücken die brennenden Augen, was es verschlimmert. »Allerdings bin ich mir nicht ganz sicher. Er wollte es mir am Telefon erklären, aber ich ließ ihn nicht ausreden. Um ehrlich zu sein, ich weiß nicht, wie es zwischen uns steht.«

Sie fängt an, Kräuter zu hacken wie ein Profi. »Ach so? Ich habe mich gefragt, was Sie dazu bewogen hat, bis hierher zu flüchten. Sie wollen ihn also verlassen?«

»Nein! Na ja, ich weiß es nicht, wahrscheinlich nicht. Ich hatte es gerade erst gesehen … und am nächsten Morgen starb meine Mutter … ich konnte mich nicht dazu durchringen, ihn damit zu konfrontieren.«

»Wie haben Sie denn von seiner Affäre erfahren?«

»Die Frau hat ihm einige SMS geschickt.« Mir kriecht die Röte ins Gesicht. Es klingt geschmacklos. SMS. Seitensprung. Das klingt nicht nach Doug.

»Ja? Wie nennt man das heutzutage? Sexting?«

»Nein. Nein – nein. Nichts dergleichen. Sie hat nur geschrieben, dass sie ihn vermisst … auf eine bestimmte Art.«

»Sie hat ihn vermisst?«

»Ja, vermisst, geistig, emotional und körperlich.« Laut ausgesprochen verlieren die Wörter an Macht. Es sind nur Wörter. Heft-Roman-Wörter.

»Ist das alles?«

Ich halte inne. »Nun ja, man kann keinen vermissen, zu dem man keine Beziehung hat, nicht wahr?«

»Ach nein?« Unsere Blicke treffen sich. Sie zuckt nicht mit der Wimper. »Ich denke, doch.«

»Wie denn?« Ich schaue auf meine Hände, die gerötet sind von den rohen Zwiebeln und vom kalten Wind. Mein Ehering glänzt mich an. »Nein, das leuchtet mir nicht ein. Außerdem war sie vor sechzehn Jahren seine College-Freundin. Sie kann ihn nicht sechzehn Jahre lang vermisst haben!«

Wieder sieht sie mich an. Ich weiß, was sie sagen will.

»Wie auch immer«, werfe ich rasch ein. »Sie haben sich in letzter Zeit durch die Arbeit getroffen. Das mit dem Vermissen ist also offenbar neu. Und sie hat ihm noch geschrieben: Mach dir einen schönen Tag, Prachtkerl. Das sagt man nicht, außer … Und andere SMS hat er ganz offensichtlich gelöscht. Ich habe den Speicher durchsucht. Er hatte ein schlechtes Gewissen. Er klang schuldbewusst, als er zu einer Erklärung ansetzte. Es ist … Können wir über etwas anderes reden?«

Schweigend schneiden wir weiter Zutaten. Susannah mag recht haben mit dem Vermissen, aber Doug hat eindeutig schuldbewusst geklungen. Warum sollte er, wenn er nicht mit ihr geschlafen hat?

»Sie werden schon drüber wegkommen«, sagt sie schroff. »Meine Freundin Maggie, die die Bäckerei hat, sagt, dass uns im Leben nichts aufgebürdet wird, was wir nicht bewältigen können.«

»Tatsächlich?« Ich lege das Messer hin und putze mir die Nase mit Küchenpapier, womit ich mir auch die Zwiebeltränen wegwische. »Das ist Quatsch. Ich zum Beispiel komme über das alles gar nicht gut hinweg.«

»Sie sind hergekommen, Kali. Sie haben sich eine Atempause verschafft. Sie machen Ihr Ding.«

»Nein, wirklich nicht. Ich bin bloß einer spontanen Eingebung gefolgt, die aus einem schmerzlichen Verlust und Schlafmangel entsprungen ist. Und um ehrlich zu sein, Susannah, ich weiß nicht, was es mir einbringt außer einer gigantischen Kreditkartenabrechnung. Im Grunde dachte ich, Sie können mir helfen, meine Mutter zu verstehen, und unsere Beziehung. Ich möchte mich mit ihr verbunden fühlen, aber im Augenblick komme ich mir eher von allem abgekoppelt vor. Manchmal meine ich, es kann gar nicht sein, dass ich hier auf dieser Insel in Ihrem Haus bin. Es ist, als ob ich gleichzeitig schlafe und wache. Es ist …« Ich nehme mein Weinglas und schnuppere daran. »Entschuldigung. Wahrscheinlich hört sich das an, als wäre ich ein bisschen gestört.«

»Killerwale schlafen und bewegen sich dabei«, sagt sie im Plauderton. »Sie schalten eine Gehirnhälfte ab, die andere bleibt wach, damit sie im Schlaf schwimmen, atmen und auf Gefahren achten können. Manchmal sieht man sie draußen auf dem Meer nebeneinander schlafen. Sie tauchen zusammen auf und langsam wieder unter. Über weite Strecken können sie sich gemeinsam schlafend fortbewegen. Das hat Schönheit, wirkt geheimnisvoll.«

Ich stelle es mir vor: die Wale einer Familie eng beisammen, synchron, fürsorglich bis in den Schlaf. »Ich fühle mich einfach sehr allein.«

»Oh Kali.« Sie zuckt die Achseln. »Sie sind allein.«

Ich sehe sie an. Sie hackt unbekümmert weiter. »Sie haben Ihre Mutter verloren und möglicherweise Ihren Mann«, sagt sie, dann dreht sie den Kopf und richtet ihre bleichen Augen auf mein Gesicht. »Darum müssen Sie noch ein bisschen hierbleiben. Darum sind Sie gekommen.«

»Oh nein.« Ich schaue auf meinen Zwiebelhaufen. »Offen gestanden, Susannah, das sollte ich nicht tun. Wir müssen wirklich gleich morgen früh aufbrechen und nach Vancouver zurückfahren. Ich habe Ihre Gastfreundlichkeit schon genug ausgenutzt.«

»Nein, gar nicht.« Sie tippt mit ihrem nassen Zeigefinger an die Klingenspitze. »Und überhaupt. Sie sollten Ihr Kind nicht so durch die Gegend schleppen. Sie sind es ihm schuldig, wenigstens noch einen Tag zu bleiben. Sie sind aus einem bestimmten Grund hier. Das müssen Sie akzeptieren. Und Sie müssen lernen, Hilfe anzunehmen, Kali. Besonders in Ihrem Zustand.«

Ich sehe sie an. Mir ist schleierhaft, was sie meint.

Sie trägt mein Schneidbrett zur Pfanne, kippt die Zwiebeln und den Knoblauch hinein und nimmt einen Pfannenwender. »Weiß Ihr Mann von dem Baby?«

»Von welchem Baby?« Wir sehen uns an. »Sie meinen Finn?«

»Nein. Das in Ihrem Bauch.«

Ich lache schallend. »Was? Sie denken, ich bin schwanger? Du meine Güte, nein. Ich bin nicht schwanger.« Unwillkürlich sehe ich auf meinen Bauch. Wir beide. Das Lachen vergeht mir. »Warum … wie kommen Sie denn darauf?«

»Sie sehen mir aus, als wären Sie schwanger.«

»Großer Gott. Wieso? Weil ich mich übergeben habe?«

»Deswegen und – ich weiß nicht, mir kommen Sie so vor, Kali. Ich hatte schon viele Schwangere um mich. Ich war es selbst mal. Sie haben Widerwillen gegen den Wein und sind ständig müde. Sie sind neben der Spur, bekommen vieles nicht mit. Sie übergeben sich. Aber natürlich ist es nicht nur das. Gleich bei unserer ersten Begegnung, als Sie vor meiner Tür standen, war mir klar, dass Sie schwanger sind. Sie wirken so. Ihre Aura wirkt so.«

»Meine *Aura* wirkt schwanger? Na, jedenfalls bin ich's nicht.« Ich überlege, Susannah von den vier Jahren zu erzählen, die ich gebraucht habe, um Finn zu empfangen, von der Diagnose unerklärlicher Unfruchtbarkeit, von dem völlig unerwarteten Erfolg – und der Tatsache, dass Doug und ich im letzten halben Jahr nur vier Mal Sex hatten. Aber natürlich werde ich nicht mit ihr darüber sprechen, im Leben nicht. »Tja, was immer meine Aura Ihnen mitteilt, muss falsch rübergekommen sein, denn eine Schwangerschaft ist absolut ausgeschlossen. Ich leide unter dem Jetlag und bin durcheinander.«

»Durcheinander?« Sie lacht und schüttelt den Kopf. »Meinetwegen.«

Sie dünstet die Zwiebeln an, dann gibt sie die Tomaten hinzu und einen Teil der Kräuter, dann kleine, fötale Muscheln. Sie rührt und kocht alles zu einer dicken roten Sauce ein, auf der karamelfarbenes Öl und die Kräuter schwimmen und in der die Muscheln vor sich hin köcheln. Der salzige Knoblauchgeruch ist überwältigend.

Ich wende mich ab und greife nach den Tellern. Meine Hände sind zittrig. Die Teller sind dick, handgemacht, hellblau glasiert und in der Mitte mit einem blauen Wal verziert. Behutsam nehme ich sie aus dem Regal. Sie sind schwer.

»So.« Sie nimmt einen und häuft zu weich gekochte Spaghetti darauf. »Dann sind wir uns einig. Morgen ruhen Sie sich aus, und ich mache mit dem Kleinen einen Tagesausflug.«

»Oh nein. Kommt nicht infrage! Das kann ich nicht akzeptieren, nein. Nein. Ehrlich.«

»Kali«, herrscht sie mich an. »Ich biete Ihnen Hilfe an.«

»Ja, ich weiß. Und das ist sehr freundlich von Ihnen. Aber Finn würde mich vermissen – er kennt Sie schließlich kaum. Das alles hier ist fremd für ihn, das sagen Sie ja selbst. Und manchmal kann er ganz schön anstrengend sein. Nein, wirklich. Ich denke nicht im Traum daran.«

»Sie müssen.«

»Nein, wirklich, Susannah. Das ist sehr freundlich von Ihnen, aber ich könnte hier nicht ruhig liegen, während Sie den ganzen Tag Finn unterhalten. Das käme mir völlig falsch vor.«

Sie schöpft Sauce auf die Spaghetti.

»Und so schlecht geht es mir auch nicht, ehrlich«, fahre ich fort. »Wahrscheinlich habe ich mich übergeben, weil in letzter Zeit alles ziemlich anstrengend war – das mit Doug und der Tod meiner Mutter, der Jetlag und dann die überraschenden Details aus ihrem Leben, die alle völlig neu für mich waren. Welche Mutter hat so ein Leben hinter sich und erwähnt das mit keinem Wort? Hält es jahrzehntelang vor ihren Töchtern geheim? Das war ein bisschen viel für mich.« Ich nehme den Teller. »Das hat mich ein bisschen überwältigt, wissen Sie. Das muss ich erst mal verarbeiten. Im Augenblick bin ich einfach nicht ich selbst, ich bin wirklich nicht ganz ich selbst.«

»Wer sind Sie dann?«

»Was?«

Sie lächelt, und einen Moment lang könnte ich sie beinahe mögen.

Wir setzen uns und nehmen unsere Gabeln zur Hand. Sie reibt Parmesan auf ihre Nudeln und reicht das fettige Stück an mich weiter. Eine Weile essen wir schweigend. Es schmeckt stark nach Meer, ist klebrig und salzig. Die Muscheln gleiten über die Zunge. Ich komme mir vor wie einer ihrer Hunde, während sich große Klumpen durch meinen Rachen zwängen. Ich lege die Gabel auf den Teller.

»Wie war Ihr Mann denn?«, frage ich. »Waren Sie sehr lange zusammen? Wie haben Sie sich kennengelernt?«

»Nun ja, ich war vierzig und sehr lange allein gewesen, viele Jahre. Ich wollte niemanden in mein Leben lassen und hatte beschlossen, für immer allein zu bleiben, aber meine biologische Uhr machte sich bemerkbar. Mit einem Schlag. Das hatte ich nicht kommen sehen. Ich nehme an, das Universum gab mir zu verstehen, ich sollte ein Baby bekommen. Da hatte ich gerade die Galerie eröffnet, war mit meinem Leben an einem guten Ort angekommen und in einer guten Schaffensphase. Aber der Wunsch nach einem Kind war … übermächtig.«

»Haben Sie sich durch die Galerie kennengelernt?«

»Nein. Er war Autor – schrieb Biografien, die keiner las. Ich war in Vancouver und ging zufällig in eine Buchhandlung, wo er einen Vortrag hielt.« Sie greift nach der Flasche und schenkt sich Wein nach, lehnt sich zurück, hakt einen Arm hinter die Stuhllehne und hebt ihr Glas. »Ich habe ihm gesagt, ich nähme die Pille.«

»Oh.«

»Ach, so eine sind Sie?«

»Was für eine?«

»Eine, bei der es Liebe auf den ersten Blick sein muss.« Sie lächelt, aber nicht freundlich, nur mit dem Mund. »Lassen Sie mich raten. Sie wollen Rosen zum Valentinstag. Sie glauben – oder glaubten jedenfalls –, ihr Mann sei der einzig Richtige, vom Schicksal bestimmt.«

Sie hat recht. So ist es. War es. Nicht das mit den Rosen, aber ich glaubte, Doug sei der einzige Mann für mich – ich war fest davon überzeugt, dass ich mein ganzes Leben mit ihm verbringen will, selbst in den aufreibendsten Momenten. Und jetzt wird mir klar, dass es noch immer so ist.

Als wir uns kennenlernten – bei einem Abendessen bei den einzigen Leuten, die ich in Oxford kannte –, bot er mir an, mir die Stadt zu zeigen. Ich war seit längerer Zeit Single gewesen, weil ich mich damit sicherer fühlte. Meine Freunde waren inzwischen alle verheiratet, und ich überlegte damals, für ein Jahr in meinem neuen Job zu arbeiten und dann endlich nach Indien zu gehen. Ich dachte, ich würde mein Leben lang allein bleiben.

Es war der letzte Sonntag im März. Wir trafen uns an der Christ Church Meadow. Es war sehr kalt, aber die Narzissen blühten, das Ufer des Cherwell war dottergelb gesprenkelt. Ich trug eine grüne Wollmütze, aber keine Handschuhe, und Doug hatte seinen dicken Wintermantel an und den dunkelblauen Pullover, genau den, der jetzt in Susannahs Gästezimmer liegt.

Ich staunte, dass es mitten in der Stadt solch eine Wiese gab, fern der Busse, Touristen und *Big Issue*-Verkäufer. Im Sommer gebe es hier Kühe, sagte Doug, und die hätten ihn bewogen, die Stelle anzunehmen: die Innenstadtkühe.

Als wir am Flussufer entlanggingen, erzählte er mir, wie er die Stelle bekommen hatte und dass er hin- und hergerissen gewesen sei, und ich spürte in mir das leuchtende Dottergelb anschwellen, bis es mir aus den Poren drang.

Ja, Susannah hat recht: Ich habe es gewusst. Gleich beim ersten Spaziergang, als die Farben der Welt wieder zum Vorschein kamen und alles klarer, schöner, größer erschien, weil er neben mir ging. Er hat immer gesagt, er habe es auch am ersten Tag gewusst. Das war unsere Geschichte: die Narzissen und das instinktive Wissen.

Nur einen Monat danach verlobten wir uns. Meine Freundinnen fürchteten, es sei ein schrecklicher Fehler. Alice war höflich, zweifelte aber sichtlich. Mein Vater fragte, ob ich Doug einmal mitbringen könnte, damit sie ihn kennenlernen. Nur meine Mutter verstand es ohne Wenn und Aber. Ich erinnere mich genau an dieses vibrierende Glücksgefühl in ihrer Stimme, das ich bei ihr noch nie gehört hatte. Sie verstand als Einzige, dass ich mir schon nach so kurzer Zeit sicher war, und da kannte sie ihn nicht einmal.

Aber vielleicht habe ich mich doch geirrt. Vielleicht habe ich mir das alles nur eingebildet, und Doug hat mir zuliebe mitgezogen. Wenn er eine Affäre gehabt hat, dann ist nun auch unsere Geschichte verdorben.

»Ein wunder Punkt, hm?« Susannahs Stimme lässt mich zusammenzucken, und ich stelle fest, dass ich darauf nicht antworten kann.

»Möchten Sie darüber reden?«

»Nein.« Ich setze mich aufrecht hin. »Nein. Wirklich nicht. Aber Ihre Ehe hat gehalten, nicht wahr? Sie beide haben es geschafft.«

»Wir waren kein junges Traumpaar, Kali. Mein Sohn brauchte einen Vater, und Marc füllte die Vaterrolle ziemlich gut aus. Eine Zeit lang lebte er auf der Insel, aber nicht bei uns, und dann ließ ich das Atelier bauen, und er zog ein. Da hatten wir ein gewisses Miteinander. Dann starb er.«

Traurigkeit ist ihr nicht anzuhören. Sie zählt nur die Fakten auf.

»Und wo ist Ihr Sohn jetzt?« Seinen Namen weiß ich nicht. Es wäre wohl aufdringlich, danach zu fragen.

Ihre Miene verdüstert sich. »Oh, das waren genügend Informationen über mein Leben.« Sie trinkt einen Schluck von ihrem Wein. Der Merlot hat ihre Zähne rotbraun verfärbt. Sie kommt mir ein bisschen betrunken vor. »Sie hatten am Ende doch einen guten Vater, nicht wahr? Ich bin sicher, Gray war ein wunderbarer Vater.«

»Was heißt am Ende?«

Sie kippt ihren Wein hinunter. »Wissen Sie was? Sie sind Ihrer Mutter keineswegs ähnlich.«

»Ja, das weiß ich.«

»Elena war offen und vertrauensvoll. Sie sind das Gegenteil.«

»Offen und vertrauensvoll? Meine Mutter? Das soll wohl ein Scherz sein.«

»Oh, ja, klar«, sagt sie mit aufbrausender Geste und schaut weg. »Sie hat sich wohl verändert. War nicht anders zu erwarten. Es ist sehr lange her, dass ich sie kannte. Leute ändern sich. Das überrascht mich nicht. Wer täte das nicht nach … Wir haben uns beide verändert. Ich ganz bestimmt.« Sie trinkt weiter, und als sie ihr Glas hinknallt, schwappt etwas Wein auf den Tisch und zieht ins Holz. Wenn einer von uns meiner Mutter ähnelt, dann Susannah – ich kann sie nicht festnageln, nicht mal für eine Sekunde.

»So.« Sie beugt sich nach vorn. »Wie sehen Ihre Reisepläne aus?«

»Nun ja, ich werde nach Vancouver zurückfahren.«

»Und was machen Sie da?«

»Weiß ich noch nicht. Ins Aquarium gehen.«

»Sie haben also keine Pläne.«

»Eigentlich nicht.«

»Sind Sie froh, dass Sie mich gefunden haben? Sind Sie froh, dass Sie diese große Mutterodyssee begonnen haben?«

Ich versuche, den Sarkasmus zu ignorieren. Die Lampe über dem Tisch wirft Raureifmuster auf ihre hellen Augen. Ihre Hände sind breit und kräftig, fällt mir jetzt auf, maskulin mit Adern überzogen.

»Um ehrlich zu sein, Susannah, ich finde nicht, dass Sie mir viel über meine Mutter erzählt haben. Für die Informationen über meine Großeltern bin ich aber dankbar. Dadurch verstehe ich nun einiges. Es gibt aber noch genug, das ich wissen möchte.«

»Zum Beispiel?«

»Na gut. Also, als meine Mutter hierherkam, wo hat sie da gewohnt?«

»Oh. Sie wohnten zusammen in den Booten. Aber dann kaufte sie das Floßhaus und –« Sie stockt. Eine fleckige Röte steigt ihren Hals hinauf.

»Das was?«, hake ich ziemlich laut nach.

Sie kneift die Lippen zusammen.

»Ein Floßhaus? Sie sagten, sie kaufte ein Floßhaus? Was ist ein Floßhaus?«

Am liebsten möchte ich über den Tisch springen und sie schütteln.

»Na ja«, sie zuckt die Achseln und trinkt einen Schluck. »Eine Zeit lang lebte sie in einem Floßhaus, viel weiter im Norden.« Sie kippt sich den Wein in den Mund und schluckt hörbar.

»Wo?«

»Ach, es ist nur ein winziges Stück Land am Ende der Welt. Da ist sonst nichts. Eine winzig kleine Gemeinde, höchsten fünf Häuser auf der ganzen Insel. Aber Schwertwale das ganze Jahr über. Darum ging sie hin.«

»Jetzt sagen Sie doch mal, was ein Floßhaus ist!« Mein Ton ist beinahe quengelig.

»Na schön. Das ist eine Art Hausboot, ein Haus auf einer schwimmenden Plattform aus Zedernstämmen. Man kann es überallhin ziehen, wo man es haben will. Die Holzfäller lebten in solchen Floßhäusern, wie Nomaden, zogen in schwimmenden Gemeinden mit Schulen, Läden, Wohnhäusern von einem Job zum anderen.« Sie schwenkt ihr Glas und leert es. »Nicht dass Elena damit umherzog. Sie hat es nur wegen der Schwertwale gekauft. Sie sagte immer, die Insel hätte sie ausgesucht, nicht umgekehrt.«

Ich greife nach der Weinflasche. Sie klirrt gegen ihr Glas, als ich ihr großzügig nachschenke. Mit zitternder Hand streicht sie sich die Haare zurück. Es macht ihr offensichtlich zu schaffen, dass sie sich verplappert hat, trotz ihres herausfordernden Benehmens.

Ich versuche, die Details zu einem passenden Bild zusammenzufügen: Meine Mutter brach ihre Doktorarbeit ab, zog hierher, um sich Naturschützern anzuschließen, lebte auf Booten, fotografierte gefährdete Wale und nahm deren Laute auf. Dann kaufte sie ein Stück Land und ein Floßhaus – sie musste das Gefühl gehabt haben hierherzugehören. Man kauft kein Grundstück, wenn man sich nicht dauerhaft niederlassen will. Dachte sie daran, für immer hier zu leben? Wenn ja, was sollte dann aus meinem Vater und seinem Stipendium werden?

»Moment mal – ist mein Vater nachgekommen und hat auch in dem Floßhaus gelebt?«

Sie sieht mich erschrocken an und fasst sich an den Kopf, dann stößt sie den Atem durch die Nase aus. »Gray? Natürlich nicht. Ich sagte doch: Gray war unten in Kalifornien an der Universität. Er musste seine Doktorarbeit beenden. Und wirklich, Kali, können Sie sich Gray hier oben vorstellen?« Sie lacht gereizt und klirrend.

Sie hat recht. Ich kann mir meinen Vater hier oben nicht vorstellen. Aber meine Mutter draußen auf dem wilden Ozean.

»Okay. Ist zwischen meinen Eltern etwas vorgefallen?«

»Was? Zwischen Elena und Graham?«

»Ja! Meinen Eltern. Haben sie sich getrennt?«

»Na gut.« Sie seufzt. »Klar. Sie haben sich getrennt, ja.«

»Für wie lange?«

»Scheiße, Kali, ich weiß es nicht mehr – und ehrlich gesagt, sind das uralte persönliche Dinge der beiden.« Sie lehnt sich zurück und hebt abwehrend die Hände. »Fragen Sie Gray.«

»Okay, ja, Sie haben recht. Das werde ich – sobald ich wieder zu Hause bin. Aber sagen Sie mir nur noch eins: Wo lag das Floßhaus?«

»Ach.« Sie wedelt mit der Hand. »Es liegt noch viel weiter draußen … weiter oben …«

Sie benutzt das Präsens. »Susannah, heißt das, es ist noch da?«

Sie schiebt ihren Stuhl zurück und steht auf. Sie ist ein bisschen wacklig auf den Beinen und stößt sich die Hüfte an der Tischkante.

»Ist es noch da, Susannah?«

»Vergessen Sie's.« Sie blickt auf mich herab, dann schreit sie plötzlich, dass ich zusammenfahre. »Hören Sie auf damit!« Sie wendet sich ab und geht schwankend zur Spüle.

Sie hat die Flasche Wein geleert. Ich rühre mich nicht. Das bisschen Anblaffen soll mich jetzt nicht aufhalten. »Das Floßhaus ist noch dort, nicht wahr, Susannah?«

Die Hunde erheben sich und laufen ihr um die Beine. Sie steht mit dem Rücken zu mir. Ihre Schultern sind angespannt und breit. Sie leert ihr Weinglas und stützt sich leicht schwankend mit beiden Händen auf den Rand der Spüle. Ich starre auf ihren störrischen Oberkörper. Wer ist diese Person, dass sie entscheidet, was ich über meine eigene Mutter wissen soll und was nicht? Wer ist sie denn, dass sie mir so etwas verschweigt?

»Susannah.« Ich stehe langsam auf. »Bitte gehen Sie jetzt nicht weg.«

Sie dreht sich um. Ihre Wangen wirken hohler, die Augen liegen tiefer in den Höhlen. An ihrer Stirn schwillt eine schlangenhafte Ader. »Scheiße, Kali, Sie müssen das wirklich loslassen! Das ist tiefste Vergangenheit. Sie haben nicht die geringste Ahnung, warum Sie hier sind! Sie wissen überhaupt nicht, was hier läuft. Darum, Kali, meine Liebe, schlage ich vor, dass Sie das Thema fallen lassen.«

»Ich werde Kal genannt, nicht Kali«, sage ich zähneknirschend. »Das habe ich Ihnen schon mal gesagt. Niemand nennt mich Kali. Ich hasse den Namen. Nur meine Mutter hat mich so gerufen – meistens, wenn sie sauer war.«

»Im Ernst? Aber Kali bedeutet –«

»Ja, ich weiß. Kali ist die hinduistische Göttin des Todes und der Zerstörung. Und darum heiße ich Kal.«

»Ach ja, wirklich?« Sie reckt das Kinn. »Im Ernst?« Dann sieht sie an die Decke, als wollte sie sich an meine Mutter im Himmel wenden. »Du hast mit ihr nicht mal über ihren Namen gesprochen?« Sie lacht heiser.

»Was soll das heißen?« Ich widerstehe dem Drang, nach oben zu blicken. Mit beiden Händen packe ich die Stuhllehne, stelle mir vor, wie ich ihn durch die Küche auf sie schleudere und das Holz an ihrem muskulösen Körper zersplittert.

»Kali ist die Muttergottheit. Sie ist *Shakti,* höchste weibliche Macht. Sie ist die Göttin der Zeit und des Wandels. Sie ist grimmig, zugegeben. In manchen Sagen tanzt sie auf den Leichen der Dämonen, die sie erschlagen hat, ohne zu begreifen, dass ihr toter Gatte bei ihnen liegt. Nicht wahr? Aber sie findet auch ihren kleinen Sohn Shiva auf dem Schlachtfeld, hört mit dem Töten auf und nimmt ihn schützend auf den Arm. Sie säugt ihn mitten in der Schlacht, blutüberströmt. Also ist Kali nicht der Tod, sie ist die Mutterkraft. Sie ist Schutz, Nahrung, Widerstand. Ihre Mutter und ich haben viel darüber gesprochen.« Sie senkt überraschend die Stimme. »Damals stand ich sehr auf Hinduismus. Wir wollten einen starken, furchtlosen Kriegernamen. Höchste weibliche Macht – wer würde solch einen Namen nicht mögen?«

»Sie mochten meinen Namen? Soll das heißen, *Sie* haben ihn ausgesucht?«

Sie berührt einen Hund mit dem nackten Fuß. »Ja, in gewisser Weise schon.«

»Okay. Jetzt wird es wirklich bizarr.«

»Ich habe mich wohl mehr mit dem Hinduismus befasst als Elena.« Sie gestikuliert lachend. »Sehen Sie, das waren die Siebziger in Kalifornien. Da hielt sich jeder für einen Hindu. Jeder war alles! Alles drehte sich um fernöstliche Spiritualität und Mystik. Ich habe in Big Sur an Sufi-Tänzen teilgenommen und im Esalen-Institut am Chanten, ich habe die Bhagavad Gita studiert und den Koran und das verdammte Yijing, Kali.«

Ich sehe sie entgeistert an. Meine Mutter hat so etwas nie erwähnt. Als ich sie einmal auf meinen Namen ansprach, sagte sie nur, ihr gefiele der Klang.

»Sie wissen doch, dass ich Ihre Patentante bin?«

Jetzt reicht es. Jetzt ist sie wirklich zu weit gegangen. »Nein, das sind Sie nicht.« Ich drehe mich um und lasse sie stehen, stelle mich hinter den Tisch.

»Doch, im Ernst, das bin ich.« Sie kommt hinterhergeschlendert. »Aber den Titel bin ich wahrscheinlich los, hm?«

Wäre sie meine Patentante, hätten meine Eltern das sicherlich mal erwähnt.

Susannah stützt sich mit einer Hand auf den Tisch und blickt mir in die Augen. »Elena wollte nicht, dass ein ängstlicher Mensch aus Ihnen wird. Uns beiden gefiel die Macht von Kali. Wir wollten, dass Sie furchtlos werden.«

»Tja, das hat nicht geklappt! Ich habe keine weibliche Macht und ich bin nicht furchtlos. Nicht im Geringsten. Ich habe mich sogar viel gefürchtet, nämlich vor *ihr.*« Mir wird bewusst, dass das wahr ist. Ich hatte immer ein bisschen Angst vor meiner Mutter.

Das Lachen gerinnt ihr in der Kehle. »Sie hatten Angst vor Elena?«

»Nein. Ja. Nein! Manchmal. In gewissem Maße. Aber ich glaube, sie hatte auch Angst vor mir. Meine Güte, mit Ihnen will ich wirklich nicht darüber reden. Wieso rede ich darüber mit *Ihnen*?«

»Tja, ich schätze, es war von vornherein klar, dass es mal kompliziert wird.«

»Was? Wieso? Warum sollte es kompliziert werden?«

»Ach, nichts. Scheiße. Es ist spät. Ich habe wohl ein bisschen zu viel getrunken, hm?«

»Warum wollen Sie mir nichts erzählen?«

»Okay. Also, hören Sie zu, Kali.« Sie streicht sich energisch die Haare nach hinten. »Wir haben beide einen schrecklichen Verlust erlitten. Wir müssen jetzt für uns selbst sorgen. Wir müssen uns nähren und heilen.«

»Kal!«, korrigiere ich sie aufgebracht. »Und was muss bei Ihnen heilen? Sie haben sie seit Jahren nicht gesehen!«

Wir blicken uns über den Tisch hinweg an. Dann holt sie tief Luft, blinzelt mich langsam an. »Wow«, sagt sie. »Heilige Scheiße. Menschen verlieren ist anstrengend.«

»Sie haben meine Mutter vor Jahrzehnten verloren, Susannah.«

»Wissen Sie was? Keiner von uns hat sie verloren, Kali. Denn sie ist nicht wirklich fort, nicht wahr?« Sie stützt beide

Hände auf den Tisch. Ihr knochenbleicher Blick ist auf meine Augen geheftet. Sie atmet tief ein, als wollte sie damit den Geist meiner Mutter anziehen. »Spüren Sie nicht, dass sie bei uns ist? Sie müssen sie doch spüren. Sie ist hier, Kali. Hier bei uns. In diesem Moment. Können Sie sie nicht spüren? Nein? Doch, Sie können. Sie ist hier. Sie ist bei uns, in diesem Augenblick.«

»Um Himmels willen, Susannah! Hören Sie auf damit! Sofort! Meine Mutter ist tot. Ich habe sie sterben sehen.«

»Ach, gehen Sie jetzt lieber schlafen.« Sie winkt mich hinaus. »Wir sollten beide schlafen gehen.«

»Ich sollte vor allem eines: erfahren, wer sie war«, erwidere ich mit unterdrückter Wut.

»Nein, das sollten Sie wirklich nicht.« Sie richtet sich auf und stemmt die Hände in die Seiten. Das macht sie sehr groß und breit.

»Oh doch.«

»Wissen Sie was, Kali? Was mich hier wirklich aufregt, ist, dass es eigentlich gar nicht um Ihre Mutter geht. Hier geht's nicht darum, Elles Geheimnisse aufzudecken. Sie wollen sich nur von der Demütigung ablenken, dass Ihr Mann fremdgeht. Sehen Sie sich an!« Ihre Halssehnen treten hervor wie Drahtstränge, und sie scheint sich aufzurichten und aufzublähen wie eine Kobra. »Sie kommen mit Ihren Fragen hierher wie ein verzogenes kleines Mädchen und fordern Antworten, Antworten, Antworten. Anstatt für den kleinen Jungen zu sorgen, beachten Sie ihn nicht – Sie vernachlässigen ihn und sitzen hier und bringen mich durcheinander. Scheiße!« Sie haut auf den Tisch, dass ich zusammenfahre. »Ich habe mich geirrt. Sie sind ihr so ähnlich, dass es schmerzt. Es ist eine Qual, mit Ihnen im selben Raum zu sein. Sie sind so scheißunbeirrbar – getrieben von Intuition und Impulsen. Sie zwingen mich, all diese Dinge auszugraben – Dinge, die Sie sich nicht mal vorstellen können: qualvolle, schreckliche Erinnerungen, und dabei begreifen Sie nicht mal, warum Sie hier sind. Sie haben nicht die leiseste Ahnung! Hier geht es überhaupt nicht um Sie. Also hören Sie auf, mir diese Fragen zu stellen!«

»Woher wollen Sie denn überhaupt wissen, warum ich hier bin?«

»Sie sind in meinem Haus, Kali, und glauben Sie mir: Ich weiß, warum sie Sie geschickt hat, nämlich nicht wegen dieser Scheiße.«

»Was? Wer hat mich geschickt?« Ich sehe sie groß an. »Was reden Sie da? Niemand hat mich geschickt.«

Sie schaut völlig ungerührt.

»Himmel noch mal, Susannah. Sie wissen gar nichts über mich!«

»Oh Kali.« Sie schüttelt den Kopf, ihre Stimme ist ausdruckslos. »Ich weiß *alles* über Sie.«

Sie dreht sich weg und schaut aus dem Fenster in die kalte Dunkelheit und den Regen, der unablässig auf die Veranda fällt.

Unsere Blicke treffen sich in der spiegelnden Scheibe, und diese eine Sekunde lang sehe ich die Dämonen in ihr lauern. Ich weiß nicht, in welches Psychodrama ich hier hineingeraten bin, aber ich muss raus. Ich muss abreisen.

Ich verlasse die Küche, gehe durchs Wohnzimmer, sehe nicht zu der fetten roten Kugel, nicht zu den Hunden – obwohl ich weiß, dass ihre gelbbraunen Augen auf mich gerichtet sind. Halb erwarte ich, dass sie hinter mir hergestürmt kommt, mit wehenden Haaren und den bellenden Hunden an ihrer Seite. Aber sie tut es nicht.

Im Gästezimmer knalle ich die Tür hinter mir zu. Ein Schloss hat sie nicht.

Völlig aufgewühlt knie ich mich neben den schlafenden Finn vor das Bett. Mir ist heiß, und ich zittere. Ich versuche, ruhiger zu atmen.

Finn liegt auf dem Rücken, die Arme ausgestreckt, den Kopf zur Seite gedreht, den Mund leicht offen. Er ist so schön und makellos und so klein. Im Schlaf sieht er immer kleiner aus, als wäre er wieder ein Säugling. Ganz sacht lege ich die Hand auf seine Brust und spüre, wie sie sich hebt und senkt, wie er warm und fest in seinem Schlafsack liegt.

Susannah ist eindeutig gestört. Aber in ihrem Vorwurf steckt etwas Wahres. Es geht mir nicht nur um meine Mutter – ich bin auf der Flucht und habe Angst. Und es stimmt auch, dass ich in den letzten Tagen nicht die beste Mutter gewesen bin. Ich habe die Zimmertür nicht sorgfältig festgekeilt, habe ihn den Fotorahmen kaputt machen lassen, sodass er sich geschnitten hat, ich habe ihn wegen ein paar Erbsen angeschrien. Offenbar sieht sie nicht, dass mir Finn das Allerwichtigste ist. Aber wieso interessiert mich eigentlich, was sie von mir hält? Morgen werden wir weg sein. Und ganz bestimmt nicht wiederkommen.

Ich streiche ihm mit den Fingerspitzen über den Kopf. Vielleicht war es rücksichtslos, ihn auf diese Reise mitzunehmen. Der geregelte Alltag fehlt, alles ist fremd. Das ist sicher nicht leicht für ihn. Doch dann sehe ich wieder vor mir, wie entzückt er heute über das Eichhörnchen war und wie er durch Pfützen gestapft ist, mit Stöcken im Matsch gestochert, auf Felsen geschlagen, über seine weißen Atemwolken gelacht hat. Finn geht es gut. Das Leben hat mehr zu bieten als den Alltag. Ich werde mich von Susannah nicht dermaßen verunsichern lassen. Mein Kind ist vollkommen glücklich.

Und die Reise dient nicht bloß der Ablenkung. Sie hat für mich eine große Bedeutung.

Während ich mein schlafendes Kind betrachte, wird mir klar, dass das hier noch nicht vorbei ist. Bei meiner Mutter fängt alles an. Sie hat mich zu dem gemacht, was ich bin, zu der Mutter, die ich jetzt bin. Wie die Leitkuh einer Schwertwalfamilie hat sie auf alles Einfluss. Wenn ich nicht erfahre, was ihr hier oben zugestoßen ist, werde ich mich selbst nie verstehen und immer Angst haben und davonlaufen.

Susannah mag mich für schwach und geistesabwesend halten, aber sie irrt sich. Sie weiß etwas Entscheidendes über die Vergangenheit meiner Mutter. Das spüre ich. Es lauert wie ein Dieb im Dunkeln. Morgen werde ich noch bleiben, denn ich muss es aus ihr herausbekommen. Wir können die letzte Fähre nehmen – ich muss herausbekommen, welches Geheimnis sie hütet.

Als sie einmal die Küste hinauffuhren, fiel ihnen auf dem steinigen Strand eine alte Badewanne mit Löwenfüßen auf, die verlassen herumstand. Zu dritt hoben sie sie ins Boot, zwängten sich drum herum und fuhren zurück zu ihrem Stützpunkt.

Sie schoben, schleiften und hievten sie den steilen Pfad hinauf zum Lagerfeuer. Ein paar Meter weiter gab es einen kleinen Hügel, von dem aus man über die Bucht schauen konnte. »Badezimmer mit Aussicht«, nannte Dean es.

Die Jungs holten Schaufeln und hoben an der Stelle, wo die Wanne stehen sollte, eine Feuergrube aus. Elena holte Holz von der Plane an Deck, das sie in drei Ladungen hinauftrug – eine zur Wanne und zwei zur Hauptfeuerstelle, wo unter den grünen Zweigen, die Jonas darüber gebreitet hatte, noch die Glut vom Morgen schwelte. Sie hockte sich davor und versuchte, sie anzufachen, wie die Jungs es ihr gezeigt hatten, indem sie schräg dagegen blies. Seit den Erdnussbuttersandwiches gegen Mittag hatten sie alle nichts mehr gegessen. Ihre Arme und Beine waren sehnig geworden, und wenn sie den Kopf drehte, dauerte es ein, zwei Sekunden, bis sie klar sah.

Die Sonne senkte sich zum Horizont. Jonas und Dean waren wie Kinder, die im Dreck spielten.

Elena nahm Jonas' scharfes, gebogenes Messer zum Fischausnehmen und schnitt dem Königslachs mit einer schwungvollen Bewegung, die sie von Jonas gelernt hatte, den Bauch auf. Die dunklen, fischig stinkenden Eingeweide schabte sie in einen Beutel und säuberte den Hohlraum durch geduldiges Abstreichen. Den Beutel mit den Innereien band sie fest zu. Dann setzte sie die Schnitte unter der Bauchflosse und brach den Kopf ab. Als sie aufschaute, hatten die Männer die Wanne über die Grube gestellt und füllten sie mit Meerwasser, das sie eimerweise vom Ufer herantrugen. Sie wandte sich wieder dem Lachs zu und zog das Messer an der Wirbelsäule entlang. Dabei musste sie sich konzentrieren, um die Hand ruhig zu halten.

Sie spülte die schweren Filets ab und legte sie nach Jonas' Anleitung auf das Zedernbrett – wie es die kanadischen Indianer machten. Am Nachmittag am Fluss, der von Königslachsen wimmelte, hatte sie ihm zugesehen, wie er den Fisch mit dem Speer erlegte, einem Schweizer Messer, das er an einen Stock gebunden hatte. Er stand ganz still auf einem Stein draußen in der Strömung und hielt die Speerspitze dicht unter der Wasseroberfläche. Kurz darauf senkte er sie langsam auf einen Fisch hinunter und stieß plötzlich zu. Er hob ihn jedoch nicht mit dem Speer heraus, sondern stieg vom Stein, sodass er bis zu den Oberschenkeln im eisigen Wasser stand, und griff hinein, um den Fisch festzuhalten. So kam er mit einem enormen Lachs am Ende des Speers ans Ufer gewatet. Seine Augen leuchteten tiefblau wie der Himmel hinter ihm. Sie sah seine Wikinger-Vorfahren in den breiten Schultern und beobachtete, wie er, den großen Fisch in der Hand, mit seinen kräftigen, nassen Oberschenkeln über die Steine auf sie zukam.

Er klatschte den Fisch hin, dann löste er vorsichtig den Stock vom Messergriff. Der Fisch war so lang wie ihr Unterarm, ein silbern schimmerndes Tier, und es tat ihr leid, dass es für sie hatte sterben müssen.

»Es muss eiskalt sein in dem Wasser«, sagte sie.

»Wenn du ihn am Speer heraushebst, rutscht er dir weg und ist verloren.« Der Fisch steckte noch auf seinem Messer. Die Klinge war von oben in den Schädel gedrungen, genau ins Gehirn. Zumindest war es ein schneller Tod gewesen.

»Woher kannst du das alles?«, fragte sie. »Wer hat dir das beigebracht?«

»Verschiedene Leute. Auch ich mir selbst«, antwortete er. »Als ich achtzehn war, beschloss ich, hierherzufahren und einen Monat lang ohne etwas Mitgebrachtes zu überleben. Am Ende war ich drei Monate lang hier. Ich wollte nicht wieder zurück.«

»Hör nicht auf das Geschwätz dieses Wilden. Er sah aus wie ein Skelett.« Dean lag oberhalb von ihnen auf einem Stein. Sie hatte vergessen, dass er da war. Er redete unter seiner Baseballkappe hervor. »Wir haben alle geglaubt, er sei hier oben gestorben.«

»Deine arme Mutter.«

Jonas' Gesicht wurde ernst. Er kniete sich vor den Lachs und senkte den Kopf darüber, als er die Klinge herauszog. Zuerst knackte es, dann glitt sie mit einem Sauggeräusch heraus. Unter der Kappe sagte Dean: »Seine Mom war gerade gestorben.«

Elena legte die brennenden Scheite flach hin und richtete das Brett auf den Steinen rings um das Feuer aus.

Jonas' Reaktion auf den Tod seiner Mutter schien in gewisser Hinsicht den wesentlichen Unterschied zwischen Männern und Frauen zu demonstrieren. Sie selbst war damals, als ihre Mutter verunglückt war, wie erstarrt gewesen. Lange Zeit hatte sie Angst gehabt, zur Schule zu gehen oder das Haus zu verlassen. Jonas dagegen hatte sich in die Wildnis aufgemacht. Andererseits waren die beiden Reaktionen vielleicht gar nicht so unterschiedlich – beides war ein Rückzug. Und sie war erst acht Jahre alt gewesen. Die einzige Wildnis, in die sie sich damals zurückziehen konnte, war die innere gewesen.

Sie fragte sich, wie sie jetzt mit solch einem Verlust umginge. Würde sie wieder erstarren und Angst haben? Sie glaubte es nicht. Aber sie fand es auch schwierig, sich vorzustellen, wie es wäre, einen so starken Schmerz noch einmal zu empfinden.

Die Kunst bestand darin, den Fisch zu garen, ohne dass das Brett Feuer fing. Das hatten sie die Nacht über extra in Seewasser getränkt. Man musste genau die richtige Stelle über dem Feuer finden. Denn wurde das Brett zu heiß, ginge die ganze Sache in Flammen auf, war es dagegen nicht heiß genug, bliebe der Fisch roh. An der richtigen Stelle aber würde der Rauch von dem Zedernholz in den Fisch eindringen und seinen delikaten Geschmack unterstreichen.

Jonas und Dean hatten die Wanne aufgefüllt und darunter ein Feuer angezündet. Der Rauch zog um sie herum und verschleierte ihre Gesichter. Sie unterhielten sich über Orcas, über Listen für morgen, aber Genaueres konnte sie nicht verstehen. Die Lichtung war in ein sattes goldenes Licht getaucht, aber die abendliche Kälte weckte in ihr den Wunsch nach einem zweiten, wärmeren Pullover. Sie war hundemüde und konnte sich nicht aufraffen, zum Boot zu gehen und sich einen zu holen.

Ihre Sachen waren ohnehin alle feucht – jedes Kleidungsstück, jedes Kissen und die Schlafsäcke. Die Innenseite ihres Rucksacks fühlte sich an, als wäre kürzlich eine Schar Nacktschnecken darübergekrochen. Die Seiten der Bücher und Zeitschriften, die sie in Victoria gekauft hatte – alles, was sich über Orcas finden ließ –, klebten schon aneinander. Und jetzt war der Ofen im Boot defekt, und sie mussten im Morgengrauen ein Feuer machen, damit sie für den Tag die Thermosflaschen mit Kaffee füllen konnten.

Beim Duft des im Zedernrauch garenden Lachses knurrte ihr der Magen. Gleichzeitig war ihr ein bisschen übel. Neuerdings fühlte sie sich nicht ganz auf dem Posten, wahrscheinlich weil sie sich abwechselnd von Lachs und Erdnussbutter ernährten. Sie sehnte sich nach Blattkohl und Kiwis. Nachts träumte sie von schwarzen kalifornischen Trauben. Jonas und Dean versicherten ihr, Vitamin-C-Quellen seien hier oben reichlich vorhanden – sie verbrachten lange, lästige Nachmittage auf dem Zodiac, indem sie einander mit Pflanzennamen übertrumpften. Allein die Beeren hatten eine gute Stunde in Anspruch genommen – Elfenglöckchenbeeren, Moltebeeren, Bärentraube, Echte Bärentraube, Indische Erdbeere, Apfelbeere –, bis Elena davon überzeugt was, dass die beiden Namen erfanden. »Da draußen ist ein ganzer Lebensmittelladen«, meinte Jonas. »Klee, Nesseln, Haselwurz und Knoblauch, Nüsse, Süßholz.« Doch sie waren nie lange genug an Land, um Vorräte zu beschaffen. Deans Frau hatte ihm eine große Flasche Vitamintabletten eingepackt, gegen Skorbut, und wenn sie daran dachten, schluckten sie eine. Aber Elena sehnte sich nach einem leckeren, knackigen Apfel.

»Also Ladies first.«

Sie blickte auf. Jonas grinste zu ihr herunter. »Das Wasser ist warm.« Seine Hemdsärmel waren aufgekrempelt, sodass seine starken, gebräunten Unterarme zu sehen waren. Er hatte noch Ölflecke daran, weil er am Morgen den Außenbordmotor des Zodiacs repariert hatte. Seine Jeans, die vom Fischfang noch nicht richtig getrocknet waren, hatten sich erneut bis zu den Oberschenkeln vollgesaugt, weil er mit dem Eimer Wasser geschöpft hatte. Sie hatten Flecke von Erde und vom Zink der Wanne. Ein paar Augenblicke lang starrte sie ihn nur an.

Dann kam Dean ans Feuer und stocherte darin herum. Auch er war schmutzig und nass. Seine fettigen Haare waren nun rotbraun statt feuerrot. Sie konnte seine Augen nicht sehen, aber sein Mund wirkte traurig. Funken flogen um den Lachs auf. Jonas ging weg, um die Fischeingeweide ins Meer zu werfen.

Dean musste seine Frau und das Baby vermissen. Sie fragte sich, was die von ihm hielt, nachdem er mit seinem alten Highschool-Kumpel aufgebrochen war, um zwei Monate bei den Orcas zu verbringen, und das schon den zweiten Sommer hintereinander. An den meisten Abenden schrieb er ihr Briefe, die er vorbeikommenden Kajakfahrern oder Fischern mitgab, wenn die zufällig nach Süden unterwegs waren. Sie hätte gern gewusst, wie viele der Briefe tatsächlich bei ihm zu Hause ankamen.

Auf der Fahrt von Victoria hatte Dean ihr erzählt, seine Frau sei Anthropologin an der University of British Columbia. Ihr Spezialgebiet seien die mündlichen Überlieferungen der Ureinwohner Kanadas. Das sei ihre Leidenschaft, sagte er, aber sie habe vor einem halben Jahr mit ihrer Arbeit aufgehört, nach der Geburt ihres Sohnes Daniel. Elena stellte sich eine Frau mit Inuithaartracht vor, die Brot backte und ihrem Baby Indianermärchen erzählte.

»Wird deine Frau im Herbst wieder arbeiten?«, fragte sie ihn jetzt.

Er drehte den Kopf. Sein Gesicht sah müde, aber gelassen aus. Nur im Profil erschien sein Mund traurig. »Nee. In ihrem Job ist sie die Hälfte des Jahres mit Feldforschung beschäftigt – und ich in meinem auch, aber eben in der anderen Jahreshälfte. Darum ist sie jetzt mit Danny zu Hause.«

Es dauerte einen Moment, bis Elena begriff, dass seine Frau die Arbeit ganz aufgegeben hatte.

Jonas kam zurück und wischte sich die Hände an den Jeans ab. »Okay, also – ich mein's ernst – willst du als Erste in die Wanne, Elle? Das Wasser wird nicht mehr so schön sein, wenn Dean und ich erst mal drin gewesen sind.«

Sie schaute sich die dreckigen Männer an und stand auf.

»Pass nur auf, dass du dich auf die Holzbretter setzt«, empfahl Dean. »Du willst dir sicher nicht den Hintern versengen.«

So würdevoll wie möglich ging sie den kleinen Hang hinauf zu der Zinkwanne. Unten am Ufer konnte sie Deans großes langes Boot und das Zodiac liegen sehen. Deans Boot war für die nächsten zwei Monate ihre Basis. Es war riesig und klobig, stank nach Öl und Schimmel und schwach nach Fisch. Unterwegs von Victoria nach Norden war der Motor schon mehrere Male verreckt, aber die Jungs hatten ihn jedes Mal nach kurzem Kampf wieder flottgemacht. Er fraß Öl und spuckte schwarzen Rauch aus, aber unter Deck war es warm. Es gab schmale Betten, eine primitive Toilette und, was das Wichtigste war, es regnete nicht durch. Tagsüber hielten sie sich in Jonas' Zodiac auf – einem dreieinhalb Meter langen Schlauchboot mit Außenbordmotor und ohne Verdeck, einem Boot für die Waljagd.

Hinter den Booten leuchtete das Meer im letzten Schein der Sonne. Die Wellen, die den ganzen Tag über kabbelig gewesen waren, hatten sich gelegt, als hätte sie jemand mit dem Versprechen auf eine gute Nachtruhe geglättet. Die Sonne war zu einer großen goldenen Kugel angeschwollen und ging hinter den dunklen Inseln, die zwischen der Bucht und dem offenen Meer lagen, unter.

Sie schaute sich um. Ihre Lichtung war auf allen Seiten von Tannen, Fichten und Kiefern umgeben. Es gab keinen Grund, sich Blicken ausgesetzt zu fühlen. Vor dem kleinen Konservenfabrikstädtchen lagen viele Fischereiboote, aber es befand sich hinter der Landzunge. Die Fischer, darunter viele kanadische Indianer, saßen jetzt sicher auf dem Dock und kauten die honiggebeizten Räucherlachsstreifen, die sie Indian Candy nannten, oder sie kippten Bier in der Kneipenbaracke. Auf jeden Fall waren sie fast einen Kilometer weit weg. Niemand konnte die Wanne sehen außer den zwei Männern am Feuer. Und nur einer schaute ihr zu.

Sie zog sich den feuchten Pullover aus, dann das T-Shirt und bekam eine Gänsehaut. Wieder blickte sie über die Schulter. Dean, der Gentleman, hatte ihr den Rücken zugekehrt und hockte auf den Fersen vor dem Lachs. Doch Jonas schaute unentwegt zu ihr herüber. Sie spürte, wie sie rot wurde, und wandte sich ab, um die Jeans auszuziehen. Probehalber hielt sie die Fingerspitzen ins Wasser. Es war trüb, salzig und genau richtig: heiß, aber nicht brühheiß. Auf dem Grund der Wanne lagen zwei Bretter. Sie drückte prüfend darauf und befand sie für sicher.

Mit einem tiefen Atemzug streifte sie die Unterwäsche ab und spürte seine Blicke – intensiv wie eine Berührung. Sie stieg ins Wasser, ließ sich hineinsinken und schloss die Augen, als die Wärme in ihre müden, ausgekühlten Glieder drang. Sie lehnte den Kopf zurück und stieß den angehaltenen Atem aus.

Das letzte Mal, als sie in einer frei stehenden Wanne gebadet hatte, war sie noch ein Kind gewesen. Sie sah die weißen sechseckigen Kacheln des Fußbodens mit den dunklen Fugen noch vor sich, auch die ergrauten Wände, die Wandleuchter aus Messing, das Fenster, vor dem die Jalousie immer heruntergelassen war. Schon bei diesem Bild überbekam sie wieder ein Gefühl der Leere. Das Baden war anfangs das Schlimmste gewesen, weil ihre Mutter ihr immer beim Haarewaschen geholfen hatte. Sie wünschte, sie könnte zurückkehren und dem traurigen Kind sagen, dass eines Tages, wenn es erwachsen war, alles gut sein würde. Es würde wieder in einer frei stehenden Wanne baden, aber die würde an einem Meer voller Wale stehen, die alle darauf warteten, der großen Elena ihre Geheimnisse anzuvertrauen.

Träge strich sie mit den Fingern durchs Wasser, und trotz ihrer Müdigkeit fühlte sie sich wieder ausgefüllt, allein von dem Gedanken an die Wale, so als hätte jemand in ihr die Heizung und das Licht eingeschaltet.

Es war ein langer feuchtkalter Tag gewesen, und schon der dritte, an dem sie keine Wale gesichtet hatten. Vorige Nacht hatten sie am Lagerfeuer geschlafen, weil sie zu niedergeschlagen und müde gewesen waren, um zum Boot hinunterzusteigen. Und sie war am Morgen durchgefroren und steif bei Nieselregen wach geworden und hatte die Augen nicht aufbekommen. Sie durchlebte einen Moment der Panik, als ihre Lider nicht gehorchten, dann tastete sie mit den Fingerspitzen danach. Sie waren geschwollen und fühlten sich an wie Marshmallows. Blind krabbelte sie zum Wasserkanister und spritzte sich kaltes Wasser ins Gesicht. Dadurch ließen sich die Augen einen Spaltbreit öffnen. Sie kramte den Spiegel aus ihrem Rucksack, und als sie sich im ersten Dämmerlicht darin erkennen konnte, stieß sie einen Schrei aus.

Dean setzte sich auf, sah sie nur ein Mal an und lachte. Seine Haare standen wüst vom Kopf ab wie bei einem Verrückten.

»Das sind die Gnitzen.«

»Was für Dinger? Was ist mit meinen Augen los? Du lieber Himmel! Ich kann kaum was sehen!«

»Gnitzen – winzige Mücken, die man nicht sieht. Die erwischen einen, wenn man nicht nah genug am Feuer liegt.«

Jonas drehte sich herum, machte langsam die Augen auf und spähte zu ihr herüber. Er gab ein raues Morgenlachen von sich. »Heilige Scheiße, die haben dich glatt zerfleischt.«

Während Dean Feuer machte, um Kaffee zu kochen, ging Jonas eine kleine Flasche aus dem Boot holen. Er kniete sich vor Elena und tupfte ihr etwas von dem Zeug auf die Lider. Es roch stark nach Fichtennadeln und Lavendel und noch etwas anderem, das sie nicht kannte. »Das hab ich von meiner Freundin Thayer«, sagte er. »Ihre Familie lebt schon seit drei Generationen hier. Sie macht die Tinktur selbst. Ist besser als Hydrokortison.«

Ihre Augen waren auch jetzt noch verquollen, aber schon wieder einigermaßen okay. Nur der Mückenstich am Fußknöchel, an dem sie sich den ganzen Tag gekratzt hatte, fühlte sich eigenartig hart an. Sie schaute zu ihren Füßen hinunter. Durch das Wasser sah ihr Knöchel groß und verzerrt aus. Behutsam lehnte sie sich wieder zurück und schloss die Augen. Wenn sie von den Brettern rutschte, würde sie auf glühend heißem Zink landen. Ringsherum stieg Rauch vom Feuer unter der Wanne auf – wenigstens würde der die Mücken abhalten. Hoffentlich hatte sich der Stich nicht entzündet. Das war ihr mal auf einer Reise mit Graham nach Big Sur passiert. Sie hatte zum Arzt gehen müssen und eine Antihistamin-Spritze bekommen. Aber an Graham konnte sie jetzt nicht denken. Besser nicht. Das wenigstens hatte sie aus ihrer Kindheit mitgenommen: Sie konnte vor ihren Gedanken die Jalousie herunterlassen und weiterleben. Darin war sie Experte.

Sie hatte keine Ahnung, welcher Aufwand hier oben nötig wäre, um einen Arzt aufzusuchen, aber vermutlich wäre es nicht einfach. Sie würde sich etwas von der Tinktur für den Knöchel geben lassen und das Beste hoffen.

Sie war total ausgelaugt. Ihre Muskeln waren wachsweich. Den ganzen Tag hatten sie zu dritt den Horizont abgesucht, waren von einer vielversprechenden Position zur nächsten gefahren. Jonas und Dean hatten ihr erklärt, wie man die Finne und den Blas eines Wals zwischen den Wellen erkennen konnte.

»Das Auge heftet sich naturgemäß auf unbewegliche Objekte.« Jonas schaute neben ihr durchs Fernglas, sie durch ihres. »Siehst du? Das Auge möchte etwas fixieren, von einem Punkt zum nächsten springen – zu dem Felsen da drüben, zu den Seehunden, zu dem Segel.« Sie folgte seinem Blick, und ihre Augen machten tatsächlich große Sprünge. »Du musst aber deine Augen und dein Gehirn umgewöhnen. Du musst auf die Zwischenräume achten, weil da die Wale sind. Sie tauchen zwischen den Stellen auf, zu denen wir gewohnheitsmäßig blicken.«

Die Sonne war jetzt hinter der Insel untergegangen, und die Sterne gingen auf, zuerst zwei oder drei, dann eine Handvoll, während es im Lager dunkler wurde.

»Elena?« Deans Stimme drang in ihren Halbschlaf. »Essen ist fertig.«

»Gut. Fangt schon mal an.« Inzwischen war sie nicht einmal mehr hungrig.

Ihr ganzer Körper kam ihr schlaff vor. Sie sah zu, wie sich der Himmel in silbern gesprenkelten Samt verwandelte, hörte das Gemurmel von Deans und Jonas' Unterhaltung.

Sie dachte an die Orcas, die sie in der ersten Woche gesehen hatten, vor dieser Flaute, und sie fand, die Wale hatten das Sagen. Sie entschieden, wann sie sich zeigten und wie lange sie verschwunden blieben. Am ersten Tag, als sie auf dem Zodiac draußen waren, sichteten sie gleich zu Beginn eine Schule – der Pilot eines Wasserflugzeugs hatte sie gemeldet und die Koordinaten durchgegeben. Die Stelle war ganz in ihrer Nähe. Sie fuhren in die angegebene Richtung und suchten den Horizont ab. Plötzlich tauchten die Schwertwale nur zehn Meter vom Heck entfernt auf. Jonas schaltete den Motor aus. Eine Sekunde lang war es still, und sie empfand diesen Moment der Ehrfurcht – und Furcht – vor der schieren Größe und Anmut dieser langsamen Tiere. Sie zählte sieben, acht Finnen.

Drei Orcas begannen eine Show abzuziehen. Sie zogen durchs Wasser und sprangen synchron in die Höhe, wo sie sich einmal drehten und Gischt verspritzten. Elena versuchte, sie zu fotografieren, drückte aber nie schnell genug ab, um die Finnen und Sättel aufs Bild zu bekommen. Aber Jonas und Dean waren ein erfahrenes Team. Jonas fotografierte die linke Seite der Finnen, während Dean mit dem Fernglas und dem laminierten Katalog in den paar Sekunden, die die Wale aus dem Wasser ragten, auf Unterscheidungsmerkmale achtete. Sie identifizierten die Leitkuh, zwei ihrer männlichen Kälber und drei ältere Jungtiere – das waren die, die am höchsten gesprungen waren. Jedes Tier hatte einen Namen und eine Kennung aus einem Buchstaben und einer Zahl, die es seiner Schule zuordnete.

Nach zehn Minuten tauchten die Wale ab und verschwanden. Alle gleichzeitig. Jonas und Dean hockten über dem Katalog und notierten die Beobachtungen. Elena saß still dabei. Sie fühlte sich zittrig, hatte Herzklopfen und einen Brummschädel. Sie starrte aufs Meer und beschwor die Tiere im Stillen zurückzukommen. Wohin waren sie so plötzlich gezogen und warum? Wie hatten sie sich darüber verständigt? Hatten sie einen fernen Ruf vernommen? Oder hatte die Leitkuh befohlen, das Spielen sein zu lassen und weiterzuziehen? Elena wollte sie dringend belauschen.

Während sie auf einem Meer voll wild lebender Schwertwale schaukelte, vermisste sie plötzlich die Tiere im Sea Park. Fast kam es ihr wie ein Verrat vor, dass sie jetzt auf diesen Gewässern schwamm. Bella war hier gefangen worden. Die Forscher hatten bereits nachgewiesen, dass die Schulen Hunderte Kilometer weit die Küste entlangwanderten. Bellas Familie lebte in dieser Gegend. Elena hatte vielleicht gerade Bellas Verwandte beobachtet. Eines der älteren Weibchen hätte Bellas Mutter gewesen sein können.

Sie fragte sich, ob Wale ein Erinnerungsvermögen wie Menschen hatten. Wenn ja, dann lebte dort draußen eine Walkuh, die sich an den Tag erinnerte, an dem man ihr die Tochter unter Blutvergießen und Panik entrissen hatte.

Die Männer waren mit ihren Notizen fertig. Geduldig erklärten sie ihr ihre Beobachtungen – die Kerben und Narben von Schiffsschrauben, die leicht geknickte Spitze der Finne des großen Bullen – und wie wichtig es sei, ein klares Foto vom Sattel zu bekommen. Sie hörte aufmerksam zu.

Sie würde das schon noch besser hinbekommen, da hatte sie keine Sorge. Doch sie musste auch in Erfahrung bringen, was unter Wasser vor sich ging, musste die Laute aufnehmen, die die Wale von sich gaben, wenn sie sprangen, zur Orientierung auftauchten oder mit dem Schwanz schlugen. Das war es, was sie eigentlich tun wollte.

Während ihrer Fahrt von Kalifornien hatte sie den Jungs ihre Arbeit mit den Delfinen erklärt. Sie hatten zugehört, genickt, gute Fragen gestellt, aber dabei war klar geworden, dass das für die beiden eine Ablenkung vom Wesentlichen darstellte, nämlich die Schwertwalpopulation zu katalogisieren.

Sie brauchte das Hydrophon. Sie würde ihnen zeigen, dass sie beides gleichzeitig tun konnte. Wenn sie das Fotografieren der Wale beherrschte, wäre dies auch mit aufgesetztem Kopfhörer kein Problem. Sie würde das Hydrophon ins Wasser hängen und dann mit der enormen Aufgabe beginnen, das Verhalten der wild lebenden Orcas ihren Lautäußerungen zuzuordnen. Es könnte ein ganzes Leben dauern, die Sprache der Schwertwale zu entschlüsseln, aber sie wollte die Zeit gern dafür hergeben.

Wenn sie dann genügend vorläufige Ergebnisse gewonnen hätte, um ein Stipendium zu beantragen, dann hätte diese Arbeit eine Zukunft. Sie hatte nicht die Geduld, um den Sommer mit Beobachten zu verbringen und von den Männern zu lernen. Sie konnte beides tun. Sie musste anfangen zu lauschen – sofort.

Der Geruch von Holzrauch und gegrilltem Lachs mischte sich mit den Gerüchen des Waldes. Die nächtliche Geräuschsymphonie setzte ein, und die Wellen hatten die Sonnenuntergangsflaute überwunden und klatschten rhythmisch gegen die Felsen. Im Wald hinter ihr bellte unablässig ein Vielfraß, und weiter weg schallten die Antworten vom Berghang zurück. Eine Eule schrie in das Stimmengemurmel der Männer.

Dann schallte unvermittelt ein lautes »Kwuuuuf« von der Bucht herauf. Es hallte von den Bäumen, den Bergen, den Felsen wider und stieg in den Himmel auf.

Dean – vielleicht auch Jonas – jubelte laut.

»Hey!«, rief Jonas zu ihr herauf. »Hast du den Blas gehört?«

Sie lächelte, hielt aber die Augen geschlossen. Ein zweiter Blas war zu hören, und sie spürte den Laut als Vibration durch ihren Körper gehen, die Wirbelsäule entlang zum Herzen, dem Ort, der seit ihrem achten Lebensjahr verschlossen gewesen war.

Während sie in der Löwenfußwanne auf dem kleinen Hügel über dem Pazifik lag, erkannte sie, dass sie hierhergehörte. Es schien unglaublich, dass sie es hierhergeschafft hatte – indem sie blind ihrem Instinkt nach Norden gefolgt war wie ein Lachs, der nach Hause schwimmt. Ob es Zufall, Glück, Schicksal, Karma oder Gnade war, spielte keine Rolle. Hier gehörte sie hin. Sie hatte ihren Platz auf der Erde gefunden und würde ihn nie mehr verlassen.

10

Ein Klopfen an der Tür reißt mich aus dem Schlaf.

»Hey, Kali. Soll ich Ihren Kleinen in die Stadt mitnehmen? Ich muss ein paar Dinge erledigen. Er kann mitfahren, und Sie schlafen dafür etwas länger.«

Susannah steht in der Tür. Ich bin noch halb in dem Traum, wo Doug mich schüttelt und sagt: »Du hörst mir gar nicht zu.«

Ich reibe mir übers Gesicht und schaue erst zu Finn – schläft noch –, dann auf mein Handy – 7.55 Uhr. Wir sind beide aus dem Gleichgewicht. Nach der Szene von gestern Abend kommt es für mich nicht infrage, ihr mein Kind zu überlassen. Finn regt sich und schlägt die Augen auf. Aber ich brauche Susannahs Internetverbindung.

»Können wir beide mitkommen?«, krächze ich.

»Aber Sie müssen noch nicht aufstehen. Schlafen Sie weiter. Ich werde ihn mitnehmen. Dann haben Sie eine Verschnaufpause. Wo ist seine Wickeltasche?«

»Oh nein!« Mit einem Schlag bin ich hellwach. »Das macht nichts, wirklich. Ich möchte sowieso mal in die Stadt.« Ich streichle Finns verschlafenes Gesicht. »Wir werden jetzt aufstehen.«

Sie schweigt.

Ich blicke sie ein paarmal flüchtig an. Finn setzt sich auf. »Wir brauchen nur ein paar Minuten.«

»Lassen Sie sich Zeit«, brummt sie.

Wir fahren durch Regen und Nebel. Susannahs Subaru stinkt nach Hund und Schlamm. Ich musste feuchtes Papier, leere Vitaminwasserflaschen und umgekippte Tüten mit Nüssen und Sojasnacks vom Sitz räumen, damit ich den Kindersitz festmachen konnte. Die Hunde sind im Fond hinter einem Gitter und hecheln im Chor. Wir schaukeln die schmale, ungepflasterte Straße entlang und biegen auf die breitere ein, die in den Ort führt. Die Scheibenwischer quietschen, in dem Nebel ist kaum etwas zu erkennen.

Susannah summt. In ihren grauen Haaren hängen winzige Wasserperlen. Mir ist nicht klar, ob sie unseren Streit vergessen hat oder ob das ihre Art ist, Frieden zu schließen. Mit dem erhobenen Kinn sieht sie entschlossen aus, als hätte sie eine wichtige Entscheidung getroffen.

Ich verberge mich hinter dem Kragen meines Parkas. Finn steckt in seinem Schneeanzug und isst ein Stück Bagel. In der anderen Hand hält er die Lerntasse. Er sieht rosig und quietschvergnügt aus, glücklich über die Autofahrt.

Das ist mein dritter Tag auf der Insel, und ich bin noch keinem Menschen begegnet außer Susannah. Von British Columbia habe ich bisher quasi nur Susannahs Haus gesehen. Nachdem wir vom Isabella Point weggefahren sind, merke ich, wie sonderbar das im Grunde ist. Wir beide sind zusammengebracht worden durch eine Person, die wir beide – ganz offensichtlich – nicht wirklich kennen. Kein Wunder, dass sich da etwas aufgeschaukelt hat.

Ich habe Kopfschmerzen und Hunger und merke, dass ich Finns Wickeltasche vergessen habe. Natürlich werde ich Susannah das nicht sagen. Ich muss in der Stadt sowieso Windeln kaufen. »Wie hält man dieses Wetter einen ganzen Winter lang aus?«, frage ich. »Bekommt man da nicht Beklemmungen?«

»Es ist nicht immer so. Manchmal schneit es, und dann ist es zauberhaft. Der Winter ist mitunter die schönste Jahreszeit hier oben. Seenebel kann hier jederzeit auftreten, und man spricht nicht ohne Grund von der Regenküste. Aber daran müssten Sie doch gewöhnt sein, oder? In England regnet es doch ständig, stimmt's?«

»Nicht so wie hier. Die Welt ist zumindest ab und zu sichtbar.«

Danach schweigen wir. Susannah ist blass. Sie muss einen ziemlichen Kater haben. Ich sollte mich dafür entschuldigen, dass ich so aufgebracht war, aber meine Wut auf sie hat sich eher verfestigt. Ihre Kritik an mir als Mutter hat vielleicht etwas mit ihrer eigenen Kindheit zu tun. Ich frage mich, wie Susannah mit ihrem Sohn umgegangen ist.

Aber es ist wahr, ich habe kein Anrecht auf Einzelheiten aus der Vergangenheit meiner Mutter. Und Susannah ist in vielerlei Hinsicht schon großzügig gewesen, indem sie uns übernachten ließ, auf Finn aufpasste, mir anbot auszuschlafen.

»Also, wir werden heute Nachmittag abreisen. Ich bin schon viel länger geblieben als geplant.«

»Ich dachte, Sie hätten gar nicht geplant.«

»Na gut, wenn ich geplant hätte, wäre ich nur eine Nacht geblieben, ich bin also schon viel zu lange bei Ihnen.«

»Sie können gehen, wann Sie möchten, Kali.«

Ich sehe sie an. »Ja. Ich weiß das.«

»Also. Vancouver.«

Ich schaue aus dem Fenster. Mein Gesicht spiegelt sich darin. Meine Haare stehen ab. Ich streiche sie glatt. »Eigentlich habe ich überlegt, nach Norden zu fahren und das Floßhaus meiner Mutter zu suchen«, sage ich scheinbar leichthin. Natürlich habe ich das nicht vor. Ich will nur sehen, wie sie reagiert. Es wäre wirklich unvernünftig, mit Finn noch tiefer in diese Wildnis zu fahren. Zudem weiß ich gar nicht, in welchem Zustand dieses Haus ist oder wo es ist oder ob es überhaupt noch steht.

Sie starrt nach vorn auf die Straße. Ihre Kieferpartie wirkt verkrampft. Die Halssehnen sind sichtbar. Es hat keinen Zweck, ich kann ihren Gesichtsausdruck nicht deuten.

»Was denn? Halten Sie das für unverantwortlich?«

Sie gibt keine Antwort. Ich glaube, sie ist wütend, aber sicher bin ich mir nicht. Vielleicht wütend auf sich selbst, weil ihr das mit dem Floßhaus herausgerutscht ist. Unklar ist auch, warum sie sich so sehr für meine weiteren Pläne interessiert. Da bin ich wohl auf etwas gestoßen.

»Und? Tun Sie das?«

»Tue ich was?«

»Denken, dass ich eine schlechte Mutter bin, wenn ich mich mit Finn auf die Suche nach dem Floßhaus mache.«

Sie schweigt. Wir fahren bergab in den kleinen Fischereihafen. Ganz offensichtlich kann ich sie nicht verleiten, etwas zu verraten. Susannah ist nicht der Typ, der sich verleiten lässt.

Wir fahren an hübschen, niedrigen Holzhäusern und hell gestrichenen Ladenfronten vorbei, auch an der Rock Salt Bakery. Die Tür und der Rahmen vom Schaufenster sind pink lackiert, darüber hängt ein stilisiertes Törtchen mit einer Kirsche obendrauf als Ladenschild. Neben der Bäckerei befinden sich das Bekleidungsgeschäft und ein altmodischer Spielzeugladen. Das sieht alles zivilisierter aus, als ich es mir bei unserer Ankunftsfahrt im Nebel vorgestellt hatte. Wir halten an und lassen einen bärtigen Mann die Straße überqueren. Er trägt einen Regenmantel mit Kapuze und winkt uns zu. Susannah hebt eine Hand, lächelt aber nicht. Außer dem Mann ist niemand zu sehen.

»Es ist sehr ruhig hier«, sage ich. »Extrem ruhig.«

»Ja. Von November bis März passiert nicht viel. Die meisten machen dicht und verreisen. Aber im Frühjahr und Sommer ist viel los. Ich sollte mich nicht beklagen. Es ist gut fürs Geschäft. Aber eigentlich ziehe ich die stille Zeit vor.«

Sie klingt gelassen, aber unter der Oberfläche brodelt es spürbar. Fast kann ich es in ihr zischen und knallen hören. Es ist klar, worum es geht: das Floßhaus. Sie benutzt es selbst. Wahrscheinlich hat sie es in Besitz genommen, nachdem meine Mutter weggezogen war, und jetzt ist es ihres. Ich stelle mir ein Wochenendhäuschen vor, weit weg vom Sommerbetrieb der Galerie. Sie betrachtet es als ihr Eigentum und sieht es bedroht, da ich jetzt davon weiß und es einfordern könnte.

Aber eigentlich ist schwer zu sagen, was in ihrem Kopf vorgeht. Und was sollte ich auch tun? Ich kann es schwerlich nach England mitnehmen. Aber vielleicht beunruhigt sie meine Bemerkung darüber gar nicht. Sie weiß sicher, dass ich es gar nicht fände – wie auch? Oder es existiert nicht mehr. Und ich würde auch nicht hinfahren, selbst wenn ich wüsste, wo es ist. Mit einem kleinen Jungen im Januar auf das stürmische Meer hinauszufahren wäre der helle Wahnsinn.

Wir parken vor der Galerie. Sie ist kleiner, als sie mir auf den ersten Blick erschienen war. Die Front ist taubengrau gestrichen, im Fenster sind einige Töpfe auf Sockeln ausgestellt. Ich bringe also ein lebhaft interessiertes Kleinkind in einen Raum voll zerbrechlicher Kostbarkeiten. Ich werde nur fragen, ob ich den Computer benutzen darf, um meinen Rückflug zu checken, und danach sofort gehen. Ich muss Alice und Doug anrufen und will nicht, dass Susannah zuhört.

In der Galerie ist es kalt. Es riecht nach frischer Farbe. Beim Hereinkommen hallen unsere Schritte auf den Eichendielen. Der Hauptraum liegt rechts und geht weit nach hinten durch. Abgesehen von einigen hellen Keramiken in einem Regal vornean scheint alles leer zu sein. Die Hunde laufen schwanzwedelnd am Fuß einer steilen Treppe herum, die nach oben führt. Die Wände sind weiß. Das Licht ist gedämpft.

»Sehen Sie sich ruhig ein bisschen um. Ein paar Stücke sind noch da. Ich muss nach oben und ein paar Dinge erledigen. Aber lassen Sie das Kind nichts anfassen, okay?« Dann verschwindet sie zusammen mit den Hunden im oberen Stock, bevor ich fragen kann, ob ich mitkommen und ihren Computer benutzen darf. Wie viele Leute, die seit Langem allein leben, denkt Susannah nur an ihre eigenen Absichten. Eine Tür schlägt zu. Ich frage mich, was sie hier mit Finn hätte anfangen wollen, wären sie allein hierhergefahren. Oder hat meine Bemerkung wegen des Floßhauses dieses Verhalten ausgelöst? Zieht sie sich zurück, um eine Wunde zu lecken? Oder um sich einen Plan auszudenken?

Mir fällt ein, dass mein Handy wieder benutzbar ist, da wir in der Stadt sind. Ich halte Finn fest an der Hand und durchwühle die Tasche.

Über uns höre ich Susannah. Die Rollen eines Schreibtischstuhls bewegen sich über den Holzboden. Sie mag aussehen wie eine Kalifornierin der Siebziger, hat zweifellos die Küche voll grünem Tee und Mungobohnen und schlägt bei Tagesanbruch die Beine im Lotussitz unter, aber sie hat nichts Kontemplatives an sich. Sie hat die Seele einer rücksichtslosen Führungskraft.

Finn will mich in den Ausstellungsraum ziehen. »Da?«, sagt er. »Ja?«

Ich gehe mit ihm, halte ihn aber fest. Der Raum ist leer, bis auf einige Keramikfische, die auf mehrere Regalbretter verteilt sind, zum Glück außer Finns Reichweite. Darum lasse ich ihn los. Er läuft sofort bis ans andere Ende des Raumes. Dort befindet sich eine große Glasschiebetür und dahinter ein begrünter Innenhof, in dem drei oder vier runde, hellgrün gestrichene Bistrotische mit Stühlen stehen. Ich schlendere hinter ihm her und schaue hinaus. Er drückt die Nase an die Scheibe und schlägt mit den Händen dagegen. »Da«, fordert er und sieht mich an.

»Die Tür ist abgeschlossen, Schatz. Ich kann sie nicht öffnen.«

Entlang der Mauer sind leere Tontöpfe ineinandergestapelt und ich stelle sie mir mit üppigen Sonnenblumen vor. Ich drehe mich um und betrachte den leeren Raum, während Finn die Scheibe betatscht. Es gibt Deckenlampen, und die hohen Frontfenster lassen ebenfalls Licht herein. Der Raum ist breit und L-förmig. An der kurzen Wand steht ein rotes Samtsofa.

Ich sehe ihn vor mir voll schöner Objekte, dahinter den grünen Hof mit Weinlaub an den Spalieren und blühenden Stauden, mit offener Schiebetür, Galeriebesuchern, die kommen und gehen, Möwen, die über den Abendhimmel gleiten. Ich stelle mir Vernissagen vor, bei denen die Gäste mit Weingläsern in die salzige Abendluft drängen, ihr Stimmengemurmel aufsteigt.

Von oben höre ich ein Poltern, als wäre ein schweres Buch heruntergefallen oder als hätte jemand mit dem Fuß aufgestampft. Ich schaue auf mein Handy. Kein Empfang. Ich ziehe den Parka zu. »Lass uns nach draußen gehen, Schatz. Wollen wir einen kleinen Rundgang machen?«

Ich setze Finn die Kapuze auf und ziehe ihm die Fäustlinge an. »Gut. Gehen wir.« Er stürmt durch den Raum mit seinen wankenden Schritten. Die kurzen Beine bewegen sich ulkig schnell, als hätten sie Mühe, mit dem wackelnden Oberkörper mitzuhalten.

»Wir gehen spazieren.« Ich ziehe ihn von den Keramiken weg und trage ihn zur Haustür. Dort rufe ich die Treppe hinauf: »Wir kommen gleich wieder.«

Keine Antwort.

»Kann ich Ihnen etwas mitbringen, Susannah?«

Der Schreibtischstuhl rollt über den Holzboden, und ich höre sie reden – vielleicht telefoniert sie.

Wir gehen hinaus in den Nebel. Irgendwo auf dem Meer tutet die Fähre, und im Hafen knarrt Takelage. Aber alle Geräusche wirken gedämpft, als wäre ich in Plastikfolie gewickelt. Vereinzelte Regentröpfchen landen auf meinem Kopf und im Gesicht, aber sie fühlen sich leicht und fern an. Finn greift nach meiner Hand – eine Berührung, die sich fest anfühlt. Er steigt seitlich die Vordertreppe hinunter, setzt erst beide Füße auf, bevor er sich mit einem auf die nächst tiefere Stufe wagt. Auf dem Bürgersteig angekommen, muss ich ihm die Kapuze noch einmal aufsetzen. Er sieht aus wie ein Wichtel, als er eifrig neben mir herläuft.

Wir überqueren die Straße zu einem Geländer, von dem aus man den Hafen sehen kann, und schauen ein paar Minuten lang zu den Fischerbooten. Aber es ist zu kalt und nass, um länger so zu stehen. Ich hole das Handy hervor: endlich Empfang, nur wenige Balken zwar, aber genug. Hastig schreibe ich Alice eine SMS:

Hab massenweise zu erzählen. Alles in Ordnung. Übernachten bei Mums Freundin auf Spring Tide Island. Hab lauter erstaunliche Dinge erfahren. Im Haus kein Handyempfang. Kannst Du reden?

Dann wähle ich Dougs Handynummer. Es klingelt nur ein Mal.

»Kal?«

»Ich wollte dir nur kurz sagen, dass es Finn gut geht. Er ist glücklich und zufrieden. Du brauchst dir keine Sorgen zu machen.«

»Keine Sorgen zu machen? Ich freue mich, dass es Finn gut geht, aber – jetzt mal im Ernst. Du willst mich wohl auf den Arm nehmen! Ich will, dass du mir jetzt gut zuhörst, und es ist mir egal, ob du dazu bereit bist oder nicht. Ich werde reden, und du hältst einfach den Mund und hörst zu, ohne aufzulegen. Okay? Hör mir einfach zu und leg nicht auf. Es reicht nämlich jetzt. Was du auf meinem Handy gesehen hast, war eine vollkommen einseitige Sache. Ich hatte ihr gesagt, sie solle das lassen. Es gab noch mehr solcher SMS, und ich habe sie vor dir geheim gehalten, weil ich wusste, dass es falsch von mir war, sie zuzulassen. Sie hatte mir schon einige geschrieben, und da habe ich nicht von ihr verlangt, das sein zu lassen. Die Wahrheit ist die: Wahrscheinlich wollte ich nicht, dass sie damit aufhört – du warst so sehr auf Finn konzentriert, was ja auch richtig ist, aber im Endeffekt war es ein gutes Gefühl, von jemandem so sehr begehrt zu werden. Das war eine Stärkung für mein Ego. Ich schäme mich, weil ich es habe laufen lassen, habe aber nicht geantwortet. Ich habe sie auch nicht ermutigt. Zwischen uns ist nichts passiert. Okay? Kannst du mich hören? Kal? Bist du noch dran?«

Ich bringe kein Wort heraus. Offenbar kann ich seine Worte nicht durch den Schleier der Panik dringen lassen, den ich wegen unserer Ehe über mich gebreitet habe. Ich kann nicht verarbeiten, was er sagt. Man bekommt solche SMS nicht einfach so. Ist es das, was er sagt? Dass sie sie ihm ungebeten geschickt hat? Warum sollte sie das tun? Er muss etwas getan haben, das sie ermutigt hat.

»Sag etwas!«

»Ich kann nicht«, krächze ich. »Ich muss … ich kann das nicht begreifen, Doug …«

Er muss etwas getan haben. Man muss irgendetwas getan haben, damit einem jemand leidenschaftliche SMS schickt. Man muss denjenigen wenigstens geküsst haben. Oder ihm gestanden haben, dass man sich angezogen fühlt. Oder mit ihm geschlafen haben.

»Das ist okay«, sagt er. »Das ist okay. Ich weiß. Nur – bitte, kannst du jetzt einfach nach Hause kommen? Ja? Komm einfach nach Hause, dann werden wir über alles richtig reden.«

»Ich kann jetzt nicht reden. Finn ist bei mir, und es ist windig und kalt, und ich kann nicht … ich weiß nicht, was ich denken soll. Ich … In ein paar Tagen sind wir wieder zu Hause. Ich schreibe dir, mit welchem Flug wir kommen.«

»Kannst du mich später noch mal anrufen?«

»Dort, wo wir übernachten, gibt es keinen Empfang.«

»Wo seid ihr denn genau?«

»Ich muss Schluss machen.«

Ich lege auf.

Wir gehen die Hauptstraße hinauf zur Bäckerei. Dougs Erklärung ist nicht plausibel. Behauptet er wirklich, er habe einer Exfreundin erlaubt, ihm Liebes-SMS zu schicken, sie aber nicht dazu ermutigt? Wie kann das sein? Und selbst wenn er nichts getan hat, bleibt es ein Betrug. Kein Betrug mit Sex, zugegeben, doch er hat sich von uns abgewandt. Es ist … Das Problem ist, ich weiß nicht, was es ist. Ich komme zu keinem klaren Urteil. Aber eigentlich ist er kein Lügner. Oder doch? Es ist, als wäre mein Kopf leer, sobald ich darüber nachdenken will.

Möglich, dass mein Verhalten lächerlich, überzogen, verrückt gewesen ist, vielleicht aber auch nicht. Hier geht zu viel Aufregendes vor, mit Susannah und dieser wilden Insel, dem riesigen Ozean mit Killerwalen und den Geheimnissen meiner Mutter, die überall zu spüren sind – selbst das Meer scheint davon zu flüstern. Ich kann nicht klar denken. Ich muss von hier weg, weg von Susannahs unheimlichem Haus und ihren Launen und Halbwahrheiten. Andererseits möchte ich wissen, was sie verschweigt. Wenn ich weglaufe, werde ich es nie erfahren.

Finn bleibt alle paar Schritte stehen, um etwas zu untersuchen, und singt dabei vor sich hin. Das Lied ist bei dem Wind nicht zu verstehen. Es ist so bitterkalt, dass mir Ohren und Gesicht schmerzen, aber wenigstens habe ich mal an Finns Mütze gedacht. Er ist warm eingepackt. Ich schaue noch mal aufs Handy – keine Antwort von Alice. Mit steifen Fingern checke ich meine E-Mails.

Da sind einige von Freunden und von der Arbeit – Arbeit! – gekommen, die ich alle ignoriere, und eine von meinem Vater.

Von: G. K. MacKenzie
An: Kali
Betreff: Re: Entschuldigung

Begib Dich NICHT zu dieser Gillespie.

Ich habe Deine Nummer mehrmals angerufen, bin aber nicht durchgekommen, vielleicht ist sie veraltet. Geh nicht dorthin. Ich werde Dir alles erklären, wenn Du nach Hause kommst. Ich will dringend wissen, ob es Euch beiden gut geht. Bitte, antworte mir sofort.
G

Im Gehen tippe ich die Antwort ein.

An: G. K. MacKenzie
Von: Kali
Betreff: Re: Entschuldigung

Warum? Ich habe bereits die zweite Nacht bei Susannah verbracht – es gab ein Problem mit der Pension –, und alles ist in Ordnung. Tut mir leid, dass ich Dich beunruhigt habe, Dad. Ich

stimme Dir zu – sie hat es in sich. Aber sie weiß sehr viel über Mum. Wolltest Du deshalb nicht, dass ich zu ihr gehe? Ich habe das mit den Walen erfahren – warum habt ihr darum solch ein Geheimnis gemacht? Und über Mums Kindheit weiß ich jetzt auch Bescheid. Das sind ganz außergewöhnliche Dinge. Spricht man in einer Familie nicht über so etwas? Sie hat hier ein Floßhaus gehabt, und ich weiß, dass Ihr beide für eine Weile getrennt gewesen seid. Aber wie viel weiß ich noch nicht? Heute fahren wir zurück nach Vancouver. Finn ist begeistert von den Schiffen und den wild lebenden Tieren. Wir werden uns wirklich unterhalten müssen. Liebe Grüße
K

Mit taubem Finger drücke ich auf »Senden« und stecke das Handy weg. Als ich nach Finn sehen will, durchfährt mich ein heftiger Schreck: Er ist nicht mehr neben mir. Hastig drehe ich mich einmal um mich selbst. Alles in Ordnung. Da drüben ist er – kniet vor einem nassen Laubhaufen an einem Abflussrohr und stochert mit einem Stock darin herum. Auf dem Weg zu ihm schaue ich mich verschämt um, ob jemand meine schlechte Betreuungsleistung beobachtet hat. Es ist niemand in der Nähe. Finns Schneeanzug ist jetzt nass und schmutzig. Er schiebt die Hände in die Blätter.

»Komm weiter, Schatz.« Ich gehe neben ihm in die Hocke. »Du meine Güte, was hast du vor?«

Er stochert eifrig weiter, um irgendwelche Schätze zu finden.

»Komm weiter, Finn, das ist eine arg schmutzige Ecke. Lass uns zur Bäckerei gehen! Da können wir Kuchen essen!«

»Da!« Noch in der Hocke zeigt er über die Straße auf einen roten Pickup.

»Das ist ein Lkw«, sage ich. »Ein Lastauto.« Er grinst mich an. Der platt gedrückte Pony schaut unter der Bommelmütze hervor. Ich streiche ihm die Haare aus den Augen. »Du magst Laster, nicht wahr? Welche Farbe ist das?«

Er schaut hin. »Daddy.«

Unsere Blicke treffen sich. Ich muss an mich halten, um nicht loszuweinen. »Wir sehen Daddy bald wieder, okay? Du vermisst ihn bestimmt. Er vermisst dich auch, Schatz. Das tut er. Aber du bist bald wieder bei ihm. Komm jetzt! Kaufen wir uns ein großes Stück Kuchen.«

Ein alter Mann mit einer dunkelblauen Fischermütze plaudert an der Ladentheke mit einer Frau in Susannahs Alter. Finn und ich warten Hand in Hand. Es duftet süß und intensiv, und es ist schön warm. Ich betrachte die aufgeblähten Scones und Muffins hinter der Scheibe. Es gibt riesige Cupcakes, tellergroße Zimtschnecken und enorme Bagels. Als wäre hier nicht nur in der Natur alles ein paar Nummern größer, sondern auch die Waren beim Bäcker. Ich ziehe Finn die Mütze ab und öffne ihm ein Stück vom Reißverschluss.

Vermutlich sollte ich nicht schon wieder Kuchen essen. Mein Hosenbund schneidet deutlich ein. Dabei fällt mir ein, was Susannah über meine »Schwangerenaura« gesagt hat.

Ein paar Atemzüge lang schließe ich die Augen. Und da ist sie wieder: die verstohlene Überempfindlichkeit, die seit Wochen nach und nach meinen ganzen Körper erfasst. Als wäre mein Kreislauf ein bisschen daneben oder als müsste mein Gleichgewichtssinn neu kalibriert werden.

Aber das ist albern. Der aufgeblähte Bauch kann ebenso gut von der bevorstehenden Periode kommen. Und den Jetlag habe ich auch noch nicht überwunden. Ich denke zurück, kann mich aber nicht erinnern, wann die vorige Periode gewesen ist. Wann war ich bei Boots, um die Tampons zu kaufen? Vor ein paar Wochen. Aber habe ich sie benutzt? Keine Ahnung. Das kommt mir vor wie ein anderes Leben, wo ich mit dem Buggy durch die Stadt laufe und Tampons und Windeln bei Boots sowie Unterwäsche bei Marks & Spencer kaufe. Windeln – ich muss Windeln kaufen. Ein Stück neben der Bäckerei ist ein Drugstore. Da werden wir als Nächstes hingehen.

Der alte Mann nimmt ein säuglingsgroßes Sauerteigbrot entgegen und schlurft davon. Die Frau hinter der Theke hat etwas von einer Giraffe. Ihr langer, schlanker Hals reckt sich aus einer dunkelblauen Bluse, ihr lockiger, weinrot gefärbter Bob beißt sich mit den roten Glassteinen ihrer Halskette. Sie schenkt mir ein freundliches Lächeln, dann reißt sie verblüfft die Augen auf und starrt mich an.

Ich tue so, als ob ich das nicht bemerkte, und lächle sie unvermindert an. Mir ist heiß in meinem Parka. Ich ziehe den Reißverschluss auf und verlange einen Americano zum Mitnehmen, dann beuge ich mich zu Finn hinunter und fummle zum Schein an seinem Reißverschluss. Er betrachtet fasziniert die Auslage. Die Frau wendet sich der Kaffeemaschine zu, dreht sich dann aber lebhaft um und strahlt mich an.

»Jetzt hab ich's!«

»Was?« Ich lächele weiter.

»Sie sind zu Besuch bei Susannah, stimmt's?«

»Woher wissen Sie das?«

»Also, Sie müssen Elenas Tochter sein!«, ruft sie aus. Sie linst über die Theke zu Finn. »Und dieser kleine Engel muss ihr Enkel sein.«

Ich kann das Lächeln nicht mehr aufrechterhalten.

»Den ganzen weiten Weg von England! Ihr Gesicht kam mir bekannt vor, aber ich konnte es nicht gleich einordnen, vielleicht wegen der Frisur. Aber als Sie den Mund aufmachten, mit diesem Akzent, und ich näher hinsah, da war's eindeutig … Susannah hat gar nicht erwähnt, dass sie Besuch hat! Ist Ihre Mutter endlich mal gekommen?« Sie schaut hinter mich, als könnte sich meine Mutter bei den Baguettes materialisiert haben. »Ich kann es gar nicht erwarten, sie kennenzulernen.«

»Nein! Wie bitte? Nein. Meine Mutter ist nicht hier.«

»Oh. Schade. Dann sind Sie allein mit dem Kleinen gekommen?«

»Ja.«

»Ach so. Na dann, herzlich willkommen! Wie lange werden Sie bleiben?«

»Eigentlich reisen wir heute Nachmittag ab.« Ich reiche ihr ein paar Dollarscheine. »Aber, verzeihen Sie – kannten Sie meine Mutter?«

»Oh sicher – also, ich meine – wir sind uns nicht begegnet, aber Sie sehen genauso aus wie sie. Unverkennbar, trotz der süßen Kurzhaarfrisur.«

»Moment mal, verzeihen Sie, aber ich frage mich gerade … Woher wissen Sie, wie meine Mutter aussieht, wenn Sie ihr nie begegnet sind?«

»Von den Plastiken natürlich. Hat sie Ihnen die nicht gezeigt? Du meine Güte. Sie müssen sie überreden, Ihnen ihre Elena-Plastiken zu zeigen. Sie werden Ihnen gefallen. Wenn sie mit Ihrer Mutter verreist war, hat sie nie Fotos, sondern immer eine wunderschöne Plastik vom Gesicht Ihrer Mutter gemacht. Da haben sich über die Jahre einige angesammelt, und sie sind wunderschön. Wirklich, durch die Elena-Plastiken habe ich Sie erkannt. So schön! Die Züge wie gemeißelt – bei Ihnen beiden! Wahre Schönheiten!«

»Was sagten Sie gerade? Susannah und meine Mutter sind zusammen verreist?«

Maggie nickt, aber ihr Lächeln schwindet. Die Halssehnen sehen sehr straff aus, als könnte sie ihren Kopf nur mit äußerster Anstrengung halten. »Erst letzten Monat waren sie zusammen in Oaxaca, nicht wahr? Ich finde es wunderbar, wenn eine Freundschaft so lange über eine so große Entfernung hält. Ihre Mutter ist ein wunderbarer Mensch, nach allem, was ich höre.«

»Verzeihen Sie, nein, ich glaube, Sie haben da etwas missverstanden. Meine Mutter ist mit Susannah nicht verreist.« Soll ich erklären, dass meine Mutter vorigen Monat am Tropf hing und Morphium bekam?

Maggie zieht die Brauen zusammen. Ihre Wangen färben sich nelkenrosa. Eine Hand fährt an den Bob und prüft den Sitz der Locken.

»Machen Sie sich keine Gedanken.« Ich bringe ein Lächeln zustande, um die Peinlichkeit zu übergehen. »Es spielt keine Rolle. Was Sie da über die Plastiken sagen, klingt interessant.«

»Nun ja, sie sind schön, wirklich. Sprechen Sie Susannah darauf an. Sie hat sie wohl im Atelier. Oder sind sie jetzt in der Galerie gelagert? Für gewöhnlich zeigt sie sie keinem, dabei sind sie weiß Gott phänomenal, aber bei Ihnen macht sie bestimmt eine Ausnahme, muss sie einfach.«

Sie wendet sich ab, um den Kaffee abzufüllen. Als sie mir den Pappbecher über die Theke reicht, lächelt sie zwar noch, aber es wirkt sehr angespannt. Dann steckt sie mir zwei Muffins in eine Tüte. »Und wie wär's mit einem Keks? Möchte der kleine Bursche einen Keks haben? Einen Hafer-Rosinen-Keks oder einen mit Schokosplittern?« Sie nimmt einen und beugt sich damit über den Ladentisch. Mit großen Augen streckt Finn die Hand danach aus. »Da hast du ihn, Schätzchen«, sagt sie. »Nein, nein, behalten Sie Ihr Geld.« Sie winkt ab, als ich ihr meine Dollarscheine hinhalte. »Das geht aufs Haus. Und Sie müssen auch meine Mohnmuffins probieren, hier – Susannah findet sie köstlich. Die schenke ich Ihnen auch. Grüßen Sie Susie von mir.« Sie reicht mir die Tüte. »Ist sie nebenan in der Galerie?«

Ich nicke, frage, ob ich nicht doch bezahlen soll, bedanke mich und gehe mit Tüte und Kaffee hinaus.

Als ich die Tür zuziehe, schaue ich über die Schulter und begegne ihrem Blick. Hastig sieht sie weg. Aber sie ist sichtlich verwirrt.

Gegenüber der Bäckerei liegt der Drugstore. Er ist noch geschlossen – es ist erst zwanzig vor neun. Ich spähe durch die Scheibe. Ein weißhaariger Mann beugt sich gerade über den Ladentisch. Als er mich sieht, kommt er die Tür aufschließen.

»Entschuldigung, Sie haben noch gar nicht geöffnet.«

»Doch, sicher, kommen Sie nur herein. Für eine hübsche Dame mache ich gern früher auf.« Charmant lächelnd tritt er beiseite.

Wir gehen durch den Laden und finden das Windelregal. Ich kaufe eine kleine Packung und Feuchttücher, und Finn darf sich eine neue Lerntasse aussuchen. Er nimmt eine mit einer gelben Ente darauf. Auf dem Weg zur Kasse fällt mein Blick auf die Schwangerschaftstests. Ich sollte einen machen. Nachdem sie mir den Gedanken in den Kopf gesetzt hat, will ich es wissen.

Der Ladenbesitzer ist ein gesprächiger Typ. Er fragt, ob ich Australierin bin, und erzählt mir von seiner Tante in Liverpool. Dann meldet mein Handy den Eingang einer SMS. Mit einer Entschuldigung ziehe ich es aus der Tasche, während er meine Einkäufe einpackt.

Es sind sechs – alle von Doug. Ich will sie nicht lesen. Im nächsten Moment kommt eine von Alice an. Ich öffne sie.

> Rufe Dich gleich an – bin in einer Sitzung – hast Du Dich bei Doug gemeldet?

Ich schreibe sofort zurück.

> Ja. Ruf mich gleich an! Bin kurz in der Stadt. Im Haus kein Netz.

Ich nehme die Tüte vom Ladenbesitzer entgegen, der jetzt nicht mehr ganz so freundlich guckt. Er findet es wohl recht unhöflich, in seiner Gegenwart SMS zu schreiben.

Ich bin mir nicht sicher, ob wir wirklich am Samstag zurückfliegen. Eigentlich weiß ich nicht einmal mehr, welcher Wochentag heute ist – Montag oder Dienstag vermutlich. Aber es ist besser, wenn Doug wegen Finn ein sicheres Gefühl hat. Er braucht eine Erklärung für diese Reise, muss wissen, dass ich unser Kind nicht entführt habe – da spielt es keine Rolle, ob ich mich um einen Tag vertue. Die genaue Ankunftszeit kann ich ihm später noch mitteilen.

»Komm, Schatz«, sage ich zu Finn. »Wir müssen gehen.«

»Nein.« Er hockt sich vor die Süßigkeiten.

Mein Handy summt. Ich sehe nach. Da ist die Antwort meines Vaters.

An: Kali
Von: G. K. MacKenzie
Betreff: Re: Entschuldigung

Liebe Kali, ich bin erleichtert, dass Du mit Finn die Insel verlässt. Offenbar hast Du einiges über Deine Mutter erfahren, und ich nehme an, Du hast das tun müssen. Bitte, mach Dir aber klar, dass Susannah Dir nur eine Seite der Geschichte darstellen wird, und ich bezweifle, dass sie Dir überhaupt die Wahrheit sagt. Als Tochter hat man nicht automatisch das Recht, alles über seine Eltern zu erfahren. Unsere Vergangenheit ist nichts für die Öffentlichkeit. Deine Mutter hatte sich entschieden, einiges von früher für sich zu behalten, und Du solltest ihren Wunsch respektieren, besonders jetzt. Zwar ist es heutzutage üblich geworden, jede Kleinigkeit auszugraben, aber ich wurde noch anders erzogen. Meine Mutter sagte immer: »Je weniger geredet wird, desto rascher wird alles wieder gut«, und ich fand das Sprichwort immer zutreffend. Das mag altmodisch sein, aber diese Haltung hat Deiner Mutter und mir all die Jahre sehr genützt. Allerdings gibt es nun vieles, über das wir unausweichlich sprechen müssen. Da es nicht angemessen wäre, das per E-Mail zu tun, bitte ich Dich, mir zu schreiben, wann Du am Flughafen ankommst.
G

Ich gehe ein paar Schritte vom Ladentisch weg und drehe dem Mann den Rücken zu. Dabei tippe ich wütend meine Antwort.

An: G. K. MacKenzie
Von: Kali
Betreff: Re: Entschuldigung

JA, wir müssen reden! Ich weiß, Ihr habt ein Recht auf Eure Geheimnisse oder was auch immer – aber ich bin nicht die Öffentlichkeit. Und das sind keine Kleinigkeiten. Mums Vergangenheit ist auch meine – solche Dinge wirken sich über Generationen aus, auch wenn sie verheimlicht werden. An schmerzlichen Details – wer was in Eurer Beziehung getan hat – bin ich nicht interessiert, aber ich habe das Recht, ein paar Dinge über meine Mutter zu erfahren, nämlich, warum sie so zu mir gewesen ist. Das heißt, ihre Vergangenheit ist in gewisser Weise auch meine – und vor allem meine Gegenwart. Ich will einfach wissen, wer sie war! Warum ist das so schlimm? Ich weiß nicht genau, welchen Flug wir haben, aber ich gebe Dir noch Bescheid. Tut mir leid, wenn Dich das alles sehr aufwühlt, aber uns geht es gut.

Kal

Finn singt wieder vor sich hin, lauter Unsinnsworte, und zieht Pastillendosen aus einem Regal. Ich knie mich hin und räume sie zurück. Dann klingelt mein Handy. Entschuldigend nehme ich es aus der Tasche. Mir ist bewusst, wie fürchterlich mein Benehmen auf den Ladenbesitzer wirken muss, der mich inzwischen frostig anblickt. Aber es ist Alice – ich kann den Anruf nicht ignorieren.

»Okay. Wo bist du?«, fragt sie.

»Auf Spring Tide Island, mitten im Nirgendwo. Aber ich kann jetzt nicht richtig reden. Finn ist bei mir, und wir stehen in einem Laden. Er zieht Waren aus den Regalen. Ich war gerade dabei, ihn zum Gehen zu bewegen.«

»Was machst du da überhaupt?«

»Okay, die Kurzfassung – nein, Schatz, lass das.« Ich manövriere Finn von den Pastillendosen weg. »Ich bin bei einer alten Freundin von Mum. Sie heißt Susannah und war eine Kommilitonin. Ich hab so viel Verblüffendes von ihr erfahren. Unsere Mutter war Walforscherin an der Küste von British Columbia. Hast du das gewusst? Sie fotografierte wild lebende Schwertwale und hat ihre Laute aufgenommen – Finn, leg das wieder hin, nein, leg das jetzt hin, ja, sofort. Sie war an diesem riesigen Naturschutzprojekt hier oben beteiligt, und sie hat Dad verlassen –

sie haben sich getrennt –, und sie kaufte ein Stück Land – Finn, NEIN – irgendwo am Arsch der Welt …«

»Kal, kannst du mal langsamer reden? Du bist so schwer zu verstehen.«

»Ich weiß. Das ist ein bisschen viel auf einmal. Gerade habe ich Dad gemailt. Er macht mich total wütend, sagt immer, wir werden reden, aber ehrlich, du müsstest das hier sehen. Es ist unglaublich. So einsam und groß und wild – Finn, leg das hin, Schatz, und komm. Komm jetzt! Und sie hat hier gelebt, in einem Floßhaus auf einer Insel, so was wie einer Hütte, einem Haus auf einem Floß. Ich glaube, das gibt es sogar noch, irgendwo auf einer Inselgruppe. Da hat sie gelebt, während sie die Schwertwale erforschte. Und unser Großvater, also Mums Dad, war ein gewalttätiger Trinker, der unsere Großmutter auf dem Gewissen hat. Hat ihren Wagen vor einen Baum gefahren, weil er betrunken war. Da war Mum acht Jahre alt. Himmel, Alice, hast du davon etwas gewusst? Hat sie mal mit dir darüber gesprochen?«

»Kal – du bist fast nicht zu –«

»Unsere Mutter war eine Schwertwalexpertin! Sie besaß ein Floßhaus in British Columbia!«

»Was? Das klingt …« Alice verstummt für einen Moment. »Ist mit dir alles in Ordnung, Kal?«

»Mir geht's absolut prima! Das ist alles wahr. Dad hat das mit unseren Großeltern bestätigt. Und Susannah hat mir alles über die Wale erzählt – ich wüsste nicht, warum sie lügen sollte.« Finn zieht an einer Verkaufsschachtel mit Lippenpflegestiften. Der Man beugt sich über den Ladentisch und droht mit dem Finger.

»Finn – nein!« Ich greife nach seiner Hand. Er reißt sie weg.

»Was hast du gesagt?«, ruft Alice. »Die Verbindung wird immer schlechter.«

»Hör zu, ich muss jetzt Schluss machen. Finn nimmt den ganzen Laden auseinander. Aber das ist eine große Sache, Alice. Das erklärt mir, warum Mum mir gegenüber immer so kompliziert war und dir gegenüber nicht. Ich denke, sie musste das alles hinter sich lassen, meinetwegen, obwohl sie hier mit Leib und Seele dabei war. Und vielleicht wurde sie durch mich ständig daran erinnert. Aber ich muss jetzt auflegen, wegen Finn. Ich ruf dich später an, okay? Bei Susannah im Haus gibt es kein Internet und keinen Mobilfunkempfang, aber heute Nachmittag fahren wir nach Vancouver zurück, dann sind wir wieder in der Zivilisation. Okay?«

»Aber Mum hätte uns doch sicher etwas davon erzählt. Bist du sicher, dass man dieser Susannah glauben kann?«

»Ganz sicher.« Ich versuche, Finns Finger von der Schachtel zu lösen. Der Ladenbesitzer kommt schon um die Theke herum. »Ziemlich sicher. Ich weiß nicht. Jedenfalls bin ich heute Abend in Vancouver wieder in derselben Pension, und dann rufe ich dich an.«

»Aber ich will wissen, was du noch alles entdeckt hast.«

»Hauptsächlich das mit den Walen und ihren Eltern. Wir reden später weiter, ja?«

»Aber ich wusste überhaupt nichts davon.« Plötzlich klingt sie, als wäre sie erst acht.

»Ich auch nicht. Bist du jetzt froh, dass ich hierhergeflogen bin? Ich bin's jedenfalls. Also, ich muss jetzt wirklich auflegen. Bis später dann. Mach dir keine Sorgen.«

»Na gut.« Ausnahmsweise sagt meine kleine Schwester mal nicht, dass ich auf mich aufpassen soll, und fragt auch nicht, ob das wirklich klug ist, was ich tue.

Ich lege auf und entschuldige mich bei dem Mann, der mich sichtlich furchtbar findet. Mit einer Hand klaube ich Lippenpflegestifte zusammen und halte mit der anderen Finn davon weg. Dabei wird mir klar, dass ich genau das Verhalten an den Tag lege, das ich bei anderen Leuten nicht ausstehen kann. Schließlich trage ich den tretenden und heulenden Finn zur Tür hinaus. Als die sich hinter mir schließt, schaut mir der Mann verächtlich hinterher.

Ehe ich das Handy einstecken kann, höre ich eine E-Mail ankommen. Ich schaffe es nicht, sie zu ignorieren.

Von: G. K. MacKenzie
An: Kali
Betreff: Genug

Ja, wir können das Gespräch unmöglich per E-Mail führen. Bitte, ruf mich sofort an, wenn Du zu Hause ankommst.
G

Er hat recht.

Zurück in der Galerie rufe ich laut Hallo. Es kommt keine Antwort. Aber von oben ist Susannahs Stimme zu hören. Sie geht auf und ab.

Maggies Äußerungen wundern mich. Vielleicht hat sie etwas falsch verstanden, was Susannah gesagt hat. Sie muss meine Mutter mit einer anderen alten Freundin verwechselt haben. Oder vielleicht darf man sich nicht so ganz darauf verlassen, was Maggie sagt. Sie wirkte eindeutig verwirrt. Wenn man hier lebt, verliert man wohl den Bezug zur Realität. Andererseits konnte sie mich doch nur erkennen, wenn sie das Gesicht meiner Mutter schon mal gesehen hat.

Ich setze mich hin und halte Finn zwischen den Knien. Zum Glück hält ihn der Keks beschäftigt. Er beißt ab und hält ihn mir hin, damit ich ebenfalls abbeiße.

Ich tue es. »Lecker.« Er ist entsetzlich süß und schmeckt aufdringlich nach Zimt. Es ist erst neun Uhr morgens, und ich lasse mein Kind Kekse essen.

Er stopft sich mehr davon in den Mund. Der Keks ist riesig, aber ich ahne schon, dass Finn ihn bis zum letzten Krümel verputzen wird, selbst wenn er pappsatt ist – er kann sein Glück nicht fassen. Einen Moment lang stelle ich mir die Mütter aus der Spielgruppe mit ihren Tupperschalen voll Bioreiscrackern vor, die natürlich ungesalzen sind.

»Das ist ein wirklich großer Keks.« Ich ringe mir ein Lächeln ab.

Unter den Ponyfransen schaut er mich mit großen Augen an

und mampft. Ich sehe den Zweifel darin. Wann wird sie ihn mir wegnehmen?, denkt er. Er wappnet sich schon, um den Keks mit seinem Leben zu verteidigen. Ich trinke einen Schluck Kaffee und verbrenne mir die Lippen. Dann schaue ich auf die Einkaufstüte.

Jetzt, wo ich den Schwangerschaftstest habe, werde ich ihn auch machen. Sonst hätte ich zehn Dollar zum Fenster hinausgeworfen. Also kann ich es genauso gut tun. »Wir gehen jetzt zur Toilette, Schatz. Komm. Komm mit Mummy mit.« Ich stelle den Kaffee ab, nehme Finn an die Hand und gehe in die Toilette. Ich schließe ab. Der Ventilator springt an. Es riecht nach Lavendel. An der Wand gibt es Seife und Handcreme und einen Diffuser mit Holzstäbchen. Natürlich sollte ich Finn in der Toilette nicht essen lassen, aber wenn ich ihm den Keks wegnehme, wird er heulen, und draußen bei den Keramiken kann ich ihn auch nicht lassen. Ich stelle mir vor, wie er geschickt wie ein Bergsteiger an dem Regal hochklettert.

»Nichts anfassen, okay? Nichts anfassen.« Er kaut demonstrativ, dann patscht er auf den Abfalleimer. Es scheppert befriedigend. Er haut noch einmal.

Ich lasse die Tür der Kabine offen, damit ich ihn sehen kann.

»Gleich bekommst du eine frische Windel. Einverstanden? Sobald ich auf dem Klo fertig bin.«

»Nein«, sagt er mit vollem Mund.

Ich nehme das Päckchen aus der Papiertüte. Daran ist Susannah schuld – mit ihrer Bemerkung, sie habe es gleich gespürt, als ich auf ihrer Schwelle stand. Daran ist nur sie schuld.

Als ich aus der Toilette komme, steht Susannah am Fenster und schaut in den Regen. Ihre Haare sind zusammengedreht und mit der silbernen Wespenspange hochgesteckt. Aufrecht und breitschultrig steht sie da. Als sie die Tür hört, dreht sie sich um.

»Alles in Ordnung?« Sie sieht Finn und den halb verputzten Keks an. Ich weiß, was sie denkt: Nur eine unmögliche Mutter gibt ihrem Kind einen Riesenkeks zum Frühstück und lässt es damit sogar zur Toilette gehen. Aber mir ist, als ob ich schwebe. Ich spüre meine Füße nicht.

»Alles in Ordnung?«, fragt sie wieder.

»Ja, danke.« Erstaunlicherweise klinge ich recht normal.

»Ihr beide wart also in der Bäckerei?«

Ich nicke.

»Haben Sie …« Sie reckt das Kinn. »Haben Sie Maggie kennengelernt?«

Ich nicke noch einmal.

»Was hat sie gesagt?« Sie sieht mich forschend an.

Ich bücke mich nach der Bäckertüte und strecke sie ihr langsam hin. »Sie hat mir etwas für Sie mitgegeben.«

Sie nimmt sich einen Muffin. Ich nehme mir auch einen und beiße hinein, schmecke aber nichts. Der Mohn ist wie Sand und mein Mund trocken. Der Raum wirkt geschrumpft, und ich schwebe darin sehr groß und aufrecht ein paar Handbreit über dem Boden.

Susannah dreht sich kauend weg und zeigt auf die Keramikfische. »Die hat ein junger Töpfer aus Vancouver gemacht.« Sie klingt gut gelaunt und tüchtig. »Ein großes Talent.« Diese Susannah erlebe ich zum ersten Mal – Susannah, die Galeristin, die Expertin, die fachliche Autorität. Ich folge ihr, wobei ich Finns klebrige Hand entschlossen festhalte.

Die Fische sind rundlich wie Mandarinen und schimmern. Die Schuppen sind mit Silber- und Blautönen glasiert. Ich betrachte sie von allen Seiten. Wenn die Schuppen das Licht einfangen, scheinen sie sich zu bewegen.

»Schau, die Fische«, sage ich zu Finn. Er ist nicht sehr beeindruckt. Er hat eine Zimtschnute.

Susannah erklärt die Glasur- und Brennverfahren und die Oxidation im Ton.

Auf einem Brett darüber steht ein großer, dicker Fisch mit blau-grünen Schuppen. Er ist hohl, und in dem Hohlraum liegt etwas. Ich neige mich näher heran. Es ist ein hellblau gesprenkeltes Ei. Wir betrachten es alle drei. Ich muss an das winzige

Wesen in mir denken, an die sich eifrig teilenden, wachsenden Zellen.

Dann fällt mir die Beinschnitzerei aus der Schatulle meiner Mutter ein, der Fisch mit dem grinsenden Wesen im Bauch. Die Schatulle liegt in meinem Koffer in Susannahs Haus. Die hatte ich ganz vergessen.

Das Schwebegefühl verschwindet abrupt. Ich sehe Susannah an, die aus den Augenwinkeln meinen Blick erwidert. Ihre Augen haben die Farbe der hellsten, schillerndsten Schuppen des großen Mutterfischs.

BRITISH COLUMBIA 1977

Zum Krankenhaus schaffte sie es nicht. Als die Fruchtblase platzte, war sie allein im Boot. Sie stand schon im Nachthemd an der Spüle und kratzte angebrannte Milch vom Topfboden. »Scheiße.« Sie sah nach unten. »Nein. Noch nicht.« Es lief ihr warm die Beine hinunter. Dann stand sie mit nackten Füßen in einer Pfütze. Drei Wochen zu früh. Und er würde vor morgen nicht zurückkommen. Das durfte nicht wahr sein.

Sie zwang sich, ruhig nachzudenken. Es könnte noch Stunden dauern, bis wirklich etwas passierte. Sie würde ihren Mantel überziehen und zum Nachbarboot gehen. Ted würde die Hebamme anrufen. Im Grunde war sie nicht allein. Der Kai war voller Leute, die nach Kräften helfen würden.

Es zeigte sich aber, dass es nicht ablaufen würde wie in den Schwangerschaftsbüchern. Der erste Schmerz durchzuckte ihren Unterleib, sowie sie sich von der Spüle wegdrehte, um sich die Hände abzutrocknen. Sie lehnte sich gegen den Unterschrank und hielt sich an der Kante fest, während der Schmerz vom Becken in den Rücken und die Beine ausstrahlte. Dann ließ er nach. Sie richtete sich auf. Sie ging zum Bett, um sich den Pullover anzuziehen, und wurde auf dem Weg dorthin von der nächsten Wehe überrollt, die stärker war als die erste.

Das sollte so nicht sein. Angeblich ging es gemächlich los. Es sollte nicht gleich von Anfang an so wehtun. Wenn die Wehen im Frühstadium schon so stark waren, würde sie die Schmerzen am Schluss nicht überleben. Sie rollten eine nach der anderen heran, fast ohne Pause. Vielleicht weil sie im Bauch eines Bootes war, in dieser dunklen, sicheren, primitiven Höhle? Wenn sie an Deck ginge, an die kalte Abendluft, würden sie vielleicht aussetzen. Dann vergaß sie ihren Mantel und den Gang zum Nachbarboot, denn die Schmerzen überwältigten sie. Sie begegnete jeder Woge auf Händen und Knien mit hängendem Kopf, schwankend und wie eine Kuh brüllend. Das ließ sich nur überstehen, wenn man kapitulierte. In einem halb klaren Moment begriff sie, was die Walkuh gefühlt haben musste, als sie in dem kleinen Becken ihr Kalb gebar – und das war gewissermaßen befreiend. Sie fühlte sich überhaupt nicht gefangen, weil mit jeder Schmerzwelle die Wände des Bootes, der Regen auf dem Dach, das Klirren der Ankerringe und das Klatschen am Rumpf verschwanden – es gab nichts Einengendes mehr. Ihr Körper und seine Vorgänge wurden ihre ganze Welt.

Wie lange das so ging, wusste sie nicht. Aber plötzlich veränderten sich die Kräfte – ein paar Minuten lang passierte nichts. Fast war es, als schliefe sie. Dann sammelte sich in ihr eine neue Gewalt, und unwillkürlich begann sie mit ungeahnter Kraft zu pressen. Ein rasendes Brennen setzte ein. Sie fasste sich mit beiden Händen zwischen die Beine und fühlte bestürzt etwas Hartes, Rundes, Nasses hervortreten. Kurz schwanden ihr die Sinne, als sie ein eigenartiges Gefühl durchschoss, und dann hockte sie gegen die Wand gestützt und schaute auf das schlierige Baby in ihren Händen – die Nabelschnur baumelte zwischen den Oberschenkeln – und die Riesenpfütze ringsherum, die wie ein See aussah. Sie schaute. Es war ein richtiges Baby, ihr Baby. Hellblau war es wie eine Glockenblume, bedeckt mit weißer Käseschmiere und verziert mit Blutkränzen.

Als sie den kleinen Körper in die Arme nahm, stieß er ein Geheul aus, und zehn winzige Finger spreizten sich. Sie fühlte, wie sich ihre Lungen blähten, sie hörte sich lachen und weinen, und dann fing sie an zu zittern. Heftig. Sie zitterte so stark, dass sie fürchtete, das Kind könnte ihr aus den Händen gleiten.

Ted kam die Stufen herabgestürmt und blieb in der Tür stehen. »Heilige Mutter Gottes, Elena, du hast das Kind gekriegt.« Er kniete sich hin, griff eine Decke vom Sessel und hängte sie ihr um. Seine Klodeckelhände zitterten ebenfalls. »Du hast das Baby gekriegt, Elena!«

»Ted.« Ihre Stimme kam merkwürdig normal. »Du musst die Hebamme anrufen. Die Nummer hängt neben dem Herd.«

Sandra kam herunter, als Ted hinaufpolterte, um zur Telefonzelle zu laufen. Sie machte sich sofort nützlich, selbst vierfache Mutter, zweifache Großmutter. Mit einer Sorgenfalte auf der Stirn, aber ruhig holte sie, was benötigt wurde.

»Alles ist gut, Sandra«, sagte sie. »Mach dir keine Gedanken. Uns geht es gut.« Aber sie konnte nicht aufhören zu zittern.

Die Hebamme traf ein, und plötzlich war das Boot voller Leute, die eifrig umherliefen und durcheinanderredeten. Die Hebamme war eine dünne runzlige Person mit langen sauberen Fingern, die keine Zeit verlor. Sie untersuchte den Säugling, dann nahm sie Elenas Handgelenk, maß den Puls und untersuchte ihren Unterleib.

»Ist schnell gegangen, hm?«

Elena nickte.

»Wollte nicht mal auf Daddy warten.«

Elena lächelte schwach. Ihr klapperten die Zähne.

»Alles in Ordnung. Das Zittern kommt von der Anstrengung«, sagte die Hebamme. »Gleich geht's Ihnen besser. Aber Sie müssen jetzt den Mutterkuchen ausstoßen.«

Sie breitete Handtücher und ein Laken aus und gab Anweisungen, als wäre das zu dem Zeitpunkt noch nötig. Aber Elena konnte den Blick nicht von ihrem Baby wenden, das jetzt rosig war und wie Tau im Gras und frische Luft roch. Die Hebamme sagte etwas von der Macht der Endorphine. »Da kommt er schon«, murmelte sie. »Da kommt er. Noch ein Mal pressen.«

Schließlich beruhigten sich alle. Ted machte Toast mit Butter und brummte etwas in seinen grauen Bart, während Sandra den Boden aufwischte. Elena ließ sich von der Hebamme in die Koje helfen. Ihre Beine zitterten noch immer. Sie fühlte sich wie zerschlagen und hatte ein Brennen im Unterleib. Jemand stellte ihr eine Tasse mit heißem, süßem Tee ans Bett.

Das Baby hatte eine Windel bekommen, war mit einem weißen Strampler und einer Mütze bekleidet in die blaue Decke gewickelt, die Susannah im festen Glauben an einen Jungen gestrickt hatte. Die Hebamme schob Elena in die richtige Seitenlage und legte ihr das Kind an die Brust, bis das Mündchen sich um die Brustwarze schloss.

In den Tagen und Wochen nach der Geburt befiel Elena bei jedem Stillen das Gefühl, die Wände kämen ihr entgegen. Es war nicht möglich, sich zu bewegen. Sie musste da sitzen, bis das Kind satt war. Es war eine Qual. Es war völlig ungewohnt, so lahmgelegt zu sein und so viel Zeit zum Nachdenken zu haben. Manchmal, wenn sie allein unter Deck saß und zum x-ten Mal innerhalb weniger Stunden stillte, meinte sie, sie müsse zerspringen. In tausend scharfe, bösartige Scherben.

Bald begriff sie, was das Problem war: nicht das Baby – dieses makellose kleine Wesen –, auch nicht das ständige Stillen, sondern die gemeinsame Zukunft. Die konnte sie sich auf einmal nicht mehr vorstellen. Es gab keine Zukunft, die für sie alle drei funktionierte. Und sie hatte viel zu viel Zeit, darüber nachzudenken.

Eines Nachts, als sie im Bett aufrecht im Dunkeln saß, stillte und noch mal stillte, die Wellen an die Bootswand schlugen und der Wind draußen heulte, sodass alles knarrte und schaukelte, da begriff sie, dass dies das Ende sein könnte. Und nachdem sie das begriffen hatte, wurde sie von einer panischen Angst erfasst.

Während der Schwangerschaft war sie sich völlig sicher gewesen. Wie albern. Wenn sie jetzt daran zurückdachte, war die Naivität gigantisch. Vielleicht hatte das an den Hormonen gelegen oder an ihrer Sturheit oder sie waren zu beschäftigt gewesen, um richtig darüber nachzudenken. Obwohl sich ihr Leben rasend schnell verändert hatte, war ihr die Schwangerschaft richtig vorgekommen. Aber jetzt war es, als hätte jemand das Licht angemacht und ihr gezeigt, dass in einem scheinbar ordentlichen Raum in Wirklichkeit das totale Durcheinander herrschte.

Sie waren beide Menschen, die im Hier und Jetzt lebten und ihr Ding durchzogen – er tat das noch. Aber jetzt gab es ein sehr reales, forderndes Baby, für das gesorgt und geplant werden musste. Er war offenbar imstande, weiter für den Augenblick zu leben, sie dagegen nicht.

Er hatte zwar recht: Vorerst brauchte sich nicht viel zu ändern. Babys konnten getragen werden. Denen war es egal, wo sie waren. Wenn sich das Wetter besserte, würde sie wahrscheinlich weiter mit dem Zodiac hinausfahren können. Zu Hause auf dem Boot könnte sie die Tonaufnahmen auswerten, wenn das Baby schlief. Der kommende Sommer wäre zu handhaben. Sie dachte an das vergangene Jahr zurück, in dem sie mit Dean und Jonas den ganzen Tag auf dem Meer gewesen war und manchmal draußen am Feuer geschlafen hatte. Das ginge auch mit einem Säugling.

Als die Herbststürme eingesetzt hatten, war sie im Umgang mit der Kamera und in der Identifizierung der Wale versiert – sie erkannte sogar einige schon von Weitem, an der Form der Finne oder an ihrem Spielverhalten. Sie kannte die Schulen und Mutterlinien und hatte sich viele Namen gemerkt. Vor allem aber hatte sie angefangen, den Tieren zuzuhören. Und diese Arbeit musste sie fortsetzen.

Es war erst Februar, aber in zwei Monaten würden wieder nach und nach Leute auf die Inseln kommen. Wenn sich die Schwertwale zur Lachswanderung einfanden, würden wieder Meeresbiologen, Fotografen, Walenthusiasten, Kajakfahrer und sogar einzelne Filmcrews hierherkommen. Diese Schwertwal-Pilger waren jetzt ihre Sippe. Sie konnte sich überhaupt nicht vorstellen, sich ihnen dieses Jahr nicht anzuschließen. Dieses Jahr zumindest würde sie das noch können.

Aber danach war die Zukunft wie eine weiße Wand, und das machte ihr Angst.

Was den Sommer anging, musste sie realistisch sein – die Feuchtigkeit, die Mücken. Selbst im Hochsommer konnte das Wetter scheußlich sein. Dann kauerten sie mit der Thermosflasche voll Kaffee in schwerer Regenkleidung zusammen, warteten auf einen Funkspruch, starrten auf die Seekarten und waren am Ende nass, durchgefroren und frustriert. Aber sie könnten ein Regendach über dem Zodiac aufspannen. Sie würde das Baby warm einpacken. Das Wetter war kein unumstößliches Hindernis.

Aber das Heranwachsen vielleicht schon. Mit einem größeren Baby würde die Lage komplizierter werden. Ein Krabbelkind ließ sich nicht zehn Stunden am Tag auf einem dreieinhalb Meter langen Schlauchboot halten. Oder doch? Und wenn es anfing zu laufen? Und wenn es ins Schulalter kam? Und wie sah es mit Geld aus?

Es musste eine Lösung geben. Gerade erst hatte sie entdeckt, was für ein Leben sie führen wollte. An dem Tag, als sie mit ihrem Rucksack übers Unigelände lief und der Sonnenaufgang den Himmel rosa färbte, hatte sie ihre Zukunft so klar vor sich gesehen. Sie dachte an Deans gelassene Miene, als sie am Feuer saßen und er ihr erzählte, seine Frau habe ihre Karriere als Anthropologin aufgegeben, um ihr Kind großzuziehen.

Sie schaute auf den kleinen Kopf an ihrer Brust. Sie durfte das nicht aufgeben. Was für eine Mutter würde sie sein ohne ihre Forschung? Ohne ihre Arbeit wäre das Muttersein eine langsame Strangulation. Sie brauchte beides.

Rational bleiben, das war jetzt wichtig, denn es musste einen Weg geben. Doch ein leiser Gedanke sagte ihr, die Walforscher seien nicht ohne Grund alle Männer.

Vielleicht fänden sie ein normales Haus in einer der größeren Holzfällergemeinden weiter nördlich. Dann wäre sie wenigstens nah bei den Orcas. Aber sie konnte sich nicht vorstellen, Windeln zu waschen, während die anderen zu den Sichtungsstellen fuhren und die Tiere katalogisierten. Eine Rückkehr nach Kalifornien oder sogar Seattle stand außer Frage. Ihr Leben war hier, hier im Norden, da draußen auf dem entschieden babyfeindlichen Meer.

Und wenn sie sich eine Hilfe nähme? Aber selbst wenn sich eine fände, könnten sie sie nicht bezahlen. In ihrer Verzweiflung dachte sie sogar an Susannah. Es war klar, warum Susannah die Stelle in Victoria angenommen hatte – obwohl die Bezahlung eine ganze Gehaltsstufe niedriger und das Kunstseminar schlecht ausgestattet war.

Susannah kannte sich mit kleinen Kindern aus. Sie hatte ihre beiden Brüder großgezogen. Die hatten bis zu ihrer Einschulung geglaubt, Susannah sei ihre Mutter. Das hatte sie ihr mal erzählt. Die Brüder hatten vergessen, dass es mal jemand anderen in der Familie gegeben hatte. Zu der Zeit war Susannah sechzehn gewesen. Sie würde auf die Bitte, das Kunstseminar aufzugeben und zu ihr aufs Boot zu ziehen, tatsächlich Ja sagen. So schätzte Elena sie ein. Aber natürlich kam das überhaupt nicht infrage. Auf so engem Raum würden sie sich gegenseitig umbringen.

Elena war eine schlechte Freundin gewesen. Susannah war entschlossen, in Kontakt zu bleiben, aber Elena hatte sich für die Päckchen mit den handgestrickten Socken, Schokolade und Stramplern nicht einmal bedankt. Die Fahrt von ihrer Uni war lang, unbequem und einsam, doch Susannah hatte sie schon zwei Mal gemacht, für einen kurzen Besuch mit angespannter Stimmung.

Nein. Susannah durfte nicht die Lösung sein.

Wenn ihr keine andere einfiel, wäre es vorbei mit ihrer Forschung. Das Stipendium war beantragt, und jemand bei der kanadischen Fischereibehörde, den Dean kannte, hatte angedeutet, dass es wahrscheinlich gewährt würde. Drei Jahre Geld für eine Studie zur Korrelation zwischen akustischen Signalen und dem Verhalten von Orcas – das konnte sie doch nicht sausen lassen.

Neuerdings bekam sie sogar Magenschmerzen, wenn sie an die Schwertwale dachte; so sehr fehlten sie ihr. Sie hatte bereits herausgefunden, dass das Lautrepertoire in freier Wildbahn umfangreich und komplex war – es gab Klicklaute für die Futtersuche und zur Lokalisierung der Familienmitglieder und viele verschiedene gepulste Laute, die unter Wasser meilenweit zu hören waren. Sie hatte schon einen speziellen Pfeiflaut identifiziert, der immer wieder auftrat. Er schien zu heißen: Ich bin hier drüben. Aber es gab noch so viele andere zu entschlüsseln.

Möglicherweise waren auch einige Laute nicht an das Verhalten gekoppelt, und da wurde es erst richtig spannend.

Man durfte sich die akustischen Signale nicht als Worte denken, obwohl es durchaus möglich war, dass einige davon Emotionen oder soziale Bindungen übermittelten – oder aber etwas, was der menschlichen Erfahrung fremd war. Und wie lernten die Wale ihre Sprache? Von der Mutter? Wenn ja, in welchem Alter fingen sie an zu »sprechen«? Es gab so viele offene Fragen. Nein – sie durfte das jetzt auf keinen Fall aufgeben.

Sie schob einen Finger in das Mündchen an ihrer Brust und rückte es zurecht, damit es an der Brustwarze nicht so zwickte. Sie war furchtbar müde, nicht nur vom Schlafmangel und dem ständigen Stillen, sondern auch, weil sie nicht aufhören konnte, sich über die unmögliche Zukunft den Kopf zu zerbrechen. Ihr Arm wurde taub. Sie setzte sich anders hin und schob sich noch ein Kissen unter den Ellbogen.

Sie müsste weiter in den Norden ziehen, wo sich die Orcas im Sommer in Scharen versammelten, weil es abgeschieden und still war – weit weg vom Schiffslärm. Aber wäre es denn möglich, dort ein Kind sicher aufzuziehen? Wenn sie weiter nördlich an der Küste und zwischen den Inseln entlanggefahren waren, hatten sie schon mal ein paar Kinder über Felsbrocken klettern und in Gezeitentümpeln spielen sehen. Dort gab es Gemeinden, die aus Floßhäusern bestanden. Die hatten Schornsteine und manche sogar kleine Gärten mit Blumen und Gemüse.

Die Floßhäuser gingen ihr im Kopf herum. Das waren richtige Heime für Familien, keine engen, stinkenden, gebrauchten Boote, die leckten und Öl und Rauch spuckten. Zwar waren sie klein, hatten aber richtige Zimmer und gehörten zu einer richtigen, wenn auch winzigen Gemeinde. Jetzt fiel ihr ein, dass einer der Orca-Typen mal erwähnt hatte, dass sich die Inseln da oben ein Schulboot teilten. Es fuhr herum, sammelte jeden Morgen die Kinder ein und brachte sie am Abend zurück.

Wenn sie solch eine Gemeinde fände, gäbe es vielleicht eine Zukunft, mit der sie alle drei glücklich würden.

Sie lehnte sich gegen die Holzverkleidung. Das Floßhaus war der Keim eines Plans. Sie würde auf die Machbarkeit vertrauen müssen. Ihr fielen die Augen zu. Sie ließ das Baby weiternuckeln und schlief ein. Das Bett war schmal, und sie schlief tief und fest, halb im Sitzen von Kissen gestützt. Aber ihre Arme hielten das Baby sicher. Denn selbst im Schlaf war sie wachsam. Sie würde es nicht loslassen.

11

Im Haus angekommen, biete ich an, ihr beim Auspacken der Lebensmittel zu helfen. Auf dem Heimweg hat sie bei einem Gemischtwarenladen gehalten und gesagt, ich solle mit Finn im Wagen bleiben. Nach wenigen Minuten kam sie mit zwei vollen Papiertüten zurück, die sie in den Kofferraum stellte. Wir fuhren schweigend weiter. Sie wollte ganz eindeutig nicht reden, ich war mir nur nicht sicher, ob sie sauer war oder nur keine Gesellschaft wollte. Jetzt steht sie an der Küchenspüle und wäscht sich die Hände.

Es ist erst zehn Uhr. So ist das, wenn man bei Sonnenaufgang aufsteht. Wie alles in dieser Gegend kommt mir auch der Tag überdimensional vor. Ich linse in die Papiertüten. Sie hat eine erstaunliche Menge Konserven eingekauft, außerdem eine Packung Cracker, vermutlich für Finn, obwohl wir heute abreisen werden.

»Lassen Sie das«, sagt sie. »Das packe ich später aus.« Ich fahre zusammen und sehe sie an wie ein schuldbewusstes Kind, aber sie weicht meinem Blick aus.

Auf dem Boden beim Herd steht noch eine Tüte. Als ich mich zu der umdrehe, schwankt Finn gerade unter einem Glas Gurken, das fast so groß ist wie er. Ich sause hin und nehme es ihm ab, bevor er es auf die Fliesen fallen lässt.

»Setzen Sie sich mit ihm an den Tisch.« Sie steht breitbeinig da und blickt knapp an mir vorbei. Das ist beunruhigend. Mein Blick fällt auf ein Paket Cheerios in der Einkaufstüte. Susannah scheint mir nicht der Typ für Cheerios zu sein – eher der Müsliesser. Jetzt lächelt sie ein bisschen seltsam, schaut aber weiterhin an mir vorbei.

»Ich habe englischen Frühstückstee gekauft und werde uns welchen kochen.«

»Soll ich das übernehmen?«

»Nein«, sagt sie barsch. »Setzen Sie sich mit dem Kind dorthin. Ich gebe ihm gleich Milch.«

Ich frage mich, ob sie den Schwangerschaftstest in meiner Tasche gesehen hat. Vielleicht geht es darum. Mir scheint, sie weiß es. Aber ich will auf keinen Fall mit ihr darüber sprechen. Dann denkt sie womöglich, sie hätte recht mit ihrer komischen Aura-Geschichte.

Ich gehe mit Finn an den Esstisch. Darauf liegt eine Zeitschrift: *Ceramic Review*. Ich nehme ihn auf den Schoß, und wir sehen uns Bilder mit Tongefäßen an. Eines hat die Form eines Froschs.

»Das.« Er zeigt darauf und sieht mich an.

»Frosch.« Ich quake.

Er lacht schallend. »Noch mal!«

Susannah kommt mit dem Tee. Es ist ein ziemlich starker mit Milch drin. Ich danke ihr und gebe Finn die Lerntasse in die Hand, die sie mit warmer Milch gefüllt hat.

»Nein.« Er stößt sie weg. »Andere.«

»Aber das ist eine schöne Tasse. Das ist deine Tasse.«

Er zieht die Brauen zusammen. »Nein, andere.«

Ich überlege, mich durchzusetzen. Aber diesen Blick kenne ich. Darum setze ich ihn auf den Stuhl, hole die neue Ententasse aus meiner Tasche und schütte die Milch vor seinen Augen hinein. Er strampelt eifrig mit den Beinen. Susannah lehnt sich mit ihrer Teetasse in den Händen mit dem Rücken an den Küchenschrank.

»Phthalate«, sagt sie.

»Wie bitte?«

»In dem Plastik.«

»Sie meinen die Tasse?«

Sie nickt. »Das ist giftig. Krebserregend.«

Ich sehe zu Finn, der an der Tülle nuckelt.

»Sie sollten sie wenigstens mit warmem Seifenwasser auswaschen. Aber ich persönlich würde einem Kind keine Plastiktasse geben.« Dann sieht sie mich an, diesmal richtig, und da ist wieder dieses sonderbare Lächeln. »Aber Sie geben Ihr Bestes, hm?«

Ich habe große Lust, ihr den Tee an den Kopf zu werfen, schließe aber bloß die Augen und trinke. Er schmeckt süß.

»Sie haben Zucker hineingetan?« Ich versuche zu klingen, als wäre das eine nette Überraschung. Ich möchte nicht undankbar oder wählerisch erscheinen.

»Einen Schuss Ahornsirup.« Sie lächelt, dass ihre weißen Zähne zum Vorschein kommen. »So trinkt man ihn in Kanada. Gut bei Kälte und nassem Wetter.«

Süßer Tee ist nicht mein Geschmack, aber ich fühle mich ein bisschen gestärkt. Und Stärkung kann ich jetzt sehr gut gebrauchen. Die Schwangerschaft ändert wieder einmal alles. Es ist wie auf einem Kirmeskarussell, wo man zuerst in die eine, dann mit einem Ruck in die andere Richtung fliegt.

»Sie sehen ziemlich fertig aus, Kali.« Sie trinkt ihren Tee. »Trinken Sie aus. Es ist nicht gut, sich hier oben zu verkühlen.« Ich wundere mich, warum sie in einem fort mit diesen glänzenden Augen lächelt. Was hat sich geändert? Vielleicht weil ich abreise? Oder hat sie ein schlechtes Gewissen, weil sie mich als miese Mutter hingestellt hat, und will das jetzt mit Freundlichkeit wiedergutmachen? Sie muss unendlich erleichtert sein, dass wir endlich das Haus verlassen.

»Gut. Ich sollte jetzt duschen und dann packen.« Ich schiebe meinen Stuhl zurück.

»Nur zu.« Sie lächelt wieder, und ihre Mundwinkel kräuseln sich wie Wasser, über das der Wind streicht. Ich hebe Finn vom Stuhl, nehme ihn an die Hand und greife nach meiner halb leeren Tasse, wobei ich überlege, ob ich den Tee in die Spüle kippen kann oder ob sie dann beleidigt ist.

»Nein, nein. Er bleibt bei mir.« Sie klingt, als hätte sie zu entscheiden, wo Finn hingeht, und nicht ich. Sie streckt die Hand nach seiner aus. Der silberne Ring am Daumen glänzt.

Ich lasse Finn nicht los. »Nein, das geht schon«, sage ich ruhig. »Er kann mit mir kommen.«

Sie gibt ein unheimliches, leises Gekicher von sich, dann zuckt sie die Achseln und wendet sich ihren Einkäufen zu.

In unserem Zimmer öffne ich den Koffer und stoße auf Finns Beutel mit seinen Autos. Den gebe ich ihm, und dabei fällt mir ein, dass meine Mutter ihn gemacht hat, aus blauem Gingan. Sie hat ein F daraufgestickt und einen roten Laster aufgenäht. Sie hat ihn mir kurz nach seiner Geburt ins Krankenhaus mitgebracht, mit einem blauen Pullover darin, und ich war damals so überrascht gewesen. Ich wusste gar nicht, dass sie solche Handarbeiten machen konnte. Finn nimmt mir den Beutel aus der Hand. »Auto!« Er leert ihn auf den Teppich. »Auto! Auto! Auto!« Doug hatte recht. Es lag nicht an mangelndem Interesse, dass meine Mutter zu Finn so distanziert gewesen ist und sich nicht mit ihm beschäftigen konnte.

»Schau, so viele Autos«, sage ich. »Schau sie dir an.«

Grinsend hockt er sich hin und nimmt einen Krankenwagen in die Hand. Ich setze mich auf die Bettkante und fasse mir an den Bauch unterhalb des offenen Hosenknopfes.

Es gibt auch falsche positive Testergebnisse. Aber jede Zelle meines Körpers summt – ganz leise, aber beharrlich, und wenn ich hinhöre, erkenne ich die Melodie. Ich muss Doug anrufen und es ihm sagen.

Mir kommt der Gedanke, dass es bei dieser Situation mit Doug vielleicht nur auf Intuition und Vertrauen ankommt – wie damals bei dem Schwarm Stare, der wie eine angesaugte Rauchwolke im Gerippe des Westpiers verschwand –, und wenn man sich zu zweifeln erlaubt, dann scheitert man. Aber es ist so schwierig, Instinkt von Angst zu unterscheiden. Ein lügender Doug mit einer Affäre, das kann einfach nicht sein, das liefe jeglicher Erfahrung zuwider. Aber auch das Unwahrscheinliche kann wahr sein, so wie es Kühe mitten in der Stadt gibt und Killerwale, die sanftmütig sind. Doug ist ein guter Mensch, aber auch gute Menschen tun anderen weh.

Und es scheint alles so plausibel. Es leuchtet vollkommen ein, dass sie ihn nach all den Jahren aufspürt; dass sie mit Ende dreißig umgeben von gebärenden Freundinnen tut, was viele einsame Leute tun: sich auf die erste Liebe besinnen und probieren, ob man eine zweite Chance bekommt. Für ihn muss das zuerst schmeichelhaft gewesen sein. Wer würde sich von der Aufmerksamkeit einer schönen, intelligenten Frau nicht geschmeichelt fühlen? Und ihr kann ich schlecht vorwerfen, dass sie Doug haben will.

Ich gehe in der Dusche das Wasser aufdrehen. »Finn, möchtest du mit in die Dusche kommen?«

»Nein.«

»Du kannst die Autos mitnehmen.«

»Nein.«

Er macht Motorgeräusche und schiebt eins am Bettpfosten hoch. »Ich bin nebenan, okay?«

Ich ziehe mich aus und dusche bei offener Tür. Eine Weile lasse ich das heiße Wasser über mich laufen. Ich fühle mich ausgekühlt, als hätte ich tagelang nur gefroren. Als ich die Augen schließe, überkommt mich ein leichter Schwindel. Die Wärme breitet sich unter der Haut aus und dringt zu den Stellen vor, die nicht mehr warm waren, seit das alles passiert ist. Dann schaue ich zum ersten Mal seit einer Ewigkeit an mir hinunter.

Meine Brüste sind größer geworden, die Brustwarzen dunkler. Und vom Bauchnabel zu den Schamhaaren verläuft eine bräunliche Linie wie der Strich von einem Wachsmalstift. Der Bauch ist eindeutig runder. Offenbar sendet mir mein Körper schon seit Wochen Signale.

Ich muss ausrechnen, wie weit ich bin, kann mich aber nicht an die letzte Periode erinnern, und mein Verstand arbeitet sehr langsam, als wäre er schon im Schlafmodus und mir fielen gleich die Augen zu. Ich zwinge mich, sechs bis acht Wochen zurückzudenken. Das war vor Weihnachten. Doug war für ein paar Tage in Madrid. Ich habe mich mit Freunden in London getroffen – ein Abendessen in Hammersmith, die Nacht auf Sarahs

Sofa, als Finn überhaupt nicht schlief. War ich an dem Wochenende schon schwanger?

Ich besehe die zarten blauen Adern an meinen Brüsten. Die sind auch neu. Sie sehen aus wie Kugelschreiberstriche. Ich berühre sie. Auch meine Hände bewegen sich zu langsam, als ob sie schwebten. Ich zähle die Monate – ein Sommerbaby? Für einen Moment erlaube ich mir die Fantasie und spüre winzige Finger, die um meine greifen, das Gewicht auf meinem Arm, den frischen, süßen Geruch am Scheitel eines Neugeborenen, das Zwicken und Saugen des hungrigen Mündchens.

Das Wasser fällt so langsam und friedlich auf meinen Kopf. Ich schließe die Augen und lehne mich mit beiden Armen an die Wand. Dabei kommt mir die Unterhaltung mit Doug in den Sinn, die wir am Abend nach seiner Madrid-Reise im Cricketers Arms hatten. Seine Mutter war zu Besuch gekommen, und zum ersten Mal seit Monaten konnten wir ausgehen. Er meinte, wir sollten versuchen, ein zweites Kind zu bekommen, und ich war einverstanden, obwohl ich es für aussichtslos hielt. Wem wollten wir etwas vormachen? Ich war fast sechsunddreißig, und schon beim vorigen Mal hatte es vier Jahre gedauert. Wir hielten Händchen auf dem Tisch und nahmen uns vor, es eifriger zu versuchen. Wir bräuchten mehr Zeit miteinander und müssten mehr reden.

»Du fehlst mir so sehr.« Er klang beinahe elend. »Ich wusste nicht, dass man mit jemandem zusammenleben und ihn tatsächlich vermissen kann.«

Aber vielleicht fing er von dem zweiten Baby auch nur an, um sich selbst zu überzeugen – oder mich –, dass alles gut werden würde. Vielleicht bekam er an diesem Abend unter dem Tisch SMS von ihr. Vielleicht war es gar kein Kummer in seiner Stimme, sondern das schlechte Gewissen. Vielleicht wollte er sich durch das Händchenhalten davon abbringen, mit ihr zu schlafen. Oder war es da bereits passiert? Nein. Ich öffne die Augen und stoße mich mühsam von der Wand ab. Meine Beine sind ein bisschen schwach, wie nach einem Dauerlauf. Nein, er hat nicht mit ihr geschlafen. Was das angeht, würde er mich nicht belügen. Das Wasser prasselt mir auf den Scheitel. Die Wärme macht mich groggy. Er hat gesagt, es sei nichts zwischen ihnen gewesen. Er muss doch aber etwas getan haben, das sie ermutigte. Was heißt für Doug »nichts«?

Die Hände auf den Bauch gelegt, atme ich tief ein und aus, aber inzwischen ist es mir in der Dusche zu stickig – das Wasser ist zu heiß, zu viel Dampf erfüllt die Luft –, und ich bin auf einmal so müde, als wäre meine Kraft in den Ausguss geflossen.

Ich werde noch einmal eine Geburt durchmachen. Bei Finn hat es fast vierundzwanzig Stunden gedauert. Zweimal wurde ich vom Krankenhaus wieder nach Hause geschickt, dann lag ich vier qualvolle Stunden auf dem Gang, bevor ich in ein Zimmer kam – Tropf, Saugglocke, Nähen. Und dann sagte die Hebamme: »Na, das war doch gut für die erste Geburt.« Doug war die ganze Zeit bei mir, hielt meine Hand, streichelte mir das Gesicht, sagte nicht viel, aber wir waren durch die Geburt verbunden – sogar in der schlimmsten Phase, als ich kaum noch wusste, wer ich war. Zweimal verließ er den Kreißsaal, und jedes Mal setzten die Wehen aus. Die Hebamme musste darüber lachen.

Ich schaue nach Shampoo, kann aber keins entdecken. Ich kann mich zu keiner Bewegung durchringen, nicht einmal die Hand heben, um die Duschwand beiseitezuschieben und draußen nachzusehen. Mir ist, als hätten mich diese ständigen Überlegungen ausgelaugt. Als ich ihre SMS sah, geriet ich in Panik – und bin es seitdem noch immer. Ich dachte, ich hätte das Misstrauen aus meiner Kindheit abgeschüttelt, aber es stellt sich heraus, dass man nicht einfach beschließen kann, stark zu sein, und dann ist man es auch. Man muss seinen inneren Dämon kennen, ihn eingehend untersuchen, sich mit jeder Beule seines hässlichen Gesichts und dem stinkenden Atem vertraut machen, und dann kann man stark werden, *weil* – nicht obwohl – man ihn kennt. Acht Jahre lang habe ich mir bei Doug Sicherheit geholt, anstatt Stärke in mir selbst zu suchen.

Aber jetzt fühle ich mich wirklich schwach – körperlich schwach. Ich bin schon eine Ewigkeit in der Dusche, ohne zu bedenken, dass Finn nebenan ist. »Finn?«, rufe ich. Meine Stimme macht mich munterer. »Schatz?« Ich drehe den Hahn zu und steige nach dem Handtuch greifend nach draußen. Ich stürze ins Zimmer. Die Wände schwanken auf mich zu und wieder weg.

Alles in Ordnung. Finn sitzt auf dem Teppich, fährt die Autos im Kreis und plappert zufrieden vor sich hin.

»Spielst du schön?«

Er schaut nicht einmal auf. Seine Haare sind zerzaust und statisch aufgeladen. Ich sollte sie bürsten. Das habe ich wohl seit Tagen nicht getan.

Während ich mich abtrockne, wirken meine Hände seltsam abgekoppelt. Ich muss aufhören, ständig gleich panisch zu werden. Nicht alles ist eine Katastrophe. Susannah hat mir zugesetzt – und dieses Haus, der konstant heulende Wind, die teuren, zerbrechlichen Keramiken. Das alles hat mich nervös gemacht. Ich muss ruhiger werden. Alles ist in Ordnung. Wir reisen ab.

Ich trockne mir die Füße ab, und beim Bücken dreht sich alles. Irgendwann in den nächsten sechs Monaten werde ich an meine Füße nicht mehr heranreichen können. Es wird den schrecklichen Moment geben, wo ich an mir hinabsehe und durch den dicken Bauch schlagartig begreifen werde, was passieren muss, damit das Baby zur Welt kommt. Ich weiß noch, wie es beim vorigen Mal war, als ich Angst bekam. Ich machte den Fehler, meine Mutter zu fragen, wie es bei ihr gewesen sei.

Da war ich im siebten oder achten Monat. Ich erinnere mich an Reste vom Mittagessen – vielleicht war es der Geburtstag meines Vaters, denn wir waren in Sussex. Mein Vater war gerade nicht da und Alice auch nicht. Wo Doug war, weiß ich nicht mehr. Jedenfalls saß ich mit meiner Mutter am Küchentisch.

Als ich die Frage stellte, sah sie kurz panisch aus, als hätte ich sie bei einer schwerwiegenden Lüge erwischt. Da dachte ich, gleich bekennt sie, dass ich bloß adoptiert bin. Sie starrte auf ihre Hände.

»Ich habe gelesen, dass die erste Geburt übel sein kann.«

Sie war blass geworden und schaffte es nicht, mich anzusehen.

»Also – es war schlimm bei dir, ja?«

»Nein. Nein. Es war überhaupt nicht schlimm.« Sie klang heiser. »Es ging bei mir immer sehr schnell. Dafür gibt es sogar einen Fachausdruck – Sturzgeburt. Das solltest du mal nachsehen. Es könnte erblich sein.« Wir schauten beide auf ihre Fingernägel, die wie immer Schmutzränder hatten – von Gartenerde oder Farbe. Aber ihre Finger waren gerade und kräftig. Die Landkarte der Kerben und Falten auf dem Handrücken war mir trotz der Distanz zwischen uns so vertraut, als wären es meine Hände.

»Wie hat es sich angefühlt?«

Sie blickte auf, und was ich in ihren Augen sah, war nicht Angst, sondern etwas viel Schrecklicheres, Verstörendes, die Panik eines Gehetzten, tiefe Verzweiflung.

»Mum?«

»Vollkommen überwältigend.« Sie presste die Lippen zusammen, schlug sich die Hand vor den Mund, schloss die Augen, um nichts hinauszulassen.

»He, hör mal, ist schon gut.« Ich sprang auf. »Mach dir keine Gedanken. Lassen wir das Thema. Vergiss, dass ich gefragt habe. Ach herrje, wie spät es schon ist. Ich sollte jetzt wirklich aufbrechen. Die M25 wird voll sein …«

Was sie danach sagte, weiß ich nicht mehr. Wahrscheinlich bin ich dann gegangen. Ich kann nicht mehr sagen, ob ich geflohen bin, weil ich ihre Geburtshorrorgeschichte nicht hören wollte, oder ob ich es nicht ertragen konnte, dass die Erinnerung an meine Geburt für sie offenbar so qualvoll war.

Jahre zuvor habe ich einmal meinen Vater nach meiner Geburt gefragt – da war ich nicht mal ein Teenager. Ich fragte ihn, ob er dabei gewesen sei. Eine ganze Weile sagte er gar nichts, und ich fürchtete schon, er sei wütend. Wenn er wütend war, wurde er nämlich erschreckend still. Er wurde nie laut, aber dieses Weißglutschweigen war viel bedrohlicher als Brüllen. Schließlich antwortete er steif: »Damals kamen die Männer mit der Geburt absolut nicht in Berührung, Kali.«

Aber das stimmte nicht, denn nur sechs Jahre später war er bei Alice' Geburt im Royal Sussex dabei gewesen. Jedes Jahr an Alice' Geburtstag erzählte meine Mutter, wie die Hebamme sich im entscheidenden Moment abwandte und mein Vater um das Bett herumgesaust sei und Alice aufgefangen habe.

Ein Windstoß lässt die Scheibe erzittern, und mir wird bewusst, wo ich bin – am Rande eines Felsens über dem Meer, am westlichsten Rand eines Landkrümels, der sich von der Küste losgerissen hat. Und während ich so müde und lethargisch dasitze, ist mir, als wäre ich gar nicht in meinem Körper. Ich drehe den Kopf zum Fenster und sehe meinem schwankenden Spiegelbild in die Augen. Und dann scheint mir, als stehe ich draußen, drücke die Nase an die nasse Scheibe und betrachte diese kurzhaarige Person, die mit einem Handtuch um den Leib zusammengesunken dasitzt, bei sich einen schönen Jungen, der über seine Autos gebeugt Verkehrsunfälle spielt.

In mir teilen sich eifrig die Zellen. Kein Wunder, dass ich mich so benommen und abgeschlafft fühle. Finn wird kein Einzelkind sein. Im Sommer werde ich einen Zweijährigen und ein Neugeborenes haben. Ich kann mir nur einen zweiten Jungen vorstellen, merke ich, bin ganz sicher, dass ich nur Söhne haben werde. Ich werde »meine Söhne« sagen können, und eines Tages werden sie mich überragen, sodass ich stolz und erschrocken zugleich bin. Es ist geradezu lachhaft, dass ich meinen Zustand nicht bemerkt habe. Kann es sein, dass mein Schrecken und die Paranoia – meine Flucht –, ja, diese ganze verrückte, unglaubliche Reise auf etwas so Prosaisches wie eine Hormonumstellung zurückzuführen sind? Mir fällt der dicke Fisch in Susannahs Galerie ein, der mit dem Ei im Bauch, und mein Zustand kommt mir auf einmal zerbrechlich und zugleich übernatürlich vor.

Ich muss aufwachen. Die Tasse mit dem Tee steht auf dem Nachttisch. Ich habe nur die Hälfte getrunken. Er ist jetzt lauwarm und widerlich süß. Der Ahornsirup macht ihn leicht grießig, aber ich kippe ihn hinunter und fühle mich gleich besser. Ich muss mehr trinken und regelmäßiger essen. Ich muss jetzt an das Baby denken, muss auch für dieses Kind nach besten Kräften sorgen.

In der Hoffnung auf ein sauberes Kleidungsstück wühle ich in der Reisetasche. Mein Kopf fühlt sich plötzlich sehr voll an, wie aufgeblasen. Meine Finger schließen sich um die alte Schatulle meiner Mutter. Ich setze mich damit aufs Bett. Der Druck im Kopf lässt nach. Ich öffne den Deckel.

Zu meinen Füßen lässt Finn zwei Autos gegeneinanderprallen, dann macht er Sirenengeräusche. Ich halte die Schnitzerei auf Augenhöhe und betrachte das grinsende Gesicht im Bauch des Fisches. Vielleicht halte ich den Kopf falsch, oder es kommt vom schnellen Bücken und Aufrichten, jedenfalls bin ich benebelt. Ich muss unbedingt etwas essen. Außer dem bisschen Kuchen in der Früh habe ich noch nichts zu mir genommen.

Mit wackligen Knien stehe ich auf und ziehe mir den abgetragenen grauen Pullover und die Jeans an. Sie riechen feucht und muffig. Die Sachen müssen dringend gewaschen werden. Sobald wir in Vancouver sind.

»Sollen wir gehen und Susannah suchen?«, sage ich zu Finn.

Er blickt nur kurz auf. »Nein.«

»Und wenn wir deine Autos mitnehmen?« Ganz langsam gehe ich in die Hocke. Es ist, als bewegte ich mich unter Wasser. »Wir können sie Susannah zeigen. Komm, packen wir sie in den Beutel.«

»Nein.« Er stößt den Beutel weg. »Nein.«

»Na gut, dann behalte sie draußen. Welches würde Susannah wohl am besten gefallen?«

Er überlegt.

»Sollen wir die schönsten in die Tasche stecken und sie fragen?«

Er versucht, den Krankenwagen in seine kleine Brusttasche zu packen. Ich helfe ihm. »Nicht so«, sagt er. »So aber.« Das hat er noch nie gesagt, und ich strahle ihn an. Sein erster richtiger Satz. Ich darf nicht vergessen, es Doug zu erzählen. Doug muss ihn furchtbar vermissen.

»So aber«, sagt er und stößt das Auto in die Brusttasche, sodass sich das Saurierbild ausbeult. Aber natürlich fällt es wieder heraus. Ich sitze auf den Fersen und bringe nicht die Kraft auf, ihm zu helfen. Am Ende verlassen wir das Zimmer, ich mit zwei Autos in den Gesäßtaschen.

Die Flurwände kommen mir entgegen. Ich schüttle leicht den Kopf und sehe auf Finn hinunter. Seine Haare sind fettig und verstrubbelt. Er kommt mir weit weg vor.

Auf dem Regal im Wohnzimmer schimmert die Glaskugel im Licht der Deckenlampen. Das Rot wirkt grell und scheint zu pulsieren, um meine Aufmerksamkeit auf sich zu ziehen. Während ich Finn um das Regal herumlenke, stelle ich mir vor, wie die Kugel das Maul aufreißt und spitze Zähne zum Vorschein kommen.

Susannah kniet vor dem Schrank unter der Spüle und holt Putzmittel hervor. Oben drauf steht ein großer Pappkarton. Die Terrassentür steht offen, es ist eiskalt. Ich rieche das Meer. Die Hunde liegen zusammengerollt in ihren Körben und haben die Schnauze unter den Schwanz geschoben. Unten schlagen die Wellen gegen den Steilfelsen. Susannah hat ihre braune Fleecejacke, den dicken grauen Schal und Stiefel an. Als sie mich kommen hört, blickt sie abrupt auf. Ein Windstoß fegt herein, und ich fühle mich so leicht, als könnte er mich umpusten. Sie verzieht die Lippen. Das Lächeln ist auch sonderbar. Aber wenigstens werden wir freundlich auseinandergehen.

»So.« Meine Stimme scheint aus weiter Ferne zu kommen. »Wir werden gleich aufbrechen und Sie Ihrer Arbeit überlassen.«

»Ach, nein, die Fähre geht erst viel später.«

»Aber ich dachte, es gäbe eine um drei?«

Wieder verzieht sie die Lippen zu diesem Lächeln. »Winterfahrplan.« Ihre Zähne sehen listig aus, und sehr weiß. Das war mir noch nicht aufgefallen, wahrscheinlich weil sie bisher nicht viel gelächelt hat. Ich merke, wie ich auf ihren Mund starre, kann aber kaum die Augen bewegen, um wegzusehen.

Die Fährzeiten sind mir egal. Ich muss endlich von hier weg.

»Wir gehen trotzdem jetzt schon.« Der ferne säuselnde Klang meiner Stimme überrascht mich. »Wir lassen Sie arbeiten, haben Sie schon genug aufgehalten.« Dann fällt mir die kleine Knochenskulptur ein. »Darf ich Ihnen etwas zeigen, ehe wir gehen?«

Sie steht auf und wischt sich die Hände an der Hose ab. »Was denn?«

»Das habe ich bei den Sachen meiner Mutter gefunden.« Ich halte es ihr hin. Der Raum schwankt. Ich sollte mich hinsetzen. Oder etwas essen. Oder beides.

Während sie die Figur betrachtet, wird die Falte zwischen ihren Brauen immer tiefer. Davon abgesehen bewegt sie sich nicht und sagt kein Wort.

Ich muss sorgfältig nachdenken, um Worte zu bilden. »Wissen Sie, was das ist?«

»Eine Schnitzerei der Ureinwohner.«

»Sie meinen Indianer?«

Sie antwortet nicht.

»Sie hat es von einer alten Frau bekommen.«

»Ist das ein Fisch?«, frage ich.

»Natürlich nicht. Es ist ein Schwertwal, sehen Sie sich doch die Flecke an. Das da ist der Sattel. Und diese sind die weißen Flecke. Das wurde aus einem Walknochen geschnitzt.«

Ich betrachte die Figur angestrengt und sehe endlich, dass es ein Wal ist.

»Sie lebte in einer kleinen Hütte. Sie hat lange mit Ihrer Mutter gesprochen, hauptsächlich über Schwertwale. Dann ging sie in die Hütte, kam mit dieser Figur heraus und schenkte sie Elena.«

Ich muss mich unbedingt hinsetzen. Meine Schultern sind zu schwer für meinen Oberkörper.

Sie streckt die flache Hand aus. Ich lege die Figur darauf. Sie zeigt auf das grinsende Gesicht. »Das ist der Dämon Scana.«

»Scana?«

»In manchen Sagen der Ureinwohner ist der Schwertwal der Dämon des Meeres und dessen Hüter – das Gute und das Böse im selben Körper. Die Schnitzerei gehört wahrscheinlich ins Museum.« Sie drückt sie mir in die Hand, als wollte sie sie loswerden. »Sie sollten sie einem Fachmann zeigen, bringen Sie sie ins Völkerkundemuseum von Vancouver.« Sie sieht mich forschend an. »Haben Sie noch mehr Interessantes gefunden?«

»Nur Kleinkram in einer Schmuckschatulle.«

»Was für Kleinkram?«

»Ach, nichts weiter ... ein Stück von einer Babydecke ... ein altes Notizbuch ... einen kleinen herzförmigen Stein. Susannah ...« Mein Mund ist trocken, meine Zunge fühlt sich wie geschwollen an. Das Sprechen fällt mir schwer. Ein Schluck Wasser wäre gut. Ich schlucke. »Maggie, von der Bäckerei, sie hat mich erkannt.«

»Was?« Sie sieht mich scharf an.

»Sie sagt, Sie hätten vom Gesicht meiner Mutter Plastiken angefertigt. Und Sie wären mit ihr verreist gewesen.«

Susannah erstarrt. Wie der Vogel vor der Schlange. Das Wattegefühl in meinen Ohren wird stärker. Ich muss mich noch einen Moment auf den Beinen halten. Gleich wird sie mir etwas erzählen.

»Ach, Maggie nimmt schon seit Jahren Tabletten gegen Angstzustände.« Sie winkt ab und dreht sich um. »Manchmal ist sie reichlich verwirrt, die Ärmste.« Sie lacht. Es klingt klirrend.

»Ihre Elena-Plastiken, sind die hier?«

»Eingelagert«, antwortet sie barsch.

Ich weiche zurück und lasse mich schwer auf einen Hocker sinken. Ich sollte sie nach den Postkarten fragen, bin aber zu müde, kann nicht mehr richtig denken. Das wird mir alles zu viel. Sie will sowieso nichts preisgeben. Meine Arme fühlen sich an, als hätte ich Liegestütze gemacht. Mein Nacken ist ganz steif. Ich reibe ihn, habe aber kaum Gefühl in den Fingern. Finn hockt sich vor mich und fährt mit seinem Auto die Schranktür hoch. Vielleicht zerkratzt das die Farbe, aber mir fehlt die Kraft, um ihn zurückzuhalten. Susannah beobachtet ihn. Die Schrankoberfläche scheint sie nicht zu kümmern. Ich mache die Augen zu. Die Welt dreht sich, diesmal noch schneller. Wenn ich jetzt krank werde, muss ich krank von hier weg. Ich darf dem jetzt nicht nachgeben, nicht hier. Wir müssen zur Fähre.

Ich muss Doug anrufen. Er muss Bescheid wissen. Ich muss es ihm sagen.

»Kali?« Susannahs Stimme klingt, als käme sie aus einer Höhle. »Kali? Kali? Geht es Ihnen nicht gut?«

Meine Lider sind wie zugeklebt, mein Rachen fühlt sich an, als steckte eine Socke darin. Während ich zu schlucken versuche, fasst sie mich am Ellbogen. »Kali?«

Ich sage, dass ich jetzt gehen muss, bin mir aber nicht sicher, ob ich es tatsächlich laut gesagt habe. Als sie mir ins Wohnzimmer hilft, bekomme ich die Augen einen Spaltbreit auf. Finn läuft neben uns her. Sie lenkt mich zum Sofa.

»Schon gut, Schatz, ich bin nur müde«, lalle ich und will ihn an die Hand nehmen, aber Susannahs Beine sind im Weg, und mein Arm ist viel zu schwer.

Finn ist jetzt auf Augenhöhe. Er hält die neue Ententasse und den Krankenwagen in der Hand. Seine Augen sind so groß. Er schaut besorgt.

Mir fallen die Augen zu, ich kann sie nicht mehr aufmachen. »Alles ist gut, Schatz.« Ob ich das laut gesagt habe, weiß ich nicht.

Ich spüre eine weiche Hand auf dem Kopf und höre Finns Stimme ganz nah. »Nacht-Nacht, Mama.«

Dann sagt Susannah in ruhigem, aber eisigem Ton: »Lass Mommy jetzt schlafen.«

12

Als ich wach werde, bin ich durchgefroren und steif wie eine Achtzigjährige. Das Licht hat sich verändert. Der Raum wirkt verschwommen und ausgebleicht.

Benebelt stemme ich mich vom Sofa hoch. Mir ist speiübel. Wie spät mag es sein?

»Finn?«, krächze ich. »Wo bist du, Schatz?«

Auf wackligen Beinen gehe ich in die Küche. Die Uhr zeigt Viertel nach eins an. Aber das kann nicht sein. Wenn das stimmt, habe ich fast drei Stunden am Stück geschlafen. Warum hat sie mich nicht geweckt? Wo sind sie? Ich lehne mich gegen die Spüle. Auf meine Beine ist noch kein Verlass. »Susannah? Finn? Seid ihr da?«

Ich trinke Wasser aus dem Hahn und wische mir den Mund mit dem Handrücken ab. Mein Kopf fühlt sich an, als wäre er mit einem nassen Handtuch ausgestopft. Ich spritze mir Wasser ins Gesicht, spüre es aber nicht richtig. Als steckte ich in einer betäubenden Hülle.

Ihre Stiefel stehen nicht an der Verandatür, und die Hunde sind auch nicht da. Sie müssen draußen sein, um die Eichhörnchen zu beobachten. Aber es regnet stark. Das Geländer ist kaum zu erkennen, geschweige denn der Pfad zum Atelier. Es ist kalt im Haus. Ich lege die Hände an meinen Bauch. An den Fenstern rinnen die Regentropfen herab wie Tränen. Aus meinem Magen steigt Kälte in die Brust auf.

Ich schaue, ob irgendwo ein Zettel mit einer Nachricht klebt. Meine Augen bewegen sich langsamer als gewohnt, als wären ihre Muskeln auch geschwächt. Ein Zettel ist nirgends zu sehen. Aber ich erinnere mich an das vorige Mal. Sie wird wieder einen hinterlassen haben. Vielleicht am Sofa, wo ich geschlafen habe.

Ich gehe nachsehen. Auf dem Tisch klebt keiner, am Sofa auch nicht. Ich laufe zum großen Fenster und drücke die Nase ans kalte Glas. Die Veranda glänzt von Regenwasser. Die Kiefern drängen ans Haus heran. Von den beiden keine Spur. Es ist zu nass draußen. Sie muss mit ihm zum Atelier gegangen sein.

Plötzlich muss ich dringend pinkeln. Ich gehe zu unserem Zimmer und stoße die Tür auf.

Finns Autos liegen auf dem Teppich verteilt. Der Anblick wirkt beruhigend, als käme er gleich herein, um sie zu holen. Ich gehe ins Bad, pinkle, spritze mir kaltes Wasser ins Gesicht, trinke große Schlucke. Mein Durst ist enorm. Auch hier ist es eiskalt. Ich greife nach Dougs Pullover und ziehe ihn im Hinausgehen über. Die Deckenlampe im Flur summt wie eine gefangene Wespe.

»Susannah?« Mein Ruf hallt zu mir zurück. Der Wind braust, der Regen prasselt aufs Dach, im Toilettenkasten rauscht das Wasser, die Glühbirne summt.

Dann schlägt etwas gegen die Haustür.

Sie sind da! Finn wird eine frische Windel brauchen, wenn sie ihn nicht gewickelt hat. Und Mittagessen. Ich kann es kaum erwarten, ihn an mich zu drücken, zu spüren, wie er sich an mich kuschelt, und mir anzuhören, was er diesen Morgen erlebt hat. Es ist noch reichlich Zeit, bis die Fähre geht. Mit weichen Knien eile ich durchs Wohnzimmer und sehe in den Flur. Der ist grau und leer. Die Haustür ist zu. Ich stehe schwankend neben dem Sofa.

»Susannah? Finn?«

Ich reibe mir über den Kopf, bewege mich wie unter Wasser. Ist das die Schwangerschaftsmüdigkeit? Bei Finn bin ich jeden Abend um acht ins Bett gefallen, habe aber nie tagsüber so lange und fest geschlafen. Andererseits muss ich den Jetlag berücksichtigen. Und den Stress. Da kommt einiges zusammen.

Die Arme um mich geschlungen gehe ich wieder in die Küche. Susannah hätte mich wecken sollen. Mir kommt die Idee, dass sie in ihrem Schlafzimmer sein und die Tür geschlossen haben könnten, um mit mir Verstecken zu spielen. Daher vielleicht dieser dumpfe Schlag. Sowie ich die Tür aufmache, werden sie mit lautem »Buh!« hervorspringen. Ich gehe auf den Flur zu, halte aber auf dem Teppich inne – hier stimmt etwas nicht. Mit einem bangen Gefühl sehe ich mich um. Die Wolldecke liegt noch so da wie eben, zusammengefaltet auf der Armlehne. Die Kunstbücher und Zeitschriften auf dem Sofatisch bilden noch dieselben Stapel. Der Kamin ist seit gestern Abend ausgefegt. Das abstrakte Gemälde darüber leuchtet in sattem Grünblau.

Dann plötzlich sehe ich aus den Augenwinkeln die Veränderung. Hinter dem Sofa lugen dunkelrote Spritzer hervor. Entsetzt fasse ich mir an den Mund.

Aber es ist kein Blut. Ich laufe um das Sofa herum und blicke auf dunkelrote Glasscherben. Da liegt die Chihuly-Kugel wie von einer Faust zertrümmert. Kleinere Splitter sind bis auf die Regalböden gespritzt wie Blutstropfen. Scheiße. Scheiße. Ich weiche zurück. Etwas sticht in meine Ferse, heftig wie der Stachel einer Wespe. Ich bücke mich, um nach der Stelle zu sehen, und ziehe mir einen Glassplitter aus der Haut, dem eine Blutperle folgt. Ich tupfe sie mit der Fingerspitze weg, aber es kommt sofort eine neue, die auf den Fußboden tropft. Ein brennender Schmerz durchzuckt mich.

Während ich auf die Scherben starre, sehe ich Finn vor mir, wie er nach der Kugel greift, um sie vom Sockel zu kippen. Scheiße. Ich trete auf die Ferse und zucke zusammen, aber ich muss endlich munterer werden. Ich trete erneut auf und blinzele.

Das ergibt alles überhaupt keinen Sinn. Wie hat das passieren können, während ich geschlafen habe? Als die Kugel am Boden zersplitterte, muss sie doch einen entsetzlichen Lärm verursacht haben. Das kann ich doch nicht verschlafen haben. Undenkbar. Ich starre auf die Scherben. Der Schnitt an der Ferse brennt. Ich schüttle den Kopf. Mein Mund ist staubtrocken. Mit dem Pulloverärmel drücke ich auf die blutende Stelle. Hier geht etwas vor, das ich überhaupt nicht verstehe.

Ihr Schlafzimmer liegt am Ende des Flurs gegenüber dem Garderobenschrank. Ich klopfe an. Nichts. Ich klopfe noch einmal, fahre mir durch die Haare. Wahrscheinlich werde ich für den Chihuly zahlen müssen. Der kostet bestimmt Tausende. Womöglich werde ich den jahrelang abzahlen.

Ich sehe es vor mir, wie Finn ihn mit beiden Händen herunterreißt. Sie ist bestimmt wütend gewesen. Würde sie mit Finn böse werden? Würde sie ihn anschreien? Das kann sie nicht getan haben, sonst wäre ich doch sicherlich aufgewacht, oder? Hat er sich daran verletzt? Ich sehe ihn zwischen scharfkantigen Scherben stehen. Hätte er im Wohnzimmer geweint, wäre ich definitiv aufgewacht. Wo zum Teufel sind sie?

Ich darf mir nicht vorstellen, wie Finn ohne mich weint oder Susannah mit ihm böse ist. Ich dränge die Bilder beseite.

»Susannah? Finn?«

Die Holzdielen sind kalt unter meinen nackten Füßen. Ich greife an den Türknauf und lausche. Der Regen prasselt aufs Dach. Windböen schlagen gegen das Haus. In der Ferne rauscht die Brandung. Ich habe noch immer großen Durst, obwohl ich so viel Wasser getrunken habe. Die Wände erzittern und knarren wie ein Schiffsrumpf. Ich drehe den Knauf.

Die hohen Fenster an einer Wand lassen graues Licht herein. Sie müssen aufs Meer hinausgehen, aber natürlich ist durch den Regen nichts zu erkennen. Die langen weißen Vorhänge sind zur Hälfte aufgezogen. Die Leinentagesdecke liegt zusammengeknüllt da. Sie ist mit Insekten bestickt. Überall liegen Bücher, neben dem Bett, auf Regalen. Dazwischen entdecke ich die unvermeidlichen Keramiken. Einige hängen an der Wand. Über dem Bett hängt das Ölgemälde einer Frau, ein sitzender Akt von hinten betrachtet. Ich suche nach dem Lichtschalter. Darüber hängt ein Teller mit einer Halbplastik, einem eckigen Frauengesicht, das mich ansieht. Ich sehe genauer hin, aber es ist nicht meine Mutter.

Meine Füße sinken in den Teppich, als ich in die Mitte des Zimmers trete. Hier ist es genauso kalt wie im ganzen Haus, so kalt, dass mein Atem kondensiert. Ein südamerikanischer Wandteppich hängt über einer Kommode. Auf der steht ein

Bastkorb mit bunten, afrikanisch aussehenden Armreifen, daneben stehen Parfümflaschen und ein Schmuckständer mit Silberketten. Der Wäschekorb quillt über. Ein schlichter schwarzer Slip liegt neben dem Bett.

Okay. Dann müssen sie im Atelier sein. Sie warten darauf, dass der Regen nachlässt, bevor sie mich wecken kommen. Ich sollte nicht in diesem Zimmer stehen.

Neben einer zweiten Tür, hinter der sich vermutlich ein Bad befindet, steht ein geschlossener Sekretär, einer von der altmodischen Art, den man öffnen muss, um eine Schreibfläche zu haben. Oben drauf sind Fotorahmen aufgereiht. Ich schaue hinter mich.

Dann durchquere ich das Zimmer, drücke die Badtür auf – marokkanische blaue Mosaikkacheln und eine Wanne. Am Waschbecken herrscht ein schmuddeliges Durcheinander: Kämme und Haarspangen, eine offene Zahnpastatube, aus der die Paste sickert. Eine Zahnbürste liegt mit den Borsten nach unten auf dem fleckigen Email und auf dem Wandbord eine Faustvoll grauer Haare zusammen mit Silberringen.

Ich werfe einen Blick in den Spiegel. Meine Augen sind eingefallen, die Haut blass und ein bisschen aufgedunsen. Erneut klatsche ich mir kaltes Wasser ins Gesicht und trockne mich mit einem fleckigen weißen Handtuch ab.

Ich spähe in den Wandschrank: eine Haarbürste mit grauen lockigen Haaren zwischen den Borsten, ein Paar silberne Kreolen, Pflaster, Advil, Insektenschutzmittel und einige Tablettenflaschen. Ich nehme eine heraus. Auf dem Etikett steht Seroquel. Nie gehört. Auch die anderen Namen sagen mir nichts.

Vielleicht ist Susannah krank. Sie sieht gesund aus, könnte aber mit einer schweren Krankheit leben, zum Beispiel Krebs. Das würde ihre Reaktion auf die Erinnerungen erklären, mit denen ich sie konfrontiert habe. So etwas habe ich bei Interviewpartnern schon erlebt. Weil ihr Leben bedroht ist, kommen unbewältigte Erinnerungen hoch. Das ist eine grausame Begleiterscheinung.

Allerdings würde so eine Krankheit nicht erklären, warum Susannah gemeinsame Reisen mit meiner Mutter erfindet oder im Lauf der Jahre keramische Plastiken von ihrem Gesicht anfertigt. Vielleicht stimmt es, dass Maggie verwirrt ist. Vielleicht gibt es diese Elena-Plastiken gar nicht.

Ich ziehe die Tür wieder zu und stehe frierend vor dem Sekretär. Auf einem der Fotos ist ein Mann zu sehen, vermutlich ihr Partner. Ich erkenne ihn von dem Foto in der Küche. Er ist unrasiert und wirkt rau, schaut mit müden, faltigen Augen in die Kamera. Daneben stehen Schnappschüsse von ihrem Sohn, einem langhaarigen Kleinkind. Ich brauche Finn. Bestimmt sind sie im Atelier. Ich werde gleich gehen und ihn holen.

Ein goldener Pokal von einem Fußballturnier von vor sechs Jahren steht neben dem Foto eines gut aussehenden Teenagers im Baseball-Hemd, der ein Skateboard unter dem Arm trägt, daneben der ungerahmte Schnappschuss von einem Wal, der aus dem Wasser springt. Er ist ein bisschen unscharf und weit weg.

Sie haben im Atelier vor dem starken Regen Schutz gesucht. Ich darf nicht mehr ständig so panisch sein. Bis zur Sechs-Uhr-Fähre ist noch viel Zeit.

Im Sekretär steckt der Schlüssel. Ich drehe ihn und klappe den Deckel herunter.

Als Erstes fällt mir ein Becher mit Stiften ins Auge und ein gläserner Briefbeschwerer mit einer eingeschlossenen Blüte, dann erst erfasse ich das Wesentliche: eine Galerie von Fotos, alle von meiner Mutter.

Auf einem sitzt sie an einem Schreibtisch – vielleicht an diesem – mit einem Stift in der Hand. Ihre Haare sind lang und wellig. Sie trägt Mittelscheitel. Sie schaut überrascht, aber freudig. Der Fotograf hat sie bei guter Laune angetroffen. Ein Schwarz-Weiß-Foto zeigt sie auf einem Boot, schlank und fit in abgeschnittenen Jeans. Strahlend hält sie sich mit ausgestrecktem Arm am Mast fest und neigt sich davon weg, sodass ihr die Haare über eine Schulter fallen.

Auf einem dritten, einem Porträt, schaut sie seitlich in die Kamera, als sei sie im Begriff, den Kopf zu drehen. Dieses verblüfft mich besonders. Sie sieht so jung aus, aber es ist so typisch für sie – diese Ablehnung in ihrem Blick, der versteckte Ärger.

Seitlich in den Rahmen geklemmt ist ein kleineres Bild von einem zweijährigen Jungen mit Rettungsweste auf einem Boot, breitbeinig in roten Gummistiefeln.

Einen Moment lang bin ich verwirrt. Das ist Finn.

Aber nein, natürlich nicht. Die Haarfarbe ist dunkler, und das Foto ist offensichtlich alt – es ist unscharf, und die Farben sind typisch für die Siebzigerjahre. Hat Susannah einen Neffen? Er sieht wirklich aus wie Finn – wahrscheinlich weil er im selben Alter ist, genauso pummelige Knie hat und die gleichen Gummistiefel trägt. Andererseits kommt mir dieses herzförmige Gesichtchen so vertraut vor. Mir ist, als würde ich es kennen, wie vom täglichen Sehen.

Auf dem nächsten Bild hält meine Mutter ein Baby auf dem Arm. Erschrocken begreife ich, dass ich das sein muss. Da bin ich. Ich. Sie lächelt. Ihr Gesicht ist runder, fröhlich, die Grübchen tief, die Augen sehr grün. Sie wirkt glücklich. Mein Gesicht ist fast vollständig unter einem Häubchen verschwunden, und ich sehe zu ihr hoch.

Meine Augen füllen sich mit Tränen.

Als ich Susannah fragte, ob sie ein Foto von mir habe, hat sie an dieses wohl gerade nicht gedacht. Das ist die früheste Aufnahme von mir, die ich bisher kenne, und die einzige, auf der mich meine Mutter im Arm hält. Und ich möchte es dringend besitzen. Vielleicht würde sie es mir schenken. Vielleicht kann ich es mir einfach nehmen.

Das letzte Foto ist auch ein schwarz-weißes: meine Mutter mit einer sehr jugendlichen Susannah. Man sieht nur ihre lachenden Gesichter. Sie sind mädchenhaft und schön. Meine Mutter blickt in die Kamera, Susannah zu ihr. Und da steht sie ihr deutlich im Gesicht geschrieben: eine starke, unmissverständliche Leidenschaft.

Ich starre die beiden an. Meine Frage ist also beantwortet. Susannah ist eindeutig verliebt. Sie war – ist es vielleicht immer noch – total in meine Mutter verliebt.

Das erklärt, warum sie sich so sonderbar benimmt und sich kaum dazu bewegen lässt, etwas zu erzählen, wütend wird, aufgewühlt erscheint. Sie kann über die Vergangenheit nicht reden, weil sie nicht darüber hinweggekommen ist, dass meine Mutter sie wegen meines Vaters verlassen hat. Seit fünfunddreißig Jahren hält sie an ihrer Sehnsucht, an ihrer Leidenschaft fest.

Ich schaue auf die Fotogalerie – das ist ein Schrein.

Arme Susannah. Es ist so traurig, eine unerwiderte Liebe zu hegen, auf diese Weise und ein Leben lang.

Dann springt mir etwas ins Auge, ein alt aussehendes Büchlein hinter den Fotos, die Kanten braun geworden und gewellt. Es sieht aus, als wäre es in die Badewanne gefallen. Ich schlage es vorsichtig auf und kann nicht glauben, was ich sehe. Es ist die Handschrift meiner Mutter, dieselbe mädchenhafte Schreibschrift wie in dem Notizbuch. Die Seiten sind damit gefüllt, aber es sind keine wissenschaftlichen Notizen.

Es ist in einem viel schlechteren Zustand als das wissenschaftliche Notizbuch. Viele Blätter kleben aneinander, andere sind halb aufgelöst. Auf manchen ist die Schrift zerlaufen und unleserlich. Aber es hat eindeutig ihr gehört.

Und da stehe ich barfuß in Susannahs Schlafzimmer, mit Herzklopfen und Rauschen in den Ohren, und beginne zu lesen, was meiner Mutter einmal durch den Kopf gegangen ist.

S herzubitten war ein gewaltiger – monumentaler – Fehler. Mir ist wohl heute Abend der Kragen geplatzt. Wir haben unten zu Abend gegessen – einen wässrigen Eintopf –, ziemlich spät, waren beide todmüde. Sie hat mich ständig bedrängt, gesagt, ich würde mich ausnutzen lassen, es sei eine total einseitige Sache, und hat mir doofe Fragen nach Bezahlung und Finanzierung gestellt. Schließlich wurde es mir zu viel – da habe ich wohl meine ganze aufgestaute Frustration an ihr ausgelassen. Ich hab ge-

schrien: »Das reicht jetzt! Wenn du meine Entscheidungen nicht akzeptieren kannst, weiß ich nicht, wie wir weiter Freundinnen sein sollen.« Sie legte die Fäuste auf den Tisch und sagte wirklich gemein und gehässig: »Das Problem ist, Elle, dass deine Entscheidungen so beschissen und dumm sind.« Da bin ich explodiert – bin aufgestanden und hab gebrüllt: »Vom ersten Moment an, als ich dir gesagt habe, dass ich aus Kalifornien wegziehe, warst du eifersüchtig. Gib's zu! Du bist bloß eifersüchtig, Susannah. Das ist erbärmlich!«

Was als Nächstes passierte, war ziemlich beunruhigend. Ich sah, wie langsam Wut in ihr aufstieg – sie schwoll buchstäblich an und wuchs. Ganz langsam stand sie auf, wurde weiß im Gesicht, ihre Augen traten hervor. Einen Moment lang stand sie ganz still, dann neigte sie sich über den Tisch und schob mir ihr Gesicht entgegen. Diese dicke Ader an der Stirn pochte, und sie biss die Zähne fest aufeinander. Ich hob die Hände, weil ich plötzlich dachte, gleich beißt sie mir was weg. Wie sie mich anguckte, das hatte was Bösartiges, wirkte ganz sonderbar. Aber sie rührte sich nicht. Nach ein paar Augenblicken zog sie sich langsam zurück, drehte sich um und ging hinaus. Ich hörte die Vordertür zuknallen.

Ich bin gleich die Treppe hochgerannt – ich weiß nicht, warum, denn rational betrachtet wusste ich ja, dass sie nach draußen gegangen war, aber ich musste trotzdem nachsehen. Alles in Ordnung. Ich habe mich neben das Gitterbett auf den Boden gesetzt und fühlte mich elend. Eine halbe Stunde hat es gedauert, bis ich mich wieder beruhigt hatte – und mir ist immer noch nicht wohl. Tatsächlich wird mir jetzt bewusst, dass ich mich schon die ganze Zeit, seit wir hier oben sind, nicht wohlfühle. Stress? Es steht so viel auf dem Spiel.

Ich glaube, was ich da gesehen habe, war die ganze Gewalt aus ihrer Kindheit, zusammengeballt und auf mich gerichtet. Die habe ich immer irgendwie gespürt – und mich darum in ihrer Gegenwart immer auf Zehenspitzen bewegt. Aber ich bin froh, dass ich sie jetzt mal so erlebt habe. Sie wird so monoton, wenn sie mir schreckliche Dinge über ihre Familie erzählt, wie um zu zeigen:

Mich berührt das alles nicht mehr, ich hab damit abgeschlossen. Aber natürlich kann das nicht sein – man wächst nicht in solch einem Haus auf und kommt unbeschadet davon. Bei meinen Eltern habe ich wenigstens nichts gesehen – aber gehört, glaube ich. Vielleicht. Ich weiß nicht mehr viel. Neulich ist mir aufgefallen, dass ich mich an Mom kaum noch erinnern kann, nur bruchstückhaft – an ein Kleid mit rosa Blumen und die Kette mit dem Bernsteinanhänger, der wie ein Karamellbonbon aussah. Wahrscheinlich hat Vater all ihre Sachen weggegeben, denn als er gestorben war, war nichts mehr davon da. Wenn ich darüber nachdenke, kann ich mich an die Zeit vor meinem achtzehnten Lebensjahr kaum erinnern. Ich habe wohl alles verdrängt, was vermutlich das Beste war.

Manchmal weiß ich überhaupt nicht, was in Susannahs Kopf vorgeht. Und die Wahrheit ist, sie weiß im Grunde auch nicht, wie ich wirklich bin. Wir sind bloß zwei ehemalige Zimmergenossen, die sich mal persönliches Zeug erzählt haben. Ich hätte sie wirklich nicht herbitten sollen. Andererseits wäre ich hier alleine gar nicht klargekommen. Und sie wollte kommen. Wahrscheinlich hätte sie sowieso kein Nein akzeptiert.

Ich muss mich beruhigen. Ich werde etwas Wasser trinken gehen.

Als ich noch die Chance hatte, zu ihr auf Abstand zu gehen, hätte ich das tun sollen – aber bei genauerer Betrachtung hat sie genau das verhindert, indem sie gefühlvolle Briefe schrieb, Geschenke schickte, nach Victoria zog, sich einlud.

Hab Wasser getrunken, gebadet. Mit Ana für morgen Mittag ein Picknick verabredet. Hab mich beruhigt. Ana ist eine sehr beruhigende Person. Bin noch müde und ein bisschen gereizt, aber nicht mehr so verärgert. Inzwischen tut sie mir leid. Ich hab keine Ahnung, wo sie hin ist – es regnet, und es ist dunkel. Sie muss in der Kneipe sein.

Ich muss toleranter sein. Sie hat so viel durchgemacht. Ich sollte mich auf ihre guten Eigenschaften konzentrieren. Sie kann auch richtig klasse sein – lustig, verrückt, zuvorkommend, besinnlich.

Folgendes habe ich beim Baden begriffen: Sie ist wie Gray. Da kann ich nicht erwarten, dass sie versteht, warum ich das hier tun muss. Ich darf ihr gar nicht erst erzählen, dass ich mich verpflichtet fühle. Irgendwo da draußen ist Bellas Mutter, und jedes Mal, wenn ich eine Walkuh in dem richtigen Alter sehe, frage ich mich, ob sie es ist. Ich empfinde da eine Pflicht. Die Pflicht, Bellas Mutter zu finden, und eines Tages wird es passieren. Aber wenn man jemandem sagt, man fühle sich einem Killerwal verpflichtet, wird man für verrückt erklärt. Aber es ist mehr als das. Ich könnte S nicht von dem ersten Tag auf dem Boot letzten Sommer erzählen, als ich dem Wal ins Auge sah und diese Verbindung spürte – das war wie ein Elektroschock aufs Herz. So was kann man nicht erklären, sonst klingt man, als gehörte man in die Klapse. Aber J versteht das, und die anderen auch, weil sie genauso denken. Wir sind ein Stamm von Überzeugten, für die Außenwelt Fanatiker. S kapiert das nicht, weil sie sich den Walen nicht verbunden fühlt. Sie denkt, hier geht es um Forschungsgelder.

Heute Morgen hat Ana erzählt, dass die Floßhäuser früher Holzfällern gehörten. Die schleppten ganze Gemeinden – Wohnhäuser, Läden, Schulen – dorthin, wo sie arbeiten mussten. Da wohnen jetzt immer noch Holzfäller, aber auch Fischer und Drückeberger, Hippies und andere, die vor etwas weglaufen oder ein alternatives Leben führen wollen. Also werde ich sicher auch einen Platz finden – Scheiße – Schritte auf der Treppe. Sie ist wieder da!

Die nächsten Seiten kleben aneinander. Ich atme zu schnell und fühle mich zittrig. Mein Mund ist staubtrocken. Das ist unglaublich. Das ist der Beweis. Was es genau beweist, ist mir allerdings noch nicht klar. Ich blättere zu den frühen Einträgen. Da scheint es hauptsächlich um die Schwertwale zu gehen – mehrere Seiten handeln von »Mutterlinien« und ausführlichen Beschreibungen der Schulen, die mit Buchstaben gekennzeichnet sind: J, K und L, und von den einzelnen Walen, die auch mit Buchstaben und Ziffern bezeichnet werden. Meine Mutter stand auf Initialen. Die Forscher sind D, K, C und J. Manchmal MB. Sie scheint besessen zu sein von einem »Katalog«.

In einem kurzen Abschnitt schreibt sie über »die Kerle« und »die Jungs«, und ich denke, sie meint damit weitere Wissenschaftler, aber dann begreife ich, dass die Kerle Wale sind. Es sind drei Brüder, die charakterlich verschieden sind, zumindest denkt sie das. Der kleine ist scheu, der mittlere Bruder ein Witzbold und der älteste angriffslustig, denn er schwimmt manchmal direkt auf das Boot zu und taucht in letzter Sekunde unter. Es gibt auch ein Kalb, von dem sie offensichtlich hingerissen ist. Sie schreibt, als wären die Wale Persönlichkeiten – keine Freunde, aber Persönlichkeiten, für die sie ein obsessives Interesse entwickelt hat. Wie eine Anthropologin, die sich in einen freundlichen, faszinierenden Stamm eingliedert. Dann beschreibt sie offenbar Walverhalten – Flossenklatschen, Springen, Ausschauhalten – und betrachtet sie wieder als Tiere.

Beim Weiterblättern zeigt sich, dass ein größerer Teil zusammengepappt ist. Wenn ich versuche, die Seiten voneinander zu lösen, werde ich sie zerreißen. Einige Satzteile sind hier und da noch lesbar. Da scheint es hauptsächlich um Walgesänge zu gehen – »dieses … Prusten wieder … hölzernes Knarren … sie stieß einen Pfiff aus: Hier bin ich. … hörte ihre Echoortung …«

Ich blicke auf und lausche auf Schritte, auf das Klicken der Hundekrallen, Finns zarte Stimme. Nichts. Alles ist still. Ich muss sie wirklich suchen gehen. Er wird Hunger haben. Er braucht sein Mittagessen. Und ich brauche ihn.

Aber das Tagebuch ist unglaublich. Das muss Alice sehen. Es ist unglaublich. Susannah hat das Tagebuch meiner Mutter hier und zeigt es mir nicht – das beweist zumindest, dass sie die Wahrheit gesagt hat. Aber sie hat auch eindeutig Wesentliches ausgelassen. Ich muss es nach Hause mitnehmen. Das ist ein handfester Beweis. Ich muss es Alice zeigen. Das ist die Rechtfertigung – es war also doch nicht so verrückt, ins Flugzeug zu steigen und hierherzukommen. Vielleicht bin ich einer Ahnung gefolgt.

Sowie ich Handyempfang habe, werde ich sie anrufen. Ich hatte also recht: Meine Mutter hatte wegen ihrer abgebrochenen Karriere einen Groll gegen mich. Als sie schwanger wurde, musste sie das alles aufgeben – Dad bestand wahrscheinlich darauf, dass sie zu ihm nach England zog, wo ich sicher aufwachsen und auf eine gute Schule gehen konnte. Ich habe ihr im Grunde das Leben ruiniert.

Das ist auch für Alice wichtig zu wissen. Es kann nicht einfach gewesen sein, mit einer Schwester wie mir aufzuwachsen. Alice musste ständig unsere Streitereien miterleben und die ganze Anspannung aushalten. Sie muss sich schuldig gefühlt haben, weil es zwischen ihr und unserer Mutter so harmonisch lief. Die Lieblingstochter zu sein bringt seine eigenen Belastungen mit sich. Sie gab sich andauernd Mühe, etwas wiedergutzumachen. Da überrascht es nicht, dass sie auf Regeln und Gesetze und gerechten Ausgleich steht. Aber ist meine Schwester glücklich? Ich glaube es nicht. Alice ist in unserer Vergangenheit genauso gefangen wie ich. Auch sie muss die Wahrheit über unsere Mutter erfahren. In gewisser Weise kann das für Alice genauso befreiend sein.

Ich blättere weiter. Auf zwei Seiten wird berichtet, wie sie an einem Strand eine Gruppe Orcas entdeckten, die sich die Bäuche an den Steinen rieben. Dann eine Beschreibung des Gästehauses:

Es wird von Ana geführt. Sie scheint immer gelassen zu sein, selbst wenn ihre Jungen herumrennen wie die Wilden … und ihre sind wirklich wild, niedlich, aber wild …

… hübsche, klare blaue Augen, helle Wimpern und feine blonde Haare, die sie sich hinten zu einem Knoten zusammensteckt. Ich mag sie sehr. Sie hat erzählt, dass sie von schwedischen Holzfällern abstammt, und Glen ist Fischer, aber der steht vermutlich sehr früh auf und schläft schon, wenn wir zurückkommen. Wir

haben ihn noch kein einziges Mal gesehen. Gestern Abend haben wir zu dritt gegessen … S schweigsam, grüblerisch … A und ich haben uns unterhalten …

… stellte sich heraus, dass sie sich schon von der Grundschule kennen. A ging für ein paar Jahre nach Victoria, um Highschool-Lehrerin zu werden, aber es kam ihr nicht richtig vor, nicht bei Glen zu sein. Darum kam sie zurück … sie sagte das alles so einfach, da empfand ich ein …

Auf der übrigen Seite ist die Schrift stark verschwommen und unleserlich. Ich blättere weiter, und die Initiale S springt mir wieder ins Auge.

Bin gestern Nacht aufgewacht, gegen zwei. S saß auf dem Stuhl an meinem Bett. Sie betrachtete mich. Es hatte aufgehört zu regnen, und durchs Fenster fiel weißes Mondlicht. Mit diesen Haaren, dem Nachthemd und den hellen Augen sah sie gespenstisch aus. Ich weiß nicht, wie lange sie schon so dagesessen hat. Ich schätze, ich habe sie gespürt und bin deshalb aufgewacht. Ich schoss kerzengerade im Bett hoch und sagte so was wie: »Was tust du denn hier?« Sie sagte mit dieser tiefen, katatonischen Stimme: »Ich sehe dir beim Schlafen zu.« Ich sagte, sie solle wieder ins Bett gehen. Das tat sie dann. Ich legte mich auch wieder hin, habe danach aber nicht mehr geschlafen. Selbst nachdem ich sie gleichmäßig atmen hörte, konnte ich nicht einschlafen. Ich war noch wach, als die Raben um halb sechs in den Bäumen zu lärmen anfingen.

Jetzt, nachdem wir den ganzen Tag an der Küste entlanggefahren sind und nichts annähernd Passendes gefunden haben, bin ich total schlapp, als hätte ich keine Knochen mehr im Leib. Das ist hier das eigentliche Problem: Ich bin so verflucht müde, dass ich nicht geradeaus denken kann. Mir ist auch wieder schlecht. Ich glaube, S ist sauer über unseren Streit. Sie war den ganzen Tag einsilbig.

Jetzt ist sie im Bad. Ohne sie ist es friedlich hier drinnen – das Rauschen der Wasserleitungen, dieser schlafende Engel, der Re-

gen auf dem Dach. Ich war noch nie eine gute Freundin. Diese Intensität, die Frauen immer verlangen – das ganze Getue und die unausgesprochenen Bedürfnisse und ständigen Sticheleien, das ist alles kompliziert und ermüdend. Ich habe immer wieder das Gefühl, als ob mir etwas Entscheidendes entginge, als gäbe es eine lange Liste von Regeln, gegen die ich alle verstoße, und darum ist sie so wütend und frustriert. Aber ich weiß eben nicht, welche Regeln das sind.

Ich brauche dringend Schlaf, muss aber wach bleiben. Ich will nicht schlafen, solange sie herumläuft. Solange ich schreibe, werde ich wohl wach bleiben.

In letzter Zeit stelle ich sie mir manchmal als Wölfin vor, die mir auf Schritt und Tritt folgt und bereit ist, jeden anzufallen, der mir zu nahe kommt – aber auch bereit ist, mich anzufallen, wenn sich der Wind dreht und in ihrem Kopf ein Schalter umgelegt wird. Ich weiß nicht. Im Moment stimmt mit ihr was nicht – falls es bei ihr überhaupt je so ganz gestimmt hat.

Vorhin hat J angerufen – er macht Fortschritte – CDF ist an dem Institutsplan interessiert, braucht aber die Zustimmung eines Gremiums, es bleibt also erst einmal ungewiss. Er wird mehr erzählen, wenn er wieder da ist. D ist jetzt heimgefahren – C, K und R fahren nächste Woche. Es wird einsam werden. Ich muss mir eine Lösung ausdenken. Ein Haus finden – aber das ist hier oben vielleicht unmöglich. Vielleicht ist das alles bloß eine alberne Fantasie gewesen.

Im Moment habe ich starke Kopfschmerzen, die einfach nicht weggehen. Es ist kalt im Zimmer, obwohl die Heizung an ist. Meine Hand tut höllisch weh vom Schreiben – muss aufhören.

Wenn sie aus dem Bad kommt, werde ich ihr sagen, dass wir noch einen Tag zusammen verbringen, dann muss sie abreisen. Sie könnte mir sogar fehlen, wenn sie wieder in Victoria ist.

Wieder kleben Seiten aneinander, aber die nächsten zwei trenne ich mit sanfter Gewalt, und die blasse Schrift lässt sich lesen.

… erstaunlich! Schöner Tag. Warm, still. Haben zum Mittagessen geankert. Am Strand einen Bären beobachtet, der sehr geduldig Steine umdrehte. Ich hatte den Kopfhörer auf, das Hydrophon erfasste die Geräusche des Bären, das Klappern der Steine und sogar das Knurren der Barsche. Draußen auf dem Meer herrschte Stille – überhaupt keine Motorengeräusche. Plötzlich der Gesang – brii-fftt-wirriiip. Bin aufgesprungen und hab die Wellen mit dem Fernglas abgesucht, konnte aber nichts entdecken – dann Pfiffe und ein Blas. Hab das Schlauchboot gestartet und bin um die Landzunge herumgefahren. Und da lag eine wunderbare kleine Bucht, das Wasser glitzerte in der Sonne, dahinter erhoben sich die Berge, und sechs Orcas – zwei erwachsene Bullen, ein paar jüngere und zwei große Weibchen – ließen es sich dort gut gehen, schwammen durch den Tangwald. Ich habe keinen erkannt, hatte aber den Katalog nicht dabei – hab darum die Kamera rausgeholt und drei Filme verschossen. Aber mit S und K im Boot konnte ich ihre Kommunikation nicht aufnehmen und keine Notizen machen.

Hinterher legten wir am Ufer an und wanderten um die Landzunge. Hab eine alte Frau kennengelernt, die eine kleine Hütte hat. Sie behauptet, dass die Orcas das ganze Jahr über kommen – ich hab mir das drei Mal von ihr versichern lassen. Auch im Winter? Ja. Sogar im Januar? Ja. Sie hat erzählt, dass es auf der Insel eine ganz kleine Gemeinde gibt, auch eine Familie in einem Floßhaus auf der anderen Seite. Deren Kinder gehen zur Schule – jep –, auf einem Schulboot! Es gibt sogar ein Wasserflugzeug, das die Post bringt, und scheinbar überhaupt keinen Schiffslärm, dafür das ganze Jahr über Orcas …

Die übrigen Blätter sind alle zusammengepappt, fast das halbe Tagebuch ist ein dickes, steifes Stück. Ich werde es austrocknen lassen und die Blätter dann ganz behutsam auseinanderhebeln. Aber nicht jetzt. Nur ein Blatt findet sich noch, das für sich geblieben ist, das letzte. Die Schrift ist stark ausgebleicht, nur wenige Sätze sind lesbar.

… morgen zurück zum Floßhaus. Diese drei Tage haben mich völlig geschafft. Bin total erleichtert, dass wir heimfahren. S – majestätisch und reizbar, manchmal geistesgestört. J – Hölle auf Erden, wütend, hält sich kaum zurück. KK – Himmel, Himmel. Nur noch ein Tag. Wettervorhersage gut …

Irgendwo im Haus war etwas zu hören. Ich knalle den Deckel des Sekretärs zu, schiebe mir das Tagebuch in die Hosentasche und haste zur Schlafzimmertür, halb erleichtert, dass ich Finn zurückbekomme, und halb in Panik, weil sie mich erwischen könnte, wie ich aus ihrem Zimmer komme.

»Hallo?«, rufe ich. »Seid ihr das?« Mir ist schwindlig.

Stille. Der Wind treibt den Regen gegen die Scheiben. Die Holzwände knacken. Keine Hunde. Keine Stimmen. Kein »Mama!«

Es muss der Wind gewesen sein.

Ich werde mir den Mantel überziehen und zum Atelier laufen. Ich will Finn unbedingt zurückhaben. Und wir müssen noch essen, packen und zum Hafen fahren. Ich will auf jeden Fall frühzeitig vor der Sechs-Uhr-Fähre dort sein. Da ich jetzt das Tagebuch habe, brauche ich Susannah nicht mehr nach ihrer Vergangenheit zu fragen. Jetzt bin ich froh, dass ich sie nicht gezwungen habe, die unerwiderte Liebe für meine Mutter noch einmal zu durchleben. Das wäre grausam gewesen. Ich kann das Tagebuch austrocknen lassen und lesen. Es steht alles da drin, in den Worten meiner Mutter.

Ich nehme meinen Mantel aus dem Flurschrank – Finns Schneeanzug ist weg, auch seine Gummistiefel, Handschuhe und Mütze. Wenigstens hat sie ihn warm eingepackt. Ich ziehe mir den Parka an, stecke das Tagebuch in die Innentasche und gehe zum Wohnzimmer. Es wäre fatal gewesen, wenn Susannah mich erwischt hätte. Ich stelle sie mir wütend vor, wie meine Mutter sie beschrieben hat – mit diesem kalten Blick.

Es wird höchste Zeit. Finn muss hungrig sein. Vielleicht sollte ich die Wickeltasche mitnehmen und sogar ein Sandwich. Sie könnte allerdings selbst daran gedacht haben, ihm etwas zum Mittagessen zu geben. Wahrscheinlich hat sie das. Besser, ich gehe sofort los. Ich brauche ihn. Und einen Kaffee.

Im Wohnzimmer komme ich an den Scherben vorbei. Es will mir nach wie vor nicht in den Kopf, dass ich bei dem Lärm nicht wach geworden bin. Der Gedanke ist beunruhigend. Wie ist es möglich, dass ich Finns Schreie in Verbindung mit Scherbenklirren nicht gehört habe?

Mein Magen knurrt. Außer dem Muffin habe ich heute noch nichts gegessen. Vielleicht bin ich nur deshalb so benommen und neben der Spur. Aber der Hunger muss warten. Ich muss jetzt Finn holen und von hier weg.

Wenn wir wieder in England sind, werde ich Susannah schreiben und gestehen, dass ich das Tagebuch mitgenommen habe. Den Rest davon kann ich heute Abend in Vancouver auf dem Zimmer lesen. Das ist kein Diebstahl, denn es gehört eigentlich meiner Familie und nicht Susannah. Und Alice muss es sehen. Da fällt mir ein, dass ich mein Babyfoto nicht mitgenommen habe. Laufe ich noch einmal zurück? Nein, Finn zu holen ist jetzt wichtiger.

Ich steige in die Stiefel und ziehe die Verandatür auf. Die Luft ist eisig. Der Wind schlägt mir den Regen ins Gesicht und macht mich ein wenig wacher. In Dougs Pullover und dem Parka wird mir nicht kalt werden. Unten tost das Meer, während ich mit Salzgeschmack auf der Zunge die schlüpfrige Veranda entlanglaufe. Mein Atem weht weiß, und meine Nasenspitze ist schon taub. Die Bäume stehen dicht und sind so verblüffend hoch. Die Wipfel biegen sich im Wind. Gedanken an Raubtiere, die mich vielleicht aus dem Unterholz beäugen, dränge ich beiseite. Es gibt hier Bären und Wölfe und wer weiß, was noch.

Ich lege einen Zahn zu. Als ich in den Wald laufe, scheint mich der Kieferngeruch schier zu überwältigen, und ich renne schneller. Hier ist alles gedämpft, der Wind, der Regen. Aus den Augenwinkeln sehe ich etwas Großes vorbeihuschen, was mein Tempo sofort erhöht. Aber meine Beine kommen mir steif vor, mein Hals ist rau. Vom Meer ist jetzt nicht mehr viel zu hören. Der Nadelteppich unter meinen Füßen fühlt sich weich und schwammig an.

Es ist nicht weit. Ich brauche nur dem Pfad zu folgen. Finn wird mit einem mulmigen Gefühl durch den Wald gegangen sein, schließlich kennt er Susannah kaum. Er wird froh sein, dass ich komme. Dann gelange ich auf die Lichtung.

Im Atelier brennt kein Licht. Aber schließlich ist es auch noch mitten am Tag.

»Hallo?« Ich stolpere die Holzstufen hinauf. »Ich bin's!« Ich reiße die Tür auf. »Sie hätten mich wecken –«

Ich stehe in einem hohen Raum, der bis unters spitze Dach reicht. Sie sind nicht da.

Vielleicht gibt es nach hinten raus ein Zimmer. Dort werden sie sein.

»Susannah? Finn? Hallo! Wo seid ihr?«

Der Regen trommelt auf die Dachschrägen. Ich blicke mich um: an den Wänden Regale mit ineinandergestapelten weißen Keramikschalen, in einer Ecke ein Töpferrad und ein Brennofen, farbbekleckste Hocker und eine Werkbank mit alten Laken, Töpfermessern und anderen Werkzeugen – gefährlich für ein Kleinkind. Jagdstiefel vor einem Kleiderständer, von dem die Farbe abblättert, eine leere Weinflasche mit einem Kerzenstummel, an einer Wand ein niedriges rotes Sofa mit einer indianischen Decke darauf, ein eingestaubter CD-Player, der Farbspritzer abbekommen hat, auf dem Boden verteilt tonverschmierte Latzhosen.

»Wo seid ihr?« Meine schrille Stimme hallt mir entgegen. Sie klingt alarmierend.

Am anderen Ende des Raumes gibt es zwei Türen. Ich stoße eine davon auf – eine Toilette. Der Boden ist staubig. Hinter der anderen Tür ist es dunkel. Ich taste nach dem Lichtschalter. Da ist er. Das Licht flammt auf, ich blinzle.

Das ist ein Meditationsraum. Es gibt einen hölzernen Buddha, Rosenkränze, eine zusammengerollte Yogamatte, einen Stapel mexikanische Decken, ein paar Korkblöcke. Der Boden ist sauber und glänzt. An einer Seite liegen Kissen, auf einem dreibeinigen balinesischen Tisch steht eine Duftlampe. Es riecht nach Jasmin und anderen Parfümölen. Eine Girlande aus kleinen weißen Papierblüten ist um eine Stehlampe gewunden.

Ich mache kehrt.

Ich darf jetzt nicht panisch werden. Vermutlich habe ich sie bloß verpasst, mehr nicht. Sie werden irgendwo unter einem Schirm stehen und Eichhörnchen beobachten. Es ist nur freundlich gemeint, dass sie Finn so lange beschäftigt. Sie weiß, dass ich schwanger und erschöpft bin, und wollte mich deshalb nicht wecken. Sie wollte mir eine Verschnaufpause gönnen. Ich darf jetzt nicht wütend werden. Zumal Finn den kostbaren Chihuly zerstört hat. Aber das ist okay. Es ist nichts Schlimmes passiert. Ich muss die beiden nur finden.

Die Sehnsucht nach meinem Kind erfasst plötzlich meinen ganzen Körper. Ich will sein kleines Gesicht sehen, von Eichhörnchen hören, ihn an mich drücken, seinen Milchgeruch einatmen. Er vermisst mich inzwischen sicher auch und fragt sich, warum Susannah bei ihm ist und nicht ich. So sehr ich mich zusammenreiße, meine körperliche Reaktion ist eindeutig: weiche Knie, zittrige Arme, ein eiskaltes Gefühl im Magen.

Ich mache das Licht aus, schlage die Tür zu und laufe hinaus in den Regen und über die Lichtung. Zwischen den dichten Bäumen hockt die Dunkelheit. Mir ist wohler, wenn ich renne.

Außer Atem und mit nassem Kopf schiebe ich die Verandatür auf. Mir fällt Finns Lerntasse ins Auge, die auf dem Küchentresen steht.

Die schnappe ich mir im Vorbeigehen und laufe zur Haustür, trete auf die vordere Veranda, schaue nach allen Seiten, rufe. Hier sind sie auch nicht.

Der Regen fällt jetzt dichter. Das Wasser läuft von der Veranda. Die Kiefern verschwinden hinter einem grauen Schleier. Von der obersten Steinstufe kann ich den Mietwagen sehen, aber viel mehr nicht. Ich setze die Kapuze auf und steige eine Stufe hinunter. Die ist die reinste Eisbahn. Mein Fuß saust seitlich weg, ich kippe nach hinten, greife nach dem Geländer, aber zu spät – ich knalle mit dem Rücken auf die Stufenkante. Die Ententasse hüpft und kullert die Treppe hinunter. Mir ist, als würde mir eine glühende Eisenstange ins Kreuz gerammt. Einen Moment lang kann ich mich nicht bewegen. Der Schmerz ist schier unerträglich. Wenn ich mich bewege, werden meine Wirbel zerbröckeln. Eisiger Regen prasselt mir ins Gesicht. Ich höre die Brandung hinter dem Haus donnern.

Krampfhaft behalte ich die Hand am Geländer, um nicht mit meinem ganzen Gewicht auf der Stufenkante zu liegen. Mein Arm zittert schon vor Anstrengung. Behutsam ziehe ich mich hoch. Meine Beine lassen sich bewegen. Ich fasse mir an den Bauch. Mir ist, als hätte sich in meinem Körper alles verschoben.

Die übrigen Stufen nehme ich Schritt für Schritt. Ich hebe die Tasse auf, an der jetzt Erde und Kiefernnadeln kleben, und wische sie an der Jeans ab. Jetzt ist die Auffahrt zu erkennen.

Der Subaru ist nicht da.

Mir schießt ein Schmerz durchs Steißbein. Ich denke an das winzige Baby, das in mir schwimmt. Ich darf jetzt nicht in Panik ausbrechen, sondern muss die Augen aufmachen und nachdenken und vorsichtig sein. Ich wische mir den Regen aus dem Gesicht.

Offenbar hat sie Finn in die Stadt mitgenommen. Vielleicht ließ er sich hier nicht mehr beschäftigen – nachdem er den Chihuly zerschmettert hatte. War sie böse zu ihm? Warum in Gottes Namen hat sie mich nicht geweckt? Ich stelle mir vor, wie Finn angeschnallt in ihrem Subaru sitzt und weinend nach mir schreit. Unerträglich der Gedanke, dass sie zu ihm böse war. Plötzlich verspüre ich einen heftigen Beschützerdrang, mein ganzer Körper wird erst heiß, dann kalt. Man kann nicht einfach ein fremdes Kind in die Stadt mitnehmen. Bei diesem Wetter ist das eine Fahrt von vierzig Minuten. Das kann man nicht tun, ohne zu fragen.

Aber Susannah ist nicht der Typ, der um Erlaubnis bittet. Auch nicht, wenn es um ein Kind geht.

Die Prellung schmerzt, und mich schaudert in einem fort, weil der Regen auf die Kopfhaut läuft. Nicht weit von hier kracht die Brandung gegen die vereisten Felsen. Am Geländer entlang schleppe ich mich zur Haustür.

Ich sollte in der Galerie anrufen, aber die Nummer steht auf der Website und die ist in meinem Handy, das keinen Empfang hat. Die Nummer der kanadischen Telefonauskunft kenne ich nicht.

Ruhig bleiben. Sie wird irgendwo eine Nachricht hingeklebt haben. Ich habe sie bloß übersehen. Mit schmerzendem Steißbein bewege ich mich durch das stille Haus. Irgendwo klebt der Zettel, auf dem diese Frau mir mitteilt, dass sie kurzerhand mit meinem Kind in die Stadt gefahren ist.

Am Kühlschrank fällt mir eine Ansichtskarte mit einem Keramikfisch ins Auge. Ich ziehe sie unter dem Magneten hervor und drehe sie um. Sie ist unbeschrieben, aber da steht es – Susannah Gillespie Gallery, Spring Tide Island und die Telefonnummer. Das Festnetztelefon steht auf der Küchenzeile.

Ich lasse es lange klingeln. Dann meldet sich ihre kühle, herrische Stimme auf dem Anrufbeantworter. »Susannah, wenn Sie da sind, könnten Sie mich bitte zurückrufen? Ich bin aufgewacht, und Sie waren mit Finn verschwunden. Ich komme jetzt in die Stadt, wir treffen uns dort.«

Nachdem ich aufgelegt habe, stelle ich mir harmlose Situationen vor, wie Susannah und Maggie im Bäckereicafé sitzen, Finn beschäftigen, ihn mit gigantischen Keksen füttern. Das wird ihm gefallen, und trotzdem wird er mich dabeihaben wollen, teils sogar beunruhigt sein. Es gibt nur eine einzige Straße, sodass ich sie nicht einmal verfehlen kann, falls sie schon auf dem Rückweg sind. Gleich bin ich von hier weg. Ich werde unsere Sachen packen und in die Stadt fahren. Es ist okay. Es gibt nur einen Ort, an dem sie sein können, und da fahre ich jetzt hin.

Die Schmerzen am Steißbein haben ein wenig nachgelassen. Bei dem Gedanken, wie ich mich gleich hinters Steuer schiebe, verziehe ich jetzt schon das Gesicht. In steifer Haltung gehe ich an den Küchenschrank, während ich den Reißverschluss des Parkas öffne. Ich brauche Schmerztabletten. In einem Oberschrank stehen im obersten Fach die Pillenflaschen.

Es sind lauter verschreibungspflichtige Mittel, deren Namen mir nichts sagen. Susannah ist krank. Das hätte ich eigentlich merken müssen, denn ich habe schon viele kranke Menschen um mich gehabt. Es wundert mich, dass sie keine Andeutung gemacht hat. Andererseits, warum sollte sie? Wir kennen uns ja kaum. Jemand mit lauter ungeschältem Reis und Tofu im Schrank hat diese Mengen Tabletten nur, wenn er sie wirklich braucht.

Mir ist nicht bekannt, ob Ibuprofen in Kanada auch so heißt. Ein stechender Schmerz schießt mir durchs Kreuz, als ich den Arm zu dem Schrankfach recke. Ich nehme eine Flasche heraus – Zolpidem – und stelle sie zurück. Der einzige Name, den ich kenne, ist Kodein. Aber benebelt bin ich schon genug.

Ich rufe noch einmal in der Galerie an. Meine Finger sind ungeschickt und steif von der Kälte.

»Okay. Susannah? Könnten Sie mich sofort zurückrufen, wenn Sie das hören? Finn und ich müssen die nächste Fähre nehmen. Darum will ich sie nicht verfehlen. Ich möchte gern frühzeitig im Hafen sein, für den Fall, dass sie eher ablegt. Also, könnten Sie mich umgehend anrufen? Ich will wissen, wo Sie sind, Susannah. Was tun Sie denn?«

Ich lege auf. Das kann sie sich nicht einfach herausnehmen. Das ist nicht akzeptabel. Vorsichtshalber schreibe ich ihr einen Zettel: *Bin auf der Suche nach Ihnen!* Dann füge ich hinzu: *In der Stadt!*

Ihr Verhalten ist nicht korrekt.

Aber es ist ein winziges Städtchen, und nur eine Straße führt dorthin. Also werden wir uns zwangsläufig in die Arme laufen. Jetzt brauche ich erst einmal Schmerztabletten und Kaffee.

Ich fühle mich noch immer schwach auf den Beinen. Bevor ich mich bei dem Wetter ans Steuer setze, muss ich richtig wach sein.

Nachdem ich die Kaffeedose gefunden habe, gebe ich vier Löffel Pulver in den Filter und das Wasser für eine Tasse in den Tank. Eigentlich soll man als Schwangere nicht so viel Kaffee trinken. Einen Moment lang zögere ich. Aber Koffein ist für das Baby nicht so gefährlich wie ein Sturz mit dem Wagen von einer Klippe.

Ich schalte das Gerät ein und eile ins Gästezimmer, um zu packen.

Ich kann es kaum erwarten, Finn wiederzuhaben, seine Arme um meinen Hals zu spüren, seine Pausbäckchen zu küssen. Ich werde ihn mit seiner Decke, dem Häschen und der Ententasse in den Mietwagen setzen und abfahren – weg von Susannah und diesem beklemmenden Haus. Wieder spüre ich das Verlangen, bei meinem Kind zu sein, in jeder Faser, intensiv wie Gliederschmerzen, wie Fieber, wie Übelkeit. Ich will meinen kleinen Jungen zurück. Sofort.

Alice werde ich nicht erzählen, dass ich ihn für kurze Zeit aus den Augen verloren habe. Keinem werde ich es sagen. Ganz bestimmt nicht Doug. Es wird ja gleich vorbei sein. Ich brauche nur loszufahren und Finn abzuholen.

Im Badezimmer fege ich die Toilettenartikel in den Kulturbeutel. Darin habe ich auch Schmerztabletten, was mir ganz entfallen war. Ich nehme gleich zwei auf einmal. Als ich mich übers Waschbecken beuge, um Wasser zu trinken, macht sich die Prellung übel bemerkbar. Ich klatsche mir noch einmal Wasser ins Gesicht. In der Dusche liegt eins von Finns Lastautos, unter dem Waschbecken seine blauen Socken, auf der Heizung die Packung Feuchttücher. Ich sammle alles ein, räume seine Autos in den Beutel, suche die Klamotten zusammen, die überall verstreut liegen – seine Schlupfjeans, die ketchupbekleckerte Latzhose, die Unterhemdchen und T-Shirts und Fleecepullis. Ich wünsche mir immer sehnlicher, ihn in die Arme zu schließen.

Sein Häschen finde ich unter dem Bettüberwurf. Für einen Moment drücke ich die Nase hinein, bevor ich es in meine Umhängetasche stopfe. Er wird sich freuen, es wiederzubekommen. Dann sehe ich mich um. Sein Schlafsack fehlt.

Ich suche unter der Tagesdecke, in der Ritze zwischen Bett und Wand, unter dem Bett, in der Reisetasche – habe ich ihn schon längst eingepackt und es nur vergessen? Sein Astronautenpyjama fehlt auch. Wo sind die Sachen? Ich wühle im Koffer. In meinem benebelten Zustand habe ich sie wohl tatsächlich schon eingepackt. Ich fühle mich noch immer nicht ganz wach, nicht denkfähig. Irgendetwas entgeht mir hier. Hat Susannah den Schlafsack mitgenommen, damit Finn es im Auto wärmer hat? Bei dem Wetter vielleicht keine schlechte Idee. Beruhigend, dass sie sich darum sorgt, ob er friert. Zugleich ist mir unbehaglich bei dem Gedanken, dass sie an unseren Sachen war, während ich schlief.

Ich klaube das Übrige zusammen.

Die Wickeltasche ist auch nicht da. Verständlich. Das bedeutet zumindest, dass er eine frische Windel bekommen hat. Sie ist selbst Mutter und hat einen Sohn großgezogen. Da wird sie wohl noch wissen, was ein Kleinkind braucht. Mir fällt die zweite Latzhose ein. Wo ist die? Und seine Ringelstrumpfhose und das Saurier-Shirt? Ich sehe noch einmal unters Bett und suche im ganzen Zimmer, ob sie doch irgendwo liegen.

Sein blauer Fleecepulli fehlt auch. Aber das ist vielleicht alles in der Reisetasche. Muss wohl. Ich werfe einen Blick auf die Tasche und überlege, alle Sachen herauszunehmen und zu sortieren, um festzustellen, was tatsächlich fehlt. Aber wichtiger ist mir, möglichst schnell aus dem Haus zu kommen. Mich treibt eine tief verwurzelte, körperlich spürbare Sehnsucht. Ich muss dieses finsterer werdende Haus und den abgelegenen, meerumtosten Felsen verlassen.

Ich muss zu meinem kleinen Jungen, dringend.

13

Eine einzelne Glühbirne erhellt das Schild der Galerie, das Haus selbst liegt im Dunkeln. Durch die verregnete Windschutzscheibe schaue ich auf die Fenster, die im Parterre mit Läden verschlossen sind. Über dem Dach hängt eine tiefe graue Wolkendecke. Ich steige aus. Im Gehen ziehe ich mir die Kapuze auf und laufe zur Haustür, schlage mit dem Türklopfer dagegen und linse durch den Briefkastenschlitz. »Susannah?« Ein langes Hornsignal tönt von der Fähre. Tröpfchen klatschen auf meine Kapuze, meine Lippen schmecken salzig. Im Haus ist es still.

Und das ist der Moment, in dem sich meine Angst nicht mehr beschwichtigen lässt. Kein Mensch ist auf der Straße, gegenüber im Hafen verschwommene Lichter, ein paar parkende Autos, ein streunender Hund. Ich schaue durch den Regendunst die Straße hinauf und bemerke erst jetzt den Subaru. Er steht ein Stück weit hinter meinem Wagen. Erleichterung durchströmt mich. Alles ist gut. Sie sind hier. Natürlich sind sie hier.

Ich laufe zu Susannahs Auto. Wie zu erwarten, sitzt niemand drin, auch nicht die Hunde. Hätte sie die nicht normalerweise im Wagen gelassen? Da liegen die Abfälle – die Vitaminwasserflaschen und Nusstüten, ein paar große Plastikschüsseln, tonfleckige Laken, alte Wanderstiefel und eine karierte Hundedecke. Und da ist Finns Kindersitz. Mir ist nicht einmal aufgefallen, dass er auf meinem Rücksitz fehlte. Ich bin froh, dass sie ihn mitgenommen hat, denn das zeigt, dass sie an seine Sicherheit denkt. Gleich werde ich die beiden gefunden haben. Ich muss versuchen, sie nicht anzuschreien, weil sie ihn ohne zu fragen mitgenommen hat. Es bringt nichts, noch einen Streit anzufangen, bevor wir auf die Fähre gehen. Sowie ich Finn wiederhabe, werden wir uns verabschieden. Selbst wenn die Fähre erst in drei Stunden ausläuft, werde ich so lange im Hafen sitzen.

Der Subaru ist nicht abgeschlossen. Ich schnalle den Kindersitz los und hebe ihn heraus. Er ist vollgekrümelt. Auf dem Boden liegt eine kleine Plastikbox mit Cheerios. Offenbar hat sie Finn welche gegeben, damit er während der Fahrt ruhig ist. Hat er geweint?

Ich knalle die Tür zu und renne zum Mietwagen, wo ich den Kindersitz im Fond festmache. Dann laufe ich die Straße hinauf zur Bäckerei, deren Schaufenster ein warmes Licht verbreitet. Dort müssen sie sein. Ganz bestimmt.

Doch durch die Scheibe sehe ich, dass niemand drin ist, nur Maggie, die mit einer Lesebrille und gesenktem Kopf hinter der Ladentheke sitzt.

»Ich suche Susannah!«, rufe ich, als ich in den Laden platze. Maggie sitzt über einem Stoß Unterlagen. Es läuft Folk-Musik, und ein klebriger Zimtgeruch hängt in der Luft. »Susannah hat meinen Sohn, und ich weiß nicht, wo sie sind. Haben Sie sie gesehen?«

Sie steht auf und setzt verblüfft die Brille ab. »Oh! Kali! Sie sind hier? Ich dachte, Sie wären im Haus geblieben, um sich auszuruhen.«

»Wie bitte?« Schwer atmend stütze ich die Hände auf. »Hören Sie, Maggie. Susannah ist hier irgendwo mit Finn, ich weiß nur nicht, wo. Ihr Wagen steht da, aber in der Galerie sind sie nicht. Da dachte ich, sie seien bei Ihnen …« Ich schaue auf die Tür hinter ihr und frage mich, ob Maggie über der Bäckerei wohnt. Vielleicht gibt es oben eine Wohnung und Susannah ist dort, füttert Finn mit einem Sandwich und spielt mit ihm Verkehrsunfall. »Sind sie hier?«

»Wieso? Nein, nein. He, alles okay.« Sie schiebt ihre Papiere zusammen. »Sie scheinen sich Sorgen zu machen. Brauchen Sie nicht. Sie hat ihn nur auf einen kleinen Ausflug mitgenommen, wie Sie vorgeschlagen haben – damit Sie endlich mal ein bisschen Ruhe bekommen.« Sie lächelt mich an. »Das war doch eine gute Idee.«

Sie begegnet meinem fassungslosen Blick mit diesem leeren Lächeln.

»Was sagen Sie da?«

»Sie meinte, dass Sie –«

»Wohin? Wohin hat sie ihn mitgenommen?«

»Es ist alles in Ordnung, Kali, Liebes. Wirklich. Sie kam heute Vormittag, um die Hunde bei mir zu lassen. Sie meinte, Sie brauchten mal etwas Ruhe vor dem kleinen Kerl, und darum würde sie mit ihm etwas unternehmen. Ich mache Ihnen keinen Vorwurf, überhaupt nicht. Niemand verurteilt Sie dafür, glauben Sie mir. Ich habe selbst drei Kinder großgezogen. Ich weiß, wie das manchmal ist.«

»Nein, stopp. Maggie, bitte … sie kam zu Ihnen? Aber ich habe sie nicht gebeten, Finn mitzunehmen. Ich würde ihn niemals … Wohin wollte sie? Wo sind sie hin? Sie hat mir überhaupt nichts gesagt, hat ihn einfach mitgenommen.«

»Nichts gesagt? Oh, Liebes, das ist bestimmt bloß ein Missverständnis. Sie würde nicht einfach so wegfahren. Und keine Sorge, Ihr Kleiner ist in guten Händen – meine Güte, er sieht so süß aus mit den Ohrenklappen, er ist ein Schatz. Ein zuckersüßer Knirps.«

»Maggie!«, brülle ich. »Wohin wollte sie?«

»Okay, Liebes. Also, sie sind mit der Fähre zu ihrer kleinen Hütte gefahren – sie hat ein hübsches Häuschen auf den Inseln draußen. Meistens fährt sie im Sommer dorthin. Es ist ein bisschen rau dort, aber nicht allzu weit. Wirklich, Sie brauchen sich keine Sorgen zu machen.«

»Wie bitte? Sie hat Finn auf eine andere Insel mitgenommen?«

»Oh, Kali, das ist okay, wirklich. Susie ist selbst Mutter, vergessen Sie das nicht. Sie passt gut auf Ihren Kleinen auf. Sie muss Sie missverstanden haben. Heute Abend werden sie wieder hier sein. Da ist wohl ein großes Kuddelmuddel entstanden.«

»Ein Kuddelmuddel?!«

»Kommen Sie und setzen Sie sich.« Sie kommt um die Ladentheke herum, in Pullover, Jeans und Clogs. Sie hat breite Hüften und schmale Schultern, dazu diesen langen Hals, als hätte sie in einer Sanduhr festgesteckt. Sie drängt mich zu einem Sofa.

»Also. Sie hat mir erzählt, was für eine schwere Zeit Sie gerade durchmachen, und dazu noch die Sache mit Ihrem Mann, Sie Ärmste. Ist doch klar, dass Sie sie bitten, mal eine Weile auf das Kind aufzupassen. Jeder fände es schwer, mit so einer Situation klarzukommen, wenn der Mann einen sitzen lässt … Sogar Geoffrey, Sie wissen schon, der Herr, dem der Drugstore gehört, hatte Verständnis dafür, als ich's ihm erzählt habe.«

»Was? Wer? Wer hat wofür Verständnis?« Mir ist plötzlich heiß. Ich öffne den Parka.

»Na, Geoffrey. Er erwähnte, dass Sie heute Morgen Ihre liebe Mühe mit dem Kleinen hatten. Die können einen in dem Alter ganz schön auf Trab halten, wie? Und das, wo bei Ihnen was Kleines unterwegs ist … Also, Liebes, setzen Sie sich erst mal hin. Ich bringe Ihnen was zu trinken. Sie sind furchtbar blass. Eine schöne heiße Schokolade? Sie sehen gar nicht gut aus, Liebes.«

»Nein!« Ich sehe den grauhaarigen Mann vor mir, der eigens für mich den Laden aufgeschlossen hat und bei dem wir uns danebenbenommen haben. War das wirklich erst heute Morgen gewesen? Meine Güte, das ist alles so unglaublich. »Maggie.« Ich versuche, einen ruhigen, vernünftigen Ton anzuschlagen. »Ich möchte nicht unhöflich erscheinen, aber ich komme prima zurecht. Ich bin nicht krank. Ich will nur meinen Sohn wiederhaben. Man kann nicht einfach ungefragt irgendein Kind mitnehmen!«

»Schätzchen, sie wollte Sie doch nicht verärgern. Sie sagte, Sie hätten so schön fest geschlafen, Sie Ärmste. Eine Schwangerschaft kann am Anfang heftig sein, vor allem wenn – nun ja, ich weiß, Sie haben eine schwere Zeit durchgemacht. Ganz bestimmt wollte Susie Sie nur unterstützen, wo sie doch so eine gute Freundin Ihrer Mutter ist.«

»Das ist sie nicht«, fahre ich sie an. »Sie ist keine Freundin.«

»Aber …«

»Meine Mutter ist tot, Maggie. Meine Mutter ist gestorben.«

Maggie sieht mich sprachlos an. »Großer Gott«, sagt sie dann. »Oh Liebes.« Und plötzlich wirkt sie selbstgefällig, so als wäre nun endlich klar, was mit mir los ist.

Ich hocke mich auf die Sofakante und spüre dabei die Rückenprellung. Einen Moment lang fühle ich mich vollkommen machtlos – sie hat Finn. Auf einer Fähre. Da draußen auf dem Meer. Dann steigt langsam Wut in mir auf. Ich stelle mir vor, wie Susannah Maggie meine Zerstreutheit schildert, ihr erzählt, dass Finn Dinge zerbricht, weil ich nicht richtig aufpasse, dass Doug fremdgeht und ich schwanger bin – oder hat ihr der Drugstore-Besitzer gesteckt, was ich bei ihm gekauft habe? Die Insel kommt mir auf einmal gar nicht mehr groß vor – sie ist gerade zusammengeschrumpft, beengend und stickig.

Aber das ist nicht Maggies Schuld. Auf sie darf ich nicht böse sein. Sie hat schlichtweg keine Ahnung, wie Susannah eigentlich ist.

»Ich kann gar nicht glauben, dass sie wegen Ihrer Mutter nichts gesagt hat.« Endlich hat Maggie begriffen, dass hier etwas nicht stimmt. »Sie muss völlig … Sie fühlt sich bestimmt … Aber das ist wohl der Grund, warum sie Ihnen so sehr unter die Arme greift.«

»Sie greift mir nicht unter die Arme, Maggie! Ich habe sie gar nicht gebeten, Finn mitzunehmen. Sie darf nicht einfach mit ihm auf eine andere Insel fahren, ohne mich zu fragen. Himmel, Maggie, man kann nicht einfach ein fremdes Kind mitnehmen.«

Sie geht neben mir in die Hocke und fasst mir beruhigend an den Arm. »Liebes, Sie sind überanstrengt. Mir war nicht klar, dass Sie gerade Ihre Mutter verloren haben. Wir werden jetzt Folgendes tun: Wir bleiben hier und warten auf ihre Rückkehr. Ich weiß, Sie bereuen, sie darum gebeten zu haben. Sie haben ein schlechtes Gewissen. Aber wir Frauen dürfen auch mal Hilfe annehmen, wissen Sie. Doch, das dürfen wir. Wer trauert, ist aus dem Gleichgewicht. Sehen Sie die Fähre da drüben – die *Sea Maiden*?« Sie zeigt durch die regennasse Scheibe.

Ich schüttle ihren Arm ab und beuge mich zum Fenster, kann den Hafen aber nicht erkennen, nur die Straße.

»Das ist die Fähre zu den äußeren Inseln.« Sie spricht wie mit einem kranken Kind. »In ein paar Minuten legt sie nach Raven Bay ab. Da wird sie Waren ausladen, Leute absetzen und umkehren, und mit dieser Fahrt werden die beiden zurückkommen. Sie brauchen also nur hier sitzen zu bleiben und zu warten. Machen Sie es sich auf dem Sofa gemütlich. Sie können eine heiße Schokolade trinken, gegrillten Käse essen, eine nette Zeitschrift lesen, ein Nickerchen machen, und ehe Sie sich versehen, kommen die beiden von der Fähre. Dann werden Sie sich fragen, warum Sie sich eigentlich so aufgeregt haben. Haben Sie nie ein schlechtes Gewissen, nur weil Sie um Hilfe gebeten haben.«

»Ich habe nicht um Hilfe gebeten!« Mühsam stehe ich auf. »Und ich muss mich nicht ausruhen.« Ich bin kurz davor, Maggie anzuschreien. »Ich will nur meinen Sohn wiederhaben.«

»Und den bekommen Sie auch bald.«

»Kann ich mit der Fähre da drüben mitfahren?«

»Ja, sicher. Aber, Liebes, dadurch erreichen Sie auch nicht mehr, als die Rückfahrt mit den beiden zusammen zu machen, und das ist eine ziemliche Fahrt bei dem Seegang –«

»Danke.« Ich greife nach meiner Tasche. »Aber ich nehme die Fähre.«

»Okay. Verstehe. Sie wollen bei Ihrem Kleinen sein.«

Dann halte ich inne. Zur Abwechslung will ich mal nicht kopflos davonstürmen. »Maggie – falls Susannah in Raven Bay zufällig nicht am Anleger sein sollte, wo steht ihre Hütte auf Raven Island?«

»Warum sollte sie nicht am Anleger sein?« Maggie schaut mich verständnislos an. »Selbst Susie würde im Januar nicht mit einem Kleinkind in einer Hütte übernachten.«

»Ich möchte sie nur um keinen Preis verfehlen, okay? Für alle Fälle muss ich wissen, wo sie sind, nur für alle Fälle.«

»Also, ich bin noch nicht da gewesen. Die Hütte ist Susies Rückzugsort, sie lässt niemanden hin. Aber in Raven Bay können Sie jeden fragen. Das ist eine sehr kleine Gemeinde, nicht so groß wie Spring Tide. Da gibt es eine nette Frau, die das Gästehaus führt. Ana heißt sie. Es liegt gleich gegenüber dem Fähranleger. Ana weiß alles.«

»Danke. Ich danke Ihnen, Maggie. Tut mir leid, dass ich ein bisschen laut geworden bin – es ist nur wegen Finn.«

»Seien Sie nicht zu hart mit ihr«, ruft sie mir hinterher. »Ich weiß, sie bestimmt gerne, wo es langgeht, hört auch nicht immer zu, aber sie dachte wirklich, sie tut Ihnen einen Gefallen. Und sie wird auch aufgewühlt sein …«

Ich sehe über die Schulter. Ihre Augen haben noch denselben leeren Schimmer. Kurz frage ich mich, was sie weiß und was nicht. Dann nicke ich nur und verlasse den Laden. Draußen sprinte ich durch den Regen zur Fähre.

An Bord sind nur ein paar Leute, die vermummt in den Bankreihen hocken. Es gibt keine Bewirtung, dazu ist das Schiff zu klein. Außerdem ist es heruntergekommen und miefig. Es sieht aus wie aus den Siebzigern, riecht nach Fisch und Zigarettenrauch und hat einen groben braunen Teppichboden. Während der Regen gegen die Fenster peitscht, schaukelt die Fähre aus dem Hafen.

Es kommt mir unwirklich vor, dass Finn vor nur ein, zwei Stunden auf diesem Schiff gewesen ist. Das kann doch nicht wahr sein. Dieses ungläubige Entsetzen kenne ich sonst nur aus Albträumen und von damals, als meine Mutter mich am Westpier hat stehen lassen und ich ihr hinterherlaufen musste, aber kaum die Uferböschung hochkam.

Ich sollte jetzt endlich Doug anrufen. Er wird entsetzt sein, dass ich mir von dieser Frau – einer Fremden – das Kind habe wegnehmen lassen. Wahrscheinlich wird ihn das nur in Panik versetzen. Doch er ist der Einzige, dessen Stimme ich jetzt hören möchte. Und er muss erfahren, was gerade passiert. Mir ist ganz schlecht bei dem Gedanken. Aber das Handy hat gerade Empfang, und so hole ich tief Luft und wähle. Nach zweimal Klingeln nimmt er ab.

»Ich bin so froh, dass du anrufst –«

»Doug.« Ich schneide ihm das Wort ab, dann kann ich erst einmal nicht weitersprechen. Es ist, als wäre die Erde ins Schlingern geraten und ich müsste mich mit aller Kraft festhalten, um nicht ins All geschleudert zu werden.

»Was ist passiert?« Ich höre die Angst in seiner Stimme, die meine eigene Angst widerspiegelt. »Was ist los?«

»Nichts. Nein, nichts. Alles in Ordnung. Es geht ihm gut. Aber ich bin ... ich muss ... Doug, ich habe bei dieser Susannah übernachtet, einer alten Freundin meiner Mutter. Sie kannte mich, als ich noch ein Baby war. Ihr gehört eine Galerie auf Spring Tide Island bei Vancouver. Ich war ... müde, sehr müde und bin heute Vormittag eingeschlafen, und als ich wieder wach wurde, hatte sie Finn mitgenommen ... zu einem Tagesausflug zu ihrer Hütte ... auf einer anderen Insel.« Ich hole Luft. »Ohne mich zu fragen.«

»Was?« Er klingt heiser. »Wo ist er jetzt? Heißt das, du hast ihn nicht bei dir?«

»Er ist bei ihr. Das ist im Grunde okay. Sie ist keine wildfremde Person. Ich meine, das ist schon in Ordnung, du brauchst nicht panisch zu werden. Es ist nur – ich wollte deine Stimme hören. Das ist alles. Ich wollte dir sagen, was gerade los ist. Ich ... ich bin auf der Fähre und fahre ihnen nach, um sie zu suchen. Sie ist in ihrer Hütte. Eigentlich ist es ein Floßhaus, das mal meiner Mutter gehört hat, aber –«

»Was hast du gesagt?«, schreit er. »Kal, ich höre dich ganz schlecht. Finn ist in einem Floßhaus? Wo bist du denn?«

»Es ist in Ordnung, wirklich. Susannah hat eine Freundin in der Bäckerei, Maggie, und die sagt, dass mir Susannah nur unter die Arme greifen wollte. Sie konnte gut mit Finn umgehen, während wir bei ihr gewohnt haben. Es ist nur – ich hätte dich nicht anrufen sollen, tut mir leid. Ich wollte dich nicht beunruhigen. Ich wollte nur ganz dringend deine Stimme hören, mehr nicht.«

»Sag mir genau, wo du im Augenblick bist.« Er weiß ebenso gut wie ich, dass das nicht richtig ist. Niemand darf einfach mit einem fremden Kind abhauen. »Nenn mir deine genaue Adresse, ihren Namen, alles, was dir einfällt.«

»Ich bin unterwegs dorthin, werde gleich da sein, bei Finn.«

»Kal«, brüllt er. »Gib mir einfach die Information.«

»Okay. Ich habe gerade Spring Tide Island verlassen. Das ist nordwestlich von Vancouver. Ich bin auf der *Sea Maiden*, der Fähre nach Raven Island, das ist eine Insel nordwestlich von Spring Tide, ziemlich nah, keine Ahnung, vielleicht fünfzehn bis zwanzig Minuten Fahrt.« Als ich das sage, fällt mir auf, dass ich nicht gefragt habe, wie lange die Fähre nach Raven Bay braucht. »Die Frau, bei der ich übernachtet habe, heißt Susannah Gillespie, ihr gehört die Susannah Gillespie Gallery. Es gibt eine Website, du kannst sie googeln. Sie kannte meine Mutter von der Uni. Mein Vater kennt sie auch. In der Kunstwelt ist sie bekannt, glaube ich. Gegen Mittag hat sie Finn zu ihrer Hütte auf Raven Island mitgenommen. Hör mal, es ist bestimmt alles in Ordnung, aber …« Er sagt überhaupt nichts mehr. Ich horche. »Doug?«

Nichts.

»Doug, kannst du mich hören? Doug!«

Ich schaue aufs Display. *Keine Verbindung.*

Wie viel Doug noch mitbekommen hat, weiß ich nicht. Ich hätte überhaupt nicht anrufen sollen. Was kann er jetzt tun, außer panisch auf und ab laufen? Bei der schlechten Verbindung brauche ich gar nicht noch mal anzurufen.

Nachdem ich ihm die Lage erklärt habe, fühle ich mich wieder mehr auf festem Grund. Wenn man die Fakten nennt, ist es eigentlich nicht so schlimm. Zwar ist es empörend, dass sie Finn ohne zu fragen mitgenommen hat, es ist falsch, verstößt gegen sämtliche Konventionen, aber eine Katastrophe ist es nicht. Außerdem werde ich bald dort sein und ihn in die Arme schließen können. Ich darf mich von meinen Hormonen und der fremden Gegend mit ihren ungewohnten Dimensionen nicht ins Bockshorn jagen lassen. Ich hätte Doug wirklich nicht anrufen sollen.

Schlingernd gelangt die Fähre aufs offene Meer. Man hat keinerlei Sicht. Wir sind von Wasser eingehüllt. Ich stütze den Kopf in die Hände. Die Wirkung der Schmerztabletten lässt nach, sodass ich mein Steißbein wieder spüre. Kopfschmerzen habe ich auch, von dem Kaffee und dem vielen bleischweren Schlaf. Mein Mund ist trocken. Ich habe noch immer nichts im Magen. Beim Gedanken an Essen kommt es mir hoch.

Der Regen klatscht gegen die zerkratzten Scheiben. Das Schiff wippt und schaukelt über die hohen Wellen. Mir wird schlecht. Ich schließe die Augen. Wie schaffen es diese Leute, sich nicht zu übergeben? Die Fahrt ist furchtbar. Ich ringe mich durch, die Augen zu öffnen. Auf den Bänken ringsherum sitzen sechs Männer in Regenkleidung und starren auf ihre Knie oder lesen Zeitung.

Maggie ist eine vernünftige, normale Person. Sie trägt Clogs und backt Mohnmuffins. Sie kennt Susannah vermutlich seit Jahren. Gäbe es Grund zur Sorge, hätte sie sich bestimmt anders verhalten. Ich muss den Zettel einfach übersehen haben.

Plötzlich überkommt mich eine grenzenlose Wut. Sie darf ihn mir nicht einfach so wegnehmen. Das ist völlig inakzeptabel.

Selbst wenn sie glaubte, mir einen Gefallen zu tun, hätte sie nicht lügen müssen. Sie hat Maggie gegenüber behauptet, ich hätte sie darum gebeten. Diese Lüge macht aus einer Eigenmächtigkeit eine Ungeheuerlichkeit.

Kurz male ich mir aus, wie ich Susannah anbrülle, sobald ich einen Fuß von dieser Fähre setze, wie ich auf sie zustürme, Finn an mich reiße und ihr gnadenlos die Meinung geige. Mir wird heiß, ich zittre vor Wut, als wäre ich schon im Begriff auf sie loszugehen. Aber ich darf nicht die Beherrschung verlieren. Und mit Schreien würde ich bei ihr gar nichts erreichen. Ich muss ihr Finn ganz ruhig abnehmen, mich umdrehen und sie stehen lassen.

Der flüchtige Gedanke, Finn im Arm zu halten, löst erneut eine körperliche Reaktion aus: im Bauch, in den Armen und Schultern spüre ich Trennungsschmerz und Sehnsucht. Unwillkürlich denke ich an seine ersten Wochen, als mir bei seinen Schreien Milch aus der Brust sickerte – der Mutterkörper setzt das rationale Handeln außer Kraft.

Die Fähre schlingert unvermindert weiter. Ich sehe auf die Uhr. Die Fahrt dauert schon zwanzig Minuten. Ich drehe mich zu dem Mann hinter mir um. »Entschuldigen Sie bitte. Hallo?«

Er blickt auf. Sein Gesicht ist weitgehend hinter einem Bart versteckt, und seine Wollmütze reicht bis über die Brauen. Seine Augen sind klein, faltig und sehr müde.

»Wie lange braucht die Fähre noch bis Raven Bay?«

Er brummt etwas.

»Eine halbe Stunde?«, wiederhole ich fragend und neige mich näher heran.

Kurz hebt er das Kinn aus dem hochgeschlossenen Jackenkragen. »Knappe Stunde.«

»Eine Stunde?« Ich drehe mich weg. Eine Stunde!

Susannah hat Finn auf eine einstündige Schiffsfahrt mitgenommen? Bei diesem Wetter? Bei diesem Seegang? Das ist nicht nur ungeheuerlich, das ist wahnsinnig. Was zum Teufel hat sie sich dabei gedacht?

Für die Einheimischen mag das Wetter jedoch nichts Besonderes sein. Für sie ist das vielleicht ein ganz normaler Wintertag mit einer leicht kabbeligen See. Vielleicht haben sie auch andere Maßstäbe für Entfernungen. Ich erinnere mich, dass meine Mutter einmal von einer Zugfahrt quer durch Kanada erzählte, die sie als Kind gemacht hatte. Als sie am Abend in das Abteilbett kletterte, fuhr der Zug gerade auf den Winnipegsee zu. Als sie am Morgen wach wurde, fuhr er noch immer am Winnipegsee entlang.

Wieso sie damals quer durch Kanada fuhr, weiß ich nicht mehr, auch nicht, wie alt sie da war oder wer sie begleitete. Ich weiß nicht einmal mehr, warum sie mir die Geschichte erzählte – vielleicht um mich auf einer langen Autofahrt abzulenken. Das werde ich sie nie mehr fragen können. Der Punkt ist jedoch, dass in dieser Region andere Größenverhältnisse zu herrschen scheinen – in Bezug auf die Landschaft, das Wetter, Entfernungen, Tiere und Pflanzen. Eine Stunde auf einer Fähre ist für die Einheimischen nicht der Rede wert. Mannshohe Wellen, peitschender Regen – alles ganz normal.

Ich blicke starr auf meine Füße. Trotz dieser rationalen Erklärung liegt mir ein kalter Klumpen im Magen, und der hat nichts mit Seekrankheit und Schwangerschaft zu tun. Das ist meine Angst um Finn.

Auf der Fähre haben etwa vierzig Leute Platz, aber außer den sechs Männern ist kein anderer Passagier an Bord. Ich möchte schreien: Helft mir! Sie hat mein Kind entführt! Ich sehe reihum in die müden Gesichter. Die Männer blicken auf, dann sehen sie weg, als schämten sie sich für mich.

Ich starre aus dem Fenster. Alle paar Sekunden klatscht eine Welle dagegen. Wie ist Finn damit klargekommen? Hat er sich übergeben? Ganz bestimmt hat er Angst gehabt und mich vermisst. Nicht mal sein Häschen hatte er. Ich hole es aus der Tasche und drücke die Wange an das weiche blaue Fell. Finn kann noch nicht verstehen, warum ich nicht bei ihm bin und warum Susannah ihm sein Stofftier nicht geben kann. Er wird sich allein und verlassen fühlen. Er wird sich schrecklich nach mir sehnen und denken, ich hätte ihn im Stich gelassen.

Ich blinzle die Tränen weg und sehe mich nach einer Toilette um, denn mir läuft der Speichel in den Mund.

Auf der Fähre von Vancouver war er begeistert und ist herumgelaufen, sage ich mir. Nur mir ist schlecht geworden. Vielleicht hält er das alles für ein Abenteuer, ist durch alles Mögliche abgelenkt und vermisst mich überhaupt nicht. Aber im Grunde weiß ich, dass es anders ist. Er ist verwirrt und verängstigt. Ich stehe auf und taumle den Gang entlang auf die Toiletten zu. Es hat keinen Sinn, andauernd an Finns Elend zu denken. Dadurch bekomme ich ihn auch nicht eher zurück. Wenn ich ruhig bleiben will, darf ich mich da nicht hineinsteigern, sondern muss mich auf die Tatsache konzentrieren, dass ich ihn gleich wiederhaben werde und die ganze Sache dann vorbei ist.

Die Fähre buckelt, der Seegang wird stärker. Als ich wieder aus dem Fenster sehe, sind die Lichter von Spring Tide Island längst verschwunden.

Dreimal habe ich in die stinkende Toilette gekotzt. Mir ist, als hätte sich mein ganzer Körper von innen nach außen gestülpt. Es ist fast vier, als die Fähre langsamer wird, und es dämmert bereits. Aber ich habe es geschafft. Wir legen jeden Moment an, und ich werde mein Kind in die Arme schließen und nie wieder hergeben. Nie wieder.

Die Sehnsucht schmerzt im ganzen Leib. Ich kann es nicht erwarten, an Land zu gehen. Ich werde hinrennen, wo immer sie stehen, und ihn an mich drücken.

Vermutlich wird sie im Hafengebäude warten, bis die Fähre angelegt hat. Ich spähe nach draußen, ob Finns roter Schneeanzug schon zu sehen ist, aber bei dem Regen ist gar nichts auszumachen außer den verschwommenen Lichtern von Raven Bay.

Hat sie daran gedacht, ihm eine frische Windel anzuziehen? Hat sie ihn Mittagsschlaf machen lassen? Hat er etwas zu essen bekommen? Auf wackligen Beinen und mit dem Häschen im Arm gehe ich über die Laufplanke. Es nieselt. Ich habe wummernde Kopfschmerzen und den Geruch von Erbrochenem in der Nase. Mir tut der Hals weh vom Würgen. Und natürlich gibt es auf dieser winzigen Insel kein Hafengebäude. Da ist nur ein schlüpfrig aussehender Bürgersteig mit einem Büdchen, und dahinter beginnt eine Straße mit hohen Holzhäusern.

Von Susannah und Finn keine Spur.

In ihr Regenzeug eingemummt gehen die Männer an mir vorbei, stapfen hintereinander davon wie gesichtslose Traumgestalten. Am Anleger herrscht eine grausame Kälte. Ich stopfe das Stofftier in meine Parkatasche, setze die Kapuze auf und ziehe sie zu. Die Kälte schneidet in die Haut. Ich stecke die Hände in die Taschen. Wellen schlagen an die Hafenmauer, die den Anleger schützt, und die Gischt spritzt hoch auf. Es riecht nach Salzwasser und Fisch und Schiffsdiesel. Suchend blicke ich mich um, ob irgendwo etwas Rotes leuchtet, aber sie sind nicht da. Das sehe ich trotz Regen und Dämmerung. Die Fähre muss zu früh gekommen sein. Natürlich. Sie werden jeden Augenblick kommen. Gleich biegen sie um die Ecke. Ich brauche nur zu warten.

Oder kann ich sie übersehen haben, und sie sind schon an Bord gegangen?

Beim Büdchen stehen zwei Fährleute in riesigen Wettermänteln. Ich drehe mich zum Schiff um. Nein, es kann kein neuer Fahrgast drin sein. Die Türen sind zu, und am Ende der Laufplanke ist eine Kette vorgehängt. Die Mannschaft lädt Kisten aus. Susannah hätte außerdem direkt an mir vorbeigemusst.

Hinter der Fähre schaukeln Fangschiffe auf dem Wasser und schlagen gegen die Holzpfähle des Anlegers. Jenseits der Schiffe und Häuser ist Wald zu sehen, und schemenhaft ein schneebedeckter Berg, aber das ist in der Dämmerung nicht sicher zu sagen. Unglaublich, dass sie Finn auf solch eine Insel gebracht hat.

Ein Fährmann brüllt etwas, dann höre ich den Schiffsmotor und fahre entsetzt herum.

Die Fähre legt ab. Die Lücke zwischen Rumpf und Anleger wird größer.

»Stopp!« Ich renne darauf zu und schlittere über die schlüpfrigen Steine. »Warten Sie! Halt!«

Ein anderer Fährmann brüllt mir etwas zu. Ich bleibe stehen.

»Läuft sie aus?« Aber das sehe ich eigentlich selbst. Ich laufe auf ihn zu. Er wickelt ein Tau um einen Stahlhaken. »Fährt die Fähre jetzt nach Spring Tide zurück? Ist das die letzte heute? Nach Spring Tide?«

Er nickt und brummt etwas unter seinem Südwester hervor, während er weiter das Tau aufwickelt. Sein Gesicht ist hinter Kragen und Krempe verborgen. »Ist das die letzte Fähre?«, rufe ich noch einmal. Er ist mit dem Tau fertig und läuft zu dem

Büdchen, um es abzuschließen. Seine Stiefel sind riesig und salzverkrustet.

»Scheiße!« Ich sehe die Fähre im Regen verschwinden. »Oh Scheiße, oh nein, oh nein.«

Niemand ist mehr da außer dem Fährmann, der jetzt die Straße überquert. Susannah und Finn sind nicht an Bord gegangen, ich hätte sie gesehen. Wo sind sie also?

Mir kommt ein entsetzlicher Gedanke. Was, wenn Maggie die ganze Sache falsch verstanden hat? Ich sehe ihr einfältiges Gesicht mit dem leicht leeren Blick vor mir. Vielleicht habe ich den ganzen Weg umsonst gemacht, und Susannah sitzt mit Finn zu Hause und fragt sich, wo ich bleibe. Und jetzt bin ich hier gestrandet. Mir fällt Susannahs Bemerkung wieder ein, dass man auf Maggies Äußerungen nicht viel geben kann, weil sie Tabletten gegen Angstzustände nimmt.

Aber Maggie war sich im Hinblick auf Raven Bay völlig sicher. Sie wirkte weder ängstlich noch verwirrt. Noch einmal schaue ich über den verlassenen Hafen. Susannah wird die Fähre verpasst haben. Bestimmt kommt sie gleich. Die Fähre hat nicht fahrplanmäßig abgelegt. Wie die Fähren vom Festland. Sie wird gleich hier ankommen.

Mir ist klar, dass ich mich an jede mögliche Erklärung klammere, wie jemand, der von einem hohen Ast fällt und nach den dünnsten Zweigen hascht, um den Sturz aufzuhalten. Ich werde bis fünfzig zählen und dann etwas unternehmen.

Allmählich gerät die Lage außer Kontrolle.

Frierend stehe ich im Regen und zähle, während der Parka langsam durchnässt wird.

Bei fünfzehn beschließe ich, zu dem Gästehaus zu gehen und nach Ana zu fragen. Es hat keinen Zweck, hier noch länger herumzustehen. Sie wird mich sicher telefonieren lassen. Als ich auf die Straße zulaufe, sehe ich das Schild: *The Raven Guesthouse.* Es hat eine verwitterte Front mit einer schwarzen Tür und steht eingekeilt zwischen anderen verwitterten Gebäuden. Es kommt mir fast wie ein Wunder vor, dass es tatsächlich da ist.

Ich laufe schneller. Das erste Haus ist ein kleiner Laden, General Joe's, dahinter kommt die Cat's Bar, ein Wellblechbau mit vernagelten Fenstern, einer zerrissenen Plane auf dem Dach und einer Tonne vor der Tür, für die Zigarettenstummel. Eine rotbraune Katze, die um den Abfalleimer schleicht, macht einen Buckel und faucht mich an.

Dann klopfe ich laut an die Tür des Gästehauses. Nach ein paar Augenblicken öffnet eine mürrische Frau. Sie hat tief liegende Augen, hohle Wangen und dünne Haare, die straff nach hinten gebunden sind. Sie trägt einen formlosen Pullover, weite Jeans und Fellpantoffeln.

»Sind Sie Ana?«

Sie nickt.

»Bitte, dürfte ich bei Ihnen mal telefonieren?« Ich versuche, ruhig zu klingen. »Maggie hat gesagt, ich soll mich an Sie wenden. Ich bin auf der Suche nach meinem Kind. Mein Handy hat hier keinen Empfang.«

Sie kneift die Augen zusammen. »Maggie?«

»Verzeihung. Maggie von der Bäckerei auf Spring Tide Island. Ich suche meinen Sohn, er ist anderthalb Jahre alt.« Meine Stimme zittert. Ich atme einmal tief durch. Ich darf jetzt nicht weinen. »Ich muss nur mal Ihr Telefon benutzen, wenn das möglich ist.« Fast rechne ich damit, dass sie mir die Tür vor der Nase zuschlägt. Stattdessen tritt sie wortlos beiseite und lässt mich herein. Im Haus riecht es nach Holzpolitur und Kaffee. Der Flur ist eng und dunkel. Eine Standuhr tickt, eine steile Treppe mit einem gestreiften Läufer führt nach oben.

Auf einem Wandtischchen steht ein altmodisches grünes Tastentelefon.

»Entschuldigen Sie, aber ich brauche die Nummer.« Ich ziehe die Kapuze ab. »Die Nummer von der Bäckerei. Haben Sie sie? Oder kann ich die Auskunft anrufen?«

Zuerst starrt sie mich an, dann schlägt sie ihr Adressbuch auf und gibt es mir. Da steht in sauberer Handschrift Maggies Name. Das erste Anzeichen, dass Ana weiß, wovon ich rede.

»Danke. Vielen Dank. Es tut mir wirklich leid, dass ich bei Ihnen hereinplatze. Natürlich bezahle ich für den Anruf.« Sie mustert mein Gesicht, als überlegte sie, woher sie mich kennt, dann nickt sie.

Ich wähle Maggies Nummer. Der Anrufbeantworter springt an.

»Maggie, Susannah ist nicht hier.« Ich gebe mir Mühe, ruhig zu bleiben. »Sie hat nicht an der Fähre in Raven Bay gestanden, und die ist jetzt abgefahren. Können Sie bitte zum Hafen gehen, wenn sie anlegt, nur für den Fall, dass ich die beiden verfehlt habe? Sie hat hier vor fünf Minuten abgelegt, und jetzt ist es zwanzig nach vier. Und könnten Sie bitte auch im Raven Guesthouse eine Nachricht hinterlassen? Ich werde jetzt zu Susannahs Hütte laufen. Aber ich fürchte, ich sitze hier fest und habe die beiden verpasst und … Bitte rufen Sie so bald wie möglich an.«

Ich lege auf. Ana mustert mich noch immer, dann sieht sie weg.

Es wird eine harmlose Erklärung geben. Wie meistens. Ich habe Alice' Stimme im Ohr: Logisch denken. Nicht dramatisch werden. Dann stelle ich mir Doug vor, der mich anschreit: Was denkst du dir dabei, Kal?

»Vielen Dank«, sage ich zu Ana. »Die Frau, bei der ich zu Besuch war, ist mit meinem Sohn hierhergefahren. Sie sollte ihn am Nachmittag wieder zurückbringen, aber ich denke, das war eben die letzte Fähre für heute. Sie war nicht an Bord. War das die letzte Fähre nach Spring Tide? Die eben abgelegt hat?«

Ana nickt. »Die nächste geht morgen Mittag.«

»Aha. Scheiße. Nein. Okay. Also.« Ich drücke mir die Handballen an die Schläfen. »Dann muss ich zu ihrer Hütte, weil ihnen vielleicht etwas passiert ist.« Vor mir steigen schreckliche Bilder auf: von Susannah, wie sie mit Finn auf dem Arm auf den Stufen über der Klippe ausrutscht oder in der Hütte durch ihre Krankheit zusammenklappt, und von Finn, wie er weinend nach draußen läuft und nach mir sucht, während die Wellen ans Ufer schlagen, um ihn mitzureißen. Nein. Schluss damit. Keine

Horrorszenarien mehr. Was würde Alice sagen? Bleib bei den Fakten.

Finn ist hier auf dieser Insel. In Kürze werde ich ihn finden. Sie müssen die Fähre verpasst haben, weil sie früher ausgelaufen ist. Mehr nicht.

»Also.« Ich schlucke und wende mich Ana zu. »Können Sie mir sagen, wie ich zu der Hütte von Susannah Gillespie komme? Maggie sagte, Sie wüssten das.«

»Susannah?« Plötzlich sieht sie mir in die Augen.

»Ja. Susannah Gillespie. Von Spring Tide Island. Sie hat dort die Galerie. Kennen Sie sie?«

»Sie wollen zum Floßhaus.«

»Floßhaus?« Natürlich. Also hat sie es tatsächlich übernommen, nachdem meine Mutter weg war. »Ja. Ja. Zum Floßhaus. Wo ist das? Können Sie mir den Weg beschreiben? Ich möchte sofort aufbrechen.«

»Heute wird Sie keiner mehr hinbringen.« Ana spricht leise, aber bestimmt. Irgendwie hat sich ihr Verhalten geändert. Als nähme sie mich jetzt ernst, anstatt nur geduldig zu warten, dass ich ihr Haus wieder verlasse.

»Nein. Das ist auch nicht nötig. Ich komme zurecht. Ich muss nur wissen, wo es liegt. Ist es zu Fuß erreichbar? Wenn mein Sohn dort ist, fragt er sicher schon nach mir. Und es ist denkbar, dass ihnen etwas zugestoßen ist.«

»Das Floßhaus ist auf Black Bear Island.«

»Wo?«

»Sie müssen mit dem Boot dorthin.«

Ich starre sie an. Ihre Wangen sind rot von geplatzten Äderchen. »Mit dem Boot?«

»Heute wird Sie niemand mehr hinbringen. Es ist fast dunkel, und ein Sturm zieht auf.«

»Moment! Nein. Bitte. Vielleicht ist das ein Missverständnis. Ich meine Susannah Gillespie. Sie hat eine Hütte auf Raven Island. Vielleicht gehört ihr beides? Hier die Hütte, und dort das Floßhaus?«

»Nein.« Ana schüttelt den Kopf. Ihr Blick ist eindringlich. »Sie hat nur das Floßhaus.«

»Sind Sie sicher?«

Sie nickt knapp. Ich glaube ihr.

»Tja, dann muss ich dorthin, nach Black Bear Island. Sofort.«

»Mein Neffe wird Sie mit dem Boot hinfahren«, sagt sie. »Aber nicht mehr heute.«

»Ich werde ihn bezahlen. Egal, wie viel, ich habe Geld bei mir. Bitte. Geben Sie mir die Nummer Ihres Neffen. Bitte! Lassen Sie mich mit ihm sprechen.«

»Das macht er heute nicht mehr. Keiner.«

»Aber irgendjemand muss es tun.« Ich klinge schrill. »Hören Sie, ich glaube, Sie verstehen nicht ganz – Susannah hat mein Kind. Und vielleicht ist ihnen etwas zugestoßen. Ich muss hinfahren. Jetzt. Wenn mich keiner hinbringen will, werde ich mich an die Polizei wenden.«

Sie überlegt. »Aber sie könnten auch wieder auf Spring Tide Island sein, oder?«

»Nein. Ich weiß nicht. Vielleicht. Aber ich glaube es nicht. Ich muss in dem Floßhaus nachsehen. Ich muss mich vergewissern.«

Eine Weile blickt sie mich unverwandt an. Ich sehe förmlich, wie sie im Geiste die Möglichkeiten durchgeht. Ihre Kopfhaut scheint durch die Haare. Es ist schwer zu sagen, wie alt sie ist. Sie hält sich sehr gerade und strahlt eine Energie aus, die sie jünger erscheinen lässt. Sie nimmt den Hörer ab, drückt hastig die Tasten und kehrt mir den Rücken zu. Ich verstehe nicht, was sie sagt, sie spricht leise und sehr schnell.

»Bitte«, sage ich an ihrer Schulter. »Dürfte ich kurz mit Ihrem Neffen reden?«

Sie legt auf. Ihr Blick ist ernst und alarmiert. »Sven ist unterwegs.«

»Sven ist Ihr Neffe?«

Sie nickt, dann geht sie den Flur entlang in eine Küche. Ich kann eine altmodische Schrankzeile sehen und höre sie mit den Türen klappern.

»Ana?«, rufe ich. »Entschuldigen Sie. Darf ich Ihr Telefon noch mal benutzen? Für einen Anruf ins Ausland? Ich bezahle ihn.«

Ich wähle Dougs Handynummer. Es klingelt, aber er meldet sich nicht. Ich spreche ihm sehr ruhig auf die Mailbox, erkläre, wo ich bin, und nenne ihm die Nummer des Gästehauses. Ich versuche es zu Hause und in seinem Büro und spreche auch dort auf den AB. Dann rufe ich Alice an.

»Und von wo rufst du diesmal an?« Sie lacht.

»Alice. Scheiße, Scheiße! Du bist tatsächlich da.« Ich rede viel zu schnell. »Allmählich kriege ich Angst. Ich sollte vielleicht die Polizei anrufen. Ja, das sollte ich tun.«

»Okay. Nun mal langsam«, sagt sie. »Beruhige dich. Erzähl es mir noch mal. Diese Susannah, Mums alte Freundin, hat dir einen Zettel hinterlassen, dass sie Finn auf einen Tagesausflug mitnimmt, um dir eine Pause zu gönnen, ja?«

»Nein. Ich weiß nicht, ob sie einen Zettel hingelegt hat. Maggie meint, das hätte sie bestimmt getan, aber es lag keiner da, oder ich habe ihn nur nicht gesehen, und –«

»Wer ist Maggie noch mal?«

»Die Bäckerin. Eine Freundin von Susannah.«

»Moment, ich will das richtig verstehen, denn ich glaube, es ist noch zu früh, um in Panik auszubrechen, okay? Du bist heute Morgen eingeschlafen, und währenddessen hat diese Susannah auf Finn aufgepasst und dann beschlossen, mit ihm einen Ausflug zu ihrem Ferienhaus zu machen, damit du dich ausruhen kannst. Ist das so?«

»Ja. Na ja, halbwegs.« Ich zögere. »Es ist kein Ferienhaus, Alice. Es ist eher eine Hütte, genauer gesagt ein Floßhaus, das früher mal … ist auch egal. Das erzähle ich dir später. Jedenfalls hat sie Finn, und jetzt weiß ich nicht, wo sie sind.«

»Hat diese Hütte ein Telefon?«

Für einen Moment komme ich mir töricht vor. »Warte, ich frage nach.« Ich halte den Hörer zu. »Ana?« Meine Stimme klettert eine Oktave höher. »Hat Susannah ein Telefon in dem Floßhaus?«

Sie kommt mit einem Geschirrtuch an die Tür. »Nein.«

»Nein. Du solltest die Gegend hier sehen. Es ist unglaublich abgeschieden. Hier gibt es gar nichts. Kein Mobilfunknetz. Nichts. Es schüttet wie aus Eimern, und es herrscht starker Seegang. Und es ist saukalt. Das ist nicht wie ein Ausflug zur Isle of Wight, Alice. Hier ist man am Arsch der Welt.«

»Okay. Nachdem du keinen Zettel gefunden hast, hast du also Angst bekommen und bist ihnen mit der Fähre nachgefahren – dann hast du sie irgendwie verfehlt. Und jetzt sitzt du auf der Insel fest, während die beiden wieder auf dieser anderen Insel sind, Spring soundso. Oder aber sie sind jetzt in der Ferienhütte.«

»Wie sich eben herausgestellt hat, steht die auf einer dritten Insel. Das ist noch mal eine Bootsfahrt entfernt. Ich warte auf jemanden, der mich hier abholt und hinbringt.«

»Mann, die haben aber viele Inseln da oben.«

»Das ist ein verdammter Archipel, Alice.«

»Wahrscheinlich sind sie aber auf dem Heimweg, oder?«

»Das kann nicht sein. Das ist es ja. Ich habe die Fähre nach Spring Tide auslaufen sehen, die letzte für heute, und sie waren definitiv nicht an Bord.«

»Das wird schon in Ordnung sein, Kal. Versuche, ruhig zu bleiben, okay? Das ist bloß ein großes Durcheinander. Ich verstehe, warum du durchdrehst, wirklich, aber es hat keinen Sinn, die Nerven zu verlieren. Beruhige dich und denk nach. Bist du hundertprozentig sicher, dass du sie im Hafen nicht übersehen hast?«

»Ja. Dort ist nichts außer einem Büdchen. Gar nichts. Und es ist eine ganz kleine Fähre, mit der nur ungefähr drei Leute fahren. Die bringt hauptsächlich Fracht hierher. Ich hätte sie gesehen, wenn sie mit Finn an Bord gegangen wäre.«

»Gut. Und wenn sie nun gar nicht zu dem Ferienhaus gefahren ist? Dann sitzt sie jetzt bei sich zu Hause. Hast du da mal angerufen?«

»Nein. Meine Güte, ich bin ein Idiot. Unglaublich, dass ich daran nicht als Erstes gedacht habe. Ihre Nummer hab ich zwar nicht bei mir, aber …«

»Na also, da hast du's. Lass sie dir im Gästehaus geben. Die werden ja wohl ein Telefonbuch haben, oder? Ruf bei ihr zu Hause an. Ich wette, sie ist da, ehrlich. Und wenn nicht, dann fahr zu der Hütte, wenn du schon mal dort bist. Aber ich wette, sie sind gar nicht erst hingefahren, sondern auf ihrer Insel geblieben. Und es wird nichts Schlimmeres passieren, als dass du wie ein Depp dastehst und in dem Gästehaus übernachten musst. Morgen kannst du dich dann bei der armen Susannah entschuldigen.«

»Aber ich darf Finn nicht über Nacht allein lassen!«

»Ich weiß, ich weiß. Aber das wird ihn nicht umbringen und dich auch nicht. Er wird dich für eine Nacht nicht bei sich haben, Kal. Das ist nicht ideal, aber er wird es überstehen. Genau wie du. Sie ist eine sechzigjährige Frau, oder? Hat sie Kinder?«

»Ja, einen erwachsenen Sohn, aber …«

»Also ist sie selbst Mutter. Da wird sie wohl noch wissen, wie man auf ein Kind aufpasst. Sei froh, dass du in einem Gästehaus bist und ein Bett für die Nacht hast. Es könnte viel schlimmer sein.«

»Ach ja?«, jammere ich. »Wie denn?«

»Hör zu, dein Mutterinstinkt schreit, dass Finn das nicht überlebt und du auch nicht, aber es wird alles gut. Okay?«

»Aber …« Es hat keinen Sinn, es ihr begreiflich machen zu wollen: Solange ich nicht weiß, wo Finn ist, können rationale Erklärungen bei mir nichts ausrichten.

»Es gibt bestimmt eine ganz harmlose Erklärung. Es ist schwierig, mit Finn pünktlich irgendwohin zu gelangen, nicht wahr? Ich jedenfalls würde keine Fähre kriegen, wenn ich ihn hätte. Wahrscheinlich hat sie vergessen, wie das ist, mit einem Kleinkind das Haus zu verlassen, und darum hat sie sie verpasst.«

»Ja, die fahren hier sehr unzuverlässig …« Alice hat recht. Ich muss an normale Erklärungen denken, nicht an Horrorszenarien. »Halten sich an keinen Fahrplan. Schon bei der Hinfahrt vom Festland war es total chaotisch.« Allmählich lässt meine Anspannung nach.

»Na also. Vielleicht hat sie angerufen, um dir Bescheid zu sagen, dass sie im Ferienhaus übernachten müssen, aber du warst nicht da. Jetzt wird sie sich umgekehrt deinetwegen Sorgen machen.«

»Ich werde sie umbringen, Alice, wenn ich sie finde. Man kann nicht einfach mit einem fremden Kind abhauen.«

»Ich weiß. Das ist nicht in Ordnung, wirklich nicht. Und wenn sie das tatsächlich getan hat, stimme ich dir zu. Aber weißt du, was? Es könnte auch an ihrer Generation liegen. Die Mütter damals waren nicht solche Kletten wie die von heute.«

»Soll das heißen, ich bin eine Klette? Mensch, Alice, sie hat Finn!«

»Nein, nein, gar nicht. Ich will nur sagen, sie hat wahrscheinlich geglaubt, dir eine Verschnaufpause zu verschaffen. Das denkt sie sicher noch immer.«

Ich kann schwer erklären, dass Susannah zwar Mutter, aber nicht von der beruhigenden Sorte ist. Trotz all dieser vernünftigen Überlegungen habe ich Herzklopfen und möchte am liebsten die Polizei anrufen, damit sie mit einem Hubschrauber kommt und mich zu Finn fliegt. Auf jeden Fall werde ich Susannah mit bloßen Händen erwürgen, wenn ich sie finde.

»Es ist schrecklich, so von Finn getrennt zu sein, ich weiß«, sagt Alice. »Aber du wirst gleich erfahren, wo er ist. Wenn nicht – wenn du sie zu Hause nicht erreichst und sie auch nicht in der Hütte ist –, dann rufst du die Polizei an. Okay? Aber das wird nicht nötig sein. Da bin ich ganz sicher.«

»Na gut.« Ich atme tief durch. »Ich muss jetzt auflegen. Du hast recht. Ich werde sie anrufen. Wenn sie nicht da ist, fahre ich nach Black Bear Island.«

»Ich gebe Doug Bescheid und versuche, ihn zu beruhigen. Es wird nichts Schlimmes passiert sein. Lass dich nicht von deinem mütterlichen Bauchgefühl in Panik versetzen.«

»Da spricht die nüchterne Anwältin.« Das sollte ein Scherz sein, aber ich finde nicht den richtigen Ton.

»Ich bin seine Tante. Er ist mir genauso ans Herz gewachsen. Nur kann ich die Situation von außen betrachten. Das ist keine Katastrophe, sondern ein Missverständnis. Ruf mich an, sobald du wieder im Gästehaus bist. Warte, ich schreib's mir auf. Raven Guesthouse? Raven Bay? Raven Island? Warte, ich such das auf Google Maps.« Sie ist still.

»Alice, ich muss Schluss machen.«

»Heilige Scheiße, Kal. Du bist wirklich am Arsch der Welt.«

»Sag ich doch. Und gleich bin ich auf gar keiner Landkarte mehr.«

»Ruf mich an«, sagt sie plötzlich ernst. »Sowie du ihn gefunden hast.«

Ich lege auf. Ana ist in der Küche. Ich blättere in ihrem Adressbuch, und da steht sie, Susannahs Privatnummer.

Während ich es endlos klingeln lasse, sehe ich den Apparat neben dem Kühlschrank vor mir, wie er durchs Haus schallt.

Schließlich gebe ich auf. Ich klemme zwanzig Dollar unters Telefon. Ana kommt aus der Küche und gibt mir ein Glas Whisky. Ich leere es in einem Zug. Der Whisky brennt in der Kehle, wärmt aber. Dann fällt mir ein, dass ich schwanger bin und nichts trinken sollte.

»Sven wird sie hinbringen.« Sie sieht mir in die Augen. Ihr Blick ist so ernst, dass ich eine Gänsehaut bekomme. Sie weiß, dass ich Grund zur Sorge habe. Sie weiß es.

Im nächsten Moment stürmt ein riesiger Mann durch die Haustür.

Sven ist genauso einsilbig wie seine Tante, ein bärtiger Fischer mit blauen Schwedenaugen und nicht viel älter als ich, aber durch den Bart ist das schwer zu sagen. Er geht mit mir in den Regen hinaus und zu einem kleinen Fischkutter. Das Deck liegt voll mit Netzen und Tauen. An der Bordwand sind drei rote Fender befestigt, und außen an der Kajüte hängt ein Rettungsring.

Natürlich stinkt es nach Fisch. Sven winkt mich in die Kajüte. Drinnen ist es warm. Da sind Bänke, ein großes Steuerrad und ein Instrumentenbrett mit vielen Hebeln. Eine Treppe führt unter Deck.

»Kennen Sie Susannah?«, frage ich. »Susannah Gillespie?«

Er dreht sich um und sieht mich an. Dann nickt er knapp.

»Danke, dass Sie mich bei diesem Wetter hinbringen. Ich weiß, es ist schon spät.«

Er lässt den Motor an. Aus dem Funkgerät knistert es.

»Wie lange wird es dauern?«

»Bei dem Seegang vierzig Minuten«, brummt er.

»Was? Sagten Sie vierzig? Das Floßhaus ist vierzig Minuten von hier entfernt?«

Er nickt grimmig.

»Gütiger Himmel. Sagten Sie wirklich vierzig, nicht vierzehn?«

Er dreht den Kopf und sieht mich wortlos an.

»Großer Gott. Verdammte Scheiße.«

Ich kauere mich in meinen Parka und kämpfe gegen einen hysterischen Anfall. Diese Verrückte hat Finn auf eine Insel mitgenommen, zu der man erst eine Stunde mit einer Fähre und dann noch einmal vierzig Minuten mit einem Boot fahren muss. Das kann doch nicht wahr sein. Das muss ein monumentales Missverständnis sein. Hätte ich das auf Spring Tide Island gewusst, hätte ich gleich die Polizei gerufen. Das ist inakzeptabel. In jeder Hinsicht. Wenn sie tatsächlich mit ihm dorthin gefahren ist, dann ist hier eindeutig etwas Seltsames im Gange. Und wenn sie nicht da ist, bin ich umsonst bei gefährlichem Seegang mit einem wildfremden Mann unterwegs gewesen.

Sven steuert seinen Fischkutter aus dem Hafen. Alice hat recht. Ich muss rational bleiben. Wenn ich die Nerven verliere, mache ich die Situation nur schlimmer. Vielleicht ist es Susannah, die gerade die Polizei anruft, weil sie denkt, mich hätte ein Killerwal vom Ufer weggeschnappt. Vielleicht liegt Finn sicher im Bett, während sie mir hinterhertelefoniert.

Durch die Kajütenfenster sehe ich Raven Bay kleiner werden, bis es nur noch ein Schatten in den Regenschleiern ist.

Mein Blick fällt auf Svens Oberschenkel, die in dem wasserdichten gelben Overall stecken. Sie sind dick und bestimmt hart wie Stahl. Während wir einem Sturm entgegenschaukeln, erscheinen sie mir wie das einzig Feste auf der Welt, der einzige Halt. Ich sage mir, dass er diese Gewässer kennt. Er würde nicht fahren, wenn er glaubte, es nicht schaffen zu können. Aber am liebsten möchte ich mich an sein Bein klammern und die Augen fest zudrücken.

Das Boot rollt aufwärts und abwärts; es schwankt auf jedem Wellenberg, um dann wie ein Achterbahnwagen in die Tiefe zu stürzen. Ich vergrabe das Kinn in dem kratzigen Wollkragen von Dougs Pullover, sodass er von meinem Atem feucht wird, und starre auf Svens breiten Rücken. Er versteht sein Handwerk. Er fährt schon sein Leben lang zur See. Aus dem Funkgerät kommen krächzende und blaffende Stimmen. Ab und zu antwortet Sven, aber ich verstehe kein Wort. Es ist wie eine Fremdsprache.

Ich schließe die Augen und wünsche mir, es wäre schon vorbei.

Als ich sie wieder aufmache, taucht im starken Scheinwerferlicht des Bootes eine Insel auf.

»Sind wir da?« Ich beuge mich ans Fenster und spähe durch die verregnete Scheibe. Schneebestäubte Kiefern umgeben von Felsbrocken, nur fünfzig Meter entfernt.

Vielleicht habe ich mich verhört, und es sind doch nur vierzehn Minuten. »Sven? Ist das Black Bear Island?«

»Nee.«

Wir schlingern und stampfen weiter durch die Wellen. Der Motor tuckert, die Wellen klatschen gegen den Bug. Wie zum Teufel ist Susannah zu dieser Insel gelangt? Besitzt sie ein Boot? Vorhin war es zwar noch nicht so stürmisch, aber ich darf mir meinen kleinen Jungen gar nicht vorstellen – in einem Boot bei starkem Seegang. Mit ihr am Steuerrad. Hatte sie für ihn überhaupt eine Rettungsweste?

Denk nicht darüber nach. Tu's nicht. Tu, was Alice gesagt hat. Halte dich an die Fakten. Leider sind auch die unerträglich. Wie immer ich die Sache betrachte, ich habe katastrophal versagt, habe Finn im Stich gelassen. Er braucht mich, und ich bin nicht da.

Mein Hosenbund schneidet ein. Ich greife von unten in den Parka und öffne den Knopf. Mir wird schlecht. In Gegenwart von Sven will ich mich nicht übergeben, aber meine Speicheldrüsen ziehen sich zusammen. So viel Angst kann für ein ungeborenes Baby nicht gut sein. Ich muss ruhig atmen und fest daran glauben, dass ich Finn auf Black Bear Island finde und ihn und das Baby in mir wohlbehalten nach England bringe. Eines Tages wird das eine Anekdote sein, die ich meinen Kindern erzähle: »Als eure Mutter einmal in Kanada die Orientierung verlor …«

Die Übelkeit wird übermächtig. Ich habe nichts im Magen – außer dem Whisky. Mir fällt ein, was meine Mutter immer sagte, wenn mir im Auto schlecht wurde: einen festen Punkt am Horizont finden und fixieren. Vielleicht wirkt das auch bei Seekrankheit. Möglich, dass sie den Trick daher kannte. Sie wusste viele solcher Dinge. Leider ist es stockdunkel da draußen. So desorientierend, dass ich nicht hinsehen kann.

Um meine Angst zu unterdrücken, überlege ich, was meine Mutter sonst noch zu tun pflegte, damit es mir besser ging. Ich grabe nach versunkenen Erinnerungen – und werde tatsächlich fündig. Sie schimmern wie weiße Muscheln am Meeresgrund.

Wenn mir am Strand kalt geworden war, drückte sie die Lippen zwischen meine Schulterblätter und presste ihren warmen Atem dagegen, bis mir ihre Wärme durch den ganzen Körper drang.

Mit Lehm, manchmal auch mit Ampferblättern, stillte sie den Schmerz von Brennnesseln. Wenn mir schlecht war, machte sie Ingwertee, und sie rieb uns die Handflächen und Füße mit einer Zwiebel ein, als wir einmal einen Sonnenstich hatten. Aus den Blättern der Aloe vera, die im Flur stand, drückte sie einen kühlenden Saft und schmierte ihn auf Hitzeausschläge, Insektenstiche, Blutergüsse und Brandwunden. Das alles muss sie hier oben gelernt haben, wo es keinen Drugstore gibt, sondern nur die Apotheke der Natur.

Was würde sie sagen, wenn sie mich jetzt sehen könnte? Wie würde sie diesen Schmerz lindern? Sie würde sagen: »Hör auf, deine Kraft mit Schuldgefühlen zu vergeuden. Hör auf, dir ständig das Schlimmste auszumalen. Halte dich an die nackten Tatsachen. Sei stark.« Und dann würde sie mir sagen, dass ich stark bin. Plötzlich ist mir, als wäre sie bei mir, zwischen mir und Sven. Ich kann sie spüren, ihre Stimme hören. Sie flüstert: »Lass dich nicht durch Angst behindern.«

Dann ist sie weg, und ich höre nur die Wellen an den Rumpf schlagen, den Wind heulen und den Motor tuckern. Mit zugekniffenen Augen versuche ich, ihre Stimme zu beschwören. Stattdessen höre ich die Stimmen aus Svens Funkgerät.

Es gibt keinen Horizont und keinen Punkt zum Fixieren, um meine Übelkeit zu bekämpfen. Da ist nichts zu sehen außer dem Regen und den Wellen, die so hoch sind, dass man meint, das Meer wollte sich unter uns erheben oder Moby Dick tauchte persönlich aus dem Wasser und der Fischkutter wippte gleich auf seiner Blasfontäne.

Ich könnte Sven bitten, über Funk die Polizei zu rufen. Doch was sollte ich denen sagen? Ich stelle mir vor, wie ich durch dieses Geknister die Situation erkläre und wie die Hubschrauber durch den Sturm angeflogen kommen, um dann festzustellen, dass Susannah zu Hause auf Spring Tide Island ist.

Und selbst wenn sie mit Finn auf Black Bear Island ist, wird sie behaupten, ich hätte sie gebeten, ihn mitzunehmen. Ihr Wort stünde gegen meins. Die solide einheimische Geschäftsfrau gegen die inkompetente ausländische Mutter.

Jetzt bin ich schon so weit gekommen, ich muss nur noch zu dem Floßhaus gelangen. Mein armer Kleiner, er wird so verängstigt sein.

Ich muss mich ablenken. Diese Gedanken sind Gift. Auf Svens breiten Rücken konzentriert, rufe ich mir in Erinnerung, dass meine Mutter hier mit ihrem Boot draußen war und die Wellen nach Schwertwalen absuchte, mit dem Fotoapparat um den Hals. Sie war hier. Also kann das nicht das Ende der Welt sein. Meine Mutter hat hier gelebt. Dieses Meer war ihr Territorium. Es war ihr Zuhause, und ich bin mit dieser Gegend verbunden, egal, wie unwirtlich sie sein mag. Egal, wie unglaublich mir das vorkommt. Diese Gegend steckt mir im Blut. Sie ist ein Teil von mir.

Es ist unbegreiflich, dass sie hier gelebt hat und dann eines Tages wegging, um die nächsten Jahrzehnte in Sussex zu verbringen, wo sie lediglich Kinder aufzog, malte, gärtnerte, mit dem Hund Gassi ging. Sie zog einen dicken roten Strich zwischen dem Vorher und Nachher, den niemand mehr überschreiten durfte.

Dann kommt mir der Gedanke, der heutige Abend könnte auch so einen roten Strich zwischen meinem Vorher und Nachher darstellen. Wenn Finn etwas zugestoßen ist, wird diese Reise der Einschnitt meines Lebens sein und für immer eine offene Wunde hinterlassen. Ich schließe die Augen, und zum ersten Mal seit meinem zehnten Lebensjahr fange ich an zu beten, auch wenn ich nicht weiß, zu welchem Gott.

Bitte beschütze ihn. Mach, dass ihm nichts passiert. Lass meinem Kind nichts zustoßen. Bitte, lass die Sache gut ausgehen.

Sven fährt langsamer. Ich mache die Augen wieder auf. Wir fahren um eine Landzunge. Kurz erscheint ein Felsen im Scheinwerferlicht. Der Seegang ist nicht mehr ganz so stark.

»Sind wir da?«

»Jep.«

»Wo ist das Floßhaus?«

Er hebt die Hand vom Steuerrad. Ich stehe auf, schwanke mit den Bewegungen des Decks und spähe durch die Frontscheibe. Wir sind dicht an der Küste. Schwarze Felsen glänzen nass im Scheinwerferlicht. Sven zeigt nach rechts. Sein Schiff tanzt auf den Wellen, aber nicht mehr so bedrohlich wie draußen auf dem

Meer. Mit gebeugten Knien versuche ich das Schwanken auszugleichen und durch das verregnete Fenster etwas zu erkennen, sehe aber nur Kiefern und Felsen und aufspritzende Gischt der Brandung.

»Ich kann kein Floßhaus sehen.«

Er zeigt auf eine Stelle dicht vor uns.

»Wo? Da drüben?«

Er drückt ein paar Schalter, beugt sich zum Funkgerät und brummt etwas.

Dann erkenne ich, dass ich direkt auf das Floßhaus starre. Es liegt hinter einem schützenden Wall aus Felsbrocken. Es ist lang, hat ein Spitzdach mit einem großen Fenster oben und zwei kleineren unten und sogar einen Schornstein. Obwohl wir so dicht davor liegen, habe ich es nicht gesehen, denn es besteht aus dunklem Holz und ist von den Baumstämmen kaum zu unterscheiden. Aber es brennt Licht darin. Jemand ist da. An einem der Fenster erscheint eine Gestalt. Ich drücke die Nase an die Scheibe.

Sie ist es. Sie ist tatsächlich hier. Es war richtig hierherzufahren. Und ich habe es geschafft. Ich habe es geschafft.

Sven steuert näher an die Felsen und dreht bei. Das Schiff schaukelt und neigt sich zur Seite, und einen Moment lang fürchte ich, dass es kentert, aber dann neigt es sich zur anderen Seite.

Ich hänge mir die Tasche um die Schultern. Jetzt sehe ich, dass die Felsen nicht schwarz, sondern gesprenkelt und glitschig sind, denn überall haben sich Seepocken und Algen festgesetzt. Ich trete aus der Kajüte und ziehe mir die Kapuze auf. Es riecht stark nach Kiefern, und mir ist, als ob die Bäume ihre urtümliche Kraft in meine Zellen strömen ließen. Eine Welle bricht sich an den Felsen und spritzt ihre Gischt aufs Deck.

Sven drosselt den Motor. Sein Fischkutter schlingert heftig. Der Wind drückt mir gegen die Kapuze. Mit beiden Händen an der Reling schaue ich auf das wogende Wasser zwischen mir und den Felsen.

Sven scheint zu warten. Glaubt er etwa, dass ich springe? Ich beuge mich in die Kajüte. »Wie komme ich zum Haus?«

»Kann nicht näher ran.« Er kippt ein paar Schalter.

»Was? Soll ich etwa springen?«

»Oder schwimmen.« Er lächelt nicht, aber zwischen Krempe und Bart sehe ich ein funkelndes blaues Auge. Dann kehrt er mir wieder den Rücken zu.

Nach kurzem Zögern frage ich: »Und Sie warten hier und bringen uns zurück?«

Er schüttelt den Kopf. »Das geht nicht.«

»Wie bitte?«

»Ein Sturm zieht auf. Ich kann nicht warten.«

»Aber Sven, bitte! Es dauert nicht lange, meinen Sohn zu holen. Ich kann nicht hierbleiben! Ich muss mit Ihnen zurück nach Raven Bay.«

»Nee, nee, ich kann nicht warten.«

»Aber – bitte!« Ich halte mich am Türrahmen fest. »Bitte. Ich muss heute Abend noch zum Haus Ihrer Tante zurück. Ich kann doch nicht hierbleiben! Was, wenn sie gar nicht da drinnen sind?«

»Entweder kommen Sie jetzt mit mir, oder Sie bleiben hier. Ihre Entscheidung. Ich fahre jedenfalls sofort zurück.«

Es kommt wieder ein Funkspruch durch, den ich aber nicht verstehe – es klingt nach Koordinaten. Sven brummt eine Antwort und jagt den Motor hoch.

»Sven – bitte!«

Er dreht den Kopf. »Gehen Sie jetzt oder gar nicht. Ich will nicht Ihretwegen das Schiff verlieren. In den nächsten fünf Sekunden fahre ich von den Felsen weg.«

Ich spähe zum Floßhaus – und da sehe ich Susannah. Nur als Schattenriss am Fenster, aber sie ist es eindeutig. Ich erkenne ihre Körperhaltung, die breiten Schultern und – ja – sie hat Finn auf der Hüfte sitzen, ein festes kleines Bündel. Er ist hier.

»Ich sehe ihn!« Als ich mich aus der Kajüte zurückziehen will, greift Sven meinen Arm. »Seien Sie schnell, sonst holt Sie das

Meer. Warten Sie auf die Welle, dann springen Sie.« Er zieht mich zu sich herum, damit ich ihn ansehe. »Springen Sie weit!«

Ich schwanke aufs Deck hinaus. Der eisige Wind stößt mich fast um, der Regen prasselt auf meine Kapuze. Die Brandung ist so laut – sie schäumt um die Bordwand, hungrig und wütend, und der Wind braust durch die Bäume über dem Haus. Aber ich denke nur daran, zu Finn zu gelangen. Ich warte auf die nächste Welle und springe. Für eine Sekunde hänge ich in der Luft, dann pralle ich auf Fels. Das körnige Gestein beißt mir in Knie und Handballen, als ich vor der nächsten Welle wegklettere, so hastig, als schnappte ein Wolf nach meinen Fersen. Und sie trifft. Ein eisiger Wasserschwall klatscht gegen mich, macht mir Rücken, Beine und Füße nass. Mir bleibt die Luft weg, so kalt ist das Wasser. Es rinnt mir in den Kragen, während ich hektisch die Felsbrocken hinaufklettere.

Hinter mir höre ich Sven davonfahren. Kälte, Nässe und Wind sind mir inzwischen egal, denn ich bin nur noch ein paar Meter von Finn entfernt.

Die Felsen sind vereist, sodass ich mit den Füßen immer wieder abrutsche. Meine Finger sind schon taub, aber mir ist nicht kalt. Ich kann schon ein Fenster des Floßhauses sehen.

Susannah steht nicht mehr da, aber ich werde gleich auf sicherem Boden sein – nur noch ein kleines Stück. Mir ist sogar egal, dass Sven abgefahren ist und ich die Nacht mit Susannah in dieser Wildnis verbringen muss. Denn ich werde Finn wiederhaben.

Oben auf den Felsen angekommen, peitscht mir eine Windbö den Regen an den Kopf und stößt mich beinahe zurück über die Kante, gerade als die nächste Woge gegen den Felsen schlägt. Für einen Moment sehe ich mich hinunterrutschen und ins schwarze Meer treiben. Das Tosen von Wind und Brandung verschluckt das Tuckern des Schiffsmotors, nur das gelbe Scheinwerferlicht leuchtet noch durch den Regen.

Die Felsbrocken bilden vor dem Floßhaus eine schützende Buhne. Im Lichtschein der Fenster erkenne ich, dass sie so lang wie das Floß ist. Beim Hinuntergleiten auf der anderen Seite schürfe ich mir die Hände auf, gelange aber endlich auf ebenen Boden. Steine und Eis knirschen unter meinen Füßen. Der Geruch des Waldes ist überwältigend. Ich bin jetzt neben der Hauswand. Das Holz ist verwittert und an etlichen Stellen mit neueren Brettern geflickt. Die Felsen schützen das Haus vor der Brandung, die Kiefern vor dem Wind, aber das Floß, auf dem es steht, liegt im Wasser. Es knarrt und schaukelt mit den Wellen. Ringsherum prasselt der Regen auf Büsche und Kiefernzweige.

»Susannah!«, schreie ich. »Susannah!«

Mit einem Satz springe ich auf das Floß und drücke gegen die Tür. Das Holz fühlt sich so morsch an, als würde es jeden Moment zerfallen. Die Farbe ist weitgehend abgeblättert. Ich drehe den Knauf und stemme mich dagegen, während ich heulend nach Finn rufe.

Beim nächsten Ruck poltere ich in das dunkle Haus meiner Mutter.

BRITISH COLUMBIA, SPÄTSOMMER 1977

Man würde einige Arbeit hineinstecken müssen, aber es war genau das Richtige, ein traditionelles Nurdachhaus mit anderthalb Etagen auf einem Floß aus Zedernstämmen, die mit Stahltrossen und Schienennägeln zusammengehalten wurden. Sie hatte richtig gemessen, es passte genau hinter die Felsen, als wäre die kleine Bucht dafür geschaffen worden. Nachdem die Jungs, die es von Nanaimo hierhergezogen hatten, wieder weg waren, ging sie zurück aufs Boot. Das Baby lag im Tragetuch an sie geschmiegt. Die Verkäuferin auf dem Markt, eine Ureinwohnerin, hatte gesagt, man könne die Kinder darin umhertragen, bis sie laufen lernten. Man müsse sie sich auf den Rücken schieben, wenn sie einem zu schwer würden.

Sie drückte die Tür auf und betrat ihre Küche. Das Floßhaus hatte einem alten Fischer gehört und stank nach Fisch, Essig, Schimmel und Kaminrauch. Langsam gewöhnte sie sich an das Halbdunkel. Den Boden würde sie mit Bleiche scheuern. Drüben in Raven Bay in der Eisenwarenhandlung hatte sie Teile für den Coleman-Herd bestellt und aus Victoria einen Kühlschrank mitgebracht. Aber sie würde noch einmal nach Raven Bay müssen, um Bretter, Schrauben und Träger zu kaufen, denn es gab im ganzen Haus kein einziges Regal.

Sie ging behutsam in die Hocke und öffnete eine Küchenschranktür. Sie hing locker in den Angeln, aber die ließen sich verstärken. Auch dafür würde sie Material kaufen müssen. Da konnte sie schon eine Liste schreiben. Einen neuen Anstrich könnten die Schränke auch gebrauchen. Davon abgesehen war die Küche prima, klein, aber praktisch, mit Fenstern über der Spüle und Platz für einen Tisch mit zwei Stühlen.

Beim Gang ins Wohnzimmer verrückte sie die Tuchschlinge, sodass sie das Kind halb auf dem Rücken trug und es nicht so sehr an der Schulter zog. Sie waren übereingekommen, dass sie mit dem Baby hierblieb, um das Floßhaus einzurichten, während die Jungs nach Vancouver und Seattle zu der Fördermittel-Besprechung fuhren. Man konnte schlecht mit einem Säugling daran teilnehmen, wenn man ernst genommen werden wollte. Es machte ihr nichts aus hierzubleiben. Eigentlich wollte sie sogar eine Weile allein sein. Das brauchte sie jetzt mal.

Das Wohnzimmer war gut geschnitten und größer als gedacht. Es hatte große Fenster, durch die man einen prächtigen Ausblick aufs Meer haben würde, sobald sie einmal sauber wären. Morgen würde Anas Sofa zusammen mit dem Doppelbett gebracht werden. Zuerst hatte sie vorgehabt, noch ein paar Nächte im Zelt zu schlafen und das Haus erst einmal zu putzen, aber jetzt merkte sie, dass sie sofort einziehen wollte. Der Gestank war schon nicht mehr so schlimm, seit die Tür offen stand. Heute Abend würde sie das Feldbett und das Moseskörbchen aus dem Zelt hineintragen.

Sie schaute durch das trübe Fenster aufs Meer. Das Floß schaukelte auf dem Wasser. Das hatte sie gar nicht bedacht, aber ihr gefiel die sanfte Bewegung. Sie stellte sich vor, wie vier, fünf Meter hohe Wellen in die Bucht auf das Floßhaus zurollten. Aber da waren die Felsen, und sie hatte keine Angst vor dem Meer, trotz Anas Warnung. Sie fühlte sich darauf zu Hause.

Das vergangene Jahr hatte ihre Sicht der Dinge verändert. Früher glaubte sie, Willenskraft und Entschlossenheit seien das Entscheidende im Leben. Man müsse sein Ziel bestimmen und sich darauf konzentrieren, um es zu erreichen. Vielleicht hatte das als Überlebensstrategie für ihre Kindheit getaugt, an den einsamen Samstagen, wo sie am Strand nach Seesternen und Muscheln suchte, während andere Mädchen von ihrer Mutter zum Ballett gebracht wurden. Mit neun oder zehn Jahren hatte sie beschlossen, Meeresbiologin zu werden, und war mit einem Stipendium und einem Ziel vor Augen aus dieser Kindheit hervorgegangen. Sie glaubte noch immer, dass Entschlossenheit wichtig war. Aber inzwischen fragte sie sich, ob sich damit wirklich so viel ausrichten ließ. Vielleicht war das Leben im Grunde viel mysteriöser.

Vor nur achtzehn Monaten war sie mit Leib und Seele Doktorandin im Sea Park gewesen, und jetzt stand sie mit ihrem schönen Baby in ihrem schwimmenden Haus und blickte auf einen Ozean voller Schwertwale. Noch vor ein paar Monaten hätte sie sich mit diesem Arrangement nicht anfreunden können. Doch jetzt empfand sie es als vollkommen richtig – als wäre dies schon immer ihr Lebensziel gewesen und sie hätte es nur nicht gewusst.

Klar, es würde Stürme und Entbehrungen geben, und bestimmt auch viele Tage, wo ihr dieses ganze Unternehmen tollkühn vorkäme. Aber dies waren der richtige Platz und das richtige Leben für sie. Mit dieser Grundüberzeugung im Kopf konnte eigentlich nichts schiefgehen.

Was andere Leute davon hielten, war unwichtig. Drüben in Raven Bay fanden sie es unvernünftig, einen Säugling hierher mitzunehmen. Ted und Sandra setzten sich eines Abends sogar mit ihr zusammen, um sie zu fragen, ob ihr eigentlich klar sei, was sie da auf sich nähme. Und sie versicherte es ihnen immer wieder, als wären sie die Eltern, die sie nicht gehabt hatte. Und ihre Entscheidung stellte sich als richtig heraus, denn den Sommer über hatte alles bestens geklappt.

Sie hatten eine Wetterplane über das Zodiac gespannt und ein sicheres Babynest aus Schaffellen und Rettungsringen gebaut. Sogar ein Mobile aus Muschelschalen und Fischernetzen hatte sie gebastelt. Und so begannen sie zu arbeiten. Zugegeben, sie liefen häufiger den Strand an als früher, und zum Tagesgepäck gehörte jetzt eine Wickeltasche – und Leute, die den Säugling bei ihnen im Schlauchboot sahen, fanden das unglaublich. Aber es war nie etwas passiert.

Mittlerweile kam sie wunderbar zurecht, wenn sie umgeben von Schwertwalen ihr Kind stillte, dabei die Walgesänge aufnahm, durchs Fernglas spähte und sich Notizen machte, während Jonas und Dean, und wer sonst noch mitkam, die Wale fotografierten und die Katalogeinträge überflogen. Es hatte ein paar Schlechtwettertage gegeben, an denen sie gezwungen gewesen war, im Basislager zu bleiben, während die anderen sich ihr Ölzeug anzogen und hinausfuhren – und solche Tage machten sie verrückt –, aber die meiste Zeit war sie ebenfalls draußen und arbeitete. In nur drei Monaten hatte sie enorme Fortschritte gemacht. Und dabei hatten sie ein glückliches, gesundes Baby.

Sie drehte dem Fenster den Rücken zu und schaute durchs Wohnzimmer. Wegen der schmutzigen Scheiben und der dunklen Holzwände war es ein wenig düster, würde aber nach dem Putzen und mit Möbeln viel besser aussehen. Anas Sofa sollte mit einem hellen Überwurf versehen an der Wand neben dem Ofen stehen, den die Jungs aus Vancouver mitbrächten. Bis dahin würde sie den Schmutzfilm von den Scheiben schrubben, den Fußboden ausbessern und Teppiche hinlegen, Regale anbringen und einige Fotos aufhängen. Dann wäre es einwandfrei. Mit den Holzscheiten würde sie anfangen, denn bis zur Rückkehr der Jungs wollte sie mit der Kettensäge umgehen können. Keiner sollte ihr beibringen müssen, sie zu bedienen. Sie hatte genug davon, sich alles zeigen lassen zu müssen.

Als sie kürzlich das Rundzelt aufstellten, kam Eve mit ihrem Wolfshund aus dem Wald und sagte ohne Umschweife: »Lerne, mit der Kettensäge umzugehen. Das ist hier oben am wichtigsten. Ohne Feuerholz hältst du es hier nicht aus, wenn die Tage kürzer werden.« Dabei sah sie Elena direkt an. Sie hatte Augen wie kleine schwarze Kiesel, und ihre Haare waren schneeweiß wie ihr Poncho. Und ohne sich mit Höflichkeiten aufzuhalten, machte sie kehrt und ging durch die dürren Kiefern zu ihrer Hütte. Sie hob grüßend die Hand, ohne sich noch einmal umzudrehen.

Elena stellte sich vor, in diesem Wohnzimmer zu sitzen, wenn alles verschneit war und das Holz im Ofen brannte, Bücher und Spielzeug herumlagen, ein Topf Suppe auf dem Herd stand … Lächelnd schlenderte sie zur Treppe.

Das Floßhaus hatte weniger gekostet als veranschlagt. Ihren Berechnungen nach war noch genug Geld übrig, um sie ein Jahr lang zu ernähren, wenn sie genügsam lebten. Fürs Brennholz könnten sie ab und zu eine Tanne fällen – und ein Stückchen Land roden und Gemüse anbauen. Ana meinte, es sei noch nicht zu spät, um Grünkohl und Mangold zu pflanzen. Beides war winterhart und eine gute Vitamin-C-Quelle, die bis zum Frühjahr reichte. Im Wald gab es jetzt Beeren in Hülle und Fülle. Sie würde sie pflücken gehen. Der Herbst bedeutete harte Arbeit, ganz abgesehen von dem Säugling und ihrer Forschung, aber dagegen hatte sie nichts.

Sie duckte sich unter dem niedrigen Deckenbalken am Fuß der Treppe hindurch, küsste ihr Baby auf die Baumwollmütze und ging nach oben. Mit einem Wald hinter dem Haus, Walen vor der Tür und ringsherum frischer Luft konnte es eigentlich keinen besseren Platz geben, um ein Kind aufzuziehen. Aber sie war nicht dumm – für solch ein Leben brauchte man viele Fertigkeiten.

Im Schlafzimmer ging sie an das große Fenster und schaute nach draußen. Der Himmel bewölkte sich, die Wellen wirkten dunkler und größer. Für einen Moment schwand ihre Selbstgewissheit, und sie spürte, wie klein und bedeutungslos sie in diesem Floßhaus am Rande eines grenzenlosen Ozeans war.

Hier konnte alles Mögliche passieren.

Zum nächsten Krankenhaus war es ein ziemlich langer Flug mit dem Hubschrauber. Sie legte die Arme um das Tragetuch und atmete tief durch. So mussten sich die ersten Siedlerinnen gefühlt haben, als sie sich in dem fremden Land niederließen. Das Unbekannte war furchterregend. Aber die Chance auf ein neues Leben wog schwerer als die Furcht.

Das Schlafzimmer würde nach einem gründlichen Putz ebenfalls heller werden. Es roch muffig, und die Regenflecken an der Scheibe ließen wenig Licht hindurch. Aber bald würde es paradiesisch sein – das Fenster nahm die gesamte Giebelfläche ein, und man konnte im Bett liegen und aufs Meer sehen. Ihr kam die Idee, ein Loch durch die Böden zu bohren und ein Hydrophon ins Wasser zu hängen. Die Unterwassergeräusche könnten dann Tag und Nacht das Zimmer beschallen. Beim Aufwachen würden sie Wale hören und abends mit ihrem Gesang einschlafen.

Sie spähte durch die Scheibe auf das Deck des Floßes und berührte den schlafenden Kopf mit den Fingerspitzen. »Hey, da unten werden wir bei schönem Wetter sitzen.« Kaffee trinken, während über der Bucht die Sonne aufging. Und wenn sie die Wale da draußen entdeckten, würden sie in das Zodiac springen. Sie malte sich auch aus, wie sie abends nach einem anstrengenden Tag auf dem Wasser ihr Bier auf dem Deck tranken. Sie würden sich alle hinsetzen und über das Erlebte reden, während die Sonne hinter den kleinen Inseln unterging.

Das Floßhaus war durch Bäume gegen Ostwind geschützt, und die Felsen bildeten eine natürliche Barriere gegen die Wellen. Wenn die Stürme einsetzten, wären sie relativ geschützt. Sogar Eve hatte eingeräumt, dass es ein guter Platz sei. Das Floßhaus gehörte hierher. Als ob die kleine Bucht zwischen den Bäumen und den Felsen nur darauf gewartet hätte.

Aus Gewohnheit schaute sie übers Meer, ob eine Finne oder ein Blas zu sehen waren, konnte aber nichts entdecken.

»Wir müssen geduldig sein«, flüsterte sie. »Sie werden kommen.« Über den Bäumen schwebte ein Adler im Aufwind. An den Flügelspitzen sahen die gespreizten Federn wie monströse Klauen aus.

Das Putzen nahm drei ganze Tage in Anspruch. Sie machte nur Pausen, um zu stillen und zu wickeln und wenn sie aus der Bucht einen Blas hörte. Dann ließ sie alles stehen und liegen, packte das Baby ins Tragetuch, schnappte sich Fotoapparat und Rettungsweste und sauste zum Zodiac. Sie fuhr nie weit aus der Bucht hinaus, und ohne Hydrophon konnte sie ihrer Kommunikation nicht zuhören, aber sie fotografierte und schaute am Abend nach, ob die Tiere im Katalog zu finden waren.

Raven Bay war bei leichtem Seegang in vierzig Minuten mit dem Boot zu erreichen. Als sie am dritten Tag hinfuhr, um Regalstützen, Holz, Schrauben, Farbe und Nägel zu kaufen, traf sie vor der Eisenwarenhandlung auf Ana.

Ana hatte viel zu tun, da sie ihre Jungen hüten und das Gästehaus führen musste, trotzdem lud sie Elena auf eine Tasse Kaffee ein.

In ihrer Küche war es warm, und es roch nach frisch Gebackenem. Über dem Herd hingen die Kindersachen auf der Leine und ringsherum lagen Angelzeug, Gummistiefel, Steinschleudern und Comichefte verstreut. In einer Ecke stand ein Korb, in dem eine schwarze Katze mit sechs noch blinden Kätzchen lag. Eine alte Uhr aus Schweden tickte über dem Ofen, und da die Hintertür offen stand, hörte man die Wellen an den Pier schlagen und das Klimpern der Drahtseile an den Masten.

Ana schien auch keine Eile zu haben, als Elena stillte. Sie goss beiden Kaffee ein und stellte einen Teller mit Zucchinibrot hin, das noch warm war. Sie trug stets dieselben Sachen: einen alten blauen knielangen Kittel, dicke Strumpfhosen und Clogs.

»Nun? Du legst wohl gerade Wintervorräte an?«, sagte sie.

»Äh, ja«, antwortete Elena mit vollem Mund.

»Jedes Frühjahr dose ich Lachs für einen ganzen Winter ein, aber das hast du verpasst. Jetzt ist die Zeit, um Obst und Beeren einzumachen. Hast du Einmachgläser?« Ana sprach sehr ruhig, jede Silbe bekam die gebührende Betonung und Melodie.

An Einmachgläser hatte Elena noch gar nicht gedacht. Sie hatte erst einmal nur das Floßhaus an seinen Platz bekommen und wieder mit dem Hydrophon hinausfahren wollen. »Du musst vorausdenken«, sagte Ana. »Wir sind nicht in Nanaimo. Auf Black Bear sitzt man mitunter tagelang fest.«

Sie schrieben eine Liste mit Wintervorräten, auf der auch Milchpulver und Haferflocken für das Baby standen. Sie solle auch große Dosen Erdnussbutter kaufen, meinte Ana, sowie Fleischkonserven, Hefe und ein paar große Tüten Mehl.

Als es Zeit wurde, sich zu verabschieden, holte Ana vom Dachboden einen Karton mit Kinderkleidung, aus der ihre Jungen herausgewachsen waren.

»Es kommen selten Leute, die sich hier niederlassen wollen.« Sie stützte sich mit einer Hand an den Türpfosten. »Schon gar nicht Leute mit kleinen Kindern. Die ganze Gemeinde will, dass ihr bei uns klarkommt, weißt du.« Ihr Blick war ein wenig besorgt.

»Uns wird es hier gut gehen«, versicherte Elena lächelnd. »Wir kennen das Meer hier oben. Wir waren schon das ganze Jahr da draußen unterwegs. Und wir sind zäh.«

Das Spülbecken diente zugleich als Babywanne, das sanfte Schaukeln des Floßes übertrug sich auf das Moseskörbchen, und die gewaschenen Windeln hängte sie auf dem Deck an die Leine. Während der nächsten paar Tage, wenn das Baby schlief, erledigte sie die kniffligeren Aufgaben. In den Wänden steckten viele rostige Nägel, und überall gab es splittrige Holzkanten. Einen ganzen Tag lang ging sie von einer Stelle zur anderen, schlug Nägel flach und glättete Kanten mit Schleifpapier, damit sich zarte Knie und neugierige Hände nicht verletzen konnten.

Im Wohnzimmer mussten einige Bodendielen ausgewechselt werden. Darum packte sie das Körbchen mit dem Baby für einen Nachmittag ins Rundzelt, spannte ein Netz, um neugierige Tiere draußen zu halten, und machte sich an die Arbeit. Zwei Stunden lang hob sie morsche Dielen mit dem Brecheisen an, sägte neue zurecht, schliff sie glatt und nagelte sie fest. Danach war der Boden hell und dunkel gescheckt.

Aber sie legte die Flickenteppiche darauf. Die hatte sie auf dem Markt in Victoria gekauft, wo sie sich auch endgültig von Susannah verabschiedet hatte.

Nachdem sie schließlich den richtigen Platz und dann das Floßhaus gefunden hatte, war die Anspannung der nervigen Woche in Raven Bay wie weggeblasen gewesen. Sie waren als

Freunde auseinandergegangen. Aber deswegen hatte sie noch lange keine Eile, Susannah wieder zu Besuch zu haben. Den Streit beim Abendessen und die sonderbare Atmosphäre zwischen ihnen konnte sie nicht vergessen. Zuletzt war Susannah klasse gewesen, bemüht, es ihr recht zu machen, vielleicht sogar, es wiedergutzumachen. Sie hatten beide unter Druck gestanden. Am besten hakte sie die Sache einfach ab. Sie sollte ihr Leben weiterführen und endgültig für Abstand sorgen.

Am sechsten Abend im Floßhaus strich Elena die Küchenschränke sonnenblumengelb. Das war der einzige Lack gewesen, den der Händler noch dagehabt hatte. Aber ihr gefiel die sonnige Farbe.

Am nächsten Tag stand sie um fünf Uhr auf, als es noch dunkel war. Das Morgengeheul der Wölfe und Kojoten schallte aus dem Wald, während sie die Farbe von den Fensterrahmen schliff. Durch die inzwischen sauberen Scheiben sah sie die ersten rosa Strahlen über den Horizont kommen, und das Meer wandelte sich von Stahlgrau zu Hellgrün.

Sie zog sich ihre schmutzige Teddyjacke über und ging nach draußen zum Zelt, um auf dem Campingkocher Wasser aufzusetzen. Sie kochte eine Kanne starken Kaffee und nahm ihn mit aufs Floßdeck. Ihr war schwindlig vom Schlafmangel, auch ein bisschen übel von den Lackdämpfen. Sie trank Kaffee, aß ein altbackenes Brötchen mit Marmelade und beobachtete, wie der Himmel sich babyblau aufhellte. Sie war vollkommen zufrieden.

Wie der Winter werden würde, war schwer vorstellbar. Sie hatte von neun Meter hohen Wellen gehört, von Orkanböen und Stürmen, die plötzlich von Südosten kamen und tagelang anhielten. Was immer passierte, sie würden durchhalten, weil das jetzt ihr Zuhause war.

Während dieser acht Tage fühlte sie sich nicht einsam, wurde aber allmählich ungeduldig, weil sie wieder aufs Meer hinausfahren wollte. Sie hatte noch viel Arbeit vor sich, und wenn sie einen Blas sah und mit dem Fotoapparat auf die Wale zufuhr, dachte sie daran, wie viel Kommunikation sie gerade verpasste.

Eine bestimmte Mutterlinie, die aus sieben Walen bestand, schien die Bucht als ihr Gebiet zu betrachten. Es kam ihr so vor, als wären sie neugierig, was dieser einzelne Mensch dort machte. Manchmal lagen sie nahe den Felsen im Wasser und streckten den Kopf heraus, wie um zu verfolgen, welche Fortschritte sie machte. Einmal, als sie zu ihnen hinausfuhr, gaben sie ihr eine vergnügte Vorstellung. Die zwei jüngeren Brüder sprangen in die Höhe, drehten dabei ihre muskulösen Leiber und klatschten mit der Fluke aufs Wasser, dass es von den Uferfelsen widerhallte. Ganz offensichtlich hatten sie Spaß an dem Echo. Elena bewunderte ihre Eleganz. Diese Geschöpfe waren groß wie Laster, sprangen aber in die Luft wie Balletttänzer – mehrere Tonnen glänzende schwarz-weiße Körpermasse schwebten einen Augenblick lang vor dem blauen Himmel.

Sie brauchte das Hydrophon. Es war eine Qual, ihnen zuzusehen und nicht hören zu können, wie sie miteinander kommunizierten. Sie wollte wissen, welche Laute mit dieser Planscherei einhergingen, wollte auf Band festhalten, was die Leitkuh von sich gab, bevor die Wale abzogen – sie war überzeugt, dass es ein Befehl war. Doch sie würde sich noch gedulden müssen. Nur noch zwei Tage, dann hätte sie die Teile, könnte das Hydrophon festmachen und hinausfahren.

Am Tag, bevor die Jungs zurückkehrten – wieder war schönes Wetter –, beschloss sie, noch einmal mit dem Zodiac nach Raven Bay zu fahren und für ein besonderes Willkommensessen einzukaufen. Sie packte sich ihr lallendes Baby ins Tragetuch auf den Rücken und steuerte, die Augen auf den Horizont gerichtet, aus der Bucht.

In Raven Bay kaufte sie Einmachgläser, eine Schachtel Nägel, zwei Päckchen Sandpapier und zwanzig weitere Regalstützen – sie stellte immer wieder fest, dass sie doppelt so viel brauchte wie angenommen. Außerdem kaufte sie mehr Cracker, Mehl und Hefe, um in dem neuen Ofen Brot zu backen, Müsliriegel, Kaffee, zwei weitere Flaschen Bleiche und Sterilisationsmittel sowie ein großes Glas Erdnussbutter. Sie sehnte sich nach Äpfeln – danach, in einen knackigen Jonah Gold zu beißen –, aber frisches Obst hatte der Laden nicht. Stattdessen kaufte sie Dosen mit Bohnen und Tomaten sowie einen Sack Reis für einen vegetarischen Eintopf. Im Wald hinter dem Haus gab es Sauerampfer und Pfifferlinge, und inzwischen hatte sie auch eine Schüssel voll Blaubeeren gesammelt. Es würde ein Festessen werden.

Nach der Rückkehr räumte sie das Geschirr und die Küchensachen aus den Kisten im Zelt in die frisch gestrichenen Schränke. Mit den Blechtassen und Tellern, den Gläsern, dem Besteck und den Lebensmittelvorräten war alles komplett.

Sie machte sich ein Bier auf und trug ihr erschöpftes Baby zu der Feuerstelle am Zelt, wo sie ein Scheit auflegte und sie beide in eine Wolldecke wickelte. Als die Sterne aufgingen, wurde es kühl. Beim Stillen wurde sie schläfrig, und ein bisschen übel war ihr auch. Ihr war, als wäre sie seekrank – wie die ersten Male, wo Jonas sie im Zodiac mitgenommen hatte. Sie hatte den ganzen Tag noch nichts Richtiges gegessen. Ein großes Baby zu stillen war ziemlich auslaugend.

Sowie die Jungs wieder da waren, würde sie das Hydrophon festmachen und aufs Meer hinausfahren. Selbst wenn Eve recht hatte und manche Orcas auch im Winter herkamen, würden die meisten doch gegen Ende Oktober weg sein. Damit blieben ihr nur zwei Monate, um zum Verhalten, das mit dem Prustlaut der Leitkuh einherging, möglichst viele Daten zu sammeln. Sie vermutete stark, dass es sich um einen Befehl handelte und dass er mit der Futtersuche zu tun hatte. Und möglicherweise ahmten die anderen ihn nach. Wenn sie bis zum Spätherbst mit Bestimmtheit sagen konnte, ob es ein immer wiederkehrender Ruf oder etwas anderes war, dann hatte sie ihren Einstieg.

Sie stellte das Bier ab und lehnte sich zurück, um die Sterne zu betrachten. Wie immer dachte sie auch an Bella. Irgendwo da draußen war Bellas Mutter. Wie stark die familiäre Bindung unter Orcas war, hatte sie erst begriffen, als sie sie in freier Wildbahn erlebte. Sie blieben zusammen, berührten einander und kommunizierten auch verbal unablässig. Sie lebten so harmonisch zusammen – ältere Wale wurden nicht ausgeschlossen, sondern hielten sich im Zentrum der Gruppe auf, und die Tiere einer Schule taten alles gemeinsam: Kälber aufziehen, jagen und spielen. Es war falsch, ein Wort wie Liebe zu benutzen, aber es war klar, dass die familiären Bindungen sehr eng waren.

Wenn sich dieser Zusammenhalt nun auch auf die Sprache erstreckte – wenn bestimmte Laute nur einer Schule eigen waren –, dann wäre es eines Tages möglich, Bella ihrer Familie zuzuordnen. Natürlich könnte das noch Jahrzehnte dauern, und sie müsste noch einmal in den Sea Park gehen und weitere Aufnahmen von Bella machen. Aber es könnte gelingen.

Von diesem besonderen Plan hatte sie noch keinem erzählt, nicht einmal Jonas. Voriges Jahr hatte sie die Walbeobachter gefragt, ob sie wüssten, aus welcher Schule Bella stammte, aber die kannten auch nur ihre Leidensgeschichte. Von anderen Walen in Aquarien in Florida hatte man die Herkunft ermitteln können, weil bei ihrer Gefangennahme Aufnahmen gemacht worden waren. Bei Bellas aber nicht.

Sie trank von ihrem Bier und betrachtete das schöne Gesicht ihres schlafenden Babys. Ihr kam der Gedanke, dass ihr Plan, Bellas Mutter zu finden, nichts mit Wissenschaft zu tun hatte, sondern mit dem verängstigten achtjährigen Mädchen, dessen Mutter nicht nach Hause gekommen war. Aber es brachte überhaupt nichts, daran zu denken. Sie hatte die alte Geschichte tief in sich vergraben, und da sollte sie auch bleiben. In die Vergangenheit oder in sich hinein zu blicken war ihr noch nie sinnvoll erschienen.

»Wir brauchen nur wieder hinauszufahren«, flüsterte sie. »Nicht wahr?«

Ihre Forschung war keine Tätigkeit mehr, sondern Teil ihrer Person geworden – so sehr wie dieses schöne Baby. Ihr kam etwas in den Sinn, was Dean einmal über seine Frau gesagt hatte, die nicht mehr zwischen den Gruppen kanadischer Ureinwohner hin und her reiste, sondern bei ihrem Sohn zu Hause blieb. Er meinte, sie mache keine halben Sachen. Damals hatte Elena das so verstanden, als hätte sie sich bewusst entschieden, den Beruf aufzugeben und nur Mutter zu sein. Aber in Wirklichkeit hatte Deans Frau gar keine Wahl gehabt. Manche Aufgaben kann man nicht untereinander aufteilen oder einschränken oder halbherzig betreiben.

Ohne das Floßhaus wäre sie jetzt in derselben Lage. Wenn sie es hier nicht schaffen sollte, wäre sie gezwungen, ganz aufzugeben. Das Leben der Orcas in freier Wildbahn zu erforschen verlangte vollen Einsatz. Um wieder wegzuziehen, würde sie ein anderer Mensch werden müssen. Sie hatte beträchtlich in diese Zedernbohlen investiert.

Sie schloss die Augen, schluckte das Bier hinunter und war dankbar für das alte Floßhaus und den felsigen Flecken Erde, der ihr ermöglichte, zu bleiben und sie selbst zu sein.

14

Zuerst sehe ich überhaupt nichts. Ein starker Schimmelgeruch dringt mir in die Nase, außerdem ein Geruch nach Fäulnis. Aus einer Tür im Hintergrund dringt schwaches Licht, und allmählich erkenne ich eine Küche. Ich stolpere auf das Licht zu.

Und da ist Finn. Er sitzt in seine dunkelblaue Fleecejacke eingepackt auf ihrer Hüfte. Sie blickt mich an. Er schaut aus dem Fenster – hält vielleicht nach mir Ausschau. Seine Haare am Hinterkopf sind zerzaust. Ich stürze in den Raum. »Finn!« Er dreht den Kopf, schaut mit großen, ängstlichen Augen.

»Oh, Schatz, mein Liebling! Ich bin da. Ich hab dich wieder!« Er reißt den Mund auf und stößt einen Schrei aus, der halb überrascht, halb verzweifelt klingt. Er streckt mir die Arme entgegen, neigt den Oberkörper hinterher wie ein Turmspringer, in dem Vertrauen, dass ich ihn auffange. Und ich fange ihn auf. Als ich seinen kleinen Körper in die Arme schließe, fühle ich Schluchzer in meiner Brust aufsteigen. Ich halte mich an ihm fest, spüre, wie er sich an mich schmiegt und klammert, als wäre er ein Teil von mir.

Für einen Moment legt sich mein ganzes Wesen um Finn, atmet seinen Geruch, absorbiert ihn, bildet mit ihm eine Einheit. Es ist vorbei. Es ist überstanden. Es gibt doch keinen roten Trennstrich. Ich habe mein Kind zurück. Ihm ist nichts passiert.

Da mir die Beine zittern, lasse ich mich auf die Knie sinken und wiege ihn. Er hält die Arme um meinen Hals geschlungen. Ich weiß, ich muss mich jetzt beherrschen, darf ihn nicht mit meiner immensen Erleichterung ängstigen.

»Ich habe mir Sorgen um dich gemacht, Schatz, aber alles ist gut. Ich hab dich wieder. Jetzt ist alles gut. Mummy ist da. Jetzt bleibe ich bei dir, okay? Ich habe den ganzen Tag nach dir gesucht.«

Die Krise ist ausgestanden. Jetzt muss ich mich zusammennehmen und ruhig sein. Ich küsse seine nassen Wangen. »Du hast ein großes Abenteuer überstanden, mein armer kleiner Schatz.« Er sieht mir in die Augen, lässt meinen Hals los und fasst mir mit beiden Händen ans Kinn, als wollte er prüfen, ob ich es wirklich bin.

»Ich habe nach dir gesucht, Schatz. Überall, und ich wusste nicht, wo du bist, aber ich habe dich gefunden, nicht wahr?«

Plötzlich merke ich, dass Susannah neben uns steht, vollkommen reglos.

Aber ich kann die Augen nicht von Finn abwenden. Sie hat ihm den Astronautenpyjama und seine wärmste Fleecejacke angezogen. Er hat sehr müde, rot umränderte Augen. Er muss lange geweint haben. Aber er ist unverletzt. Körperlich jedenfalls. Ich streiche ihm über Arme und Beine. Sie fühlen sich warm an. Er trägt sogar Socken über den Pyjamafüßen. Wenigstens hat sie ihn nicht frieren lassen. Es ist eiskalt hier drinnen, und die Luftfeuchtigkeit fühlt sich wie ein kalter Umschlag an. Ich küsse sein Gesicht und atme seinen süßen Geruch ein.

»Ich bin da. Ich hab dich wieder. Jetzt wird alles gut.«

Schließlich blicke ich auf.

Ich rechne mit einem entschuldigenden Blick, mit einem schlechten Gewissen, sogar mit Ärger oder Tränen. Ich erwarte, dass sie sich durch die Haare fährt und sagt: »Scheiße, Kali, es tut mir so leid! Wir haben die Fähre verpasst, und ich konnte Sie nicht erreichen.«

Aber ihr Gesicht ist wie versteinert.

Sie starrt uns an. Ihre Augen leuchten bleich im Halbdunkel. Ich drücke Finn fester an mich und stehe auf, um mich mit ihr zu befassen. Und in diesem Moment packt mich eine unsägliche Wut.

»Verdammte Sch… Was haben Sie sich dabei gedacht?« Ich muss schwer an mich halten, um nicht zu brüllen und zu fluchen, meine Stimme klingt halb erstickt. »Was sollte das, Susannah? Was glauben Sie, wer Sie sind, dass Sie einfach mein Kind mitnehmen? Herrgott noch mal, ich sollte die Polizei rufen! Mir ist egal, was Sie sich dabei gedacht haben. Das ist unglaublich! Eine Ungeheuerlichkeit! Sie können nicht einfach ein fremdes Kind mitnehmen!«

Sie verzieht keine Miene und blickt mich starr an. Sie blinzelt nicht einmal.

»Nun?«, fauche ich.

Finn wimmert und klammert sich an meinen Hals. Ich gebe ihm einen Kuss. »Schon gut, Schatz, ich bin ein bisschen verärgert über Susannah, aber das ist nicht schlimm. Alles ist gut.« Über seinen Kopf hinweg blicke ich sie wütend an. Ich zittere am ganzen Körper. »Sagen Sie etwas. Erklären Sie mir, warum Sie das getan haben. Warum haben Sie ihn hierhergebracht?«

Und dann lächelt sie. Sie lächelt tatsächlich. Nur mit den Mundwinkeln, nicht mit den Augen. Es ist das Lächeln eines Aristokraten, der von einem Bauern Notiz nimmt. Sie zieht eine Braue hoch und hebt das Kinn. Ihre Augen liegen tief in den Höhlen.

Der Regen trommelt aufs Dach. Das Haus knarrt und schwankt. Es steht gar nicht auf Land, wird mir jetzt klar. Unter uns ist Wasser. Dann bemerke ich, warum das Licht so düster ist. Hier brennen nur Kerzen. Auf jeder waagerechten Fläche stehen dicke weiße tropfende Kerzen. Über ihr schaukeln Girlanden im unruhigen Kerzenschein wie die in ihrem Meditationsraum im Atelier. Aber dieses Haus ist mit dem Atelier nicht zu vergleichen. Es stinkt und ist eiskalt. Susannah starrt mich weiter an.

Ich erwidere den Blick voller Wut. »Wollen Sie nicht mal ein Wort sagen?«

Das Lächeln verschwindet. »Ja, ich wusste, Sie würden deswegen schwierig werden.«

»Wie bitte? Also nein. Was haben Sie da gesagt?«

»Ach, lassen Sie das.« Ihre Stimme ist tonlos, klingt ein bisschen irre. So habe ich noch nie jemanden reden hören, und es verursacht mir mehr Gänsehaut als die eisige Luft oder das Klappern der Fenster, an denen der Wind rüttelt. »Sie hätten nicht kommen sollen, Kali«, fährt sie fort. »Das hat nichts mit Ihnen zu tun.«

»Wie bitte?«

»Sie hat ihn zu mir geschickt. Sie wollte nicht, dass Sie auch hier sind.«

»Was reden Sie denn da? Wer hat wen zu Ihnen geschickt?«

»Sie wollte mir zeigen, dass er wieder da ist. Das ist alles. Denn sie will mich von all dem befreien – von allem! Ich meine, mein Gott, sehen Sie ihn doch an.« Sie deutet auf Finn wie eine stolze Großmutter. »Er ist wieder da, nicht wahr? Er ist am Leben.«

Ich halte schützend eine Hand über Finns Kopf. »Sie sprechen in Rätseln, Susannah.«

»Ach, Sie sollten nicht einmal hier sein.« Sie klingt ungeduldig. »Ständig aufgeregt und in Sorge. Ich werde mich um ihn kümmern, keine Angst. Ich werde nicht zulassen, dass ihm etwas passiert. Diesmal nicht. Oh nein. Und ehrlich gesagt, ist er bei Ihnen weniger sicher, nicht wahr? Mein Gott, Sie können nicht mal auf ihn aufpassen – Sie wollen ihn gar nicht. Sie lassen ihn Glasscherben aufheben, Sie ignorieren es, wenn er weint, Sie lassen ihn bei Gewitter im Dunkeln allein, Sie schließen ihn im Zimmer ein.« Sie zieht die Brauen zusammen. »Diesmal werde ich ihn retten. Und keiner kommt mir dabei in die Quere, auch Sie nicht. Sie hätten nach England zurückreisen sollen, wo Sie hingehören.«

Ein eisiges Gefühl breitet sich in meinem Magen aus. »Ich verstehe nicht, was Sie sagen, Susannah. Das ist nicht im Geringsten –«

»Ich muss ihn Jonas zeigen«, erklärt sie barsch. »Wenn Jonas sieht, dass sein Sohn wieder da ist, wird er mich freigeben. Das wird doch selbst Ihnen klar sein.«

»Was? Wer? Wer ist Jonas? Freigeben, inwiefern? Das ist Unsinn … Sie reden blanken Unsinn. Sind Sie krank?«

»Ach hören Sie endlich auf! Aufhören – aufhören!« Sie hält sich die Ohren zu und blickt mich wütend an. »Hören Sie auf.«

»Susannah, das ist … ich verstehe kein Wort.«

Sie lässt die Hände sinken, beugt sich zu mir und redet langsam und betont wie mit einer Schwachsinnigen. »Sie hat ihn zu mir geschickt.«

»Meine Mutter?«

»Natürlich.«

»Aber meine Mutter ist tot, Susannah!«

»Sie weiß, dass sein Vater ihn sehen muss.«

»Finns Vater ist in Oxford, Susannah. In England.«

»Oh nein. Sein Vater ist hier.« Sie sieht mir in die Augen.

»Mein Gott.« Unwillkürlich drücke ich mein angespanntes Kind schützend an mich. »Sie sind völlig wahnsinnig.«

Durch das Fenster hinter ihr sehe ich die Scheinwerfer von Svens Fischkutter um die Landzunge verschwinden.

15

Susannah geht energisch zu einem Holzofen.

»So«, sagt sie mit ihrer tonlosen Stimme. »Was soll ich jetzt mit Ihnen machen? Sie sollten uns nicht nachkommen. Wie haben Sie überhaupt hergefunden?«

Die Glut wirft ihren roten Schein durch das Fenster der Ofentür auf Susannahs Hände. Sie dreht den Riegel. Das Metall quietscht. Ihre Lippen sind zusammengekniffen. Funken schlagen heraus, als sie ein Scheit hineinwirft, und Rauch quillt in den Raum. Sie schlägt die Ofentür zu. Die Wespenspange am Hinterkopf funkelt, als sie sich zu mir umdreht.

»Susannah, hören Sie mir zu. Ich denke, Sie sind verwirrt. Mir scheint, Sie –«

Sie schneidet mir das Wort ab. »Jonas muss ihn sehen. Warum begreifen Sie das nicht? Er wird mir vergeben, wenn er sieht, dass sein Sohn lebt. Sie versteht das. Leider sind Sie jetzt hier und mischen sich ein – Sie sollten uns nicht nachkommen.«

»Sie glauben ehrlich, dass meine Mutter – meine tote Mutter – Finn zu Ihnen geschickt hat?«

»Natürlich hat sie das getan! Aus Liebe, verstehen Sie nicht? Um mich von Jonas zu befreien. Das ist so erstaunlich an ihr. Sie versteht alles.« Sie blickt an die Decke, als ob meine Mutter dort gütig über dieser Wahnsinnsszene thronte.

»Wer ist Jonas, Susannah?«

Sie blickt mich an. »Sie sollten nicht hierherkommen«, sagt sie fest. Die Steilfalte zwischen ihren Brauen vertieft sich.

»Im Gegenteil. Ich musste sogar herkommen, weil Sie mein Kind mitgenommen haben. Sie haben mein Kind entführt.«

Sie starrt mich schweigend an wie ein schwieriges Rätsel. Finn klammert sich an mich, worauf ich ihm über den Rücken streiche und beruhigende Worte säusle. Mein Instinkt rät mir, keine Empörung zu zeigen. »Ehrlich, Susannah, ich verstehe Sie überhaupt nicht«, sage ich mit einer Kleinmädchenstimme, die ich nicht wiedererkenne. »Sie haben wohl – «

»Still!«, schreit sie. »Seien Sie still. Sie machen alles so … so … kompliziert.«

»Es ist gar nicht kompliziert. Es ist sehr einfach. Er ist mein Sohn, und Sie haben ihn ungefragt mitgenommen.«

Sie hebt die Hand und zeigt auf mich. Ich schließe den Mund. Aber sie sagt kein Wort und steht starr da. Jetzt erst fällt mir auf, dass die Hunde nicht bei ihr sind. Ich bin es schon gewohnt, dass sie sich still in ihrer Nähe aufhalten. Wo sind die Hunde? Ich blicke mich um. Aber natürlich hat sie sie übers Wasser nicht mitnehmen können. Dann fällt mir ein, dass sie bei Maggie sind.

Susannah scheint in Trance gefallen zu sein. Sie hat die Hände sinken lassen und steht mit geschlossenen Augen leicht schwankend da. Hinter ihr lodert das Feuer im Ofen. Trotzdem ist es kalt im Raum, und meine Jeans sind nass. Der Regen schlägt gegen die Fenster, der Wind braust. Ich spüre den Luftzug im Nacken. Finn wenigstens ist warm. Seine Windel ist trocken, das spüre ich am Arm, mit dem ich ihn stütze. Offenbar hat sie gut für ihn gesorgt.

Ich muss nur von ihr fort – raus aus diesem Haus. Aber wohin? Sven ist unwiderruflich weg. Vielleicht wohnen Leute auf der Insel. Aber sofern sie nicht in unmittelbarer Nähe sind, würde ich sie in der Dunkelheit nicht finden. Außerdem stürmt es.

Neben Susannah steht ein Sofa, auf dem eine bräunliche Decke liegt. Darüber hängen einige Fotorahmen an der Wand. Ich sage mir, dass es das Haus meiner Mutter ist. Hier wird uns sicher nichts Schlimmes passieren.

Unauffällig schiebe ich mich vom Fenster weg. Susannah rührt sich nicht. Ich habe die Tür zur Küche im Blickfeld. Vielleicht könnte ich hineingehen und mir ein Messer nehmen oder etwas Ähnliches. Wenn sie gefährlich ist, werde ich Finn vielleicht schützen müssen. Mich schaudert bei dem Gedanken. Mir wird schlecht. Ich hätte keine Chance gegen sie. Sie ist nicht nur größer, sondern auch viel stärker als ich.

Sie reißt die Augen auf, als hätte sie in meinen Kopf gehorcht.

»Wo wollen Sie hin?«

Ich bleibe stehen. »Nirgendwohin.«

»Sie bleiben, wo Sie sind.«

Schwankend tätschle ich Finns Rücken. »Er braucht Milch. Hat er etwas gegessen? Haben Sie ihm etwas gegeben?«

»Selbstverständlich! Was glauben Sie denn? Er hat gerade Milch getrunken.«

»Hast du Hunger, Schatz?« Er sieht mich an und schüttelt den Kopf.

»Na also«, sagt sie neckend. »Da haben Sie es.«

Unter mir knackt der Boden, dann gibt er nach – ich reiße den Fuß weg, und für eine Sekunde stelle ich mir den Sog der Wellen und die scharfkantigen Steine unter dem Floß vor. Würde ich mit Finn durchbrechen, würden wir in eisiges Wasser fallen. Im Geiste sehe ich uns mit dem Rücken auf dem Meeresboden liegen, während uns die Unterseite des Floßes aufs Gesicht drückt.

Ich darf mir nicht solche Angst machen. Ich muss nachdenken.

»Haben Sie ein Telefon?«, frage ich. »Ich sollte nämlich mal meine Schwester anrufen und ihr Bescheid sagen, dass alles gut ist. Ich habe in Raven Bay mit ihr telefoniert. Sie weiß, dass ich hier bin. Sie weiß genau, wo ich bin. Alle wissen es. Ana und Sven …«

»So? Tun sie das? Nun, im Augenblick ist keiner hier, oder? Und es gibt auf der Insel kein Telefon.« Sie legt den Kopf schräg. »Na ja, eigentlich ist das nicht wahr. Jeff drüben auf der anderen Seite hat eins. Aber …« Sie zuckt die Achseln. Dann sieht sie mich leise lächelnd an. »Das ist weit.«

Hinter ihr springt eine dunkle Gestalt aus dem Sofapolster hervor, flitzt zwischen den Sofabeinen hindurch in die hinterste Zimmerecke. »Scheiße!«, japse ich. »Meine Güte, was war das?«

Susannah ist nicht einmal zusammengezuckt.

Ich zeige auf das Sofa. »Mein Gott, da hausen Ratten, Susannah. War das eine Ratte? Ich kann nicht glauben, dass Sie Finn hierhergebracht haben. Das ist ein Albtraum. Und es ist saukalt.« Ich blicke mich im Raum um. »Hat das Haus überhaupt elektrischen Strom? Nein, nicht wahr?«

»Ich habe es so gelassen, wie es war.« Susannah zuckt die Achseln. »Natürlich hat damals der Generator noch funktioniert. Ja, Sie müssen hier ein wenig vorsichtig sein, Kali. Passen Sie auf, wo Sie hintreten. Besonders auf den Felsen.«

Ich sehe zu ihr. Sie blickt mich fest an.

»Aber Maggie sagt, das sei Ihr Rückzugsort.«

»Ach, Maggie hat Sie also hergeschickt. Diese Idiotin.«

»Ja, sie meinte, das sei Ihre Zuflucht. Aber das ist keine Zuflucht, Susannah, das ist eine dreckige Ruine. Hier fällt alles auseinander.« Ich gehe zwei Schritte auf die Küche zu und werfe einen Blick hinein.

Da brennt eine Kerze auf der gelblichen Schrankzeile. Daneben stehen Einkaufstüten mit Lebensmitteln. Ich sehe das Cheerios-Logo, einen Beutel Äpfel, eine Tüte Cracker, ein großes Glas Gurken und Biomilch. Diese Sachen hat sie heute gekauft. Sie hat das geplant. Dafür eingekauft. Die Hunde abgegeben. Einige von Finns Kleidern eingepackt. Sie muss gepackt haben, während ich auf ihrem Sofa schlief. Wie ein Stein. Was hat sie mir in den Tee getan?

»Sie gehören nicht hierher«, erwidert sie.

»Vermutlich gehört es von Rechts wegen mir«, fauche ich. »Aber lassen Sie sich davon bloß nicht beirren.«

»Ihnen? Eigentlich Gray. Das müssen wir nicht vertiefen, oder? Hier würde Gray ganz bestimmt nicht herkommen wollen.«

Ich muss an die Warnungen meines Vaters denken.

Sie schaut zum Fenster, wo der Regen gegen die Scheibe

klatscht. Ihr Gesichtsausdruck ist nicht zu deuten. Vielleicht lächelt sie sogar. Ihre Augen liegen verschattet in den Höhlen, ihre Wangen sind eingefallen und die Falten um die Mundwinkel tiefer geworden. Langsam dreht sie den Kopf zu mir.

Instinktiv halte ich schützend die Hand vor Finn. Doch sie geht zum Sofa, stützt ein Knie darauf und nimmt ein Bild von der Wand.

»Er sah toll aus, was?« Sie betrachtet es. »Darauf ist sie reingefallen, sehen Sie?« Sie hält mir das Foto hin. Ein Mann mit Bart und Wollmütze steht auf dem Deck eines Bootes. »Sie wollte nie sehen, wie gefährlich er war.«

»Wer? Dieser Mann? Wer ist das?«

»Jonas natürlich.« Sie betrachtet ihn. Eine Sturmbö trifft das Dach, und das ganze Haus erzittert.

»Aber wer ist Jonas, Susannah?«

»Ach, kommen Sie, Kali. Mit Jonas hat dieses ganze Fiasko begonnen.«

»Oh. Dann … aber …« In dem schlechten Licht ist auf dem Foto kaum etwas zu erkennen, nur dass er gelbes Ölzeug trägt. Und plötzlich begreife ich. Dabei war es die ganze Zeit so naheliegend. Meine Mutter hat meinen Vater nicht wegen der Wale verlassen, sondern wegen Jonas, dem Walforscher. Für diesen attraktiven Mann.

Unglaublich, dass ich nicht eher darauf gekommen bin. »Mit diesem Mann ist meine Mutter abgehauen? Mit einem Walforscher? Sie waren ein Paar?«

»Oh Kali.« Sie schüttelt den Kopf. »Wollen Sie ernsthaft behaupten, das hätten Sie nicht längst kapiert?«

»Ich war ein kleines bisschen abgelenkt«, fauche ich sie an. »Weil Sie mich betäubt und meinen Sohn entführt haben.«

Sofort bereue ich meinen Ton. Mit schnellen Schritten kommt sie auf mich zu, das Foto an die Brust gedrückt. Ich weiche bis an die Wand zurück, Finn mit beiden Armen schützend. In ihren Augen spiegelt sich der flackernde Kerzenschein. »Kommen Sie mir nicht mit solchem Blödsinn.« Sie beißt die

Zähne aufeinander und droht mir dicht vor der Nase mit dem Finger. »Lassen Sie's.«

Ich zwinge mich, das Kinn zu heben und ihrem Blick standzuhalten, obwohl ich mich wegducken möchte – oder eigentlich flüchten will. »Was meinen Sie damit?«

»Das wissen Sie genau.«

»Nein, wirklich nicht, ehrlich, aber … Okay. Hören Sie …« Schrittchenweise weiche ich zur Seite. Ich muss sie beruhigen. In ihrem Gehirn gibt es allerhand Fehlschaltungen. »Schon gut, Susannah. Vielleicht erzählen Sie mir einfach, was hier oben vorgefallen ist. Ich würde das wirklich gern verstehen. Heißt das, meine Mutter verließ meinen Vater und hatte eine Affäre mit diesem Walforscher, und dann ging es irgendwie schief und sie kehrte zu meinem Vater zurück? Nach Kalifornien? War es so?«

»Ha. Ja, es ging schief. Das kann man wohl sagen.«

»Und sie hat Sie ebenfalls verlassen?« Ich gebe mir Mühe, freundlich zu klingen. »Dreht es sich darum? Sie hat Sie ebenfalls gekränkt?«

»Mich? Sie hat mich nicht gekränkt. Sie brauchte mich. Jemand musste euch vor ihm schützen.«

»Mich?«

Ihr Blick huscht über mein Gesicht. Sie zieht die Brauen zusammen. »Nein, nein. Nicht Sie. Natürlich nicht. Ich meine Elena. Euch. Euch beide. Euch alle.«

»Sie mussten uns also vor diesem Jonas beschützen?«

Schwer atmend, als wäre es eine ungeheure Anstrengung, das alles im Kopf zu behalten, starrt sie auf das Foto.

»Inwiefern war er gefährlich?« Ich muss an den gefahrlosen Alltag meiner Mutter denken, ihr Leben in Sussex, ihre depressiven Phasen, ihre Launen. »Was hat er ihr angetan, Susannah?« Ich spähe zu den dunklen Ecken der Küche und erwarte halb, einen Bärtigen im Ölzeug erscheinen zu sehen. »Wo ist er? Wo ist Jonas jetzt?«

Sie antwortet nicht.

»Susannah. Was hat Jonas meiner Mutter angetan? Das müssen Sie mir sagen.«

»Es geht nicht darum, was er getan hat, sondern darum, wozu er fähig war.«

»Er hat also nichts getan? Er hat ihr nichts angetan?« Mir ist, als hätte jemand eine Schraubzwinge um meinen Kopf gelockert. »Okay. Was ist stattdessen passiert? Haben Sie sie überredet, zu meinem Vater zurückzukehren? Ist es das, was Jonas Ihnen vergeben soll?«

Wieder keine Antwort. Ich sehe Gedanken oder Erinnerungen an ihren Gesichtsmuskeln zupfen.

»Wo ist Jonas jetzt?«, frage ich sanft. »Er lebt nicht hier oben, oder, Susannah?«

Ihre Nasenspitze ist gerötet. Die Wangen sind von violetten Äderchen überzogen. Ihre Haare sind zerzaust, ihre Finger, die den Fotorahmen umklammern, sehen wund aus, und unter jedem Nagel klebt Schmutz. Sie lässt eine Hand sinken und trommelt mit den Fingerspitzen auf dem Oberschenkel.

»Susannah? Hören Sie mich?«

»Zwei Wochen, nachdem sie ihn kennengelernt hatte, warf sie alles hin und zog nach Norden. Wer tut so was? Ist das zu glauben? Nach nur zwei Wochen!«

»Mein Vater muss wütend gewesen sein.«

»Gray? Er war am Boden zerstört.«

Was ich mir schwer vorstellen kann. Mein Vater ist mir immer verschlossen vorgekommen, war für unbedeutende Forderungen nach emotionaler Beteiligung überhaupt nicht zugänglich. Erst beim Tod meiner Mutter habe ich ihn verletzlich erlebt. Er als junger Mann in Kalifornien, von seiner Freundin verlassen und völlig verzweifelt – unvorstellbar. »Also hat sie sich richtig in Jonas verliebt?«

»Jonas war sehr überzeugend.« Sie trommelt kräftiger und schneller, dann beginnen plötzlich ihre Beine zu zucken, als ob sich die nervöse Bewegung der Finger auf die Beine übertragen hätte. Ich halte Finn enger im Arm. »Er war idealistisch. Übellaunig. Lebhaft. Total besessen von seinem Katalogisierungsprojekt. Er hatte einen Gotteskomplex. Er wollte die Welt retten, und sie sollte wohl die Magd des Herrn werden.«

»Okay, ich kann sie mir definitiv nicht als eine Magd des Herrn vorstellen.«

Das Trommeln und Zucken hört auf. »Nun ja, wissen Sie, das ist der erste Grund, weshalb das nicht gut gehen konnte.« Das klingt ein wenig ängstlich, und sie blickt mich an, als ob ich ihre Worte bestätigen sollte. »Das konnte von Anfang an nicht gut gehen, nicht wahr?«

»Hat mein Vater sie einfach gehen lassen?«

»Sie war schon weg! Hat sich fortgeschlichen wie ein Dieb, während er weg war. Natürlich war es ein Riesenfehler. Ein monumentaler Fehler.« Das nervöse Zappeln setzt wieder ein.

»Vielleicht war sie einfach von der Sache überzeugt. Schließlich war sie jung, oder? Menschen machen Fehler. Und am Ende hat sie die richtige Entscheidung getroffen, weil sie meinen Vater liebte. Sie waren zusammen … zufrieden.« Glücklich kann ich nicht sagen. Glücklich passt nicht zu meiner Mutter.

»Sie sagten, Sie möchten alles erfahren«, seufzt sie. »Aber eigentlich wollen Sie das nicht, stimmt's, Kali?«

»Was? Wieso? Doch. Deshalb stelle ich doch diese Fragen.« Ich setze mir Finn auf die Hüfte und halte ihn fest im Arm. Allmählich tut mir der Rücken weh. Ich streiche ihm die Haare aus dem Gesicht und gebe ihm einen Kuss. »Alles ist gut, Schatz.«

Sie blickt wieder auf das Foto. »Ich wusste immer, dass er ihr mal etwas antun würde. Das habe ich ihr ständig gesagt. Darum bin ich in ihrer Nähe geblieben. Ich wollte das verhindern. Er sollte dir nichts tun.« Jetzt führt sie ein Selbstgespräch. »Nicht meiner Elena.«

»Aber eben sagten Sie noch, er habe ihr nichts angetan.«

Sie fixiert mich mit ihren Huskyaugen.

»Was hat er getan, Susannah? Also hat er ihr doch etwas angetan. Sagen Sie es mir. Wo ist Jonas jetzt?«

»Er ist tot«, faucht sie. »Jonas ist tot.«

»Er ist gestorben?« Erleichterung durchströmt mich. Finn ist so schwer. Ich setze ihn auf die andere Hüfte. »Gut, aber Sie sagten doch … Sie seien hier, um Jonas zu sehen.«

Sie lacht. Es klingt dünn und zittrig. »Sie wollen die ganze Geschichte hören, ja? Vorher geben Sie nicht auf. Ganz die Mutter. Gut. Na schön. Meinetwegen! Ich werde Ihnen sagen, was passiert ist! Sie wollten eine neue Orca-Familie fotografieren, während ein Sturm aufzog. Das kommt hier oft vor – wie jetzt – ein Polarsturm. Das geht ganz schnell.« Sie schlägt mit dem Fotorahmen auf ihren Oberschenkel, dass ich zusammenfahre. »Fünf Meter hohe Wellen, ungeheure Windstärken. Das Meer hier oben ist gefährlich. Gefährlich!« Sie schreit es. »Jedes Jahr kommen hier Leute ums Leben. Jedes Jahr. Er ist ertrunken! Okay? Jonas ist ertrunken!«

»Das meinten Sie? Das hat er meiner Mutter angetan?«, frage ich sehr behutsam. »Die Trauer?«

Susannah murmelt etwas. Ich sehe die Lippenbewegungen. Sie spricht mit einem Unsichtbaren.

»Susannah? Meinen Sie, dass meine Mutter den Verlust durchmachen musste?«

Darum also wollte sie nie über die Vergangenheit reden, wegen dieses schrecklichen Unglücks, wegen ihres toten Geliebten, der Trauer – und aus Scham, weil sie meinen Vater betrogen hatte. Aber das ist noch nicht die ganze Geschichte. »Susannah«, sage ich langsam. »Was hat das mit Ihnen zu tun? Warum hat meine Mutter sich fünfunddreißig Jahre lang geweigert, mit Ihnen zu reden?«

Ihr Gesicht verfinstert sich, ihr Körper scheint sich aufzublähen. Ihre Augen treten hervor, ebenso die Ader an der Stirn. Sie schleudert den Fotorahmen wie ein Frisbee durch den Raum. Er zerschellt an der Wand hinter mir. Ich sehe ihre Hand nach oben sausen und weiche hastig zurück, doch sie schlägt sich selbst an die Stirn. Es klatscht laut. Sie tut es noch einmal. Und noch einmal.

»Susannah …« Finn fängt an zu weinen. Ich berge seinen Kopf an meiner Brust. »Lassen Sie das! Bitte. Hören Sie auf.«

»Es reicht!« Sie ballt die Faust. »Genug! Lassen Sie mich gefälligst in Ruhe!« Bei jedem Wort schlägt sie sich an den Kopf.

Finn weint lauter und schriller mit weit aufgerissenem Mund. Sein Körper ist ganz starr. Aber Susannah schreit weiter. »Sie haben fünfunddreißig Jahre Abstand in drei Tagen zunichte gemacht.« Sie wird krebsrot im Gesicht. »Und jetzt folgen Sie mir auch noch hierher. Warum? Um mich zu quälen? Haben Sie nicht schon genug angerichtet? Warum tun Sie mir das an? Sie sollten nicht herkommen. Sie sind nicht hier. Warum können Sie nicht einfach ABHAUEN?«

»Schon gut, schon gut. Ich will doch gar nichts von Ihnen, Susannah.« Ich streiche Finn beruhigend über die Haare. »Ich will Sie nicht aufregen, ehrlich. Und ich habe Finn nicht zu Ihnen gebracht – Sie haben ihn mir weggenommen. Erinnern Sie sich? Ich bin gekommen, um ihn mir wiederzuholen. Ich werde Sie nichts mehr fragen, okay? Bitte, bitte, beruhigen Sie sich.«

Sie lässt die Schultern hängen und wirkt niedergeschlagen. Mir kommt der Gedanke, dass sie eher eine Gefahr für sich selbst sein könnte als für mich oder Finn.

»Ist schon gut. Lassen Sie uns schlafen gehen, ja, Susannah?« Ich rede ihr gut zu. »Sie sehen wirklich müde aus. Es war ein sehr anstrengender Tag. Finn ist erschöpft. Er muss jetzt wirklich schlafen. Legen wir uns hin. Und gleich morgen früh breche ich auf. Einverstanden? Sobald ich kann. Und dann wird alles wieder gut. Bitte. Lassen Sie uns … einfach sehen, ob wir schlafen können.«

Sie dreht sich um und stürmt durch den Raum und die Treppe hinauf.

Während ich Finn beruhige, höre ich sie oben herumpoltern. Von der Decke rieselt es wie Konfetti. Allmählich legt sich Finns Schluchzen.

»Was soll's.« Ich gebe ihm einen Kuss. »Blöde Susannah. Was für ein Geschrei. Aber das macht nichts. Blöde alte Susannah.«

Ich gehe mit ihm in die eiskalte Küche und ziehe an einer Schublade. Das Holz ist aufgequollen und verzogen, sodass sie sich keinen Zentimeter bewegen lässt. Meine Finger sind steif vor Kälte. Ich probiere eine andere. In einer Ecke sitzt eine Spinne so groß wie Finns Faust und dreht sich mit angezogenen Beinen in meine Richtung. Während ich Finn auf der Hüfte balanciere, greife ich nach einer Flasche Wasser und trinke in großen Schlucken, ein Auge immer auf die Spinne gerichtet. Sie bewegt sich nicht. Das eiskalte Wasser rinnt mir durch die Kehle.

Ich brauche kein Messer. Nur in Hollywoodfilmen greifen die Leute zum Küchenmesser. Die Situation ist nicht dramatisch, nur traurig. Susannah geht es offensichtlich schlecht. Ich brauche nur die Nacht zu überstehen, und sowie es hell wird, gehen wir.

Langsam gehe ich zurück ins Zimmer, prüfe bei jedem Schritt, ob die Bodendielen halten. Jonas' Foto liegt halb gegen die Wand geneigt inmitten der Scherben. Der Rahmen ist an einer Stelle gebrochen. Die Gesichtszüge sind markant: scharfe Nase, breites Kinn. Eine Sekunde lang ist mir, als sähe er mich aus der Vergangenheit an, als wollte er mir etwas Wichtiges sagen. Mich überläuft ein Schauder.

»Komm, wir wärmen uns am Ofen auf. Da werden wir gemütlich sitzen, ja? Wir dürfen ihn nur nicht anfassen.« Vorsichtig trage ich Finn hinüber. Plötzlich spüre ich meine Erschöpfung. Meine Beine gehorchen mir kaum noch. Ich frage mich, wie sich das alles auf das Baby in mir auswirkt – Beruhigungstabletten, Whisky, Stress, Angst. Das entspricht so gar nicht den Empfehlungen der Schwangerschaftsratgeber für die ersten drei Monate. Falls ich nicht schon weiter bin. Wer weiß? Draußen peitscht ein brausender Sturm den Regen gegen die Scheiben. Das Haus schwankt. Ich sehne mich nach Doug. Sehr. Ich muss ihm eine SMS schreiben, dass ich Finn habe und dass ihm nichts passiert ist. Aber das ist unmöglich. Er wird außer sich sein vor Sorge.

Von oben kommen gedämpfte Geräusche und ein sonderbares Knurren. Ich muss sie in Frieden lassen. Vielleicht kommt sie zur Ruhe, wenn sie keinen Grund hat, mich anzuschreien.

Während mir langsam die Ofenwärme in die Beine dringt, schaue ich mir die übrigen Fotos an der Wand an. Wo Jonas' gehangen hat, ist ein helles Rechteck. Auf einem anderen springt ein Schwertwal aus den Wellen. Man sieht das Wasser von ihm wegspritzen. Ich trete näher heran. Es scheint das gleiche Foto zu sein, das Susannah zu Hause hat. Wie aus heiterem Himmel fällt mir Harry Halmstrom ein, sein wutverzerrtes Gesicht, sein Gerede über Killerwale und Mord.

In letzter Zeit gerate ich ständig an Verrückte.

Ich möchte nach Hause zu Doug. Finn und ich werden den nächstmöglichen Flug nehmen. Ist mir egal, was er kostet. Ich will Doug sehen. Dabei wird mir bewusst, dass ich mich vor der Wahrheit nicht mehr fürchte. Nichts, was er sagen oder getan haben könnte, kann so schrecklich sein wie das, was ich heute durchgemacht habe, weil ich glaubte, Finn nicht wiederzusehen.

Neben dem Walfoto hängt ein kleinerer Rahmen. Ich beuge mich dicht heran und muss in dem düsteren Kerzenlicht die Augen anstrengen. Finn legt den Kopf auf meine Schulter. Das Glas ist trüb, aber ich erkenne meine Mutter, obwohl sie da noch sehr jung war.

Sie trägt ein Kopftuch und Schlaghosen mit einem engen T-Shirt und strahlt in die Kamera, auf dem Arm ein Baby. Ich beuge mich noch dichter heran. Das Gesichtchen ist nicht zu erkennen, nur das Sonnenmützchen und eine weiße Decke. Aber ich weiß, dass ich das bin.

Ich war damals hier auf dieser gottverdammten Insel. Dann bemerke ich einen schemenhaften Mann im Hintergrund und einen kleinen Jungen neben seinen Knien, halb verborgen zwischen meiner Mutter und dem Floßhaus. Ich betrachte die beiden genauer. Der Mann hat das Gesicht weggedreht und dem Jungen eine Hand auf den Kopf gelegt. Der blinzelt in die Kamera. Er hat einen Topfschnitt und trägt rote Gummistiefel.

Sein Gesicht ist unscharf. Mir ist, als hätte ich ihn schon einmal gesehen.

Vielleicht ist meine Mutter zum Abschiednehmen mit mir hierhergereist, um das Haus dichtzumachen und ihren Kollegen Lebewohl zu sagen, bevor sie nach England zog. Allerdings sieht sie nicht aus wie jemand, der wegzieht. Eher wie jemand, der gerade erst angekommen ist.

Wer ist der Fotograf? Mein Vater? Oder vielleicht ist das mein Vater dort im Hintergrund. Unmöglich zu erkennen. Aber natürlich – das kann kein Abschiedsbild sein, weil sie es dann nicht mehr gerahmt und aufgehängt hätte.

Dann fällt mir ein, wo ich den kleinen Jungen schon einmal gesehen habe: auf dem Foto in Susannahs Schlafzimmer, wo ich einen Moment lang dachte, es sei Finn. Vielleicht hatte Susannah damals schon einen Sohn, und ihm ist etwas zugestoßen – hier am Floßhaus. Finn ist jetzt im selben Alter und hat auch rote Gummistiefel. Wenn Susannahs erstem Kind etwas passiert ist, hat die Ähnlichkeit mit Finn vielleicht alte Wunden wieder aufgerissen. Demnach hätten die Erinnerungen sie aus dem Gleichgewicht gebracht.

Finn wird schläfrig. Da ich nicht die ganze Nacht stehen kann, trete ich kräftig gegen das Sofa und wappne mich gegen den Anblick einer vorbeihuschenden Ratte. Aber nichts passiert. Ich setze mich. Eine Melodie summend streiche ich Finn über die Haare. Dabei nagt etwas an meinem Unterbewusstsein, das ich nicht zu fassen bekomme.

Behutsam, damit Finn nicht wieder wach wird, schlüpfe ich aus dem Parka, ziehe ihn unter mir weg und breite ihn als Decke über uns. Außen ist der Parka feucht, aber innen warm und trocken. Ich muss nur die Nacht durchstehen. Mehr nicht.

Ich schaue zu den Girlanden unter der Decke und erkenne, was sie in Wirklichkeit sind. Keine Blütengirlanden, sondern Spinnennetze und Flechten.

Von der Wärme des Ofens sind meine Jeans steif geworden. Finn entspannt sich seufzend und wird langsam schwer. Ich frage mich, ob er in dem Wollpullover seinen Dad riecht. Ich lege die Hand an seinen Kopf. Draußen tobt der Sturm und bringt das Haus meiner Mutter zum Ächzen.

Ich erinnere mich, wie ich zu Susannah sagte, man könne niemanden vermissen, zu dem man keine Beziehung habe. Da habe ich mich gründlich geirrt. Ich vermisse die Mutter, die ich hatte, und genauso die, die ich nicht hatte, die Mutter, die sie hätte sein sollen. Ich habe sie immer vermisst, mein ganzes Leben lang. Aber jetzt fehlt mir selbst dieses alte Vermissen und die Hoffnung, die daran geknüpft war.

Ich schaue auf Finns zerzausten Schopf und zügle meine Verzweiflung, weil ich muss, um seinetwillen und um des Babys willen, das in mir treibend diesen Sturm übersteht wie ein kleines Boot.

Auf der anderen Seite des Ofens steht ein Korbsessel. Das Geflecht ist gebrochen, und nach allen Seiten stehen spitze Enden ab. Es ist verrückt, ein kleines Kind hierherzubringen und dann brennende Kerzen aufzustellen, die es umreißen kann. Dazu dieser heiße Metallofen, die muffige Feuchtigkeit, das wogende Meer, stechende Korbsessel, morsche Bodendielen. Das Haus ist eine Todesfalle.

Der Regen klatscht gegen die Scheiben. Das wird eine lange Nacht werden. Ich lasse mein Kinn auf Finns Kopf ruhen. Er ist unversehrt. Ich habe ihn wieder. Jetzt ist nichts mehr wichtig, außer ihn wohlbehalten zu Doug nach Hause zu bringen.

16

Ich muss eingeschlafen sein. Finn liegt noch schwer auf meiner Brust, aber ich erwache mit Herzklopfen und dem Gefühl, dass sich etwas verändert hat. Ich reiße die Augen auf.

Im schwachen rötlichen Schein des Ofens steht sie vor uns. Die Haare hängen wirr über die Schultern, ein wild schäumendes Grau.

»Scheiße!« Behutsam, um Finn nicht zu wecken, setze ich mich auf und ziehe den Parka wieder über ihn. »Susannah!«, zische ich. »Was tun Sie da? Was wollen Sie?«

Mein rechter Arm ist völlig taub, weil Finns Kopf die ganze Zeit darauf gelegen hat. Auch meine Beine sind eingeschlafen und fangen jetzt an zu kribbeln. Rings um das geprellte Steißbein bin ich völlig verkrampft.

Es ist bitter kalt im Raum. Das Feuer ist heruntergebrannt. Draußen ist es nicht mehr stockdunkel. Bald wird es anfangen zu dämmern. Ich höre die Brandung, aber der Sturm hat sich gelegt. Susannah kommt einen Schritt näher. Sie hält etwas hinter dem Rücken verborgen. Beide Arme um Finn gelegt, drücke ich mich gegen die Rückenlehne. Mein Herz schlägt wie wild. Ganz langsam geht sie in die Hocke. Ihr Blick ist unverwandt auf mein Gesicht gerichtet. Aber sie scheint mich nicht zu sehen.

Sie wirkt wie eine Schlafwandlerin. Ich kann nicht sehen, was sie mit den Händen macht, fürchte, dass sie mich gleich an den Beinen packt – oder am Hals. Stattdessen steht sie auf. Ich höre ihre Knie knacken. Sie dreht sich um und geht kerzengerade durch die Tür zur Treppe, setzt die nackten Füße auf die Stufen, steigt eine nach der anderen hinauf. Dann ist nichts mehr zu hören. Keine Schritte. Kein Gemurmel. Es ist still.

Mein Herzklopfen lässt nicht nach. Finn liegt schlafend auf mir. Das Zimmer ist in Dunkelgrau getränkt. Es ist kurz vor

Morgengrauen. Ich fühle das Tageslicht kommen, kann es beinahe hören. Der Sturm ist vorbei. Da ist nur das rhythmische Anschlagen und Saugen der Wellen an den Felsen und kleine Windböen, die die Fenster erschüttern. Alles in Ordnung. Nichts ist passiert. Alles in Ordnung.

Als ich einen Fuß zur Seite schiebe, stoße ich gegen etwas. Ich taste mit der Hand und finde eine Sammelmappe. Ich kippe sie auf dem Sofa aus.

Da liegt ein Haufen alter Zeitungsausschnitte, Briefumschläge und Fotos. Ein Foto meiner Mutter halte ich in den Schein der Glut: windzerzaust und sommersprossig, eine Haarsträhne über dem Mund. Auf einem anderen steht sie in einem Boot auf dem Meer in gelbem Ölzeug mit flatternden Haaren, ein Fernglas um den Hals. Ein Schwertwal steigt neben ihr aus dem Wasser, so nah, dass sie ihn berühren könnte. Meine Mutter blickt zu dem Wal und der Wal blickt sie an. Man kann sein Auge sehen.

Zwischen den Sachen liegt ein weißer Umschlag. Ich lasse den Inhalt in meine Hand gleiten. Es ist eine mit weißem Band zusammengehaltene Locke. Für mich hat das kleine Liebespfand etwas Gruseliges, Viktorianisches. Ich lasse es zurück in den Umschlag fallen und nehme einen großen braunen in die Hand. Er fühlt sich leer an. Aber ich öffne und kippe ihn, gefasst auf einen anderen schaurigen Fund wie Fingernägel oder Hautschuppen meiner Mutter.

Stattdessen gleitet ein weißes Stück Stoff heraus. Es sieht genauso aus wie das, was meine Mutter in ihrer Schatulle aufbewahrt hatte, nur ohne das aufgestickte K. Mir pocht das Blut in den Schläfen. Finn regt sich. Ich säusele etwas Beruhigendes und stecke das Stoffstück in die Parkatasche.

Zwischen den Zeitungsartikeln liegt die Broschüre eines Walforschungsinstituts. Sie informiert über Orca-Schulen, die verschiedenen Arten, Sichtungen und Forschungsprojekte. In einem Abschnitt über die Gefährdung der Tierart geht es um Lärmbelastung, Verletzungen durch Schiffsschrauben und Fangnetze, Giftmüllverklappung und Belästigungen durch Neugierige. Die Gefahr geht eindeutig vom Menschen aus. Vor fünfzig Jahren hätte ein Orca seine Artgenossen auf große Entfernung unter Wasser hören können. Inzwischen hört er sie allenfalls achtzig Kilometer weit. Auf der Rückseite informiert das Institut über sich selbst:

> Das Orca Research Institute wurde Ende der siebziger Jahre von einer Gruppe kanadischer und amerikanischer Wissenschaftler gegründet, um Art und Ausmaß der Gefährdung der Orca-Population British Columbias zu ermitteln. Diese Arbeit entwickelte sich zu einer Populationsstudie, die im Lauf der Jahre neue Erkenntnisse zur Lebensweise, Gruppenstruktur und zum Bestand der Orcas in der Region hervorbrachte.

Das hat sie also angestoßen. War es das alles wert gewesen? Hat sie je von dem Forschungsinstitut erfahren? Ich werfe die Broschüre in die Mappe und öffne einen anderen braunen Umschlag. Darin sind Unterlagen zum Kauf eines Grundstücks auf den Namen Elena Halmstrom. Das Grundstück und das Floßhaus haben ihr wirklich gehört. Jetzt scheint die Natur es sich zurückzuholen, das Meer, der Wald und der Wind, die Wölfe und Schwarzbären, Kojoten, Ratten und Spinnen.

Darunter befindet sich auch ein vergilbtes zusammengefaltetes Blatt. Ich breite es auseinander und blicke auf eine Geburtsurkunde.

GEBURTSURKUNDE

Bundesstaat Washington, Gesundheitsamt
Name des Kindes: Elena Katherine Kalypso
Geschlecht: W
Datum der Geburt: 28. Juni 1953
Uhrzeit: 10.53

Krankenhaus: Capitol Hill Health, Seattle, Washington
Vater: Theodore Nikolai Kalypso. Beruf: Unternehmer
Mutter: Katherine Anne Kalypso, geb. Davies

Immer wieder lese ich den Namen: Kalypso. Die ersten beiden Silben sind meine. Das verstehe ich nicht. Ich schaue auf die Angaben. Es ist die Geburtsurkunde meiner Mutter. Aber das ist unsinnig. Wurde sie falsch ausgestellt? Gefälscht? Ich schiebe sie wieder in den Umschlag. Mehr denn je habe ich das Gefühl, etwas Naheliegendes zu übersehen.

Mir springt ein alter hellblauer Luftpostumschlag ins Auge, der an meine Mutter adressiert ist – an unsere Adresse in Sussex. Vorne drauf steht in der Handschrift meines Vaters: Zurück an Absender.

Aber er ist geöffnet worden. Ich ziehe den Brief heraus und halte das dünne Papier zum Ofen hin, um die Schrift lesen zu können.

Liebe Elena,
ich habe die Hoffnung aufgegeben, je wieder von Dir zu hören, weiß aber, dass ich eines Tages, wenn wir beide alt sind, Dein Gesicht wiedersehen werde. Hast Du meine Postkarten bekommen? Ich habe Dir an jedem Jahrestag eine geschickt. Selbst wenn Du – oder Graham – sie weggeworfen hast, für mich ist es wichtig, sie zu schicken.
Oft denke ich an die ersten Tage im Floßhaus und wie ungerecht das alles Dir gegenüber war. Ich habe Mitleid mit Dir gehabt, wie Du Dich alleine mit Generatoren und Windeln herumgeschlagen hast. Das war nicht das, was Du Dir erträumt hattest, nicht wahr? Weißt Du noch, wie wir Germaine Greer gelesen haben? Wie kommen Frauen in eine solche Lage? Jedenfalls passiert es immer wieder, selbst jemandem wie Dir, selbst dort.
Aber ich will davon nicht wieder anfangen. Ich schreibe Dir, um zu erzählen, dass Jonas immer wieder zum Floßhaus kommt.

Beim ersten Mal, vor einem Monat inzwischen, war ich bei Sonnenaufgang auf den Felsen und schaute aufs Meer, und da stieg er aus dem Wasser – so nah am Ufer, dass ich die Tropfen auf seiner Haut sehen konnte. Mir war es bis dahin nie aufgefallen, aber Orca-Haut sieht aus wie Samt.

Er war allein – andere Wale waren nicht dabei. Er ist wirklich umwerfend. Die Finne ist mannshoch, mindestens eins achtzig, und an der Spitze ein bisschen verdreht. Natürlich war mir sofort klar, dass er es ist.

Erinnere Dich an die Sage der Ureinwohner, dass Orcas die Geister unserer ertrunkenen Männer sind, der Väter, Ehemänner, Brüder, Söhne. Wenn sie sich nahe der Küste zeigen, dann, weil sie uns suchen. Nun, er wollte mich holen kommen. Er ist wütend, Elena.

Ich bin auf die Knie gefallen und empfand Ehrfurcht und Furcht, aber auch einen gewissen Frieden tief in mir. Das ist Karma. Ich schloss die Augen und erwartete, dass er mich vom Felsen reißt.

Aber als ich sie wieder aufmachte, war er weg. Dann kam er lange Zeit nicht zum Ufer, und ich sah ihn nur weit draußen blasen.

An diesem Tag habe ich das Floßhaus verlassen, bin nach Spring Tide zurückgefahren und habe zwei Tage lang nur geschlafen.

Inzwischen denke ich, dass er nicht kam, um mich zu holen, sondern um mir zu zeigen, dass ich den Rest meines Lebens dafür büßen werde. Ich werde es nie vergessen können.

Ein paarmal habe ich ihn weiter draußen gesehen. Immer, wenn ich zum Floßhaus fahre, kommt er. Aber vorige Woche kam er nach Spring Tide an meinen neuen Strand und ziemlich nah heran. Vermutlich wollte er mir zeigen, dass er weiß, wo ich bin. Ich kann mich vor ihm nicht verstecken. Er findet mich.

Auch wenn Du diesen Brief zurückschickst, behältst Du vielleicht die Adresse für den Fall, dass Du mich doch einmal wiedersehen willst.

Spring Tide ist eine sehr kleine Gemeinde. Es gibt Künstler, Töpfer und Schriftsteller, aber nicht den Ehrgeiz und Konkurrenzkampf wie in der Szene von Vancouver.

Das wird der Platz, wo ich genesen werde. Ich muss daran glauben. Ich habe die Hölle durchgemacht. Du auch, das weiß ich, und sie war schlimmer als meine. Aber das Sonderbare ist, dass ich arbeiten kann, seit Jonas gekommen ist – zum ersten Mal seit Jahren. Die Arbeit fließt nur so aus mir heraus, manchmal arbeite ich zwanzig Stunden am Stück, manchmal schlafe ich nicht einmal. Ich mische Ton mit Kupfer und Silber und vergrabe die Gefäße auf dem Grundstück im Schlamm zur Oxidation. Dadurch entstehen tolle Lichtreflexe im Ton.

Das Atelier in Granville ließ sich mit einem ordentlichen Gewinn verkaufen – Granville ist jetzt absolut in. Mit dem Geld und einem Teil des Vermögens meiner Mutter habe ich ein Haus gebaut (sie ist letzten Juni in ihrer Gefängniszelle an Herzversagen gestorben). Ich habe den verrückten Einfall, hier auf der Insel eines Tages eine Galerie zu eröffnen und dass Du mich dann besuchen kommst. Eines Tages wirst Du aufkreuzen, und zwischen uns wird es wieder wie früher. Vielleicht wird Jonas dann kommen, um Dich zu sehen. Wird er ganz bestimmt – wenn Du kommst.

Im Sommer kommen mehr Leute auf die Insel. Es wäre wirklich ein guter Platz für eine Galerie. Aber vielleicht willst Du von meinen Plänen gar nichts wissen. Ich wollte nur, dass Du meine neue Adresse hast und weißt, dass ich an Dich denke – permanent. Du wirst immer einen Platz in meinem Herzen haben. Meine Schuld ist so groß, dass ich sie in meinem Leben nicht abtragen kann. Ich erwarte keine Vergebung. Ich erwarte nicht, dass Du mir antwortest.

Deine stets ergebene Freundin
Susannah

P. S.: Neulich habe ich gelesen, dass sie ein Institut gründen und in der ganzen Region Lauschbojen verankern wollen.

P. P. S.: Ich reise viel. Nur unterwegs – im Bus, im Zug, oder auf Flughäfen – komme ich zur Ruhe. Manchmal stelle ich mir vor, dass wir gemeinsam reisen, Du und ich, und wenn ich etwas Schönes sehe, stelle ich mir vor, dass Du neben mir stehst und es auch siehst. Wir führen lange Gespräche miteinander.

Ich lasse den Brief sinken.

Der Himmel ist noch dunkelgrau. Es ist noch zu früh zum Aufbrechen. In fünfzehn, zwanzig Minuten wird es dämmern, dann können wir von hier weg.

Es gibt einen zweiten Luftpostbrief mit der Anweisung »Zurück an Absender« in der Handschrift meines Vaters. Es steckt ein unscharfes Polaroidfoto von einem Neugeborenen darin. Der Brief ist nur eine Seite lang und die Schrift noch verkrampfter.

Liebe Elena,
ich weiß, Gray wird den auch zurücksenden – oder bist Du es, die meine Briefe abweist? Ich muss Dir trotzdem schreiben. Ich versuche zu verstehen, warum Du nie geantwortet hast. Aber Du glaubst, dass wir miteinander verbunden sind – darum hast Du mir die Gedichte geschickt und darum schicke ich Dir dieses Foto. Ja, Elle, ich bin jetzt Mutter.
Mein Junge wurde am 8. Februar frühmorgens geboren. Es war wunderbar. Warum machen die Frauen eigentlich so viel Trara um die Wehen? In den frühen Morgenstunden habe ich etwas gespürt, bin ins Atelier im Wald gegangen und habe meditiert, gesungen, mich bewegt und getanzt, und schließlich, als die ersten Sonnenstrahlen durch die Kiefern fielen, rutschte er aus mir heraus. Es war primitiv, Elle. Ich habe die Nabelschnur mit meinem Töpfermesser durchgeschnitten – kannst Du Dir das vorstellen? Ich hätte nicht gedacht, dass es so viel Blut dabei gibt, aber ich war high, habe überhaupt keine Schmerzen empfunden.
Vielleicht ist das eine Wiedergutmachung. Und ist er nicht toll? Er sieht seinem Vater sehr ähnlich, der jetzt auf die Insel gezogen ist, um in unserer Nähe zu sein, obwohl wir kein Paar sind. Es ist kompliziert. Er ist ziemlich geschockt, auf welche Weise ich

entbunden habe, kann aber nichts dagegen sagen, da er ja einen gesunden Sohn hat.
Vielleicht werde ich Dir irgendwann einmal von Marc erzählen. Oder vielleicht willst Du auch gar nichts über mein Leben hören. Ich glaube aber, Du willst, da Du noch immer bei mir bist, die ganze Zeit, jeden Tag, in meinem Herzen, in meinem Atem, wo immer ich hinreise. Ich weiß, ich habe eine Schuld zu begleichen, aber Du warst bei mir, als ich das Kind bekam. Du hast dabei meine Hand gehalten. Du hast mir Kraft gegeben.
Hey, ich hätte nicht gedacht, mit 42 noch Mutter zu werden, was sagt man dazu? Ich wollte nie ein Kind haben, erst seit Kurzem. Wahrscheinlich dachte ich, ich hätte das nicht verdient.
Jedenfalls wollte ich Dir das Foto schicken, weil ich weiß, dass Du Dich über seinen Namen freuen wirst. Er heißt Kit.
Namaste,
Susannah

P.S.: Jonas kommt noch immer. Aber nicht mehr so nah wie die ersten paar Male.

Ich schlucke mühsam. Der Junge mit den roten Gummistiefeln ist also nicht Susannahs toter Sohn, denn sie hat mich nicht angelogen – sie ist erst mit Anfang vierzig Mutter geworden. Wer ist der Junge dann? Und warum schickte meine Mutter die Briefe zurück? Es bleibt unklar, was Susannah ihr angetan hat, das so unverzeihlich war.

Zwischen dem ausgebreiteten Papier sehe ich ihn wieder, auf einem Farbfoto. Dieses Kind verfolgt mich. Ich nehme das Foto in die Hand. Das vertraute Gesicht schaut mich an. Er hat sogar ein Grübchen am Kinn, wie Finn.

Das Übrige sind hauptsächlich Zeitungsausschnitte. Ich raffe sie zusammen. Ich werde sie nach Hause mitnehmen und dort einzeln durchgehen, wenn ich alles verstanden und mich beruhigt habe. Draußen ist es schon ein wenig heller. Sicher können wir bald aufbrechen. Aber als ich die Zeitungsausschnitte in die

Mappe packe, springt mir eine Überschrift ins Auge: »Unglück bei Fotojagd auf Wale«.

Ich ziehe den Artikel heraus.

> Dr. Jonas Halmstrom, 36, Fotograf, Naturschützer und bekannter Orca-Fachmann, war am 6. Mai mit seiner Familie auf einem kleinen Boot auf offener See in der Nähe der von ihm bewohnten Insel unterwegs, als sich das Unglück ereignete. Die Familie beobachtete eine neu entdeckte Gruppe residenter Orcas, als unerwartet ein Sturm aufzog. Halmstrom und sein 16 Monate alter Sohn Kit wurden über Bord gespült. Rettungsmannschaften haben die Leichen bisher nicht gefunden. Halmstrom hinterlässt seine Frau Elena und ihre neugeborene Tochter Kali.

Für eine Sekunde ist mein Kopf vollkommen leer. Ich mache die Augen zu. Das Floßhaus schwankt unter mir.

Dann schießen mir die Namen durch den Kopf – Halmstrom, Jonas, Elena, Kit, Kali. Ich will den Bericht noch einmal lesen, aber die Buchstaben verschwimmen und hüpfen. Ich zittere am ganzen Leib und habe einen metallischen Geschmack auf der Zunge. Ich nehme den nächsten Artikel zur Hand, kann aber nur Satzbrocken erfassen.

Orca-Forscher Jonas Halmstrom mit seinem Sohn in British Columbia ertrunken

Ich hole die übrigen Ausschnitte nacheinander hervor, ungefähr zehn Stück, und überfliege sie.

... Jonas Halmstrom ... Kit ... Walforschung ... tragischer Tod ... Sturm ... hinterlässt ... Elena ... Kali.

Jonas Halmstrom und sein Sohn ... ertrunken ... tragischer Unglücksfall ... hinterlässt ... hinterlässt ...

Hinterlässt.

BRITISH COLUMBIA, FRÜHJAHR 1978

Sie wachten auf, weil der Himmel einzubrechen schien. Es war, als ob die Sterne ins Meer stürzten.

»Hörst du das?« Er sprang aus dem Schlafsack und in die Stiefel. Seine Haare waren zerzaust, seine Stimme rau.

Elena setzte sich auf und tastete nach dem Reißverschluss. Das Feuer war bis auf die Glut heruntergebrannt, alles roch nach Rauch und feuchten Zedern. Kali wimmerte nur einmal kurz.

»Kannst du sie wecken?« Er machte sich die Jacke zu, setzte eine Mütze auf, rieb sich übers Gesicht. »Ich bringe die Rucksäcke hinunter, hab alles parat stehen.«

Sie beugte sich hinüber und stieß Susannah an. »Susannah, wach auf.« Dann ging sie zu Kit. Zwei weitere Wale stießen weithin hörbar ihre Atemluft aus. Kit lag zusammengekrümmt in seinem Schlafsack, nur der Haarschopf schaute heraus.

»Schätzchen – munter werden.«

Er war sofort hellwach und richtete sich auf. Sie glättete seine statisch aufgeladenen Haare. »Willst du mitkommen und Wale sehen?«

Sie half ihm aus dem Schlafsack, stellte ihn hin und zog ihm einen Pullover über. Er schwankte, beschwerte sich aber nicht. Über den Pullover kam der wasserdichte Overall. Sie zog den Reißverschluss bis unters Kinn zu. Er war das schnelle Anziehen schon gewohnt und half mit, indem er balancierend ein Bein anhob und die Arme ausstreckte, wenn die Fäustlinge an der Reihe waren. Aus dem Korb beim Feuer kam Gewimmer. Sie küsste ihn auf den Kopf. »Guter Junge.« Um Kali zu stillen, war keine Zeit. Sie konnte nur hoffen, dass die Kleine noch möglichst lange im Tragetuch weiterschlief.

»Susannah – bist du wach? Susannah, aufstehen.« Susannah rührte sich nicht.

Jonas war schon tatkräftig dabei, Rucksäcke und Ausrüstung ins Boot zu tragen. Sie sah zu, wie der Frühnebel ihn verschluckte. Wieder hallte ein Blas über das Lager. Die Wale waren bis in die Bucht gekommen. Elena tastete in der Dämmerung nach Stiefeln, Pullover und Mütze. »Susannah? Kommst du mit?«

Susannah stemmte sich auf einen Ellbogen. »Scheiße.« Ihre Augen waren verquollen und klein. »Wie spät ist es?«

»Es wird gleich hell. Man hört sie draußen in der Bucht. Jonas macht das Boot klar. Willst du mit?«

Sie hoffte, Susannah möge sich mürrisch auf die andere Seite drehen, aber nein – sie öffnete ihren Schlafsack und stand auf. Sie hatte Jeans und den dicken Norwegerpulli an. Sie drehte sich zu Kit um, sagte etwas, das ihn zum Kichern brachte, und stieg in ihre Stiefel. Elena bückte sich nach dem Tragetuch.

Susannah war wirklich unerschütterlich und hilfreich. Trotzdem würden sie das nie wieder tun – sie drei zusammen mit den Kindern auf dem Boot. Die letzten paar Tage waren furchtbar gewesen. Susannah hatte öfter versucht, mit Jonas zu streiten. Abgesehen davon schwang bei allem, was sie sagte, Feindseligkeit mit oder es klang unaufrichtig. Im Gegenzug behandelte er sie wie eine Betrügerin. Wenn er gezwungen war, sie anzusprechen, war er einsilbig. Die ganze Fahrt über war er schlecht gelaunt, gab mürrisch Anweisungen, ging allein Holz sammeln oder einen Fisch fürs Abendessen fangen oder stand bloß auf einem Felsen und schaute mit dem Fernglas übers Wasser. Diese Fahrt war ein Riesenfehler. Nie wieder.

Sie hob Kali so sacht wie möglich aus dem Korb und legte sie ins Tragetuch. Das Wimmern steigerte sich nicht zum Schreien. Sie blieb still zusammengekrümmt liegen. Elena stieg wackelnd in die Stiefel, zog die Jacke um das Baby herum und schloss den Reißverschluss, sodass Kali warm an ihrem Körper lag.

»Komm schon!« Jonas' Aufforderung schallte herüber.

Elena nahm die Tasche mit den Decken und streckte Kit die andere Hand hin. »Komm, Schätzchen, gehen wir!« Er fasste sie an der Hand und rannte, sodass er sie mit sich zog.

Susannah bückte sich nach ihrem Schal.

»Hey, Susannah«, rief sie über die Schulter. »Die Rettungswesten liegen da drüben bei deinem Schlafsack. Kannst du die mitbringen?«

Unter den Sohlen knirschte Sand, Kiefernnadeln knackten. Ein kalter Nebel hing über dem Wasser. Die Orcas waren nicht zu sehen. Sie waren wohl schon wieder aufs offene Meer hinausgezogen. Susannah holte mit großen Schritten auf. Beim Gang über die Felsen zum Zodiac zertraten sie etliche Venusmuscheln.

»Geht es?«

»Ich hab dich.«

»Pass auf, rutsch nicht aus.«

Sie sah schon, wie hoch die Wellen jenseits der Klippen waren. Sie stiegen ins Schlauchboot, Susannah zuerst, Elena streckte Kits Hand nach vorn und übergab ihn Susannah, die ihn an Bord hob. Jonas ließ den Motor an, und das Knattern hallte von dem bewaldeten Hang wider. Er stand mit dem Rücken zu ihr, sodass sie sein Gesicht nicht sehen konnte, aber sie wusste auch so, dass er angespannt und ungeduldig war, als ob Susannah sie alle aufgehalten hätte, was nicht stimmte.

Ihr zitterten die Knie, als das Boot losfuhr, weshalb sie sich hinsetzte. Hoffentlich sorgte das gleichmäßige Hüpfen des Bootes dafür, dass Kali weiterschlief. Es war sehr windig. Als sie in stärkeren Seegang kamen, stand Susannah auf, um nach einer Tasche zu greifen, die nicht gesichert war. Jonas spürte ihre Bewegung. »Setz dich hin«, befahl er barsch, ohne den Kopf zu drehen.

Elena sah zu Susannah hinüber. Die starrte vor sich auf den Boden. Sie war sehr blass. Ihre grüne Mütze hatte sie tief ins Gesicht gezogen und die Lider gesenkt. Langsam faltete sie die Hände im Schoß.

Gott sei Dank war das der letzte Tag. Heute Abend würden sie zum Floßhaus zurückkehren und Susannah abreisen. Sie konnte es kaum erwarten, sich wieder im warmen Bett an Jonas zu schmiegen, dabei das Meeresrauschen durchs Hydrophon zu hören und zu wissen, dass neben ihnen die Kinder schliefen, unten im Ofen das Feuer brannte – und keine Susannah im Haus war.

Ob die Zedernbalken schon gekommen waren? Wenn ja, könnten sie noch diese Woche mit dem Bau des Schuppens anfangen. Sie wusste, Jonas' Laune würde sich enorm heben, sobald Susannah weg war.

Erst als sie die Bucht halb hinter sich gelassen hatten, fiel ihr auf, dass Susannah die Rettungswesten nicht mitgenommen hatte.

»Nein.« Er blickte stur geradeaus. »Wenn ich jetzt umkehre, werden sie weg sein.« An seinem Ton hörte sie, dass er keinesfalls wenden würde, nicht einmal, wenn sie ihn auf Knien darum bäte.

Kit sah sie erwartungsvoll an. Er strahlte vor Aufregung, weil er schon so früh auf dem Boot war und gleich die Wale sehen würde. Sie rang sich ein Lächeln ab, während er sie anlachte. Seine Mütze war verrutscht, der Rand verdeckte halb die Augen, und sie zog sie ihm ein Stückchen hoch, damit er besser sehen konnte. Dann legte sie einen Arm um ihn.

»Kannst du sie sehen? Da drüben?« Sie versuchte, freudig erregt zu klingen, und zeigte zu den Finnen, die voraus durchs Wasser schnitten. Sie zwang sich, nicht mit Susannah böse zu sein. Es war wirklich nicht ihre Schuld. Vielleicht hatte sie es nicht gehört. Das Boot sprang über die Wellen und hielt direkt auf die Wale zu. Es war nicht mehr weit. Sie zählte neun oder zehn Rückenflossen, von denen eine viel kleiner war. Sie erkannte keine, aber die Sicht war auch nicht besonders gut, und sie hatte kein Fernglas bei sich. Nur Jonas hatte seins.

»Welche sind es?«, rief sie. »Kannst du das erkennen?«

»A5, glaube ich.« Er drehte sich um und fing ihren Blick auf. Sie sah, wie angespannt er war. Er wusste genauso gut wie sie, dass sie nicht ohne Rettungswesten hier draußen sein sollten.

Ihre Brüste schmerzten, weil das Baby dagegen drückte. Sie würde es bald stillen müssen. Doch bei dem Seegang war das nicht machbar. Jedenfalls nicht ohne Rettungsweste. Sie sollte ihn zwingen umzukehren. Er könnte allein wieder hinausfahren – aber es war so gut wie sicher, dass er die Wale nicht wiederfände. Sie wollte keinen Streit, nicht so früh. Und Kit wäre schrecklich enttäuscht. Es war in Ordnung. Mit einem Zodiac konnte man nicht untergehen – das war das Besondere an diesen Booten. Und überhaupt mussten sie es hin und zurück schaffen, bevor der Sturm losbrach.

Susannah saß jetzt mit steifem Rücken da und blickte zum Horizont. Ihr Gesicht war aufgedunsen, die Augen nur Schlitze, die Nase rot. Sie war offensichtlich wütend. Wie sonderbar, diese wütende Frau im Boot zu haben, dachte Elena plötzlich. In gewisser Weise kannten sie sich kaum. Dieses halbe Jahr in Kalifornien kam ihr so vor, als wäre es eine Ewigkeit her. In den letzten zwei Jahren war Susannah manchmal zu Besuch gekommen, aber immer auf eigene Initiative. Sie hatte Briefe und Päckchen geschickt, Babydecken gestrickt und mit ihr ein paar nervenaufreibende Tage lang nach einem Floßhaus gesucht. In Wirklichkeit hatten sie beide nicht viel gemeinsam, noch nie gehabt. Auf jeden Fall nicht die Begeisterung für die Wildnis, Wale, Babys und Floßhäuser. Susannah gehörte nicht hierher. Das wussten sie alle. Dieses war das letzte Mal.

Jonas steuerte das Zodiac aus der Küstenzone und folgte den Walen aufs offene Meer. Der Wind nahm beträchtlich zu. Er schlug ihnen gegen den Kopf und brachte das Schlauchboot zum Schaukeln. Aber der Nebel lichtete sich, und voraus waren die nass glänzenden Finnen wieder zu sehen, und ein Blas nach dem anderen schoss auf. Elena schaute zu Jonas. Das war der Moment, in dem sie für gewöhnlich einen Blick wechselten und gemeinsam die Erregung genossen. Doch er sah sich nicht um. Sie wusste, warum.

Plötzlich tauchte ein großer Bulle aus dem Wasser, nur fünf

Meter voraus. Jonas drosselte den Motor und griff nach dem Fotoapparat, um Aufnahmen zu machen.

Der Wind hatte etwas Sonderbares an sich, und der Himmel war zu dunkel. Es war keine Frage mehr, ob sie in den Sturm gerieten, sondern nur, wann.

Die übrigen Orcas tummelten sich ein Stück voraus. Elena kam an ihren Fotoapparat nicht heran, denn er war in dem Rucksack bei Jonas, und sie konnte Kit nicht loslassen. Außerdem würde dadurch Kali aufwachen und zu schreien anfangen. Wie gern hätte sie jetzt das Hydrophon ins Wasser gehängt, aber mit zwei kleinen Kindern im Arm und einem aufziehenden Sturm war daran nicht zu denken. Angesichts dieses Himmels war ohnehin klar, dass sie nicht mehr lange hier draußen sein würden.

Der große Bulle tauchte unter. Sie hatte die riesige Finne mit der Schiffsschraubenkerbe erkannt, auch ohne Fernglas. Es war eindeutig A5.

Jonas verknipste den nächsten Film mit seinem typischen angespannt erregten Gesichtsausdruck. Nichts anderes zählte mehr. Er stellte in einem fort scharf und drückte den Auslöser. Diese Besessenheit hatte sie an ihm immer geliebt, weil sie unberührbar, unveränderlich war – ein Halt. Als sie ihn durch den Sucher blinzeln sah, wurde sie mit einem Mal eifersüchtig. Sie war genauso gewesen, bevor sie die Kinder bekommen hatte. Furchtlos. Das war sie jetzt nicht mehr. Die Mutterschaft hatte sie verändert. Er dagegen war als Vater genau wie vorher.

Als eine große Woge das Boot anhob, bekam sie Angst. Für eine Sekunde ritt es auf dem Kamm, dann kippte es mit dem Bug ins Wellental. Sie zog Kit fester an sich, aber der reckte den Hals und blickte an ihr vorbei aufs Wasser, gespannt, wann sich der Wal wieder zeigte. So klein er noch war – er reichte mit seinen molligen Beinchen kaum über die Sitzkante –, diesen Gesichtsausdruck erkannte sie wieder.

»Sieh dir den Himmel an.« Susannah war heiser, ihr Tonfall trocken. »Bist du sicher, dass das eine gute Idee ist?«

»Ich weiß. Wir bleiben nicht lange.«

Elena zählte die Wale. Sie kannte jeden mit Namen, die Leitkuh und ihre Tochter, die beiden großen Enkelsöhne, den größten Bullen mit der Scharte an der Finne und seine Schwester, und da – tatsächlich! Elena stand halb auf – ein neues Kalb, dicht bei seiner Mutter.

»Tlinglit hat ein Junges!«

Jonas richtete das Objektiv darauf. Sie drehte sich zu Susannah um. »He – hast du das Kalb gesehen? Es ist neu, gerade erst geboren!«

Aber Susannah interessierte mehr, wie der Himmel aussah.

Darauf drehte auch Elena den Kopf und sah die Sturmwand und die Wellenberge, die sich bedrohlich vor ihnen erhoben. Der Wind heulte ihnen um die Ohren und spritzte ihnen Gischt ins Gesicht. Das Zodiac kippte ins nächste Wellental. Sie drückte Kits stämmigen kleinen Körper an sich, mit dem anderen Arm schützte sie Kali im Tragetuch. Ihr wurde immer mulmiger.

»Jonas«, schrie sie durch den Wind. »Wir müssen umkehren.«

Er warf ihr einen Blick zu. »Das soll wohl ein Witz sein – du weißt, was für eine Gelegenheit das ist.«

»Das ist mir egal. Wir haben keine Rettungswesten dabei, und der Sturm kommt viel zu schnell näher.«

Er schaute nicht zum Himmel, sondern richtete das Objektiv auf das Walkalb. Tlinglit tauchte so dicht beim Boot auf, dass jedes Merkmal auf ihrer glänzenden Haut zu erkennen war, und ihr Baby blieb immer an ihrer Seite. Elena fragte sich, ob das nahe Auftauchen eine Warnung sein sollte, sich von dem Kalb fernzuhalten. Kit neigte sich zur Seite und stützte sich mit beiden Händchen auf den Bootsrand. Sie hielt ihn fest, und nach einem weiteren Blick zum Himmel, schrie sie zu Jonas' Rücken. »Wir müssen zurück. Sofort!«

Er nahm nicht einmal den Fotoapparat herunter.

»Jonas«, schrie sie. »Guck doch, was da auf uns zukommt, Mann!« Er blickte auf, und sie zeigte auf die Sturmwand. Die war erneut ein gutes Stück näher gekommen.

Doch er schaute wieder durch den Sucher. »Noch eine Minute.«

»Wir haben keine Rettungswesten!«

Er fotografierte die Wale.

»Jonas. Wende endlich das Boot, verdammt!«

Da er es nicht tat, stand sie auf. »Setz dich zu Susannah.« Sie hob Kit mit einem Arm von der Sitzbank und übergab ihn Susannah. »Behalte ihn bei dir – halte ihn fest. Lass ihn auf keinen Fall los.«

Sie drängte sich an Jonas vorbei, der darauf ins Wanken geriet und fast den Fotoapparat fallen ließ. Schwarz-violette Wolken zogen heran.

»Verdammte Scheiße, Elena.«

Sie umfasste das Steuerrad. Wenn er ihre Kinder nicht in Sicherheit bringen wollte, dann musste sie es eben tun.

»Elena!«, brüllte er sie von hinten an. »Verdammt noch mal!«

Sie jagte den Motor hoch. »Ich bringe uns zurück.«

»Vergiss es!«

Er packte sie am Arm.

17

Es wird Zeit aufzubrechen. Behutsam lege ich Finn aufs Sofa und packe alles in meine Umhängetasche. Ich halte es hier nicht mehr aus. Wir müssen endlich von hier weg. Ich will nach Hause.

Und nicht daran denken, was ich gerade gelesen habe.

Hinterlässt …

Ich will nur nach Hause.

Ich werfe einen Blick auf Finn. Wenn ich ihn wecke, fängt er vielleicht an zu weinen, und dann wird auch Susannah wach. Sie darf nicht hier unten sein, wenn wir abhauen. Aber ich darf auch nicht unvorbereitet aufbrechen. Vielleicht werden wir eine ganze Weile laufen müssen, ehe wir zum nächsten Haus gelangen. Wie weit mag das sein? Und was, wenn wir uns verlaufen? Ich brauche Vorräte aus der Küche – und Windeln.

Nachdem ich den Parka über meinen schlafenden Jungen gebreitet habe, schleiche ich auf Zehenspitzen zur Treppe und horche. Nichts. Nur das Knarren des Hauses und das Klatschen der Wellen. Einen Augenblick zögere ich noch. Es widerstrebt mir, Finn allein auf dem Sofa zu lassen – nicht dass die Ratten hervorkommen und über ihn huschen. Über meine Tasche. Über die Sammelmappe. Alles anknabbern mit ihren nadelspitzen Zähnen. Besser, ich vergewissere mich, ob sie schläft, bevor ich in die Küche gehe.

Ein paar Stufen steige ich hinauf, ganz behutsam, aber jede knarrt. Oben ist es dunkel. Ich halte inne. Kein Geräusch kommt aus dem Schlafraum. Ich steige ganz hinauf, erwarte, sie jeden Moment im Dunkeln aufragen zu sehen, aber in der Tür steht niemand. Mir schlägt der Geruch von moderndem Holz, Meerwasser und Vogelnestern entgegen. Es ist eiskalt hier oben. Im Dämmer sehe ich ein Doppelbett und eine zusammengekrümmte Gestalt unter einer Decke. Sie rührt sich nicht.

Ich lausche angespannt, ohne sie aus den Augen zu lassen. Eine Windböe trifft das Haus. Die Fensterscheiben klappern in den Rahmen. Das Meer saugt an den Felsen, und das Floß schwankt. Susannah bewegt sich nicht. Offenbar schläft sie.

So leise wie möglich steige ich die Treppe wieder hinunter.

Finn liegt auf dem Bauch unter dem Parka, wie ich ihn verlassen habe. Es geht ihm gut. Noch einmal schleiche ich zur Treppe und horche. Bei den knarrenden Stufen werde ich sie bestimmt hören, wenn sie herunterkommt.

Durch die Küchenfenster dringt grauer Dämmer. Ich brauche keine Taschenlampe, um den Verfall zu erkennen: Flechten kriechen über die Fensterrahmen. Am Boden liegen abgeblätterte Farbflocken. Die Gingan-Vorhänge sind von Tierkrallen zerrissen.

Ich wühle in den Einkaufstüten mit den Lebensmitteln, finde die Wasserflasche und trinke in großen Schlucken. Dabei spüre ich meinen Hunger. Ich nehme mir eine Tüte mit Brötchen und ein paar Müsliriegel heraus. Finns Ententasse spüle ich mit dem Wasser aus der Flasche und fülle sie mit Milch. Irgendwo im Wald, nicht weit entfernt, heult ein Tier. Ich reiße einen Müsliriegel auf und beiße hinein. Beim Kauen trinke ich aus der Flasche.

Dann eile ich hinüber ins Wohnzimmer und stoppe abrupt.

Susannah steht mit dem Rücken zum Ofen. Sie hält Finn auf dem Arm. Ich lasse die Vorräte fallen. »Was tun Sie da?« Ich schlucke mühsam und stampfe auf sie zu. »Geben Sie ihn mir.«

Finn schaut verschlafen, aber nicht weinerlich. Er muss beim Hochheben aufgewacht sein. Er streckt die Arme nach mir aus, doch ehe ich ihn nehmen kann, dreht sie sich zur Seite und geht einen Schritt weg. Sie hat sich auch meine Tasche umgehängt. Die Mappe steckt darin.

»Was soll das? Lassen Sie das!«, rufe ich aus.

Finn macht den Mund auf. »Mama!« Er drückt sich zappelnd von ihr weg und neigt sich mir entgegen. »Mama!«

»Geben Sie ihn mir, Susannah.« Um Finn nicht zu ängstigen, spreche ich möglichst ruhig. »Augenblicklich.« Wenn ich versuche, ihn ihr zu entwinden, gibt es ein Gerangel, und das darf ich Finn nicht zumuten. Er könnte verletzt werden. Und es würde ihm eine schreckliche Angst einjagen. »Ich werde ihn nehmen, okay, Susannah? Dann sprechen wir darüber. In Ordnung?«

Sie hält den Kopf schräg und blickt mich seltsam an. »Sein Vater muss ihn jetzt sehen.«

»Ja. Da haben Sie recht. Und zu dem werde ich ihn bringen. Sein Vater ist in England. Sein Vater ist Doug.«

Sie macht ein finsteres Gesicht.

»Susannah. Bitte geben Sie ihn mir, dann werden wir reden. Das verspreche ich. Sie müssen ihn mir jetzt geben.«

»Reden?« Sie hebt das Kinn und hält Finn mit beiden Armen an sich gedrückt, sodass ich ihn nicht greifen kann. Er fängt an zu weinen und dreht mit angstvollem Blick den Kopf nach mir. »Worüber wollen Sie reden?«

»Gar nichts.« Ich trete auf sie zu. »Er weint, Susannah. Sie tun ihm weh.«

»Stehen bleiben«, knurrt sie. »Bleib weg.«

»Sie sind verwirrt.« Ich gehe einen weiteren Schritt. »Geben Sie ihn her, dann können wir uns unterhalten. Sie können mir erzählen, was passiert ist. Alles. Okay? Sie können mir alles erzählen. Ich würde es nämlich gern verstehen.«

Sie weicht zurück. »Müssen wir das wirklich noch mal durchkauen, Elle? Wirklich? Müssen wir das? Na gut. Meinetwegen! Du warst schon blau im Gesicht. Was hätte ich denn tun sollen? Sag mir das! Was hättest du an meiner Stelle getan? Du hast ihn aufgefordert umzukehren. Der Sturm kam rasend schnell näher. Es war Wahnsinn, überhaupt da draußen zu sein, mit den Kindern an Bord. Ihr habt euch angebrüllt, während du Kali vor der Brust hattest, Herrgott noch mal, und die Wale schwammen alle so dicht beim Boot, der Wind wurde immer stärker. Das war unverantwortlich, Elena! Eine Scheißverantwortungslosigkeit!«

Ich gehe noch einen Schritt. Sie macht sich groß und zieht Finn auf ihre Hüfte, weg von mir. »Er war dabei, dich umzubringen, Elle. Er hatte die Hände um deinen Hals, ich musste etwas tun.«

»Ja.« Ich probiere einen besänftigenden Ton. »Ich weiß. Natürlich.« Wieder ein Schritt. »Jetzt geben Sie ihn mir, dann können wir angemessen darüber reden.«

»Nein.« Sie blickt mir unverwandt ins Gesicht. »Ich muss Jonas zeigen, dass er wieder da ist. Darum hast du mich gebeten.«

»Hab ich nicht.«

»Mamaaa?« Finn windet sich und streckt die Arme hoch, aber sie hält ihn unerbittlich fest. »Mamaaaa?«

»Schon gut, Schatz. Alles ist gut, ich bin hier.«

»Nein«, faucht Susannah und dreht sich heftig von mir weg. Meine Tasche schlägt gegen ihre Oberschenkel. Finn ruft mich kläglich.

»Wir wären da draußen alle ertrunken!«, schreit sie. »Er hat dich angegriffen und das Baby auch. Er hätte es fast an dir zerdrückt. Er war dabei, euch beide umzubringen. So was hatte ich schon erlebt, vergiss das nicht. Ich weiß, wie das ist.«

»Das Baby war ich, Susannah. Das war ich: Kali. Ich bin Kali. Ich bin nicht Elena. Sie sind verwirrt. Sie bringen alles durcheinander. Jetzt lassen Sie mich Finn nehmen, okay?«

»Das Ruder lag gleich daneben. Was hättest du an meiner Stelle getan?« Den Kopf zur Seite geneigt, sieht sie mich an, als gäbe es darauf nur eine Antwort. »Sag mir das, Elena. Was hättest *du* getan?«

»Es war richtig von Ihnen.« Nickend rücke ich näher. »Es war das Einzige, was Sie tun konnten. Absolut. Das einzig Richtige.«

Finn ruft erneut nach mir. Dicke Tränen laufen ihm über die Wangen. Ich greife nach ihm, aber sie dreht sich weg. Erschrocken lässt er die Arme sinken, dann heult er vor Angst.

»Ich habe Kit nicht bemerkt. Ich wusste nicht, dass er hinter Jonas stand. Er war zu klein. Das musst du mir glauben, Elena.

Ich musste etwas tun. Du hättest dasselbe für mich getan. Oder nicht?«

»Natürlich hätte ich das getan«, sage ich und trete erneut auf sie zu. »Natürlich. Ist in Ordnung, Susannah. Ich verzeihe Ihnen. Sie haben das Richtige getan. Wirklich. Aber geben Sie mir jetzt das Kind, ja?«

Finn streckt schluchzend die Arme nach mir aus. Seine Wangen glänzen nass.

Mit einer schnellen Bewegung versuche ich ihn zu packen, doch Susannah ist schneller und läuft zum Sofa. »Die Woge war über zwei Meter hoch, weißt du noch? Einen Moment lang glaubte ich, es sei der große Bulle, der das Boot zum Kentern bringen will.« Sie lässt Finn mit einer Hand los, um sich an die Schläfe zu schlagen. »Ich kann mit diesen Bildern nicht mehr leben.« Sie schüttelt den Kopf. »Ich überlege, alldem ein Ende zu machen – das musst du auch. Meinst du nicht?« Ihr Gesicht hellt sich kurz auf, als wäre das ein brillanter Plan. »Meinst du nicht, wir sollten das einfach beenden?«

»Nein.« Behutsam rücke ich auf sie zu. »Nein, wirklich nicht, Susannah. Das halte ich für keine gute Idee. Ich denke, Sie müssen mir Finn geben. Geben Sie mir das Kind, dann setzen wir uns hin und reden über alles. Dann wird alles wieder gut. Versprochen. Susannah, Sie brauchen Hilfe. Das ist in Ordnung. Sie müssen sich helfen lassen. Geben Sie mir einfach mein Kind.«

»Ich muss nur eins: dieses Kind beschützen.« Sie lächelt. »Ich weiß, was du tun willst. Aber diesmal lasse ich nicht zu, dass ihm etwas passiert. Nein. Und ich muss Jonas zeigen, dass Kit wieder da ist und mir vergeben wurde – er muss Kit sehen.« Sie schiebt meine Tasche nach hinten und schwingt Finn grob auf die andere Hüfte. Er schreit auf.

»Das ist nicht Kit«, brülle ich. »Er ist nicht Kit! Das ist Finn – mein Sohn. Nicht Elenas. Und Jonas ist tot, Susannah. Denken Sie doch mal nach! Sie wissen das doch, wenn Sie nur mal kurz nachdenken. Bitte. Geben Sie ihn mir.«

Sie schaut verwirrt, und kurz glaube ich, ich sei zu ihr durchgedrungen. »Sie sind nicht Elena …« Sie wankt. »Aber, Moment mal. Wenn Sie nicht … dann … sie ist … Oh! Jetzt weiß ich. Sie ist auch hier … Sie wird hinkommen … sie wird da draußen sein! Sie sind beide da draußen. Sie warten auf ihn!«

»Susannah. Sie müssen damit jetzt aufhören. Nichts davon ist real. Elena ist nicht da draußen. Sie ist tot. Die Wale sind nicht die Geister von Ertrunkenen. Da bilden Sie sich etwas ein. Der kleine Junge ist mein Kind, er heißt Finn, und Sie müssen ihn mir jetzt zurückgeben. Er wird bei mir sicher sein.« Ich schiebe mich näher zu ihr. Fast ist er in Reichweite. »Ich liebe ihn. Er wird bei mir völlig sicher sein. In Ordnung?« So wenig bedrohlich wie möglich strecke ich die Arme zu ihr, und Finn wirft sich mir entgegen.

Doch sie dreht sich wütend weg, während er einen schrillen Schrei ausstößt und sich tretend in ihrem Arm windet. Als ich sehe, wie sie ihre großen, harten, schmutzigen Finger in sein Bein drückt, stürme ich auf sie zu. Sie reißt einen Arm zur Seite und schlägt mir quer vor die Brust. Ich taumle rückwärts, pralle mit der Wirbelsäule gegen die Ofenkante. Finn heult und kreischt.

»Aufhören!« Ich drücke mich vom Ofen ab und stürze mich auf sie, aber sie stößt mich mit einem starken Arm weg.

Diesmal krache ich gegen einen Wandtisch. Er bricht unter mir zusammen. Als ich mich hochstemmen will, gibt der Boden unter mir nach, sodass ich mit einem Bein durchbreche. Ich werfe mich flach hin, reiße den Fuß aus dem Loch und krieche von der morschen Stelle weg. Finns Weinen entfernt sich.

Ich sehe Susannah durch die Küchentür verschwinden, blicke in sein entsetztes, tränennasses Gesicht über ihrer Schulter und seine gespreizten Händchen, die er nach mir ausstreckt. Ihre Wespenspange hat sich halb gelöst, lange Strähnen hängen ihr über den Rücken. Meine Tasche hüpft an ihrem Oberschenkel. Dann gerät sie außer Sicht.

Ich hetze ihr hinterher, aber sie ist bereits draußen. Ich reiße die Haustür auf und renne in den grauen Morgen. Eisiger Dunst dringt mir in den Rachen. Da ist sie. Sie rennt zehn Meter vor mir. Ich kann sie durch den Nebel gerade noch erkennen und höre Finns Weinen durch die geisterhaften Kiefern schallen.

Ich springe vom Floß auf trockenes Land und sprinte über den steinigen Boden. Sie steigt über Felsen, stützt sich mit einem Arm ab. Ihre Beine sind stark und flink. Kurz darauf ist sie nur noch ein grauer Schemen. Aber ich werde sie einholen. Die Angst treibt mich an, ich bin noch nie so schnell gerannt, und dann schwebe ich in der Luft, als hätte ich vom Boden abgehoben und könnte zu Finn fliegen – als wären mir Flügel gewachsen. In Wirklichkeit falle ich. Fels rammt meinen Oberkörper, ein Ruck geht durch meine Zähne.

Mir klingelt es in den Ohren. Ich mache den Mund auf, aber kein Laut kommt heraus, ich kann nicht Luft holen. Dann gelingt mir ein ungeheurer Atemzug. Ich liege mit dem Gesicht auf Steinen und spucke kleine Kiesel und Holzstückchen. Finn weint ein Stück weit entfernt, halb übertönt von der Brandung und gedämpft vom Nebel. Ich stehe auf und taumle ein paar Schritte. Mein rechtes Bein will nicht so richtig. Aber es muss, es muss einfach. Ich kümmere mich nicht darum, sondern renne weiter.

Auf allen vieren steige ich den Felsen hinauf und finde mich oberhalb eines Sandstrands wieder. Es ist nur ein kurzes Strandstück, und ganz in der Nähe höre ich Finn – da unter mir, unter dem Felsüberhang –, zu sehen ist er nicht. Als ich zum Sprung ansetze, trifft mich etwas am Kopf. Die Welt wird schwarz.

Ich schwimme. Das Wasser ist so kalt, und ich bin so müde. Bei der Eiseskälte kann ich nicht lange schwimmen. Ich muss die Augen aufmachen und auftauchen. Ich muss Luft holen.

Sonderbar geformte Steine – ein Augapfel, eine Träne, ein Herz. Im Hintergrund, hinter einem weißen Schleier, krümmt sich etwas. Aus den Augenwinkeln sehe ich das Fell der Parkakapuze wehen. Ich muss den Kopf heben. Ich muss aufstehen. Ich pralle mit der Wange hart auf und schwimme wieder unter der Oberfläche.

Dann höre ich ihre Stimme, scharf und klar, neben meinem Ohr. Mach die Augen auf, Kali. Steh auf. Sofort. Lauf.

Die Kiesel bohren sich in meine Kniescheiben, unter den Handflächen spüre ich eisige glatte Steine. In meinem Kopf heult und pfeift es wie der Wind. Ich schwanke auf allen vieren. Aber ihre Stimme ist sehr deutlich und bestimmt. »Steh auf«, sagt meine Mutter. »Lauf, Kali. Lauf!«

Und ich komme hoch. Mich drückt etwas am Hinterkopf. Ich betaste es. Dann weiß ich wieder, wo ich bin und was passiert ist.

Ich reiße den Mund auf und brülle. Kein Wort, sondern einen langgezogenen Urlaut, der mir im Schädel hallt.

Ich sehe sie. Sie sind nicht weit weg, zwei graue Gestalten auf den Felsen, und da ist ein Boot. Sie steigt hinein, mit Finn auf dem Arm. Ich höre ihn schreien.

Rutschend und scharrend überwinde ich den Felsen und springe auf den Strand. Durch salzigen Dunst renne ich über den Sand. Mir schwirrt der Kopf. Mit meinem Bein stimmt etwas ganz und gar nicht, aber das ignoriere ich. Das üble Gefühl ist weit weg, unwichtig, ein hypothetischer Schmerz. Keuchend hole ich das Letzte aus mir heraus.

Schmerzen schießen mir das Bein hoch, aber das ist mir egal. Über mir kreisen Möwen wie Gespenster im Nebel. Susannah dreht sich um, umklammert Finn mit einem Arm, während sie ein Seil von einem Pfosten losmacht. Sie schaut grimmig, ihre Locken schlängeln sich um den Kopf.

»Weg von dem Kind!«, brülle ich. »Halt!«

Ich fliege über den Sand. Doch schon springt der Motor an, und das Boot legt ab – sie ist drin und will mit Finn wegfahren. Es ist ein kleines Kajütboot, und der Motor ist sehr laut. Sie wendet es zum Meer hin. Mit einem Arm hält sie mein schreiendes Kind an sich gedrückt, mit dem anderen steuert sie.

Ich möchte mich in das eisige Wasser werfen, aber mir ist klar, dass ich sie so nicht einholen kann. Das Boot ist zu schnell. Durch das Knattern des Motors höre ich Finn verzweifelt nach mir schreien.

Ich drehe mich um und renne wieder, zurück über die Felsen, ohne das kaputte Bein zu beachten, hetze den steinigen Pfad entlang, wo ich gefallen bin, presche durchs Unterholz, springe über Wurzeln und Steine, biege um die Rückseite des Floßhauses in den dunklen Wald. Zweige peitschen mir gegen Gesicht und Brust. Ich weiß nicht, warum ich hier entlanglaufe – ich tue es einfach. Mein Instinkt treibt mich an. Ich renne zwischen feuchten Baumstämmen hindurch, den Geruch von Kiefernnadeln und Meer in der Nase, im Ohr das ferne Motorgeräusch aus der Bucht. Meine Muskeln brennen, aber ich renne weiter. Ich sehe ein Tier kauern, Fell, gelbe Augen. Ich springe daran vorbei und breche aus dem Wald ins Freie. Vor mir liegen Felsbrocken und das Ufer. Die Felsbrocken sind vereist. Der Nebel hängt tief. Ich klettere hinauf – meine Hände und Füße bewegen sich geschickt.

Oben hocke ich mich hin und verschnaufe. Mir brennen die Lungen. Gut vier Meter unter mir ist das Wasser, der Grund ist felsig. Hinter Nebelschleiern nähert sich das Kajütboot. Fast ist es auf einer Höhe mit mir. Gleich passiert es die Enge der Bucht, um aufs Meer hinauszufahren. Susannah blickt nach vorn. Sie sieht mich nicht, vielleicht wegen des Nebels, oder sie denkt, sie hätte mich endgültig abgehängt. Finn zappelt heulend in ihrem Arm – sie hält ihn an der Seite eingeklemmt. Als das Boot näher kommt, gibt es für mich nur eins.

Ich trete mir die Stiefel von den Füßen, reiße mir den Parka und Dougs schweren Pullover vom Leib und springe.

Während des Sprungs wird mir klar, dass ich auf den Felsen zerschmettern werde, falls ich mich verschätzt habe. Die Kälte des Wassers beißt mir ins Fleisch, sie brennt wie Feuer. Das Wasser dringt mir in Augen und Ohren, läuft mir durch die Nase in den Rachen. Ich tauche tief unter, strample im Innern eines Eisblocks. Eine immense Masse eisigen Wassers drückt auf meinen Kopf und die Trommelfelle. Die Kälte beißt mir in die Glieder, legt sich wie Schraubzwingen um meine Muskeln. Aber ich stoße mit den Füßen auf den Grund und schnelle mich mit dem gesunden Bein hinauf zur Oberfläche, und im nächsten Moment komme ich mit dem Kopf ins Freie, schnappe nach Luft, werde von einer Woge erfasst und wieder unter Wasser gezogen, schwimme blind, den Mund erneut voller Salzwasser. Als ich wieder auftauche – prustend, nach Luft schnappend –, ist das Boot direkt neben mir, nur eine Armeslänge entfernt. Es ist zu schnell für mich. Ich kann nicht mehr. Meine Glieder sind steif. Ich kann es nicht erreichen. Aber ich muss.

Noch einmal nehme ich meine Kräfte zusammen und schwimme auf den Rumpf zu, und wie durch ein Wunder berühre ich glattes Holz. Es ist glitschig. Wenn ich nicht gleich einen Halt finde, wird mich die Schiffsschraube erwischen. Meine Finger schließen sich um das Tau, das um die Bordwand verläuft. Einen Moment lang werde ich mitgezogen, schlucke Wasser, würge und spucke, ringe nach Atem, bis ich das Tau mit der zweiten Hand zu fassen bekomme. Es reißt mir fast die Arme aus. Aber ich höre Finn schreien, und als zöge mich seine Stimme aus dem Wasser, gelange ich an der Bordwand hinauf und kippe kopfüber ins Boot.

Taumelnd komme ich auf die Füße und stemme mich gegen das Schaukeln des Decks, während mir das Wasser vom Körper trieft. Meine Haut steht in Flammen, und ich habe einen Druck im Kopf, als würde er gleich auseinanderplatzen und seinen Inhalt aufs Deck ergießen.

Susannah steht am Steuerrad in der Kajüte nur ein paar Schritte von mir entfernt. Der Motor ist laut. Aber Finn entdeckt mich über ihre Schulter, und sein tränennasses Gesicht verzerrt sich. Er streckt die Arme nach mir aus. Ich brauche meine ganze Willenskraft, um stehen zu bleiben und nichts zu sagen. Ich kann nicht mit ihr ringen. Sie würde uns beide umbringen.

»Alles wird gut«, forme ich stumm mit den Lippen. »Alles wird gut.«

»Mama!«, schreit er und hört nicht wieder auf.

Sein Weinen wird vom Rauschen des Windes und Wassers und vom Knattern des Motors begleitet. Susannah hat mich noch immer nicht bemerkt. Es ist, als wäre sie in Trance. Ich starre auf ihren breiten Rücken in dem braunen Fleece. Ich muss mir schnell etwas einfallen lassen. Ich muss handeln. Dann sehe ich mich nach etwas Brauchbarem um. Die Zeit verlangsamt sich, die Farben leuchten, die Geräusche treten in den Hintergrund, mein Blick wird schärfer, nichts tut mehr weh. Nicht einmal die Kälte spüre ich noch. Links neben ihr führt eine kleine Treppe nach unten in eine Koje. Ich kann hineinsehen – auf ein Bett und eine Polsterbank. Meine Tasche liegt auf dem Boden, die Sammelmappe ist halb herausgerutscht. Ich könnte versuchen, Susannah hinunterzuschubsen und sie einzuschließen. Aber ich darf es nicht riskieren, mit ihr um Finn zu ringen. Sie ist stärker als ich. Die Zeit drängt. Gleich wird sie meine Anwesenheit spüren und sich umdrehen.

Mein Blick fällt auf eine Eisenstange, die an der Bordwand liegt. Am Ende hat sie einen Haken. Ich hebe sie auf. Sie ist nicht schwer. Ich schaffe es kaum, die Finger um das eiskalte Metall zu schließen, aber Susannah ist im Begriff, sich umzudrehen. Mit aller Kraft schwinge ich die Stange gegen ihre Fußgelenke und reiße sie zur Seite.

Während sie fällt, lasse ich die Stange los, die darauf klirrend übers Deck rollt, und stürze auf Finn zu, schnappe ihn und stoße Susannah weg. Ich bekomme ihn mühelos, denn sie streckt unwillkürlich die Arme aus, um sich abzufangen, während er sich mir entgegenwirft. Ich sehe sie mit dem Kopf gegen die Bordwand schlagen.

Finn schlingt die Arme um meinen Hals, und ich drücke ihn an mich. »Ich hab dich. Ich hab dich wieder.«

Das Boot fährt ohne Steuermann. Es schwenkt nach rechts über eine hohe Welle. Ich stehe über Susannah. Finn klammert sich dermaßen an mich, dass ich ihn kaum festzuhalten brauche. Er ist still, vielleicht durch den Schock, und klebt an meinem klitschnassen Oberkörper. Ich atme tief ein, jeder Muskel in mir ist gespannt, bereit zur Gegenwehr. Ihr Kopf ruht auf dem Oberarm. Sie hebt ihn an.

Ohne zu zögern, stelle ich einen Fuß auf ihren Hals und verlagere ein wenig Gewicht darauf.

»Nicht.« Der Klang meiner Stimme überrascht mich. Sie ist tief, laut und drohend. »Wenn Sie aufstehen, werde ich Sie töten. Ich werde Sie töten, Susannah. Jetzt ist Schluss. Haben Sie verstanden? Jetzt ist SCHLUSS.«

Das Boot tuckert noch immer ungesteuert durch die Wellen und hält auf die felsige Küste zu.

Ich nehme den Fuß weg und lange mit einer Hand ans Steuerrad, reiße es herum, sodass wir wieder Kurs aufs Meer nehmen. Dann fällt mein Blick auf den Zündschlüssel, und da mir nichts anderes einfällt, stelle ich den Motor ab.

Die Stille ist unheimlich. Das Boot schaukelt auf den Wellen. Der Seenebel schließt uns ein. Meine nassen Sachen kleben an mir, und ich zittere so stark, dass mir die Zähne klappern. Es lässt sich nicht unterdrücken, obwohl ich Finn fest an mich drücke. Ich blicke auf Susannah hinunter und frage mich, was ich mit ihr tun soll. Sie rührt sich nicht. Sie liegt mit einem Arm unter dem Kopf da. Dabei merke ich, dass ich keine Angst mehr vor ihr habe.

»Susannah, haben Sie Schmerzen?«

Sie dreht sich wortlos auf die Seite und zieht die Beine an. Ihre grauen Locken fallen ihr ins Gesicht.

In dem Moment höre ich lautes Brummen. Zuerst denke ich, dass ich den Motor doch nicht richtig abgeschaltet habe, aber dann sehe ich durch den Nebel etwas kommen: Svens Fischkutter.

Ich winke. »Hierher!«, brülle ich. »Hilfe!«

Der Nebel lichtet sich und ein grau verhangener Morgenhimmel kommt zum Vorschein. Susannah liegt zusammengerollt vor meinen Füßen. Sven kommt uns holen. Und mein Kind ist in Sicherheit.

Als sein Schiff längsseits kommt, sehe ich, dass er jemanden bei sich hat. In der Kajüte hockt jemand mit einer blauen Wollmütze. Er drosselt den Motor, und Ana steht auf.

»Sind Sie unverletzt?« Ana kommt an Bord. Ich nicke heftig zitternd. »Das Kind auch?« Ich kann nicht antworten, denn sobald ich sprechen will, klappern mir die Zähne. Mir werden die Schmerzen im Bein bewusst. Sie sind recht übel.

Finn zeigt. »Boot!«, sagt er, als wäre Svens das erste, das er heute sieht.

»Ja, Schatz.« Ich drücke seinen festen kleinen Körper, und es kommt mir so vor, als hielte er mich aufrecht.

»Großes Boot!«, sagt er.

Die Schmerzen im Bein sind furchtbar, als ob mir etwas in den Knochen bohrte. Ich verlagere mein Gewicht auf das gesunde Bein, das jedoch zittert. Auch mein Hinterkopf schmerzt.

»Susannah.« Ana geht neben ihr auf ein Knie und ruft zu Sven: »Decken!« Dabei zeigt sie auf mich.

Susannah rührt sich noch immer nicht, aber sie atmet.

Ana und ich schauen auf Finn.

Sie scheint keine Erklärung zu brauchen.

»Runter.« Finn zappelt. Widerstrebend setze ich ihn ab, halte ihn aber an der Hand. Er blickt zu mir auf. »Tragen?«, schlägt er vor. Ich hebe ihn wieder hoch.

Sven steigt in Susannahs Boot und wirft mir eine Decke um die Schultern. »Reiben Sie sich schleunigst trocken«, brummt er. »Unterkühlung ist lebensgefährlich.« Zähneklappernd halte ich die Decke zusammen. »Los, gehen Sie unter Deck.« Er deutet mit dem Kopf auf seine Kajüte. »Da ist trockne Kleidung. Ziehen Sie die nassen Sachen aus. Schnell.«

Dann geht er neben Ana in die Hocke. Sie wechseln ein paar leise Worte.

»Susannah«, höre ich Ana lebhaft sagen. »Du musst jetzt aufstehen.«

Susannah stemmt sich aus der Seitenlage hoch, und ich sage mir, dass sie uns nicht mehr gefährlich werden kann, weil Sven und Ana jetzt da sind. Aber ich bleibe argwöhnisch und lasse sie nicht aus den Augen. Jetzt lehnt sie sich mit dem Oberkörper über die angewinkelten Beine nach vorn und streckt die Arme aus, aber den Kopf hält sie sonderbar, und ihr Gesicht ist abgewandt.

Die Haare sind lose und zerzaust. Mein Blick fällt auf ihre Wespenspange, die neben meinem Fuß liegt. Ich trete sie weg, sodass sie über das Deck rutscht und unter der Reling durch ins Wasser fällt. Ihr Rücken ist krumm wie der Panzer einer Schildkröte.

Ana sagt etwas zu ihr, das ich aber nicht verstehe, weil sie dicht über sie gebeugt ist. Das Boot schaukelt auf den Wellen. Sven muss den Anker geworfen haben, und jetzt sehe ich, dass er es an seinem Fischkutter vertäut hat.

»Susannah, steh auf«, fordert Ana energisch.

Doch sie rührt sich nicht. Ana greift um ihr Handgelenk und tastet nach dem Puls. Das wirkt so geübt, dass mir der Gedanke kommt, sie könnte einmal Krankenschwester gewesen sein. Mich überkommt ein Schwächegefühl, und ich spüre die Schmerzen. Ich muss mir trockene Sachen anziehen und Finn in die warme Kajüte bringen.

»Dummes Mädchen«, murmelt Ana. »Du dummes Mädchen.«

»Ana?«, frage ich leise. »Ist sie verletzt?«

»Sie kommt wieder auf die Beine«, antwortet sie, ohne sich umzudrehen. Sie streicht Susannah die Haare aus dem Gesicht. »So, jetzt aber.«

Susannah richtet sich auf. Ihr Mund steht offen. Sie sieht aus wie eine Greisin, die das Gebiss herausgenommen hat. Ein Zischen kommt über ihre trocknen Lippen.

»Komm, auf mit dir«, sagt Ana. »Braves Mädchen.«

Sven greift Susannah unter die Arme und hebt sie hoch. Schließlich steht sie, lässt Kopf und Schultern hängen und atmet schwer.

Hinter ihr liegt die Treppe, die unter Deck führt. Ich sehe meine Tasche dort aufgeklappt liegen. Darin sind mein Portemonnaie, unsere Pässe, die Fotos, die Sammelmappe. Susannah muss sie in ihrer Verwirrung genommen haben, um Beweise zu vernichten, obwohl die Zeitungsausschnitte gar nichts beweisen, sondern nur von einem schrecklichen Unglück zeugen.

Wir kauern in der Kajüte des Fischkutters. Gegenüber sitzt Susannah nach vorn gebeugt, den Kopf fast zwischen den Knien. Sie hat mich noch kein einziges Mal angesehen. Ana sitzt neben ihr. Sven steht am Steuerrad und bringt uns nach Raven Bay zurück. Ab und zu zieht Ana die Decke um Susannahs Schultern zurecht.

Ich habe mir die nassen Sachen ausgezogen und trage einen von Svens Overalls, der mir zehn Nummern zu groß ist und leicht nach Fisch riecht, darunter ein riesiges T-Shirt und einen Pullover und über allem eine Decke. Finn sitzt daumenlutschend unter der Decke auf meinem Schoß und zeigt ab und zu auf Gegenstände, als ließe sich die Welt in den Griff bekommen, indem man ihre Bestandteile benennt. Er spricht auf einmal viele neue Wörter. Das ist faszinierend und verstörend zugleich.

»Tasse«, sagt er.

»Richtig, das ist eine Tasse.«

Ein paar Sekunden später: »Boot.«

»Ja, ein Boot.«

Schließlich zeigt er auf Susannah. Aber ihm fällt kein Wort ein.

Ich drücke ihn. »Schon gut, Schatz. Jetzt ist alles gut. Ich hab dich wieder.«

Während der Fischkutter Raven Bay entgegenfährt, frage ich mich, in welcher Weise diese Erfahrung für Finn prägend sein wird. Er wirkt ruhig, obwohl er in den letzten zwei Tagen so viel durchgemacht hat.

Dann überlege ich, ob Schwimmen im eiskalten Wasser ein ungeborenes Kind schädigen kann.

Ich kann mein verletztes Bein nicht bewegen, das in einem von Svens riesigen Gummistiefeln steckt. Beim Umziehen habe ich einen Blick darauf geworfen und eine blutige Wunde gesehen. Aber darum kümmere ich mich, wenn wir in Raven Bay sind. Es tut entsetzlich weh und brennt ganz furchtbar, wenn der Stiefelschaft dagegen stößt. Behutsam ziehe ich den Fuß aus dem Stiefel und lege das Bein auf meine Tasche.

Ich darf nicht daran denken, was Susannah draußen auf dem Meer mit Finn gemacht hätte, was passiert wäre, wenn mein Instinkt mich nicht am Inselufer entlang und ins Wasser getrieben hätte.

An den Inhalt der Sammelmappe darf ich auch nicht denken. Noch nicht. Das ist nun also die Geschichte, die die letzten Tage über im Dunkeln lauerte, während ich danach gestochert habe. Eigentlich hat sie mein Leben lang in mir gelauert.

Dieser kleine Junge mit den roten Gummistiefeln sieht wie Finn aus, weil er Finns Onkel ist. Mein Bruder. Ich hatte einen Bruder.

Ich stelle ihn mir vor, wie er tapfer Daddys Bein umfasst, als Susannah mit dem Ruder zuschlägt. Jonas taumelt, Kit klammert sich fest, und das Boot neigt sich zur Seite, sodass sie über Bord fallen und die Woge sie mitreißt. Es muss ein entsetzlicher Moment gewesen sein, als meine Mutter wusste, was kommen würde – als sie die Woge sah und das Geschehen nicht aufhalten konnte. Dann musste sie mit ansehen, wie das Meer sie verschluckte.

Sein Vater ist auch meiner. Mein Vater ist nicht mein Vater. Ich hatte einen Bruder, der ein gutes Jahr älter war – und der ums Leben kam.

Dabei fällt mir Harry Halmstrom ein. Er ist tatsächlich mein Großvater. Und jetzt begreife ich auch, was er gesagt hat – Jonas war sein Sohn, der schwimmen konnte wie ein Fisch. Auch in seiner Demenz wusste er noch, dass an dem Unglücksfall etwas faul war. Er wusste nur nichts von Susannah. Wenn meine Vermutungen stimmen, ist er mein Großvater väterlicherseits.

Und ich hatte einen Bruder, einen Bruder, der ertrunken ist, weil Susannah vor fast sechsunddreißig Jahren eingeschritten ist. Und sie hat seitdem die Schuld und das Entsetzen in sich getragen. Kein Wunder, dass sie ein Gesicht machte, als hätte sie einen Geist gesehen, als ich plötzlich vor ihrer Tür stand. Sie glaubte wirklich einen zu sehen.

Sie ist seelisch krank. Und dadurch gefährlich.

Meine arme Mutter.

Andererseits hat sie mich belogen. Meine Mutter hat mich mein Leben lang belogen. Wie konnte sie nur? Ebenso mein Vater. Sie haben mich beide belogen.

Die Gedanken rauschen mir nur so durch den Kopf. Ich stelle sie mir vor, da draußen mit Jonas auf diesem unberechenbaren Meer, während mein Vater, oder vielmehr Graham, mit Liebeskummer in Kalifornien saß, in stillen Bibliotheken hockte und Gebäude entwarf. Ich erinnere mich, dass Susannah ihn als »verdammten Heiligen« bezeichnete. Diesbezüglich hat sie recht. Er verzieh meiner Mutter nicht nur, er nahm sie sogar zurück und blieb ihr fast sechsunddreißig Jahre lang treu ergeben. Er zog mich groß wie seine eigene Tochter.

Das Fundament meines Selbstverständnisses zerbröckelt. Ich bin nicht die Erstgeborene, sondern das mittlere der Geschwister und nicht das leibliche Kind meines Vaters. Ich bin jemand ganz anderer. Meine Eltern sind Lügner. Ich habe anderes Blut in mir, andere Erbanlagen. Ich bin mit einem alten demenzkranken Schweden verwandt und hatte einmal einen älteren Bruder.

Ich muss mit Alice reden. Sie muss das alles erfahren. Das wird für sie befreiend sein. Ich muss mit meiner Schwester sprechen. Und mit meinem Vater – ja, mit ihm am allermeisten.

Svens Fischkutter fährt weiter durch die Wellen. Finn zeigt und benennt Dinge. »Wasser – Boot.« Ich halte mich an ihm fest und will an all das gar nicht denken, aber ich kann auch nicht aufhören.

Was um Himmels willen hat sich meine Mutter dabei gedacht, ein Kleinkind und einen Säugling – mich – in einem Schlauchboot aufs offene Meer mitzunehmen, während ein Sturm aufzieht? Nur um Killerwale zu knipsen? Sie hat es sich selbst nie verziehen. Es muss sie verzehrt haben. Es *hat* sie verzehrt.

Die Schuld war zu viel für Susannah. Ich blicke auf ihren gesenkten Kopf und die verfilzten Haare. Das wäre für jeden eine schreckliche Bürde. Da überrascht es mich nicht, dass Finn in ihrem Kopf Verwirrung ausgelöst hat.

Durch den Dunst kann ich schon die Lichter von Raven Bay schimmern sehen. Sven brummt etwas ins Funkgerät, und nach lautem Rauschen und Knistern antwortet jemand. Susannah rührt sich nicht und starrt auf den Boden, als schliefe sie mit offenen Augen.

Ich drücke Finn an mich und denke an die Albträume, die er haben wird – er wird vielleicht noch von Wogen, Booten und Schreien träumen, wenn er die Erlebnisse selbst längst vergessen hat.

Aber jetzt ist er in Sicherheit. Und wir fliegen nach Hause.

18

Wahrscheinlich geben wir ein sonderbares Bild ab, wie wir fünf den Anleger hinunterkommen.

Als Erste Ana, die leicht gebeugt in einem Männermantel voranschreitet, die Mütze tief ins Gesicht gezogen. Hinter ihr Sven mit Susannah am Arm, die ihre aufrechte Haltung verloren hat und wie eine Betrunkene mit wirren Haaren an ihm lehnt und kaum geradeaus gehen kann. Dann Finn im Pyjama und Fleecepullover an meiner Hand, der sich alle paar Schritte nach einem Stein, einem verlorenen Kuli, einem Fetzen Papier, einem Stock bückt, alles aufheben will oder mit dem Fuß anstupst, der auf Gebäude, den Himmel, eine Person zeigt und alle Wörter sagt, die er kennt. Und schließlich ich, die neben ihm her humpelt in übergroßem Ölzeug und Männergummistiefeln. Wenn ich mit dem rechten Fuß auftrete, schießt mir der Schmerz durch den Körper und zieht eine Hitzewallung, dann Schaudern und Übelkeit nach sich.

Aber das ist mir egal. Dieser Schmerz bedeutet nichts. Es ist nur eine körperliche Verletzung, die heilen wird.

Sven bringt Susannah durch den Flur des Gästehauses in Anas Küche. Es ist wunderbar warm im Haus und riecht nach Heißmangeldampf und Holzpolitur. Er dirigiert Susannah behutsam zu einem Stuhl. Sie sinkt darauf nieder, dann neigt sie sich langsam nach vorn, bis ihr Kopf auf der Tischplatte ruht. Die Arme lässt sie herabhängen. Ana geht um sie herum und kniet sich neben sie, sagt etwas zu ihr. Sven steht bei ihnen. Sein Bart glänzt unter der hellen Küchenlampe. Er wirkt unfassbar ruhig.

Ich rufe Ana zu, dass ich ihr Telefon benutzen muss, setze mir Finn auf die Hüfte und gehe in den Flur, um Doug anzurufen. Auf seinem Handy springt sofort die Mailbox an. Ich bemühe mich um einen ruhigen Ton, sage, dass alles in Ordnung ist, er sich keine Sorgen zu machen braucht, dass ich Finn bei mir habe und wir mit dem nächsten Flug nach Hause kommen. Dann versuche ich es in seinem Büro: Anrufbeantworter. Den hört er zwar nie ab, aber ich hinterlasse dieselbe Nachricht, ebenso auf dem AB zu Hause. Ich lege auf und wähle Alice' Handynummer.

»Mensch, ich bin gerade auf dem Weg in eine Sitzung, aber hast du Finn wieder?«

»Ja.«

»Gott sei Dank. Wo war er? In dem Ferienhaus?« An ihrer Erleichterung wird mir klar, dass sie doch viel mehr Angst hatte, als sie sich bei unserem vorigen Telefonat hat anmerken lassen.

»Sie waren in dem Floßhaus.«

»Dem was?«

»In dem Ferienhaus. Alice – «

»Mensch, Kal, ich hab nach unserem Gespräch kaum geschlafen.«

»Ich auch nicht.«

»Geht es Finn wirklich gut? Ist mit dir alles in Ordnung? Was ist denn nun eigentlich passiert?«

»Ich habe … es war …« Meine Stimme zittert. »Heilige Scheiße, Alice, ich habe so viel verrücktes Zeug herausgefunden – wer ich eigentlich bin und wer Mum war. Ich kann jetzt nicht … es ist zu … ich glaube, Dad ist nicht mein wirklicher Vater. Er hat gelogen, sie haben beide gelogen, unser Leben lang haben sie uns belogen. Das erklärt so viel. Ich habe gerade erfahren, dass mein Vater ein Walforscher namens Jonas Halmstrom war. Und, stell dir vor, wir hatten einen Bruder. Einen Bruder, der da oben ertrunken ist, als er gerade laufen konnte. Mum hat ein Kind verloren und ihren Mann Jonas, der ist auch ertrunken, beide zusammen sind ertrunken. Alice, unsere Eltern haben uns unser ganzes Leben angelogen. Mum hat hier oben gelebt und diesen Mann geheiratet und einen kleinen Sohn namens Kit gehabt und danach mich bekommen. Und Susannah … sie …«

»Kal!«, schreit Alice. »Was redest du denn da?«

Ich atme tief durch. Ich kann ihr keinen Vorwurf machen. Wäre es umgekehrt, würde ich glauben, sie hätte einen Nervenzusammenbruch. Sie ist es gewohnt, von uns beiden die Rationalere zu sein, aber ausnahmsweise habe nun einmal ich den Durchblick. »Hör zu. Mach dir keine Sorgen, okay? Wir können über all das reden, wenn ich wieder zu Hause bin. Ich habe dir so viel zu erzählen, und das geht nicht am Telefon. Das Wichtigste ist, dass ich Finn wiederhabe. Es geht uns gut.«

»Sagtest du gerade, dass Dad nicht dein leiblicher Vater ist?«

»Ja. Ja, so ist es wohl. Mum war vorher schon einmal verheiratet, mit diesem Jonas. Und sie hatten ein Kind zusammen, einen Jungen namens Kit. Ich … Mensch, Alice, ich kann es selbst noch gar nicht fassen …«

»Klar.« Ich sehe sie aufstehen, den Rock glattstreichen. »Gut. Ich besorge mir einen Flug. Das ist alles so … Wo bist du jetzt?«

»Nein! Komm bloß nicht hierher. Ich bin auf Raven Island, von wo ich dich gestern angerufen habe. Es ist alles in Ordnung. Finn geht es gut. Ich bin völlig normal, und wir reisen heute noch ab. Wir setzen uns ins nächste Flugzeug. Aber du musst Doug anrufen. Ich hab's versucht, erreiche ihn aber nicht. Du musst ihm sagen, dass Finn in Sicherheit ist und wir uns jetzt auf den Heimweg machen, damit er nicht weiter die Wände hochgeht. Sag ihm, dass wir zum Flughafen fahren, sowie wir von der Insel runter sind.«

»Du musst mir schwören, dass mit euch beiden alles in Ordnung ist. Schwörst du?« Ich höre, wie sie die Sprechmuschel abdeckt und jemanden bittet, kurz zu warten. Ich sehe sie vor mir mit ihrem Kostüm und dem blonden Pferdeschwanz, wie sie den Finger hebt und »kleinen Moment noch« sagt.

»Ja, ich schwöre. Aber, Alice, mein Gott, das sind Wahnsinnsneuigkeiten.«

»Du hast erfahren, dass Mum schon mal verheiratet war?«

»Ja. Daher hat sie den Namen Halmstrom, von diesem Jonas. Meinem …« Ich kann es nicht aussprechen.

»Schon gut. Hör zu. Du musst mich anrufen und mir die Flugnummer geben, damit ich Doug Bescheid geben kann, klar? Und ruf mich auch an, wenn du wieder in der Zivilisation bist. Aber woher weißt du das eigentlich alles, Kal? Woher hast du die Informationen?«

»Von Susannah. Gewissermaßen. Aber es ist alles wahr. Ich weiß es. Ich habe sogar Zeitungsausschnitte mit meinem Namen darin gelesen, in denen es um Mum und Jonas Halmstrom und meinen Bruder ging. Es ist wirklich so gewesen. Ich habe sie bei mir, Alice. Ich kann das belegen.«

»Scheiße. Bringst du die mit?«

»Natürlich.«

»Scheiße, Kal. Ich meine ... *Scheiße.*«

»Schon gut, Alice. Es ist alles okay, ehrlich. Ich muss jetzt auflegen. Es tut mir wirklich leid, dass ich dir das alles zugemutet habe. Dass du dir solche Sorgen machen musstest.«

»Ich mache mir schon mein ganzes Leben Sorgen um dich«, sagt sie mit heiserer Stimme.

»Ja, nun ja, du kannst damit jetzt aufhören.« Ich straffe die Schultern. »Okay?«

Finn versucht, die Telefonschnur zu fassen zu bekommen. »Das!« Er beugt sich weiter nach vorn, sodass ich unwillkürlich auf den anderen Fuß trete. Ein sengender Schmerz schießt mir das Bein hoch. »Gut«, rufe ich in den Hörer. »Ich muss Schluss machen.«

»Gib Finn einen Kuss von mir und ruf mich sofort an, wenn du auf der Fähre bist.«

»Da werde ich vielleicht keinen Handyempfang haben.«

Aber sie hat schon aufgelegt.

Finn zappelt, damit ich ihn herunterlasse, und ich tue es, halte ihn aber fest an der Hand. Er läuft eifrig auf die Küche zu. Unterwegs entdeckt er eine große getigerte Katze auf einem Stuhl neben dem Durchgang.

»Katze!«, sagt er und stürmt auf sie zu. »Katze!«

»Sei behutsam«, ermahne ich ihn, als er die Hände in ihr Fell schiebt. Die Katze springt vom Stuhl und stolziert weg.

»Ka-tze!«, ruft er. »Kätzchen!«

Bisher hat niemand gefragt, was sich eigentlich da oben abgespielt hat. Vielleicht wollen sie es lieber nicht wissen.

Sven stellt einen Wasserkessel auf die Herdplatte, während Ana still bei Susannah sitzt.

Die Schmerzen in meinem Bein sind unerträglich. Ich muss mich hinsetzen. Finn schaut der Katze nach, die indigniert zur Hintertür läuft. Er steht breitbeinig da und schwankt ein bisschen.

»Hast du Hunger, Schatz?«, frage ich ihn. »Du musst schrecklich hungrig sein. Du brauchst dein Frühstück, hm?« Es kommt mir völlig verrückt vor, hier in dieser Küche mit jener Frau zusammen zu sein, die mein Kind entführt und beinahe umgebracht hätte – und mich vielleicht auch –, und übers Frühstück zu reden. Ich sollte die Polizei anrufen. Das sollte ich wirklich tun.

Ana fragt sehr höflich, ob Finn und ich Haferflocken essen möchten.

»Ja. Vielen Dank.« Ich stehe auf, nehme Finn an die Hand und humple um den Tisch herum zu Sven. Auf dem Herd steht eine große schwarze Pfanne. Als er den Deckel hebt, steigt der warme, milchige Geruch von Porridge auf.

»Mit Ahornsirup?« Sven blickt zu Finn hinunter.

»Sven.« Ich fasse an seinen starken Arm. Er dreht den Kopf zu mir. Seine blauen Augen wirken unerschütterlich. Ich schulde ihm so viel. Hätte er nicht sein Schiff riskiert und mich hingefahren, wäre Finn die ganze Nacht mit ihr allein gewesen. Und was das bedeutet hätte, ist nicht auszudenken. Ich verdanke ihm alles.

»Danke, dass Sie gekommen sind, um uns zu holen. Und danke, dass Sie mich gestern Abend noch hingebracht haben.

Ich weiß, es war riskant. Aber … ich danke Ihnen sehr …« Ich spüre, dass mir gleich die Tränen kommen, wenn ich ihm noch länger danke, und das würde uns beiden nicht gefallen. Sven nickt, dann schöpft er den Porridge in zwei Schalen.

Es ist ein langer Tisch. Ich humple zum äußersten Ende, wo ich möglichst weit weg von Susannah bin. Finn folgt mir. Aber ich sehe, dass sie keine Bedrohung mehr ist. Sie ist innerlich zusammengebrochen. Sie hat nicht einmal den Kopf gehoben. Ich überlege, ob man Maggie anrufen sollte, oder jemand anderen. Was werden sie jetzt mit ihr machen?

Finn klettert auf meinen Schoß, nimmt seinen Löffel in die Faust und fängt an, den Porridge hinunterzuschlingen. Ich esse ebenfalls und genieße die Wärme, die sich im Bauch ausbreitet, auch wenn das schöne Gefühl getrübt wird durch die Schmerzen im Bein. Ich beuge mich hinunter und kremple das Hosenbein hoch. Es ist eine wirklich lange Wunde – scheußlich rohes, zerrissenes Fleisch mit ein paar weißen Kügelchen und Schmutz darin, mit schwarzen Krusten und geschwollenen Rändern. Wahrscheinlich ist es besser, nicht so genau hinzusehen. Ich richte mich wieder auf.

Gerade fragt Ana Susannah, ob sie welche von ihren Tabletten bei sich habe. Susannah hat die Stirn nach wie vor auf die Tischplatte gelegt und lässt die Arme hängen. Ich kann den silbernen Daumenring sehen und die schmutzigen Fingernägel, die breiten, kräftigen Handteller.

Ich lege meinen Löffel hin. »Ana. Sie war in einem sehr bedenklichen Zustand. Sie ist krank. Wir sollten wirklich jemanden anrufen.« Ich vermeide das Wort Polizei.

Ana nickt. »Der Arzt ist schon unterwegs.«

Ich frage mich, wie sie den gerufen haben will, da nur ich das Telefon benutzt habe. Dann fällt mir ein, dass sie auf dem Pier mit einem Mann gesprochen hat, der mit seinem Hund unterwegs war.

Finn zeigt auf Susannah. »Schlafen gehen?«

»Ja, Schatz. Susannah ist sehr müde.«

Plötzlich wird mir bewusst, dass ich damit nichts mehr zu tun haben will. Die anderen kennen sich mit ihr aus. Ich will gar nicht mit Polizisten oder Ärzten oder sonst wem reden. Susannah ist uns gefährlich geworden, klar, aber wenn wir abgereist sind, wird sie sich vermutlich wieder ihrem Yoga und ihrer Galerie zuwenden. Ohne uns wird sie ihren inneren Dämon bezwingen können. Sie wird die Schuldgefühle und Erinnerungen mit Meditationen und Pillen, oder was auch immer, unter Kontrolle bekommen und ihr Leben weiterführen.

Ihre Jeans hat einen Riss bekommen, wahrscheinlich als sie über die Felsen geklettert ist. Behutsam betaste ich meinen Hinterkopf. Da ist eine Beule so groß wie ein Golfball, aber keine Platzwunde. Ich frage mich, womit sie mich geschlagen hat und dann, was Finn mitbekommen hat. Hat er mich bewusstlos auf den Steinen liegen sehen? Kalte Wut steigt in mir auf. Ich sollte doch die Polizei anrufen.

Über dem Herd hängt eine Uhr. Es ist noch nicht einmal halb zehn.

Ein Anruf bei der Polizei würde alles nur schlimmer machen. Was auf Black Bear Island passiert ist, wird sich dadurch nicht ändern. Am besten, ich lasse es dabei bewenden. Ich werde die nächste Fähre nach Spring Tide nehmen und von dort die nächste zum Festland. Wir werden zu Doug nach Hause fliegen. Der Arzt kann entscheiden, was für Susannah das Beste ist – und die anderen, die sie offenbar nur zu gut kennen. Finn und ich sind hier nicht zu Hause.

Sven stellt einen Becher Kaffee vor mich hin und eine Tasse warme Milch für Finn. Er hat Pranken wie ein Bär. Ich danke ihm noch einmal.

»Wann geht die erste Fähre nach Spring Tide?«

»Am Mittag.«

»Mist. Vorher keine?«

Er schüttelt den Kopf.

Aber ich werde frühzeitig in den Hafen fahren – ich habe meine Lektion gelernt. Vorher muss ich mich um das Bein kümmern und um Kleidung. Ich habe Svens Sachen an und brauche eine Windel und eine Jacke für Finn. Ich schlürfe den heißen Kaffee und fühle ihn in den Magen rinnen.

»Mehr?« Finn blickt zu mir hoch.

»Junge, Junge! Hast du einen Hunger.« Ich streiche ihm die Haare aus den Augen. Er sieht genauso aus wie sein Dad. Und es scheint ihn überhaupt nicht zu beunruhigen, dass Susannah am Tisch sitzt. Das sollte ich als gutes Zeichen nehmen. Kinder sind robust. Viel robuster als Erwachsene.

Der Arzt kommt ohne zu klopfen ins Haus. Er ist grauhaarig und über siebzig, trägt eine Drahtbrille und einen langen Regenmantel, den er kurzerhand über den Stuhl neben mir wirft. Er wechselt einen Blick mit Ana, ehe er sich steif zu Susannah hinunterbückt. Er fragt sie, ob sie ihre Tabletten genommen habe, aber sie reagiert nicht. Ich denke an ihre Pillenflaschen in ihrem Küchenschrank.

Niemand fragt mich, was passiert ist. Vielleicht wissen alle, was sie damals getan hat. Schließlich ist das eine sehr kleine Gemeinde. Alle drei beobachten sie aufmerksam.

Der Arzt geht zum Telefon. Ich höre ihn leise sprechen, kann aber nichts verstehen.

Als er zurückkommt, bemerkt er mein Bein. Er beugt sich darüber und besieht die Verletzung. Dann nimmt er den Fuß und bittet mich, ihn zu bewegen. Ich beiße die Zähne aufeinander, während ein Übelkeit erregender Schmerz aufflammt.

»Das sollten Sie röntgen lassen«, sagt er schroff. »Sie dürfen ihn nicht belasten. Drüben in Spring Tide ist eine Praxis.« Er schreibt einen Namen auf. Von seinem Handrücken stehen drahtige weiße Haare ab. Als er mir den Zettel zuschiebt, begegnen sich unsere Blicke. Seine Augen sind klug und scharfsichtig und liegen zwischen tiefen Falten wie die eines Elefanten. »Ich werde die Wunde jetzt versorgen. Tut höllisch weh, hm?«

Ich nehme den Zettel und denke zurück, wie ich über Felsbrocken gesprungen, durch Wald gehetzt, ins Wasser gesprungen, geschwommen bin und mich in das Boot gezogen habe, es gesteuert und den Fuß auf Susannahs Hals gestellt habe, um sie am Boden zu halten. Das hätte ich mit einem Bruch nicht tun können. Das Bein kann nicht gebrochen sein.

Aber tief im Innern weiß ich, ich hätte es trotzdem gekonnt. Ich hätte alles getan, um Finn wiederzubekommen. Als ich durchs Unterholz zu der Landzunge gerannt bin, mir die Sachen vom Leib riss und sprang, da wurde ich nicht von meinem Verstand gelenkt, sondern von etwas Größerem.

Ich sehe meinen Fuß auf ihren Hals drücken und erinnere mich, in der Zeitung von einer alleinerziehenden, jungen Mutter gelesen zu haben, die mit ihrem einjährigen Kind allein zu Hause war. Sie nahm ein Gewehr und erschoss die zwei Männer, die mitten in der Nacht in ihr Haus eingebrochen waren. In dem Artikel wurde auch ein Polizist zitiert: »Niemand ist gefährlicher als eine Mutter, die ihr Kind beschützt.«

Jetzt kann ich kaum die Zehen auf den Boden setzen, ohne dass mir vor Schmerz schlecht wird. Der Arzt hat seine Tasche geöffnet. Er schmiert ein brennendes Antiseptikum auf die Wunde, das mir die Tränen in die Augen treibt, dann verbindet er das Bein vom Knöchel bis zum Knie. Er gibt mir zwei Schmerztabletten. Finn schaut interessiert zu. Ich überlege, den Arzt zu fragen, ob Beruhigungspillen, ein Schlag auf den Kopf oder ein Sprung in eisiges Wasser einem ungeborenen Kind schaden, aber in der Küche ist es gerade sehr still. Dann steht er auf und verstaut seine Sachen. Er tätschelt Finn den Kopf. Er fragt nicht, wie es passiert ist.

Ich muss Finn wickeln – er hat seit Stunden keine frische Windel bekommen und stinkt inzwischen. Und ich muss mich umziehen.

»Ana, Sie haben nicht zufällig eine Windel oder eine große Binde im Haus?«

Mit einem stummen Blick zu Sven übergibt sie ihm Susannah und steht auf. Mit Finn an der Hand humple ich hinter ihr her. Am Fuß der Treppe bleibt sie stehen.

»Bleiben Sie hier. Mit dem Bein können Sie nicht nach oben. Ich hole die Sachen. Auch etwas zum Anziehen für Sie. Welche Schuhgröße haben Sie?«

Nach ein paar Minuten kommt sie mit einem Beutel Windeln, Feuchttüchern und zusammengefalteten Kleidungsstücken die knarrenden Stufen herunter.

»Da drinnen können Sie sich umziehen.« Sie zeigt in ein Speisezimmer. Ich nehme die Sachen und danke ihr. Dabei sieht sie mir in die Augen.

»Ana, sie hat Wahnvorstellungen und ist gefährlich. Das wissen Sie, oder? Sie hat sich eingeredet, mein Sohn sei … ein kleiner Junge, der vor fast sechsunddreißig Jahren ertrunken ist.«

»Ja.« Ana nickt. »Sie dachte, er sei Kit.«

»Ja!« Ich starre sie an. »Natürlich – Sie kannten sie. Aber natürlich. Meine Mutter … meinen …« Das Wort Bruder oder Vater bringe ich nicht heraus.

»Jeder hier kannte Ihre Familie«, sagt sie. »Eine schreckliche Tragödie. Es tut mir leid für Sie, Kali. Und es tut mir sehr leid für Ihre Mutter.«

Ich kann ihre Worte nicht an mich heranlassen. Es ist zu viel. »Nun, jedenfalls denkt Susannah, Jonas sei ihretwegen zurückgekommen«, sage ich unwirsch. »Sie glaubt, sein Geist stecke jetzt in einem Orca, und sie wollte meinen Sohn zu ihm bringen. Vielleicht denkt sie auch, dass der Geist meiner Mutter in einem Wal lebendig ist – denn meine Mutter ist kürzlich gestorben. Aber was ich sagen will: Sie ist im Grunde geisteskrank, Ana. Sie hätte meinen Sohn vielleicht getötet. Vielleicht uns beide. Und sich selbst vermutlich auch. Da muss etwas getan werden.«

»Ich weiß das.« Sie nickt. »Das ist mir jetzt klar.«

»Warum haben Sie mich dann die ganze Nacht mit ihr allein gelassen?«, fahre ich sie an.

»Wir haben kein Geld. Svens Schiff ist seine Lebensgrundlage«, erklärt sie ruhig. »Und wir wussten nicht, wie schlimm es um sie wirklich steht. Keiner von uns wusste das.«

Das Schweigen in der Küche entspringt also einem schlechten Gewissen.

»Mein herzliches Beileid wegen Ihrer Mutter. Ich habe sie sehr gemocht. Wir waren Freundinnen.«

»Ich weiß nicht, was ich jetzt tun soll.« Ich bekomme einen Kloß im Hals.

»Sie ist krank, aber der Arzt wird das mit Tabletten in den Griff kriegen«, sagt Ana. »Als sie Sie gesehen hat – Sie sehen Elena so ähnlich – und Ihren kleinen Jungen, der Kit so ähnlich sieht … tja, dadurch ist wohl alles wieder hochgekommen. Aber sie wird sich sicher beruhigen, wenn Sie abgereist sind.«

Finn zieht an meiner Hand. Er will zu der Katze, die gerade die Treppe herunterkommt. Ana und ich sehen uns an. Ich möchte sie fragen, wie viel sie über den Unfall und Susannahs Anteil daran weiß. Ich möchte sie nach meiner Mutter fragen. Aber dann erkenne ich, dass das nicht wichtig ist. Eigentlich will ich nur von hier weg. Finn zieht wieder. »Katze!«, ruft er. »Mama? Katze!«

»Wir sollten wenigstens Susannahs Sohn anrufen«, sage ich. »Und ihn darüber informieren, was vorgefallen ist.«

Sie schüttelt den Kopf. »Der wird das nicht wissen wollen.« Ana schaut von Finn zu der Katze, und Finn reißt sich los.

»Sie heißt Jessie«, sagt sie in großmütterlichem Ton zu ihm. Dann blickt sie mich über die Schulter an, reserviert, aber freundlich. Sie braucht nichts von mir – gewiss keine Vergebung, weil sie mich über Nacht dort gelassen hat. Sie möchte nur wissen, ob es mir wieder gut geht. Es ist ja nichts Schlimmes passiert. Ich ringe mir ein Lächeln ab, und sie nickt. »Du darfst die alte Jessie streicheln«, sagt sie zu Finn. »Aber behutsam. So, siehst du?«

Als Ana und Finn sich über die Katze beugen, schaue ich durch den Flur zu Susannah. Sie hat sich inzwischen aufgerichtet, aber ihre Augen sind geschlossen. Ihre Hände ruhen auf den Knien. Ihr silberner Daumenring glänzt im Schein der Küchenlampe. Der Arzt spricht leise mit Sven am Herd.

Sie sitzt reglos da. Ihre Haare hängen in Ringellocken auf die Schultern. Dann, als hätte sie meinen Blick gespürt, dreht sie bedächtig den Kopf und macht langsam die Augen auf. Sie sieht mir direkt in die Augen. Ihre Iris sind bleich wie alte Knochen.

Ich halte dem Blick stand – dem Blick der Frau, die mein Leben verändert hat. Die mir nicht nur den Vater und den Bruder, sondern auch die Mutter genommen hat. Und mir auch noch mein Kind nehmen wollte. Ich warte auf meine Wut, auf meine Verbitterung, auf einen rasenden Zorn. Aber sie bleiben aus. Wir blicken einander an, Susannah und ich, während Sven und der Arzt sich leise unterhalten und Ana mit Finn die Katze streichelt. Schließlich sehe ich weg. Ich werde mich nicht auf sie stürzen und nicht die Polizei anrufen. Denn diese Frau weckt in mir nur noch Mitleid.

19

Als die Fähre in den Hafen einläuft, funkelt die Sonne auf dem Wasser. Alles sieht leuchtender, schärfer, plastischer aus. Die ankernden Boote schaukeln am Pier. Darüber kreisen Seemöwen. Finn und ich sitzen im leeren Unterdeck. Ich habe ein weißes T-Shirt von Ana an, darüber einen etwas zu engen Fleecetroyer und eine weite helle Jeans mit Elastikbund sowie saubere Socken und alte Turnschuhe, die eine Nummer zu groß sind. Sie hat mir sogar eine Wollmütze und für Finn Mütze und Handschuhe gegeben, auch eine Fleecejacke, die ihrem Enkel gehört hat, der jetzt dreizehn ist.

Finn benennt noch immer alles, was er kennt. »Vogel.« Er zeigt über den Hafen.

»Ja, Möwen.«

»Noch ein Vogel.«

»Das stimmt. Es sind viele Möwen.«

»Noch ein Vogel!«

Ich gebe ihm einen Kuss. »Ich hab dich so lieb.«

»Noch ein Vogel!« Er wehrt mich ab und zeigt.

»Ja! Noch eine Möwe.«

Die Ladenfronten sind bunter, als ich es in Erinnerung hatte, vielleicht durch das schöne Wetter. Die Hauptstraße erinnert mich an Fischerdörfer in Cornwall. Gleich vorne am Hafen gibt es sogar einen Schönheitssalon und ein Yogastudio. In der nebligen Nacht ist mir der Ort so bedrohlich vorgekommen, aber bei Sonnenschein ist das ein hübsches Fischernest außerhalb der Feriensaison.

»Laster!«, schreit Finn. Auf dem Pier steht ein Kranwagen, der eine Kiste von einem Schiff hebt.

Zwei Männer stehen wartend dabei. Einer dreht sich um und geht zielstrebig mit seinem Hund auf die Hauptstraße zu, der andere bleibt und sieht zu, wie die Fähre anlegt. Beim Anblick seiner Körperhaltung macht mein Herz einen Sprung – der leicht gebeugte Oberkörper, die große schwarze Jacke, die Wollmütze. Doug fehlt mir wirklich. Er fehlt mir so sehr, dass ich ihn in anderen zu erkennen glaube. Ich brauche ihn. Er gehört zu mir. Ohne ihn ist alles nichts. Ich muss nach Hause und das Problem aus der Welt schaffen.

Ich stehe mit einem Bein auf und drücke das Gesicht an die Scheibe. Finn stellt sich auf den Sitz und tut dasselbe.

»Daddy!«, ruft er dann. »Daddy!«

»Ich weiß. Er sieht wie Daddy aus.« Ich streiche ihm über den Kopf. »Wir sehen Daddy bald wieder.«

»Nein.« Er blickt zu mir hoch und zeigt. »Daddy!«

Ich schaue hin.

Meine Sehnsucht hat mir nichts vorgegaukelt. Es ist Doug. Doug ist gekommen.

»Daddy!«, schreit Finn ungestüm. »Da! Daddy!«

Doug nimmt uns in die Arme und hält uns lange Zeit fest. Wir stehen wie ein Knäuel auf dem Pier. Dann nimmt er Finn, wirbelt ihn durch die Luft und küsst ihn, dass Finn quietscht und lacht. »Noch mal! Noch mal!«

Über Finns Kopf hinweg sieht Doug mich an. Er zieht mir die Mütze vom Kopf. »Meine Güte, Kal! Du hast dir die Haare abgeschnitten!«

Er ist blass und unrasiert, und ich sehe an seinen Augen, wie sehr ihn die vergangenen Tage mitgenommen haben, wie viel Angst er um uns gehabt hat und wie geschockt er über meine kurzen Haare ist.

»Ich weiß.« Dümmlich grinsend fahre ich mit den Fingern hindurch. Wollen wir wirklich über meine Frisur reden?

Er setzt Finn ab. »Was ist hier eigentlich los, Kal? Was *machst* du denn hier?« Er mustert mich von oben bis unten und schmunzelt. »Und was in Gottes Namen hast du da an?«

Ich habe das Gefühl, als könnte er sich in Luft auflösen, wenn ich nur eine Sekunde wegsehe.

»Wie bist du hierhergekommen?«, frage ich. »Wie hast du uns gefunden?«

»Tja, ich bin gerade mit der Fähre von diesem Hafen gekommen, wie heißt er noch gleich? Und eben habe ich mich erkundigt, wie ich zur nächsten Insel gelange. Mensch, sind deine Haare kurz.« Er zieht mich an sich. »Oh Kal, großer Gott!«

»Aber wie ... ich kann kaum glauben, dass du so schnell hier sein konntest. Wie hast du ...«

»Nachdem du angerufen hattest und danach keine Verbindung mehr zustande kam, bin ich nach Heathrow gefahren und ins erste Flugzeug nach Vancouver gestiegen. Dann bin ich mit dem Taxi zum Hafen und mit der ersten Fähre zur Insel. Ich hätte mich jetzt gleich in die Fähre nach Raven Island gesetzt. Was ist denn nun eigentlich passiert, Kal?«

Finn zieht an Dougs Hand. »Tragen?«

Er hebt Finn in die Luft und dreht sich mit ihm lachend im Kreis. »Mann, hab ich dich vermisst, Kumpel.« Er drückt das Gesicht an Finns Nacken. »Du hast mir so gefehlt.«

Finn zieht an Dougs Kinn. »Laster!«, ruft er und zeigt über den Pier. »Da!«

»Wow.« Doug schaut mit ihm hinüber. »Das ist ein großer. Er hat einen Kran, siehst du. Zum Ausladen der Fracht. Und schau, da ist noch einer, da drüben, guck.«

Eine Weile unterhalten sie sich über das Transportwesen, und ich sehe ihnen dabei zu. Ich habe ein Gefühl in der Brust, als würde sie gleich aufreißen und mein Herz wie ein Heliumballon in den Himmel steigen.

Keine Ahnung, was Doug mir erzählen wird, wenn wir endlich in Ruhe miteinander reden können. Aber ich weiß, dass ich der Realität ins Auge blicken kann. Inzwischen finde ich alles verkraftbar. Die Schmerzen im Bein sind allerdings eine Herausforderung.

Ich schaue an den beiden vorbei zur Hauptstraße. Heute sind mehr Leute unterwegs. Sie tragen Einkaufstüten und bleiben stehen, um ein Schwätzchen zu halten. Ich kann das rosa Cupcake-Schild über der Tür der Bäckerei sehen. Eine Frau in meinem Alter kommt gerade heraus. Ihr Afro quillt unter der Mütze hervor. Sie trägt einen Kaffeebecher und einen Laib Brot unter dem Arm. Ihr langer Schal ist mohnrot.

Kurz darauf kommt Maggie aus dem Laden nebenan. Die Sonne verwandelt ihre Haare in einen blutroten Halo. Sie lächelt jemanden an und hat die Golden Retriever bei sich an der Leine, an jeder Seite einen. Sie sehen aus wie zwei gut erzogene Hunde, die brav bei Fuß gehen. Sie biegt in eine Seitenstraße ein und verschwindet.

Wie viel Maggie über Susannah gewusst hat, werde ich nicht mehr erfahren. Auch nicht, ob sie hinsichtlich ihrer instabilen Freundin so naiv ist, wie sie scheint.

Doug wendet sich wieder mir zu. In seinem Arm sieht Finn noch kleiner aus. »Wir können jetzt nicht reden, aber das müssen wir.« Er sieht mich bedeutungsvoll an. »Bald.«

»Ich weiß.« Ich ziehe Finn die Mütze über die Ohren. »Ich habe einige schreckliche Fehler gemacht. Aber diese Reise war notwendig. Ich werde es dir später erklären. Okay?«

»Die Reise war *notwendig*?«

Ich humple einen Schritt näher an ihn heran und sehe ihm in die Augen. »Ja. Wirklich.«

Er sieht auf mein Bein hinunter. »Warum humpelst du? Wieso gehst du nicht normal? Was ist mit deinem Bein passiert? Du meine Güte, was ist dir *passiert*?«

»Erst mal will ich nur nach Hause. Ist das in Ordnung? Du hast zwar den ganzen weiten Weg hierher gemacht, aber …«

Sein Blick sagt mir, wie verzweifelt er war – und vermutlich immer noch ist.

»Ich bin gekommen, um euch nach Hause zu bringen.«

Wir bekommen Stand-By-Plätze in der Nachtmaschine nach London, aber der Abflug verspätet sich wegen schwerer Gewitter.

Finn und Doug schlafen auf einem unbequemen Wartehallensitz, Finn flach auf Dougs Brust, Doug mit gespreizten Beinen, die Arme um seinen Sohn gelegt.

Ich kann nicht schlafen. Mein Bein tut höllisch weh, und mir geht so vieles durch den Kopf. Ich hole mein Handy hervor, um meinem Vater zu schreiben. Er hat sechsunddreißig Jahre lang einen monumentalen Feldzug der Unehrlichkeit geführt. Mit ihr zusammen. Jederzeit hätte mich einer von ihnen beiseitenehmen und mir die Wahrheit sagen können, aber beide haben entschieden, es nicht zu tun. Darin waren sich meine Eltern einig.

An: G. K. MacKenzie
Von: Kali
Betreff: Ich weiß es

Lieber Dad,
ich bin am Flughafen, auf dem Heimweg, und ich weiß alles. Ich weiß von Kit und Jonas und dem Unfall. Ich weiß, wer ich bin und dass ich von Dir und Mum sechsunddreißig Jahre lang belogen wurde. Offenbar wolltest Du verhindern, dass ich das erfahre, als Du mir schriebst, ich solle Susannah nicht besuchen. Oder hattest Du vor, es mir endlich selbst zu sagen, wenn ich nach Hause komme, weil es nicht mehr anders geht?
In einem hattest Du recht: Susannah ist gefährlich. Wir waren eine Nacht im Floßhaus, und Finn wäre dort fast ums Leben gekommen, genauso wie ich. Die Wahrheit von Dir zu erfahren wäre viel einfacher gewesen und vor allem ungefährlich. Ich weiß nicht, was ich von all dem halten soll. So schnell kann ich das gar nicht verarbeiten. Ich bin wohl sehr wütend auf Dich. Aber im Augenblick bin ich sowieso total aufgewühlt. Doug hat uns abgeholt. Wir sind jetzt auf der Heimreise. Finn kann jetzt nichts mehr passieren. Mir auch nicht. Aber, mein Gott, Dad, wie konntet ihr beide mich so belügen?
Liebe Grüße
Kali

Ich stecke das Handy weg, und um mich vom Grübeln abzubringen, humple ich zur Buchhandlung hinüber. Auf einem niedrigen Tisch vornean liegt zwischen Vancouver-Souvenirs jener Bildband, den Susannah am Sofa liegen hatte: *Die Könige der Meere*. Ich kaufe ihn und setze mich damit neben Doug. Während die beiden schlafen, lese ich ihn Seite für Seite. Die Reisenden kommen und gehen, mein Bein schmerzt trotz Tabletten, und die Verspätung unseres Fluges wird immer wieder über Lautsprecher durchgegeben.

Der Schwertwal, lese ich, ist eigentlich gar kein Wal, sondern ein Delfin. Ich erfahre einiges über die Lebensweise der Orcas, über matriarchalische Kulturen, mächtige Mutter-Kind-Beziehungen, Orca-Zeremonien und -Sagen. Es wird geschildert, wie Orcas an ihre Beute gelangen, indem sie sie nämlich per Echoortung aufspüren. Damit können sie im Wasser praktisch viele Kilometer weit sehen – sie sehen durch Schall.

Als ich zum Kapitel »Die Sprache der Orcas« komme, springt mich der erste Satz förmlich an: »Die komplizierten Kommunikations- und Verhaltensmuster des Orcinus orca findet man in der Tierwelt nirgendwo wieder – nur bei den Menschen.«

Wie Menschen haben Schwertwale eine Sprache entwickelt. Wissenschaftler – die die Arbeit meiner Mutter weiterführten – haben jetzt die komplexen linguistischen Strukturen entschlüsselt und bei den einzelnen Schulen und Klans Dialekte ausgemacht. Inzwischen weiß man auch, dass es nicht nur zwei, sondern drei Orca-Gemeinschaften gibt, die Residenten, die Transienten und die Offshore, und dass sie nicht dieselbe Sprache »sprechen«. Die Wissenschaftler haben ein Lexikon der Lautäußerungen erstellt, die verschiedene Gemütszustände und wahrscheinlich sogar einzelne Emotionen ausdrücken.

Mir wird klar, wie kostbar das Notizbuch meiner Mutter ist. Es ist ein Zeitdokument. Sie war ein Wegbereiter dieser Forschung, zu einer Zeit, als schon die Überlegung, Wale könnten intelligent sein, als wirklichkeitsfremd angesehen wurde. Ich frage mich, ob sie in Sussex an ihrem Schreibtisch saß und diese Entwicklung wehmütig verfolgte. Aber nein. Wahrscheinlich nicht. Diesen immensen Verlust – eines Kindes und Ehemanns und ihrer geliebten Wale – konnte sie nur überstehen, indem sie alles komplett hinter sich ließ.

Um zu überleben, wurde sie ein anderer Mensch. Sie wurde zu einer Hausfrau in Sussex, lebte mit mir und Alice, dem Hund und ihrer Staffelei in unserem viktorianischen Backsteinhaus mit einem Apfelbaum davor und den unerschütterlichen Gewohnheiten meines Vaters. Und diese Neuerfindung hätte die Lösung sein können – wenn ich nicht gewesen wäre. Ich war die Brücke zwischen den beiden Welten.

Tag für Tag sah sie Kit heranwachsen – in meinem Gesicht. Sie wird auch Jonas in mir gesehen haben, in meinen dunkelblauen Augen, vielleicht auch in Gesten, in meiner Stimme oder meinen Launen. Ich könnte alle möglichen Eigenschaften der Halmstroms haben, aber welche, werde ich nun nicht mehr erfahren. Sie hat mich geliebt. Es muss jedoch sehr schwer gewesen sein, jeden Tag in mein Gesicht zu blicken. Ich glaube, ich verstehe jetzt, warum sie den Knoten einfach wachsen ließ, als sie ihn ertastete.

Ob sie sich jemals vorgestellt hat, wie alles gekommen wäre, wenn sie nach dem Unglück mit mir in dem Floßhaus weitergelebt hätte? Vielleicht hätte sie ihre wissenschaftliche Karriere fortgesetzt und irgendwann ein Buch wie dieses hier geschrieben.

Es mag an meiner Erschöpfung liegen, aber während ich da sitze, kommt mir der Gedanke, dass sie dieses Leben doch noch führt und ich ihr gerade einen Besuch abgestattet habe. Sie lebt in ihrem Floßhaus auf den Inseln. Sie ist grau geworden, aber fit und stark, ohne wuchernde Krebsgeschwüre im Körper. Das Floßhaus ist trocken und sicher, hat rote Geranien an den Fenstern, fließend Wasser und Strom – vielleicht sogar Handyempfang. Sie sorgt noch immer mit der Kettensäge für Brennholz, sammelt Pilze, Kräuter und Beeren im Wald. Jeden Tag fährt sie mit dem Boot hinaus, fotografiert die Wale, hört ihnen zu, beobachtet, wie sie zum Atemholen auftauchen und wieder abtauchen. Die Trauer ist in ihr, daran ändert sich nichts, aber wie die Wale taucht sie mit ruhigen, gleichmäßigen Atemzügen auf und wieder unter, ohne Aufregung.

Zu Hause kommt das Hydrophon unter den Floßboden, sodass sie abends mit ihren Pfiffen und Klicklauten einschläft und morgens beim Aufwachen Orca-Mütter ihre Jungen rufen und die Geschwister spielen hört, den Soundtrack einer Welt, über die kaum jemand von uns nachdenkt. Wie die Wale lebt meine Mutter in zwei Welten: in der einen atmet sie, in der anderen taucht sie.

Mein Handy summt. Ich weiß, wessen E-Mail da gekommen ist.

Von: G. K. MacKenzie
An: Kali
Betreff: Re: Ich weiß es

Liebe Kali,
ich bedauere zutiefst, dass Du es auf diese Weise und von dieser Frau erfahren hast. Deine Mutter und ich haben Dich nur schützen wollen. Deine Mutter war durch ihren Verlust tief verletzt, und ich in Wahrheit auch. Das war für uns beide eine schwere Bürde. Unsere Entscheidung, es Dir nicht zu sagen, mag nicht richtig gewesen sein – rückblickend betrachtet war sie falsch, da sie Dich und Finn in Gefahr gebracht hat –, aber wir wollten Dich nicht mit dem Wissen um diese Tragödie aufwachsen lassen. Du solltest genauso unbeschwert sein können wie Alice. Du bist immer meine Tochter gewesen und wirst es immer sein. Es tut mir leid, dass Du es von dem Menschen erfahren hast, von dem Deine Mutter und ich Dich fernhalten wollten. Zu hören, dass Ihr beide durch diese Frau in Gefahr wart, quält mich mehr, als Du ahnst. Ich bin jetzt sehr müde.

Die vergangene Woche war für mich extrem aufreibend. Es tut mir leid, dass es so gekommen ist. Wir werden miteinander sprechen, wenn Du gelandet bist.
Dein Vater G

Ich wische mir die Tränen weg und antworte sofort.

Lieber Dad,
ist schon gut. Finn und mir geht es gut, und Du hast recht – wir können nicht per E-Mail oder Telefon darüber reden. Wir werden das aus der Welt schaffen. Ich kann das alles noch gar nicht richtig begreifen und weiß nicht, was ich denken soll. Bitte, erhol Dich erst mal. Der Flug ist verschoben worden, aber morgen werden wir zu Hause ankommen und dann rufe ich Dich an.
Alles Liebe
Kali

Überraschenderweise habe ich trotz meiner Wut das Bedürfnis, meinen Vater zu schonen. Es muss quälend für ihn sein, dass das gerade jetzt ans Licht kommt, wo er so einsam ist. Er wird alt und hat die Liebe seines Lebens verloren. Er wird Angst haben, mich auch zu verlieren. Und Finn. Und vielleicht auch Alice.

Von jetzt an ist es meine Aufgabe zu verzeihen. Demnächst werde ich also nach Sussex fahren oder mich in einem Londoner Restaurant mit ihm treffen, und dann werden wir über alles reden. Und egal, was er sagt, ich werde glauben, dass sie mich lediglich schützen wollten.

Plötzlich muss ich an das Unglück nach der Geburt des Schwertwals im Sea Park denken. Die Walkuh war so sehr damit beschäftigt, ihr Kalb von der Beckenwand wegzudrängen, damit es sich nicht den Kopf einschlägt, dass sie nicht dazu kam, es zu säugen. Der Instinkt, es zu schützen, war stärker.

Und die Wahrheit ist, dass ich meinen Teil zu all dem beigetragen habe. Vielleicht hätten sie es mir, als ich schon älter war, erzählt, wenn unser Verhältnis vertrauensvoller und ich vernünftiger gewesen wäre. Aber ich wollte meine Mutter nicht an mich heranlassen und habe mich nie bemüht, mit meinem Vater engeren Kontakt zu suchen.

Als ich mich anders hinsetze, schießt mir ein sengender Schmerz das Bein hinauf. Ich muss die Zähne zusammenbeißen und mich zwingen, weiterzuatmen. Mir ist unbegreiflich, wie ich mit dem Bein über die Insel rennen konnte. Wie habe ich das gemacht? Der Mutterinstinkt ist wirklich eine triumphale, außergewöhnliche Macht, der man sich besser nicht in den Weg stellt.

Ich setze mich aufrecht hin. Die ganze Zeit schon nagt etwas an meinem Unterbewusstsein. Ich krame in meiner Umhängetasche, bis ich das zerknitterte Hochzeitsfoto finde, und halte es ins Licht.

Durch sein Gesicht verläuft ein Knick, und das Gebäude wirft einen dreieckigen Schatten darauf. Sie blickt zu ihm auf und strahlt vor Freude. Meine Mutter ist verliebt. Aber dieser Mann ist nicht mein Vater, dazu ist er zu breit in den Schultern, zu muskulös, zu klein. Und es regnet auch nicht, sondern die Sonne scheint. Der Mann auf diesem Hochzeitsfoto ist Jonas Halmstrom.

Mich überwältigt das Gefühl, etwas errungen und zugleich verloren zu haben, und ich muss mich vornüberbeugen und die Hände auf die Knie stützen, um Luft zu bekommen.

Ich bin um die halbe Welt gereist, um meine Mutter zu finden, habe Finn in Lebensgefahr gebracht und auch mich selbst und das ungeborene Baby. Dabei hat mich die Wahrheit von diesem Hochzeitsfoto angestarrt. Ich konnte sie nur nicht sehen, weil ich zu sehr mit Wegrennen beschäftigt war und mir Geschichten ausdachte, um damit Leerstellen zu füllen.

Elena Kalypso heiratete Jonas Halmstrom, sie bekamen einen Sohn und eine Tochter.

Alice muss die Sammelmappe sehen. Es hat keinen Zweck, mit ihr darüber am Handy auf einem Flughafen zu sprechen. Es wird auch für sie befreiend sein. Das sind die Familiengeheimnisse, die wir beide erfahren müssen. Wenn man vor etwas wegläuft, läuft man zwangsläufig auf etwas anderes zu, das vergisst man leicht.

In meiner Tasche liegt auch die indianische Schnitzfigur. Ich habe sie nicht dem Völkerkundemuseum gegeben. Ich werde sie ins Pitt Rivers Museum bringen, und wenn sie wertvoll ist, lasse ich sie nach Kanada schicken, wo sie hingehört. Den grinsenden Dämon finde ich nach wie vor gruselig mit seinen eckigen Zähnen und den vorstehenden Augen, aber nicht mehr so beunruhigend wie zu Anfang. Er liegt in der Schatulle bei dem Stück Babydecke mit dem blauen K. Ob es Kits oder meine war, werde ich wohl nicht erfahren. Dann hole ich das Notizbuch hervor, mit dem alles angefangen hat. Das Tagebuch meiner Mutter steckt in meinem Parka, der auf dem Felsen der Landzunge von Black Bear Island liegt, auf meinen Stiefeln und unter Dougs Wollpullover.

Kurz werde ich panisch – ich kann die Sachen doch nicht einfach dort lassen: das kostbare Tagebuch meiner Mutter auf einem Felsen in British Columbia, das ich nicht einmal ganz gelesen habe. Den Parka, der mich warm hielt, und den Pullover, der mich mit Doug verband, die Stiefel, die mich zu Finn brachten. Ich kann sie nicht aufeinandergeschichtet wie ein Totem auf einem Felsen zurücklassen.

Dann fällt mir der Artikel in der Zeitschrift ein, den ich auf dem Hinflug gelesen habe, über die Totems des Pazifischen Nordwestens – dass sie Streit, Mord, Schuld, Todesfälle symbolisieren, Dinge, über die die Menschen nicht sprechen können, die sie aber ausdrücken und im Gedächtnis bewahren müssen. Die Totems wurden geschaffen, damit sie langsam zerfallen. Ich lehne mich wieder an die unbequeme Rückenlehne des Wartehallensitzes. Vielleicht ist es ganz gut, wenn das Tagebuch und meine Sachen auf dem Felsen bleiben und allmählich von der Landschaft absorbiert werden.

Gerade wird der verspätete BA-Flug nach Heathrow aufgerufen. Ich werfe alles in die Tasche und wecke Doug.

20

Ich nehme einen Schluck von dem heißen Kakao, den er mir gekocht hat, puste und trinke noch einen. Dann hebe ich mein schmerzendes Bein ganz langsam auf Dougs Schoß und lasse es mit zusammengebissenen Zähnen darauf sinken. Ich brauche wirksamere Schmerztabletten. Morgen werde ich es im John Radcliffe röntgen lassen.

Ich kann ihm ansehen, dass er sich wahnsinnige Vorwürfe gemacht hat. Er ist völlig fertig. Er hat den Kopf auf die Rückenlehne gelegt und die Augen zugemacht. Die Angst um uns und vermutlich auch die Wut, nachdem ich einfach mit Finn abgehauen bin, müssen unerträglich gewesen sein. Er ist noch immer wütend – zu recht. Er ist bestürzt darüber, wie schnell und wie weit ich von ihm weggelaufen bin. Diesen Anruf zu bekommen und zu wissen, dass Finn etwas passiert ist, und dann ohne weitere Nachricht dazustehen. Doug hat durch meine Schuld Höllenqualen ausgestanden. Umso erstaunlicher ist es, dass er noch da ist. Seine Haare sehen aus wie ein Getreidefeld nach einem Sturm. Er sieht attraktiv, aber mitgenommen aus.

Ich sehe mich im Zimmer um. Es ist noch dasselbe – wieso sollte es auch anders sein? –, mit dem schmuddeligen weißen Sofa, das gereinigt werden muss, dem Union-Jack-Kissen, dem Ölgemälde mit der Kirche, in der wir geheiratet haben, dem Schmetterlingsbild, das Doug mir letztes Jahr zum Geburtstag geschenkt hat, Finns Fingerspuren und den cremefarbenen Flächen darüber. In den Regalen stehen die Bücher, die wir in den Jahren vor der Heirat und in den acht Jahren danach gesammelt haben. Und da sind Finns Spielsachen, sein Traktor, die Bauklötze und Legosteine, die Teddys, die große Autokiste.

Von all dem hat er sich abgewandt, nur kurz, und die Alternative erwogen – aber ich kann es ihm nicht verdenken, denn ich hatte ihn vorher monatelang weggestoßen. Merkwürdig ist, wie weit ich in meiner Angst gesprungen und wie schnell ich gefallen bin – und wie tief. Fast hätte ich alles verloren. Mich erfasst eine ungeheure Müdigkeit, und ich schaffe es gerade so, die Tasse zu halten und den Kakao zu trinken. An Reden ist momentan nicht zu denken.

Finn hat während der ganzen neun Stunden, die der Flug gedauert hat, geschrien, ist herumgeturnt, hat alles untersucht, wo er heranreichte – und Doug musste die meiste Zeit mit ihm herumlaufen, weil ich mein Bein nicht belasten konnte. Während des Fluges haben wir also gar nicht miteinander gesprochen. Bisher weiß er nur, dass ich bei Susannah übernachten musste und sie Finn zu ihrem Floßhaus mitgenommen hat, ich ihr daraufhin gefolgt bin, sie sich als labil erwies, es zum Streit kam, bei dem ich gestürzt bin. Das ist nicht einmal die Hälfte. Morgen werde ich ihm die ganze Geschichte erzählen, von Anfang an und nichts auslassen, aber jetzt bin ich zu erschöpft – und Doug ist selbst halb tot.

Ich lege die Hände auf meinen Bauch. Und dann spüre ich ein vertrautes Flattern wie von Schmetterlingsflügeln. Ich mache die Augen zu. Da – wieder – die kleinen Flügel entfalten sich und erbeben. »Du bist also noch da«, sage ich zu meinem Baby. »Du hast es auch nach Hause geschafft.«

»Jetzt mal im Ernst – wie konntest du glauben, ich hätte eine Affäre?«, fragt Doug, als wären wir mitten im Gespräch, und macht die Augen auf. »Wie konntest du glauben, ich würde dir das antun?«

Er hat die gleichen braunen Augen wie Finn. Plötzlich erfüllt mich das Gefühl der Unermesslichkeit dessen, was ich hier in diesem gewöhnlichen Reihenhaus habe. »Ich stand unter Schock«, sage ich. »Ich habe mir aus den beiden SMS eine überzeugende Geschichte zusammengereimt und sie geglaubt – restlos –, wahrscheinlich weil ich solche Angst hatte, es könnte wahr sein. Ich hätte nicht wegrennen sollen, das weiß ich jetzt. Aber ich war aufgewühlt.«

Er fasst mir unters Kinn. »Kal. Ich habe ihr nicht gesagt, das mit den SMS sein zu lassen, und dafür schäme ich mich. Ich war ein Arsch. Aber ich würde niemals, niemals …«

»Ich weiß. Ich weiß das. Du warst vielleicht ein Arsch, aber ich war viel, viel schlimmer. Doch jetzt ist es vorbei. Und das Gute daran ist, dass ich nie wieder diese Angst haben werde.«

Das vor allem hat mir der ganze Albtraum eingebracht. Ich habe den Teil von mir gefunden, der unter den ganzen Geschichten, Ängsten, Hoffnungen und Unsicherheiten liegt, unter dem bedrohlichen Chaos des Alltags. Ich habe den kraftvollen Teil meiner selbst entdeckt, der Bestand hat, wenn alles andere weggebrochen ist. Und nachdem ich ihn entdeckt habe, werde ich immer darauf zurückgreifen können.

Manchmal muss man wegrennen, um am richtigen Ort anzukommen. Hätte ich Doug am Todestag meiner Mutter mit nach Sussex kommen lassen, hätten wir über die SMS gesprochen und ich wäre nicht in das Flugzeug gestiegen. Ich wäre zurück nach Oxford gefahren, und wir hätten den Alltag fortgesetzt, mit den Ressentiments und der wachsenden Distanz. Die Wahrheit hätte ewig in der Schatulle meiner Mutter gelegen.

Und wo wären wir dann jetzt? Ich merke, dass ich überhaupt nicht bedauere, was passiert ist, trotz allem – ich kann es nicht bereuen. Ich bin so vernünftig, es Doug nicht zu sagen. Noch nicht jedenfalls.

»Doug.« Vor Müdigkeit kann ich kaum noch deutlich sprechen. »Ich weiß, wir müssen reden, das ist immens wichtig – über so vieles, und ich hab dir so viel zu erzählen, aber ich muss dringend schlafen …«

Er dreht mein Gesicht zu sich. »Was ist dir da oben passiert?« Er neigt sich zu mir. »Du bist anders. Ich meine nicht nur die Frisur, die ist erstaunlich, aber du bist … verändert.« Er streicht mir über die Wange.

Die Erschöpfung benebelt mich. Ich möchte reden. Wenn wir wirklich noch ein Baby bekommen, muss es diesmal anders laufen. Ich weiß jetzt, dass ich nicht alles zu opfern brauche – meine Persönlichkeit, meinen Beruf, meinen gesunden Verstand –, nur um meinen Kindern zu beweisen, dass ich sie liebe. Aber mir fallen die Augen zu. Ich stelle die Tasse hin und bette den Kopf auf die Kissen.

Doug rüttelt an meinem gesunden Bein, um mich aus dem Halbschlaf zu holen. »Kal?«

Mühsam mache ich die Augen auf. »Wir können über alles reden. Auf jeden Fall. Aber jetzt müssen wir wirklich schlafen.«

»Du hast recht.«

Auf Doug gestützt humple ich die Treppe hoch. Vor Finns Zimmer legen wir einen Zwischenstopp ein und stehen Seite an Seite an seinem Bettchen, um ihn schlafen zu sehen. Er liegt auf dem Rücken, die Arme über dem Kopf ausgestreckt. Seine Wimpern sind dicht und schön. Er ist wunderschön. Und er ist wieder in Sicherheit. Dann gehen wir ins Schlafzimmer.

Unser Bett ist weich und weiß und riecht nach Doug. Auf dem Boden liegen seine Boxershorts. Seine Bücher sind im Zimmer verteilt, als hätte er damit die Nächte zugebracht. Wir kriechen unter die Decke, und als ich den Kopf auf seine Brust lege, spüre ich zum ersten Mal seit langer Zeit, dass ich dort hingehöre. Ich bin genau am richtigen Platz.

Mein Körper summt, als wäre ich noch in der Luft über dem Atlantik. Mein Bein tut höllisch weh. Aber ich bin zu Hause. Ich fasse mir an den Bauch, fühle die feste Wölbung.

Zur Hälfte bin ich Schwedin, nur nicht mit der Hälfte, an die ich gedacht hatte. Ich bin keine Engländerin, sondern Amerikanerin. Ich habe meinen alten, senilen Großvater kennengelernt. Ich hatte einen Bruder, der ertrunken ist.

Doug streicht mir übers Haar. »Schlaf noch nicht«, brummt er an meinem Ohr. »Ich muss dir noch sagen, was mir gerade klar geworden ist – mir ist egal, ob wir ein zweites Kind haben. Wir drei sind genug. Ihr beide macht mich reich. Ich kann gar nicht glauben, dass wir uns so sehr auseinanderleben konnten. Aber jetzt zählt nichts anderes mehr.«

Ich möchte etwas sagen, kriege aber kein Wort mehr zustande.

»Wird mit uns alles wieder gut?«, fragt er. »Kal?«

Ich biete übermenschliche Kräfte auf, um zu antworten. »Auf jeden Fall.«

Draußen rauscht der Regen. Mir huschen Gesichter durch den Kopf, die Gesichter meiner Familie – Finn, Doug, meine Mutter, Jonas, Kit, Harry Halmstrom, mein Vater, Alice. Dann verschwinden sie langsam, bis nur noch einer da ist und seine kleinen Echolotsignale durch ein Meer von Schlaf sendet.

»Doug.« Meine Stimme klingt unerwartet munter. Ich hebe den Kopf und sehe ihn an. »Was das zweite Kind angeht …«

ELENA 1976

Wenn ihr das Leben zu viel wurde – und das kam oft vor –, versetzte sie sich zurück in den Sommer 76, als sie zum ersten Mal auf dem Boot waren, als sie wach wurde und dachte, dass jemand auf dem Deck ist. Sie ging allein hinauf und beugte sich über die Reling. Und da kamen die Wale.

Manchmal war das der einzige klare Punkt in dem Wust unerträglicher Erinnerungen. Es war ihr nie gelungen, alles wegzusperren, obwohl sie es wirklich versucht hatte. An diesem einen Morgen – ihrem ersten als Jonas' Frau – war alles einfach und klar, wie ein weißer runder Kiesel an einem Strand voll kompliziert geformter Steine. Am Ende war diese eine Erinnerung ihr Zufluchtsort.

Die Zedernplanken waren kalt unter den Fußsohlen, als sie sich seinen Wollpullover über den Schlafanzug zog, dicke Socken fand und überstreifte. Lauschend stand sie an der Treppe, hörte aber nur Jonas' tiefe Atemzüge vom Bett her und leises Schnarchen aus Deans Koje.

Kurz betrachtete sie ihren Mann im Dämmer. Als sie aufstand, hatte er sich auf den Bauch gedreht, sodass er jetzt an dem warmen Platz lag, den sie hinterlassen hatte. Sein Gesicht war halb vom Kissen verdeckt, aber sie sah seinen Rücken und die Sommersprossen auf den Schulterblättern. Seine Haut schmeckte immer nach Meer.

Als er sich damals in dem Café am Campus zu ihr an den Tisch setzte und sich die blauen Hemdsärmel aufkrempelte, da wusste sie sofort, dass er ihre Zukunft war. Als er auf der Bühne stand und über den Film redete, hatte sie ihm noch nicht so viel Beachtung geschenkt, aber zwei Tage später in der Sonne um zehn Uhr morgens erzählte er ihr von dem Katalogisierungsprojekt, und da spürte sie, dass sie mit ihm zusammen sein wollte.

Es war nicht nur das attraktive Gesicht – die scharfe Nase, das markante Kinn unter dem struppigen Bart, die dunkelblauen Augen, die ihrem Blick nie auswichen – oder die Art, wie er sich vorbeugte, wenn er seinen Worten Nachdruck verlieh, und wie die Muskeln an den Unterarmen sich anspannten und bewegten. Es war nicht nur, was er über Wale sagte – obwohl sie das begierig aufnahm. Es war seine Stimme – seine Stimme vibrierte in ihr, brachte jede Körperzelle zum Schwingen und machte sie lebendig. Wenn sie seine Stimme hörte, fühlte sie sich zu Hause.

Auf Zehenspitzen ging sie zur Kombüse, fand Streichhölzer und zündete eine Gasflamme an, um Kaffee zu kochen. Sie hätte nicht geglaubt, mal jemanden zu heiraten, schon gar keinen Mann, den sie erst ein paar Wochen kannte, und noch dazu bei einer spontanen Trauung mit wildfremden Zeugen. Sie trug ihr einziges Kleid, und sie kauften Blumen auf dem Pike Place Market. Einen vorbeigehenden Touristen baten sie, ein Foto zu machen, und sie feierten, während der Wind gegen das Wohnmobil drückte und das Meer vor den beschlagenen Scheiben rauschte. Und jetzt, am ersten Tag als seine Frau, auf Deans Boot unterwegs nach Norden, fand sie das alles völlig unvernünftig und zugleich absolut richtig.

Sie blickte auf ihre Hände auf der Arbeitsplatte – auf das goldgelbe Seegras, aus dem er ihr am Cannon Beach einen Ring geflochten hatte. Sie goss sich einen Kaffee ein. Sie wusste, jemand war oben und wartete auf sie. Sie spürte es. Sie horchte wieder, hörte aber nur Holz knarren, die Wellen an den Rumpf schlagen, Möwen schreien und Deans Schnarchen.

Mit dem Becher Kaffee stieg sie die Treppe hoch, und als sie die schwere Tür aufdrückte, erwartete sie, dass ihr jemand in den Weg träte. Doch sie gelangte ungehindert ins Freie und war blind.

Es war, als ob sich ein kalter Umschlag über ihre Augen legte. Irgendwo tönte ein Nebelhorn. Sie rieb sich über die Augen, als könnte sie den Nebel wegwischen. Unsichtbare Möwen stießen geisterhafte Schreie aus. Sie ging ein paar Schritte, trank den Kaffee und spähte in das dichte Grau. Noch immer hatte sie das Gefühl, als wäre jemand da, sehr nah, der auf sie wartete.

Sie ankerten vor der Landspitze einer Insel. Ihr fiel ein, dass ihr Boot in dem Nebel für niemanden zu sehen war. Sie dachte an das gigantische Kreuzfahrtschiff, das gestern mit Kurs auf Alaska vorbeigefahren war. Vielleicht gab es in der Nähe einen Leuchtturm. Vielleicht fuhr bei dem Wetter niemand hinaus. Vermutlich wusste Jonas, wo man sicher vor Anker liegen konnte und wo nicht. Er befuhr die Salish Sea schon sein ganzes Leben – er würde an keiner gefährlichen Stelle ankern. Sie merkte, dass sie ihm vertraute. Das war etwas völlig Neues, aber sie tat es.

Ein Weilchen stand sie Kaffee trinkend an Deck und starrte in den Nebel, dann hörte sie einen gewaltigen Blas. Er war so nah und laut, dass sie zusammenschreckte, Kaffee auf die Socken vergoss und sich die Zehen verbrühte. Sie lauschte mit einer Hand an der Reling. Ein zweiter, urweltlicher Atemstoß stieg in den Nebel.

Sie sollte die Jungs wecken gehen – aber sie wollte nicht, dass Jonas wieder mit Erklärungen anfing und den Fotoapparat herausholte. Sie wollte das allein erleben. Sie hatte das Gefühl, als wären sie nur ihretwegen gekommen. Sie stellte den Becher ab, um sich mit beiden Händen an der Reling festzuhalten, und beschwor die Wale im Stillen, noch einmal aufzutauchen.

Wieder ein lauter Blas – so nah diesmal, dass der Fisch- und Schwefelgestank zu riechen war und ihr Tröpfchen ins Gesicht stoben. Dann ragte der Wal aus dem Nebel, direkt neben ihr – höchstens drei Meter entfernt. Sie betrachtete seinen gebogenen Rücken und die mannshohe Finne. Er bewegte sich erstaunlich lautlos und langsam, glatt und geschmeidig.

Ein Stück weiter weg blies noch ein Wal. Es hörte sich an, als schnaufte jemand unter einer ungeheuren Anstrengung. Im nächsten Moment sah sie den zweiten Orca auftauchen. Von ihm konnte sie nur die dunkle Finne erkennen, die gleich darauf wieder verschwand. Dann ein dritter Atemstoß – rechts neben ihr – und eine kolossale Finne, die durchs Wasser pflügte. Sie beugte sich über die Reling, wippte mit dem Oberkörper über dem Wasser, sodass sie den Atemdunst ins Gesicht bekam und das Salz schmeckte. Und als sie da schwebte, verspürte sie den mächtigen Drang zu springen.

Sie zwang sich, die Reling zu umklammern, an Deck zu bleiben, wo sie hingehörte. Ein Schwertwal stieß so nah aus dem Wasser, dass sie an seiner glänzenden Flanke hätte entlangstreichen können, und als er vorbeizog, drehte er sich auf die Seite und blickte sie an. Sie sah in sein Auge, und in dem Moment spürte sie eindeutig Kontakt, Erkennen und Verstehen. Sie fühlte sich, als hätte sie jemand nah an sich gezogen. Dann tauchte der Wal unter und schwamm unter dem Boot hindurch.

Von der Treppe hörte sie Schritte, und kurz darauf stürmte Jonas an Deck.

»Hey! Hast du sie gesehen?«

»Ja, sie sind da!«, antwortete sie lachend. »Drei, vielleicht auch vier.«

Er stellte sich hinter sie, fasste rechts und links an die Reling und drückte sie dagegen. Beim nächsten Wal, der aus dem Wasser stieg, zeigte er auf eine Narbe an der Finne und erklärte, dass sie auf solche Unterscheidungsmerkmale und auf die Sättel achteten.

»Einer ist unter dem Boot hindurchgetaucht«, sagte sie. »Und hat mich vorher direkt angesehen.«

»Oben im Blackfish Sound erzählen die Fischer, dass einmal so viele Orcas im Wasser lagen, dass man über ihre Rücken ans Ufer hätte laufen können.« Er seufzte. »Schade, in dieser Waschküche können wir keine Fotos machen.«

So blieben sie noch eine ganze Weile stehen, aber die Wale waren schon weitergezogen.

In jenem ersten Sommer wälzten sie sich jeden Morgen alle drei aus dem Bett, füllten die Thermosflaschen mit Kaffee, kauten pappige Cracker mit Erdnussbutter und luden die Sachen in das Zodiac, fuhren aufs Meer hinaus, unterhielten sich über Funk mit Kollegen oder Fischern oder Schlepperskippern.

Bei klarem Wetter konnte man sie kilometerweit sehen – wenn ein Blas in der Ferne aufstieg oder eine Finne die Sonne reflektierte. Und manchmal hörte sie sie durchs Hydrophon, bevor sie zu sehen waren.

Immer gab es diesen Augenblick der Ehrfurcht, wenn sie auftauchten. Für eine Sekunde erinnerte sie sich, dass nur eine dünne Glasfaserwand zwischen ihnen war. Und dann musste sie sich an die Arbeit machen, auf Unterscheidungsmerkmale achten und ihre Lautäußerungen verfolgen, wenn sie spielten oder Beute suchten oder über etwas kommunizierten, was sie noch nicht verstand.

Nach dem Unfall hatte sie jahrelang Albträume und Flashbacks, in denen sie sich auf dem Zodiac sah, mit Kali im Tragetuch und Susannah, die sie von hinten an den Armen gepackt hielt. Die Bilder waren wie ein Horrorfilm: Sie versuchte das Tragetuch abzunehmen, um es Susannah zu geben, doch die packte sie bei den Armen und fuhr sie an: »Du darfst nicht springen! Du darfst Kali nicht verlassen! Sie braucht dich!« Und natürlich hatte sie damit recht.

So klammerte sie sich an den Bootsrand und schrie in den Wind, bis sie keine Stimme mehr hatte, blickte suchend in die Wellen, ob ein Gesicht auftauchte, ein Kleidungsstück oder Haut aufblitzte, irgendetwas von ihnen. Das Schlauchboot wippte und schlingerte, und der Sturm wütete, und Susannah setzte einen Notruf ab, während die Wogen stahlgrau zum Himmel aufstiegen.

Sie fragte sich oft, ob die Orcas mit ihrem kleinen Jungen getaucht waren, während er versank, ob sie mit ihm bis zum Meeresgrund geschwommen waren. Das hätte Kit getröstet, weil er die Tiere geliebt und nie Angst vor ihnen gehabt hatte.

In den frühen, instabilen Jahren in England war sie manchmal voller Wut gewesen – sie hasste die Orcas, weil sie nichts unternommen hatten. Sie hatte sich von Augenzeugen berichten lassen, wie Schwertwale Boote und Kajakfahrer aus Seenot retteten, sogar ertrinkende Hunde an Land brachten. Sie hätten Jonas und Kit an die Wasseroberfläche heben können. Sie hätten sie retten können, entschieden sich aber, es nicht zu tun. Später überlegte sie, ob das Gerechtigkeit – oder vielleicht sogar Rache gewesen war. Schließlich hatten Menschen jahrelang Orca-Familien vernichtet und ihnen die Jungen entrissen. Sie musste an Bella denken und ihre Mutter. Manche Leute würden es Karma nennen.

Sie wusste, dass Jonas keine Angst vor dem Ertrinken gehabt hatte, nur um Kit. Sie versuchte zu glauben, dass sie am Ende beide zusammen waren – dass Kit in den Armen seines Daddys lag, behütet von sanften, neugierigen Schwertwalen. Sie hatte irgendwo gelesen, dass Ertrinken ein friedvoller Tod sein konnte.

Im Lauf der Jahre erzog sie sich ganz allmählich dazu, diese unvorstellbaren Gedanken gegen jene erste einfache Erinnerung auszutauschen. Wenn die Bilder sie überfluteten, versetzte sie sich in jenen Moment zurück, in dem sie mit einem Ring am Finger in Deans Boot aufwachte und ihre Anwesenheit draußen spürte, in dem sie die Treppe hinaufging und in den Nebel trat und sich über Bord neigte.

Zu diesem Moment kehrte sie ihr Leben lang immer wieder zurück, bis an ihr Lebensende. Aber beim letzten Mal, als die Welt auf die Konturen ihres Körpers zusammengeschrumpft war und sie sich über die Reling beugte, waren es nicht die Wale, die sie im Wasser sah. Und darum sprang sie.

DANK

Ein riesiger Dank gilt meiner Agentin Judith Murray und meinem Lektor Jo Dickinson – ich bin froh, euch beide gefunden zu haben. Auch Kathryn Taussig und dem wunderbaren Team von Quercus bin ich sehr dankbar sowie meinen hilfreichen Erstlesern (die oftmals mehrfach gelesen haben): Claire Pickard, Prof. Richard Francis, Jenny Atkins, Sue Atkins, Lucy Shaw, Leanne Kelly, Katherine Sherbrooke, Richard Kerridge. Ich möchte außerdem Lisa Hayes (für *diese* Idee), Jo Frank (… ein Zimmer für mich allein) sowie Dr. Hadine Joffe, Dr. Nick Haining und Dr. Mary Cullings für die medizinischen Hinweise danken. Schließlich danke ich auch euch, Mum, Dad, Pat und Jod – dafür, dass ihr es all die Jahre mit mir ausgehalten habt, außerdem meinem eigenen John, Izzy (für den Titel!), Sam und Ted.

Dieser Roman verdankt einem ganz unglaublichen Buch ebenfalls viel: *Listening to Whales* von Alexandra Morton (Ballantine, 2004, auf Deutsch erschienen unter dem Titel *Die Sinfonie der Wale*). Mortons Beschreibung ihrer wissenschaftlichen Arbeit, der Untersuchung der Sprache der Killerwale, und ihres Lebens auf einem Floßhaus vor der Küste British Columbias war eine unschätzbare Quelle der Inspiration und des Wissens. Meine Elena ist natürlich nicht Alexandra Morton; mein Roman ist reine Fiktion (und Fehler in Bezug auf die Killerwale gehen auf meine Rechnung). Die wirkliche und verehrenswerte Alexandra Morton lebt und arbeitet noch immer im Broughton Archipel, British Columbia, und widmet sich dem Kampf gegen die Umweltzerstörung durch die regionale Lachszucht. Mehr darüber finden Sie unter www.raincoastresearch.org.

Ist er dein bester Freund – oder dein ärgster Feind?

Jamie Mason
IN GUTEN WIE IN BÖSEN TAGEN
Roman
Aus dem amerikanischen Englisch von Katja Bendels
ISBN 978-3-404-17371-6

Als Tochter einer Geheimagentin erlebte Dee eine unkonventionelle Kindheit im ständigen Alarmzustand. Eine Kindheit voller Geheimnisse, Gefahr und unausgesprochener Dinge. Jetzt, als Erwachsene, liebt Dee nichts mehr als ihr ruhiges Leben mit ihrem Mann Patrick – ein völlig normales Leben, genauso, wie sie es sich immer erträumt hatte.

Doch eines Tages verändert sich etwas. Patrick verhält sich plötzlich immer sonderbarer – und Dees altes Warnsystem setzt wieder ein. Sie wird das Gefühl einfach nicht los, dass Patrick etwas vor ihr verheimlicht. Und dass er ein neues Leben will – ein Leben ohne sie. Um jeden Preis …

Bastei Lübbe